Marguerite Duras

Les impudents
La vie tranquille
Un barrage contre le Pacifique

Œuvres complètes

01

Marguerite
Duras
杜拉斯全集

堤 坝

[法]

玛格丽特·杜拉斯

著

桂裕芳　王文融　谭立德

译

上海译文出版社

目 录

无耻之徒

桂裕芳　译

献给我不了解的哥哥

雅克·D

一

慕推开窗户，于是房间里充满了山谷的噪音。太阳正在落山，后面留下大片云彩，云彩聚集起来，仿佛盲目地奔向光明之渊。他们居住的"八楼"高得令人目眩。从那里可以看见下面深处的、有声响的风景，它一直伸展到塞夫勒山丘的那条黑线。在遥远的地平线与悬在半空中的这座住所之间，处处是工厂和工人区，空气中饱含着轻微的雾气，像水一样发蓝和稠密。

慕在窗前待了一会儿，手臂搭在小阳台的栏杆上，俯着头，那姿势就像无所事事的孩童。但是她面色苍白，烦恼至极。

她朝室内转过身来，关上窗，山谷的噪音突然中止，仿佛她关上了河上的闸门。

饭厅最里边有一个餐具柜。这个亨利二世式的家具很平常，但久而久之成为格朗家的一个哑角。它一直追随这家人，二十多年以来，它的那些伤痕累累的盘子为他们盛装食物。乱七八糟、缺乏风格的餐具说明他们令人吃惊地毫无审美观。看到这个餐具柜，人们就明白格朗家从不挑选或采购家具，而是满足于从遗产中偶然得到的或美或丑、或得体或不得体的家具。

因此，在他们经过旅途劳顿，傍晚到达这里时，他们仍然在这个亨利二世式餐具柜旁相聚。这些傍晚总是最难以忍受的，因为他们发觉他们相互仍未分离，那个旧餐具柜仍然盯着他们，仿佛是他们的绝望的形象。

今晚，在这家具上放着塔瓦雷斯银行致雅克·格朗的付款单，它正等待被拆开。付款单来得总不是时候。今天是个不祥的日子，因为雅克刚刚失去妻子米丽埃尔。她就在今天死于车祸。雅克被家人遗弃，独自在睡房里哭泣，这是因为家里人与米丽埃尔不熟，而且各人有各人不去帮助他的原因，此外还有格朗家所有人的共同原因：怀疑和藐视他如此表达的痛苦。因此，慕不去看雅克，哪怕以塔瓦雷斯银行来信为借口。此外她觉得这封信来得也够巧，它尖刻地突现出这悲剧性的、怠惰的一天是命中注定的。

在饭厅里，椅子上乱七八糟地扔着一些衣物：哥哥的大衣、围巾、帽子。这些东西质料上乘，与慕的衣物完全不同，因此使她吃惊。

雅克的呜咽声从饭厅门外，从光秃秃的、又窄又黑的走道尽头传过来。慕将高挑的身子靠在窗上，抬起脸，聚精会神地听着。她这样子很美，这美表现为她面部强烈的阴暗部分。她长着灰色的眼睛，但过于宽大的苍白前额使眼睛变得阴暗。颧骨高高的脸因聚精会神而一动不动。

慕只感觉到心脏在沉重地跳动。一种难以克服的厌恶之感在胸中汹涌，但她的身体牢牢地控制它，就像坚实的河岸遏制洪水。她听着哥哥的呜咽，这位比她长二十岁的、四十岁的老哥哥像孩童一样哭泣。他和米丽埃尔结婚不到一年，这门婚事是他生活中最重要的大事，因为在这以前他什么事也没有做。自他成年时起，也就是说将近二十年以来，他一直只在——用他的话说——忍受家里人。

格朗-塔内朗太太轻松地容忍他过一种闲散与危险的生活，但从不原谅他娶他圈内的社交女人为妻。如果说他们之间的争吵很快就发泄完毕，如果说当塔内朗太太看到儿子的怨恨有增无减——它每次都证明她对他的影响——时，她便神奇般地平静下来，那么今天的情况可不一样。

慕猜到母亲独自待在寓所尽头，藏在厨房这个最后的防御工事里。那里没有任何动静，但是慕知道表面上不声不响的塔内朗太太一直受到抽泣声的折磨。自从下午三点钟起（现在是晚上八点钟），自从这种折磨开始以来，抽泣声造成了极大的破坏。

门铃响了。年轻的姑娘走去开门。同母异父的弟弟带着孩童的机灵劲儿稍稍露了露脑袋，和塔内朗一样棱角分明的棕色脑袋。

看到慕低声说话和家里反常的寂静，他猜到发生了什么事。

"出事了？别管他们，跟我来吧。咱们逃走。"

慕拒绝了。她打开了身边一盏小灯，开始等待。

不久传来钥匙的转动声，塔内朗先生从昏暗的走廊里出现了。他蓄着稍稍发红的短髭，两眼无神，脸上布满了像伤疤一般的皱纹，人很瘦削，稍稍驼背。

塔内朗从前有令人满意的工作，在奥什中学教授自然科学。到了退休年龄以后，他娶了格朗太太，她也住在同一座城市，她的第一个丈夫曾在那里当税务员。

塔内朗从公共教育部回来，他六十多岁还不得不去那里再干点工作以贴补家用。自他结婚以来，沉重的负担完全耗尽了他个人的财产。

说实话，他周围的人对他的牺牲感到泰然。此外，自从他工作以来，他稍稍摆脱了家人的专横，觉得更自在。他的确从来不习惯于家庭生活所带来的不可避免的束缚，何况他时时对妻子前夫的儿子雅克·格朗感到恐惧。当初，尽管格朗太太已有两个孩子，他仍然毫不犹豫地娶她为妻，因为他认为大男孩多半很快就会独立谋生。

他有了个儿子，叫亨利。他在暗中深深地爱着亨利，但很快就不得不接受这个想法：他得不到任何回应。

因此，看起来塔内朗生活在极端的孤独之中。

他回到家中，也看出发生了不寻常的事，他朝继女走过去，盼望她为他解惑。

"您要是愿意，我马上给您端上饭菜。"慕只说了这句话。

与此同时，塔内朗太太用微弱的沙哑的声音叫了起来：

"慕，你照料父亲吃饭，都准备好了。"

年轻的姑娘赶紧铺开漆布，摆上一副餐具，去到厨房里。

母亲总算开了灯，她在读报，没有抬头，用郁闷的声调说：

"都做好了。你和父亲一起吃，要是弟弟回来，你也照料他吃饭。"

慕没有说弟弟今夜肯定不会回来。

晚餐很快就结束了。塔内朗一心只想回到自己的卧室。但他仍然低声问道：

"她死了，是吧？"

慕点点头，他又说：

"你知道，毕竟我不愿意他遇到任何倒霉事。这事很遗憾。"

他咀嚼食物，这种声音在静寂的房子里显得古怪，惹人气恼。他走出饭厅前转过身说：

"我不想打扰你母亲了，你代我向她说晚安吧。"

他的卧室与饭厅仅隔着一堵墙。慕能听见他长久地踱着步。在他脚下，没有地毯的地板发出轻轻的嘎吱声。

慕感到平静。长久以来，自从雅克夫妇开始缺钱以来，悲剧就在酝酿之中。

在她的记忆中，她每次看到雅克时，他都手头拮据——只有他婚后头几个月除外。他总是缺钱。这是他生活中最最重要的事。他处于金钱的旋风、金钱的眩晕之中。

手中有钱时，他就成了另一个人。他如此强烈地视金钱如草芥，以致愚蠢地浪费、挥霍，在几天的幻觉中花掉可维持一个月的钱。他更新服装，大宴宾客。在暂时的阔绰中，他极为傲慢，整整一周不在家里露面，而这个家以如此可耻、如此吝啬的方式珍惜每一分钱，就像其他人珍惜力量，珍惜乐趣，就像顺从的仆人珍惜主人一样。

当他裤袋里只剩下几张票子和几个铜币时，他便辛酸地掂量那可怜的出路。于是他寻找机会，试着将一位同伴的旧车推销出去，不成功就去赌博，一下子输得精光。最后他疲惫不堪，变得孤僻，一切仰仗同行圈里的人，他们多年来熟悉此道，不乏"妙计"。（也许只有他们对他怀有某种同情心，而他却厌恶他们，因为他们看到他生活中最不光彩的时刻。）

妻子的钱和通过暧昧的手段赚来的钱都很快用尽了。在好几个月里，这对夫妇曾过着可称作无耻的生活，因为它毫无意义，但过起来也不顺当：即使在慷慨大方的表面下，生活完全是自私的、无所事事的，只有一连串不间断的娱乐和休息，不断地排解烦闷。

米丽埃尔将财产委托给雅克，始终不知道他如何处理它。她"讨厌算账，她从来不算账"。他呢，不久以后他就像疯子一样努力填补他个人扯的亏空。

很快他就开始问人要钱。人们能给出的不多的钱，最近以来，总数也很可观。

"我知道你不能给我很多，你尽力而为吧。一张一百法郎的票子就够了。我得撑下去。"

"我原以为你妻子有钱哩，"母亲反驳说，"你以为我的负担还不够重吗？"

他不回答，免得坏事，因为他揣测自己的困难会越来越多。塔内朗太太的确给得越来越少，而她儿子的需求有增无减。他用发誓和哀求所讨到的这些钞票，在米丽埃尔看来，越来越意味着必需的一切：长筒袜（"她没有穿的了"）、房租、赎回一件她的"家传"首饰。最后，他要钱时不再提出任何理由了。他们得吃饭。而且他以有趣的方式说出来。

"可怜的女人现在做饭，还做得很好！你要能尝尝就好了。等我们手上有了钱，你来吧，妈妈，好吗？"

"那我呢，我不做饭吗？你不喜欢我做的饭？你说说……"

她讨厌他，因为爱的底层充满了恨。归根结蒂，她对他爱情上的不幸遭遇并不感到不快。

不久以后他就开始了动人的表演。他像病人一样躺着，等待别人来问他是怎么回事。

"没事，我没事，今晚我不能空手回去。她肯定在等我，我情愿不再见她，情愿消失。"

被他遗弃了好几个月的这班人马又成为他思念的对象。

于是，出于崇高的互助精神，他的弟弟、妹妹、继父，每个人都寻找，从口袋或衣袋里搜出钱来，所有的人，慕、亨利，塔内朗本人。他们欣喜地、偷偷地塞给他二十、三十、五十法郎，但他却喜欢使他们气恼。

"妈妈听进去了？"

"不，她再什么也听不进去。"

既沉着又灵巧的塔内朗太太就这样操纵自己的小船，掌握儿子的命运。儿子很快就厌恶了自己的小窝，日益频繁地回到家里吃晚饭。塔内朗太太从不一次给他许多钱，免得他以为她听他支配，但她给的钱总足够他维持基本的开销，也能吸引他回家。

然而，陡然间，他有半个月没有露面。他们猜想他做成了什么买卖。

不久以后就开始了塔瓦雷斯银行专用信笺的时代。每隔四个星期就定期收到一封。最初，当雅克手里还有钱时，他对信件漠然处之，但很快他就陷入可怕的慌乱之中。

没有受过债主逼迫的人不可能理解对这些贪婪之徒所感到的极度厌恶。全家人与雅克一同受到塔瓦雷斯银行付款单的折磨。雅克的信通常寄到他妻子那里，但他却让这类信件寄到母亲这里。

"餐具柜上有你一封信，我想是塔瓦雷斯银行的付款单。"

他将信塞进口袋，揉皱它，仿佛在一个小时里他真在咽下这张纸。这时他陷入一种被他厌恶的遐想，可以猜到其中的塔瓦雷斯这个人物长着杀人狂的嘴脸。

接着，在一段时间内，雅克不再来取信，以为这样它们就不存在。但他很快又身无分文，不得不再露面。他母亲立刻追问他：

"告诉我你做了什么，雅克？你父亲去世时我不得不借债，我知道借债要付什么代价。"

他屑于说出的惟一回答是：

"借债，短期的，但很频繁。在我这种情况下，我永远不可能一次还一大笔钱。"

"为什么这样故弄玄虚，为什么不告诉你妻子？"

塔内朗太太盼望她的媳妇也尝尝债台高筑的折磨。但雅克不让妻子参与任何金钱事务，他是有道理的。同样，他始终不让妻子结识他的家人，因为他厌恶他们。她一次也没有来过就死了。

雅克爱米丽埃尔大概胜过爱任何人，而且更持久，更真诚。在雅克眼中，她长期保持着他们交往初期的那种象征性魅力。

悲剧今晚发生了，突如其来，出人意料。它大概会解决变得错综复杂的混乱局面，以奇怪的方式结束它。其实，几个月以来，每个人都在等待给雅克和母亲的折磨划上这个句号。

将近晚上十点钟，慕听见哥哥叫她。

她走近时，雅克抬起肿胀的脸，然后又将头埋进枕头，仿佛埋进悲伤之中。他沉浸在自己的痛苦里，颓丧消沉。他大概奇怪还能这样活着。

她在他身旁坐下，伸开痉挛的手指抓住他紧握在手中的一绺头发。他立刻倒下，放松，毫无顾忌地呻吟起来。

"她真的长着金发，"慕说，"她的头发又细又光滑，像小孩的头发。"

他微微一笑，几乎是会心的微笑，让她明白她完全抓住了他的思想的含意。他稍稍摆脱了痛苦，对米丽埃尔的回忆微笑。

她久久地向他解释说不应该把她的死亡看作是异常的事。古怪的是，她一面讲，内心有个声音在重复同样的话，但含意却与她想说的有所不同。

他只想回忆死者。他描绘那天夜里她胸部凹陷被抬回来的样子。

"和她在一起的伙伴将她抬了回来，"他说，"他们放下她就走了，因为他们以为她已经完了。她失去知觉，但还在呼吸，我守了她一夜，然后送她去医院。"

他时不时地停顿，然后神情专注地继续说：

"她没有任何伤口，我以为她是昏迷。我给她盖上毯子，但她渐渐地变得冰凉，我感到她的体温在消失。有一阵我几乎要疯了。她在笑，我向你发誓，就像她嘲弄我时那样笑。我傻傻地和她讲话，讲了一整夜……到天亮时，我在光亮下看她才明白：我把她的怪相当成了微笑。我送她去医院，今天傍晚她才去世。"

"你是怎么想的？……"慕问道。

"我不知道，什么也不知道。她对我说过她从来没有这样快乐。没有理由出这个车祸。大街上很空旷，又没有下雨。那些同伴也感到疑惑，而我从来没有使她痛苦。她是我有生以来爱过的惟一的女人，惟一的女人。"

他本能地重复最后这句话。他振作起来，不再沉溺于内心的悲伤，于是又哭了起来。

"惟一的女人，"他重复说，"我爱过的惟一女人。"

突然间，慕觉得她没有任何理由再留在这个房间里，通常她是从不进来的。与哥哥这一刹那的亲近使她感到羞辱，就好比她向敌人作了让步。

她站了起来。他有气无力地叫住她。那种迷人的，几乎女性的声调使她没有丝毫幻想。

他很拘束，不知如何说出口……

"我叫你来，我没钱了……我借了债给她治伤。妈妈呢，你知道，我不能向她要钱……"

慕用明亮的大眼睛瞧着他，脸上毫无表情。她想到餐具柜上塔瓦雷斯银行的信。

他们已经给了他这么多钱！他不是一直巧妙地打动人心以获得钱财吗？一分钟以来他在利用自己的不幸。

但她犹豫着没有走。他为了要几个钱而如此低下，这使她十分吃惊。再说她可能弄错了。看上去可怜巴巴的雅克大概对自己的真诚深信不疑。

她冷静下来，迅速地权衡利害得失，仿佛习惯于这种事务。

雅克的眼神已经变得凝定而冷漠，因为她迟迟没有回答。

"你要多少？"

他谦卑地低声说了一个数目。接着他认为应该再加一句话，他眼中闪烁着泪水和贪欲：

"我走了一整天去找钱。一个伙伴也找不到。为了这点小钱，真是可笑。"

慕没有回答。她拿起手袋，数数里面不多的钱，说道：

"剩下的明天给你。"

她感到局促，没有看他。她没有把钞票递给他，而是将它们放在他胸前。

第二天雅克埋葬了妻子。塔内朗太太陪着他。从沉闷的丧礼回来，他们突然和解了。在早上清新的空气中，树液催开了苞芽，阵风已经吹来碎石路和尘土的气味。这种气味刺鼻扑来，使人完全走出了冬天。夏天即将来临，早来的夏天。雅克和母亲谈论去于德朗的事。

　　"这会使你恢复的，亲爱的，我哩，我也可以更密切关注我的利益。何况我们很久没有去了……"

　　雅克一言不发。他已经感到体力在恢复之中。自他孩童时生病以来，他就再不曾感到病后休养的乐趣，他几乎害怕贪得无厌的大自然可能会强加于他的时刻。此刻他挽着母亲的手臂，在洒满阳光的、稍稍倾斜的马路上安然地往下踯躅。他本该伤心，但他并不伤心，虽然他并不反对被人安慰，并不反对在一段时间里得体地用低哑和含混的声音表达忧伤。他沉默无语，母亲便接着说：

　　"至于塔内朗，没有我们他也过得好，因为显然他不愿意去，像往常一样。"（她和大儿子谈起丈夫时，总是称他为"塔内朗"。）

　　于德朗位于多尔多涅省。他们结婚后曾在那里定居。那是亨利的出生地。很快他们发现购买这个产业是失算的，但他们仍然在那里住了七年，从来没有想到卖掉它。他们定居巴黎以后仍然保留它，虽然土地收益少得可怜。

　　当塔内朗太太看到政治事件使前途暗淡而忧心忡忡时，只有她偶尔想到于德朗。

"幸亏我们有于德朗！拥有土地的人有福了！"她用警句式的语气大声说。

离开奥什以后，他们曾在于德朗度过了漫长的艰难岁月，蛰居在那所太大房屋的几个房间里。

在七年中，他们全心全意地振兴庄园。但于德朗属于整整一批人，他们不是本地人，不知道如何经营，因此庄园十分破败。果树长久无人修枝，葡萄藤太老，果实也就越来越少。只有草场没有受到太大的糟蹋，喂养着佃户的六头母牛，庄园四周的小树林多年来无人修整，已是枝叶繁茂。

塔内朗太太不久就气馁了，骤然之间失去了工作热情。她就是这样突然抛开曾经热爱过的事物或人的，她不能深沉地始终爱同一个对象。她的热情一般总能克服一切阻力，但是在于德朗却失败了。她的一切努力都是枉然。她绝望的努力受到农民的嘲笑，于是她走了，将产业交给佃户戴德。这位看管人大概靠土地活了下来。但是塔内朗太太从来没收到任何租金，不过终归认为幸运，因为于德朗没要她一分钱。

在五月的这个早上，她突然想要回于德朗，这是因为她需要忘记这件悲伤的事。的确，对格朗-塔内朗一家而言，于德朗代表一种圣地，令他们难以释怀。他们认为曾在那里艰难地生活和受苦，但想起那里的生活时也不无留恋，那是在巴黎以前，而在巴黎的生活中，每个人都目睹了其他人的软弱与失败。

当塔内朗太太向儿子提出去于德朗时，儿子没有回答，于是她明白，他同意了。这是少有的事：她能抓住他，让他听她说话，他显得温顺可爱。一般来说，他不是一觉醒来就逃离这个家吗？只有每日两次同桌共餐能让格朗-塔内朗全家聚在一起，但在餐桌旁他们仍然相互厌恶，一面相互戒备一面狼吞虎咽……然而，身边的儿子并不使这位母亲非常高兴，因为她忘不了刚刚被下葬的那位可怜的姑娘。尽管她对这次不幸不负任何责任，她仍然无法平静下来。

她时不时地看看儿子，他高大英俊，在男人身上，这种俊美令人不知所措。她对这个儿子的魅力不知寄托了多少幻想。在他身上她又找到了生育他时的那种狂热的希望。在第一次失望以后，她后来的生育就不那么了不起了。

雅克很快将满四十岁……她一向附和他的古怪念头，而在每次经历、每次荒唐行径后，他又回到她身边。她的命运就是当他想跑回来时接待他，别无所求，只是照料他，仿佛他是富裕的资产者。如果她提出有关他前途的建议，他就总是暴跳如雷，威胁说要出走。现在他到了成熟的年龄，她目睹他日见走下坡路……她认为自己十分对不起儿子，也不愿意多想。例如她为什么没能阻止儿子玩这场可能产生灾难性后果的危险游戏呢？因为她毕竟不敢确定米丽埃尔不是自杀。

塔内朗太太就这样回想悲剧，接着她的思想自然地转向慕这个仍然属于她的姑娘。难道不是她给哥哥钱吗？得弄清她是怎样弄来的钱。然而，要打听慕的事，每一步都是困难的，她宁可承认哪个孩子也不听她的话。但是没有她，这个家庭也不可能存在；每个人都会永远地避开别人，这她知道。作为母亲，她有那个老儿子，那个忘恩负义和肯定心怀叵测的女儿、那个邪恶的小男孩；作为妻子，丈夫之所以没有离去大概是因为这里饭菜可口，还因为他在这个松动的土地上建成了一座冷漠的堡垒；她为这所有的人献身。有一刻，她希望成为一位平静的老妇人，任务已完成，她可以轻松地死去或随兴所致地生活。一段时间以来，她梦想过平静的生活。为什么把孩子们，尤其把大儿子留在身边呢？为什么一直紧紧地监护他呢？为什么让他始终依赖自己，反常地延长她的母爱呢？是的，她本该尽早摆脱雅克。有时这个想法在她脑中一闪，她感到害怕……应该提防那些在肉体上和财物上掠夺你的子女们……结束奴役，现在她似乎连想也不敢想……

她突然感到疲乏。洒满阳光的大道仍然在邀请她品尝五月清晨的欢愉，但她突然精疲力竭。

"坐出租车吧。"她大声说。

但当他们在车里坐定，当他用惊奇和责备的眼光注视她时，她又顺从地恢复了原态。

慕常常想不再回家了。但每晚她都回来。这种态度可能显得古怪，但这也是她的兄弟和继父的态度，他们不由自主地每晚都露面，而且长期以来便是如此！即使去到天涯海角，早晚他们也会回来，因为家庭的小圈子始终强烈地吸引他们，在这里，即使无所事事，他们相互之间的兴趣也丝毫未减。说实在话，他们无时无刻不在空谈出走，但谁也不认真。

　　格朗-塔内朗一家也有适意的时候，虽然不多。自然而然的相安无事犹如暴风雨中的平静。他们奇怪的敌意如果不与平静交替就不会如此强烈。在平静中他们松口气。

　　晚饭以后，全家立刻散开。

　　塔内朗回到他房间享受惟一真正幸福的时刻。要是在别处，在安静的旅店里，他会同样孤独，而且会烦闷，因为格朗家的喧闹成为他不可或缺的：慕在墙的另一侧轻轻咳嗽，她在等待兄弟们出门……他妻子在莫名其妙地兴奋，来回迈着生硬的步子，使周围产生一种儿童式的无意识的氛围……塔内朗多年以来一直爱她。从在于德朗生活时起，他一直希望她晚上再露面，温柔地和他说话；但是自从他们分房睡以后，她再也不来了。塔内朗太太做事从不惜力，现在又老又憔悴，尽管如此，塔内朗始终在等待她，一直希望有一天她会放下工作走进来……

　　塔内朗等着两兄弟出门。

雅克·格朗出门时，用讨好弟弟的体贴声音问道："你去哪边？"他的声音使塔内朗感到羞辱，塔内朗要是有勇气的话会从房间里奔出来（他说自己将继子视为路人，这是撒谎）。此外，弟弟很少与哥哥一同走。对父亲来说这是一种满足，但他也知道稍后不久自己的儿子也会像猫一样轻轻带上门走掉。两年来，亨利晚上也出去追姑娘……

有时，出门以前，他去敲父亲的房门，慕能猜到是什么事。他肯定束手无策，受到母亲的拒绝，才来找父亲要钱的（"去找你那老守财奴的父亲！"）。塔内朗看到有人求助很是高兴，但预感到如果让儿子看出他乐于相助会很危险，因此他丝毫不流露喜悦之情。当儿子三步并作两步跑下楼梯时，他天真地认为是他给的一百法郎使年轻人如此兴高采烈。

当他们说有个儿子"去了塔内朗房间，正在向塔内朗要什么东西"时，每个人都意识到正在上演一场比激烈场面更可怕的默剧，因为在塔内朗身上找不到任何敌手，他完全失去了威信。惟一使格朗家自觉不体面的事，就是最终向他们的受害者求助。只有缺钱时才这样做。

慕难以忍受这些经常发生的场面。她还很年轻，分享大家的生活，为亨利难过，对雅克的不幸无法袖手旁观。同样，当母亲在清晨发现某个儿子彻夜未归而担忧时，小姑娘也起床，同样焦虑得颤抖。

亨利也出去了。在第二次撞门声后，家里一片寂静，但不久就被塔内朗太太嘈杂的动作打破了。

慕独自待在小客厅里沉思。

在她这个年龄，每个季节都带来点新东西。近一年来，亨利外出时不再带上她，他们之间有点不自在，但她说不清。此外，嫂嫂去世后，每个人都在逃避，她本人也不找同伴。人们似乎长期以来就盼望发生一件大事来结束雅克对家庭的影响，但失望了。雅克又开始外出，恢复他因丧偶而暂时免除的、对家庭的统治。在那件大事以后，他反而越来越挑剔，几乎不能容忍与塔内朗同桌吃饭。他像从前一样整天在外面，但不愿意别人说他不痛苦，因此他装作气急败坏以模拟痛苦。

人们总会认为他对家庭有责任感，因此这个负担赋予他过分的权力。塔内朗太太为了将他留在身边也鼓励他这样想。

"你是长子，"她常常对他说，"要是我死了，你得把妹妹嫁出去，照顾亨利。我不能指望塔内朗。你了解小家伙们，能够管他们，这我知道。"

要不是雅克自以为在家里是个有用的人，也许他早就忍受不了二十年来完全无所事事的生活。

年轻人外出以后，塔内朗时不时地壮起胆子走出来。临近的于德朗之行此刻成为他的借口，他可以和妻子谈谈他们的利益，他也高兴地看到塔内朗太太每晚来小客厅找他。

这两位女人听任塔内朗夸夸其谈，他的声音最后总是令她们厌烦，因为它总带有一种病态的神经质。

塔内朗知道妻子最喜欢的话题，他再一次说："雅克应该在于德朗定居下来，免得在巴黎苦熬。"然而，很可惜！我们可以长期梦想一件事，而当有机会实现梦想时又感到失望，因为现实总是不如希望那样光彩夺目。塔内朗太太犹豫着没劝儿子接过产业，因为她很久以来就盼望他到了生活的某一时刻会自动提出来。

然而他那喜欢冒险的天性又一次占了上风。要说服他规规矩矩过日子，就必须忍受他可怕的暴戾脾气。而塔内朗太太对大儿子是既爱又怕，因此她不愿听丈夫的话。

但是丈夫揣测到她为何沉默，更坚持说：

"再过些日子对他就太晚了。至于别的孩子，别谈了！……你也看到，亲爱的玛丽，我们的儿子离开中学以后就无所事事。如果不及时制止他，他会走上他哥哥的路。慕也一样麻烦，你很清楚……"

他以为能用啰嗦的词句为残酷的话语涂上一层光彩。很久以来，他用这种语气使姓格朗的兄妹难堪，他们说话粗俗正是因为他们讨厌塔内朗，何况他们还应用了雅克的词汇，这些词汇随着雅克的交往圈子而不断变化、丰富。自从他结识了妻子——尽管她现已去世——他总是模仿一种过分做作的、傲慢的哆声说话。

当父亲谈到慕时，小姑娘眯起眼，耸耸肩，向后扬起头冷笑，一副无情的不屑一顾的神气，无意中她已经像女人一样乐于用前后矛盾的奥秘使男人感到窘迫。

"你尽管笑！看到你这样晃来晃去谁不担心？只有这样的家庭才对一个女儿如此不关心。"

塔内朗太太生了气。她愿意怎样养女儿就怎样养。她不是这样对待亨利的吗，不是让雅克那样的孩子避免走上邪路的吗？

"关于女儿，说得够了！至于雅克，我到那里再看，如果他厌烦于德朗，我不会把他留下的。在出了这件事以后，我们要谨慎。预防最坏的情况。"

最坏的情况有时是微不足道的事，有时是令人惊恐的事，这得看说话人是处于忧伤还是相对平静之中。它有时以确定而令人失望的面貌出现在每日的生活中：罪恶、自杀、大量盗窃。它存在于房屋之外，像传染病一样在城里转悠，但还没有碰到你们。而人们在生活中满足于避开它……

"就算他在于德朗感到厌烦，你想他会出什么事呢，妈妈？"

母亲盯着黑夜，观察先兆。

"你还太小，闭上嘴。"

一种迷信的恐惧给她的感情罩上一圈阴影，她十分不安，宁可沉默。塔内朗很气恼，像坐着的死人一样垂着无生气的头，在安乐椅上一言不发。于是妻子给他端来一杯椴花茶作为安慰。这使他们大家想起许多事，特别是慕。她很小时，在于德朗，每次塔内朗患感冒，她的兄弟们都把这件苦差事推给她做。塔内朗太太十分生气时才拒绝给丈夫这小小的快乐，而这种茶对谁，对任何人都是随便提供的。慕总害怕穿过整座房子。她到达时，茶杯里往往有一半都空了，而茶碟里全是茶，但是塔内朗将茶碟里的茶倒回杯子，然后大声地吸着喝。慕坐在小凳上，等着他喝完。他一面喝一面自言自语，声音哽咽，十分忧愁。

"我自问到这个倒霉的地产来干什么呢。在奥什那所该死的中学里我也不痛快，但至少我受人尊重，而在这里……"

那时妻子已经不再照料他，她整天忙于庄园的工作，一心照看儿女。

为了把慕留在身边，他用尖刻而体谅的语气问她。

"你来的时候很害怕，是吧？你喜欢这里吗？"

是的，慕喜欢那里。塔内朗不是她家里人的证据就是他不喜欢那里。对她来说，在于德朗的日子没有开始，似乎也没有结束。至于奥什，她几乎不记得。

"他们在厨房里干什么？去告诉他们我讨厌他们，听见吗？"

她不回答塔内朗。他终于把杯子交还给她，她撒开腿一直跑到厨房门口，恐惧这才消失。于是她默默地在火前坐下，靠着亨利。

她以这种方式爱塔内朗，就像爱一些无生命的物体，因为这些物体使你回忆起某些事，使往事永远不完全离开你。当她回想起在于德朗走廊里所感到的恐惧时，这种恐惧也反映在塔内朗茫然的、有眼眵的双眼中。她对人的厌恶就自这些傍晚开始，它与椴花茶的气味和吮吸的声音交混在一起。只有她知道塔内朗有时说的话："他们在厨房搞什么鬼？告诉他们我讨厌他们。"这些话里包括少有的毒素：一个男人的懦弱，不幸。

雅克偶尔比平时回家早，看到那三个人还没有上床，便很生气。他不知道晚上母亲还和她丈夫及女儿谈话。自丧妻以来他较早回家，一看到家人在小客厅谈话比当他的面说话更为自在，他便气急败坏。

他半推开小客厅的门，露出尖刻的微笑，平静地大声对塔内朗说：

"咦，您也在这儿，您？"

慕一动不动。

一张报纸被他漫不经心地扔到继父塔内朗脚前。

"您要就给您，这是最新的《巴黎晚报》，您不是烦闷吗，这给您解闷。"

房门又关上了。可以听见他在隔壁房间里吹口哨，吹得很准，是时髦乐曲。塔内朗站了起来，瞧着脚下的报纸。但在离开以前，他对妻子说了几句怪话，他知道她无法辩白，因为怕儿子听见。

"亲爱的朋友，我可怜您；您儿子对我失礼，我不在乎。但对您来说，这是开始，您给自己制造了不幸，而您还在继续。"

接着，他回到卧室，神色高傲而凄惨。于是慕一声不响地也钻回睡房。她在黑暗里脱衣，快快地、悄悄地，不让任何人想起她那如大海沉船一般毫无价值的、被遗忘的生命。一种莫名的怒气将她抛到小床上，她用两手紧紧抓住它。但这很快就过去了，就像在于德朗的恐惧一样，等天一亮就变得难以理解。

二

　　于德朗的地产位于洛特省西南部、上凯尔西崎岖不平、人烟稀少的地区，多尔多涅省和洛特-加龙省的交界处。

　　塞穆瓦克和帕达尔这两个村子分享行政和宗教管辖权。它们专门种植葡萄与果树，一个林子高耸在高原松林之间，另一个位于迪奥尔河旁。如果说于德朗的土地属于塞穆瓦克村，那么在圣体瞻礼节时，却是帕达尔的神父来为它祝福。

　　在这个崎岖不平的地区里，它所在的山坡地势最好，除了奥斯代尔以外，也最高。奥斯代尔的城堡自十三世纪起就有了；它俯瞰方圆五十公里的地区，仍然是上凯尔西最威严的领地之一。

　　城里人很少来到这里度假，但还是有人在这里拥有家庭庄园。由于地价便宜，塔内朗才能在这里安家。

　　这地区多少世纪以来种植葡萄，但如今已失去旧日的盛名，不过当地人还是骄傲地认为他们的酒胜过邻近省份所有的名酒。

　　塔内朗一家无法住在十年以来无人照管、不能居住的房子里。天花板漏水，房间的石砖缝里长出了草。只有酒库和李子晒场还良好无损，因为佃户和庄园主都使用它们。

　　如果说花园本身不算太荒芜的话，让塔内朗太太看得舒心的也只有这里了。房子里的家具大部分搬到了巴黎，因此住所实际上无法使用。

　　到达的那一天令人阴郁。得寻找临时住处。这是他们没有预料到的：塔内朗一家不得不去佩克雷斯家寄宿。

佩克雷斯一家是离于德朗最近的邻居。他们的曾祖父母曾是庄园的佃户，当一位庄园主被迫卖掉租佃地时，他们就买了下来。自那时起，最初的有产者逐步转让土地，这份地产一直在扩大，以维持第二个租佃地上的大房子。

如今，在早先的租佃地旁边有一座漂亮的住宅和一个大花园。成了富裕农民的佩克雷斯家雄心勃勃。

可惜他们只有一个儿子，他们的雄心只能寄托在这个儿子身上。

在一段时间里，他被认为是当地最好的婚姻对象，一来是因为他将继承大笔财产，二来是因为他仪表堂堂。再说他念过书，在村里拥有一定智力上的威信。

然而，让到了二十五岁，婚事还没有定夺。人们在哪里都看不见他，他母亲不要他和任何人来往。他变得寡言少语，十分腼腆。姑娘们灰了心。有钱和孤独的让似乎可望而不可即。人们不大想这事了。或者说，不久以后，人们对被称作"老租佃地"上的生活，对这个男孩与他那怪僻的棕发母亲佩克雷斯太太之间的生活感到恐惧。

九月的一个傍晚，在收获葡萄的、阳光灿烂的一天以后，祖母去世了，让的生活永远失去了乐趣。现在他惟一的同伴就是母亲，而他怀疑她对他爱得过分。母亲对儿子的爱，由于无法发泄，便表现得咄咄逼人，仿佛她在讨厌他。母亲的强烈感情和儿子的消极被动有增无减，虽然他们在单调的生活中丝毫没有机会表现。"老租佃地"上的气氛变得很古怪，就像心理剧里古典的阴暗背景一样，其技巧就在于决不让那两个体现剧本主题的人相互见面，因为那就会使戏的心理意义一下子消失殆尽。

佩克雷斯老爹哩，他的快乐在于工作。他决不插手家里这两个人的事，既是出于冷漠，也是图个清静，还因为他极为懦弱。这个弱点具有某种魅力，因此佩克雷斯老爹是人们惟一喜欢看见的、属于"老租佃地"的人。但是在家里，他这个弱点表现为无忠无信的诡计多端，最后使他逃避家庭。此外，他在妻儿眼中一钱不值，仿佛他是个无头脑的人。

"老租佃地"像于德朗一样远离塞穆瓦克和帕达尔。但那里不通小路，只有那条雷弗尔大路，它在五百米以外拐进雷弗尔村。从帕达尔可以抄近道去那里，所以农民们很少走这条大路。

让等了好几年，盼望有人从他家地里走过。他家惟一的邻居，于德朗的邻居，很久没有来了，冷杉林的侧影竖立在他眼前，孤单单的。但他母亲仍希望按自己的想法给他娶亲。

让被认为是一个可以随意对付的傻瓜。要不是他母亲看得紧，他是精明姑娘的一块肥肉。他不喜欢家里，像普通的包工工人一样在地里卖命地干活。他本可以雇用工人。但是佩克雷斯家虽然劳动卖劲，却很看重钱。不久就有人说让很吝啬，说话还有点颠三倒四的。

他母亲并不缺乏理性，终于感到不安了。让超过了她的期望，其实她愿意他对姑娘们随便一点。为了推动他这样做，她雇用了一位年轻女仆，毕竟她宁可看到他陷于低层次的恋情中，也不愿看到他结成不门当户对的婚姻或者如此悲戚地对待生活。

但是让没有碰睡在隔壁房间的女仆。他知道这是母亲设下的陷阱，他不愿意掉进去，哪怕只一次。

三年过去了。让快到三十岁。女仆留了下来。佩克雷斯家的生活勤劳而富裕，但愁闷而单调，因为这位独生子似乎疯狂地投身于这种贞洁而孤独的生活，仿佛这是一种应受谴责的情欲。

这种情形一直延续到一个夏日黄昏，让在常去的迪奥尔河边遇见一位陌生女人。他立刻感到自己像个罪人，在长途跋涉以后，某天精疲力竭地来到一个不知道他罪行的村庄。

那姑娘正在用一把闪亮的柴刀割灯心草。两根黑色的长辫沿着面颊一直垂到草中。褪色的红衣裙在深绿色河水的陪衬下，像树叶中的水果一样鲜艳夺目。她也像一位传奇式的女孩在暮色中充满幻想地离家出走。她看见这位青年时，幻想变了。她直起身，挺起胸，以有几分庸俗的自信口吻亲热地与他打招呼。他看不清她那张在阴影里模糊的面孔，但看到她平静而充满莫名欢愉的表情：这是一个不知害怕的女人，她习惯于和任何人说话，就像与所有的过路人做朋友的流浪人一样。

让在那一刻的感受是难以忘怀的，仿佛他初次感受到无比美丽的爱。

当然，他回答时说了些蠢话。姑娘有点窘迫，看了他一刻，接着又干起活来。

让走开去，但激动地一步一回头，仿佛害怕被人尾随。他在一个桤木桩上坐下来，继续盯着她，眼神看上去很傻，其实人类的各种感情在其中交错，但没有任何一种感情能稳定下来占统治地位。

他既惊恐又感动，动弹不了。过了一会儿，她唱起歌来。他简直不相信自己的耳朵。歌声像毒液一样流入他血液里。每一个乐句，无论是婉约的还是高亢的，都使他全身震撼，身体变成了具有痛苦的敏感性的材料。

他像一个刚刚苏醒的孩子，不太清楚发生了什么事。他的生活的景象在脑中闪过，变得难以理解，但他明显地感到自己开始了一种从未有过的状态。他厌恶地想到自己的贞洁。这贞洁使他瘫痪，他在这种重压下踉踉跄跄。

没有人走过。只有波尔多的火车打破了寂静，后面是成串的烟雾。从车门里喷射出的灯光在暮色中划出一道道的红光。

那姑娘背上一捆灯心草，拿着小柴刀走了，朝塞穆瓦克方向走去。让再次独自留在迪奥尔河边，一直待到天完全黑下来。

第二天傍晚他又来到这个地方，坐在桤木桩上。头天晚上以来他没有吃饭没有睡觉，现在因困倦和饥饿而感到乏力。

但是他的神经像缰绳一样仍然拉住他，不让他完成男人走向女人的曲折行程。

当她再次平静地唱着歌出现在回塞穆瓦克的路上时，他害怕了。也许她不会再来。他突然摆脱了梦想和恐惧，绝望地猛然站了起来。

他跑步赶上她，她认出了他，向他微笑。但他没有勇气看她的脸，而是用严厉而迟疑的声音宣布她根本无权到他的迪奥尔河草场来割灯心草。他很生气，但真正被他那炽热的声音烧灼的只是他自己。谁要是在大路上看见这两个人影，弯腰背着一捆草的姑娘和张着两臂粗鲁地指手划脚的青年，会认为这是主人和奴隶。就像是奴隶，她后来落到了他手里。

第二天她又来了，一个星期以后她委身于他，就在他们相识的地方，迪奥尔河拐弯处，桤树林边上。

他们的爱情最初很复杂，至少对他而言，夹杂着一种浪漫和不抱幻想的感情。她的家人又去别处了，她没有走，在塞穆瓦克住了下来。她并不怀念从前的流浪生活。她自谋生路，被一个个农庄雇用来洗衣、收获粮食、采摘葡萄。

这件事持续了三年。现在只要有机会，让便任意欺骗他的情妇，特别是和他的女仆偷情。他觉得他为她付的代价太高，但也不是认真想离开她。从许多方面看，他和她在一起感到心安理得。但他原先对爱情的期待太高，所以感到失望。他发胖，也变得愚笨了。

塔内朗家抵达的那天晚上，让惶恐不安。佩克雷斯家从不接待客人，所以从未发生过这等大事。

让要求他们在饭厅里用餐，而不是像他们通常那样在厨房里用餐，那是真正农民的习惯。这添了不少麻烦，但是他母亲对此没有话说。

那天晚上，年轻女仆和平时一样柔弱，因此让严厉地申斥她以致她哭了起来。让穿上只在星期日穿的猎装。

当一切按照他的想法准备齐当时，他等着塔内朗一家从于德朗散步回来。早上他只匆匆地见过他们。他们简单自然的举止令他吃惊，他和他们说话也感到有趣。他们应该在佃户戴德家吃午饭，因此让·佩克雷斯觉得这一天太长了。随着天色渐晚，他莫名其妙地激动起来。

他们依次走了进来，先是那两兄弟，然后是塔内朗太太和慕。光线使他们目眩，他们脸上的表情一模一样：疲乏和轻蔑，看上去真是一家人。他们不再像早上那样，那时他们快活地提着箱子，七嘴八舌，朝气蓬勃的，因抵达目的地而高兴。

佩克雷斯家的人很激动。格朗家的人无意交谈，在饭厅里靠墙的椅子上坐了下来。

除了厨房的声音，没有任何声音传进来，厨房大概在下面，在老房子里，靠近牲畜棚。

他们饿了。雅克烦闷和舒适地打着呵欠。

壁炉对面有一个精美的餐具柜，上面的线脚装饰和柜内的瓷器亮闪闪的。洁白无瑕的餐桌闪着梦幻般的白光。空气中飘浮着一种甜甜的但略略发酸的气味，这是洛特省的"皮盖特"酒和潮湿的、沾了硫磺的大酒桶的气味，它令人想起人们的汗水。

过了一小会儿，佩克雷斯大妈大声喊人们吃晚饭。她又走进来向客人们道歉说还没有完全准备好，然后回到厨房。佩克雷斯老爹大概在牲畜棚，他像仆人一样偷偷地躲在一边。让还不敢露面。佩克雷斯家每个人都有同样的想法，但谁也没有告诉别人。至于格朗一家人哩，他们觉得这地方很不错，很暖和，虽然离村庄远一点。他们没有什么确定的想法。

慕走到门口待了一会儿，瞧着夜幕降临。

于德朗和老租佃地位于斜坡的中部，在斜坡顶上，在帕达尔的几个农庄里，昏暗的煤油灯在闪烁。天气温和，时不时地吹来一阵微风。在此以前慕已记不清这里的景色，但现在完全认出来了。她感觉到周围那些层层叠起的土地、田地、农场和村庄，还有迪奥尔河，它们仿佛是和谐的永恒秩序的一部分，人在这个世界的角落里只是匆匆过客，而这秩序长存。人们在这个永恒中不断来去，心灵感受到永恒，它像一条路在慢慢地展开、温暖而敏感，路上留着最后过客的仍然微温的脚印，也因未来的脚步和身体行走的声音而更显得寂静。

大路切断了深暗的斜坡。它呈乳白色，一动不动地穿越这个地段，完全心不在焉，就像一位来自远方，只想到达目的地的信使。

现在几乎什么也看不见了，但人们清楚知道事物在黑夜里继续它们的生命，一种如今平静下来，减弱下来的生命；在黑夜里，事物的生命也许比在白天里更强大，大概是因为白日不再使它们失散在光线里。在慕看来，悬挂在山坡顶上的帕达尔村和山坡下贴着低声吟唱的、清新的迪奥尔河的塞穆瓦克村就是这样。

叫声、嘈杂声、犬吠声、年轻人相互呼叫的声音分别传了过来，显得亲切，像海浪声一般十分悦耳。

农民们早早吃晚饭。吃饭时多半由于疲乏和平静而默不作声。很快他们就上床睡觉，这是因为劳累了一天，还因为他们的生活在不知不觉中日益陷入更深更沉的疲乏之中。而日间所有的疲劳在暮色中仿佛留下了芳香，土地的疲劳、永存的石头的疲劳、牲畜的疲劳，还有愉快又动人的人的疲劳。

让·佩克雷斯想到慕在饭厅门前，便过去找她，默默地靠在门的另一侧。此时慕勉强认出他来，他穿着紧身的猎装，身材高大而稍胖，就像中年男人。她想到他在这所房子里的生活，这片田野属于他，他在这里过得很安逸，不需算账。他使她不快，因为她一直感到他高度紧张，担心他会给人什么印象，痛苦地迫使自己掩饰真面目。

让很担心，想道："她在我这里，从门口看到远处，至少看到我在于德朗和迪奥尔河边一半的土地，她会有什么感觉？"姑娘的沉默使他自责。在她身旁他已经沉重地感到无比空虚。他随意有过的情妇一直认为他的多愁善感使人难受，不过她们不在乎，因为她们是乡下人，通情达理；她们随他尽兴地说，甚至尽兴地给她们写。

佩克雷斯老爹从牲畜棚出来，松开他的猎狗，它们像箭一般蹿进了黑夜，高兴得要命，叫了很久，像孩子一样兴奋。他们听着狗在莫名其妙地、乱七八糟地来回跑，但看不见它们。塔内朗太太、雅克、亨利和佩克雷斯大妈也在饭前来到门口。塔内朗太太想和佩克雷斯大妈说几句话，以表示友好：

"这天气很舒服，比巴黎强。空气多清新！"

佩克雷斯太太十分高兴，也说了类似的话。然后再没有人吭声。佩克雷斯老爹和狗说话，让它们待在房子附近。

慕听见雅克在她身后神经质地打呵欠。雅克！她突然冷漠地想起了他，仿佛他早已去世或消失。这是长久以来的第一次：他周围不再是他们那套公寓的熟悉环境。他好像在几天里停止了生活。他失去了一切特点，没有活力，轻飘飘的，像一位演出结束后的演员。

度假的计划使雅克感到厌烦。人们从于德朗坐船顺流而下到达米哈斯姆磨坊，在这个猎物和姑娘都同样稀少的地方此外还能做什么呢？十年以来，他没有停止过虚幻的生活，每天都出现通往乐趣的新途径。而这里一切都在躲避。寂静使他害怕。他知道母亲为他作的计划。现在他后悔当时被迫作的决定，但对自己说它毕竟没有任何约束力。

烦闷像雾气一样罩着雅克的生活，现实在雾气中变得模糊不清，令他难以把握。他很聪明，但从未有过智力上的快乐。他的思想十分懒惰，从未超越眼前的挂虑。思想将他带到乐趣前，然后丢弃他，就像是一位完成任务的拉皮条的女人。在一年的时间里，他给自己定的生活目标是：关于妻子托付给他的钱，要向她隐瞒使用的实情。他肯定埋怨她不自觉地成为他烦恼的根源，这加速了他爱情的死亡，现在也在破坏他的回忆。

说实在的，这个回忆是以塔瓦雷斯银行的到期票据形式不断出现的，他必须付钱。可能他并不怎么爱死去的妻子，不会长久地感到痛苦。她的去世令他失望，因为他不可能再期望什么东西。他感到被遗弃，他只剩下空寂的心和塔瓦雷斯银行的付款单。

佩克雷斯老爹吹口哨唤狗，它们不情愿地回到屋子里。塔内朗一家和主人们坐下吃饭，钟点比平时稍晚。美食使餐桌上的气氛稍稍活跃些，但佩克雷斯一家仍然隐隐地不安，在客人们面前感到窘迫。

佩克雷斯大妈是个古怪的女人。帕达尔村的人认为她有头脑，尊敬她。她朋友不多，但很在乎舆论。她知道人们因为她的儿子而批评她，她知道帕达尔村民的闲言闲语是出于嫉妒，但她内心仍然不安和苦恼。

自从塔内朗一家来到这里，她的心事就更重了。如果说她过早地萌生了结亲的念头，那么儿子对慕·格朗的感情更印证了这个想法。她从未将婚事与最终获得于德朗连在一起。但现在，这种可能性在她脑中出现了，明明白白地，以致她认为早已预见到了。

如果说格朗家只是抱负不大的资产者，那么他们的土地于德朗却赋予他们一种贵族身份。正因为这个地产处于遗弃状态，佩克雷斯大妈才如此强烈地想弄到手。她为这个行动的远景而无比陶醉，耗尽了未得到满足的热情。她想行动，将儿子让拖进这次冒险。与你热爱的人团结一致地行动，有什么事比这更美妙呢？永远无人知道佩克雷斯大妈的这个期望会走多远，无人知道它使大妈预感到多大的乐趣。

然而她善于抑制这个从未使自己失去理智的想象。她的热情自然而然地采取审慎的形式，巧妙地表现出来。

惟一的失误在于她将慕·格朗所拥有的土地的价值与魅力转移到这位姑娘身上。她并没有细细盘算，但朝夕之间，这姑娘似乎就值得她垂涎三尺。

这姑娘在帕达尔人眼中并不美如天仙，但她的血统不是与佩克雷斯大妈的血统不同吗？她走下"水果小径"时，身体笔挺，慢慢悠悠，不慌不忙，好像没有任何人、任何事，在任何地方等着她。除了享受生活以外，她不受制于任何义务。而佩克雷斯大妈整天忙碌，有一分钟空闲就不知如何是好，她认为这就是基本差异的真正标志。认为慕属于高于自己的一类人，这个想法使佩克雷斯大妈更为谦逊，更强烈地盼望儿子娶这位姑娘。

不久，整个帕达尔村在作必然的猜测：格朗家的姑娘从早到晚无所事事，肯定在寻找一个丈夫。而且他必须是能重新开发这片荒地的、能干的帕达尔人，何况格朗-塔内朗家的两个儿子，一个年龄太小，另一个无能……

塔内朗太太预感到这些盘算或者说期望。她不愿意惹佩克雷斯大妈或村镇的农民不高兴。当她偶然与女儿单独相处时，她绝口不提这事。但她和雅克说起过，凡关系到家庭的事，她都这样做。

"那你想把她嫁给谁？"他回答说，"我会很慷慨，我会走开。我不会谈土地的事，它没有带给我们一分钱，而且一年一年地贬值；佩克雷斯会给我点什么……"

也许他以为这种办法能解决他的麻烦。但他那位平时很软弱、很顺从的母亲却很固执。她说宁可让慕成为老姑娘也不把她嫁到佩克雷斯家。她来这里以后，动不动就生气。她必须保护女儿，但如此热情地依恋对她毫无感情的女儿，这事连她本人也感到吃惊。与儿子们的懦弱相反，她这种廉耻之心使她振作起来，特别是最近以来她发现亨利也在变坏。所以，面对她发现的危险，她觉得慕如此单纯无助，她必须付出全部必要的精力来拯救她。

很快，谣言四起。人们变得大胆了，因为格朗一家没有离开佩克雷斯的房子，搬回自己的家，一来是由于轻率，二来是他们在这里住得很舒服。不搬家是为了最终肯定普遍流传的谣言吗？佩克雷斯大妈建议格朗家在于德朗举办晚餐，邀请全体帕达尔人。

其实，她担心自己的打算是否疯狂。

"如果真是疯狂，"她想道，"那天晚上我从他们的举止就能看出来……"

她与帕达尔人很少接触，认为他们的姑娘太寒碜，配不上她的继承人，但她现在要抓住帕达尔人，因为她觉得自己的想法并不仅仅是受骗女人的想象。她的梦想使她害怕，何况它可能实现，何况她看见让在慕旁边，在院子里或餐桌上。她珍惜这个梦想并为之惊叹，就像一位尚未进入现实生活的少女。"事情不可能自然发生，"她一再对自己说，"必须行动。"

但是似乎没有发生任何有决定性的事，连实现梦想的端倪也没有见到。于是她寄希望于这次晚餐，天真地……

虽然正值五月，底层的房间两天前就全部生了火，稍稍去了难闻的霉味。只有一间房是勉强可以住人的，里面有一张奇大无比、无法搬动的、带天盖的床。大床旁边有另一张床，儿童床，它没有用处所以被搁置一边，幼年的慕和亨利先后在那里睡过。这间房位于花园尽头的椴树小径末端。墙外有一个老旧的暖房，自古以来它就是废弃的，打短工的人穿过这地区时常常在那里过夜。

慕决定在于德朗过夜。戴德大妈为她收拾房间。

塔内朗太太认为慕的主意有几分荒唐，但未提出异议。

她随女儿去，表现出不同凡响的宽容大度。

人们决定由佩克雷斯家的儿子当天晚上送慕去于德朗。他一下子变得关怀备至，拿着一盏风雨灯，领她走上那条窄窄的小路，她借着风雨灯投射的光柱，走在他前面。她很想谢谢他，但找不到话说。

他们快到的时候，让·佩克雷斯很费劲地问道：

"我母亲什么也没有跟您说吗，慕·格朗？"

慕对身边的阴谋一无所知。她转回头，看到他眼里闪着不安。

"没有，什么也没有说！我不知道她会有什么话对我说。再见吧。您别往前走了。我认识这条小路，从篱笆起，这里就是于德朗。我小时候，从来没有走得更远。还是谢谢您……"

她走开了。他傻傻地待了一会儿，然后跑回去。他母亲大概一直盯着那盏风雨灯的亮光，此刻猛烈地关上木窗，砰的声音一直传到慕那里。佩克雷斯太太对他们的散步大概寄予了很大的期望。她这是第一次失望，烦躁使她久久不能入睡……

至于慕，她一进了花园就放心了。她在小径上往下走了一会儿，然后又缓缓地往上走。谁都会被这种深沉而神秘的寂静吓跑，但慕却在其中高兴异常。在她周围，矗立着巨大的黄杨树，冷杉也无比高大，树梢在轻轻地呜咽，但没有散发任何悲戚。

有一刻，慕感到心脏在奇异地跳动，仿佛它跑出了胸膛。她倾听，听到有另一个远处的声音与自己的心跳掺合在一起，那声音时而可以听到，时而随风消失在黑夜里。她手放在胸口，屏住呼吸。声音很快隐没在低凹的道路上，绕过这侧花园所形成的高高的深色峭壁。

"是一匹马……"她心里想，"我不知道这里有谁养马。于德朗的农民不会骑马……"

骑手来到她附近时，她不再动弹，仿佛本能地感到自己的在场会使这位陌生人不安。她对他一无所知，但认定他很勇敢，因为他在这条被密集的树丛罩住的、漆黑小路上的步伐和刚才在高处一样。有一刻，慕仿佛被拴在他走向村子的脚步上。到了大路上，步伐就更清晰。接着再没有任何声音打扰寂静，寂静中仿佛有着他留下的难以磨灭的声痕。

慕回到屋里。她走进卧室，让朝向花园的大门开着，明亮的月光照遍了花园。刚才暴露了有陌生人在走动的微风，此刻使她久久无法入睡。当微风仿佛精疲力竭，在大树中间消失，慕才昏昏睡去，但她又猛然醒来，吹来的清新微风夹带着各种芳香，使窗帘轻轻抖动。它扫过了山谷谷底，因此使苦涩的藻类和腐叶发出香气。

于德朗的大饭厅敞着门。日工和佃户们在厨房里用餐，由他们的妻子和女儿们侍候，她们间或有一分钟歇息能吃点东西。端上菜肴时，她们嘴里塞着食物，前额上是湿漉漉的汗，面色通红，因这非同寻常的日子的劳累而快乐。

在饭厅里，长条餐桌的两侧端庄地坐着当地的显贵和农民。农民是帕达尔的主人，大多生于斯，死于斯。在他们眼中，佃户的身份比他们低下，有点像是土地冒险家。因此他们很看重别人尊敬他们身份的永恒性和稳定性，举止之间充满高傲，虽然在漂亮衣着下显得笨拙。他们总共有三十多人，结队而来。阳光使他们眯起眼，嘲讽的眼神表示他们在这次宴请中首先看到的是意外的美餐。呵！是的，他们可想不到这个主意！在帕达尔的葡萄收获季节，上这家或那家吃饭总是有来有往，而且经常是作为劳动的回报，从不像这样无缘无故地请客，当然，为了高兴……

开始吃饭时，他们很不自在。如果有几个人比其他人大胆试着开玩笑的话，那就算替他们代劳了。他们使劲吸汤的声音几乎填不满寂静，寂静还会持续。

慕全神贯注地看这个场面，又清楚地回想起过去，它和他们的面孔一样经久不变，其中大多数人还是原来的模样。虽然让·佩克雷斯被安排在她旁边并努力吸引她的注意力，但她始终心不在焉。

餐桌的两端各有两盏大油灯照着主持宴会的人。塔内朗太太和帕达尔的药剂师聊天，这是个胖人，他那双手放在农民的红棕色手旁边显得苍白。在另一处，出于对身份的考虑，安排了帕达尔的小学教师。他左边坐着以前的学生亨利·塔内朗，亨利像往日一样，在老师面前显得很温雅，假装的或天真的温雅。

不久以后，既然谁也不敢向众人说话，每个人就和邻座聊了起来。在越来越大的喃喃声中可以听出用沉浊的多尔多涅方言进行的私下交谈。

坐在慕右手的佩克雷斯大妈神经紧张，坐立不安，不时地低声向儿子说几句话，儿子立刻就拘谨而有礼貌地和慕说话，但他那带鼻音的声音被别人的声音盖过，不能引起慕的注意力。

喧闹声越来越大。每个人都扯着嗓子，音域到了最高点，变得震耳欲聋，十分单调，但是慕并没有被吵昏了头，而是像头天晚上在万籁俱寂的花园里一样。

他们都围着桌子，都一样的吝啬、操劳和野蛮，连这些人中身材最魁梧的、最好吹牛的大佩勒格兰和矮小的佃户戴德也不例外。但他们知道如何以影射和故事来取乐。他们通常是少言少语（仿佛在星期当中说话就是犯罪），但于德朗的葡萄酒带来了奇迹，让他们开了口。这是一种甜味不大的白葡萄酒，有高原矿物的味道。据说戴德贮存了十年，等待格朗一家人回来。由于时间长，这酒后劲不小，发甜。农民们虽然粗鲁，品尝酒时却很细致。每喝下一大口，他们就呷呷，说他们能在各种酒中辨别出来。他们将它与这酒或那酒做比较，向戴德提出建议：

"你要注意，贮存不能超过五年。它很娇气，过了五年就变味……"

这个话题一开始就引来一场舌战，每个人都自认比别人权威，都投入细节的辩论，而这些细节对外行人来说毫无意义。

一小时以后，这番喧闹似乎停止了，因为开始缺乏谈话的主题。

"现在他们要谈论于德朗了。"慕心里想。他们会重述她已烂熟于心的故事,每个故事都会将场景串起来,他们像惯常一样越来越感到高兴和舒坦,场景便一个接着一个。

"你还记得吗,慕?慕,我在跟你说话哩!你还记得那次你吓得魂不附体吗,十年以前……"

她吓了一跳。

出了什么事?大家都看着她。右边的佩克雷斯大妈和让·佩克雷斯很高兴将全体客人的目光吸引到了她身上。所有的人都不说话,为严重失礼而突然觉得难为情,因为今晚他们忘了将谈话集中到格朗小姐身上。塔内朗太太也因女儿惊愕的眼神感到不快。至于她的兄弟,他们微微耸耸肩,只有她能猜到含意。这个动作在说:"大傻瓜!我的想法可是为了我们这个家!"

她终于回答了,每句话里都含着挑战:

"哦,我记得。但有很多事你们不知道。那一天我赶着母牛从迪奥尔河牧场回来,火车从畜群中间穿过。'棕毛'的一只角上被撞了一个红色的大洞,它一边拉屎一边叫。我吓得牙齿格格响。你们说我很勇敢。但这次意外以后的那一夜我一直哭到天亮,因为那头牛将被宰杀。这是你当晚对我说的,亚历克西。你当时喝醉了,但我还是相信你。"

留着薄薄的小胡子、爱吹牛的亚历克西,听见提到自己的名字高兴得满脸通红,但人们想到他醉酒的事便嘲笑他。慕毫不宽容,多次提到他,以此为乐。她为什么这样穷追不舍呢?

她坚持往下说:

"圣诞节晚上,你还记得吗,亚历克西?在保兰树林里?你躺在泥地上,抱着长枪,仿佛那枪可以保护你不跌入深渊似的。我们用脚踢踢你,你就像疯子一样喊叫起来。你是冻成那样的吧,嗯,亚历克西?"

"是的，格朗小姐。"他说，眼光在哀求她。

其他人现在本能地站在亚历克西一边。他们都觉得受到这姑娘的奚落。她此前默默无语，突然间却咄咄逼人。她的话使他们既狼狈又窘迫。这时，慕改变了刚才无益的语气，只说些使谈话活跃的话，颂扬这人，赞同那人，对方立刻注意听。她已经知道自己的笑容、自己专注的目光的分量，于是他们立刻感谢她对他们的好意。

欢快在不知不觉间消散，就像出现时一样。每个人都把椅子从饭桌旁挪开。半明半灭的火在低声响，为了避免灾祸，戴德家的姑娘用拨火棒完全把火扑灭……

慕穿的是印花布衣裙，它在灯下显得有几分褪色，而农妇们却仍然穿着厚厚的毛衣。姑娘在想，当火炉熄灭以后，其他房间的冷气会渐渐侵入这间大饭厅。客人们虽然喝了许多酒，很快就会逐渐走掉的。因此她往壁炉里扔了最后一把枝蔓，火又猛然地呼呼响，吞食着干枯的细枝。

突然间，她侧耳听。表面上，花园和于德朗农庄全都寂静无声，但她知道，比所有的人都先知道：寂静刚被打破了。头天晚上听见的马蹄声此时清晰地传来，而且来自同样的方向。不久，声音变得十分清楚，大家都不再说话，注意听。

"这是乔治·迪里厄。"让·佩克雷斯表态说，"我能想象当他看到窗户亮着灯时会多惊奇。这的确是多年来第一次。"

"他这是去哪里？"慕问道。

"谁知道呢？这得看他当时的女人住在哪里了。就眼前来说，他是去塞穆瓦克。"

"啊，为了这个。"佩克雷斯大妈摇晃着头说。

儿子也立刻意味深长地摇着头。

塔内朗太太打听乔治·迪里厄的详情。

"波尔多人。他在塞穆瓦克附近买了一份产业，来这里度假。您知道，就是从大路上看不见的那座房子。有一条宽宽的柏树小径通向那里。他想在这地区置点东西，因为他父亲在这里待过很久，他甚至还想买回于德朗。"

"嘿，迪里厄先生！"

神父打开了窗子，大家惊奇地看到骑手已经挽着马的缰绳进了院子。

"我还认为在做梦哩，"他大声说，"刚一上路，我就看到于德朗亮着灯。"

他拴好了马匹，走进饭厅。这是一位身材高大的青年，深褐色头发，在慕看来，并不特别英俊。他那随随便便的衣着更突出了他天生的优雅气质，悠然自得的神情立即受到赞叹，他的举止像动物一般灵巧。他看上去有几分迷惑，脸上交替地流露出漠然与孩童般好奇的表情。他全神贯注地看着人，和气地与他们交谈，但不能倾听很久，片刻以后就似乎忘记了他们。从第一眼起，他就记住了在场的所有人，毫无困难地认出此地的产业主，虽然他并不认识帕达尔的全体居民。他那稍带蔑视的谦恭使人们重新感到自己的地位。塔内朗太太对这种魅力十分敏感，从他一进门起，她就露出女性所特有的微笑，她仿佛也年轻了。乔治·迪里厄的到来使聚会在慕眼中具有了无法忍受的明确含意。

"这就是这里人常常谈起的姑娘，她要留在于德朗，"陌生人肯定会这么想，"不久以后一天晚上，这个粗人会把她带回家。她母亲塔内朗太太宁可逃走。他们大概真缺钱……"

她抬起眼睛。浅灰色的眼睛。目光立即与那青年的目光相遇，他的眼睛也同样是浅灰色，但由于冷漠和训练有素的毅力而眼神严厉。他一边说话，一边不停地盯着她。当他发觉有人在注意他，便转过脸去稍稍待几分钟，然后又几乎立刻转过来。

但是乔治一直不停地说话：

"每天我都沿着您的地产走，夫人（他强调这个词仿佛在嘲笑她），所以我对它很熟悉。您的葡萄园，靠佩勒格兰家那边的，特别是那两个山坡上的大葡萄园，可惜如今值不了几个钱。不必用烟熏了，只有拔掉。"

"我可认为，"大佩勒格兰争辩说，"只要嫁接……"

很快，帕达尔人都来救援。佩克雷斯一家在角落里低声抱怨，他们也想起点作用。乔治·迪里厄的话并不直接损害他们的利益，但他们感到对于德朗价值的共同信仰正在动摇。

"不，相信我，"青年继续说，"除非将整个山坡烧掉，再重新种……但这有什么用呢，夫人？您从来不来。您买下它时，它已经残破得不像样了。几十年来就如此。只能让于德朗保持现状。谁想改变点什么会倒霉的。曾经拥有您这地产的破产地主在这地区可不少见。只有你们这些帕达尔的农民才对这片荒地抱有希望……"

格朗太太仍然毫无理由地恬静地微笑……

"您明白，"他最后说，"这里的土壤很贫瘠，必须投进一大笔钱才能追回失去的时间。再说，人们可以很好地生活在于德朗，但以某种方式，只向它索取它能给出的东西：少量的木材、水果、草料。"

看来他是想给垂涎于德朗的帕达尔人泼冷水。他在撒谎吗？他轻描淡写的语气能骗过最精明的人，但与他那出奇的尖锐的目光不相协调。当他隐约感到他们嘶哑的声音流露出失望时，他就换了一个话题。今天他几乎赢了一局。明天，当然，当他们在朝阳下再次穿过雾蒙蒙的于德朗时，他们又会萌生拥有于德朗的欲望。乔治很清楚这一点，但是他今晚让这些垂涎者们泄泄气就可以了。

让·佩克雷斯不大把乔治·迪里厄的话放在心上。他认为自己爱慕，实际上，在慕眼中，他和乔治·迪里厄一样是陌生人，而乔治似乎已与她亲近了。慕热情而专注地听乔治讲。摇曳不定的火光照出了她那稍嫌瘦削的两肩下的阴影，她的脸上有一种佩克雷斯朦胧感到难以抓住的美。这个发现扼杀了他的欲望，还使他绝望至极。无意识之中，他埋怨母亲如此庸俗地捍卫她所谓的利益。自这晚起，他就预先知道自己输了，但若让慕有所觉察会很危险。也许她并不残忍，但当他试图谈到自己时，她便两眼无神，仿佛迟钝得无以复加。他觉得自己无法再忍受迪里厄的在场，便站了起来。

他走了出去。母亲也机械地跟了出去，心中也很难过，一种隐约的不安。随后，所有的帕达尔人都走了，似乎是在抗议，其实他们只是累了，就像在拖长的晚会后常见的那样。

在这次晚宴后的两个星期里，乔治·迪里厄几乎每天都出现在于德朗。这些表面上平凡的日子对慕来说却充满了艰难的等待。

塔内朗太太往往在下午去于德朗，为的是清点她早先离开时留下的东西，好把它们带回巴黎。这个在城里总是忙这忙那的女人，这次说自己"神经放松了"，因此，一想到稍有点事要做她就感到厌烦，她在大部分时间里躺靠在花园与菜园之间那片平坦空地上的大安乐椅里。在那里，在经过棚架筛滤的温和空气里，她有时会睡着。

这天下午，慕在等待乔治·迪里厄。不久以后，她发现了一件事，但毫不惊奇：雅克感到烦闷，也在等待那位年轻人。

尽管姓格朗和姓塔内朗的人各不相同，尽管他们的感情形式各异，他们都具有同样的性格倾向，彼此相似：其中一人的朋友——除非他不愿当朋友（在这种情况下，人们很快就不高兴听他讲话和他说话）——一进格朗家不需多久就成为全家人的密友。每当家庭成员中这位或那位带来一位客人，一种有感染力的热情便产生了，每个人都以自己的方式喜爱这位来客，并努力独占他。但新来者不久就发现格朗家内部存在着无法调和的对立，他必须作出选择。如果他为这方或那方说话，他会经历罕见的时刻：在极不公平、极为有趣的形势中做裁判，这个幻想使他热血澎湃，在一段时间里充满了英雄激情，但不久他就发现谁也没有和解的真诚愿望。他认为一切都解决了却空欢喜一场，而且弄不明白是怎么回事。于是他必须重新努力去适应这种争执与撕打的永恒运动的单调节奏。他常常感到厌倦。因此格朗兄妹没有真正的朋友，最终永远孤独。

迪里厄不知道在于德朗有人这样盼望他。表面上他对慕没有兴趣，但他常常在庄园里停下来。

慕坐在一个容易爬上去的冷杉树枝上，树枝削成了长椅的形状。她正心不在焉地看书。雅克只穿着衬衣，在花园尽头整理俯瞰大路的花坛（他决定留在于德朗。在这个出人意料的决定中，与迪里厄的友谊大概起了很大作用）。塔内朗太太很高兴儿子有事做，哪怕是简单的事，便宽容地作出结论说："他毕竟一直热爱土地。"

自从他们来到于德朗，除了和佩克雷斯大妈有几次小小的纠葛以外，慕觉得她家人的情况比原先想象的要好。

雅克只有在佩克雷斯家早餐时才显得不安，那是邮递员经过的时刻。他离开巴黎时，曾经让门房把塔瓦雷斯银行的信件退回去，怕人发现了他们，再与他纠缠。但是，自然的，两周以后，来了一大批信，是附有执达员费用通知的警告信。塔内朗太太给了儿子一大笔钱。从那以后，再没有消息，这本该使雅克不安的，但他认为银行已经忘记了他。这段平静使他很满意，他的状态也更好，对所有人都表现出在巴黎时少有的和气。

他埋头刨土，亨利在迪奥尔河边和同伴们钓鱼。时不时地听见他高兴地叫，宣布某人钓到了什么。雅克只是在回答他时才停下来。塔内朗太太害怕显出昏昏欲睡的样子，于是大声喊叫，虽然声音中充满了倦意：

"别待在阴影里！那里凉，对身体不好。你听见了吗，慕？……"

两趟去波尔多的火车经过这里，这是每天的大事。第一趟火车过去以后，乔治就来了，两星期以来，他从没有在第二趟车过去后才来。时间在两趟车之间流逝，长得没有边。他们在等乔治。在干燥的空气中，声音一直传到花园，并在树林和山谷中引起连续回响。在冷杉的潮湿阴影下的人认为这是夏日的魔法。

有时一趟慢车残酷地挫伤了慕的期待，使她害怕地想到乔治很可能不来。

在第二趟火车经过以前，让·佩克雷斯气喘吁吁地出现了，他从迪奥尔河边一直来到慕所在的冷杉树下。

作为能干的农民，他认为格朗-塔内朗这家人不实在、浅薄，但他努力照他们的方式生活以求得到慕的信任。自从来了邻居以后，他在地里干活就不那么拼命了，可怜巴巴地跟在亨利后面，亨利纠集了一批比让年轻得多的伙伴。

"您来吧，我们都去磨坊，然后坐特里的汽车兜风，快来吧。"

"是亨利派你来的？"慕怀疑地问。

"不，他不愿意。我小声说话是因为雅克……他一来，一切就完了。来吧，快点……我求求您……"

有时他性急地扯她的脚踝，这时亨利在谷底召集他那一帮人，不安地呼叫那个年轻人。

"我可没有兴趣！别管我，不然你会后悔的。"

她粗暴地让他走开。有一次她突然气恼地大笑起来，以致雅克威胁说要过来管管。让从小就认识慕，对待她像幼年时一样，就因为这个，他能更轻易地接近她。她将他推来推去，既粗鲁又亲切，他没有办法生气，相反，他一天一天地对她更殷勤也更粗鲁。

乔治随兴所致地或步行或骑马来。他一走上小路雅克就叫他：

"您来坐会儿？我这就完，我们可以一起下山。"

在和朋友一同去塞穆瓦克以前，乔治爬上阶梯，推开小栅栏门，来到冷杉树下。到了那里，他两手插在口袋里，抬起了头，但从不停下来。

接着他沿花园往上，来到空地。他吹口哨或轻咳几声，好让塔内朗太太在他到达以前醒过来，免得难为情地让他看到自己打瞌睡。

　　等待了几个小时的慕用十分坚强的毅力迫使自己保持镇静，以致感受不到应有的快乐。她从长椅上跳了起来，慢慢朝空地走去。一种内心的追求促使她每天去徒劳无益地接近乔治。

　　"您想出了这个，迪里厄先生？"她仍然站在冷杉的阴影里，"乡村里可做的事可多着哩！"

　　雅克耸耸肩，无意中排除了可能对乔治产生的怀疑。

　　"她喜欢这个派头。她多愁善感，想引人注意。"

　　慕稍稍眨了眨眼皮，改变了木然的表情。她在沿着厨房墙壁的长椅上坐了下来，离那几个人稍远。塔内朗太太留住了乔治·迪里厄，让他在安乐椅上坐下，她现在每次都端出这把椅子。

　　显然他在避免和这位年轻姑娘说话，而她也明白其实他想和她说话。他迟疑着不敢看她，仿佛这是正式禁止的事，而每当他的目光与慕的目光相遇时，他就转过眼睛去，不知所措。为了掩饰窘态，他拿着从树上掉下的第一批发青的樱桃把玩，将它们排成两个一堆，三个一堆，进行仔细的观察，但那神气仿佛是视而不见。然后他用指甲将它们一一撕碎。他那发亮的黑发分成粗粗的一绺绺，就像是被风吹倒的沉重的草，风又将它吹成一片片，因此很久以后它仍保留着风暴的凝固痕迹。虽然他穿着小小的短袖衬衫，但根据他手臂的颜色和瘦削狭长的形状，根据他皮下肌腱突出、多筋的踝骨，不难猜到他的整个身体很长。

　　他动作灵巧，可以猜到他很年轻，但时时准备沉溺于懒惰与享乐。他那轻松自如的态度和健康的身体吸引人们，使人们留在他身边。在他那流露出孩童般温柔的面孔上，他的眼睛很精神，对塔内朗太太讲述的一切都感到好奇。如果他聪明，他应该屈尊开口说话，好让别人对他作出判断。他从来不特意取悦人，但自然而然地做到了，因此人们在他身边努力寻求他的友谊。

他喜欢在迪奥尔河里游泳，特别是喜欢打猎，还喜欢去塞穆瓦克尽兴地玩个通宵。

"今天早上，我在您的树林那边打伤了一只野兔。"他说，"是戴德的狗咬住它的。对了，我看见了那姑娘，她告诉我一件我不知道的事：您打算在于德朗住下来？"

他朝雅克转过身去。雅克急于和他走，在长椅上时时抬起身子。

"这是我母亲的想法，亲爱的。我听从安排。"

他大笑，内心却对人们对他的惊讶感到不快。他那刻薄的音调表明，如果有人对他的明理抱有希望的话，那就错了，大错特错。但是乔治那简单自然的声调消除了他的怀疑。他用世俗的口吻接着说：

"租佃屋挺怪的，房间与房间之间都是台阶，比这里有趣，所以我会住在那里。这样一来我们两人就更近了。"

"是的，那里好得多，何况等我们走了以后还有戴德家照顾他。"塔内朗太太赞成地说，"您听说过租佃屋吧，迪里厄先生？"

"听说它很古老，比帕达尔所有的房屋加起来的年代还久远。它盖好以后归属于德朗。关于这个，我父亲可以告诉您许多事。再说……"

雅克站了起来：

"您去塞穆瓦克吗，迪里厄？"

雅克没有乔治高大，但他的俊美更为和谐，四肢与身体匀称，虽然缺少好几个夏季的漂亮棕色。

慕心里想：在塞穆瓦克，肯定有一批奉承者围绕在他们周围。现在他们两人每天都去那里。虽然雅克用不在乎的口气向乔治提议去那里走走，但可以感觉得到什么也不能阻止他去……

雅克和乔治之间存在着某种相似，慕从一些细节中，从这种心照不宣中能猜得到。

"您去塞穆瓦克吗？"

对方一面和塔内朗太太说话，一面从椅子上站了起来：

"如果您决心花点钱收拾您的租佃屋的话，我希望不会是因为流传的迷信吧。无论如何，我很高兴。每年我在这里待到十月份，有时在圣诞节还回来打猎。"

塔内朗太太终于站了起来，用手背抚平衣裙上的皱褶。

慕见到乔治时并不感到快活，因为他始终很冷漠。她默默地与他对抗，使出全部毅力，决心不惜一切代价来报复她甚至不知为何受到的拒绝。她谦逊地专心这样做。将乔治挽留一小会儿，延长对他的折磨，这会使他在不知不觉间更依恋她。

因此她作出最后的努力让谈话继续下去：

"您不会相信农民中流传的迷信吧？"

每个人都转过身来。塔内朗太太在微笑。乔治用挖苦的口吻回答说：

"当然不，为什么？您相信吗，您？这里的人说您胆子大。"

雅克抓住乔治的手臂：

"这是因为她独自在这里过夜，还不是为了引人注意。吓人的故事越多，她就越了不起。您明白？"

乔治看着地下，神气似乎是回忆起了某件事，他突然大笑起来：

"这使我想起了一个可笑的故事，哪天我给你们讲讲……"

慕最后一次试图勾起两个年轻人的兴趣：

"可是谁跟你们说，谁跟你们说我胆子大？"

"别管她了，迪里厄先生。她又神经质又腼腆……"

这两个女人将来客一直送到栅栏门。

第二趟火车在拉汽笛。特里的汽车在门外驶过，飞快地驶向塞穆瓦克。人们正感到惊异，不知"这些疯子是谁"时，慕说出这是些什么人。雅克本想骂一句，但由于和乔治还不十分熟悉，便咽了下去，只是说"这辆车原本可以停下来捎上他们的，既然知道他们去塞穆瓦克"。

他们走了。塔内朗太太关上大门时，慕躺在一大丛野玫瑰旁的草地上，突然感到精疲力竭，厌倦了漫长的等待。

下午快结束了。从山谷里没有传来任何声音，但偶尔可以听见戴德姑娘的尖声叫唤。她正赶着母牛去迪奥尔河草场的水塘里饮水，因为高原上的水塘都干涸了。

鸟儿正在栖息，花园里充满了它们因疲乏而显得柔软的啾啾声。塔内朗太太又出现了：

"慕，你是说你弟弟和特里一起走了？我怕会出事故。你知道他们为什么都去塞穆瓦克吗？"

慕不知道。塔内朗太太再次推迟离去的时间，沿着花园四周短而宽的小径走了一圈。

傍晚，在于德朗，稍有一点声音就引起塔内朗太太注意，不论是大路上的脚步声还是迪奥尔河上桨声的回响。

"这是什么？你听，慕……"

细听之下，一切都有嘈杂的声音，特别是那座空屋。

不久，玫瑰变成了紫色，花丛周围出现了一种血红色。

"真怪，一到天黑，我怎么也不能再待在这里。"母亲说，"说真的，你真勇敢，慕！"

呵！这样说又有什么关系呢，既然乔治现在不在这里……

慕有种感觉：乔治之所以与她哥哥如此融洽，那是因为他们在天性的某个方面相似。同样的懒惰本性和对乐趣的追求使他们相互靠近。

塔内朗太太终于来到山坡上的花丛旁，来到女儿身边。

"你是怎么了？不舒服？我们走吧。我不能说喜欢回到佩克雷斯家，我们当初不该在那里住下来。可是话说回来，现在离开他们家为时太晚，回到这里来也为时太早。你的兄弟们在乡间过得很好。"

她要女儿分享她所作的牺牲，这样向她表示她的感情。

自从家庭生活不再占据她许多时间以来，她因被子女们如此抛在一旁而感到苦恼……

一天傍晚，靠菜园的大门上重重的敲门声将她们吓了一跳。敲门声不久就变得十分粗暴，她们很害怕，但没有吭声而是走下山坡去开栅栏门。这时佩克雷斯太太那个熟悉的、虚情假意的声音使她们不再惊恐了：

"我以为你们在租佃屋。我来找你们，好回家时聊聊天。"

几秒钟之内塔内朗太太就恢复了镇静，她转身看着女儿，用惯有的威严口吻命令说：

"你从大路回去，千万别害怕。"

于德朗令人郁闷，浓浓的、令人难受的郁闷。为了早去巴尔克旅馆，雅克·格朗愿意在半路上，即在村子与那所房子之间与乔治·迪里厄会合。因此乔治去于德朗的次数就越来越少。最后一次是在两星期以前，那时他好像对慕感兴趣。

"每年夏天我都组织一次钓螯虾的活动。我希望你们三人都来，我会给你们打招呼的。"他说。

他那彬彬有礼的语气表明他对塔内朗一家人很客气，他只是简单地表示了客套。从此，他再没有在这里露面。他走帕达尔的"弯路"去到塞穆瓦克的大道，因此避免了那条穿过于德朗庄园的近路。显然他在躲闪，而且如此彻底，似乎难以想象他有一天会再出现。塔内朗太太很想念他，不安地说：

"怎么再也看不见迪里厄了？他还是总去巴尔克旅馆吗？"

接着，她注意到雅克现在不等朋友来就动身去塞穆瓦克，便激烈地责备他：

"你妹妹和我，我们在这里要闷死的。你总是这样，把我们最后的同伴都夺走了。我要是看见迪里厄会告诉他我是怎么想的。"

塔内朗太太在于德朗无所事事。她难以忍受这种情况，何况不仅佩克雷斯太太，而且全体帕达尔居民都鄙夷地将她撂在一边，一来是由于她对邻居的态度，二来是由于她两个儿子的态度。雅克嘲笑母亲的指责：

"你以为他喜欢来呀！……他来是出于客气，这个可怜的迪里厄。你不会看人，你不知道迪里厄是什么人……"

慕失去了耐心，不再去花园里度过下午。为了给自己找个目标，她走去找在里奥多尔河附近草场放牛的戴德姑娘。她只用隐晦的话向佃户的这位女儿提问，得到的关于乔治的消息不多。这姑娘也去巴尔克旅馆。

"您也应该去，格朗小姐。那里的好处是谁也不会注意您。我在入冬以前都去。"

然而慕既无意去巴尔克旅馆，也无意走出她所习惯的孤独……

人们开始收拾租佃屋的那三间房，让雅克住，慕帮帮母亲，虽然她不喜欢和塔内朗太太在一起，对后者最近莫名其妙的关爱感到别扭（她不知道佩克雷斯大妈对母亲说了些什么，但她在晚上，在吃饭的时候，才回到邻居家，避免和她单独相处）。很快，她感到照管哥哥的事比闲逛更没有意思，便什么也不做了。

六月中下了一个星期的雨。戴德姑娘不再放牧。雅克的家具从波尔多运来了，但天气太坏，不可能去塞穆瓦克火车站取货。淫雨断断续续、有气无力地下着，小路泥泞不堪。在花园湿漉漉的斜坡上，不计其数的小水沟压烂了青草，将草放倒，舔着它。慕放弃了花园散步。

人们不知道亨利在哪里，至于雅克，他认为住新家更方便，在那里一直睡到动身去塞穆瓦克的钟点。

农民们很忧伤，叹息说：

"这天气对李子可不利，使李子淡而无味……"

然而，据戴德姑娘说，巴尔克旅馆可仍旧很热闹。恶劣的天气对这位磨坊主有利，去他那里的人越来越多。

慕穿上从佃户女儿那里借来的斗篷，在大道和小路上转悠，希望能遇见乔治。这种不停的寻找占用了她一个又一个的整个白天，而且不久就像是一种义务，但她并不清楚自己不再有很大的期待。

她一刻也不埋怨哥哥霸占了她所爱的男人。这是命中注定。的确，她怎能和这种连她都感到惊奇的魅力较量呢？在她哥哥周围时时都有激情在产生和消失，而且总有人沉溺其中。她猜到为什么哥哥霸占了乔治，因为这同样是乔治吸引她的原因：首先是他也恬不知耻地、随心所欲地生活，一半是农民，一半是走入歧途者。如果你能讨他欢心，他就表现得洋洋得意。他们两人谁也不工作，但是慕认为如果乔治为某件工作所累那会令人伤心的。如果有一天他爱她，他会将全部时间，全部闲暇献给她……

一天下午，她看见了他。他从她身旁走过，像农民一样穿着绒布工装裤，眼睛朝下，两手插在口袋里，脸色显得疲乏烦闷，并不知道慕在山楂树后面瞧着他。她想象他在关心她，其实他不是根本没想她吗？在持续的雨点下，他焦虑的大概是他本人的生活，而且，虽然他和雅克有所不同，此刻他们的面部表情却很相似——厌恶。

乔治的出现并没有使慕高兴异常，反而使她不安，她没有向前走一步去与他见面。而当他一从大路上消失，她就后悔没有抓住他。她飞快地跑过草地，鞋子陷进泥里发出吸盘般的声音，然后又沿着满河流淌着泥水的里奥多尔河飞奔。急于结束这场可悲的爱情剧的愿望使她气喘吁吁。

到了租佃屋，她看见母亲独自坐在一个空房间里正无所事事地抱怨。

"我失去可怜的头脑了，慕。你说说，那些家具一直没有来，雅克根本不管，就像对我们一样！"

她注意到慕的表情，女儿在神经质地哭泣，但又强忍着不哭出来。她并不过分惊讶。

"是这种天气，不知道这里的人怎么感觉，我也一样焦躁，仿佛会出什么事……"

接着，她思索了一下：

"如果你在这里太烦闷，我叫亨利带上你……"

在租佃屋周围，雨下得很密，像冰雹，在深绿色的水塘表面打了许多孔，两座几乎破败的水磨将影子投在水面上。雨更突出了夏天的懒散，膨胀的叶簇、浓而沉的热气，洒满小径的新鲜但腐烂的水果都表现了雨水的富足。在大门的挡雨披檐下，忍冬散发出淡淡的香气，还夹杂着湿沙岩和阵雨微微发咸的气味。在远处，于德朗屋顶上矗立着许多烟囱，冷杉林的树巅围绕在四周，很有气派。

风暴逐渐减弱，很快成为阵阵的细雨。天空明朗了，云还在变化，但已经比较平和。云中的某处会出现一个凹口，澄蓝的、明亮的凹口仿佛是湿的。

下午将尽时，从橡树林和佩勒格兰高原袭来一种白色的雾气，它缓缓地沿着里奥多尔河而下，朝迪奥尔河谷蔓延，在那里与厚厚的浓雾会合。戴德姑娘挽着筐子走出谷仓，朝帕达尔方向的西边地里去找菜。

"这样下来的雾气表明坏天气过去了。您瞧瞧这多美，河那边几乎看不见。"她对慕说。

在她经过的地方，里奥多尔河边高大的杨树在雾气中披上了白霜，一动不动。庄园与周围地区隔开来，似乎消融在雾里。

塔内朗太太从屋里出来朝水塘走去，在那条凹路前站住了，它现在是通往大路的惟一途径。她烦躁地叹气说：

"谁知道你的兄弟们现在在哪里？再过一小时，在雾里什么也看不见了，亨利还坐着特里的车满处跑。我宁可什么也不知道。"

在这次歇息以后，慕想活动活动两条腿。

"我到大路上去，看他是不是在迪奥尔河钓鱼。"

她又披上斗篷，快步走上小路。真的，她连刚才烦躁的原因都忘记了。在天气刚刚转晴的此刻，她对乔治的记忆变淡了，不那么鲜明了。

也许她认为这个男人的冷漠难以克服，所以放弃了希望。自从在于德朗的那顿晚餐以来，她为什么毫无根据地认为他会找她呢？如果说，他瞧了她一会儿，她就以为他爱上了她，她一定是疯了。还有，在他来访的时候，也许她的举止很笨拙……

到了大路上，她对迪奥尔河谷里喧嚣的风暴过后的沉寂感到惊讶，真以为身处潮湿的井底。

"亨利！"

她的声音引起了短暂的回响，她听不出自己的声音。

她不急于回到租佃屋，便在花园角的一块界石上坐了下来。

"他也去了巴尔克旅馆。"她想道。

在她身旁，树木在剧烈地晃动，抖掉沉沉压在枝条上的水，但似乎没有任何运动引起这突然的颤抖。很快，从静寂中飘出了十分温柔的潺潺声。沟水从山丘往下流，在慕脚前穿过大路，弯弯曲曲地。

慕突然感到她不再想乔治了。她对自己所谓的变化无常十分害怕，决定当晚去巴尔克旅馆，并为此而兴奋。

过了一会，她再次呼喊弟弟。一种像厚墙一般难以击破的静寂回答了她的喊声，而在花园里正在上演同一个水的幻梦剧，慕侧耳听似乎分辨出了温柔悦耳的声音。

"我要一直走到迪奥尔河，"她自言自语说，"但是，现在天很快就黑了。"

她能抵御恐惧。

慕从前曾在他们的地产旁边的地头，在那圈榆树下玩耍。她突然清晰地回想起来，那时她十岁，每星期四就和亨利和路易丝·里维埃一起玩。塔内朗常常过来充满父爱地看着自己的小儿子。他穿着一件蹩脚的土黄色上衣，脚上是猎人的鞋罩，当时就已经显得很老。雅克一来，就像稻草人一样把继父吓跑了，然后他躺在草地上指挥游戏，仿佛是一位随兴所致的、活泼迷人的王子。孩子们以他的参与为荣，乖乖地接受他的斥责。那个时刻很平和。他们丝毫不可怜塔内朗。雅克就是王。

现在雾堵塞了一切，它浓烈而寒冷。慕几乎确定弟弟不在迪奥尔河边钓鱼，但她还要一直下到小河边。

她攀住金合欢的树干免得滑倒，来到了铁道边。在她家地产所在的那个山丘脚下，有一股泉水在欢快地、有节奏地跃动。慕经过草场时，第二趟火车在雾里迅速驶过，它的汽笛声从塞穆瓦克起就传进了慕的耳朵。

这时，慕在河边那个圆形的芦苇丛里，在塞穆瓦克和奥斯代尔那两座磨坊之间，看见了一个像影子一样模糊但又可怕的确切的东西——一具女尸。她惊呼了一声，然后本能地飞奔上山。

到了半山坡，她停了下来，突然恢复了理智，仿佛一下子逃离了恐惧。这女人是谁？……她没有认出那张脸，因为她在半明半暗处。这位陌生女人肯定是在塞穆瓦克磨坊方向，在牧场附近淹死的，那牧场将于德朗庄园一直延伸到山谷。这个想法突然使她无法忍受，她无法下决心走开。

过了一会儿，她明白没有人听见自己的呼声。出于谨慎，她没有向任何人报警。她是不是去看看，那淹死的女人该没有被灯心草丛拦阻在她家的地产前吧？要是那样的话，她又能做什么呢？首先得去看看。

最困难的是走下牧场的斜坡，她很沉着地穿过牧场，仿佛有人在窥视她。

到了岸边，她在地上跪了下来，好尽可能地看到最远处的河面。

溺死者被河水冲着，时而迟疑，时而顺从。慕的目光一直跟着她，直到尸体摇摇晃晃地越过了她家的草场，慢慢进入桤木林，那是佩克雷斯家与她家的地界标志。小河在这里转弯，在它转弯以前，慕借着最后的光线看到尸体两侧拖着两条黑辫子……

慕回到大路高处时，被一个人影吓得朝后倒退，这是她母亲。塔内朗太太比儿女们更敏感，更容易激动，因此慕特别觉得应该照顾她的情绪。

"我等你叫你有一会儿了。你从哪里来？"

老妇人的声音在颤抖，表明了她的软弱。

"从迪奥尔河来，去看看亨利在不在那里。他一定是去巴尔克旅馆了。"

"戴德大妈请我们两人去吃饭。"塔内朗太太又说，"我承认这让我换个与佩克雷斯家不同的口味。"

她大致放了心，就说起那天傍晚她和那位女邻居的谈话。

"你想想佩克雷斯那个疯女人居然为儿子来向你求婚。这里的人看得清清楚楚！她这样可以一箭双雕。让在这里有情人，戴德姑娘一定对你说过。”

慕几乎没有听，什么也不明白。话语在她耳旁嗞嗞作响，敲打着她晕头转向的脑袋。她克制自己别流露出那可怕的、她自己也不清楚从何而来的厌恶。

“你这是怎么了，慕？过会儿就好了，亲爱的……”

母亲挽起她的手臂，但她生气地挣开，快步走去。

母亲艰难地跟在后面，不停地说，虽然不明白自己的话有多少分量：

“这算什么度假呀，亲爱的！我们是两个不幸的女人，你瞧，有时我想要是你不在这里就更糟了……”

当慕在明亮的灯下坐上餐桌时，她感到极度疲乏，沉重的疲乏，好比她刚刚完成了一项超出她体力的苦差事。既然她很累，一切就变得简单了。她的焦虑并不妨碍她聊天和津津有味地进食。塔内朗太太放了心，逗佃户家高兴。

吃完饭时有人敲门。来人是佩勒格兰的仆人亚历克西。他从塞穆瓦克回来，有几分醉，提着一盏风雨灯：

“好像佩克雷斯的那个情妇自杀了。你们知道，就是在巴尔克旅馆当女招待的那个。”

慕纹丝不动。亚历克西走后，戴德大妈转头对慕说：

“谁都知道您让那年轻人的希望落了空。您别放在心上，格朗小姐。再说他就想找借口抛弃她哩。她是个可怜的姑娘。我了解佩克雷斯大妈，她现在该松口气了。”

晚上，慕没有回于德朗，而是按照自己的决定去了巴尔克旅馆。

巴尔克旅馆位于塞穆瓦克村口一座旧磨坊里。它是以新主人的名字命名的。自从磨坊改作他用以后，这座灰泥脱落的高房子几乎没有再装修。只是修了一个露台，它朝向迪奥尔河，在水坝之前河面最宽的地方。

晚上，人们从帕达尔、米哈斯姆、奥斯代尔来到这里娱乐，借此也可以透透气，沿迪奥尔河走走。

因此旅馆大厅在水的上方，一座小木桥通向那里。巴尔克将大厅布置成农村风格。四周是铺着提花布的桌子，中央是一个铺上石板的空地，可供跳舞。在开向阳台的门对面有一个现代风格的铝制小柜台和模仿巴黎小咖啡馆的高凳子。柜台后面是巴尔克。他还年轻，穿着洁白无瑕的短袖衬衫。出于健康原因，他来塞穆瓦克度过夏季的三个月，然后回巴黎，在那里他经营一间酒吧。

慕听见从大路上传来正在搜索树林的寻找者的喊声和划桨人在雾中逐渐远去的回应声。今晚这件丑闻使人们不得安宁，对慕来说似乎是寻找乔治的极好借口。

巴尔克旅馆关着门，人们在里面跳舞。浓烟仿佛在大厅里制造了陌生的气氛。在跳舞的人中，她认出了两兄弟，在大门对面的一张桌子旁，她认出了乔治·迪里厄。

他背靠着墙，正抽着烟看她。他那紧张的姿势和面部表情表明他难以克制欢乐和急躁的心情。总之他给她的印象是一直在等她，虽然没有设法与她见面，而其中的理由慕仍然一无所知。她从未像今晚这样理解他，明明白白地理解他。

每个人都窥视着新来的人，慕的到来当然也引起注意，雅克向她抛去询问的目光，如果在别的时候，这目光会使她发抖。

她一见到哥哥，就发觉他很不安。女人和跳舞都无法使他摆出尽情生活在此时此刻的样子。他像一头野兽，一面在森林里走动，一面不断地提防危险。不论他做什么，大门在吸引他，他不时地看看巴尔克，像恐惧的孩子一样充满了天真的信任。

唱机几乎从不停下来，跳舞的人在两支舞曲之间几乎从不休息。

然而，在第一次间歇时，雅克和亨利就困惑不解地来找慕。

"出什么事了？"

"没事，只是我在家感到烦闷。"

两兄弟对这个回答不满意。亨利耸耸肩，雅克局促地对巴尔克喊道：

"你照顾我妹妹吧，巴尔克？"

有一会儿，人们好奇地、猜疑地盯着她。巴尔克送来一杯烧酒，一句话没说就又回到柜台后面去了。

两支舞曲之间的气氛出奇的安静，叫人不安，仿佛音乐只是掩盖了普遍的纷乱。

人们在跳舞、休息、饮酒，被拖入像体操一样有规律的节奏中。

慕注意到她哥哥和乔治相互不说话。

乔治比雅克年轻，但看上去和他年龄相仿。格朗家的这个儿子的确显得年轻，一事无成者、追求享乐者都是这样的，没有任何实际责任使他们衰老，没有任何习惯使他们资产阶级化。对女人的酷爱使他们不停地追求艳遇而不在任何爱情中变得麻木。

　　这两人在年岁上的差距之所以并不明显是因为迪里厄经历丰富。关于自己萎靡不振的生活，他既不以为荣，也不为此玩世不恭，而雅克却逢人便夸耀自己的游手好闲。他声称自己不愿意全力投入多种可能性中的任何一种，惟恐妨碍或削弱其他可能性。他喜欢在生命的每一刻都感受到年轻的幻想：还有能力从事一切。

　　"我呀，我应该写作，可你知道，一写作人就有一半完蛋了，衰退了，写作消耗你，这很讨厌……再说，写作有什么用呢？"

　　雅克·格朗这样说也许不仅仅是出于懒惰。人类生活的虚幻已成为他的一个信条。

　　乔治的生活中大概还没有发生什么重要的事。显然他为此苦恼并养成了默默躲在失望后面的习惯。看上去他对生活，对人都没有什么兴趣，因此人们猜测他富于幻想，享受内心的快乐。

　　这天晚上，这一切突然显示在慕眼前，虽然她长久以来认为迪里厄和雅克在本质上相似。吧台的高凳上坐着年轻的姑娘们。亨利大概认识她们。他和她们十分随便地交谈，以"你"相称，搂着她们的腰。她们不是农民，而是来这里度假的波尔多姑娘。亨利的生活极不检点，但人们信任他，他讨人喜欢。任何约束都没有引起他的猜疑，也没有妨碍他朝快乐飞奔。虽然他很年轻，但已拥有了爱情的实际经验。他的爱是贞洁的，带着孩童的柔情。

　　雅克是娱乐的组织者，由他付酒钱，点音乐。有一刻他去到亨利身边，不耐烦地和他说话，一面指着慕。但弟弟耸耸肩，又开始跳舞。

　　于是雅克从一个小楼梯去到二楼，此前慕一直以为那楼梯只是柜台后的暗门。楼上是巴尔克的寓所。有人不想跳舞，或者怕音乐妨碍聊天，便上楼做私下的小聚。

　　雅克似乎一直不关心慕，但在上楼以前却冷冷地对她说：

“你现在该走了，听见吗？我给你付了酒钱……”

但她既不想听他的话，也不想走。巴尔克端来的烧酒使她愉快地壮起胆来。哥哥不再坚持就走开了。人们又开始在烟雾腾腾的昏暗中跳起舞来。

乔治也站了起来，慕以为他要走。她决心跟着他，顾不上可能出现的不良后果了，她准备站起身来。也许他明白了，但他似乎没有注意。

她对他说自己来是为了见他。她有时具有惊人的胆量。

“为什么您突然间不再来了？这种事是不应该的……”

他假装把她的意见看作是有时必须采用的、夸大的社交辞令。不，他不想坐下。

“您允许的话，我一会儿送送您。”

她看到他眼神中有与她为伴的强烈愿望，以致他失去了往常的沉着与坚定。突然间，在这个男人的脸上长久以来的拘束爆裂开了，因为在此以前他驾驭了这种拘束，他轻松地、轻巧地站在被抑制欲望的强大浪潮的巅峰之上。慕明白此时他强加于己的堤坝已被淹没，他突然失去了不真实的东西，全身投入欲望的那个深深的、苦涩的浪潮之中。他们相互对视，在一秒钟内，这一切猛然间发生和消失。乔治又回到他的位置上。这一刻在慕的身上留下了明亮与温暖的光。她感觉到幸福，相信幸福是这些魔幻时刻的属性，在这些时刻一切困难迎刃而解，哪怕身处灾难带来的混乱中心。

说实在话，一段时间以来他较少思念慕，因为必须有初步的占有，有允诺，才能使男人记住。他在于德朗晚宴上注意到了她，但雅克不以为然，他不能容忍失去一位朋友。于是，为了使乔治远离她，他编造说：

“您不知道我妹妹和让·佩克雷斯订婚了？到秋天他们就

结婚。”

（这是他的秘密愿望。佩克雷斯会为于德朗付钱，那就能解决他的问题。）

迪里厄花了一段时间才不再去庄园。他避开于德朗。农民们证实了雅克·格朗的话。他觉得这门婚姻很可恶，但他闪避开，因为慕并不是他的女人，没有一句话甚至没有一个亲吻。

现在她就在这里，他感到从强加于己的禁令中得到了解脱，突然为这意外情况而高兴异常，因为他认为这个艳遇具有出乎意料的深度。

让·佩克雷斯出人意料地突然来到大厅。

巴尔克快步走上去，关了唱机。人们拥了过来，女人们在前，不恰当地喊叫着。

“怎么，什么也没有？”

“可怜的老弟，你坐下……”

让·佩克雷斯惊恐地瞧着他们。

“没有。”他说。

看到慕时，他大概对她的在场产生了误会，以为她是为他来的……他没说客气话就在她对面坐了下来，因为在某些情况下是可以这样做的。慌乱的神色表明他刚受到惊吓（最令人吃惊的恐惧是害怕已促成他人的死亡）。

他的到来被音乐诡秘地掩盖过去了，人们又跳起舞来。此刻约摸到了午夜。乔治·迪里厄始终未动，只是时不时地再要一杯烧酒。

让·佩克雷斯对慕说自己高兴看见她。姑娘却不喜欢让滥用这个机会在她桌前坐下，何况他喝了很多酒，酒精很快便刺激他过度兴奋的神经。

"您不知道她曾在这里帮工？据说，嗯，有人看见他们在一起跳舞？我有段时间没有来，不知道出了什么事。"

慕心里想：哥哥不安的神色，全大厅的人的默契，还有乔治比较明显的默契……不，她认为是佩克雷斯被情妇的死吓坏了，想将严重的责任推卸给别人。

"要是我找雅克说说清楚，他会扑到我身上的。"这个年轻人说，"但是人们会知道的，我要告诉这一带的人。"

他粗野地喝酒，一杯接一杯，像乡下小伙子一样每喝一大口就咂嘴，时时喊着巴尔克，声音愤怒而粗俗。但没有人挑逗他，谁也不和他说话。只有慕在他身边，一来她不愿意他说她家的坏话，二来她不愿意再次错过乔治。

"为什么你说是我哥哥逼她的？你是胆小鬼，不敢承认你早就抛弃了她。如果我哥哥在这里雇用了她，那完全是光明正大的。"

让·佩克雷斯勉强地大笑起来。

"你听见了吗，巴尔克？雅克先生甩掉了这姑娘还说他光明正大！什么家族！你说说，你大概甚至没付她钱，巴尔克你这个老坏蛋。来，给我来双份的，你活该！"

巴尔克立即照办，很快，他低着头，忍受一切欺压。

让已经醉了，用一种神经质的、玩世不恭的快乐语气——其实只是他的恐惧方式——俯身对慕说：

"为我们的订婚干一杯？您不知道我因为爱您才甩掉她的吗？"

他不停地，笨拙地站起又坐下。慕宽慰地发现许多客人都在离去。柜台后的巴尔克，大厅尽头的乔治对一切都似乎毫无觉察。音乐已经停止。

"您知道，如果您拒绝，那就不妙了。您母亲甚至向我母亲借钱来为您哥哥买家具。这叫傲气，这！我们知道你们在这里值几文钱……"

慕并不知道这事的底细，但并不惊讶。

让·佩克雷斯倒了下来，头枕在两只手臂上，发出沉重的呼吸声。慕来不及思考这个年轻人泄露的秘密就听见二楼在嚷嚷，朝楼梯开的门轰然一声被推开，在一片寂静的大厅里仿佛是响雷。巴尔克赶紧向前阻止雅克。佩克雷斯醒了过来，用威胁性的、黏糊糊的声音高声咒骂。

此时，乔治面对楼梯站了起来，慕走到他前面。最后几位顾客畏畏缩缩地挤在他们身后。慕看见哥哥站在楼梯平台上，明白人们不要他下楼。

在这一刻慕发现乔治在她身后，准备触摸她。但她迫切希望哥哥下来，因此对乔治无动于衷。雅克会在佩克雷斯面前溜走吗？他作为哥哥，作为家庭的保护者，多年以来统治着她，只有她能打击他的虚荣心。

"我想该回家了，雅克。"

他用没有表情的声音高声说：

"我妹妹说得对，该回家了，巴尔克老弟……"

他走下楼，在灯下显得十分苍白，简直认不出来了。他慢慢地走向佩克雷斯，看到后者已经醉了便很快镇静下来。他摆出高贵的姿势，将手搭在后者的肩上说：

"你遇到的事真可怕，让，我真诚地同情你的不幸。这就是鼓励一个女人的下场！你的愤怒毫无道理，佩克雷斯。你知道我尽了全力来帮你。你还记得两星期前你是怎么对我说的。我是好人，这你知道。我们相识有十五年了……"

压在佩克雷斯肩上的那只铁腕使他无法站起来，他的手在无力地摇晃，仿佛在躲避雅克·格朗的话语，但他没有回答。于是雅克冷静而十分巧妙地利用这个机会。

"来吧，一起喝一杯，忘掉这倒霉的事吧！慕，来和我们碰杯！别担心，佩克雷斯，我知道你对我妹妹的心事，我会帮你忙，是你意想不到的。"

谁也不去到他们桌边。顾客们围着他们，讨好继续喝酒的佩克雷斯。

慕正要出去时突然从门外传来嘈杂声，进来了几个人。其中一个朝磨坊主走去，摘下鸭舌帽。他大汗淋漓，绑腿湿漉漉的，衣服也是潮湿的。这是一位寻找者。他用一种蔑视的眼光看看在场的人，对巴尔克说：

"我们在小树林后面，佩克雷斯家的那块地前面找到了她，她被卡在迪奥尔河拐弯处的芦苇之中，那里没有流水。"

佩克雷斯和雅克·格朗都一下子站了起来。

佩克雷斯逐一地瞧着他们，古怪地跳着脚，最后抽泣起来，一面低声唠叨，无耻的神态使谁也不可怜他："就在我们多年来约会的地方，自我服完兵役以来快四年了……"

另一些农民很快也进来了。他们不屑于回答顾客们的问题，只认识在场者中的佩克雷斯。他们向他作解释：

"我们把她留在河岸上了。明天镇长会来验证。没有理由，她当时是一个人……"

慕认为有人在迪奥尔河草场上见过她，但很快她就不得不屈服于事实：没有人注意她，而农民们的话毫不含糊。于是她恢复平静，这种平静使她不再有任何感觉。

她终于鼓起勇气看着哥哥，他正与朋友们告别，脸上露出一种审慎却明显的满意。

巴尔克关上门。慕比所有的人都走得早，当她独自走在大路上时，天还是漆黑的。

她越想回顾夜里这场戏，就越对哥哥既懦弱又激动的态度感到惊讶。他表现得出奇的随和！他下楼时的那副面孔一再在她眼前出现，既诡诈又惊慌失措，以致她抓不住这个谜。

她没有坦言那姑娘肯定不是在佩克雷斯家门口自杀的，她这样做不是在不知不觉间给雅克帮了忙吗？她不后悔鼓励哥哥与让对峙，但她知道在得到某个确证以前她不会有片刻的安宁。慕沉入荒诞的假想之中，有时怀疑使她走得很远，于是恶便以至今她从未见到的形式出现，以致她难以承受。

她来到波尔多大道与塞穆瓦克小路的路口时，乔治赶了上来。她既不快乐也不惊奇。乔治粗鲁地走近她说：

"让·佩克雷斯说的是实话，您哥哥使那可怜的姑娘活不下去。他可耻地占有了她然后又憎恶她。我知道得太多了，不能不说出来。有些事情即使不伤害您，也会使您惊呆。为了您和您母亲，我尽了一切努力阻止他这样做，但他是个坏蛋……"

慕知道雅克会如何折磨他开始讨厌的女人，但她怀疑乔治为什么要在这种情况下列席夜里那场戏。

出于本能，她仍试图为哥哥开脱。

"您为什么对雅克横加指责呢？我原认为您是他的朋友。再说，如果他真像您说的那样有罪，刚才他就不会高傲地朝佩克雷斯走去。"

乔治的声音突然不像往常那样冷漠。那是慕从未听过的音调，表达出极力控制的愤怒。

"那不是高傲，这您很清楚，慕。那姑娘也是巴尔克的女友，她怀着他的孩子。他们从来没给她钱，您哥哥还千方百计地逼迫她……我并不否认让·佩克雷斯在这里面起过不光彩的作用，完全不是这样。但我认识他很久了。他不可能让她如此痛苦，他缺乏雅克那种灵巧，那种性格……"

慕希望乔治不再和她谈论哥哥。

"再说，您自己也要当心，慕。"他继续说，"天知道他会玩什么诡计以重新获得让·佩克雷斯的信任！我不了解您，但是今晚看到您鼓励他时，我明白他对您多么重要，你们全家是如何团结在他周围的。"

他想陪她回于德朗。他现在不停地说，不需要她用话语或手势来鼓励他。

他们来到了于德朗的饭厅，有好大一阵子她不知道该和他说什么。她觉得他来这里是出于软弱，不愿在这个夜晚以后独自回去。她曾在漫长的日子里等待这一刻，但此刻在他身旁却感觉不到丝毫幸福，仿佛相爱已为时太晚。她再次认为对乔治毫无感情，认为她的幻想、她对幸福的愿望、她的力量，一切都被毁了，却不知这是为什么。

乔治背靠着壁炉抽烟，时不时地又谈到那位姑娘，一再明确自己的想法。两人都摆出合时宜的神气，情不自禁地像遭遇不幸的人那样拘束不安和阴沉。

慕认为再没有机会让她说出她知道的一切了。她必须对乔治讲。意想不到的知心话会引起撞击，会打破今夜以来束缚他们的不祥的魔法，也许能将他带回来。她喃喃说：

"昨天傍晚，风暴过后，我看见她在我家草场前面的铁道下方。她肯定是在那里淹死的。人们可能以为她的尸体是搁浅的，其实在磨坊以后根本不可能。"

乔治没有立刻回答。

"您一直保持沉默，我并不感到吃惊。您不可能永远帮他赢回赌注的，幸好……"

她想他会觉得她高傲，她很气恼。现在，他将离去的这一不同寻常的时刻快到了，她虽然知道自己可爱，但感到再无法留住他……

突然有人敲了几下木窗。过了一刻就听见雅克·格朗压低的声音。

"慕，开开门！……"

哀求的、充满了孩童温柔的声音。慕朝走廊门口走了一步。乔治拉住她，用手捂住她的嘴不让她回答。他们就这样等了一会儿，乔治没有放开她，虽然后来大可不必这样。几滴眼泪掉落在他手上，于是他将慕拉得更近，紧紧抱着她。慕明白他和她一样得到了解脱，他们一同从痛苦的沉沉黑夜中走了出来。乔治低下头，轻声对她说：

"我早就爱上您了，慕。您想想雅克声称您和佩克雷斯订了婚，所以我就逃避……"

雅克围绕屋子走了一圈。他们听见他在敲卧室的木窗，轻轻地、平缓地。他又回到饭厅外面，再次呼唤妹妹。接着，他一面低声地自言自语，一面靠在木窗上写什么东西。在片刻间，铅笔的微弱摩擦声抹去了沉寂，接着雅克从门缝里塞进一张字条便走了。

他们赶紧过去，慕大声念出哥哥那难以认清的蝇头小字：

> 亲爱的慕，我劝你对今夜的所见所闻保持沉默。你是大人了，明白我们的母亲对此应该一无所知。
>
> 雅克

乔治用缓和的语气说：

"我知道他深爱你们的母亲，以他的方式……"

姑娘脸上的狂热表情使他吃惊，她回答说：

"我们都爱他，就连他的第一受气包塔内朗也爱他，尽管这看上去不可思议。他使人们不幸，但有时他为此感到难受并且后悔没

71

有表现得好一点。他会像疯子一样走个通宵的，他刚才来是要和我谈谈。他这副样子表明他害怕自己。"

刹那间她想唤回哥哥，但乔治拉住了她。

和往常一样，格朗一家去老朋友布里奥尔先生家过星期天，他是位退休的小学教师，住在帕达尔。这天早上他们穿过家里的大片地产，这是来后的第四次。

在静悄悄的星期天，几乎听不见高原脚下里奥多尔河的潺潺声，在风暴和接踵而至的大旱以后，这条河成了细细的小溪。格朗一家人越过老李树果园和葡萄园，有些葡萄树疯长，长长的藤蔓伸展到四面八方。

在从土地南端的大片橡树林中斜插过去以前，他们沿着租佃地走。戴德姑娘正站在门口，准备去做弥撒。她不停地扭动身体，朝亨利微笑，粗俗地流露出一种新近才有的默契，塔内朗家的小儿子扭过脸去。

他们来到大路上，一群鸟正在阳光下，在高空中飞过去，他借这个机会掩饰自己的拘束不安：

"你瞧，慕！"

慕在弟弟歪斜和阴沉的眼光里看到了野鸽的倒影。他仰起头，一直盯着飞翔的野鸽，直到它们融入苍穹之中。

他们抵达了葡萄树中间蜿蜒曲折的石子路，塔内朗太太从此举步维艰。闲散的假期使她发胖，尽管清晨很凉爽，她仍感到疲乏，而且很快就喘不过气来。

"我什么再也干不了，身子沉沉的。"她一面擦拭额头，一面呻吟说。

她那哀怨的声调没有引起任何一个孩子的同情。儿子们走在她前面。亨利像孩子一样晃晃荡荡地从小路的一侧跳到另一侧。雅克已不再欣赏乡间的乐趣,每走一段就停下来不耐烦地催促母亲:

"嗳,快走啊!"

只要他想要骂人,那话就立刻从嘴里吐出来。这也是他的老实之处。他之所以不喜欢慕的态度恰恰是因为慕不像他那样直截了当地表露感情。他从不知道自己的辱骂和态度在妹妹身上产生了什么效果,因为他的责备消失在她身上如同消失在无流水的湖底,成为混浊的谜。母亲总是这样说这个儿子: 既然他很坦率,他就不像别人想的那么坏。如果说雅克并不像他表面上那样心狠,那么她的话也许是对的。

他刚收到塔瓦雷斯银行一封长信,他不肯给母亲看。他说自己很不安,并提出要回去。也许这是离开于德朗的借口?因为一段时间以来人们明显地疏远他。

自从那位女侍者自杀以来,慕只有在吃饭时才看见他。他不再和她说话。他大概知道乔治在晚上和妹妹在一起。这位朋友不去巴尔克旅馆,也从他手中溜掉,使他暗暗受到羞辱。慕猜到他在塞穆瓦克玩得不如以前快乐,而且自从那件事以后,一种令人羞愧的苦恼始终在折磨他。她从戴德姑娘那里得知现在去旅馆的人没有以前多了。

他不敢对自己承认他害怕妹妹,因为他怀疑她是自己最顽固的敌人。如果他敢责备她垄断乔治·迪里厄,她可能会把事情告诉母亲,再说她是否是乔治的情妇,他完全没有把握。

在清晨柔和的光线里,母亲怀着忧伤的柔情注视他,从眼神中可以猜到她在对自己提出有关他的无休止的、折磨人的问题。她第一次怀疑他是否仍然想在于德朗定居下来并且将自己的怀疑告诉他。她常有这种难以相信的愚蠢举动,她本人也意识到,但她无法沉默，她认为把想法说出来是她做母亲的责任。

"最初我们会帮助你。"她轻声细语地对他说，"塔内朗肯定也会帮你。我向你担保这个老庄园眼下还是好东西……"

他的沉默使她大胆地继续说：

"你们将来会明白我没有卖掉它是对的。我希望让我放心，雅克。为了帮你在这里定居我已经花了一笔巨款。"

他鄙夷地朝她喊叫，她"留着于德朗吧"，如果她想死在这里，但是他，他有别的考虑。于是开始了一场粗浅的争论，它很快就结束了，因为双方都认为没有必要进行深入讨论。塔内朗太太，出于一种过于荒谬的忠诚，将儿子身上一切逃遁的欲望摧毁殆尽，她这种持续的热情使雅克很恼火。有时他仿佛责怪母亲如此爱他，他仿佛意识到这种温情会使他逐渐软弱。然而他不离开家，尽管这些争吵十分丢人，它们暴露的只是塔内朗太太和儿子的神经质。

他们走近路，穿过佩勒格兰家的土地。佩勒格兰大妈正等着他们，与他们会合。她是佩克雷斯大妈的表姊妹。星期日的"换装"让她戴上一顶浅黄褐色的软帽，与她鲜红的皮肤和皱皱巴巴的面孔很不协调，暧昧的老来俏的神气使这位真正的农妇像妓女。他们相互说了几句话：

"聋子怎么样？还是很健壮？"

"聋子"是她的兄弟，一位聋哑人，她供他吃住，尽管她生性就厌恶不幸的人。但他被认为是本地区最好的劳动者。他一人能干两人的活，因此他姐夫当然要雇用他。佩勒格兰大妈假装疼爱他，其实村里人谁都知道"聋子"在他们家里从不上桌吃饭，睡也睡在小阁楼里。

慕趁母亲和这位农妇交谈时想走开，但是农妇用很重的南方口音对她说：

"怎么样，小姐，睡在于德朗不错吧？"

慕仿佛被抽了一鞭子，满脸通红，但仍大胆地回答说住在庄园的确不错。她发觉雅克停了下来看着她，带着几分嘲讽和轻蔑。

　　聋子朝他们走过来，他穿着一件很干净的衬衣，但没有领子，他姐姐每到星期天就让他穿这件衣服，惟恐他显得太脏。他看见格朗一家时咧开嘴满面微笑，翘起的嘴唇露出大大的牙齿，喉咙里发出一种模糊不清的声音，大概是表示高兴。但他没有停下来，很快就张着嘴走远了。

　　他们路过大橡树农庄，然后到达帕达尔。帕达尔比塞穆瓦克离于德朗更远，但是格朗一家一向是去帕达尔做弥撒，因为他们认识神父。

　　做弥撒时，慕注意到那两个兄弟对误入歧途来到这样的地方感到很生气，很别扭。星期日总是以争吵结束的。格朗兄弟将参加弥撒看作是母亲每每使他们陷入的圈套。年轻的亨利已经接过哥哥的观点来指责母亲了。这个无足轻重的细节却清楚地说明了格朗性格的特点：惊人的健忘！的确，他们能对乏味得要命的星期天期待什么呢，为什么每次都对一成不变的程式抱幻想呢？这是他们难以治愈的弱点。他们一走上去帕达尔的大路，便已深信即将承受厌烦之苦。但他们从不向后转，而且，出于恼怒，他们千方百计地让那一天变得可憎可恶。他们善于保持表面上的尊严，在母亲面前很鲁莽，在丑闻面前很懦弱。因此，做弥撒时，他们坐在第一排，神色稍稍谦逊和满意，以尊重帕达尔居民对他们的信任，因为他们让出了教堂里最重要的座位，而且似乎还稍稍后退，以突出格朗一家的社会地位。

　　至于塔内朗太太，她只是间或地祈祷，因为她很容易分心，她认出了某些人，朝他们微笑。她丝毫不为这一天的前景感到不安。

　　慕再一次看到这个神色安详、漫不经心的女人与归途中的母亲是多么不同，那时母亲将承受儿子们对她大发脾气的沉重负担。塔内朗太太具有惊人的精力，她在这短暂的内心闲散时刻将精力节省下来。她每天在挫败生活中的打击，习以为常，自有一种风韵。

帕达尔的全体农民都来做大弥撒，女人们坐在祭坛右侧，大都穿着棉和丝织成的黑衣，黑衣将她们辛劳的圆背裹得紧紧的，男人们坐在左侧，人数较少。天气晴好，但通过窗户射进的光线很苍白。唱诗班围着讲台上的一架老风琴唱诗。神父的母亲是在帕达尔定居二十年的裁缝，幼儿园的阿姨是最后来到帕达尔的，她们两人组成了帕达尔的唱诗班。

慕想到乔治·迪里厄。自从巴尔克旅馆那个晚上以来，他每晚都偷偷地来到于德朗。他们关上门待在饭厅里，慕不大明白乔治为什么如此害怕她哥哥。同样，她也不理解乔治对她的态度。她宁可他如她想象的那样，粗暴，无所顾忌，在她生活中取代她哥哥的统治地位。这是她的初恋，肯定也是她惟一的爱情，因为她离不开这个男人。然而当他和她谈到婚姻时，她觉得他的想法很天真。乔治身上似乎有某种不可战胜的东西，一种信赖，这完全是他臆想出来的，她认为毫无根据。这种肤浅既令她不快又使她不耐烦。

帕达尔的退休小学教师布里奥尔先生的房子坐落在一块加固的地段上，地段下方是教堂，上方是本堂神父住宅。加固的露台变成了菜园，与作为背景的、被废弃的墓地相接。从这里望出去，视野相当辽阔，缓缓下降的山坡上的风景一览无遗，只是中间隔了一条两旁长着榆树的小河。一条白得出奇的大路在山坡上迂回曲折，它的前一部分隐藏在帕达尔村后面。

在避风又无树荫的花园里，天气十分炎热。雅克和亨利在沿着露台的巡察小路上来回走着，塔内朗太太和慕则凭倚在俯瞰山谷的矮墙上。雅克走过母亲身边时，咬着牙大声说：

"这是最后一次了，听见吗，最后一次！"

塔内朗太太不回答，只是勉强地微微一笑来安抚他。这个可怜的女人从来就没有发觉她这种态度对儿子更是火上加油。正午的阳光使慕有几分睁不开眼，她显得很不安。为什么哥哥的话语如此深深地刻在她心中？他呢，烦躁地踏着地面，像找不到出路的动物一样在笼子里转。

慕在内心里作出了一个比那天晚上更严酷的判断，雅克如果猜到会吓呆的。他的确自认为是最可爱的男人，家里人应以负担他为荣。慕还从未如此清晰地看到他该受人蔑视。自从她认识了乔治·迪里厄，她就看清了哥哥的深刻本质，首先因为她和乔治经常谈到他，其次因为对她来说，雅克是否可鄙如今已无足轻重。她对乔治的爱使她在精神上摆脱了最后一个脆弱的束缚，她掌握着这个奥秘的钥匙。

在此以前她暗暗忍受的无可争议的现实，现在她终于明白了它的性质。真相的澄清使她极为兴奋。谴责的论据在她心中明确起来，她要尽快地告诉乔治，就在今晚，因为乔治的爱会因为这些发现而更深刻、更违反常规。

气恼使她的太阳穴在跳动，但她毕竟处于快乐的兴奋状态中。突然，她感到自己有力量去怜悯母亲，母亲一直盲目地忍受暴虐，而它是可以被轻易击败的。她将手放在母亲手上。塔内朗太太不明白这个举动的含义，但当她转过身来遇见女儿的眼光时，她抽回了手……

小学教师的姐姐来了。她几乎失明，步履沉重，她身上的衣服在白日之下显得十分肮脏。衰老面孔上的每个皱纹里都有一道黑色的细痕，使皱纹显得更深。

"你们在看花园？"她说，"唉，自从小家伙死后它变得很难看！从秋天起，我就没有碰过它……"

小家伙是他们的弟弟，曾在邻村当小学教师，去年去世的。

她神色中有几分厌烦。塔内朗一家每星期日的来访给她增加了工作量，只有慕在很久以后才明白这一点：老妇人不想见他们，因为她一直就不喜欢塔内朗太太那种狂热和关切。她喜欢亨利，亨利小时曾去她弟弟那里学拉丁文。

布里奥尔先生衰老了。他哼着歌走了进来，亲切地朝他姐姐走过去鼓励她。老太太喃喃说了点什么，于是大家坐下吃饭。

午饭阴沉乏味。通常家里人是不来饭厅的，这里的家具蒙着像薄纱一般的灰尘。苍蝇在阳光中昏昏然，使劲地撞向天花板……

慕的眼睛一动不动地瞧着成群的鸟儿正欢快地飞过的花园，但视而不见。塔内朗太太这时正断断续续地说话。有一刻，老布里奥尔想让亨利高兴，回忆起他们共同的往事，但很快就发觉从前使这位学生高兴的事甚至再也引不起他的注意力了。亨利变得和雅克一样，对玩乐以外的一切毫无兴趣。

晚祷以后，他们无精打采地回家。终于白日将尽。当帕达尔一从视线中消失，塔内朗太太就开口了，为的是预防惯常的争吵：

"如果一切顺利，我想我们可以在周末时回去……"

他们不作声。她刚刚表达了儿子们心中的希望。任何东西，现在任何东西也不能使他们留在于德朗。慕感到一阵悲伤，但又有一种超然感，这感觉如此强烈，以致她认为从来没有爱过他们。

小路在他们脚下延伸。于德朗沉默的房子出现了。他们绕过它朝佩克雷斯太太怀有敌意的房子走去。

晚饭时，塔内朗太太用几乎失礼的强调语气宣布她将离去。这是佩克雷斯太太未想到的。她立刻预感到将大难临头。一旦慕走了，她儿子怎么办？

不但慕避开他，自从他的女友自杀身亡以后，他在帕达尔被视作不规矩的人，人们不会爽快地把女儿嫁给他。

在佩克雷斯大妈看来，儿子之所以放弃情妇是因为他爱上了慕。她不知道雅克也抛弃和虐待了那位姑娘。她只知道这悲剧的开始，相信儿子有罪。对格朗一家而言，幸运的是她气恼不已，无心去追查真相。

她了解儿子的弱点，他像她一样，想要什么就顽固到底。因此，自那悲惨的夜晚以来，她害怕会发生最糟糕的事，例如他离她而去。一段时间以来儿子藐视她，这比她本人的死亡更可怕。如今解决问题的惟一办法，难道不是将慕留在于德朗吗？即使格朗小姐是一位名声不再清白的姑娘，即使她后来成为公共丑闻的目标，在让眼中，她肯定仍然具有诱惑力，让会不断地希望得到她。

然而，佩克雷斯大妈在餐桌上丝毫没有露出不安。她尽量显得和蔼可亲，弥补对格朗一家的失礼之处。她一心只想她个人的计划，不考虑它们是否会影响塔内朗一家的生活，它看上去已经很不和谐了。可是，即使她意识到这一点，她也不会放弃计划的，因为她的激情是她行动的最高法则。

这天晚上，慕·格朗很早就回到于德朗。

她一口气跑到欧楂树绿篱那里，两星期前她曾在这里将让·佩克雷斯打发走。她停下来稍稍喘口气。

月亮还没有升起，天还亮着。

在她右手，雾气在迪奥尔河河谷堆砌起来，像泡沫一样轻盈。在小路另一侧，于德朗高原延展开去，一望无际，一动不动地裸露着。

多么可恶的星期天！从早上开始就有什么东西在酝酿，本能地：他们的最后决定，离开于德朗。从这样一天里只能得出这个结论。然后他们回佩克雷斯家时感到多么轻松！

然而，慕独自一人时感到十分清醒，仿佛睡了一整天。星期日突然被远远抛到身后，她呼吸重获孤独的芬芳，这芬芳与黑夜辛辣的香气交混在一起。

"多么讨厌的一天！他们真叫我恶心，"她自言自语，"他们叫谁都恶心……"

她嘟囔着这几句话，已感觉不到它们的真实含意。其实她已经接近了她急于见面的乔治。小伙子肯定在于德朗的椴树下等着她。他大概是走来的，一面等她一面抽烟。在树下，她只能分辨出他烟头的火。他会烦躁和怀有敌意，但她对此感到高兴，因为他对她越来越真实。

她走得很快，惟恐在她到达德朗以前他就走掉了。

椴树下还没有人。

除了冷杉林中的风声以外，一片寂静。这生硬和单调的风声很像海水冲刷卵石的声音。她寻找，但是枉然，没有人。

她走进卧室，不知怎么办，最后在小桌旁坐了下来。

"这个钟点，他本该来了……"

只要他到了小路的高处，她就能听到他。甚至在听到他以前，她认为能猜到他的脚步声。

她几乎立刻变得无比焦急。他会走着来还是骑马来？从四面八方似乎传来了马蹄声，使她的精神过于紧张，注意力分散。乔治从四面八方来，从地平线上的各处来，从被黑夜笼罩的各条小路上来，她不知道究竟该对哪条小路寄予希望。这种多重可能性在折磨她，仿佛将她关闭在一个越来越狭小和可怕的圈子里！

往常他不是来得早些吗？这意味着什么，天哪！她想起他们头天晚上的约会，似乎猜到他在为他天真地强加给自己的苛刻约束而痛苦。他曾说：

"如果您同意，我以后不来得这么勤了，在这种条件下见面是很难受的事……我想我最好去和您母亲谈……"

她嘲笑他给自己定的约束，也满意地看到他日益为摆脱约束的欲望所苦。

她深深地呼吸，但吸进的空气消失在她体内，仿佛漏到了肺部深处，她透不过气来。她一直盯着有铁栅栏的窗扇，仔细瞧着椴树小径，一阵阵风刮起了树叶。

"他逗着玩的，让我等着，我了解他……"

她大声说话，再也控制不了焦急情绪。她的声音令自己吃惊，真仿佛周围的一切立刻发出连续的回声。

"他逗着玩，逗着玩的，让我等着，我了解他，他逗着玩的……"

可以用一百种方式来解释这件事。他逗着玩。他大概有点粗鲁地逗着玩，就像当地儿童赤脚站在急流中，在岩石下面抓鱼（也许他在暖房里窥视她）。也许他以对方烦躁的等待来刺激自己的乐趣，男人玩弄的这种可恶游戏。

想到这里，她急躁得发狂。它表明了乔治对她的诱惑力。几天以来，自从他恢复了镇静，他渐渐地从她手中溜走。

她站了起来，熄了灯，走到房子外面。月亮现在已经很高了，慕的身影蜷缩在她身边晃动，就像一只高兴地跟随她的小动物。

高原上几乎没有风，迪奥尔河的草场上飘着牧草的气味。小路上始终没有人。

慕走得很快。自由令她陶醉，哪怕只是表面上的自由。她本人的不理智使她觉得好笑。他看见她时会多么惊奇！她要在陷阱里抓住他，他不可能像每晚逃离于德朗一样逃离他的家。

她斜着朝村子走去。只有几扇窗户还亮着灯光，但百叶窗都关上了。从房子里间或传出沉重的呼吸声，说明夏夜催人入眠。慕避开有人住的地方，从一座被废弃的房子前经过，那原是一位自缢身亡者的家。她记得很清楚，悲剧是在他们定居于德朗之后不久发生的。她像往常一样，走过这房子时胆战心惊，但是一种比恐惧更强大的诱惑力推动她一直向前。

来到柏树小径时她站住了。房子里亮着灯光。她能稳稳当当地找到乔治了。她有点不好意思亲自跑来，心脏在剧烈地跳动，她听见它在太阳穴上，在全身跳动，感到难受。

有一分钟，她眼前闪过母亲的形象，她正在佩克雷斯家那间大客房里睡觉哩。慕一想得到快乐就害怕，一想到自己遮遮掩掩就感到几分厌恶。

明天，如果母亲知道了，那明天会怎样？她停住不动，极力想象母亲那张怒气冲冲的、变得丑陋与可怕的面孔。但她试图吓唬自己也白费力气。母亲在睡眠中始终保持战败者那种谦卑和疲乏的神色，慕也不能把她想成别的样子，即气急败坏的样子。

"她不会知道我来这里的，她怎么会知道呢？这才是惟一重要的……"

她想到她的兄弟们，他们和她一样也在"追逐"。塔内朗说得对，她感到自己和他们一样。在此以前她模糊地预感到这种相似，今天却得到了证实。她认为对乔治不再怀着爱情，而是怀着一种卑鄙的、不可告人的感情。

无限风光明晰地展现在她面前，什么也不能阻止她的追逐。宽大的自由仿佛是一种劝诱。此时，一段时期以来，所有的障碍在她面前纷纷倒塌，她看到了这一点。就连雅克也不敢再反对她，她不是已经控制乔治了吗？

从院里传来马的踏步声，她明白乔治要出门了。她用手心在凹凸不平的门上滑动，轻轻地叩门。房间里响起脚步声，乔治出现了。

"您要去塞穆瓦克？"

"不，我正打算去看您。您怎么能……"

她不作答，他立刻明白她这么晚跑来是为了什么。

目的地到了，她对随之而来的事就不会在乎了。

她站在房子最深处，靠近空空的壁炉。一张小桌子上有一盏昏暗的灯。她环顾四周，仿佛什么也认不出来，只想逃走。这时他轻轻地拉她的手臂，让她跌坐在安乐椅里。她随他这样做，一言不发，接着又再次观察这个套间。

在她右手有一张边沿破损的、窄窄的长沙发，上面堆着从书架上滑落下来的书籍，这些纸角折断的旧书大概被一而再、再而三地读过。像英国别墅一样，室中有一个楼梯，一部分天花板比别处低，那多半是卧室。几件互不协调但质量上乘的家具使这间住所显得出人意料的阔气。但每件东西似乎都是由于本身的美而不是由于整体考虑而被挑选的。

乔治背靠在大门上。他什么也不说，凝视着大大方方来找他的这位姑娘，似乎在用目光拥抱她整个人。微弱的灯光使他更显高大。他的衬衣微微敞开。他尽力保持镇定，急促地呼吸。他那两只靠得稍近的深色眼睛和宽大的前额使他的面孔显得固执。

"我把马拉回去，一会儿就回来。"他说。

她温柔地回答说他不必为她麻烦。从他盯住她的眼光，她明白他给她时间，如果她想逃走还来得及。但是他一走出去，她又像刚才一样急于见到他。马匹从墙边过。然后是深深的寂静，这时她紧张地拧着两只手，用苦恼的声音重复说："他会做什么呢，那他会做什么呢？"

他一回来她就平静了下来。他在长沙发上坐下，背着两手。她预感到他仍然让她完全自由地决定他们的命运，但这最后的体贴使她生气。

"我来是因为我受够了，"她突然说，"今天他们又叫我无法忍受。"

"这我知道。"

"我们下个星期走，您不知道吧？"

他不动声色。下个星期，他突然感到自己有力量改变事件的进程……

"我表示怀疑。"他喃喃地说。

他知道什么？她猜疑地盯着他。

"那位可怜的布里奥尔，您知道他使了多大劲来逗他们高兴，可真艰难。离奇的是人们费尽心机来讨他喜欢，而……"

她说到家里人时，总是被自己的话迷住。

"而他们一文不值，是些无足轻重的人，您知道吗，人们称作的无足轻重……"

她一面说一面做激烈的手势。他似乎并不惊讶她远道而来竟为了告诉她这些事。

自从那件事以后，他们在于德朗也不停地谈论雅克，但今天晚上她似乎在重复一门没有学好的功课。（如果说他们怨恨雅克，他们可没有背叛他，而且被动地参与了村民们对佩克雷斯一家不公正的贬责。）

"别说了，亲爱的。冷静点。"乔治说。

她一进门就明白了：乔治的不快，他固执地想离开她的意图都神秘消失了。一场风暴掠过这个男人，现在他在她面前十分冷静。他试图用三言两语来抚慰她，虽然他不认为她的确在生气。

为了避免这种处境，他曾斗争过，然而自从他自认失败，他便感谢她的胜利，他变得温柔了，充满了信赖与感激，这一点在他的眼神、慵懒的声音和握紧的双手中流露了出来。

"我没有料到你会来。"乔治说，"每天，我从早上起就在耐心等，等待晚上与你见面的那一刻。"

他突然以"你"相称，更将她与他绑在一起。此后他们完全相互理解。只要简单地表示一个姿势——不必完成；只要用最通常的言词——不必说完；他们就能相互理解。一种充满含意的可爱的沉默开始成为可能。他们不再是两个人了。

他突然站起来。她猜到他将走近她。尽管这一刻十分短促，她忍受不了他的逼近。刹那间，她又与他分离了，廉耻之心全部卷土重来，明智的自卫本能令她害怕。她闭上眼睛。她刚来得及听见内心的哀求——哀求她要软弱——就顺从了这个声音，终于脱离了自己的意志，就像是被风从树上吹落和吹走的树叶，最终完成了死亡的欲望。

她醒来时，微弱的、艰难的白昼开始出现。对了，他们忘了关上木窗。

最初，她待了好一会儿，仿佛动不了，连一个动作也做不了。她感觉被褥之间自己赤裸的身体，她不再害羞，这身体像她的面孔一样成了活生生的形式。在此以前她一直不快乐，她认为这个身体永远如此：她可以命令它做一切事，例如将她抬到室外、笑、安慰她，或者流出畅快的眼泪……

但这天早上，她的呆滞的肉体与精神处于深深的和谐之中。这种默契中没有任何强制性，她十分冷静地思考激烈的事情。

乔治睡在她身旁。他用赤裸的双臂枕着头，头发从臂膀下露出来，那样子很美，棕色的前臂上留着印迹，暴晒的痕迹和游泳、打猎及冒险所留下的种种痕迹和伤疤。他在熟睡，像孩童一样自信而宁静。

慕觉得他既充满了力量又天真无邪。他抗拒过。现在他躺在她旁边，十分从容。

在这件事以后，他们将如何相处呢？她避免去触摸他，只是看着他睡。但她很想紧靠着他，再次睡去，再次在他身旁慢慢失去知觉，如果他不动，不向她提问的话。

她难以自抑地伸手摸他的肩头，想将他稍稍带回到现实，但相反她自己仿佛再次飘浮在梦幻中。他没有动。

他还爱她吗？她飘在他睡眠的表层，像讨厌的苍蝇一样轻盈和恼人。他猜到她在那里，在他身旁，因为他低声哼哼，喃喃说了些听不清的话，然后又沉沉睡去。

她的难受只能由她独自承担了。

现在天几乎亮了。她起床穿衣。完成这第一个动作后，她急于结束这件事。

她毫无困难地走了出来，因为在头天晚上的匆忙中，他们没顾得上关门窗。小路显得很长，她在颤抖，腰部的刺痛使她没法跑。

在离开柏树小径那一刻，她回转身瞧着乔治的房子。在曙光中它显得暗淡。她是在做梦吗？她好像看见一个人影猛然从小路上闪开。

她排除了立刻产生的怀疑，仿佛这是凶兆，应该不去想它，驱散它。

她看到于德朗时，情不自禁地露出奇怪的微笑。

她在镜子里看到自己脸色苍白，两眼无神。她脱下衣服，看到自己身体的美。她刚意识到这种美，既为此自豪也为此惆怅。关于这个，乔治和她讲了不少话，某些片断浮上了她的脑际。她试图重新体验话中的热情与真诚，但是枉然。

她无法整理思想。她很快就什么也不再想了，除了想母亲，母亲过一会儿就可能来于德朗。

她的确并无不安。

"呵！这一切都是傻事，傻事……"

腰部在疼痛，灼热的感觉与记忆中的做爱相似。

她钻进冰冷的毯子，立刻变得麻木，沉入昏昏然的、没有梦的睡眠中。

第二天傍晚慕才回到佩克雷斯家。一进门她就发觉饭厅里谁也不说话。人们似乎没注意到她来，大家都在操心同一件事。

男邻居本人给她递过一把椅子，然后又回到火边恢复一动不动的姿势，周围是他的狗。

塔内朗太太不在那里。母亲的缺席使慕感到惊讶，因为惯例的晚餐时间已过，但谁也没有注意……

慕心中升起一种受到抑制的恐惧。她到佩克雷斯家里来干什么？莫非她不该一大早就跑掉而应该留在乔治·迪里厄那里？……

她坐了下来，看上去很平静。

躺在冷壁炉附近的那两头长鬣毛猎狗不时地使劲抓搔胁部。慕想起母亲一闻到猎狗的气味就恶心，每晚她一定要求稍稍开窗。（今天晚上，母亲不在，窗子是关着的。）

透过玻璃窗可以看到远处的迪奥尔河，它冒着像荆棘火一样的雾气，将有益的湿气散布到整个河谷，仿佛它整个白天在小心翼翼地节省水气，到了黄昏才喷泄出来。

佩克雷斯家的儿子靠窗坐着，他瞧着风景却视而不见，不停地将大眼珠转向慕，表示她的冷漠令他痛苦。

雅克·格朗和亨利·塔内朗都无所事事地坐着，彼此挨得很近。

过了一会儿，慕走近弟弟：

"出什么事了？你能告诉我妈妈在哪里吗？"

亨利转头瞧她，眼神中流露出怒气，紧紧抿着的嘴表达出生硬的愤慨，而雅克似乎在等着妹妹走近他。像弹子一样又圆又硬的肌肉在他凹陷的脸颊上跳动。他的嘴唇紧贴着牙齿所以显得苍白，从半闭的眼睛中漏出倒霉时刻的呆滞眼神。他交叉着两腿，一只脚在狂怒地敲着地板。

佩克雷斯大妈高兴异常，从她的神气，从她曲折地穿过饭厅的姿势，可以猜到她难以掩饰的满意。在这间一直沉闷寂静的屋子里，至少她是很自在的。她轻轻地从这个人走到那个人面前，轮流与他们打招呼。她的南方口音一向令人不快，这时却变得抑扬，使声音显得意想不到的美妙。她用姿势和眼神讨好他们，时而对儿子说：

"让，亲爱的，你要让母亲高兴就笑一笑。"时而对亨利·塔内朗说：

"拿起报纸，告诉我们发生了什么事。可怜的让此刻不会这样做的。呵！让。呵！让……"

谁也不屑于回答她，因为，不论怎样，她的虚伪逃不过他们的眼睛，令他们恶心。

慕说话了，眼睛一直盯着他们，再一次问母亲在哪里。时间过去了，但母亲还没有出现，而通常她很早就从租佃屋过来了。

回答姑娘的是一片顽固的沉静。他们显然不愿和她说话，他们的态度如此明确以致她感到害怕。她仿佛突然明白了他们生气的缘由，感到一阵羞愧和沮丧。看到自己恐惧的事成为现实，这种挥之不去的念头使她退却，仿佛面对的是一个飞速迎来的障碍。然而，她以为自己明白了，却立刻跌入怀疑之中。她本想向他们提一个问题来弄清楚，但什么也想不出来。他们早就对她怒火万丈，不会听她讲的。她明白，所以最好是不说话。

但佩克雷斯大妈不再克制急躁情绪。她朝慕低下头，面对面地低声说：

"您妈妈在哪里？可她在找您，她这个可怜人！她肯定很累。最近以来她已经支持不住了。因为您一整天没有露面，格朗小姐……"

她在估计这些话的效果，又继续说，好巧妙地使慕既羞愧又后悔：

"她甚至不会很快回来……中午她就出去了。"

慕避开佩克雷斯大妈，两只手臂发硬，作自己的姿势，但那女人直直地打量她，而她却闭上眼睛……她突然想起当她从乔治家出来时看到的那个穿越柏树小径的黑影。那个身影不是像佩克雷斯大妈一样圆滚滚的、灰白色的吗？……难道说在这个女人和慕此刻所经受的噩梦之间有必然的联系？她回忆起在里奥多尔河附近闲逛的这个白天。她怎么没有预感到那时他们一直在一起，一心要抓住她的过错。这一切她母亲大概不知道。但他们知道自己在做什么。对雅克而言，他需要解解闷，需要让她为那天晚上她在巴尔克旅馆的放肆态度付出代价。

佩克雷斯大妈和雅克居然同心协力来找她的错，这是万万想不到的！雅克多么无耻！他居然与佩克雷斯大妈联手，而他曾在两件事上欺骗了大妈，一是否认对那位姑娘的自杀负有一部分责任，二是鼓动母亲最终离开于德朗。实际上是他抓住任何借口来打击慕，他很高兴慕提供了这么恰当的借口。在此以前，他的确犹豫地不敢使用十分微妙的论证来反对她，因为那也会损伤他自己。自巴尔克旅馆那件事以来，他无精打采，在哪里都不自在。他感到孤独，必须另有一个人也做了应受谴责的事才能使他摆脱自己的困扰……

哥哥知道了。慕觉得完了，想逃走。

正在这时出现了意外的情况，将他们的愤怒一扫而光。从于德朗高处刚传来一个低哑无力的声音，它仿佛怕人听见，它立刻引起了寂静。

"佩克—雷斯—太太！"

这声沉重的呼唤使他们聚集起来，他们感到自己无足轻重，怨恨在刹那间烟消云散。

"佩克—雷斯—太太！"

现在只有佩克雷斯太太仍然享受自己的成果，但她的脸也变得苍白，微笑一点点地从脸上消失。

狗立了起来，竖起了耳朵。

声音消失后，雅克只是笨拙地耸耸肩。他再不敢看任何人或回答这声召唤。

声音更近了：

"我的女儿在哪里，她在哪里，老天呵？"

每次响过以后，声音又回归黑夜，就像浪涛回归大海，留下它的痕迹——潮湿的边缘。当声音已经停止时，你还觉得它继续响在耳旁。

对他们来说，这是多大的失败！他们听任母亲去寻找而没有宽慰她，但母亲对他们命运的关心似乎令他们惊愕。他们意识到自己的愚蠢行为，但谁也没有胆量面对这不带丝毫愤怒的抱怨。

"我亲爱的慕！我的孩子！"

突然间，亨利·塔内朗张开了嘴，仿佛是想听清楚的聋人。他怯怯地说：

"应该回答她。本该通知她的……我……"

然而他不敢按自己的建议去做，始终坐在椅子上一动不动。

慕没有动弹。她明白母亲呼唤了好几个小时，一面沿着大路，穿过田野，顺着迪奥尔河边寻找。

很快，那个走在这些路上、陷进茂密潮湿的草丛沿着铁轨寻找的人将是她，是慕……酷暑和疲劳最终战胜了塔内朗太太，还有，最后使她招架不住的是黄昏的来临，沿河的跋涉，从迪奥尔河升上的迷雾……此时她才开始盲目地呼唤。也许她们曾经擦肩而过？彼此没有看见？彼此没有认出来？慕异常清醒地追溯母亲的苦难，无法摆脱她发现的这个景象。

声音又起，时而气喘吁吁，时而充满了尽情发挥的柔情：

"我亲爱的慕！我的孩子！"

慕愣在那里，不再有其他恐惧，只是怕感到自己活着。她仿佛在目睹自己的死亡。

很快，她仍然在这几堵白墙之间，这四张不变的面孔中间，但她也在别处，在黑夜中，在母亲身边。为什么母亲继续在叫？为什么？既然她已和母亲在一起。她亲吻母亲，依偎在母亲怀里，与母亲连成一体，往回走……

声音突然出现在院子里。

慕掩住耳朵不听，接着吼叫了一声。顷刻间一切声音都消失了。猎狗叫了起来。慕倒下了。在昏迷中她还听见狗叫，但声音很远，仿佛她已慢慢地沉入死亡。

她醒来时躺在母亲床上，在上面，在佩克雷斯家那间漂亮的大房间里。房里还相当黑。床头柜上有一盏用报纸罩着的小灯，灯光昏暗。慕发现自己和衣躺着，人们只脱掉了她的鞋。

她感到平静，但尽量什么也不去想，预感到当一清楚意识到自己的处境，她又会神经紧张的。

玻璃窗外的天空呈湛蓝色，与房间的阴暗形成对比。灰色的云向东掠过天空，地平线像大海一样一望无际。相当强烈的风吹着花园里的树木，树梢在摇动。一场夏季的风暴可能正在形成，很快就会下一阵热雨，但是到了明天，仍然会像往常一样晴空万里。

起床的时候，慕两腿无力，头脑发懵，不得不背靠着床。她全身颤抖，感到极度虚弱。

她一开门，迎面而来的是佩克雷斯家的话语声，她赶紧后退。

她迟疑地由一扇窗走到另一扇窗，表面看上去在作深刻的思考，实际上什么也没有想，她不明白为什么会如此突然、如此可怕地惶惶不安。

很快，天完全黑了下来。除了风声以外一片寂静。月亮在不知不觉间升上了天空，与地上的骚动，与山谷里狂暴的风雨毫无关联。

慕忽然觉得无法克服自己的苦恼。她像溺水者顺流而下，听其自然。从半开的门外传来持续的谈话声，她只听懂几个孤立的字。

不可能有任何幻想。塔内朗太太现在知道了女儿曾离家出走。

但当母亲对慕的命运一感到放心，她就尽情发泄怒气，所有的人都敬而远之。

慕转过头看那盏灯，一张报纸遮住了它耀眼的亮光。

"他们不敢马上告诉她。"她想。

极度的孤独感使她更痛苦。

她突然听见有人穿着木鞋顺着墙边走。坚实的土地上响起了脚步声，使她稍稍安心，因为它本身就证明令人安心的平凡生活仍在继续。

笨重的谷仓门嘎吱响了，关门时的强烈振动震撼了整座房屋。

"大概是九点钟了，佩克雷斯老爹在关他的谷仓。"她喃喃说。

她突然明白要下楼就得赶快，不然他们会锁上大门，她就会被关在里面，一直到明天。这个念头增添了她的苦恼。

"他们不会让我从这里出去的，不管是今天夜里还是明天，还是永远……"

她的痛苦被这种动物性的恐惧掩盖了，她害怕在这里与他们关在一起。她闭着嘴，紧抿着嘴唇呻吟起来，抑制不住的声音从她唇间流出，声音如此轻微，真以为她在哼歌。但她现在不断地做速算：走大门，想都不该想，走道的门呢？她知道那门实际上已被封死。窗户？很高。她俯出身子，后退了。

她厌恶再次和家人在一起，这种厌恶使她头脑完全清醒。"只有下楼了。"她自言自语，镇定地下了决心。

当然，她再不能以过去的高傲来与他们对抗！她首先希望躲开他们，避免和他们有令人恶心的亲密关系，因为一旦他们消了气，可能还会要她维持这种关系。

作出决定以后，她凭倚在窗口待了一会儿。情人的形象又浮现了出来，清晰而固定。她不想再见他，预感到这也于事无补。她对人的憎恶也扩及到他。他对她此刻的感受一无所知，因此在她眼中的地位有所下降，而她不作任何努力来克服这种错误的感情。

对曾有过的做爱的乐趣，她记不太清楚，因为只有记忆力在勉强去回忆。她曾抱有多大的幻想！

她想象得知此事时的迪里厄，甚至能辨识出他不安的表情。如果说最初几天他很诚恳，那么，为她辩解会使他很快感到厌烦，厌烦会吞食他的爱情，最后只剩下表象。

她机械地关上窗，情人的形象立刻消失，她刚才的回忆也是枉然。

她摸索着走下楼梯，在厨房门后站住。为了鼓励自己开门，她不断对自己说："这一切只是小事一桩……过一段时间人们就不再谈论它了。"

突然间，她来到了那间房里。立刻一片沉默，沉默扑向她，使她张皇失措。光线很强，她本能地用手遮住眼睛。

他们在餐桌一旁坐着，显然已经吃完了晚饭。她没有注视雅克，但觉察到他手里正揉着面包心玩，将它扔进火里。在他身旁的塔内朗太太大概正摆出儿女们所熟悉的"死人面孔"。

佩克雷斯太太首先说话：

"您来吃点东西，格朗小姐……"

小女仆去取来了一个盘子放在餐桌边上，接着她往炉灶里添点柴火。

慕慢慢移到壁炉旁，靠在那里，面向炉膛，避免看他们。每个人都保持沉默，它越来越久，越来越难以忍受，就像遇险船只里不停上涨的水。一个字就能使他们大发雷霆，使这种极端的静默爆裂出来。慕真想消失在那一小摊阴影中，缩小成自己的影子，化为零。

她机械地试图抚摸身旁的那条猎狗，但猎狗低声吠叫，她紧张得涨红了脸，不知所措，仿佛对狗的失败使她在他们面前更丢脸。

"来吧，来，饭好了，"佩克雷斯大妈说，"来吧，来，格朗小姐……"

慕仍然不动，瞧着椭圆形的白餐桌在吊灯的强光下闪亮，然后看看空着的椅子和桌上那冒着热气的盘子。两只握着拳的、抖动的手在轻轻敲着餐桌，一模一样的骨骼和宽宽的手心，特别是翻过来的有特点的拇指，那是暴力的标记，她也有这个标记。他们的脸被罩在灯罩的低矮阴影里，她看不见。

佩克雷斯大妈将她推到桌前，于是她面对着菜盘。

他们怀着对一切丑行的好奇心，无情地死死盯着她，盯着她的一举一动，窥视她有什么欠缺，以致吃饭这个简单的动作需要她做极大的努力，有时她真控制不了自己的手臂，它不折不扣地瘫痪了。

她豁出命来都可以，只要能听他们说话，只说一句话来揭示他们生气的缘由。她很清楚他们喜欢走复杂的路，以致迷失方向……

在邻近厨房的谷仓里，牲口捣着褥草，在空食槽里乱翻。这个熟悉的声音使慕有几分吃惊，因为它里面透着平和与习惯。

让·佩克雷斯突然站起来走了出去。他母亲假装知趣地模仿他，仿佛也要走，但又犹豫不决。

"您可以留下来，佩克雷斯太太，您知道……"

塔内朗太太的声音。声音里有某种轻蔑，流露出的不只是厌倦，而是一种深深的气馁，一切都沉入气馁之中，像麦秆一样被烧掉。

至于慕，她只能傻傻地死盯着盘子。

"你在干什么？你以为我们要做的只是待在这里等你？"

这个巧妙地一抑一扬的声音是雅克的声音。慕不动弹。

女仆已经去睡觉了，佩克雷斯大妈做出站起来收拾餐具的样子，以假装对这件事处之泰然。

何况他们的不和已经爆发出来了，十分强烈，使她感到很高兴，这个可耻的女人，既然她引发了这场冲突，现在可以轻松地避开了。

"您还是坐着吧，佩克雷斯大妈。慕，你收拾餐具吧。"

姑娘心中升起了巨大的希望，她听出了母亲有时对她采用的那种亲切的责怪口气。

慕什么也没有说，走向洗碗槽。雅克紧随其后。她听见就在背后有他短促的呼吸声。他会抓住什么借口？最卑鄙的借口，最庸俗的，最可笑的，最可耻的……

"哼，你愿意洗自己的盘子了？你东躲西躲，我可得教训教训你。你什么都不做，还想法到处跑……我不能再让你这样了……"

慕克制自己，不说也不动。她两只手上的盘子，她突然看不见它的原样了，看见的只是一只破碎的、染上鲜血的盘子，一张脸从盘子中央穿过来，就像从纸中穿过来的丑角面孔一样。

"雅克，让她去吧，这惩罚足够了。"

但他正在兴头上，不可能停下：

"总是让她去！一想到我们大家对她的宽容，信任……你想知道一件事吗？我向你瞒着这件事，因为我可怜她。"

他郑重其事地向母亲伸出双臂。

"我不愿意说这事，你知道……你还记得吗？在米丽埃尔去世的时候，那些钱？"

他停住了，总算摆脱了对妹妹的责任，尽管是小小的责任。塔内朗太太呆若木鸡。慕很快估计出与门口的距离，她将顺着墙过去，掀起门闩……在冲过去以前，她动用全部的理智说：

"别信他的话，我用手镯借了三百五十法郎。你瞧，我没有手镯了……"

她举起光秃秃的手臂，偷偷地朝门口溜去。

雅克像疯子一样叫了起来：

"这不是真的，她在说谎！"

但是慕已经到了外面。她快步跑下小路，连石子都在她脚下飞了起来。她来到迪奥尔河附近的山谷，停了下来。在山坡上，有人在大声辱骂。开着的门在田野上勾勒出一个明亮的大方形。有好几个声音与雅克的声音掺合在一起。佩克雷斯大妈在叫她的名字，那响亮而拖长的声音就像她傍晚时召唤狗时一样。然后是亨利的声音。

"喂！慕！来吧！来睡觉吧！你不来妈妈也睡不着。这你清楚，可是……"

慕绷得紧紧的，咬着嘴唇不回答，默默地摇头拒绝。最初的眼泪终于溢出眼眶。她很快就发现坡上那个明亮的方块已经消失。

她在河边躺下，一只手枕着头，另一只手在河水里玩，水从她的手指间流过，发出一种微弱的、跳跃性的音乐。

河水很冷，过了一会儿慕的手指都麻木了，她抽回手放在茂盛的草上，草却显得温和。

在河边的一片寂静中，她听见自己的啜泣声。一分钟以后，她想弯腿，感到很疼，她想站起来，也很疼，于是她小心翼翼地将四肢缩回到曲成一团的身体旁边，这样就舒服些，她仿佛在怜惜自己。

虽然是在五月份，迪奥尔河这一带凹地里还很不暖和，土地在夜里变得像湿海绵一样软软的。她的衣裙和内衣都贴在皮肤上，只有当她从静止状态中出来时寒冷才猛然渗透她，使她战栗。她并不忧愁，而是疲乏，疲乏因寒冷而变得痛苦。

很快就下起了暴风雨的头几滴。应该回去了。她莫名其妙地、固执地想到她从昏迷中醒来时发现自己躺着的那张床。

她在于德朗的卧室是开着的吗？她能去乔治·迪里厄那里吗？不能，绝对不能回到他那里，他会作错误的理解……

去租佃地？敲敲木窗将租佃户的女儿唤醒？那会麻烦这些仆人们来接待她，而且编造借口也是她做不到的。

这样说来，黑夜是惟一的避难所，直至天明。

她一分钟也没有想到回佩克雷斯家。这种可能性现在似乎根本不存在，她连想都不想。

在她身旁，年轻的迪奥尔河像雄性一样从忠诚的两岸中间流过。她只需要翻个身便会立刻被抓住，被卷走。然而她根本没想到这个，谁向她谈起自杀会使她十分吃惊，因为，在绝望中她根本不考虑任何勇敢行动。她艰难地站了起来，爬上铁路的小坡。雨点使她什么也看不清。她弓身摸着湿土块，跟跟跄跄地往前赶，穿过了铁轨，然后是大路。有一刻，一根明亮的光柱照着她，随后又很快在发动机的声音中消失。她没有直起腰，继续朝于德朗爬过去。

在爬上花园斜坡的小径时，她似乎觉察到房子四周有什么人。她放心大胆地继续往前，在紧闭的门前停下来，说道："我早就知道，今天下午他们锁上了门不让我回来。"

她试着转动门把，但是徒劳。她靠在门上，开始用整个身体撞门。每撞一下就等片刻，尽管她知道不会有人回答而且她的顽强举动又是多么愚蠢。

突然，不知从什么地方响起了一个名字，响起了一个惟恐吓坏她的声音。

她停住并回答，声音并不太惊慌。因注意力集中而呆住的脸上流露出模糊的不安。

"慕，你在那里干什么？你疯了吗？我等了你整整一天。今天早上，你像小偷一样溜走……"

乔治·迪里厄。他在笑，高兴找到了她，但她严肃地瞧着他，不明白他为什么在那里。

"呵！你在这儿。幸好！我没有料到是你，你知道。"

在手电筒的微光下，他看到她面色苍白，眼神里露出极端的疲乏。他立刻就不笑了。

她去缩在门边，仿佛用姿态来表达自己再无力说出的话语。他感到局促，这不是她平时的态度。

"你要干什么？说话呀！"

"听我说，乔治。我要你打开这扇门。我保证明天对你解释一切，现在你打开门吧。他们把它关上了，而我想睡觉。"

他用力晃动门，但打不开。

"你看这开不了。"他摇着头说，"你听着，听我说，最后……"

她做了一个手势让他等等，然后走开了。

他听见她走下小径朝主建筑中荒弃的暖房走去，听见她在厂棚下翻动那几大堆废铁和木头。他待在那里，不能违抗她的吩咐。

很晚了。她还在外面干什么？这难道不清楚吗？他以为她刚才和好伙伴在一起玩。也许是让？……

他突然想走掉。他想起头天晚上她大大方方地主动送上门来，便感到幻想破灭的痛苦。

何况她似乎不太在乎他。她一直不上来，他想她可能在黑暗里摸索。突然他记起租佃户在废铁上堆了一些木柴，他担心柴堆已经倒塌在她头上，她在柴堆下挣扎，于是他奔向楼梯。在手电筒微弱的光亮下，他看见她上来，手里拿着一根铁棒。

"来，用这个！"

乔治将铁棒插进两扇门之间的缝隙里，门哐当一声开了，在空空的房间里引起长长的回响。在强光下看她时，他注意到她已面目全非，面部表情产生了突然的变化。在浮肿的眼皮下，她的灰眼睛几乎消失了，因此容貌本身似乎被毁。她的嘴唇干枯和发白，湿漉漉的头发一绺绺地披散着，潮湿的衣裙上有一个大泥渍，这一切使她完全变了样。

他对她的感情无法绕过这个困难。他甚至不试图去理解，站在她面前一动不动。

她躺下，将被单一直拉到颏下，这个既稚气又自私的动作使她最终排解了忧虑。她半闭着眼睛请他帮点忙。他拉上厚重的窗帘，将床头柜上的小油灯点燃，于是房间沐浴在一种颤抖的微光中。

最后他在小圆桌旁坐了下来，像头天晚上慕在他家那样，他仔细观察这个地方，机械地瞧着奢侈的忧郁的装饰。她通常是在饭厅里接待他的。在床的天盖上，在石榴红的窗帘上，到处都可以看见厚厚的灰尘。

她不再说话。她的呼吸很有规律，以致他以为她睡着了，但突然间这个睡眠对他意味着全部的邪恶人性。她在逃避他的问题。

"慕，你总有什么事要告诉我吧？"

她痛苦地伸展四肢，但在微笑，这初步的睡眠已使她恢复了精神。

"我担保是佩克雷斯大妈，今早我从你家出来时看见她在小径的尽头……"

他一下子站了起来，用简短干脆的声音提问，催她回答：

"你是几点钟走的？

"他们是怎样让你明白？……"

他并不等待对这些问题的回答。随着他的提问，他终于猜到她向他隐瞒了什么。接着他用温和下来的语气问：

"你逃跑了，嗯？"

她不作声，转过脸去，将脸埋进了枕头。

他站在床尾，瞧着她睡觉，他弯着长长的身躯以便更好地观察她。她似乎透过睫毛在嘲讽地窥视他，小灯的微光将她的睫毛一直投影到她的脸颊上。他从未想到一张熟睡的脸会如此生动感人。一想到她昨晚整夜睡在他身旁，他感到困惑，仿佛并不认识她。

几个星期以来，她就奔向这场灾难，可是他呢，他做了什么事以致她甚至不再和他说话？因此，自然而然地他要避开。

有时一股穿堂风从没有关紧的门吹进来，使房屋转凉。慕在床上翻来覆去，时而微笑，低声说些模糊不清的字眼。

乔治第一次厌倦地想到明天。他精确地估量帕达尔人和佩克雷斯大妈攻击慕的交叉火力是多么猛烈，他想逃避。

田野和花园里仍是一片深深的宁静。乔治突然害怕天一亮人们会看到他在那里，便离去了。冰冷的空气中散发着植物的气味，他深深地呼吸，猛然又产生了自由的感觉。他不是有点可笑吗？他会和这家人有麻烦的，不过雅克会照顾他，这对雅克有好处……事情会有助于他。塔内朗一家很快会离开。于德朗将被卖掉。慕将消失。

然而，刹那间，他希望在他们离去以前她再出现一次。

这是明媚的一天。慕整理了一下衣着，洗去衣裙上的泥渍，梳理了头发。一走出房子热气就扑向她，她感到舒服。

在去租佃屋的路上，树木勾勒出圆圆的但已经缩短的阴影。时间大概已近正午。

小路两旁是一连串的地势起伏，位于于德朗高原中央的那条水果小径是这地势的中央脊柱。慕渐渐地发现这番景色。

在她眼前，弯曲的路将于德朗的老屋挡住了一半。老屋太大了，几乎无法使用，在长长的、赤裸的墙上，每隔一段距离就有规律地排列着带百叶窗的高高的窗户。这些墙现在不再笔直，屋顶也不平整，真仿佛房子受到某种内力的压挤而它始终在抵抗。其实它仍然十分结实。它是被帕达尔的富裕农民修建的，它身上凝聚了农民的全部耐心和节俭。在帕达尔有人说在十七世纪末期曾经有五兄妹为盖这座房子出过钱。很久以后，一位资产者买下了它，并在它周围修了一座大花园。

如今农民们取笑于德朗，因为它从来没有落入可靠的人手里。他们想要的是房子周围的土地，因为，经过几百年，他们在不知不觉中变得只对能结果实的财富感兴趣。"我问问您有谁愿意去那里住！它容得下十家人。土地还算可以！可是那座房子，在本地是找不到买主的……"

只有佩克雷斯大妈想把儿子安顿在那里，她认为在塞穆瓦克和帕达尔没有什么配得上这只雄鹰。

租佃人的妻子看见了慕，讨好地迎了上来。戴德大妈长着棕发，还算年轻，面孔清秀发亮，颧骨部位是纵横交错、深色的细小静脉。十年来她老了也瘦了许多。手臂上松塌塌的皮肤像过熟的水果，她一说话脖子上就出现丝一般的细纹。

她看见慕在如此不平常的时刻出现感到几分吃惊，但克制了自己的好奇心……

"您来喝点什么吧，慕小姐？"

"太好了，戴德太太。给我现成的。"

慕克制不住地涨红了脸。那女人端来一杯牛奶咖啡，高兴地看到她满意地一饮而尽。她一边做自己的事，一边偷偷看着慕。慕还是孩童时，她就认识慕，并且喜欢慕，虽然这姑娘也许并不真正讨她高兴。她更喜欢亨利，因为她看着他出生，并同时给自己的女儿和他喂奶。

"这是什么声音？"慕问道，"是牲口吗？"

"是的，女儿去做弥撒了，天气这么好，牲口急着出来呢。"

接着，她用十分自然的语气说：

"对了，昨天太太好像在找您。可怜的人看上去很不安。我跟她说，不该这样。现在太太她很神经质！"

"这是因为我哥哥改变了主意。"慕突然说，"他不准备留下来。您不知道吧？您明白妈妈为此很烦恼，因为最近为这件事花了那么多钱……我哩，我认为现在该卖出去。"

"我不敢随便说，小姐，可是太太缺少威信。您以为她意识不到吗？还有那些在塞穆瓦克待运的家具？人们讲的事真让我们这些人难过……佩克雷斯大妈来对戴德说是她为家具付了钱，她不要把它们运来。要是她这话只对我们说……但她用尽一切办法来伤害你们。我觉得她这人奇怪，因为她很聪明，放你们走对她也不利。"

慕已经喝完了，但没有离去。农妇注意到她不停地朝佩克雷斯家的方向看。慕认为不必向她解释自己为什么不去做弥撒。她害怕家人经过这里去做弥撒。

农妇出去了一会儿，提着一大桶水回来，将水倒进锅里。

"咦，女儿已经做完早弥撒回来了！"

她仿佛在沉思，用高兴的语气说出她想表达的精确语言：

"我忘记告诉您了，慕小姐，您的朋友路易丝·里维埃正在度假。您或许可以去看她。"

慕慢慢地朝门口走去，这时戴德大妈低声对她说：

"您知道，关于吃的，只要您高兴，小姐……"

慕转过身勉强地微笑。农妇猜到了什么事，姑娘感到窘迫。

她决定去看路易丝·里维埃。自从她来到这里，的确没有去看过任何人。在考虑做其他事以前，她可以用这次访问来打发这个下午。戴德大妈说得对。

她来到于德朗草场上俯瞰里奥多尔河斜坡的边沿。她本能地跑了起来，又突然觉得不必这么跑，便放慢了脚步。

里维埃太太的小别墅紧贴着山谷的另一面山坡，并不太吸引慕。

路易丝的母亲在战争中失去了丈夫，她含辛茹苦、十分得体地养育路易丝。当初她是村里惟一与慕·格朗交往的小孩。她每星期四去于德朗，虽然也许并不觉得十分有趣。

关于这个穿着小学生罩衫的、苍白的女孩，慕只有淡淡的记忆。路易丝喜欢田野和四周的草场，喜欢在那里和村里别的孩子一起玩。慕试图用谎话来留住那个上小学的女孩，往她那长着扁平鼻子的脑袋里堆满没完没了的闲话。慕自己只是偶尔跟母亲学习学习，当时还从未上过学。面对于德朗的这个小姑娘，路易丝锁上了心扉，默默无语，两手交叉在背后，等着慕来逗她高兴。下午快结束时，她才勉强同意摇玩具娃娃睡觉，但很紧张，完全是装模作样。回家的时间一到，她就发狂似的逃掉。慕陪女友一直走到里奥多尔河，然后独自上坡往回走，慢慢闲逛到夜里。

与路易丝相见，她并不感到好奇，而只是感到几分局促……

那两位女人刚吃完午饭。里维埃太太在饭厅里忙碌，路易丝一面哼歌，一面在椅子上摇晃。家里整整齐齐、朴素无华，表明这儿只生活着两个女人。里维埃太太突然停住，用毫不惊异的声音说：

"咦！慕来了。"

她将稍含油质的苍白的面颊从手中的那叠盘子上方伸过来。路易丝惊呼了几声，猛然站起来，夸张地表示高兴。尽管脂粉无疑使她显得漂亮，慕仍然能在众人中间认出这张面带病容的小脸来，她的眼睛冷漠，说话时小嘴痉挛。

"戴德大妈告诉我你从波尔多回来了，所以我来了。"慕说。

不等主人邀请，她就跌坐在一张椅子上，用凉凉的光手臂擦拭额头。

"你真好！"路易丝惊呼道，"我正好在想去佩克雷斯家看你呢。你们是住在那里吧？"

她们扯扯家常话。每个话题一下就说完了，在这期间时间过去了，对慕来说天气又热又闷。几只迷路的苍蝇有时飞起来，然后扑倒在玻璃窗上，筋疲力尽。夏天在房屋四周肆虐，它一动不动，由于酷热而几乎呈苍白色。必须等待白天里这个最热的时候，这个暑热高峰过去。慕没有勇气告辞，又因无力逃得更远而感到绝望。

里维埃太太和女儿见她沉默无语有点惊讶地看着她。她们相互递着诧异的眼神。母亲向慕询问塔内朗太太的情况。慕盯着她们两人，观察她们的微笑，那微笑使人想到晴雨表上的"持续的晴天"。她回答说塔内朗太太非常好。

接着她开始对路易丝回忆她们共同的往事。她还记得在于德朗的星期四，郁闷的星期四吗？是的，她变了，当然是漂亮了……

两位女人的话语和笑声从慕的头上飘过去，就仿佛空中飞过鸟群，你不识别它们但它们是风景的一部分。她费劲地去听她们说什么，只能偶尔听进去。

路易丝的轮廓清晰地显现在窗前，她仍在椅子上摇晃。暑热与阳光开始从门帘下透进来，使她两颊发红。她戴的各种各样的首饰耀眼夺目。她引人注目也许正是因为这些装饰品，也许还因为她姣好的身材，它出奇的苗条和柔软，仿佛具有可以用手去捏的弹性。

慕看到这张面孔上恒久的东西，最后也在路易丝身上发现了变化。路易丝无缘无故地显得和蔼可亲，她更虚伪，更会献殷勤。她虚情假意，这在她的举止中已是习以为常了，就像在成熟的女人身上一样。人们感到她具有少女们少有的、成熟的思考力和心计。她还没有结婚，虽然她比慕大两岁，现在是二十二岁，这是因为在这两个村子里很少有在教育程度和财产上对她合适的婚姻对象。她受的教育超过旁人，至于财产则极少，甚至没有。她这么年轻就已经强烈地感到自己在衰老。她被夹在两者之间，一边是宏大的抱负，一边是与抱负不符的绝望。她极端的烦躁，这种两难处境因而变得既悲惨又令人生气。

她想到帕达尔，开始机智巧妙地劝慕陪她去。里维埃太太显然不喜欢她去。路易丝把女友拖出门，简短地对她说：

"我必须去。你来这里是我的好运气。你必须接受……"

慕同意了。路易丝跑着回去，然后又回来，一下子躺在了草地上。她刚得到了许可，十分满意，为快乐的前景而感到无力，既幸福又轻松。

最热的钟点过去了，起了风。

"你明白，慕，在晚祷结束以后。我不能错过散场……你无法猜到……"

慕不追问，不要求她说心里话。她很平静，什么也不想。她用手臂枕着头，躺在那里听。

"你知道，慕。你会很惊讶，但毕竟不会太高兴。你哥哥雅克将在晚祷散场时等我……"

路易丝的脸色变得严肃起来，显出了某种冷酷。

"我无所谓，路易丝，这与我有什么关系？……"

"你知道昨天下午他来过。我正在看牲口。他问我见到你没有……"

她停了一会儿。慕没有回答，她又接着用秘密的口吻说：

"我们聊了聊。他叫我在晚祷散场时来找他，我们去散步……"

她趴在草地上臆想着自己的乐趣。

慕抬起眼睛，在阳光下也不眨眼。纯蓝的天空中有卷毛云，而且在南边不断地变化。凝视天空时真感到快乐。

仍然是路易丝那微弱的尖嗓子：

"呵！你哥哥，他真好，你知道！……而且，怎么说呢，潇洒！不像此地的男孩，愣头愣脑！……"

"你想对我说什么？"慕问道，"如果是关于迪里厄，你可以明说……"

路易丝傻笑，脸稍稍发红。说实在的，她更关心的是自己的艳情。

"妈妈不相信你那件事，她很喜欢你。我也一样，我知道，但我很理解某些事。我很开放，你知道。另外，人们讲些稀奇古怪的事，关于你们，关于你……"

她没有往下说，慕觉得完全不必鼓励她说下去。

她翻身仰面躺着，眨着眼睛看天空。她们相对无言，两人都在想她们的友谊并不存在，自小时起，而且尽管她们努力培养友谊，它却变成了根本性的反感。

虽然很热，仍然是六月份的好天气。

由于新近下了阵雨，草长得肥沃多汁，空气中有草木液汁的香气。

几只斑鸫低低地在田野上方飞翔，用咝咝响的柔软的翅膀与空气摩擦。金翅鸟在里奥多尔河边高高的杨树树顶歌唱，在蓝天中撒满了给人快感的、得意洋洋的音符。另一些鸟鸣声也传了过来，或近或远，或尖刺或抑扬，为数很多，人们必须侧耳倾听才能分辨出一种鸟鸣声。在于德朗林木的包围之下，寂静似乎栖息在这些数不清的小鸟的啾鸣之上。

有时，几阵温风穿过树木的枝叶，很像是奄奄一息的浪涛。

突然间，帕达尔的钟声响了起来。顷刻间没有一个空气微粒不震动，没有一根草、一片叶子不战栗。

慕一动不动，因此路易丝坐了起来，这次表情武断。她突然恼怒起来，撅着嘴叫道：

"怎么样？晚祷的钟响了，可别忘记你答应我的事。要想赶上散场我得马上去。"

"我要是没有来，你怎么办呢？你跑吧，你母亲问起来我会对付的。"慕只是说。

对方犹豫了片刻最后下了决心。但是在离去前对慕提了一个问题，这个问题她一直没有说，惟恐失去慕的帮助。

"你们卖地产是真的吗？"

慕做了一个含糊的姿势。

"是因为你吗？你可以否认，是雅克告诉我这件事的。我告诉你：这里所有的人都站在他一边，他们很了解他。呵！我知道你高傲得要命。"

她挺直身体，直视躺在她脚下的慕。她以前从未如此大胆地表达自己的想法。她现在感到一种强烈的快乐，它比她本身的恶意还强烈。她听着自己讲，在射出每句话以后陶醉地闭上眼睛。

"还有让·佩克雷斯的那位未婚妻？那位被抛弃的可怜姑娘？你以为她是从巴尔克旅馆的阳台上摔进迪奥尔河，这么傻傻地摔下去的吗？没有人保护她，算你运气不错，叫人恶心的运气……"

慕感到路易丝处在愤怒的顶峰，仿佛从高高的阳台上俯瞰自己的受害者。猛然间，路易丝跑开了，离去前徒劳地试图给出漂亮的一击。

"总之，我可怜你，再见！"

她晃着手臂朝帕达尔跑去，一次也没有回头。

慕慢慢眨着眼睛，瞧她离去，再一次看见在天空的背景前她那张迷途的小脸，它在辱骂。

路易丝不在的期间，天色渐渐暗了下来。在里奥多尔河对岸，于德朗租佃屋和帕达尔的烟囱很快就冒出了烟，它们飘忽忽地升上平静的天空，伸长，然后斜着在俯瞰村庄的橡树林上方漫开来。

晚饭时间快到了，星期日就在这个精确的钟点结束，男人们回家就不再出门了。晚祷早已结束，但路易丝还没有回来。

慕在思索暮色中升起的这份温柔为什么使她的心如此难受。

她心不在焉地瞧着童年时生活的这个景色：整整齐齐、像教堂大殿一样高大的、雄伟的冷杉林和像刀片一样伸进草原下部的里奥多尔河。急促而低沉的流水声充满了整个河谷。

慕在想母亲和兄弟将很快去帕达尔，但她所在的地方很远，看不见他们过去。她听见里维埃太太在关大门和木窗。她并没有喊叫，但慕猜到她时不时地来到门口窥视去帕达尔的小路。她没有看见等在下面，等在屋后田野里的慕。

她的事怎么会传开呢？不论路易丝怎么说，慕认为是佩克雷斯大妈向周围的人散布的。她对这个女人十分反感，以至于，相比之下，她突然觉得家里的人具有意想不到的优点。

她确信他们什么也没有说。谈到家里人时连雅克也很谨慎。

一种隐秘的团结将他们牢牢聚合在一起，形成真正的家庭……

不管她做什么，她本人依然是这小圈子的一员。她很想回去，就此结束她愚蠢的漂流，然而执拗将她死钉在地上。何况她也不清楚应该怎么做才能恢复她在家中的地位，用什么方式在雅克和母亲面前保持她的身份。

她将变成怎样？如果没有她在家庭生活中每日遇到的困难，她会不习惯于平静生活的。众人的谴责并不使她害怕。恰恰相反，她认为这谴责是有道理的。此外，冷漠的、古怪的人更使她恐惧。

孤独使她感受很深，它超过了哥哥的恶意和塔内朗的卑鄙本身，因为她能轻易地对付他们的打击。

她本该回到母亲身边，但雅克一定在戒备这个新敌人，因她的错误而振振有词，令人畏惧。

厌恶使她不回去，她厌恶哥哥，厌恶他如今掌握的反对她的正确理由。

这个男人在他们的家庭圈子里占有怎样的地位，日益具有统治性的地位！自从离开巴黎以来，慕对他不再胆战心惊，而是更冷静地判断他。很难想象这个老孩子有一天将如何离开他母亲，离开他的家庭，这个家庭确定了他的位置，对他关怀备至，推崇备至。而在别处他的确容易被别人吓倒，毫无胆量。

慕每当想起雅克时，很难不感到反感。在她的记忆中，她没有一次敢于正面看他，没有一次单独和他在一起而不发抖的。

他呢，并没有发觉妹妹对他的厌恶。他发完脾气后愿意去找她，这种使人无法生气的健忘，这种我行我素的自我满足比他的辱骂更使慕恼怒。

自从雅克的妻子死后，兄妹之间的敌意日益加深，但就某种意义上说，他们的生活倒变得容易了。雅克始终没有归还那笔钱，慕也从来不提，这事使雅克想起来就生气，仿佛是她不可饶恕的错误。就在昨天傍晚，他理屈词穷时，还提出了这个借口，他不能忍受慕在任何事情上向他炫耀。

在这以前，似乎没有任何借口足以证明为什么会爆发日益强烈的仇恨。再者他们也不惜寻找何等疯狂的借口以发泄毫无缘由的怨恨。这种怨恨在他们眼中成为半虚幻的，想象的，他们几乎习以为常，就好比对一种可怕而方便的假定习以为常，它不打扰你，因为没有任何东西迫使你去仔细地审视它。

慕有点埋怨自己用毫无意义的举动打破了她和雅克之间的平静。

路易丝独自一人从帕达尔回来，慕从她的姿态上看出发生了糟糕的事。她朝慕走来，坚决和玩世不恭的样子。她从哪里来？她的眼睛是肿的，满脸是泪，完全变了样，这张怒气冲冲的脸与她本来的面孔却惊人地不相似。她身上的一切光辉都消失了，仿佛只是因为热切地等待快乐她才具有平时使她容颜焕发的光辉。

"他做完晚祷出来时甚至连看都不看我一眼。"她喊道，"他只看着戴德家的那个大蠢货，她陪着他和你母亲……"

她打破了慕的遐想，迫使她瞧着自己，对刚发生的事进行评论。

"你坐一会儿，"慕最后说，"你不能带着这副面孔回家。你说他和戴德家的女儿在一起？"

路易丝肯定了她前面的话，毫无羞耻之心地夸大自己的失望。这不是第一次，青年人在拿她打趣。她徒劳地试图报复。

"不过从来也没有人这样对待我。他仿佛根本没看见我，但眼光却投向过我。你母亲在，我没敢靠近。"

慕猜想租佃户的老婆大概派女儿去将慕的来访告诉塔内朗太太。至于雅克的粗野举止，她早就不以为奇了。

"你别哭，"她说，"他会很快厌倦戴德姑娘的，不久又会来找你。如果你愿意的话，最多两三天。"

但路易丝挺直了身子。

"你叫我恶心！"她喊道，"你，也许你能接受这个！当然啦！

你和迪里厄调情，而他后面拖着本地所有的姑娘！呵！你们毫无尊严，是卑鄙的人……"

说完她就走了。换了别的话可能使慕内心感到惊讶，但这些话却以其诚恳和出自本心的激烈而使慕感到满足。

路易丝走后，在被阴影侵入的狭小草地上，孤独再次降临。其实黑夜缓缓来临，但它在慕的身上却是猛然袭来，立成定局。她以为突然在黑暗中醒来。地平线远处有灯光在闪烁。鸟鸣声没有了，但从周围的矮树丛中传来蟋蟀的叫声和神秘逃窜的声音。她听见极远处的一声汽笛，这是去波尔多的最后一班火车，九点钟的火车。幼年时期，她往往是在暖暖的厨房里或在安静地守夜时听见火车头的呼唤。汽笛均匀地响了几次，间隔里是真正的沉寂的深渊，深渊底部似乎藏着模糊的危险、隐约的威胁。火车在可怕的哐当声中驶下高原的斜坡，朝塞穆瓦克驶去。转弯处很危险，永远雾蒙蒙的，又被于德朗的桤木林遮挡住。可以想象这个由雾气和林木孕育的怪物突然出现的样子。

迪里厄的房子离慕所在的地方相当远。为了去他那里，她不得不下到里奥多尔河再爬上草场，从一条低凹小路的平坦处走过去，穿过苜蓿地和村庄。

慕来到乔治·迪里厄的房子前，像机器一样顿时站住了。在掩盖着大门的柏树小径尽头停着一辆车，大概是在这个晴朗的星期日从波尔多来的朋友。

　　慕迟疑着，想不出任何合理的借口来解释为什么拜访乔治。何况什么样的借口能使她躲过客人锐利的目光呢？她想仅仅根据她的样子和她那可怜的遭遇，他们就能猜到究竟。她的苦难像挥之不去的臭气贴在她身上。她的衣裙皱皱巴巴，鞋子很脏，脸色疲惫不堪，这一切都表明了她的遭遇。

　　然而她下不了决心离去。去哪里？她恐惧地想到即将到来的黑夜，她将在野地里游荡。一想到她在于德朗的那间被锁上的卧室，她就厌恶得发抖。饥饿和疲乏已经在折磨她的身心。她刚才从里奥多尔河边上来时，不是害怕得拼命跑吗？由于总是独自一人，现在她自己都讨厌自己，她希望找回乔治。

　　她来到房屋与大路的中间，在那里等着。乔治一直不出来，时间在流逝，慕并不自认失去了耐心。

　　过了一会儿月亮升了上来。慕从小径中央走到房子正廊，靠在上面。在晦暗的暮色以后，一种柔和的光突然照亮了景色，使她十分欣悦。

　　在相反的方向，开着的窗子里射出了光亮。屋内有人在说笑，但她听不清乔治的声音，他很少参与谈话。她疲惫不堪，因此当笑声爆发出来时，她的肉体被活活地击中，十分痛苦。

此刻她脑子里没有任何明确的想法。一些相互矛盾的印象仅仅在她脑中划过,一个接着一个,为数很多,既无关联也无秩序,只是借助于她的软弱和窘迫。但她所经受的全部感情只是划过她,每次都使她更富理解力也更平静。

因此,虽然她没有想回去,哥哥的态度在她刚刚发现的新事理中只有相对的价值。这些事情的环境就足以界定他是一个冷酷、反常、无恶不作的人。她终于明白他针对她、针对他脑中完全臆想的危险而采取的自卫是多么可怜。

突然远处有狗欢快地叫了起来。她立刻从相同的叫声中听出是佩克雷斯家的两条猎狗。

在那条将于德朗和佩克雷斯的地产相连的小径高处出现了风雨灯的微光。要是人们在寻找她,她有十倍的时间可以逃走。有人在挂念她,这个想法使她稍稍感动,她流出了眼泪,泪水在脸颊上留下新鲜的痕迹。他们在那边也不幸福。在她家里,谁也没幸福过。他们生活在紊乱中,使最平常的事变味,变得悲惨,使你更失去拥有幸福的希望。

可是,在使你受过太多痛苦以后,他们又来寻找你,而且不论你愿意与否都带你回去。只有这最后的悔恨才证明他们以某种方式依恋你,没有你,家里就缺了一个人。这些想法最初使她感动,但不久她就克服了这种感动。

不,她不回去。现在她完全明白他们表达依恋的方式,回去毫无意义。雅克以侮辱你为乐,然后亲自努力让你放心,为的是不完全失去受害者。不,绝对不,她不回去。

但他们不是呼唤了吗?母亲的影子在她心头擦过,在她的记忆中母亲是如此温柔,仿佛是人们在冬天想念的、将回转大地的宜人夏天。她没有动弹,但情不自禁地流下泪来。

不久以后,灯光就在于德朗花园里消失了。过了很久它也没有再出现在高原上。寻找的人肯定回到了大路下方，沿着迪奥尔河搜寻。

"我们看看她是否在于德朗或者在大路上某个地方。"塔内朗太太一定这样说过，"她要是在别处，那就算了……"

他们不会来乔治·迪里厄家里寻找，这个她知道。

她突然鼓起了勇气。她去敲门。没有回答，她推开门，站在门口一动不动，想立即逃掉。灯光耀眼，一开始她谁也看不清。过了几秒钟有人发觉她在那里，轻轻地惊呼了一声。于是乔治朝她走来，立即从她眼神中看到是极度的慌乱将她带回到这里。他一直盼望她回来，此刻却有几分拘束，他没有想她为什么回来。她不说话，他害怕在抓住她以前她就跑掉了。

"你过来坐下，过来。"他轻声说。

谁也没有听见，没有觉察这轻轻的"你"中所包含的权威。

她来到灯光下时，他注意到她很漂亮，人们会认为她漂亮，不管她的态度如何古怪。他在打猎时常在树林里捡起受伤的动物。它们那时的表情与慕的表情相似，神秘的、强烈的茫然自失和惊恐不安，仿佛这些动物想告诉你一个无比珍贵的发现，但此刻它们的无意识正全部消失，它们意识到如果当初知道是什么恶在威胁它们，是谁在杀它们，那它们就可能活下去。

但乔治感到骄傲，因为慕很漂亮。尽管他也会以男人残酷与无意识的方式杀死她，他却因重新征服了她而自喜并且十分自信地介绍她说：

"格朗小姐，于德朗庄园的，你们知道。"

慕努力尽心地讨他高兴。她沉默不语，面带微笑，这微笑像面具一样贴在脸上，但不损及眼睛。如今她在漂泊的尽头来到了乔治家，她感觉很好。她对客人们不感兴趣，实际上几乎没看他们，而是静静地等他们离去……

下午好比是一天的精髓。

在她前面，宽阔的地势缓缓上升直到于德朗山脊，房屋在地势的起伏浪潮之下似乎摇摇晃晃。慕站起身来，看见近景中的于德朗，稍远是迪奥尔河河谷和佩克雷斯家的屋顶。可以说帕达尔在浪潮之下，她看不见它。

她手里捧着一本书，但没有看。

有时偶尔有人从柏树小径尽头那个豁口经过，她本能地从窗前闪开，毫不激动，在墙角躲了片刻，然后又回到平常的位置……

乔治在下午一开始就走了，屋里只有那位老女仆在楼下厨房里弄出单调的杂音。有时她自言自语，即使知道她在抱怨你，这声音也让人安心。但是她很快也走了，锁上了门，于是慕十分真切地听到她放轻了的脚步声沿着墙远去……

暑热像水塘一样停滞在房屋四周。最初，慕试图待在下面的大厅里，但很快就放弃了。

缺了这个风景她确实无法生活，风景中虽然有一部分被挡住了，但总体越过了迪奥尔河，延伸到远处的地平线，延伸到长满了杨树的、平坦而明亮的地区。有些时候，天气如此炎热，麦地里的的确确冒出热气，热气形成彩虹一般的直直的一大片，风景似乎在热气层中哭泣。

有时慕感到短暂的焦虑。有人敲下面的门或者又是狗叫。她从昏沉中醒来。在没有任何东西干扰的寂静中，危险逼近的感觉成为刺激她神经的一种消遣。她稍稍能看进书或者以这种或那种方式暂时集中注意力，但随后又陷入万分惊愕的状态之中，这时逃跑的理由在她眼中显得十分幼稚。她根本没有受骗，但她喜欢想象自己受了骗。希望使她激奋，如果她不是如此孤独，她会大哭大叫的。再者，一般来说，她看书时间不长，因为她很难跟上故事的线索，很快她就因为费劲而泄气，在此以前她一直是任性行事的……

已经两个多星期了，没有任何人来找她。乔治到村里去时，农民们对他未表示任何好奇心。他们周围是一种心照不宣的沉默。但有人告诉乔治于德朗刚刚被标价出卖，有好几位买主感兴趣。但乔治对慕只字不提。

他整天让她独自待着，晚饭时才从塞穆瓦克回来，累得跌跌撞撞，有时还有几分醉意。吃饭时他不和她说话，对她的在场无动于衷，她和他说话时，他也几乎不看她。

一天晚上，乔治回来时看见慕待在楼下的厅里。她蹲在长沙发上，正在书架上找书。她看到乔治时因被他撞见而感到有点拘束，因为在他唤她以前，也就是说在晚饭时间以前，她一般是从不下楼的。

自从她回来以后，他们不再快乐，相互躲避。慕在乔治身上发现了和她自己生活中同样多的不稳定因素。最初她没有试图去识破他对她的态度之谜，而且，说实在的，她也不可能想象另一种态度。他不可能因有了她而显得欢欣鼓舞，那样会最终失去她的，因此他对她万分审慎，如果说他为此苦恼，那就证明了他这次经历并非完全是徒然的而是结下了苦果。

然而今天晚上，慕想无拘无束地和乔治谈谈。她认为他们该谈谈了，该以某种方式结束他们生活中的不确定性。虽然她感到烦闷和孤独，但并不因此失去判断力，她知道只有时间会给他们的情爱关系带来结果。

但是乔治使她窘迫不安，因为他对一天又一天的日子似乎不抱任何期望，他既不说留下来也不提走，越来越深地陷入沉默之中。甚至在夜里当他来找她时，他仍依然故我，粗暴，前后不一，于是她也只能分享他的荒唐，并找到乐趣，这乐趣每次都使她的肉体吃惊，而当白日来临时，她几乎感受不到对黑夜的回忆。

这天晚上，当他走进楼下的厅里时，她看出他很疲乏，但也许高兴见到她。他用手摸了一下脸，慢慢将帽子扔在长沙发上，然后问道：

"现在几点钟了？你知道吗？这些晚会没完没了……"

他跌坐在餐桌旁一把椅子上，显然并不期待回答。

"你比平时回来得早。"慕说道，"你瞧，阿梅莉还没有摆桌子呢。我来在你的书架上找书，因为……"

她再次感到绝望，因为他离她那么远，对她的存在漠不关心，仿佛生活在她无法进入的梦幻里。然而他是爱她的。每天夜里他绝望而激烈地占有她，而不像男人们所乐意的那样享受廉价的快乐，这足以证明他爱她。

但她做什么也是徒劳，在他眼中最重要的是确定性，而她自感到无力给他。

既然他永远不会作出任何努力来理解她，那么她想自己应该向他靠拢。他逆来顺受。例如在巴尔克旅馆，难道他不该帮她摆脱让·佩克雷斯吗？同样，在漫长的一个月里他躲着她，因为雅克告诉他说妹妹将要与让订婚。难道他不该不顾一切地来找她吗？如果说他与雅克相似，他却没有雅克的执拗。慕不知该怎么想。

"因为？"他抬起身子问道，"因为你想看书？为什么想看书？你肯定有理由。"

"因为我烦闷。呵，我烦闷极了，你知道。你抛下我一个人……"

他思索了一下，柔声说：

"如果不这样，我们的处境会更糟。你能做的一切就是耐心。"

她不完全明白这些话的含意，但能猜到它们出于好意。

"你看什么书，嗯？你要是愿意，我去塞穆瓦克给你买书。"

她翻过旧书的硬书皮，读道：

"《月亮谷的故事》，杰克·伦敦写的。"

"你没有读过这个？你该读读，慕，你在这里也没有别的事可做……"

"我不太高兴看书，或者说书让我烦躁……"

乔治摇摇头，那神色仿佛在想什么令人痛心的事。

"我在塞穆瓦克遇见了你哥哥。他烦得要命所以下决心过来与我交谈，那股殷勤劲儿令人困惑。他才不在乎丑闻哩，他缺乏自尊心，呵，他确实不怎么样。我不愿意让你离开，你无法想象这个……何况他怨恨你。你们早该回巴黎了，是你耽误了他们……"

他若无其事地再次向她提出原则问题。她用一个戏剧性的小手势打断了他。

"他们没有走肯定是因为要卖于德朗。他们不会在乎我们。别再对我说这个……"

他站了起来。她没有回答，还没有。她很可能不留下。他感到疲乏，用平静而坚决的语气说：

"在吃饭以前，慕，我去河边。"

她试图留住他，跟在他后面跑：

"等一会，乔治，一会会儿。"

在不太明亮的、淡黄色的夕阳下他凝视她片刻：她的夏季衣裙褪了色又太短，露出一双光滑而赤裸的腿，脚上是做客穿的黑鞋，她平直的长发乱蓬蓬地垂着。她的眼睛的确呈难以描述的灰色，在光线下与她稍稍发红的苍白肤色相比更为突出。这个珍贵的皮肤，十分生动，细致而活跃，滤出体外的只是血液最隐秘的细微差别，蓝色的、紫红色的。他第一次看见她用不自然的眼神恳求他，脸上挂着不自然的微笑。

"你要是愿意，我和你一起去，乔治。天很快就黑了，谁也看不见我们……"

他回到她身边，抚摸她的手，亲吻她。

"你好像不明白，我有两星期没有出门了。我们一起走走，一直到晚饭时间，像以前一样……"

他坚定地摇摇头，对她如此坚持稍感吃惊。他突然觉得她很美，仅这个美本身就是充分的许诺。这种美，她本人尚不知道，大多数认识她的人也不知道，然而最美的东西也必须认识自己才能显示出来。

他拒绝她陪伴他。

"再过不久你就什么也记不得了，而我……你也想到了，是吧？我请你原谅晚上……我承认，每次回到塞穆瓦克，我不可能不来找你，只要你生活在这里，在这四堵墙内……"

她低下眼睛，不再坚持。他走开了，一面在想，如果说从许多方面来看她仍然天真无邪的话，她可不像大多数的同龄姑娘那样矫揉造作或多愁善感。他赞赏她那带几分蔑视的坦率，赞赏她不对他撒谎。

他走到柏树小径尽头的大道上回头望望。她仍然在那里。他想起有件重要的事要告诉她，便走了回来。

"我不知道为什么要向你隐瞒一个使你感兴趣的事实。于德朗被佩克雷斯家买下了……买，只是一种说法。他们真疯了。当然他们有钱，但太过分了！……他们大概把他们所拥有的和没拥有的一切都投了进去。成交的条件简直荒谬……"

"我有心理准备，坦白说，我早料到了。"

"据说你母亲很缺钱。房子仍然留在她名下，还有其余的土地，葡萄园的产权全部被卖了。佩克雷斯家允诺负责一切并付给她租佃金，而这是戴德一家从未付的。此外，他们还先支付大约五万法郎来买葡萄园。"

慕想到戴德一家。他们怎么办？

"戴德一家上星期就走了。头天晚上我在巴尔克旅馆见到戴德姑娘。你母亲给了他们一点钱作为赔偿。"

慕再次独自一人，她本能地拿起挑好的那本书。她上楼时，女仆已经来到饭厅摆餐具了。

乔治为什么认为这事很荒谬？当然，这件买卖似乎对他们大有好处。但她母亲不是精于生意吗？她，慕，对此毫不吃惊。

戴德家走了，产业变得七零八落，一切都将很快付之东流。

她想到灿烂的日落，想到自己错过的沿河散步，傍晚的河水碧绿，反映出迪奥尔河草场上的老榆树。她可以在河谷里，在潮湿的河岸走上几个钟头，不疲倦地呼吸土地、水和沼泽的强烈气味，夏天的残渣已在沼泽中腐烂……

她将脸埋进枕头，斜眼瞧着开着的窗外面那片太阳已逃离的西方天空，哭了很久。

有一天，她漫无目的地在帕达尔大路上走。

时近六月底。成熟的庄稼等待着收获。只有铺展在山坡上的葡萄还在白色阳光下呈绿色，等待在秋天更柔和更朦胧的阳光下成熟。

人们也在他们凉爽的房屋里等待夏季结束，然后再在大白天出门。

没有任何东西打搅处于昏沉之中的空间与田野，除了时不时地飘过云彩的流影，云彩很低，流动极快，仿佛在逃避寂静得令人不安的天空。

漂亮的一排排杨树与深色犬蔷薇的短篱笆相互交替，将这个地区按山坡的走向划分成不同的格子，绿色有深有浅。在下面，榆树和桤木往一片深色而茂盛的无名草木上投下枝叶高贵的苍白色，迪奥尔河在树荫下快速地流着……

慕到了外面，不知做什么好，便坐在斜坡上等待。渐渐地，在房间里感到的绝望重新侵袭她。她徒劳地等待下午的结束。大路上没有一个人。黄昏来临。

这时天空出现了轻微的卷云。没有风。有时远处传来牛哞声，使慕一惊。牛满嘴是草，吃草吃得厌烦了，发出长而低的反刍声，要求回牛栏。只有几只乌鸦在空中勾划出无条理的飞行轨迹。它们飞得相当高，用嘶哑的叫声打破寂静，隐隐地宣布愤怒的时刻已临近，不知是谁的愤怒，也不知是对谁的愤怒。

这条路上显然没有人来。

黏土小路呈淡淡的灰褐色。几乎整个天空也是淡淡的灰褐色，在它上方颜色更淡，到了接近地面的地平线处就变深了。过不多久小鸟也将睡觉。有时有只小鸟在栖息处感到不自在，便不安地飞向邻近的灌木丛。

一条狗尴尬地回家去，疲惫地、缓慢地，像人一样。路过慕时它用无神的眼睛瞧瞧她，仿佛她是无生气物体中的一件。

姑娘又走了。天空倾泻在田野上的光如今不再刺伤她了。在路上她时不时地回头，想将四周的一切搜集起来。

这时，她突然发现自己正面对乔治·迪里厄。

她掩住叫声，因为她没有等他，也没有听见他来，他哩，犹豫不定地瞧着她。在过滤后的柔和光线下，他在她眼前显出一种她未见过的鲜明姿态，他性情像农民，姿势像时时准备搏斗的动物。他和往常一样什么也没有做，而如此巨大又如此无益的体力干扰了他的呼吸与手势。

"你回家？你使我害怕，真傻……"

她镇静下来，微微一笑，将手掌贴在他胸前。

她用这个轻巧的手势来抵御这位打破她的孤独的不速之客。他局促不安，突然说：

"你再一次逃跑？你得承认……"

与他相遇使她惊讶不已，她还以为他在塞穆瓦克。他没有进屋而在周围干什么？还有那几下敲门声？是在做梦吗？

"不，我只是出来走走。"

他看上去心慌意乱。她半转身免得看他。

"你来一会儿。"

他跟着她，知道自己上了当也知道自己的放弃将很快使她占上风。

他们进了屋子，她推开折叠木窗时听到他在低声说：

"我爱你，慕，这真不巧……"

女仆已经走了。慕去厨房拿饮料。她想干什么？他想到那天夜里她去库房里找铁棒时，也是同样的强烈意志使她的眼神冷酷，前额出现一条深深的、使面孔显得古怪的皱纹。如果她不是正好在路上叫他来，他不会来。但是，既然他现在已经遇见她了……也许实际上她会待下来，她从来没说要走，他也绝对没有请她走，恰恰相反。也许她已经下了决心，虽然她并不快乐。这正是他的意愿，让她本人决定。

"慕！"

他大叫了一声，仿佛她离他很远。她很灵敏，猜到他想与她做爱，让她马上靠近，因为他感到自己恢复了勇气，因重获自信而陶醉……

她端着一个放满玻璃杯的托盘又出现了。他从她手中接过托盘，随便放在一个地方，然后两手抱着她的双肩，使她倒在他面前的一张椅子上。她一言不发。她的灰色瞳孔里闪烁着某种好奇心，一种明亮的灰色，不是无生气的金属的灰色，而是即将流动的水银的灰色，这种灰色使灰色成为情欲本身的颜色。她带着自然的、动物的柔顺任他摆布，好比是雌性一时依顺雄性的情欲游戏，而这种情欲她本人是不能自发感受的。

平时，他回到昏暗的卧室里就在她旁边悄悄躺下，是她促成他的快感。他狂热地哼哼，在那些时候，她感到自己很厉害……

被他翻倒在椅子上时，她以为他要和她谈话，但他只会气喘吁吁地重复她的名字，那种种不同的声调表示出他的绝望与爱情的残酷交替。

她待着不动，肩头稍稍耸起，两手张着，搭在膝头上，慢慢张开的嘴露出一排刀片般发亮的白细牙齿。

他突然哈哈大笑起来，用大笑声来掩饰他不敢承认的事：

"等你走了，慕，你知道我要干什么吗？"

她纹丝不动。

"你知道我会干什么？"

他为什么这样躲开一切幸福时刻？她很久以后才明白。她跳了起来，攀住他的肩，嘴唇凑了上去。但他摆脱了，叫道：

"你要我做什么？我无能为力，就像此刻我无法再占有你。"

他亲吻她，但几乎没有情欲。慕不给他他所期望的疯狂希望，哪怕只一刹那。有时撒谎成为家常便饭，脱口而出，而整个人丝毫不在乎这种对真理的歪曲。然而慕面对谎言是软弱的，即使她想说谎，话语也会背叛她。

他们相吻的嘴唇是冷的，但他们宁可要这种接触也胜于相互躲避的目光……

"再者，我不在乎，就好比不在乎痛苦一样。像我这样蔑视自己的人，也许只有这样才能使你在自己心中稍稍恢复尊严……"

她溜进他的两臂间，两腿间，头贴着他的颈部。她听见心脏跳得很快。她伤心，比他更伤心，对自己感到厌恶。他机械地占有了她，最后一次。

即使在吃饭时他也不再出现，慕在卧室里用餐，从此他让她感到绝对孤独的痛苦。

她感到极端疲乏，这种疲乏与日俱增，很快她就没有力气吃女仆送上来的饭食，她每天要躺上好几个小时。乔治让女仆问她想吃什么，他以为她很烦闷，用这种方式表示她的气馁。老女仆见她躺在床上，脸色苍白得可怕。

"您要是同意，我去告诉先生说您不舒服……"

接着，她又改了主意，她害怕，害怕慕会揪住她喜爱的主人不放。她用温柔的语调说谎：

"我看这是暑热，再说，不能整天关在家里……"

慕从她那搪塞和拘谨的神气上看出来自己怀孕了。

乔治在饭厅的大沙发上过夜，一大早就出门了。

慕犹豫不决。告诉他？……如果说她不像从前那样爱他，她仍然十分尊敬他。如果她同意他早娶了她。一切麻烦都来自于她，来自于她的缺乏诚意。她原先拒绝，现在又同意，岂不太丢人？

何况，她仍然想走。一想到她家里人可能已经走了，她就害怕。她的孩子并不明显地脱离她本人的生活，孩子的重要性还不如她本人。

女仆趁乔治还没有回家就早早让她进餐。女仆向主人绝口不提饭菜几乎原封不动的事，乔治不再担心了。

慕的烦闷最后到达如此的深度，以致她甚至不再想到孩子。怀疑日益减弱，她想得更少。

她不再看书。她想到的事物与她目前的生活毫无关系。她陷入回忆中，一件往事突然在许多往事中凸现出来，没有明显的理由，并且具有噩梦般的奇异性。

一天早上，重复的敲门声将她惊醒。乔治推开了门，说了几句话但她听不清。

她跳下床，兴奋地急忙穿衣，但不能如她所愿地那么快，因为她的双手是冷的，她还在颤抖。她在这间小屋里关了三个星期，一直在等待。而现在，人们突然记起了她。

乔治压低声音叫她，她大声地推插销，让人知道她已经醒了。

穿好衣服后她推开木窗。晨光正艰难地显露出来，使地平线呈现绿色。从自我流放的第一天起，她就生活在这个风景的幻象中，但她从未在黎明见过这风景，所以不能立刻认出来。她停住看它片刻，然后决定下楼。

在饭厅里，曙光从开着的门里进来，十分朦胧，你无法预料天气会如何，房间的角落里仍然半明半暗。乔治在仓促间穿上了一条旧长裤和一件衬衣，他怕冷地把衬衣拉到胸前。乱蓬蓬的棕发使他看上去很不整齐。他站在长沙发旁边，沉默着。

在他前面，坐着塔内朗太太。她像往常一样穿着黑色的长裙。一顶过宽的宽边帽遮住了她的脸，使她的外形稍稍显得小。在她身边的地上放着一个旅行袋。

她头也不抬，平静地说：

"怎么样，下楼了？"

从母亲不自然的语气上，慕猜想她的兄弟们正躲在门后偷看她。

脚下的楼梯在咔咔响，很快就激怒了她。她的心在怦怦跳。喉头干涩，像是石头。

她本能地集中精力，这使她没有看到正盯着她的乔治，以致她把他忘了。

塔内朗太太的大帽子遮住了半边脸，因此她的五官不像往常那样轮廓分明。她的眼皮因困倦而肿胀，她死死地盯着地面，免得抬眼看着慕和乔治，然而从她发红的喉部，从她紧抿着的嘴唇的颤抖，可以猜到她多么激动。她尽力控制自己，但年龄太大难以控制情绪，而情绪自然而然地表现在她萎缩的肉体上，使她显得更可怜。

慕端详了一会儿母亲，然后走近她，以致塔内朗太太不禁做了一个不安的姿势。于是她站了起来，用夸张的语调说：

"不，你让我太伤心了。"

接着她转头朝着乔治，比她所想表现的更为局促：

"您很快就回波尔多了吧？我希望您别再延长您的假期……"

乔治点点头：

"别担心，我回去……"

也许他本想和慕说几句话，但这位老妇人的在场使他别扭。

他送她们到门口，她们一出门，门就砰然关上了。慕听到上门闩的声音。她想迟早有一天她会回来，那将是平和与忧伤的时刻，与此刻不可同日而语。

黑夜还未散尽，从天空与云彩的缝隙中射出的东方的光线柔和地照着没有阴影的田野。

塔内朗太太大声说：

"现在是四点半。如果走得快，六点钟我们就能赶上去波尔多的火车。"

令慕惊奇的是，外面没有人等她们。

在干得发白的小径两旁，绿色减退的柏树顶梢在轻轻触碰它们的微风下轻轻颤抖。

慕走在母亲后面。她和出逃的那天一样，只穿着一件夏天的衣裙。她感到冷。塔内朗太太一心想着自己的事，没有觉察。

"你的兄弟们在佩克雷斯家附近的大路上，"她很快就这样说，"他们也去波尔多，我得在那里买些东西……"

她的语调几乎很亲切，虽然她仍然假装不去看女儿。她走得很快，慕只得加快步伐。接着她不由自主地去夺那个旅行袋，她感到母亲不肯松手，但母亲随后又突然松开了手，她们对视了一秒钟，此刻尚无言以对，但一致地加快了脚步，在她们身后扬起的团团尘土，在空中旋转了片刻。她们从帕达尔左侧斜过去，走上那条凹路，很快就沿着于德朗的地段走。这时塔内朗太太大声说：

"我卖给佩克雷斯了。这是桩好买卖。我保留了对产业的大部分权利。到了我这个岁数，失去我亲爱的房子就太残酷了……五万法郎，"她强调说，"他们给了我五万法郎的现金。真不错，你知道……"

慕低着头继续走，没有回答。母亲的宽容令她吃惊。母亲没有直接提到她们之间的争执，她的话语已经结束了它。

"我来找你，你好像并不感到惊奇……"

慕喃喃地说：

"你也该来了……"

塔内朗太太勉强克制一个满意的手势：

"那可真巧！我想你大概腻了。我觉得他对你来说岁数太大了。我想告诉你，这里的人不知道你住在迪里厄那里……你没有出门，你很谨慎，这很好……佩克雷斯一家知道这事但没有说出去。这是些好人，你会了解他们的……那么，我要说的是……我们去接你，你从奥什来，从塔内朗的姐姐，你的姑妈那里来，明白吗？你在她那里住了两个星期……在这以后，很久以后，你必须接受人家的说亲，因为你会给我们惹很多麻烦……"

塔内朗太太满脸通红。

"让·佩克雷斯爱你，他对一切都不会计较……"

这真稀奇，慕还没有想到过。她立刻承认使她不安的事：

"这不可能，不必去想，我怀了孩子。"

塔内朗太太停住了，用充血的眼睛瞧着女儿但视而不见，她将头上的帽子扯下来扔掉，然后像突然发晕的人一样双手捂着眼睛，摸索着找一个斜坡倒了下来。一分钟过去了，两分钟过去了，慕害怕起来。两个星期以来她一直感到的沮丧突然停止了。她仿佛在母亲脸上看见使人畏惧的伤痕。她抱起母亲的身体，亲吻她的衣裙和双手，仿佛这种爆发的爱能使她逃脱结局，而她一下子觉得这结局富有吸引力。然而这纯粹是她的想象。塔内朗太太在几秒钟内经历了一系列情感：恐惧、绝望、内心里对生命的放弃，此时很快就镇定下来了。她又回到现实中，温和地、古怪地，就像恢复健康的病人。她抱住慕，然后稍稍推开，带着默默的柔情打量她。她忘记了被委托扮演的角色。

"你别哭，我此刻还头晕，喘不上气……这么说，你怀了孩子！你清楚，和让·佩克雷斯成亲可不是我的主意……是雅克。我明白他这是为我们大家好，你知道，但我难以接受……有什么办法！我知道你住在迪里厄那里，但雅克不让我去，怕引起猜疑……"

她稍稍喘气，又接着说：

"他比我们更谨慎，这当然。现在我们怎么办？我收了那五万法郎还花去不少。是呀，得还家具费！再说雅克还有债务……"

她不停地抚摸正傻傻流泪的慕，抚摸她的双肩，双臂，头发……

"我们回巴黎，你别担心！迪里厄会去找你的。我呢，我一个人再回来，眼前只有这样办了。"

她们又往前走。

在国家级公路的路口，出现了两个身材相同的人影。慕认出他们是兄弟。他们很不耐烦。

"你以为让我们在这种条件下等待好玩吗……"雅克说。

母亲打断了他的话，对儿子说他们回巴黎。他们不问缘由就同意了，很高兴回巴黎。他们一大早就被叫醒此刻还昏头昏脑。

"时间刚够。"塔内朗太太说。

慕走在左侧的斜坡上，与众人稍稍隔开。在公路上，他们的脚步在四周的寂静中发出一种奇怪的响声。

很快就出现了十字路口。一个白十字架，一块路牌：雷弗尔。过了这里公路便往下走，一个大坡。

三

　　初看之下，他们会被认为是休假回来的普通旅客。他们默默地忍受单独相处的时刻。火车的晃动不久就催他们入睡，就像脑子里塞满了全年的风景、只注意邻座的人那样随随便便和充满自信。当波尔多的火车经过于德朗下面时，慕和母亲几乎没对那座房子看上最后一眼。

　　晚上十一点钟他们才抵达奥斯特利兹火车站。晚上很美。载他们回家的出租车驶过学院街和所有的门面都灯光灿烂的圣米歇尔大道。坐在折叠式座位上的慕注意到哥哥假装的厌烦神气。车驶过一家大咖啡馆时，他敲敲窗，让车停下。这时爆发了第一场争吵，过往汽车的嘈杂声盖过了一半争吵声，计程表毫不容情的细微走动声不容许争吵持续下去。

　　"停车，司机。"

　　突然的刹车使塔内朗太太的身体往前一冲。她鼓起嘴仿佛要说什么，但没有发出任何声音，没有说出任何话。

　　雅克的一只脚已经踩在踏板上，他假装下车，接着又朝母亲回过头来，用十分巧妙的简短口气问道：

　　"你有一千法郎吧？我不会回来晚的……"

　　慕宁可瞧着别处，例如这家灯光一直照进车内的咖啡馆。和往常一样，在这种情况下，她的神经绷得紧紧的，越感到沉重就越透不过气来。时间在刹那间停滞了，然后像噩梦一样慢慢过去。塔内朗太太在挣扎。在深红色的灯光下，她似乎在流泪。

"可别有这个念头！今晚刚到！……"

她重复说："不行，不行，"从座位上半站了起来，又坐下。她那顶黑色的大帽碰到了车棚，她用一只手扶着帽子，另一只手将它摆正。今天晚上，这顶可笑的帽子使她显得可笑的庄严。

雅克的声音几乎听不见，但很严厉。他再次低声说：

"我叫你给我一千法郎……至少一千法郎。"

他在暗中伸出手，像乞丐的手。塔内朗太太说"不"，"不可能"，"不用再说了"，这些话渐渐流露出恐惧，越来越软弱。短短的话语毫无效果。

"你刚拿到五万法郎，给我一千都不肯？嗯？……"

这句话几乎是喊出来的，但并不过分，没有引起出租车司机的注意，他甚至没有回头看。在这个默默的喊声中可以感到隐约的威胁，它在格朗-塔内朗家庭圈子里引起强烈反响。塔内朗太太不再指责，立刻用平直的语调说：

"家里不只有你一个人……"

亨利·塔内朗也加入了进来，也就是说他居然在汽车最里边动弹起来，惊恐地转动眼珠，仿佛在求救。雅克有条不紊地继续说。

"你以为这事就能这样过去？"他强调说，"我同意或者说亨利和我同意你把这丫头（他指着慕）带回来，而现在你要把我们与她同样看待？……你这是什么意思？"

亨利犹豫着不敢和哥哥应和，哥哥仍在重复老一套：

"你以为这事就能这样过去？"

争吵没有持续两分钟。塔内朗太太的旧手袋发出了松扣声。一只手伸了过去，厌恶地揉着钞票，装进口袋。很快雅克就成了那个优雅的身影，他右手放在上衣的口袋里，消失在灯光中……

司机终于回过头来，慕再次告诉他地址。母亲在她面前激动得像个疯子，自言自语，在与似乎只有她感觉到的危险进行搏斗。她

138

那鼓足勇气的声音时不时地被一声无助的啜泣所打断，眼睛仍是干的。

"你们什么也得不到，听见了吗，什么也得不到。我上别处去……呵！……我是可怜的女人……"

慕向前俯身瞧着车前的那个小光圈。亨利坐在塔内朗太太旁边，态度一如既往：厌烦。路程比刚才平静。塔内朗太太又开始注意出租车的行驶。离家越近，她越发镇定下来。何况，在这种时刻，儿女们决不会反驳她任何一句话的。他们不大相信她的怒气，认为那是懦弱，因为当危险过去时她才发怒。

慕注意到这一连串的指责并不针对自己。母亲一向避免谈论子女中的某一个。

司机刹车，车子在大道的斜坡上侧滑了一段。这声音惊动了女门房。塔内朗太太从门房前面经过时，女门房露出一张还未睡醒的脸。

"呵！是您！有人来过好几趟找雅克先生。"

塔内朗太太走了过去。她又恢复了和蔼可亲的神气。对方犹豫了，然后说：

"是的，是警察……呵！好像不是什么大事……"

塔内朗太太震惊地站住了。

"呵！老天爷。"她说。

但她立刻镇静下来，试图解释：

"是的，不错，能有什么事呢？"

她尽力避免仓促地从女门房面前走开，那女人正拼命地伸着脖子想打听哩。

这五层楼实在难爬。亨利和慕跟在母亲后面，母亲气喘吁吁，表明精疲力竭了。她不时地停下，转头对亨利说：

"你，你知道这是什么意思吗？肯定是塔瓦雷斯的事……"

但亨利什么也不说，低下头，抿着嘴，不敢正视家人的目光。他的那张脸毫无表情，是"什么也掏不出来"的脸。确实如此，不管家里出了什么事，亨利·塔内朗总是傲慢地假装漠不关心。人们征求他意见时，他高兴异常，持续地高兴直到失去耐心。

老塔内朗在半开的门里出现了，裹在一件冬季便袍里。没有人通知他他们回来，他似乎有点吃惊。塔内朗太太甚至不容他开口就说：

"警察是怎么回事？女门房好像不知道……"

"可惜我也没有打听究竟。您儿子的事与我无关……您怎么样？"

这句话来得这么自然，他大概早有准备。他妻子将神色不安的脸伸过去，他用未刮整齐的脸颊碰碰她的脸，对慕和亨利也一样。接着他抓起妻子手中的箱子放在地上。

"谢谢您。"她说，"我想过给您写信，我亲爱的塔内朗，但我不得不卖掉产业。我口袋里有您的授权书，这您是知道的。卖得好吗？好。不过我不能等到明天再跟您谈这事吗？"

她跌坐在椅子上，摘下帽子。

"您确实什么都不知道？"

他郑重地举起瘦削的双手：

"亲爱的朋友……"

她用手势打断了他，心不在焉地轻声说：

"还好吗？"

"还好，谢谢您。我的全部时间都在工作，您是知道的，我喜欢工作。不过我决定今年七月份去奥什。亲爱的，显然我们从不在同一时间去度假。我很遗憾……"

他们几乎同时说"明天见！"，然后他就退下了。

孩子们在母亲对他们的眼光中看到她正逐渐坠入不安的深渊。亨利在躲避她的目光，用没有把握的语气先说道：

"不可能有大事。你别这么担心……"

慕靠着饭厅的墙，面对母亲坐着。房间中央到处是行李。亨利从一个房间走到另一个房间，走来走去……

塔内朗太太用空洞的眼神瞧着女儿。她一言不发，知道儿女们无法使她平静下来。然而，有一刻，她仿佛猜到了，大声说：

"亨利，就是那个女人，肯定的，如果不是塔瓦雷斯那件事的话……"

"别胡想！那女人的事已解决了。"亨利在他的卧室里回答说。

母亲点点头，重新陷入推测，默默地沉入令人恐怖的假定之中，又万分困难地浮上来，这时一切似乎更让她放心。

慕在想："警察？"她凭着想象，呵，多么轻易地就看到雅克被左右两位警察押着，他那张脸使她想起某天晚上他在旅馆的那张脸。

一张被恐惧歪曲的脸，嘴唇和眼睛周围也许还会有灰白色的小斑点，那是耻辱。可以把这张脸想成雅克死去时的面孔。一张微微超越真正悲哀的面孔，它将头一次令人想起他童年的面孔，终于出现的、被近在咫尺的死亡所迷惑的童年。在这张脸上，一切活生生的虚荣，对享乐的永久悲歌，十分瑰丽的丑陋都会散成碎片。

“慕，去睡吧。”

塔内朗太太想独自等儿子回来。女儿的眼神对她没有什么赞许。

“我知道你们相互都瞧不起。只有你们中间谁出了事你们才满意。现在的问题是救他……要是我不在这里，可怜的孩子！……”

她从愤怒转到担忧，就像一个人痛苦时寻找使她最不痛苦的姿势。

“他们会把他抢走的。你会看到他们来把他从我们身边抢走。”

她在呻吟，时而像一个小姑娘，时而像悲惨的母亲，她为一位家人颤抖……

“我这辈子什么不幸都躲不过，躲不过。会出什么事呢，慕？”

“妈妈，我对这完全无所谓。”

“这我知道，孩子。可惜你有别的事要想……”

母亲十分习惯于操心，只有最紧迫的操心事最重要。其他的较长远的事，她可以抽空喘喘气再去对付。

慕走近母亲。自清晨以来，她一直没有亲吻母亲。在火车上，由于有雅克和亨利，她们相互躲避。

塔内朗太太开始抚摸女儿的头。她那稍稍有点麻木的手指伸进慕的头发，撩起那光滑而微温的大把头发。她的手摸着女儿圆圆的前额、稍短的下巴和宽颧骨，但她那不安的心情并未平静下来。

“你不了解他，慕，其实他是个好孩子。我甚至可以说，在你们三人中间，他对我最好，最体贴……"

母亲的天真无邪一直令慕感到吃惊，但她的抚摸使慕的脸很舒服。慕曾经忍受母亲的脾气，但在长久与她分离以后，此刻将她视作春风。

"也许他很讨人喜欢，妈妈。这种殷勤使你看不清他。他腐化堕落，像枯树枝一样轻飘飘……"

塔内朗太太的手一下子停住了。她们分离开来，每人都坚持自己的立场。慕突然感到自己刚被这个女人永远抛进一种莫名的绝望中，成为它的牺牲品。

塔内朗太太在颤抖。能够冷静地做出这种谴责吗？她，母亲，她能受苦。尽管她很伤心，她仍然抱有幻想，无期限地。正是由于她相信儿子，她才生活在任何现实的反证都无法触碰的幻想之中。

有时她仇视慕。这个女儿粗暴地歪曲她所爱的对象。如果没有她饱满的信心，面对痛苦，她还能剩下什么呢？

"闭嘴，你不害臊吗？想想，明天人家就会来这里把他带走。这个卑鄙的塔瓦雷斯，这个下流的无赖……"

"如果他走了，"慕叫了起来，"肯定是因为这件事。你像我们一样，以为是为别的事，嗯？你以为他是去哭他的妻子，去野外哭他的妻子？"

对儿子的一切敏锐评价都使母亲感到别扭。她，母亲，是正确的，她看到他从容可爱而优雅，哪怕那是最明显的懦弱行为！

"你要我说什么好呢！我可是一无所知。也许是为了塔瓦雷斯的事，或者还有别的……"

只有她总能找到理由去爱他，爱他甚于爱其他孩子。

"总之，妈妈，如果他想过让我嫁给让·佩克雷斯，他会永远这样想的。你想想，当他知道这事以后，他会想尽办法不丢失这笔好买卖的利润的。"

"你最好闭嘴，慕。你居然说出这么难听的话，有时我真怀疑你是否善良。等你哥哥知道你怀了迪里厄的孩子，他首先，听明白吗？首先会给你忠告的……"

慕不作声。她眼前闪过乔治的房子，凄凉、安静、开向田野的房子。紫杉在窗前摇晃，于德朗的冷杉林远远在望。白昼逐渐消退。蟋蟀一个接一个地吟唱它们蓝色的狂热。在上面，在乌斯塔乌，毛茸茸的小鼹鼠惊恐地在松林里冒险。乔治没有回家。能感到他在房子周围转悠。他们分开了，很难说清为什么。但是慕突然觉得与乔治生活在一起此刻倒更容易些。

吊灯的强光照着这间屋子，行李还乱七八糟地放在家具上或者地上。最里边的房间没有任何声音，亨利在其中一间睡觉。老塔内朗在饭厅旁边的房间里打鼾。一切看上去平静而正常。

慕这次为什么真正地哭了？女儿的眼泪使塔内朗太太产生了误解而放心。她哭不是因为后悔吗？打击太强烈了。女儿的话使母亲想起自己不幸的一生。虽然她不住地讲不幸的生活，但很少感到它的深刻性。她也哭了，但轻轻地，已经像一位老妇人。

最后，她对慕说：

"你和迪里厄会幸福的。为什么对我胡言乱语呢？你瞧瞧你就后悔了。你知道我会想念你……当然，我的生活不快乐。做母亲的总要照顾儿女中最不幸的、被大家抛弃的那个人……"

慕走去躺下，但今晚睡不着。

母亲稍稍平静下来，走来走去，打开行李，在箱子里翻找东西。她时不时地踮起脚尖走进卧室，打开衣柜，搜索、整理。不知疲倦的她又开始在室内的神秘奔走，她又来了一趟。人们对她的夜间活动习以为常，并不受到干扰。慕听着她走动，在寂静中，她的每一个行动都具有特殊的价值：耐心与坚持不懈的热情。

慕感到孤独，除了已知的事以外她不再盼望任何东西。

不久她将回到于德朗结婚，然后去波尔多乔治家里。她只在假期才回于德朗，这就够了，既然佩克雷斯家对他们的仇恨以及农民们对他们的藐视会一直埋在那里。乔治和父亲一起工作，生活缺乏条理，有时规矩，有时放荡。她不清楚她会在他的生活中占据什么地位。她和母亲谈过，她确认在十分明确的处境中不可能有任何其他解决办法，正是在这时她的生活开始了。

也许乔治已经在等待她？那天早上他们分别时，他看上去很平静，几乎很满意。多半他们已不再相爱。一想到回去，一想到强迫他娶自己，她脸上就发红。她怎敢出现在他眼前呢？但她不能留下。母亲已经选择离开她，在她心中分离已经完成了。今晚母亲那番同情与温柔的谈话使她明白了这一点。

她大概这个星期就走，越早越好。总之她在这里的时间毫无意义。

如果没有雅克，母亲也许会留住她。无论如何，母亲不会这么快就抛弃她，仿佛在无意识中卸下包袱。母亲不自觉地在大儿子周围继续制造真空，直到她在完成对其他儿女的责任以后，只剩下这个儿子去全身心地爱。

慕不埋怨母亲，她反复想的是哥哥，她恨他，真希望能靠仇恨从远处使他窒息。她感到他紧挤着她，命运对命运。他们像两个受害者那样紧紧地连在一起，交织在一起。她毫无办法。他所做的一切坏事，她都感觉得到，仿佛是她自己做的。

他曾赶走她，于是她遭受不幸。也许他也像母亲一样有意这样做，母亲在两个星期里音讯全无，和他一同尽力孤立她。

一想到哥哥，她就感到奇异的痛苦，疼倒不是太疼，但无法忍受，像脓包一样在她体内抽搐。

"……这么说他要用于德朗换来终身年金？佩克雷斯也许已经支付了？妈妈这个疯子就听任他……可能。"

她母亲，多么软弱！现在她看得很清楚母亲变了，软弱无力，意志薄弱，成为像核桃壳一样一碰就碎的人。无足轻重。是雅克一天天地使她变得无足轻重。

她很小时就想象雅克很坏，但只是一种本能的、幼稚的坏。现在她明白那不是一种天性，譬如勇敢、忠诚。雅克的坏是违反天性的。他预先就不喜欢善，小心翼翼地避开善。他不敢变好，因为任何开始，哪怕是新的态度，都像晨曦一样枯燥和凄凉。

因此他认为最好是一步一步地沉入邪恶之中，每天更厉害地敲打塔内朗、慕和在他掌握之中的母亲。他的生活获得了单一性和力量。他取得了胜利，更强大了。因此任何快乐的事都令他不快。仔细想想，你会吓得冰凉……

铃声使慕从麻木中惊醒。她听见母亲朝大门走去的脚步声。慕竖起耳朵听。一种好奇心使她在床上坐了起来，还有一种希望……

母亲将和他谈谈。也许这是一场十分严重和可怕的灾难的开端，这灾难在一段时间内将压倒其他一切……她疯了，她相信这个，甚至以为会有这样意外的好事，真是疯了。

门厅里响起哥哥洪亮的声音。他回家时总是惊醒所有的人，而且毫不在乎。然而，当他睡觉时，周围却一片寂静！

是这样，这个声音将她带回到过去。每天夜里，这声音宣布的是接近黎明时的寒冷时刻。

雅克对着母亲大声喊：

"你还没有睡，怎么回事？"

"别叫，别叫，求求你。我们不在家的时候警察来找过你……"

沉默，接着是：

"你胡说些什么呀？"

塔内朗太太重复刚才的话。雅克大概喝过酒，声音黏糊糊的，一字一字地说，仿佛刚刚睡醒。慕很快就听不见了。也许他们声音很低，很低……接着，雅克突然粗暴地说：

"呵！他们来过？什么时候？来了几次？说呀，真见鬼！"

"这该由你告诉我，孩子……"

"是塔瓦雷斯。装死就行了。"

"你签字了吗？……多少钱？……"

"五万，不过我对你说装死就行了。他们不能为了几张票据就惩罚我……再说，这是件旧事，你还记得……"

慕在床上又倒了下来。从哥哥的语气上，她明白没有真正的危险。没有出格的事。没有，只有塔瓦雷斯，她知道，哥哥总有办法和他解决的。

生活将继续它地狱般的行程。

他们走进饭厅。时不时地有些话语片断传进慕的耳中。

"你还这么哭个没完？"

"噢，我太害怕了，孩子。你为什么这样做呢？"

"那是为了米丽埃尔。我原先想跟你说，可你还不了解我这个人吗？我宁可饿死也不向人要钱。有什么办法呢，我就是这样的人！……"

他逐渐打起精神，又振作起来。

慕深深感到他的每个字都是耻辱。仅仅听见他的声音，她就觉得自己起了变化。她有很久没听见他的声音了。他仍然在原地踏步，重复他的老谎言，他那低劣的夸张言词。

他在母亲眼中扮演一个新角色，母亲认为他更大胆，更有勇气。呵！他真有惊人的胆量！

"我这个人别人不理解。注意我指的不是你！我一直对你说：你是圣人。可他们……"

"你打算怎么办？"

"当然，最好是还钱……我不是坏蛋。毕竟，假文件不是我所长。我依仗的是米丽埃尔的丈夫的身份……"

他感觉到母亲所掌握的五万法郎的气味，那是她头一天从佩克雷斯家取到的。"她不会说话的，"慕想道，"她不会告诉他由于我的过错他们将什么也没有……"的确如此，塔内朗太太听任他作出种种无效的努力来靠近自己。也许她自己也忘记这笔钱是她欠的。

"当然，我对你说，最好是还钱……我要重新开始工作，我会付钱。用上十年，但我会成功的……"

然而母亲坚持不拿钱。只有不了解她的人（这点他知道）才以为她会直截了当地决定不把钱还给佩克雷斯。但她让事情自然发展，直到最后她没有退路。

"这不是我遇见的第一件麻烦事……要是你知道我逃过了多少次，你会惊讶的，亲爱的妈妈，惊讶……"

当然，她绝不会幼稚到今天就给他所希望的东西。但是，有一天晚上，他们两人独处，完全独处时，她会很快从衣柜里，从两叠床单中间取出款子，一言不发地交给他。时光会从佩克雷斯一家人身上流逝，他们的形象已开始模糊。而他们，格朗一家，生活在现实中。

他们就这样，轻声细语地一直谈到清晨。母亲任他愚弄，毕竟很高兴，因这些知心话使她更接近儿子。

慕没有睡。她也不再听。她等着天亮后离去。当头几线阳光驱散黑夜时，她起了床。接着她傻傻地站在卧室中央不动。她明白在动身去于德朗以前会发生什么事。

这件事已经在她身上，在她的脑海里。她的思想正一点点地熟悉它，培育它，让它明确起来。接着她感到它在她身外，很小很小但生动而集中，而且像鸟眼一样一动不动地盯着她。

饭厅的门打开了。雅克打着哈欠这样说：

"他们在睡觉。总之，最好什么也别告诉他们，对老头儿也一样。特别是别告诉小姑娘。她这个人呀，你可以说你的想法，我现在对她有定论。女人嘛，我了解。好在她这就走……"

他们朝厨房走去。

"来吧，"母亲说，"我现在不睡觉。太晚了，我去做点咖啡。"

慕在他们以前溜进了厨房，在那里等待。

他们看到她时，惊讶地在门口站住了。他们不敢进来，感到一种隐隐的恐惧。塔内朗太太试图微笑。

"你疯了，可怜的女儿。你在这里做什么？"

雅克坚定地走向前，面色苍白，突然的愤怒使他的脸变了形。

"你在这里做什么？让我来，妈妈……"

说实在话，慕并不知道自己在这里做什么。她只猜到她在激怒雅克，用她简单流露的全部软弱，全部苦恼，甚至谋杀的愿望来激怒他，就好比你在无意中并无敌意地伤害了一个无害的动物，便想杀死它。她瞧着哥哥，他在晨光中那么苍白，气鼓鼓的。他在周围寻找有什么东西来敲扁这姑娘的脑袋。

"你在窥视我们，嗯？呵！要是我不克制自己！算你走运……"

他慢慢地、艰难地垂下手臂，那姿势清楚地表明他没有打她是多么痛苦。

塔内朗太太前言不搭后语地说了几句。她脸上发红，显然因为与儿子亲密地狼狈为奸而感到羞愧。呵！这个慕，她怀了孕，是的，像妓女一样怀了孕，这难道还不够吗！……多么不公平呀，这次她刚尝到一点幸福！……她喊道：

"去睡觉，听见了吗？你是脏货，脏货！把这张椅子让给哥哥……"

他们听见亨利在隔壁房间里伸腰打哈欠。慕站了起来，把椅子让给哥哥。接着她回转身，轻轻地……

他们几乎没听见大门的声音，她小心地关上身后的大门。

街上开始有行人；他们精神焕发，步履匆匆。

在这个人口稠密的克拉玛区，人们很早起床，咖啡馆已经开了门。人们挤在柜台前喝热咖啡，几乎全是男人，工厂的工人。他们嘴里叼着香烟出来，在几乎无人的路上分散开，高兴地品味清晨的新鲜空气，它尚未被他们一天的劳累所玷污。

城市仿佛处在痛苦的失眠之中，在它的下方是塞纳河。这里那里，清晨的光线透过薄雾投射下来，照得绿色的河水发亮。

慕没有睡过觉，但毫无不适。她裹在匆忙之间带出来的大衣里，开始很快地走。稍稍尖利的风时不时地像海风一样拍击她，使她喘不过气来。她越走越快，仿佛有一个希望在鼓舞她，支持她，或者她心里念叨着一个愉快的想法，她的嘴在微笑，微笑被钩在那里，被遗忘在那里，她的眼神茫然……

但是她不久就饿了，步履蹒跚。她那空空的头脑里充满了不协调的嘈杂声，两条腿突然软弱无力，就好比她在船甲板上走过一样。这种感觉她已经有了一段时间。

她走进一家咖啡馆，喝了一杯牛奶咖啡。她两臂支在湿柜台上，轻轻地呷，甜甜的每一口都给她提神。咖啡馆的空气是湿的、发酸，充满了人们的气息。

慕很快就舒服些了，又叫了一杯咖啡。顾客们在不断更新。他们从她身边走过时，端详她，估量她。她抬起眼睛，不折不扣地撞击那些仅仅好奇的或已经放肆的眼光。她感到紧张，于是也盯着他们，那种不逊的神气想表现勇气，其实是很可笑的。

"是些狗，"她心里想，"这是些狗，他们不会让我安静的……"

男人们发现了这种眼神，耸耸肩。她立刻平静下来，感到很局促……她走了出去。

这时一天的时光才在她眼前恢复了真正的价值，才在空闲的钟点之间全部摊开来。虽说她有事要办，那最多只需几分钟。而在那以前，她怎么办？但她似乎也不可能有别的办法。她谁也不想，什么也不想，只想到这令人焦虑的深渊般的一天，她在深渊里慢慢陷下去，深渊似乎在她头上合拢，好像海水淹没了遇难的船，船仍然有生命，死得很慢，很久才沉到水底。

然而对于无事可做的时日，她是熟悉的：从光线短暂的冬日到从于德朗的卧室里观看——视而不见——的炽热风景的夏日。可是这一次不同于任何一次，这一天太难过，太深，太长。

随着时间的流逝，她越来越感到孤独，越来越远离她生活中熟悉的河岸。她想做的事渐渐更鲜明——没有扩大——越来越明确，而她周围的一切变得朦胧、模糊，正在消逝，她和这事在一起，感到孤独……

这个幻象并不在陪伴她。它既使她不舒服又在诱惑她，它与慕本人并无区别。它并不完全像镜子——慕不可能不去看镜中的自己——而像是她的孤独的形象本身，也就是说在这面镜子前她俯下身，只知道她应该看见自己，她就在那里……但却看不见自己。

很快，在世界的无边忧郁中只剩下这个形象与她。慕知道解决这一天，解决其他一切的惟一办法是完成那件事，它不停地、越来越紧逼地瞧着她、催她。但是出于纯粹的害怕，她还不敢割断这最后的缆绳……

她走得很快，不久就在大路上走得很远。有时母亲在星期天带她来这里。今天路上没有大群闲逛者。慕回想起来，觉得自己与那位走在塔内朗太太身旁的、疲惫又充满幻想的姑娘判若两人。

克拉玛已经很远了，虽然她回转身还能看见她家住的那座巨大的楼房。雾气笼罩着楼房，她看不清楼层。

"等我走到默东森林后，"她心里想，"我就返回巴黎。然后去我们那一区。"

她想法消磨时间，她一直受到那件应做之事的蛊惑，但又不够坚决，不能干脆利落、毫无顾忌地去做。她耐心地等待被战胜，等待那个念头自动地变为行动，她被那个念头所左右，模糊地承受它强烈的暗示。

来到默东森林边缘时，她没有钻进树荫，而是往回走。午饭时间已过，人们又回去工作。

慕突然来到一个被荒废的花园，看上去是公园，因为有许多孩子在那里玩耍。她坐了一会儿，想到吃午饭。她口袋里有点钱，但是，朝饭馆走了几步以后，她又走回公园，觉得吃饭没有必要。

栗树的枝叶洒下凉气。没有人从她面前走过。她坐在公园一角的长凳上瞧着孩子们在蓬着头发乱跑，他们的跑动勾起了令人惊异的轻松的幻象。

世界仍在原位，多样而辽阔。那边，在她家里，生活多半像往常一样继续。他们很晚吃饭。此刻两位兄弟仍在打鼾，母亲特别精心地忙于准备饭菜。到了正午，她会简单地说：

"我们吃饭吧，不等那个疯丫头……"

如果说她有几分担心，那担心肯定也只是表面上的。那件肮脏的塔瓦雷斯事件最多只是金钱问题。万不得已她只好将佩克雷斯付的款项占为已有。如果他们有异议，她会想办法和解的，她能对付他们。总之，这件事往后拖……

这一切都不值得将神圣的时刻表后延一分钟。关于伪造的事，她信任她的儿子。她的儿子不可能做真正的坏事。的确，他可能欺骗周围的人，被某些人认为可憎可恨……嗨！她一笑置之，她，母亲，知道这一切只不过是清水上漂浮的不洁泡沫，而清水才是她儿子的美好天性。

"这是伪造，的确，"她肯定这样想，"可他是我儿子。他毫不犹豫地做他做过的事，一定是有道理的。"

她感到自己坚强而平静，就像刚做母亲时那样。生活在顺利继续。

慕平静地想到一直纠缠她的那件事的阴影，她想到自己童年时的母亲，长着温柔的灰眼睛的小姑娘的母亲。那个女人仍然对她十分温和。呵！她要对这女人做一件肮脏的事，肮脏的事！……她尽量不去想。

"等雅克走了，母亲会伤心死的。"

对此她无能为力。她自己的母亲昨夜死去了。她看见母亲被埋在对缺席者的记忆中，独自与塔内朗相处。也许在那一刻她会期待女儿对她的温情。她沉浸在对儿子的最后幻想中，不幸会使她变得伟大。

将近三点钟，慕按照对自己的允诺去到城区，但避免穿越克拉玛。她要绕很长一段路。但是只要她能逃离那个念头在她周围划定的恶圈，她的两腿会把她载到更远的地方。

她走得很快，逐渐忘掉了家人以及牺牲他们的理由。她回头走，一口气就来到克拉玛警察局。

面对警察局的秘书，她突然停在那里，傻傻地，感到自己的身体很沉，步行并未减轻她的重量。她骤然觉得那件事取代了她。

"你们为了我哥哥雅克·格朗的事，多次来到我们家里。"她用坚定的声音大声说，"是关于塔瓦雷斯银行的问题。那好！我来告诉您他回家了……"

秘书显得吃惊。他走到柜子前取出一小叠黄色卷宗。慕想走掉，但他用傲慢的语调对她说：

"等一等，让我看看……"

他翻阅卷宗，过了一分钟，三分钟，五分钟。慕一直站在他旁边，脑子里空空的。

这时发生了一件糟糕的事：那人稍后抬起了头，一言不发地瞧着这位姑娘，仿佛怀疑她有精神病……

"我不明白您想说什么，"他终于开口了，"我们去了您家，是的。您哥哥与之打交道的塔瓦雷斯银行是一个匪徒组织。我们看到了您哥哥的名字便去找他，而且我们也怀疑他是同谋犯。但最后是他受了骗。他本可以上诉。我不明白您来这里做什么……"

慕感到宽慰，这才意识到刚才多么害怕。她走出警察局时，两腿都使不上劲。

她艰难地朝一个小广场走去，在长凳上坐了下来。她熟悉这地方，它离家不远，一侧有一家药店，另一侧有一座小小的新教教堂，教堂四周是精心保养的花园，里面的小灌木修剪得整整齐齐。教堂是用木板盖的，大门上方有一个镶贴上去的、镂空的木头中楣，上面有金字写的拉丁文字。小广场的第三侧是市镇小学的围墙。没有学生进出。同样，教堂的门始终关着。

天气很凉，长凳都是空的。慕的身体时不时地意识到寒冷。她尽可能地一动不动，因为稍一动弹她的后背就打寒战。再说，她因跋涉而十分疲惫，一点都不想动。她勉强感觉到自己的呼吸节奏，呼吸有规律地用新鲜空气来驱散胸中的闷热。

对于刚才猛然结束的这件事，她再没有什么可想。她一下子抵达了确定的、无法更改的结果。这事不再有什么可想的，除非故意去想。

黄昏慢慢来临。她记起曾经从迪里厄的窗前日复一日地看见暮色从地平线上升起并且缓缓地使迪奥尔河那条窄线变得臃肿。灰色、淡紫色，有时是熟草莓的红色，它们交混、交织在一起，然后全部滑向潮湿的灰色。很快就几乎看不清风景了，只看见闪着光的那条河。这时升起了夜潮，它充满了水气，强大而欢快。耕地、灌木丛、苜蓿地、菜园散发出气味。离房子不远有几株胡桃树，有光泽的胡桃树的苦涩气味一直传到慕这里。那里她害怕在窗子明亮的背景前太突出自己，便遗憾地关上窗。

呵！对，她记起来了。她的不幸可能是巨大的，她看到了这一点，但并不伤心，甚至还感到一种满意。这不幸摊开在她周围，比当初的即时不幸更巨大。她曾统治过一个广阔的地区。

重要的事，她已经做了。雅克的命运不再取决于她的意志，她无能为力！她的思想在这个确认上停滞不动，就像蛇盘成了一团。

断断续续地有人走进药店，药店的大门响着铃声打开。不久橱窗就会大亮起来。

时间在流逝，愉快的是不抱任何期望地听任它流逝。

然而，慕很快就感到不适，它不久就变为疼痛……她饿了。这种感觉很快就令她很不舒服。她又找到童年的回忆。这相当奇怪但令她放心，因为这遥远的幽灵不顾变化无常的厄运，始终在她身旁。

揭发哥哥的这个念头毕竟有点过分！荒唐！其实是雅克上了塔瓦雷斯的当！……她尽量控制自己的仇恨，但是徒劳，然而她为自己提出的理由像从手指间滤过的沙粒一样从头脑里滤掉了。

警察使雅克惊恐不安。"真是开玩笑！"她想。还有母亲那么担心！她差一点笑了出来。这些甚至连自己卑劣的诺言都不遵守的懦夫、小市民：这是她家的人！

她的痛苦完全烟消云散。天黑下来，最初是慢慢地，光线渐渐减弱，接着是猛然一下，黑暗散开来，在他们身上扩展。黑夜不是遥远的、难以触及的东西，而是贴近皮肤的东西，是一头想舔你的、硕大的平和的动物。她感到内心里也有黑影，它堵住了她的喉咙，使她几乎无法呼吸。

明天她要写信，或者由她母亲写信。然后她将等待乔治的回信，或者甚至不必等。羞愧已从她的意识中消失。现在应该走，离开他们。

说实在的，对于离去，她并不感到快乐，而是怀着某种好奇。现在她要属于乔治了，他会怎样出现在她面前呢？

慕站起身，决定明智地回家。这一天如今展延在她身后，好似一座她攀登又走下的山。她平静地在黑暗中走着，除了腹中的孩子以外没有感到其他的负担。

慕走了三天以后，乔治收到塔内朗太太的来信：

先生：

　　您在信封背面看到了我的名字。不用我多说，您大概已经猜到了。

　　我与您见面不多，但已足够使我对您有正确的看法。我今天写信给您，因为您原本可以是朋友，而由于不愉快的意外情况您未能成为朋友。请相信我，先生，我本人对您的强烈好感并不亚于我的大儿子对您的好感。自你们交往一开始，雅克确实希望这种交往继续下去而且超过狭小而偶然的假期范围。这就是为什么，在他妹妹的问题上，他就让·佩克雷斯虚构了一个小小的情节。他希望您别记在心上。

　　出于特殊的洞察力，出于一刻不敢忘怀的对家庭利益的持久关心，雅克想使妹妹远离您，想使这姑娘避免与肯定对她产生特殊诱惑力的男人接触。唉！他只不过推迟了这个对我打击最大的不幸。如果我从一开始就听从他，我也许能避免这场灾难，可是您知道，一位母亲总是盲目的，特别是当她得不到那位父亲的坚定支持。虽然她一生只为了对子女的爱，她也会弄错……

　　我还需要就此再说下去吗？您了解我女儿，知道她很固执。由于她很少表露自己，这种固执就更危险。您是她挑选的幸运对象。

158

她生活过的那种特殊的孤独和气氛造成了她内向与粗暴的性格(在那里可以产生最邪恶的念头,因为什么也不能使她分心)。尽管我儿子和我本人一直在严厉地纠正她这种性格,然而,直到她遇见您以前这种性格十分危险地缩起来,隐藏在本该使我们更害怕的那种克制与腼腆后面。

　　我们家里没有任何如此可耻的先例,因此只能这样来解释这个灾难。

　　我希望,先生,她的天性终将在甜蜜的幸福里尽情发挥,您的好心将得到回报。

　　星期五晚上,慕将乘九点四十分的火车到达塞穆瓦克。她带着几只箱子,也许您得派人去车站接她。她这次怅然归去的原因,我就不多讲了……

　　我知道女儿一想到离开我就难受,虽然她的伤心丝毫不流露出来。她会为我们的分离而十分痛苦。这个可怜的姑娘一点不傻,她诚心地接受这严厉的惩罚。

　　我不能陪她回到于德朗。我建议你们别在那里待太久,别在那里举行婚礼。等到合适的时候,有一天我会回去的,去处理被人们过于渲染的经济状况。

　　我担心您对我的感情产生误解。在您看来,我大概不像应该的那样去爱我的女儿。您错了:正相反,我对她的爱十分强烈、刻骨铭心,以致我不敢碰这个话题。世上存在着无出路的爱,即使是在母亲与孩子之间,有些爱是排他性的。而我是三个无父孤儿的母亲。

　　我没别的话说,只祝愿您幸福。有些订婚来得晚些,但很美好,相信我。

　　孩子,请接受我亲爱的女儿,粗暴、温柔、童年的气息与她一同离我而去。请您用即将到来的、大自然如此忧郁的秋天去温暖她。我要完成一项既艰巨又荒谬的任务，它将与我一起结束。

　　谢谢您。很快我会再见到你们两人，不久以后的大事将用它所带来的允诺消除我们的全部积怨。

玛丽·格朗-塔内朗

　　乔治·迪里厄收到信后去到乌斯塔乌。那天早上很冷，有雾。快到中午时他慢慢下山，午饭后又慢慢上山。他十分细心地填满一个又一个钟点的等待时间。

　　火车到站以前他早就站在车站的月台上了。慕出现了，像在巴黎一样已经穿得厚厚的，脸色略显憔悴，眼睛睁得大大的，流露出不安。她盯着乔治的眼睛，等着他走过来。

　　她那只戴着手套的手被乔治握着，毫无生气。但突然之间，她的目光不再凝定，她的手恢复了生气与表情。

　　"您有车吗？是为了箱子……"

　　一个为寄宿生用的崭新的箱子，这是母亲的最后一次慷慨。他们想把事情做得得体……

　　他们走了。远处，在大路旁，于德朗的顶峰矗立在月光下。

　　"你知道他们真正签了约？"慕努了一把力称他为"你"，"妈妈甚至拿了五万法郎。你知道这事？真是大笑话！……"

　　她的愉快在寒风中颤抖。她蜷缩在他胸前。车上没有顶篷，风就在他们头上呼啸。

　　"在波尔多，你会看到，有时候就刮这种风！"乔治说。

　　"在波尔多？"慕轻声问道。

　　"是的。至于那五万法郎，别担心，已经结清了。"

　　沉默。她需要时间来适应。

　　"他们在巴黎会很满意。你这样做是为了使他们高兴？"

　　"是的，"乔治说，"为什么不使他们高兴呢？"

平静的生活

王文融　译

献给我的母亲

第一部

　　热罗姆深弯着腰，朝比格的方向走去。打完了架，尼古拉立即瘫倒在铁道的斜坡上。我走过去，在他身边坐下，但我相信他丝毫没有觉察。他目送热罗姆，直至铁道被森林遮住。这时，尼古拉匆忙站起来，我们俩跑去追舅舅。等到再看见他，我们便放慢脚步，与他保持大约二十米的距离，跟在他后面一起慢慢往前走。

　　尼古拉浑身是汗。头发粘在一起，一绺绺地搭在脸上；胸脯一起一伏，上面红一块，紫一块的。腋窝里的汗，一滴滴地顺着胳膊往下淌。他一直特别留心地观察热罗姆。看着舅舅佝偻的背影，尼古拉此刻肯定预见到将要发生的一切。

　　路盘旋而上，一直通到比格农庄。热罗姆不时背倚斜坡，蜷起身子，两手按着肋部。

　　有一刻，他看见我们在他身后，但好像没有认出我们。看来他疼得很厉害。

　　在我身边的尼古拉始终望着他。在尼古拉的脑海里，应该浮现出一连串的画面，一幅幅同样的画面，面对这些画面，他无法不感到惊诧。有时，他想必以为仍可以一笔勾销他做过的事，于是汗津津的发红的双手紧紧地攥在一起。

　　每走二十米，热罗姆都靠在斜坡上歇一歇。现在，他已不在乎尼古拉打了他。尼古拉或者随便什么人。刚才尼古拉把他揪出被窝时的恼怒和不悦，也从脸上消失了。他好像把自己吞下了肚，在体内审视自己，疼得头晕目眩。疼痛一定非常剧烈。他似乎觉得这样疼痛是不可能的，他无法相信会有这样的疼痛。

他不时挣扎着站起来，从胸腔里发出吭哧吭哧的声音。随着这几声呻吟，从他的嘴角流出一种白沫样的东西。他把牙齿咬得格格作响。他完全把我们忘了，不再指望我们帮助他。

这些细节是蒂耶纳告诉我的，尼古拉后来向他讲述了这件事。当时我只顾看弟弟了。

我第一次感到弟弟尼古拉的伟大。他的身体散发出热气，我闻到了他的汗味。这是尼古拉从未有过的气味。他只望着热罗姆，对我视而不见。我渴望把他搂在怀里，更近地嗅到他的力量的气味。此刻只有我能够爱他，搂抱他，亲他的嘴，对他说："尼古拉，我的小弟弟，我的小弟弟。"

二十年来他一直想揍热罗姆一顿。刚才他终于这样做了。而头天他还为自己下不了决心感到羞愧。

热罗姆又一次站了起来。现在他扯开嗓子不停地叫。这肯定能缓解他的疼痛。他跟跟跄跄地走着，像个醉汉。我们呢，我们跟着他。慢慢地，耐心地，我们把他领向他再也出不来的房间。我们担心这个不同以往的热罗姆迷路，盯着他走完了最后几步路。

我们登上了高地，快到院子的时候，我们以为他可能走不到大门口，没有足够的意志跨越他与床之间的几米路了。他和我们离得不远。高地上刮着风，把我们与他隔开。他的哼哼听不大清楚了。他停下来，使劲晃着脑袋。然后仰面朝天，发出几声真正的哀号，同时试图挺直腰杆。我无意识地望了望他恐怕最后一次看见的天空。天瓦蓝瓦蓝的。太阳升了起来，已是早晨了。

终于，热罗姆又开始走了。从这一刻起，我确信他走到他的床边才会停步。他跨过大门，我们陪他进了比格的院子。蒂耶纳和父亲正在套车准备去砍柴。热罗姆没有看见他们。他们停下手中的活儿，目送他直至他进了屋。

爸爸细细打量了一下停在院子当中的尼古拉，接着又干起活来。蒂耶纳过来问我发生了什么事。我对他说尼古拉和热罗姆为了克莱芒丝打了一架。

"他好像受伤了。"蒂耶纳说。我告诉他我觉得情况的确很糟糕，热罗姆恐怕好不了了。

蒂耶纳去找尼古拉，要他帮忙把玛套上大车。有些夏日的早晨，这匹名叫"玛"的牝马显得很犟。然后，男人们下地了。

一上床，热罗姆又有了喊叫的力气。妈妈丢下活计，守在他的身边。我早就不把热罗姆看成妈妈的兄弟了。我告诉妈妈，尼古拉和热罗姆打了一架，既为了克莱芒丝，也为了一直以来潜伏在我们之间的危机。我没有夸大其词，热罗姆花光了我们的全部财产。因为他，尼古拉一直没能上学，我也一样。我们从来没有足够的钱离开比格。这也是我还没有出嫁的原因。尼古拉娶了克莱芒丝，我和她是一个乳母喂大的，但不管怎么说，她是我们的用人，而且又丑又蠢。两年前收葡萄的季节，他弄大了她的肚子，不得不娶她。如果尼古拉有机会遇到其他的女孩子，就不会干这种蠢事。他是因为多年孤身一人才做出这种事来的。这不能说是他的错。何况他本可以不娶克莱芒丝。妈妈一定记得很清楚：是热罗姆促成了这桩婚事，我们当时并不同意。克莱芒丝去了佩里格她姐姐家。是热罗姆去把她找了回来。一周后他们在齐耶斯结了婚。我们觉得事情这样了结更简单。现在她还认为我们做得对吗？

我把一切又跟妈妈讲了一遍。她容易忘事。我对她说，是我告诉尼古拉，三个月来，热罗姆每天夜里上克莱芒丝的房间去。尼古拉的确嫌弃她，与她分床睡。但克莱芒丝早就清楚尼古拉的脾气，应该知道会有什么结果等着她；克莱芒丝本来就不该嫁过来。我说的难道没有道理？

妈妈握住我的手，发着抖说："那么诺埃尔呢？"我笑了，说："他是尼古拉的。"她问我怎么这样有把握。我把她拉到院子里，去看正在学步车里玩耍的诺埃尔。

诺埃尔有一头红棕色的直发和一双紫色的眼睛，透明的眼睑一眨一眨的，丝一般的红棕色睫毛又长又密。毛线鞋脱掉了，他只穿了一条老往下掉的小短裤。他先看着妈妈。妈妈什么话也没说，过了一会儿，他又聚精会神地玩起神秘的游戏。他用尽全力拍打学步车，每次都一屁股坐下来，但他不笑也不闹。沐浴在阳光下，他的小胸廓粉红里带些棕色，仿佛透明似的让人看到血液的流动。

妈妈似乎动了感情。过了一会儿，她对我说："你说得对。"她去取来诺埃尔的帽子，给他扣在头上，然后又回到热罗姆的身边。

我没有再跟妈妈说什么。但热罗姆应该从比格消失。这样尼古拉才可以开始生活。总有一天该做个了断。这一天到了。

傍晚时分，热罗姆开始叫唤，我不得不待在大平台上，看路上有没有人朝我们家走来。从那儿看，比格很美。我们的草场很美。我们的树林也美，在四周投下大面积的阴影。从平台上可以一直远眺到天际。在里索勒河谷，相隔很远的，有几座被田野、树林和白色山丘环绕的小农庄。如果有人来访，我不知道我们能怎么办。不过我密切监视着道路，心想万一有人出现，在最后关头我肯定会想出办法来的。其实我感到很平静。太阳快落山了，影子在山坡上拉得长长的。平台边有两株玉兰。某个时候，一朵花落在我凭依的护栏上。它散发出落英的幽香，一种气味，几乎是一种滋味，甜丝丝的，已经带点霉味。正是八月的天气。路的另一侧，在齐耶斯山的阴影下，克莱芒不久就会把他的羊群赶回羊圈过夜了。我回到屋里。我望风已望了三个小时。我确信这么晚不会有人再来这条路上探险了。

我来到热罗姆房间的门口，耳朵贴着木门听里面的动静。克莱芒丝也跑来一起听。热罗姆一直叫唤，要求去齐耶斯请医生。妈妈如同回答一个提问的孩子，总用漫不经心的、茫然的声调回答他，一再说牝马正在田里耕作，总不能停下活儿到齐耶斯去。妈妈刚回答完，热罗姆便又开始缠住她，向她提出同样的要求。他不耐烦地来回扭动，把床板压得嘎吱嘎吱的响。有时他骂妈妈，但她始终断然拒绝，就像面对任性的诺埃尔，而拒绝的语气也同样温和。我也想骂她一顿，想看见她因为这拒绝挨一记耳光。她这样做其实是对的。可不管怎样，热罗姆这样苦苦地哀求她，她竟不为所动！她回答说："不，不就是打重些了嘛，没什么大不了的。"热罗姆威胁说，如果不请医生，他就骑上玛，自己去请。接着，他口气软下来："叫弗朗苏去吧，安娜，我求求你；我觉得很不好，为你兄弟做做好事吧，安娜……"弗朗苏是我小时候他给我起的名字。热罗姆，他需要你的时候，就这个样子。妈妈仍然回答说："不行，热罗姆，不行。"妈妈，她一定回想起早上我对她所说的一切。

我走进房间。克莱芒丝像头蜗居于黑暗中的动物，从门口消失了。

热罗姆和衣躺着。他嘴唇青紫，皮肤发黄，单一的黄。妈妈坐在他身边看书。房里有股碘酒味，尽管百叶窗半开着，也很难想象外面正是肆行无忌的夏天。热罗姆让人看着发冷。我记得我想走开。热罗姆使出全力呻吟。他的叫喊声越来越响，起初又杂又乱，好像他要把五脏六腑全吐出来，化作厚厚的岩浆。接着，从这粥样的东西中，终于发出真正的叫喊，纯粹，赤裸，如孩子的叫声。钟锤的摆动，在两声呻吟之间开出一条通道。热罗姆盯着天花板上的吊灯，光线把他厚度清晰的身体照得清清楚楚。或许直到此时我还不能完全肯定热罗姆正在死去。在一阵阵有规律的剧烈抖动中，他的四肢渐渐僵硬；凄厉的叫喊穿透各个房间、园子和方形院子，越过道路和森林之间的田野，去鸟雀成群、撒满阳光的荆棘丛里躲起来。这是一头拦也拦不住，总能逃出家门的牲畜，一到了外面，就会害我们。热罗姆还没有放弃从外面来人救他的希望。虽然他知道，他在比格孤立无助，我们不会让任何人看到他。然而我们和气地跟他讲话，如果他看到我们的眼睛，一定会发现眼神中对他如此高大又如此疼痛的身体的怜悯。我记得很清楚，我想走开。但我仍然专心地端详热罗姆，去习惯他的叫喊，他的时而如此感人的恳求，他的令人不忍目睹的面孔。就这样直到生厌。

男人们回来了，我迎了上去。尼古拉神色疲惫。他对我说："他还在叫唤？要是我知道……"这是这段时间我弟弟对我说的唯一一句话，他也可以跟任何人说这句话。他本可以什么也不问，既然他听见热罗姆在喊叫。我有点生尼古拉的气，也有点瞧他不起，这让见到他满心欢喜的我有几分难受。要是他"知道"，他会怎样？我心痒痒地想知道。我有点性急地问他时，他没有回答。他走开了。我们看见他躺在护栏下的草地上。他好像怨恨我们大家，尤其怨恨我。同时，我觉得他不大自然。他知道我们关注他的沉默，他的每一个动作，他没有讲而我们期待他讲的第一句话，这肯定使他心烦意乱。他向我提出这个问题时，我从他眼中看出他没有任何明确的想法。热罗姆不会那么快就死。我们，我们干吗在那儿窥伺他呢？尤其尼古拉的忧伤是"没来由"的忧伤，正如婚礼或麦收后的心情。当事情做完，无需再做的时候，人们望着自己的手，内心忧伤。

他可以肯定，我们绝不会透露他们打架的真正原因，所以他毫不担心。只需想起热罗姆和克莱芒丝一起睡过觉，便可以向自己证明他该杀死热罗姆。虽然他恨热罗姆的理由模糊不清，这个事实却是清楚的。他可以时时想起它，在怀疑的时刻用它说服自己。他做的事，他绝对有权做。但我们保护他不受法律制裁的行为，倒像是我们给了他这个权利。这既破坏了它的纯洁性，也败坏了尼古拉的全部乐趣。要使他高兴，我们根本无需那么谨慎。

有一刻，克莱芒丝压低嗓门叫起来："露丝·巴拉格！"我不信她的话，到院门口去看个究竟。不错，露丝·巴拉格正骑着马朝比格走来。

我跑到热罗姆身边。他满头是汗。他已不存任何希望，不再提任何要求，不停地呻吟着。我给他擦去额头上的汗，叫他别再哼哼：玛从地里回来了，只要他不再叫唤，我就去齐耶斯请医生。热罗姆住了口。他不时张开嘴巴，我提醒他答应的事，他一声不吭了。

有一刻，我用手指轻轻触了一下他的汗湿、冰凉的额头。他正在我手下慢慢死去。这是一件被抛弃的、不再去救的东西。

露丝走了。三个男人上桌吃饭。克莱芒丝默默地一旁伺候，然后收拾餐具。尽管热罗姆在叫唤，男人们依然吃了晚饭。此刻他们彼此相像，对热罗姆的呻吟充耳不闻。他们饿了。尼古拉也吃了。灯在他们头顶上方摇晃，蜷着脊背的影子在光秃无饰的墙壁上跳跃。爸爸对我说："你去请医生，弗朗苏。"早上他不相信事情严重，现在他对此确信无疑。怎能不信呢？他去看过热罗姆，回来时一脸茫然。此刻，坐下来吃饭时，他叫我去请医生。看见他，我想起一件事：十年前，热罗姆离家半年后从巴黎回来。生意没做成，空手而归，花光了我们所有的钱。可是第二天，他又恢复了自信，对待爸爸跟以前一样傲慢无礼。当时，爸爸似乎毫不在意，没说一句话。

于是我去了齐耶斯。天黑了，我看不清路。要沿里索勒河走四公里。玛干了一天活儿，不乐意走这一趟。但它很强壮，而且抵御不住载着我一路小跑的乐趣。我骑了它五年，我和它彼此熟悉。天很热，没有月亮，但过了一会儿，面前笔直的白色大路便看得很清楚了。从干涸的沟里传出蛙鸣。河谷的一个个小农庄亮着灯，可以数清楚灯的数目。

走到半路，我让玛停了一会儿。它啃起路边的青草。在我撩起的连衣裙下，抵着我光着的大腿，我感到它湿漉漉的、结实的两肋在一起一伏。我怎么对医生说呢？我相信到最后一刻，我自然会找出一个理由来。这是件过去的东西了，热罗姆。

我真想在黑暗中多耽搁一会儿。玛，线条弯弯的，曲着一条腿扭腰斜立，在我身下啃草。我身子发懒，歪头躺在马脖子上。田野静悄悄的。我眼前浮现出蒂耶纳吃饭时的样子，平静，英俊。晚餐时没人跟我讲话，除了爸爸叫我去请医生。蒂耶纳也好，尼古拉也好，都没有瞧我一眼。我心里想我一会儿去蒂耶纳的房间找他。尤其今晚，谁也不会注意。我回想起比格的男人们，他们盼着医生来，但又不公开承认。他们需要医生来结束他们的等待。这对他们无异于一杯过烈的酒。

玛又以它清脆有力的步子小跑起来。夜里，农庄的人一定心里在想："这肯定是维雷纳特家的姑娘"，然后在马蹄声中重新入睡。玛几乎蹄不着地，得得的叩击着燧石路，擦出朵朵火花。今晚，再过一会儿，蒂耶纳。我清楚地记得玛的两肋顶着我的皮肤，还记得对蒂耶纳的思念和玛一样温热。

一路上我没有遇到任何人。我躺在玛的背上，它猜我把它忘了，把步子放得更加轻柔。

医生十分年轻。老的去年死了。这一位我们还不认识。他建议开车送我回去。我对他说我有马，我在前面领路。他问我："你舅舅出什么事了？我好知道该带什么。"我说他被牝马踢了一脚，踢在肝部。什么时候出的事？我对他说："今早。"想到要上我们那儿去，他兴味盎然，话挺多。想想看，他认识维雷纳特一家，也去过比格。从大路看过去，老屋的两堵山墙很美。我进的是餐厅，他跟我提起隔壁的门诊室，嗓音洪亮清脆。我到的时候他刚用完晚餐；尚未撤去餐具的桌上摊着一本打开的书。这个房间重新装修过，干净，雪白。旁边的厨房里，传来女佣收拾东西的声音。他准备医药箱的时候，我突然感到那么的累。我跌坐在靠墙的一张椅子里，头倚在橱柜上。就在此刻，我有了不知从哪儿来的信念：我们遇到的事没什么大不了。

我们等了它那么久；我夜里都梦见它。我梦见它发生了，把我们解脱了。别人不可能不做这样的梦。从早上起我就相信它，相信它发生了。我心里很舒坦。突然，我又一次觉得我一直在做这个梦。热罗姆，在楼上叫喊的热罗姆死了算什么，作为我们自由的开始，这不重要。

遽然而来的疲惫令我合上了双眼。医生突然出现在我面前。"不舒服吗，维雷纳特小姐？"他戴一副铁架眼镜，嘴边长了一圈疱，有光泽的金黄头发梳得一丝不乱。我说热罗姆的情况非常不好，我认为他没救了。医生思索片刻，就玛踢人的事向我提了几个问题，随后又去取了一点吗啡。"令人担心的是肝破裂。他酗酒吗，你舅舅？"他的声调变了；他没了兴趣。我说舅舅酗酒，我还补充说他应该知道这点，这个地区的人很清楚，所有的人，所有那些……

我们出了门。我纵马飞奔。我叫他到比格后等我,不然在交叉路口他会找不到路,那个地点有十条路通往树林。其实,我是不愿意他比我先到热罗姆的房间,听他讲述这场争吵。热罗姆不会拿这件事炫耀,这我知道,但我还是担心。

玛很不高兴。它满口白沫地跑到汽车旁。医生等着我。我让牝马自己回去,我们俩一起爬坡。一登上高地,就开始听见热罗姆的叫声。我感觉他好像丢了一个孩子;他的声音我已听不出来。他的呻吟声更响,不再是喊声,而是嘶哑的喘息声,从腹部深处刮擦出的、丝毫不顾廉耻的、被活活剥皮的声音;当它穿过高地时,好像听得见空气的瑟瑟声。我们很不自在。医生顿时停下脚步,抓住我的胳膊,我们一起听。夜漆黑一片,但我看见他的金属架圆框眼镜闪着光。他冷不丁对我说:"他在捯气儿!这是捯气儿声。干吗不早点来叫我?"我求他别吓着热罗姆,他极易被吓倒。现在,必须避免最坏的情况发生。受到惊吓,热罗姆才会乱讲话。

餐厅里只有蒂耶纳等着我们。他站起来,把手插在口袋里,没跟医生打招呼就走了出去。我明白他生气了。我把他丢在这儿听热罗姆哀号。他出去后,我感觉被他抛弃了。

爸爸和妈妈待在热罗姆的房间里,给他敷药,擦额头的汗。医生跟他们打了招呼,然后开始给热罗姆检查。热罗姆脸色异常,黄中带绿。嘴唇与脸的其他部分已分不清楚。嘴唇和眼睑都肿了起来。枕头汗湿了。牙齿打战。医生又问我:"多长时间了?"我照实说:"今天早上。"热罗姆目不转睛地望着来人。"我疼,大夫,这儿,疼死了。"他指了指肋部。医生撩开衬衣。肝的位置呈深蓝色,肿得厉害。医生触摸它时,热罗姆叫得更响了。医生放下衬衣,动作徐缓地从医药箱里取出一支安瓿,给热罗姆注射。热罗姆和医生互视了五分钟。我的父母出去了。医生面带微笑,捏着舅舅的手腕，脸上流露出自信的满足。热罗姆开始眨眼皮，叫喊间隔的时间越来越长，安静的时候他就舔舔嘴唇。他的叫喊渐渐有了点人味。医生悄悄对我说："是吗啡。"热罗姆的呻吟越来越轻，后来，好像甜蜜地在夜色中伸了个懒腰，终于停止了。他睡着了。我替他盖好被。我们丢下他，去了餐厅。医生朝我转过身来："我可以跟你谈谈吗？可以吗？你父母呢？没关系？你舅舅没救了，你们当然可以把他送到佩里格去，但这没用。"我们聊了一会儿。我困了。谈话毫无用处。我不知如何打发这位医生。他奇怪没见到任何人。我也觉得爸爸和妈妈应该在场。我对他说，他们老了，累了。他给了我好几支吗啡和一个针管，告诉我如何使用。再没有别的可做了？没有了。我向他道谢。他走了。

我关好家里所有的门，熄了灯。没有人露面。上楼前，我去了父母的房间。他们已经躺在房间正中央的大床上，背对背睡着了。我在他们身边待了一会儿。妈妈四十来岁有的我。爸爸那年将近五十。双亲老了。妈妈的头发始终有股香草的味道。爸爸，他睡着和他醒着的时候一个样。他的睡眠跟昆虫一样不引人注目，难以觉察。朝黢黑院子的窗户开着。夜深了。

夜里，热罗姆又叫喊起来。

每夜，直到他死的那天，当我晚上给他打的针失去效用时，他又开始疼得直叫。他把大家吵醒了，但谁也没想到抱怨。除了我，没人起来。我下了楼，每次都发现他浑身冰冷，汗流浃背。他在黑暗中醒来，对死十分恐惧。这时，在两次捯气儿之间，他嘴里会吐出最温柔的名字。他对我说，我是他的小弗朗苏，唯一理解他的人。我给他打一针，在他身边待一会儿。当针剂开始起作用时，他偶尔腼腆地冲我微笑，为了让我也冲他微笑，为了不再害怕。他什么都不吃，人瘦了。我相信，在最后的日子，他连感到疼痛的气力都没有了。是恐惧令他叫喊，好让我下楼到他身边，不孤零零一个人待着。

一天晚上，他快睡着的时候寻找我的手，求我请公证人来。我说："请公证人干吗？"他身无分文。他没有坚持。第二天，他又求我去请他，虽然知道这没有用。他大概喜欢听我再说一遍，可能仍隐隐约约地希望我觉得这没有用，因为他不会死。

我们又请了一次大夫。众人以为热罗姆被玛踢了一脚，纷纷来打听消息。

日子一天天过去，表面上一模一样。然而，热罗姆的死期不会再拖下去。我们感到它正一天天逼近。我们已等了很久。我记得我们全都固执地、小心翼翼地闭口不提。仿佛每个人都防着其他人。而恰恰相反，我们空前地团结一致。

男人们收回了麦子，然后去森林砍了柴。必须为冬天做准备。已是八月末了。

我从来不去蒂耶纳的房间，他也不想办法见我。尼古拉只跟蒂耶纳和克莱芒丝讲话。吃饭时见得到他；其他时候，他和往常一样干活。我们不再像最初几天那样令他恼怒了。这种缓解淡化了他的行为，使他接受它，赞成它。如果热罗姆马上死掉，事情的突然也许更容易让他感到内疚。而现在，他有时可能会想热罗姆死不了。要是这样，他大概会感到万分遗憾，不得不意识到，如果他没有杀死热罗姆，热罗姆也是该杀的。

打架后整整过了九天。热罗姆在第十天的夜里死了。他夜里没有叫我。当我一觉醒来，看到房间窗户上熹微的晨光时，我明白他大概死了。我去叫蒂耶纳，我们下了楼。热罗姆死了。他的嘴张着，细长的手随意垂在身体两侧。他不再出汗。脸不再像他叫喊时那样肿，脑袋沉甸甸地架在脖子上。床很凌乱，保持着热罗姆的最后动作留下的状态。现在房间里显得非常宁静。我觉得，热罗姆的死跟我本人的死完全不同，跟蒂耶纳的死，以及人们历来想象的死同样差得很远。它大概发生在入夜时分，现在热罗姆的样子不再吓人，他死了，就是说，他成了一件永久受到死神庇护的东西。热罗姆终于离开了我们，靠自己的力量独自撑到最后一刻。他没有叫我，我永远不会知道他是睡着的时候糊里糊涂死的，还是先恢复了知觉却不愿叫我。我怀疑他最后对我们充满鄙视，为此我马上消除了对他的全部怨气。

我们拉上他的被单，把他的手贴着身体放好，让他端端正正躺在床中央。在蒂耶纳的帮助下，我用一条手绢系在他头周围，合上了他的嘴。他很沉，尤其脑袋，跟双脚和膝盖一样，只剩下了重量。

我拉开窗帘。蒂耶纳对我说这没必要。但他随我去做。我注意到，他的沉默与通常不一样。他的确无话对我说。他走近靠在窗边的我。天刚蒙蒙亮。还没有人醒来。蒂耶纳和我一样望着我们从来不去的荒芜的园子。蓝色的薄雾漂浮在树木之间。我们面前的小径上，夜间绽放的小红玫瑰等候着朝阳。听得见几只鸟的啁啾。我们不想叫其他人。我见蒂耶纳的脸离我的脸非常近。一道白色的光照在上面。乘他眺望远处的当儿，我近距离地仔细观察它。他的嘴巴放松，几乎半张着，双唇翕动；我见他轻轻呵出白气。他的头发散发出晨曦的气味，仿佛他是在露天过的夜。

我把他带到厨房给他煮咖啡喝。谁都没有醒。没有任何响动。我们一下子觉得极为孤单。他突然走过来把手放到我的臀部，把我紧紧搂在怀里。他此刻这样做了，后来却好多日子对我不理不睬。他问我冷不冷。有几秒钟我头脑一片空白，眼前浮现出一些奇怪的东西。比利时小城 R，一些安静的城市，空荡荡的广场，大海。接着我们默默地喝了咖啡。

诺埃尔叫了起来。房子里响起走路的声音。我对蒂耶纳说,他或许可以去齐耶斯请大夫开证明和办理一切丧葬手续。"这倒是的,"他回答,"我没想到。"克莱芒丝抱着诺埃尔来了,诺埃尔面带微笑。克莱芒丝刚从床上爬起来;硬直的头发披在双肩。她跟每天早上一样问我:"怎么样?"我说热罗姆死了。她把诺埃尔放到椅子上,快步走了出去。诺埃尔依然微笑着,玩起了桌布的穗子。

爸爸和妈妈并肩坐在客厅里。他们几乎不回应众人的吊唁,想方设法岔开话题。白昼将尽,妈妈说:"某某还没来,还有某某和某某。"于是第二天一早,她又和爸爸坐在客厅里,接待左邻右舍。

我们很少待在这间客厅里,它总让我回想起爸爸当过市长的比利时小城 R。十九年前,那次不寻常的招待会后,爸爸正是坐在这张黑橡木扶手的椅子里,把我抱到膝头,抚摸着我的头发说:"我们就要动身去法国了,我的小弗朗苏。"

除了市里的官员,谁也没来妈妈的招待会。

大客厅的一角,由三名小提琴手组成的乐队正在演奏波尔卡舞曲。爸爸邀请市府首席顾问的妻子跳了第一支舞。没有人响应,十五分钟里,只有爸爸和她跳舞。我眼前又浮现出这位女子的面孔。她在爸爸的带动下跳着,有点晕乎,不过是厌恶得晕乎。一曲舞毕,官员们用嘴唇抿了一口高脚杯里的香槟酒,然后立刻走了。离开的时候,他们簇拥在与爸爸共舞的那位顾问太太的身边,她此时一脸英雄的神态。乐手们分享了冷餐,然后也走了,剩下我们四个待在大客厅里。后来的事我不清楚,因为我和尼古拉,我们在安乐椅里睡着了。早上醒来,我们发现爸爸和妈妈保持着头天的姿势,头一动不动,低声交谈着,若不是他们嘴里还吐出几个字眼,我简直以为他们身穿节日盛装，睁着眼睡着了。他们当中的一个不时用柔和的嗓音评论头天的晚会，言谈中对官员们不含一丝一毫的怨恨。妈妈说："这不可能，不可能……"爸爸回答："确实如此。"妈妈又说："我没有计算娜诺姑妈的耳环。"爸爸说："这样一来，我们剩下的比原先估计的要多得多。"我记得有一刻他说："我不愿意城里人看见你们。你乘夜车走吧。"

我半闭上眼睛，不敢让他们看出我醒了。电灯依然亮着，秋日的晨光已照到窗棂。仆人一个都没露面，整座房子静悄悄的。绿色观赏植物后面，是乐手们坐的椅子和冷餐桌。桌子还没收拾，闪闪发亮，在灯光下一片杯盘狼藉。爸爸说："你叫热罗姆陪你走。"

后来我得知，一个月前热罗姆将爸爸卷入了证券交易，爸爸为了还债，挪用了市府的社会救济金。全城的人都知道了这件事，因为爸爸还没来得及补上这笔钱，省长就来视察了。妈妈说："不能说热罗姆有罪。"爸爸回答说：对，热罗姆没罪，因为是他这个市长拿了公家的钱给热罗姆的。没有他，热罗姆根本弄不到那些钱。当然，这是热罗姆求他这么做的，但情急之下他昏了头，他完全应该拒绝。"搬家的事，他会好好帮你的。"爸爸说。"我明天就去安特卫普。娜诺的耳环暂时够用了。"妈妈说。

爸爸在 R 市当了十年市长。但这十年的时间怎么能与今后的岁月，与尚未想出办法应对的未来相比呢？当时我还很小。但或许就在那天早上，我很快发觉他们毫不掩饰自己的不幸。他们接受了它，并且不再因此而痛苦。他们努力疗伤，努力补救，仅此而已。

最后，我装出刚刚醒来的样子。我朝爸爸走去，在他面前站住了。他久久地望着我，一动不动。妈妈也不说话，连指头都没动一下。太阳升了起来，阳光在地毯的尘土上闪动。爸爸好奇地望着我，他的目光从我的脸庞移到赤裸的小腿，又移到被舞裙包住的平坦的胸。一夜之间，他变成一个下了台的、名誉扫地的市长，他再也不会在市政厅发表演说和佩戴市长的绶带，走在街上也再没有人向他致敬了。他只好远远离开。在有生之年，这个小姑娘依然和他的胳膊一样陪伴着他。他当市长时公务繁忙，可能一直没有好好看看她，现在突然记起她来了。正是在此时，爸爸松开了从头天起一直抓住安乐椅的手，把我抱上膝头。

十九年过去了。自那以后，我们再也没有离开过比格。如今我快二十六岁了。热罗姆死后，日子显得漫长，我多次回想起我的童年和这个场景，因为我无事可干，只好注视穿过树林缓缓爬坡来吊唁的人。爸爸和妈妈每天并排坐在客厅里，默不作声。屋里暗得很，从外面进来的人几乎看不见他们。他们很少讲话，众人觉得这样沉默是十分得体的。他们走出客厅，神情有些恍惚，经过我身边时匆匆握了握我的手，然后走了。

第二天，几个男人从齐耶斯运来了热罗姆的棺木。大约四点钟到的。没有来访者。入殓需要叫来所有的人。但比格农庄里只剩下爸爸、妈妈和我。蒂耶纳和尼古拉出门了，不是去干活，而是去透透气，他们是这么说的。克莱芒丝待在自己房间，大概在哭。这十三天里，她没完没了地哭，期待着有人想起她来。
我们把运送棺材的人领到热罗姆的房间。百叶窗关着，屋里很热。棺材有股木头上了油漆的味道，它的形状是放肩膀那一头宽大，然后渐渐缩小直到脚部。来人揭开蒙在我舅舅身上的被单，把他抬入了棺材。他直挺挺地躺着，好像全身僵直。有个人在床头柜上放了一小茶碟圣水和一枝黄杨。只剩封上棺材便完事了。那人摆出一副庄重的神情说道："家里人呢？该为他祝福了。"然后他们等着我们一一为热罗姆祝福。爸爸和妈妈显得很不自在，不知如何掩饰窘态。他们垂着肩，样子又老又幼稚。他们事先没有想到。我感到他们无法为热罗姆祝福，又下不了决心不为他祝福。在外人面前拿不定主意，他们感到羞愧。但如果同意为热罗姆祝福，他们更会羞愧难当。后来我又想起他们犹豫不决的样子。其实他们完全可以拿起黄杨枝，在热罗姆头顶上画个十字，就像他们接待了邻居，也接受了他们的吊唁一样。然而他们双手绞在一起。那两个外人哪怕等到晚上，他们也不会做这个动作。或许他们的表现很虚伪，但谁也不能强迫他们讲惋惜的话。他们可能心里想他们没向任何人撒谎，尽管热罗姆的死迫使我们对外人持某种态度。他们大概是这样想的，如此他们就可以心安理得了。他们眼睁睁地看着舅舅死去，如今为他祝福，那不是掩饰他们的冷漠吗？那不是年过六旬还说谎话，哪怕最自然不过的谎话吗？如果他们给了祝福，今后的日子肯定不会安宁。他们对这一点很清楚，所以才僵在那儿不动。我也一样。我知道他们不会为热罗姆祝福的。再说他们早就不信教了，画十字已毫无意义。

为结束僵局，我对来人说他们该做什么就可以做什么，于是他们合上棺材，封好棺盖。房间里弥漫着橡木上过油漆后的味道。铜螺钉咯吱咯吱地拧进光滑的木板。这些人不难过，干活很仔细。

最后，他们把封好的棺材安放在他们随身带来的几张高板凳上。

我没有弄懂他们刚做了什么。他们说："好，完事了。"他们略微抬了抬帽子，走了。我们听见他们的小卡车渐渐驶远。我明白我再也见不到热罗姆了。记得那些人走后，我们三人愣在那儿，为同一件事感到不自在：我们没有看热罗姆最后一眼。在我们与他天人相隔之前，他们没有更庄严地通知我们即将合上棺木，这令我十分愤慨。我们没有精神准备。我私下想，如果我再瞧他一眼，肯定会明白热罗姆对我们究竟意味着什么。我的耳边又响起拧螺钉的声音，它越来越刺耳，可我下不了决心离开。最后，我安慰自己说，如果我见了他，准会一直想再见他最后一次，这样就没有最后一次了。我想通了，走了出去。与热罗姆永别之前没有特意瞧他一眼，这是我带走的唯一遗憾。但这份遗憾，可以是对任何人，任何死者的。

来了一些老妇人，她们围着木棺念了两夜经，不跟任何人讲话。天亮后，我和克莱芒丝给她们每人倒杯咖啡，喝完咖啡她们就走了。她们毫无私心，为里索勒平原的每一位死者守灵。她们三三两两结伴而来，每次都是新面孔，因为人人都想轮一遍。她们清晨离开，益发显得骨瘦如柴，穿着黑裙的身子轻飘飘的。

安葬前夕，凌晨四点左右，克莱芒丝来到我的房间把我叫醒。她穿戴整齐，一只手拎着箱子，另一只手抱着诺埃尔。她轻声唤我的名字："弗朗西娜，你明白，我不能在这儿待下去了。我去佩里格的姐姐家。"我问她诺埃尔怎么办。她对我说这正是最难的，她不知怎么办。大滴的泪珠从眼眶里滚出来，落到短上衣上。她心烦意乱，甚至有点不知所措。如果她承认自己犯了错，她想必不会忘记等着她的惩罚。她清楚，如果她不指望我们有任何亲情的表示，并且独自带着她的孩子生活，她是可以在比格住下去的。但她宁可逃跑。

我从来没有想过热罗姆和克莱芒丝是怎样搞在一起的。他们在黑暗的阁楼里做爱，避开我们的目光。克莱芒丝应该有个柔软的肚子，下垂的丰乳，很快就被击破的柔弱的力量。晚年的热罗姆一定觉得她不错。这段私情帮助他们忍受比格的生活，是我拆散了他们。我问自己为什么要这样做。也许是不想让他们继续在楼上偷情。我无疑不希望尼古拉杀死热罗姆，只想把热罗姆赶走。但是我已经想不起自己究竟要达到什么目的。我困了。为什么要告发他们呢？总有一天我会搞清楚的。现在我困了，不想再费脑筋。

我没有挽留克莱芒丝。我给了她一点钱，叫她把诺埃尔留下：尼古拉已经很不幸了，总应该和儿子在一起。克莱芒丝望着我，好像没听懂。接着她的脸突然涨大，仿佛水里扔进了一块石头。她猛地把诺埃尔塞给我，飞快地离开了。我听见她脚步细碎地跑下楼梯，穿过了院子，就这样走了。我从她手里夺走了热罗姆，也没有把她留在尼古拉的身边，可是她把儿子给了我，糊里糊涂的，甚至没有试图说服我应该她留着儿子。有一刻，我想象着她孤零零地在黑夜中跑四公里，一直跑到齐耶斯的情景。但我没有久想。何必强迫自己可怜她呢？我从来没有可怜过她，今晚也不会。同样，即便她做了这种丑事，我也绝不会怨恨她。这儿的人都跟我一样。放她回姐姐家，其实这再好不过了。

我抱了一会儿诺埃尔，克莱芒丝和尼古拉的孩子。我不知拿他怎么办，天亮前让他睡在哪儿。我累了，想把他交给他爸爸尼古拉。但我知道，半夜里叫醒尼古拉，他会没好气地怪我放走了克莱芒丝。相反，等到第二天，他会赞成我的做法，觉得自己解脱了。暂时我只好守着诺埃尔。他又哭又喊。才凌晨四点。怎么办，怎么办呢？我把他放在我的床上，头靠着墙免得看见他，捂住耳朵免得听见他。生活真是乱成了一团，我怒上心头。

混乱，厌烦，混乱。葡萄收获季节的一个晚上，尼古拉弄大了她的肚子，这一切就开始了。渐渐的，混乱连成了串，大家听之任之。当然，想到会有任何变化，他们事先就怕，就烦。尼古拉，父母，所有的人。我忽然觉察到自己怒气冲冲，觉察到自己心里也乱糟糟的。混乱骤然从我的身体里冒出来；围绕混乱的一圈厌烦是黑色的，是永无尽头的夜。我想到我的年纪，所有睡在这房子里的人的年纪，我听见时间有如一支耗子大军啃噬着我们大家。我们是饱满的谷粒。二十四年来，我们得过且过，指望随着时间的推移，家里的事会变得井井有条。时光荏苒，混乱有增无减。如今是灵魂的混乱，血统的混乱。我们无药可治，也不想治了。我们不再去争取自由，我们爱做梦，有恶癖，我们渴望幸福，但真正的幸福会把我们压垮。热罗姆死了，还有克莱芒丝。克莱芒丝走了，还有诺埃尔。以及我们的贫穷。我们长达二十四年的懒散。我们只好苦中作乐，内心深处没有别的愿望，只想继续相信我们注定要过这种无奈的生活。

其他人还睡着。当然，和往常一样。每个人在自己床上睡自己的觉。而我呢，我醒着。始终如此。我要照顾诺埃尔，诺埃尔，混乱和厌烦的产物。一切都已过去，如今想起来，记得我很快只生自己的气了，主要原因是我赶不走这些蜂拥而至的念头。

我决定把诺埃尔送到蒂耶纳那儿去。这小家伙，在我们手里传来传去，这小家伙，我刚发现他是混乱和厌烦的活生生的产物。我把他送到蒂耶纳那儿去了；他在我怀里号叫，气得直打挺儿，样子可怕。蒂耶纳一定是被他的叫喊声吵醒的。他躺着，手枕在脑后，抽着烟。"出什么事了？"

我告诉他克莱芒丝走了，我叫她留下了小家伙。我问他我们拿小家伙怎么办。说着话的时候，蒂耶纳在床上半坐起来，我看见了他身体的轮廓。为什么他如此英俊，哪怕我生着气也忍不住要看他一眼？为什么他这样撩人心弦，这样令人不知所措？为什么他如此沉默，别人在他面前讲的话似乎都成了谎言？他冲我微笑，脸一会儿苍老，一会儿年轻，在我的心里，犹如白昼取代了黑暗，清凉赶走了炎热。

蒂耶纳怎么可能爱我呢？我觉得自己一百岁了，我在不幸的年代出生，有什么东西属于我一个人，那是我不敢期望的，也永远不会有这个念头。有一天，他来到这儿，留了下来。我清楚，他给出在此逗留的理由并不充分。蒂耶纳为什么离开良好的家庭，到这个如此令人厌恶的家庭来呢？蒂耶纳的脸闻着有股早晨树木清新的气味，他怎么可能要我呢？我长得丑，他干吗要强迫我微笑呢？

他说诺埃尔一定饿了，因为睡到半夜就把他叫了起来。他套上外衣，要我去睡觉。他会把诺埃尔抱到厨房，给他喝些牛奶，然后把他放到他床上，直到天明。

我离开他们，回去睡觉。可我无法再次入睡。我的身体麻木了。我感觉它十分平静，注意头脑里的任何想法，决心装聋作哑，不听我的心声。我的头脑呢，它无拘无束，逃到苏醒的妄想中。

园子里枞树顶上的天空已经发白，钟声敲响了。有些时刻我把蒂耶纳忘了，完全记不起他来。他变得如此无足轻重，我再也想不起他的音容笑貌。尽管他离我很近，就在三楼的一个房间里。

曙光初现，黑夜四处爆裂，我原以为它是永恒的。我大概睡了一觉，因为现在又一个漫长的日子开始了，直至夜晚来临。一切已成往事。一切已转到另一侧，倾入被掏空的一个个日子堆积的深坑，还有热罗姆的死，和我的苦挨苦熬、从未享受过生活的岁月。

今天早上要举行葬礼。何时不再有人来？人们何时不再如此精心地安葬死者？天亮后我何时不再爱蒂耶纳？

来参加葬礼的人很多，有的我们几乎不认识。从未见过比格有这么多的人。

棺木抬了出来，放到一辆黑色的小卡车上。这车是专门为热罗姆预备的，还有两辆供活着的人乘坐。大家都去了，包括蒂耶纳和尼古拉。

我一个人跟诺埃尔留在比格，他得有人照看。天气晴好。诺埃尔还睡着。我给两头母牛挤了奶，把玛牵出马厩，喂了鸡和兔子。克莱芒在齐耶斯山顶上放羊；他的狗尖叫着在山丘上跑。我想到，不久就该剪羊毛了，还要挖土豆，割烟叶，晚上在谷仓的大桌子上把晒干的烟叶束成小捆。麦子收回来了，得去佩里格卖。我们损失了半个月的时间，必须把它补回来。克莱芒丝走了，也许需要雇个人接替她。少了两个人吃饭，我们也许能做到。

我回到屋里。空气里弥漫着花香，桌子都推到了墙边，门全开着。我去了热罗姆的房间；我锁上门，把钥匙放进围裙的兜里。然后，我去蒂耶纳的房间抱诺埃尔；他醒了，亲切地讲了许多含糊不清的话。阳光洒满房间，照在他的湿润、透明的嘴巴和舞动着粉红色影子的面颊上。他的瞳孔里，光线呈现出虹彩，闪着绿色和紫色水晶的光泽，与盛夏里索勒河浅水处的颜色一样。

得给他换衣裳，煮面糊糊。昨晚我被他惹恼了。他朝我张开双臂，我把他抱起来。他轻微的呼吸拂过我的脸庞，我感觉到了他的面颊的温热。小家伙有股热烘烘的干草味，他叫诺埃尔·维雷纳特，二十个月前，他在一个女人，一个非常可怜的女人的腹中孕育成长。我不清楚我有怎样的感觉。我用力抱住诺埃尔，同时避免把他抱得过紧。我真想与他和解，把他充满生机的柔弱和我已然衰老的力气融为一体。

我给他穿好衣服，喂他吃了午饭。接着我把桌椅摆放整齐，使房子显得宁静有序。我和诺埃尔出门时已经是正午了。三个小时内他们不会回来。他们在齐耶斯吃午饭。步行回来，怎么也得三个钟头。

热罗姆的房门钥匙在我的衣兜里。我去到井边，掀开盖子，把钥匙扔了进去，就像给一件活儿缝上最后一针。不能让妈妈或尼古拉今晚去翻热罗姆的东西。钥匙似乎掉进了我的体内，冻得硬硬的。我听见它落到井底的声音。热罗姆，这个祖着胸膛的美男子，

186

再也不会在门口出现了。热罗姆，他不过是个目空一切、曾经跟我们一桌吃饭的人，今后不会有人记得他。他完结了。

我和诺埃尔去到谷仓后面小树林的空地上，等其他人回来。

诺埃尔躺在我的臂弯里睡着了。有一刻，他饿了，用手扯我的衣服找乳房，玩着玩着就睡着了。他醒来时我俩一起笑。接着他又开始吮吸我解开衣衫露出的乳房，随后又睡着了。在睡眠中，他的嘴巴忘记吃，湿润的半张着。他吃奶时发出的极轻的吮吸声让我发现，我的身体依然十分年轻，尽管它承受了经年累月的辛劳。我现在觉得浑身轻微地抖动着，是种全新的、酷似早晨瑟瑟发抖的感觉。我独自笑了。

我俩待在那儿很舒服。头顶上是蔚蓝的天空，脚下山坡上横亘着黛绿的密林。有一刻，我看见克莱芒赶着羊回来了，牧羊狗尖声叫着，羊群蹭着草地轻柔绵软地走过。我不知道我是否完全睡着了，梦中隐约瞥见的风景使我想起我似乎离开了很久的比格。

当我睁开眼睛，他们已踏上回来的路。奇怪地一个跟着一个，时而聚拢时而分散开来。在渐浓的夜色中，这支队伍形成了一个游移不定的阴影。

他们跟露丝·巴拉格一起从齐耶斯回来了。我告诉过尼古拉克莱芒丝已经离开；他对露丝说了，她大概因此才来到了比格。

两年前尼古拉结婚后，她从未来过我们家。她远远地经过，但不从马背上下来，停留一会儿便走。等尼古拉看见了她就离开。尼古拉从未试图挽留她。她远去的时候，他身子靠着平台，目送她的背影。有时她转过身来，两人远远地互视几秒钟，然后她扬鞭而去。尼古拉从平台回来，面色苍白，烦躁不堪。于是他开始满屋子找克莱芒丝。遇到这种情况，克莱芒丝就躲起来。他把她从昏暗的门厅揪出来，拖到明亮的饭厅。他还什么都没说，她已经浑身发抖了。面对着她，尼古拉大概看到了某天晚上他当着众人强行留下露丝的那一刻。他跌坐在一张安乐椅里，闭上眼睛，头垂在胸前。克莱芒丝晃着胳膊站在他面前。她见他仰起脸，目光炯炯，肌肉绷紧。湿润的双唇肿了，令人想起露丝的嘴唇。克莱芒丝哭了起来，问他想干什么。起先他回答说他不想干什么，接着问她诺埃尔的情况，或者问她在家里过得怎么样。他似乎忘记他们已经结婚一年了。在这种时刻，他肯定对她的存在感到几分惊讶，说不定还有点心软。他大概心里同意她留下来忍受比格的生活。这使他稍稍回到了现实，尽管他对现实既惊诧又好奇。克莱芒丝溜走了，一个人躲在厨房里，边啜泣边低声咒骂他。

这两年里，露丝一直让人无法接近，绝对不与我们交往。有时她也露露面，使尼古拉不至于忘记她。

我一直不知道他们之间讲了什么，能让露丝在克莱芒丝走后次日，热罗姆下葬的当天晚上就来了。

尼古拉很可能向她坦言，热罗姆根本没挨玛蹋，是被他打了。但我不能肯定。

她立即奔来了，毫不难为情。她如此冲动，抛开刚刚萌生的羞耻心，逼它羞愧地躲起来。她迫不及待地想要尼古拉，热罗姆死了，尼古拉精神焕发，克莱芒丝走了，重获自由的他显得笨手笨脚。

大家饿坏了，天还亮着我们就开始吃晚饭。除了顶灯外，尼古拉又添了一盏我们离开比利时后再没用过的带座的旧灯。为了欢迎露丝。

我们宰了两只肥鸡。金黄色烤鸡的香味欢快地弥散开来。在露天劳作一日后，我们也会这样饥肠辘辘，渴望逃离一望无际、云烟缭绕的田野，回到四面摸得着墙的家。"快好了，"露丝·巴拉格笑着说，"耐心点，小伙子们。"她脱去了黑外衣，露出一身夏装。她个子不算高，身材修长，圆润的肩膀袒露在阳光下。一头黑发披散在颈后，不停地摆动。她有一双蓝色的眼睛，俏丽标致的脸蛋上始终荡漾着无声的微笑。我们以为很了解她。她在母亲死后跟巴拉格老爹和两个弟弟一起生活。家境富裕，仆役成群。她的手只是因为握马缰才变粗糙的。有时，夏季天很早的时候，我在齐耶斯那边遇见她，我俩一起策马驰骋。记得她有一张白皙的脸，蓝色的眼睛，嘴唇被清晨的寒气冻得发紫。但我从未见过她在阳光下笑，袒胸露臂，夹在两个男人中间。她在屋里走动时仍像骑在马上，最轻柔的动作也带起一阵风，散发出风的气息。她随时随刻出现在我们身边，令我们晕眩，惊愕。葬礼当晚，我们看不清事物的真面目了。每个人都觉得我们大家即将摆脱往日的迟钝，于是急不可耐，热情高涨。

餐桌上，她向我们展示了笑的魅力。她一边安静地吃着，一边冲尼古拉笑。他故作严肃，但看得出他真想抓住任何借口大笑一场。他不再是我从前的弟弟了。我让他略微有些不自在。他再也不知道该看什么，该说什么，如何用两只手吃饭喝酒。一种充满危险的快乐压得他喘不过气来；这份快乐时而从他忍不住的一句话，一阵笑，一个动作中喷射而出。我感觉他有可能高兴得死掉。他寻找时机，想要一次笑个够，让阵阵笑声带走自热罗姆出事以来令他窒息的自以为是和骄傲。他四下张望，甚至转过身来，两手颤抖着，和眼睛一起寻找。露丝坐在他对面，他仍在寻找她。他不相信她在这儿。他看不见她。他真想再告诉她，是他杀死了热罗姆。他不时将目光匆匆投向她。然后，他朝院子望去，依旧在寻找她。他努力要找到在树林里骑在马背上的她。

我们继续吃着饭。有时说着说着，她握住了尼古拉的手，但他不让，迅速把手抽出来。露丝笑得更欢了。她说她早就知道尼古拉脾气怪，但不知竟到了想高兴却忍着不高兴的地步。她不该这么讲。我生怕尼古拉发作，但他没有在意。其他人看上去也没有觉察到什么。大家既虔诚又心不在焉地听露丝讲话，如同聆听音乐。

多年来露丝和尼古拉都渴望品尝亲吻对方的滋味。尼古拉婚后，两人心里的疙瘩一直没有解开。尼古拉对露丝的态度有点生硬，因为他还不想解这个疙瘩。他不愿意这么快就得到幸福，不想承认他已经很幸福。立即挣脱以往的忧伤会让他感到内疚。

露丝说他怪并无深意，我却不由自主地觉得原先的小弟弟的确"怪"。在我的脑海里，各个年龄段的尼古拉在这个字眼上方跳舞，绕着转圈，不停地出出进进，时而是跟诺埃尔一样幼小的尼古拉，时而是跟热罗姆打架，打得大汗淋漓，浑身发抖的尼古拉。今晚我见到的尼古拉也一样，他站在这个模糊的字眼上面，身材修长，若有所思，如同一个舞者。顷刻间，他将在幸福中沉沦。我多么希望他还记得我，瞧我一眼，仅仅拿起我的手吻一吻，回想起比方说他打伤热罗姆时我在场。我多么希望我们最后一次谈谈那个早上，如同谈论仅仅属于我俩的一个爱物。可是，他偏偏避免注视我。这些事，今后他只会跟露丝谈了。因此，我远离了快乐，感到自己是一具忧伤的、没有兄弟的躯体。

我们谈得最多的是尼古拉。结婚前的尼古拉，童年的尼古拉，讲述中有时也牵涉到我。露丝提醒我们，在比格度过的最初几个夏天，我们常在里索勒陡峭的河岸遇见她。

蒂耶纳时常起身去取几瓶酒。大家都很渴。蒂耶纳也许是醉了，似乎也回想起我和露丝教尼古拉吹接骨木的茎，结果差点把他憋死的事；我们当时吓坏了，可是尽管心有余悸，我们乐此不疲，依然继续玩这个危险的游戏。

用餐时，我坐在爸爸和妈妈之间。他们很少开口，只听我们说，回答我们的问题。我们在比格度过的童年没有给他们留下多少回忆，因为那时他们必须拼命干活，没有精心照料我们。尼古拉的故事，我比他们记得更清楚，对往事我记得比任何人都清楚。所以我的话才那么多。蒂耶纳加入了我们的谈话，跟我们一起笑。我们几乎忘了他不是在比格长大的。他大概笑的是他自己的回忆。但出于慎重，他只字不提，因为那天晚上我弟弟是唯一的话题。

　　我讲话的时候，发现尼古拉如饥似渴地听我讲，却又装出一副不屑的样子。他坐在露丝身边。透过半敞的衬衣，我看见他光滑的胸膛在灯光下发出金黄色的光泽。他的胳膊碰到露丝的胳膊时不再急忙缩回。望着他俩，我禁不住想到他们赤裸的身体交缠在一起的情景。在露丝乌黑头发的映衬下，尼古拉的头发呈淡栗色，其中夹杂着几缕金发，被阳光晒得褪了色。他俩可能也喝了太多的酒。饭快吃完的时候，他俩的头有时靠近了，轻轻碰一碰，活像两头玩耍的幼畜。他们笑的时候，嘴唇和牙齿闪着光，仿佛被太阳照亮了。

　　尼古拉有时也讲话，但仅仅是提醒我们露丝曾和我们一起玩，这个或那个场合都有她。

　　我不时望着屋外。森林一片黛绿。时候大概不早了。黑色枞树尖尖的树梢排成一条直线，与护墙齐平。

　　某个时候，克莱芒穿过院子，回他齐耶斯山上的住处。他提着一桶羊奶，路过时瞧一眼我们六个快活人围坐的照得雪亮的餐桌。他扭过头去，举起帽子跟我们打个招呼就走了。除了我，没人看见他经过。我不敢朝外面看太久，怕他们发现此刻其实我不在他们身边，而跟克莱芒在一起，走在我记得离此非常远的已然昏黑的路上。一家人回顾那么多的往事，这还是头一遭。为了露丝，我跟她谈了那么久过去的事，我觉得这些事躺在我的记忆里，不堪回首。相反，对于他们俩，同样的往昔阳光灿烂，鲜花盛开。在我们的回忆里，尼古拉也把我忘了。我真想一个人独处，不再跟他们讲话，自由自在地回想往事。

晚饭结束的时候，我发现蒂耶纳变得心不在焉。他也望着院子，说时候一定不早了，这天晚上以前，他从来没有如此深切地感受到比格的一切离他那么遥远。

爸爸和妈妈面露倦容，不再听我们讲话。爸爸昏昏欲睡。他微笑着对我们说他老了，像年轻人那样熬夜吃不消了。

我们离开了餐桌。

尼古拉、蒂耶纳和露丝去了书房。我一个人留下来陪妈妈。她夸奖了我，说我把家收拾得很整洁。她问我是否整理了热罗姆的房间。我叫她放心：房间整理过了，里面没有什么还令我们感兴趣的东西，等以后冬天大扫除时，我会把门打开的。钥匙在我这儿。以后再说吧。妈妈没有坚持。她好像累了，却没有上床睡觉的意思。

"坐的离我近点，就一分钟。"

我们紧挨着坐下，背靠餐厅的墙。

"两周来你什么也没对我说，弗朗苏。我们还没有时间谈谈。克莱芒丝在哪儿？"

我三言两语告诉她克莱芒丝离开的事。我照看诺埃尔。此刻他正在楼上睡觉。晚饭前我喂了他。她不必为未来担心。我会一直照看诺埃尔的。克莱芒丝回佩里格更好些。

"那尼古拉呢？尼古拉怎么办？还有你，弗朗苏？因为我们的生活要变样了。"

她语速很快。她猛然想起我还没有结婚。我知道这是妈妈最大的心病，但她从来不直截了当跟任何人谈。热罗姆死了，她大概预测我们的生活将进入一个变化多端的时期。热罗姆既然死了，没有任何事是完全不可能的，说不定最后我也能把自己嫁出去。

她把手放在我的手里，同往常一样，她几乎立即忘了刚刚说过的话。我紧紧握着她的手，她渐渐放了心。

她比年轻时瘦了，这天晚上，身着黑色塔夫绸的裙子，她显得比平日更瘦。我觉得她的手指坚硬，骨节突出，像树根似的。裙下露出一双脚，裹在十分小巧的高帮漆皮鞋里。

我问她热罗姆死了她伤不伤心。她说当然伤心。一下子我发觉她老了。其实在我看来她一直显老，是所有女人中最老的。我相信，她毫不关心二十年来身边发生的一切，是因为她怀念比利时的R市。离开那儿后，她便开始想念它，不断地回忆她不知不觉在那儿度过的青春岁月。我知道在夜里，她和爸爸经常谈起往事，有时会谈上很久。来到比格后，除了这些回忆，妈妈没把任何事真正挂在心上。有时她想到我的婚事，但好奇多于担忧。我相信，妈妈在心里，早已暗暗遗弃了她的孩子们。她以她的十分优雅的方式做到了这一点，因为大概只有最无辜的感情淡薄才能使她容忍自己。我始终见她沉迷于往昔岁月的闪烁变幻；无论那些日子沉闷还是快乐，她从来都不因此悲伤或欣喜。她既不感到幸福，也不感到不幸。她不和我们在一起；她和流逝的时光在一起，与它协调一致。

我偶尔与妈妈单独相处，她那非凡的优雅风度总令我惊叹不已。这天晚上，我因此忘记了在隔壁等我的其他人。我看不见她垂下的眼睛。紧绷的脸上，爬满浅浅的圆弧形皱纹，表明她上了年纪，生命行将结束。她倒没有想这个。坐在这张椅子上的不再是妈妈，而已是她的影像。我想她会在盛夏的一个早上死去。这事特别简单和自然，所以几乎是可以考虑的。我们不把她像热罗姆一样葬在齐耶斯，而是葬在这儿，面对美丽的里索勒河谷。

她问我是否会嫁给蒂耶纳。她说我们不清楚蒂耶纳究竟是什么人；不了解他的家庭。她倒真想和他的家人至少见上一面，好体面地把我嫁出去。

我拥吻了她，对她说她主要好奇我们的关系发展到了哪一步。她没有坚持，立刻转了话题。她告诉我——这我已知道——，露丝跟他们一起从齐耶斯回来了，她觉得尼古拉好像很开心。我明白她希望我就克莱芒丝离开和露丝来到比格这两件事发表意见。可我无言以对，她也一声不响。她一定跟我意见一致：这个话题是没法谈的。尼古拉等了那么久终于等到了自由，我们却感到他与我们莫不相干。我感觉把他留在比格的不是我们而是热罗姆。妈妈一定与我有同感。除掉了热罗姆，尼古拉失去了原先的耐心和等待的理由。就在他为重获自由寻找借口时，露丝出现了。我们无法知道他将在露丝的引诱下走多远，但他终会发现他等待多年的不是露丝，而是别的，靠癫狂或理性都得不到的别样的东西。不，我们无法知道尼古拉会变成什么样，揣测一番的念头事先就令人沮丧。所以妈妈不再追问下去，过了一会，她想回到爸爸身边去了。他也在一声声唤她，不见她回去很着急。尼古拉的事想必令她厌烦了，她怨自己有一刻竟然想把他留在身边。我亲吻她细小的皱纹，松弛的眼皮，额角靠近发际的地方，她不知道那儿散发着一朵花的香气。

她走远了，接着我听见她跟爸爸谈他们度过的这个美好的夜晚。

我想，我们有父母，只是为了让我们能够吻抱他们，闻他们的气味，为了快乐。

我去书房找其他人。

露丝和尼古拉并肩坐在沙发上。露丝头倚着墙，长发下露出了脖颈。她闭着眼睛，但好像继续透过眼皮注视某个东西。尽管嘴角仍带着笑，她那张没有表情的脸却流露出深深的倦意。尼古拉跟她咬耳朵，她不听，好像在想一件不现实的事情。苦苦等待尼古拉之后，总有一天她会甩了他，她大概已经知道了这一结局，并事先为此感到绝望。她心里一直是清楚的，却自欺欺人，这不足为怪，可今晚她终于完全拥有了他，想必再也无法自欺欺人了。

他头垂在胸前，两臂紧贴身体两侧，一双手平摊在沙发上，轻轻触碰露丝的手，却不敢抓住。他时时偷看她的脸，倒显得对她漫不经心了。他用低沉的嗓音不停地问她："为什么骑马？那么晚？晚上，总在晚上？"

他喝了酒，但喝得不多，脸上依然带些怒气，也不敢把她抱在怀里。他看出她等着跟他离去已等得不耐烦。我暗想他是否正在做一场噩梦。她一再说："我没骑马来，你送我回去。"

她太了解尼古拉了，不会逗他令他为难。她唯一不了解的，是这个在她身边长大的男孩的身体，她一直想接近又被某种兄妹间的廉耻心分开的身体。他猜到她急于跟他离开，所以大概才老和她讲话把她拖住，好休息一会儿再跟她一起上路。她的焦急骗不过他的眼睛，令他十分不安。

如今回想起来，我觉得露丝的欲望不同于尼古拉的欲望。这是一种由来已久、但很晚她才有勇气承认的欲望。正是她叫他明白他们渴望相互拥有，并且能够消除兄妹间的疏离感。

现在，尼古拉尽量拖延，这就破坏了她肯定想立即得到的、或许没有结果的快乐。

她忍无可忍，把他拖了出去。

他们没有跟我们道别，一起走进了八月炎热的夜。

书房里只剩下我和蒂耶纳。他坐在钢琴前，一边哼着歌，一边用一根手指轻轻按键伴奏。他听见露丝和尼古拉离开，以为我也走了。

他以为就剩下他一个人，哼唱的声音更高了。我不敢动，站在书房中间，不弄出一点声音。在光线昏暗的房间尽里边，我只看见他的背，他的背和脖颈，颈上新长出的发根好似紫铜色的小闪光片。

半个月来，他不再跟我讲话，好像对我失去了兴趣。我不知道他在唱什么。听见那歌声，生活好像一下子摆脱了世事，如同褪去一层无用的皮露出了内里，宁静而有力。我从未见过他一人独处。他看上去很幸福。

我们不了解蒂耶纳。我也一样。我心里想，也许不久他将离开比格。他的离去，一如他的到来，不会增进我对他的了解。他对我们的事毫无兴趣。他待在这儿仅仅出于乐趣，我们永远无法理解的乐趣，跟我们一起生活的乐趣。我在他眼中的分量，大概不比尼古拉或露丝重。细想之下，倒好像他强迫我永远不去爱他，强迫我永不改变，没有个性，以此来讨他欢心。他很快将把我抛在比格，跟他们在一起，跟空虚在一起。

我忽然扪心自问，他的离去是否真的非常重要，我内心深处是否希望他立即离开。尽管不承认，我想我的确希望即刻把他赶出比格。

屋里只有我们俩。现在，窗外夜色漆黑。屋里飘进玉兰馥郁的甜香。风停了。万籁俱寂，似乎听得见玉兰花落下枝头，坠入黑暗中。

我丢下钢琴旁的蒂耶纳走了。他丝毫没有察觉。我不能按原先的意图去找他了。每晚我都有这个意图，今天推明天，从不敢付诸行动。我打算去齐耶斯山上克莱芒的茅屋过夜。克莱芒盖它是用来避雨的。它位于山顶，早上，从那儿可以俯瞰一直延伸到齐耶斯的整个里索勒平原。

穿过院子时，我仍听见蒂耶纳在哼唱。歌声追了我一会儿；我出了院子，它仍试图跟着我，然后就止步了。我迈出大门，来到路边：眼前只有八月。

一夜之间，树都开了花，八月也随之鲜花怒放。如何站在这个月的顶端，在一瞬间体验九月来临前这八月的眩晕呢？树林，平原，桑葚，晒热的峭壁，在超自然的惊愕中静止不动，而九、十两个月正在其中孕育。比格的沟渠里升腾起一股腐烂的气味，那是八月的气味，其中包含着一年四季的各种气味。

我谁也不是，既无姓名，又无面孔。置身八月，我，什么也不是。我走路无声，没有任何东西表明我的存在，我无碍于任何事。溪涧底传来阵阵蛙鸣，活蹦乱跳的青蛙，得悉了八月的事，死亡的事。

我们不了解蒂耶纳。四个月前，有天早上他来到这儿，要见尼古拉。这是四月的一个清晨，我正在割烟草的叶芽。他停在路中央，问："尼古拉·维雷纳特住这儿吗？"他看上去个子高大，脸和声音完全是陌生的。尽管刮着风，他似乎不觉得冷，好像在森林里过的夜，刚刚从林中走出来。他穿一套做工考究的西服；我没有注意到他来；他两手空空。

　　这是头一次有陌生人来比格。除了我们周围的三家人路过的时候有时会停下来，还从来没有任何人来看过我们。

　　我望望被烟叶染得黢黑的双手，为干这类活儿我穿了爸爸的旧裤子。我有点难为情。我朝他走过去。风吹乱了我的头发，妨碍我看清楚他。阳光惨淡，凉风习习。他很可能忘记了自己要问的事，是我提醒了他："找尼古拉·维雷纳特干吗？他是住这儿，可干吗要见他？"他没有回答，问我还要割多久烟叶。"整整一上午，"我说，"也许下午还要干一会儿。"——"这段时间尼古拉在做什么？"我告诉他尼古拉和父亲在耕地。他又问我是否经常割烟叶，喜不喜欢这个活儿。我毫不提防，一一回答了他的问题。其实这算不上交谈。它涉及似乎并不重要的一般和具体的事。他看上去漫不经心，我也一样，漫不经心地回答他；他的问题太简单，无需我思考就能回答，所以我们谈话的时候，我可以尽情打量他。

　　"我领你去见尼古拉。""好，就这样。"他说。他不慌不忙，

198

在我身边走。我们走进了树林，北风刮得更紧。我们不说话，唯有脚步声打破清晨的寂静。不时，他望望我，然后低下头思索。从侧面看，他那样英俊，仿佛他的五官是从你心里痛苦地挣脱出来的。我看出他还十分年轻。他这样歪着头，眉头时而紧蹙，时而松开。

"你是弗朗西娜·维雷纳特吧？我来是想住在尼古拉家，也就是你们家。我在这儿找一个可供膳宿的地方。"我问他为什么。"我在佩里格遇见了你弟弟。我们聊了一会儿。他对我谈了他自己的情况，还有他姐姐。这是去年的事，后来我做了一次旅行，没能马上来。但现在，我将在这儿久住。"显然他没有对我讲真话，不然尼古拉肯定会跟我提起这次相遇的。如果他向我隐瞒实情，那是出于他认为我无法理解的理由。几秒钟内，我想到他是因为犯了罪，因为好多的事躲到这儿来的。但任何推测与这位年轻人的古怪举止都不相符。我告诉他我们快到尼古拉干活的那块地了。到之前，他必须告诉我为什么来这儿，而不上别处去。"我想认识你们。"我们停了下来，面对面，相距一步之遥。森林的静谧在我们耳边哑哑作响。我警告他：这是个古怪的念头，在这儿，身边总好像没有任何人。他回答说不，不会的，即便真是这样，他也想留在我们身边。"礼拜天下午无任何事可干。每天晚上也一样，冬天漫长，周围没有咖啡馆，没有邻居。"他面带微笑。我的话似乎令他开心。"那你们呢？"他问我说，"还有你呢？"我们嘛，我们习惯了。对我们来说，没有厌倦的问题，哪怕礼拜天。我就不一样了。我没有选择留下，也没有决定离开。他说："那怎么回事？"我对他解释不清楚，我还从未想过可以不在比格生活。所以我在这儿不感到厌倦。

到了齐耶斯大路的十字路口，我把尼古拉干活的那块地指给他看。当晚，他和妈妈谈妥了寄宿的价钱。他回佩里格取东西，第二天就来了。这是八个月①以前的事。我问尼古拉怎么从未向我提起过蒂耶纳。他并不是忘了，但不愿意在确信蒂耶纳会来之前，就告诉我我们将接待他的朋友，因为他怕我失望。

我不时上楼去蒂耶纳的房间。有好几个星期我忘记他为何来比格生活，接着我又失去了耐心。我想知道更多关于他的事，他的一切。我克制不住自己。我想知道他为什么来这儿。他来我们这儿住几个月，但他本可以在别处过这几个月。他对我的回答从来没有说服力，他一再说，促使他来这儿的原因，没有别的，就是尼古拉对他说起过比格，说起过我。仅仅是因为尼古拉对他的讲述，不是他生活中一件幸运或不幸的事，甚至不是厌倦。然而我清楚，促使他来比格过苦日子的不是我，而是另有原因。一天晚上我对他说："如果你走前不告诉我一声，我会死的。"有时我的确这么认为。他笑了，转眼间好像变成一个你拿他没办法的孩子。他声称要我死需要多得多的东西。我问他觉得我美不美。如果他觉得我美，我会相信因为我是个值得追求的姑娘他才留下来的。但对这个问题，他也不作回答。他当然说不出我长得美这样的话，但他可以说我讨他喜欢。如果我得到这么一点点自信，我觉得可以更好地了解蒂耶纳，想象他一开始是被我的脸蛋吸引的。但他从不对我讲这句话，也从不说他爱我。他搂住我，我们在他床上紧紧拥抱。这一刻我别无所求。我们讲不出话，相互间的不了解慢慢起着变化。我们倾听它瓦解，变成一种默契使我们动弹不得。我深深体会到他让我住口是对的。我再也不明白为什么要问他那些话了。

热罗姆下葬后过了几天，我吃完晚饭，上楼去了蒂耶纳的房

---

① 原文如此。

200

间。他问我整天都做了什么。我没有做什么特别的事，只是照看了诺埃尔。他也一直希望更多地了解我。他立即盘问我："热罗姆死了，是你告诉尼古拉他是克莱芒丝的情人吧？"是的。他其实知道，但大概想听我亲口说。难道我没有料到尼古拉会杀了他？没有，我没有料到，虽然我非常希望打这场架。你料到热罗姆从此将消失？我是想过，但不知道如何让他消失，我没有考虑过。

"他在这儿生活了二十年，你能想到他会主动离开吗？他一无所有，除了你们，没有别人会收留他。他本人呢，你也清楚，他绝不会下这个决心。"大概是这样，但我没有想过。热罗姆有可能杀死尼古拉吗？不，我知道这不可能，热罗姆偶尔跟我们一起干活的时候，我认真比较过两人的力气。

那天早上我还有没有可能阻止他们打架？我难道不能在铁路上把他们拉开吗？如果不是为了劝架，我干吗到那儿去？

他的问题令我感到意外，我对他说，我没有料到有一天他会向我提这些问题。我想回自己房间了。他抓住我的肩膀，强迫我坐下，他还从来没有这样挽留过我。他失去了平日的镇静，脸上流露出强烈的好奇和几许恼怒。我忽然间感到了幸福。蒂耶纳的手第一次如此放肆和用力地触碰到我。我无心思考他刚对我说的话，只想着这双手。

但他继续问下去：我必须跟他讲实话，不要就我的行为给他一个可能令他满意的解释。他补充说，对热罗姆的死，他不想听任何特别的解释。我明明白白告诉他，要弄清这件事的真相是很难的。但是，如果他帮我的忙，向我提供一个他认为可能的说法，我就有了比较，可以看清楚我的内心；我的全部谎言，哪怕无意中撒的谎，也会不攻自破；这样的话，我会更容易明白为什么我向尼古拉告发了热罗姆。

"既然是你鼓动尼古拉向热罗姆挑衅的，你一定知道他们会打架。你告发热罗姆和克莱芒丝的时候，非常清楚为什么希望他们打一架。我想知道的是，你决定唆使尼古拉和热罗姆拳脚相向的那一刻之后，这个意图在你心里是否一直很明确。"

此刻，就像克莱芒丝离开那一夜我把诺埃尔抱给他时一样，我相信蒂耶纳是爱我的，否则我无法解释他对我的好奇心。我心里想，他的冷漠也许是装的，他之所以问我这些问题，是因为殴斗之后，他自己无论如何也找不到答案。他想到我，对我感兴趣。也许是我把他留在了比格。我宁可听他讲话，整整一夜向我谈论我，不要逼我回答他的问题。

我答复说我不清楚。除了想让尼古拉忍无可忍外，我没有任何明确的意图。就这样。

他几乎叫起来，说这样的回答不能接受，我必须强迫自己思考。

我猜不透他想要我说什么，想不出应该如何回答他。然而，我不再担心会惹他讨厌。这不可能，我不可能惹他讨厌，相反会越来越讨他喜欢。我觉得，他盘问我仅仅是想知道他究竟喜欢我到什么程度。同时，这个念头也令他对自己大为生气。

"显然，你，你是不恨热罗姆的吧？"不，我没把他当回事，对他恨不起来。比方说我，我绝不可能杀了他，尽管他给我们造成了很大的伤害和损失。因为他，我们蛰居于此二十年；因为他，我们生活拮据。但我向蒂耶纳承认，我觉得这不是根本的原因。任何活法在我看来都不值得羡慕，我们过的生活大概和别的生活一样适合于我。我，我绝不会杀死热罗姆。相反，我知道尼古拉，他可能会这样做。如此说来，我本人可以做的事，我借弟弟的手做了？不，不是这样的，我敢肯定。"你想到尼古拉会做得那么绝吗？"那当然。蒂耶纳知道，尼古拉如果不让热罗姆消失，不亲自把他干掉，他是活不下去的。蒂耶纳和我一样确信，热罗姆和克莱芒丝必须从尼古拉的生活中消失。

　　我知道尼古拉和露丝·巴拉格……？是的，我知道，我也料到克莱芒丝走后，露丝迟早会来比格。露丝·巴拉格完全锁定了尼古拉的生活。我说这话的时候，蒂耶纳却心不在焉，好像忽然间感到了厌倦。他的语气渐趋平静。"在你的生活中，有能与露丝相比的人吗？"我没必要向他撒谎，他早猜到了，他比我更清楚我将作出的回答。我望着我面前的他的手，此刻，我觉得这双手把我整个人紧紧捏在他并拢的手指里。我对他讲了真话，说有时我相信他就能比得了，他本人并不完全相信；有的时候，比方此刻，我有这个感觉，但我很快发现这不是真的。

　　蒂耶纳沉默了一会儿，没有在这个问题上纠缠下去。然后他继续向我提问。

　　我做这件事仅仅出于对尼古拉的爱？我爱他爱到这个程度吗？

　　我当然爱他这个人。我是唯一可以对他好的人。他却不知道，永远也不会知道了。他自以为粗野可怕，但我知道，如果我没有向他保证他有杀死热罗姆的义务，他绝没有勇气杀死他。确切地说，我对此深信不疑，使他产生了这个错觉。蒂耶纳不知道我对尼古拉的爱有多深。

　　"尼古拉很快会后悔的，悔恨是存在的，"蒂耶纳对我说，"谁也逃不掉。甚至是坚强的人，像你一样的人。"我发现蒂耶纳面带微笑。他在挖苦我。

　　我回答他说，我奇怪他竟如此缺乏洞察力。我觉得悔恨是一种不难克服的虚荣心，一种仍然丢不掉的自以为是。人们可以克服这种情绪。我就不会后悔，我敢肯定。至于尼古拉，我会留个心眼，永远不向他承认我在这件事中扮演的角色。他太需要一人做事一人当的感觉了。只有把这种无可争议的权威赋予自己，他与露丝·巴拉格的幸福才能圆满。我不认为他和她的关系能维持到秋后，除非她怀上了尼古拉的孩子。如出现这样的情况，问题将迎刃而解，否则对尼古拉倒更好，他终于能够离开比格了。

蒂耶纳笑了，说我是个小姑娘；他坐在床上，把我搂在怀里，开始抚摸我的头发。

"要弄明白，必须寻找比尼古拉的利益更深的理由。"可能吧。也许换一种活法的欲望驱使我告发了热罗姆。但我不能肯定。

"你什么时候有这个念头的？"我讲给他听：大约一个月前，一天夜里。我睡不着觉，听见热罗姆和克莱芒丝在我隔壁的房间里。忽然间我感到恶心，觉得我们太纵容他俩了。

蒂耶纳微笑着说："他们妨碍你睡觉了？"我向他坦白，有些夜晚，我等他来我的房间找我。我无法入睡，倾听房子里的最微小的动静，所以才听见热罗姆和克莱芒丝的声音，其实他俩尽量不弄出响动来。我知道他们一起睡觉有好几个月了，但我只在漫漫长夜等蒂耶纳的时候才不得不想起来，觉得这种情况让人无法忍受。

蒂耶纳对我说，我是不会撒谎的，我代表某种真实，它可能看上去是伪造的，但他知道这个真实纯粹而严密。他讲的话有些虚无飘渺，我没有完全领会他的意思。他补充说，我不是好撒谎的人，如果我讲的事情不准确，那是因为我正在寻求真相。

也许他是对的，但忽然间这对我来说完全无所谓了。我从来不怀疑他会看错。他好几个月不下楼到我房间来，说不定也是有道理的。刚才很长一段时间我忘记了，今晚是我主动来找他的。他再了解我也没用，此刻他并不清楚我在想什么。我等了他许许多多夜晚之后，下了决心来找他。我刚刚向他吐露的关于我的一切，令他因为得以了解我而喜形于色，可我更感兴趣的，是发现我终于在他身边度过了夜晚的一段时光。此刻，他温柔地抚摸着我的脸，我感到他热乎乎的手心在我的双颊和额头上移动。他不知道，因为我愿意，这才成为可能。此时他大概在想，他与热罗姆的死并非全无干系，而我择清自己的那份机灵也让他大为惊讶。我呢，我刚刚发现，我之所以讨厌热罗姆和克莱芒丝，是因为我孤单一人，而他俩在一起。但我对自己说以后再想这事。此刻，当蒂耶纳的手真真切切地在我的面颊上游移时，这件事已变得微不足道。

我们又聊了一会儿。他问我是否觉得热罗姆拖了很久才死。不，我不觉得。相反，他弥留的那段时间，正好让我们来得及习惯新的情况：终于结束了，尼古拉做了了断。他十分同意我的看法。

他想知道我累不累，愿不愿意在他床上挨着他睡觉。在我看来，是他自己累了。他紧紧搂着我，内心非常平静。他的手停留在我的头发里，我们一动不动。他要求我忘记他的全部问题。那他为什么盘问我呢？"我需要了解你的一切。必须了解。现在这样很好。"我们紧贴着对方的身体，又沉默了很久，闭上眼睛，体会我们在一起的感觉。接着，蒂耶纳寻找我的唇，让我靠着他睡。他的两腿缠住我的腿，把它们紧紧夹在中间。

九月到了，长长的白昼逐渐缩短。我感觉十分疲劳，所有的活儿都得干，克莱芒丝的，我的，还有诺埃尔要照顾。九月的日子到了，被夜晚黑色的棱角磨圆。天色转暗，地里没什么活可干，于是回家……回得越来越早，我们知道，一直到圣诞节，会一天比一天早。还有三个月……

在地里，蒂耶纳在我身边干活；吃饭时，他也挨着我坐。尼古拉没有发觉夏天已过去。草木变黄的九月到了，带着火熄灭后的气味。他骑在玛的身上，与露丝并肩策马驰骋，就这样度过了九月。尼古拉很少跟我们一起干活。在地里，我们偶尔看见他俩骑马从路上经过。天气依旧很热。她身着绸裙，他敞胸露臂。他们聊天，嬉笑，扬鞭催马。半山腰，大路上，里索勒河陡峭的岸边，到处都留下他们的身影。夜里，他们把马拴好，一起在林中过夜。有时，尼古拉把她带回比格他的房间。但次数极少。

就这样过了三个星期。尼古拉又开始干活。天气依然热。男人们待在院子里修理农具，劈柴。他们修整了损毁的墙面，重铺了餐厅的石板。

尼古拉有许多计划。蒂耶纳帮他清理出一间披屋，给它抹上水泥，刷了大白。尼古拉想把它改造成乳品作坊。他说这能给我们赚钱。我们需要钱，也有办法挣。我们会有钱的。我们有草场，可以养更多的奶牛，造出黄油去佩里格卖，再买辆小马车，把牛犊养肥。我猜蒂耶纳借给了他一大笔钱。尼古拉去佩里格买了一台脱脂机和一个搅乳器。回来后，他叫我立刻学会使用，等以后有了帮工，我好指挥他们，这一天不远了。他说他需要钱。我想他是打算和露丝·巴拉格结婚。我没有对尼古拉说什么，也没有什么可反驳他的。不过我猜这是他一厢情愿，她肯定没有这个想法。接连几个星期，我一个人在乳品作坊做黄油，每周二有人从佩里格来取货。靠我们的两头奶牛，我们每次的确挣了不少钱。

蒂耶纳和尼古拉一起干活，带着几分兴趣听他讲自己的计划；他借给尼古拉钱，不管尼古拉以后能不能还他。他起得比平常晚了。在他房间里，我发现许多打开的书散乱地摆在床头，他就是躺在书堆里入睡的。这段时间，他一定在比格待腻了，但还没有开口说走。

他去了好几趟佩里格，不带任何衣物，第二天按时归来。

他俩不再整天闲逛后，露丝·巴拉格每晚来家里吃饭。尼古拉跟她一起离开，不在比格过夜。他早晨回来，整天拼命干活。七点前后她骑着马来，每次都穿着新裙子，松开的头发披在双肩。我觉得她很美，越来越美。因为她的造访，我们每晚都像过节。

她一到，尼古拉便迎上去，扶她下马。他跟她寸步不离，她帮我做晚饭时，他一直跟她进到厨房。一次我无意中在门厅撞见他俩。尼古拉蹲在地上咬她的腿。她猛然撩起绸裙，尼古拉拥吻她的大腿，用脸和头发轻轻地蹭。她抵着墙，合上双眼，挺直了身子，表情严肃，神色疲惫。

我们特意为露丝·巴拉格做了美味可口的饭菜，可这是白费心思。尼古拉甚至没有发觉饭菜变了。他总设法让露丝讲话，然后和最初几日一样，极度兴奋地专心听她讲。她讲话从容不迫，我觉得她说的一切都引人入胜。她叙述她与父亲和几个弟弟的共同生活，一有机会就说她多么爱她的父亲。整个青少年时代，她一直在佩里格的学校寄宿。日子难熬得很。她两次逃跑，最后校方不得不把她开除。母亲的死，她也以同样平静的语调讲述。有时她发觉尼古拉正望着她，于是轻轻抚摸他的手臂。他抓住她的手，大概没有每次都留意用了多大力气。这个时候，露丝便佯装生气做鬼脸，偶尔也笑笑。每晚我们都引她谈自己，给我们讲同样的事情；她不停地重提旧事，我们也始终兴趣不减。除了尼古拉，这段日子我们在比格也觉得很无聊。

蒂耶纳听露丝讲述的兴致似乎没有我们那样高。有时这稍稍令我不快。我说："蒂耶纳？露丝，蒂耶纳没听你讲。"我不知道为什么想派蒂耶纳的不是。露丝顿时住了口。蒂耶纳莞尔一笑，表示歉意。但露丝笑起来就不那么自然了。

不久，也许到了第三周头上，我发觉露丝虽然假装对蒂耶纳不感兴趣，却等他在的时候才乐意讲话。接着，我注意到晚上她带着遗憾跟尼古拉一起离开。她总挨到最后一分钟才肯走。父母去睡觉了，我也回到自己的房间。蒂耶纳、尼古拉和露丝在书房里待到很晚。等蒂耶纳回房时，我才听见其他两个人穿过院子。尼古拉好像毫无觉察，既没发觉吃饭时她避免注视蒂耶纳，也没看出自己一成不变和呆板的关心令她厌倦。最初她的厌倦的确不易觉察，我还以为是自己凭空想出来的。但有一次，蒂耶纳去佩里格住几天。露丝和往常一样来了。到了吃晚饭的钟点，她没见他回来，便掩饰不住内心的烦躁。她以为他晚些时候回来。可当她发现我没有摆他的餐具时，她一定害了怕。不是遗憾，而是真的害怕，怕他一去不返，而她还不知道她是否讨他喜欢。她巧妙地把话题朝蒂耶纳身上引，问我他怎么会来我家寄宿的，为什么来这儿，都干些什么，通常住在哪儿。我对她讲了实话，说我并不比她清楚，他无缘无故地来，大概也会无缘无故地走。他是尼古拉的一个朋友，起初肯定喜欢住在比格，但我发现他最近有些腻了。我无意间加剧了露丝的不安，使她陷入了恐慌之中。我想知道她是否意识到她喜欢蒂耶纳，究竟认为我多么无关紧要才毫无戒备地这样跟我谈论他。接着，我说我记不清蒂耶纳为了什么事后天才回来。露丝又变得非常开心。我相信直到这天晚上，她本人并不很清楚对蒂耶纳有何期待。她没有发现我先她一步猜到了。

九月初尼古拉组织了一次出游，真相终于大白。

"咱们到两公里外游泳去。"尼古拉做了决定。我带上诺埃尔，爸爸和妈妈也去。游完泳后吃点心。

我们难得这样出去玩，为此兴奋了好几天。

在露丝的帮助下，我头天便做好了点心。那天下午我记得很清楚。男人们在院子里劈柴。单调而有规律的劈柴声传到了厨房。我们看上去很幸福，家里也渐渐有了安宁的气氛。这不再是热罗姆死后那种惴惴不安的寂静；如今的安宁使我们可以自由自在地思考，怀着些微的、几乎感觉不到的愉快心情干活。

露丝却克制不住，显得过分开心。她想象着次日吃点心的情景，还不忘蒂耶纳就在院子里，随时可能来向我们要喝的。她时而搂住我的腰闹着玩，这让我有点发窘。我肯定她是想看看我的腰身美不美，是否跟她一样纤细和结实。她对我说："你个子高，弗朗苏，差不多赶上蒂耶纳了，但你在地里干活太辛苦，强壮得像个男人。"

我由她说去，我喜欢她。因为她就是骄傲，十足的骄傲。我清楚我永远不可能如此骄傲。

我相信此时她对尼古拉仍然割舍不下，但她无法容忍身边的任何人冷落她。自然，她怀疑蒂耶纳对我的爱。我很清楚，她一定想，除了我弟弟，永远不会有人爱我。这相当奇怪地拉近了我和她的距离。因为，虽然我有点恨她这样想，但我无法否认我自己也这样认为。从她以为蒂耶纳有可能爱我的那一天起，她就开始留心我的一举一动。她一定揣测我有某种瞒住众人的眼睛、只对蒂耶纳显露的特质。

我和尼古拉不大知道该怎么玩；我们分别泡在水里，觉得很不自在。但露丝很快教会了我弟弟和蒂耶纳。我忙着把诺埃尔安置在父母身旁的一条毯子上，这时他们三个游走了。等到看不见他们，我也下了水。我想顺着里索勒河逆流而上，直到找到他们。

可一到了水里我就改变了主意，宁可顺流而下。我不大会游泳，觉得顺流比逆流容易。

河水很凉。不久我就感到全身和它一样清凉和轻快。我游起来，感到前所未有的轻松。风和日丽的下午沿里索勒河而下，大概是我不知不觉中期待已久的事。

蒂耶纳不在那边，他在河的另一头。我当然清楚朝这个方向游不可能找到他，但我觉着正朝他游去，即将瞥见他在河岸上；他会对我说："你游泳时真美。"过了一会儿，我不知是否做了一场梦，好像有规律的游泳动作使我睡着了；我不敢再朝水面上望，好像如果我无意中发现他正在注视我，他一定会被吓跑。水流相当急，从我身旁滚滚而过。我游得毫不费力。艳阳高照，水面波光粼粼，齐我眼睛处，似有一面面黄蓝色的镜子。不经意间，在河谷里慢吞吞吃草的母牛一动不动的身影，透过岸边的柳树映入我的眼帘。岸边有两个小孩在钓鱼。大概是我搅温了河水；身体进入时，它变得越来越柔软，越来越熟悉。

后来，我开始感到呼吸困难，无心再游。我从水里出来，不再等蒂耶纳。我很清楚我是一个人。他们的身影隐没在一个小树林里。我连爸爸和妈妈也看不见了。

我躺在洒满阳光的草地上。我累了，几乎忘记今天是尼古拉的生日。我有的是时间去想的。不管怎样，下午的时间很长，他们可以不等我，先吃点心。为了跟他们一起来，我清晨五点就起床做黄油。我感觉自己昏昏欲睡。我的疲劳是我的，只属于我，我无法与人分担，不希望身边有任何人。我带着一身疲劳游泳，现在它和睡意一样紧紧包裹住我，与我融为一体。它不是假的，正如我头顶上浑圆的太阳。我一点都不想动，但同时又想离开，永远不见他们。并非因为他们撇下我一个人，或者因为无聊，我只是想证明我可以这样做，拥有可以这样做的回忆。我的身体因为疲劳变得死沉死沉的，于是思绪轻飘如羽毛，自由地飞远了。

我想象着从未去过的大海。我合上双眼，但没有睡。我很清楚自己还没有睡。我想象着大海，想象着人们以各种方式告诉我它浩淼无边。此刻我真想注视一个和我的疲劳一样恒久不变、永无止境的东西。我睡着了。

我和蒂耶纳跨上两匹黑色的马，在水面上方蓝色的空间奔驰。说实话，这既无始，又无终。任何开始和终结都在我们周围消失。海水渐渐排空，流进天空的缝隙中。两匹马漫无目的，一路狂奔。我说："好啦，终于来到海上了。"风在呼啸。蒂耶纳很快活。他人并不在，只有他的笑声在我耳边回荡。

他们喊我，把我喊醒了。我不过睡了几分钟。我迅速游过河，向他们跑去。他们没问我从哪儿来。自热罗姆死后，人人佯装无视我的存在。尼古拉几乎不跟我讲话，其他人学他的样，好像我让他们想起某件不愉快的事，只要我不在，他们就会把它忘了。我相信他们乐意接受尼古拉杀死了热罗姆这个说法，因为他们知道是我逼他杀的。这样一来，尼古拉就不用后悔了，该后悔的是我。他们从此的确感到了自由和幸福，而我仍然应该受到良心的谴责。这天下午我看得很清楚，跟他们在一起，我不过是个因为胆敢待在那儿而必须请求宽恕的人。

我们在爸爸和妈妈脚边铺了一张桌布，把一个个包打开。起初我们不知说什么好。热罗姆死后，我们只在迫不得已的情况下才聚在一起，比方吃饭和在地里干活的时候。

蒂耶纳坐在我爸爸身边。他一边抽烟，一边跟他谈家里已着手的活儿，地里的活儿。他对爸爸说："砖头嘛，我们可以雇齐耶斯的小卡车司机从佩里格运来。"我明白他有些拘束，因为他急匆匆地讲一些本可以在另外的场合讲的事。可是爸爸和妈妈一副闲适的样子，渐渐的，只要望着二老，我们也感到自在了。我们不再为了显得自然而努力找个话题。大家心里静了下来。我们开始吃点心。

露丝帮我拆包。我们拆完后，露丝冷不丁站起身，要尼古拉躺下来。她把头搁在他的胸口，接着用温存的声音招呼我："你喂我们好吗，弗朗苏？我们游泳游累了。行吗，弗朗苏？"

她穿一件白色的泳衣，露出的双腿稍稍叉开，长而光滑，依然湿淋淋的。她看上去很疲乏，好像动也动不了。赤裸的腿和胳膊无力地摊在身体两侧。脸上的水珠被阳光晒干，闪着金色光泽的面颊容光焕发。她合上了眼睛，但透过睫毛望着蒂耶纳。她躺在他的对面，他无法不看见她，而尼古拉又发觉不了她在注视蒂耶纳。把头枕在尼古拉的胸口，她的确可以放心，她玩的把戏他绝对猜不出来。尼古拉眼里只有她，他把玩着她的潮湿的头发，轻轻抚摸小泳衣下的胸脯和裸露的腹部。她要蒂耶纳知道尼古拉多么宠爱她。她看上去幸福无比，想到蒂耶纳的目光将落到她的身上，她浑身酥软。微笑的脸上，吸引蒂耶纳注意的欲望表露无遗。她丧失了廉耻心，似乎忘记了我们在场。只有尼古拉一个人毫无觉察。连爸爸和妈妈也有些吃惊，不解地望着她。

我切开蛋糕，分送给露丝和尼古拉。尼古拉对我说："谢谢，小弗朗苏。"热罗姆死后，他第一次这样称呼我。他还对我说蛋糕很好吃。听了这些话，我明白他心绪极佳，因为他轻而易举地当着众人的面与我重归于好了。

和往常一样，有露丝在，大家一起吃点心非常开心。

我记得妈妈突然说，如果我们还要游泳，就别吃太多。妈妈一直默不作声，为了装出对交谈感兴趣的样子，她时不时不假思索地讲几句类似的话。

"我们有的是时间吃东西和游泳。"露丝说。她又补了一句：维雷纳特太太不会以为我们有可能撑死吧。我有些替妈妈难过。大家笑了，不是真的笑她，而是发现虽然比格近来发生了那么多变化，妈妈却还是老样子，整天心不在焉，又总是竭力掩饰。爸爸哈哈大笑，眼泪都快流了出来。妈妈的话显然并不可笑，可它使我们蓦然记起了她。我们笑，是因为她始终和我们在一起，我们既开心，又惊讶。她穿着下葬那天穿的黑塔夫绸裙，但我觉得她比那天晚上年轻。我们的快活令她有些尴尬，接着她也笑起来，仿佛她不得不承认她很可爱。爸爸也比平常显得年轻。爸爸个头矮小，面色红润，眼睛蓝蓝的，浓密的白发乱蓬蓬的，跟诺埃尔的一样。这天他穿了一套白色的西装。

大家吃完点心后，我开始喂诺埃尔。克莱芒丝走后，我一个人照看他。尼古拉的心思全在露丝身上，对儿子不闻不问。诺埃尔已经出了几颗牙，但那块蛋糕他吃了很长时间。他寻开心，把嘴里的东西吐在我手里，然后咯咯地笑，笑得上气不接下气。

我稍稍离开众人坐着。在我左边，爸爸和妈妈又开始低声交谈。R市离这边不远。其他人在几米外闲聊；我背对他们，听不清楚他们的谈话。诺埃尔的笑声让我厌烦，他所有的时间都在玩，我除了逗他开心外无事可做。他一直玩，他有一生的时间可以玩耍。

我想克莱芒丝不久会回来，或许我们最好把这孩子还给她。而现在，得喂他吃点心。时间分分秒秒地过去，我不知道哪种时间的流逝是我无法忍受的。

"尼古拉·维雷纳特住这儿吗？"

蒂耶纳就站在我身旁。我没有听见他来。

我放开诺埃尔，在蒂耶纳脚边躺下来。我默默地笑，他也笑了。他对我说：

"你喜欢割烟叶？那么尼古拉·维雷纳特这时干什么呢？"

我回答：

"他和父亲耕地。"

他抓住我的胳膊，把我拉了起来。我们肩并肩站着。蒂耶纳多么英俊！刚才我没有看清楚他。他令人目眩。他的一双眼睛望着我，只注视我。他的身体出奇的美。他赤身露体，脚、手和脸与我熟悉的不一样了，不再与他的金色、灵活、好像被河水和风梳理光滑的躯体分开。他不需要穿衣服。他一身阳光。于是我问自己有无可能爱上蒂耶纳。我怎么会觉得他开始像我了呢？蒂耶纳到这儿，到比格来干什么？他想要我怎样？他活着做什么呢？他怎么会活着？我望着孤独和无法接近的他，没有了爱，一时间竟认不出他来了。

但他一言不发，拉起我的手拽着我就跑。我们沿着河跑，先慢后快，把其他人远远撇在了身后。我们离开时，尼古拉和露丝站了起来，但甚至来不及想要不要跟着我们跑。尼古拉露出微笑，有点吃惊。露丝一开始不明白发生了什么事，接着她大叫："蒂耶纳，你干什么？回到我们这儿来。蒂耶纳！蒂耶纳……弗朗苏……"她的声音刺耳，凶狠。我们已经跑远了。我转过身，见她垂着双臂，脸变了形，叫人认不出来了。蒂耶纳不想回去。我们跳进河里，并肩游泳，停下来的时候，已见不到其他人的身影。我对蒂耶纳说，我们本该等等他们。露丝一定会跟尼古拉发脾气，今晚他不可能不发现一些蛛丝马迹。我补充说，他恐怕不得不离开比格，因为这种情形不能再持续下去了。他不听我讲，始终面带微笑，我讲话时，他只专心看我的嘴唇，看他赤裸的身体旁我的赤裸的身体。他一直沉默不语，我也越来越语无伦次。

蒂耶纳在我身边躺下来，整个身子贴住我。他对我说："别讲话了。"

就这样过了许久。其他人大概已经回去。现在，尼古拉知道了真相。事已至此，我感到坦然。

阳光减少了热力。偶尔，我睁开双眼，见齐耶斯山在河谷拉长了蓝色的影子。

蒂耶纳神色忧伤，凹陷的双颊、半闭的紫色眼睑在脸上投下阴影。他不知道我在注视他。他那结实的、金色的上半身好似一段树干，有一股力量仿佛一直传到他的手指和双脚。有一刻，他抓住我的手问道："你大概知道我不久会走吧？"我说是，我知道。于是他生气地甩开我的手。

就在此刻，我开始想要蒂耶纳，渴望感到他赤裸的身体压在我身上，他的热气与我的热气相交融，他的因欲望而扭曲的脸贴着我的脸。我知道，他也是从这天起克制自己不下楼到我房间来的，尽管他知道我在等他。

吃点心的日子过去三天后，他来了。

露丝·巴拉格和往常一样来家里吃晚饭。她努力讨我们喜欢，不让我们看出她只为蒂耶纳而来。但我不清楚那次出游后究竟发生了什么事，连尼古拉也不可能被蒙在鼓里了。

从那时起，他开始谈论热罗姆，尤其大谈他的好处，仿佛想让身边的人对他的所作所为感到气愤。他使我们记起年轻时给人好感的热罗姆，来到比利时 R 市、我们小时候领我们散步的热罗姆。他说他了解热罗姆的一生，觉得他的命比谁都惨。他甚至要舅舅房间的钥匙，想翻看他的文件。尽管他煞费苦心，但没有人真的相信他为自己做过的事饱受折磨。

他再也不跟我们一起干活，整天闲逛等着露丝。她来了以后，他尽量装得从容自在，满口胡言乱语，抓住一切机会提到热罗姆的名字。

一天晚上，她没来吃晚饭。尼古拉也没吃，骑上玛去了她家。第二天她来了。但接下来的日子，她不事先通知，晚上又让人久等。尼古拉出了门，次日早上才回来。我们清楚，挽回她的努力再也没用了。

她不再来了。尼古拉整夜整夜地在她家周围徘徊。她也许不想再见他了。他早上才回来，然后躺一整天。我去给他送吃的东西，他甚至好像不明白我要他做什么。最后几日，他求我告诉他我是否认为她会回来。我说她不会回来了。他不信。他不愿意再见到蒂耶纳，但他一定想念这位朋友。他不能肯定露丝不再爱他是因为蒂耶纳。何况他已经无所谓，不再怕人耻笑了。晚上，他起来穿好衣裳，跨上玛，当着所有人的面走了，我们谁也不敢瞧他一眼。

我不记得这段时间思考过什么事。我整天干活。晚上蒂耶纳下楼到我房间里来。

有一天夜里，克莱芒丝敲我房间的窗户。我让她进了屋。她穿着出走那天晚上穿的裙子，拿着同一只手提箱。她脸色苍白，一双深陷的栗色小眼睛闪着泪光。她从齐耶斯走夜路刚赶到比格。灯光刺眼，她好像没有注意到蒂耶纳也在。

"诺埃尔呢，诺埃尔在哪儿？"

我去蒂耶纳的房间抱他，母亲走后，他就睡在那儿。我算了算，克莱芒丝走了两个月了。我用被子裹住熟睡的诺埃尔，把他抱到我的床上。见到他，她身子轻轻颤抖起来，接着在他面前跪下，没有哭，也不说话，只专注地打量他。我见蒂耶纳面色有些苍白，望着窗外。诺埃尔醒了，哭了几声。她等他又睡着后打开了被子，看他赤条条的样子，说"他长个儿了"。她朝我们转过那张扭曲的、因微笑皱纹毕现的脸。她问是不是我在照看他，他乖不乖。对她所有的问题我都做了肯定的回答。我站在她身后，蒂耶纳的旁边。她感谢我对诺埃尔的照顾："谢谢你为我做的一切。"

我们闭口不语，时间一分一秒地过去。她又默默地盯着儿子看了很久。突然，她不再怕弄醒他，咬着他的手和脚，然后小心翼翼地拥吻他。一次，她转过头来说：

"我打扰你们了，请原谅。"

我们没有答话，她大概以为我们急着等她走，于是啜泣起来。她把诺埃尔从被子里抱出来，紧紧搂在怀里，仿佛她对儿子总也看不够，因为满足不了气得直哼哼。诺埃尔蹙了蹙眉，又哭了起来。她喊道她死也要和儿子在一起，她要把他带走，远远离开其他人，离开我们。她激动万分，脸涨得通红，嘴唇因不停地亲吻润湿了。

"其实，我愿意的话就可以把他带走。你们谁也拦不住我。"

她把我们忘了。嘴唇贴在诺埃尔的面颊上，她合上双眼，在他耳边轻声细语，说他是她的小诺埃尔，她的小男孩，这世上她拥有的一切。然后她又一次冲我们发火："我当时不清楚自己在做什么，你无权把我与他分开。我在佩里格遭了大罪，这毫无道理。任何人都可以得到宽恕，而我呢，我不能留下来，我在这儿不讨人喜欢，所以被赶走了。"

她说她做用人时我们对她还过得去，自从她嫁给了尼古拉，我们就容不下她了。她还说，她一直以来都明白，我们是可怕的人，谁都想不到我们让她吃了多少苦，我们是阴险的坏家伙……

　　她怀里抱着诺埃尔站了起来，在房间里来回踱步。她的嗓音变了，镇定而粗野。她的身材显得更加高大，仿佛终于占据了自己应有的空间。她习惯性地摇晃着诺埃尔。走到墙边时，她突然停下来，低声跟他说话。我已经猜到她究竟想干什么了，因为每次从我身旁经过时，她都弓着背，不敢抬眼，免得看见我，失去勇气。

　　突然，她停下脚步，挺起胸，厉声说道：

　　"这一切，是你，是你一手造成的。"

　　然后她愣在那儿，虚弱无力，呻吟着，把诺埃尔举到面前，想放下他来。我不知如何回答她。她害怕了，把诺埃尔放到床上，拿起手提箱，柔声说：

　　"我本来是想留下来的，可我对你说了这番话，不可能了。"

　　我对她说，如果她愿意，她可以留在比格。她扑过来抱住我，发出神经质的笑声，脸上又露出一副蠢相。

　　"这可是你说的！"

　　她紧紧搂住我。

　　"啊！这不是真的，这不可能。"

　　她可以上床休息了。天已不早，她可以带着诺埃尔回自己的房间。

　　"哦，是的，马上就去，你先给我点时间适应一下。"

　　那么尼古拉呢？尼古拉原谅她了吗？

　　今后她会好好做人，两个月里她思考了很多，对尼古拉更加了解。我叫她不要等尼古拉，他很少在家。我不知道明天他会不会赶她走，但眼下她只管抱着诺埃尔回房间就是了。以后几天也许不能让尼古拉见到她，我需要一些时间告诉他克莱芒丝回来了。万一尼古拉不要她，她可以带着诺埃尔回佩里格。

　　她颤抖着问："出什么事了？"

　　没事，我只是想也许尼古拉不愿再见到她。

　　她没有问下去，抱着诺埃尔上了楼。

　　克莱芒丝留了下来。次日早上我跟尼古拉谈了她的事。他对我说，为了诺埃尔，她留下来更好。他丝毫不怪她，他从来没怪过她。

　　克莱芒丝回来后，他有三天没在比格露面。我们以为他在露丝家，谁也没有因为见不到他而担心。露丝后来告诉蒂耶纳，她这三天也没见到尼古拉的影子。

　　到第三天早上，克莱芒丝才在铁轨上发现了尼古拉被碾碎的尸体。他两臂伸向前方，两脚分开，活像一只死鸟。

第二部

每天晚上有趟火车经过齐耶斯驶往 T 市，那里有大西洋边的一个海滨浴场。我们常说要去那儿的亲戚家住段时间。冬天的某些晚上，这是我们照例要谈的话题。可是因为缺钱总去不成，或者不真的想去。

昨天午饭后，我和蒂耶纳在平台上倚栏凭眺。我对他说，我希望这辈子能去一趟 T 市，但我还没有细想。蒂耶纳说应该去，而且要快，第二天就走，赶在夏季结束之前。钱由他出。

我早早起了床。火车八点二十五分到，在齐耶斯停一分钟。丧事接踵而至，我已经弄不清楚自己究竟想要什么，也顾不得留下蒂耶纳一个人照顾父母。我不能确定我真的想去 T 市，可是现在，我正迈着坚定的步伐走在路上。我觉得蒂耶纳的主意不错。当然，这样旅行的机会我再也不会有了。尼古拉死后，比格的人什么也不干，第一次发现活计是可以等等再干的。除了克莱芒，大家都在闲逛。再说九月份也不忙。我们在等佃户，他们过半个月才来，我正好有空去一趟 T 市。大海，我一直想去看看。蒂耶纳见过海，尼古拉再也见不到了。

火车每站都停，车厢空了又满。两站之间，火车有时跑得快一些。

有人下，有人上，找个座位坐下。他们确信要去哪儿，确信自己想去。我不由自主地望着他们。

没有一位乘客去 T 市。他们大多是从一个村庄到另一个村庄去的农民。一位四十来岁的妇人在我身边坐下。她一身黑衣，因常年洗涤变得苍老红肿的双手静静地搁在膝上。她的目光飘忽不定。脖子上一条皱痕明显的围巾，用一根小象牙别针固定住。她身上有股奶香和羊膻味。她一定忙完了一大堆事：礼拜六打扫房子，把劈柴搬进库房，给小孩子们洗澡、换衣服，把墓地一角耙干净。在前面等她的是一年四季的农活，料理不完的家务。

列车两侧，绵延数公里的树木、田野和房舍迅速后退。人们惊愕而平静地注视着这些后退的东西。

正是夏末时节。车厢里的人谈论着这个话题，说这个周末秋天真的来了。

在换车处等了三个小时后，我上了另一趟车，于入夜时分抵达T市。有人向我推荐了一个可靠价廉、面朝大海的家庭式膳宿公寓。

天气凉爽，夜色漆黑。一群群年轻人一阵风似的从街上走过，留下串串笑声。我听见了大海的声音。这声音我以前在哪儿听到过，它让我记起一个熟悉的声音。正当我回想在哪儿听到过它以及它像什么的时候，我才发觉我的确来到了T市。带着我向前、退后和停下的那双脚，是我的脚，我身体两侧、随着一个个路灯在阴影中时隐时现的那双手，是我的手。我莞尔一笑……怎么能不笑呢？我在度假，我来看海。走在街上的正是我，我真切地感到被禁闭在自己的影子里，看着它拉长、摇晃、缩回，心中对刚把我带到海边的那个我生出了一份柔情，一份感激。我还没有看见海，房屋挡住了我的视线。明天我有的是时间。现在我饿了。正好人家推荐的那家公寓到了。

"一个女孩子来投宿，时间晚了点。"老板娘对我说。她一个人站在柜台后面，身材肥胖，一脸倦容。她问我是否要在T市待很久。我忽然想起了变得像婴儿一样、整天躺在床上的老爸老妈。

（不过我做了努力才记起来，正如记起一个月前我去请医生时热罗姆的叫喊声。）照看他俩的蒂耶纳很快就会受不了的。半个月，我说待半个月，不会再长。

餐厅很大，被灯光照得雪亮。餐桌大多靠墙放着。屋子中央有两张摆好餐具的小桌，等待顾客或迟归的房客。

我大概将坐在其中一张桌前吃晚饭。我坐了下来，感到饥肠辘辘。两扇关闭的大落地窗应该是朝海的。在城里听见的涛声现在更加清晰。酒吧里没有人。门关着。时候一定不早了。刚才我是从后门进来的；厨房里两个女佣正在吃饭。给我上菜的那位过来时嘴里还在咀嚼。几位房客在打牌，其他人聊着天。他们看上去非常年轻。女人们动不动就说"我要去睡觉了"。男士们好言相劝，抓住她们的胳膊，摁她们坐下。她们倒也心甘情愿。

空气里弥漫着脂粉的香气和皮肤晒伤后的味道。软垫凳上，有漂亮的裸臂，红、黄、白色肩巾下高耸的乳房。他们在笑。什么都觉得好笑，每次都努力笑得更酣畅。在他们高高低低的笑声中，听得见蓝色海浪刺耳的拍岸声。

我吃完了饭，浑身舒坦。一个小时过去了。

他们玩的劲头小了，打着哈欠，在凳上伸懒腰。他们累了，一定游过泳，大笑，在海滩上奔跑，现在他们困了。我不累，我不困。他们还不应该上楼睡觉，他们应该留在我身边让我瞧。我觉得他们很美，身强体壮。他们双唇微启，源源不绝地吐出动听的蠢话。每张脸上带着同样的笑颜。他们长得很像，人又多，难分彼此。我很高兴和他们一起待在屋里。对我而言，这不是睡觉和走开的时候，他们也不该走开。如果有个人带头朝门口走，我会难过的。眼下我挺好，大家都挺好。一天就要结束了。如果他们离开，另一个不知什么东西将开始，也许夜将开始。我感觉很好。但如果他们离开，我不知道我会怎么样。我怕等待下一天的到来，怕独自走过隔开一个个日子的凄凉关口。

幸而他们还没有离去的意思。他们玩牌，继续聊天。我希望他们正在忘记上床休息的事。

某一刻，他们当中有个黑发、黑眼睛的人离开伙伴朝我走过来，对我说了几句表示欢迎的话。他递给我一支香烟，请我坐到他们那张桌上去。其他人等着我答复，急切地盼着我过去。我望着这个人：他样子和气，似乎渴望跟人聊天。我没有接受他的香烟，我说不能跟他们多待一会儿，我感到万分遗憾，但我刚做了一趟旅行，很疲劳，非常疲劳；我从很远的地方来。

我上楼去睡觉。就这样。我没有东西送给他们，也没有话对他们说。他们真不该请我抽烟。那是邀我逗他们开心，可我不会，不对，是我不能。不知为什么，忽然我觉得宁可死也不能伸手接那支烟。不过他是好意，我感激他对我的关心。

房间里的人是我。她好像不明白这正是她。她望着穿衣镜里的自己；这是位高个子姑娘，一头金发被太阳晒黄了，脸上的皮肤呈褐色。她的大个子在房间里显得碍事。为了在注视她的那个人面前显得自然些，她从小小的手提箱里抽出三件衬衣。她避免看自己，却仍然瞥见自己在镜中的动作。

房间非常小，桌上空无一物。隔墙很薄，力气大的人一撞就能给撞飞了。贴着黄色壁纸的墙面上，密密麻麻地划了平行的黑道道。床已铺好，上面罩了一条白被单。桌前有把椅子。她坐了下来。干什么好呢？尼古拉死了十七天了。的确，已过了一段时间，而生活仍在继续。

我想这是在第二天晚上发生的，头天我没留意。我没有注意到，衣橱门半开着的时候，镜子能照出整张床。我躺在床上，发觉仿佛躺在了衣橱里；我注视自己。镜中的那张脸笑意盈盈，既迷人又腼腆。一双眼睛好似两潭流动的秋水，嘴巴紧紧闭着。我没有认出自己。我起来去关上橱门。尽管门关好了，但我依然觉得镜子里总藏着一个不知什么人，如兄如弟，又充满仇恨，默默地置疑我的身份。我不再知道哪个与我关系最紧密，是镜中的那个人呢，还是躺在那儿的我十分熟悉的身体。我是谁？我一直把谁当成了自己？我的名字也不能让我放心。我无法融入刚刚无意中看见的那个形象。我在她周围漂浮，靠得很近，但我们之间好像有一道无法逾越的鸿沟。维系我们的是一个细小的回忆，一根随时会断的线，线一断，我将猛然跳进疯狂的深渊。

　　更有甚者，镜中人一旦从我眼前消失，我觉得房间里顿时挤满了和她长得一样的女孩子，把我团团围住。我感觉她们从四面八方撩拨我。幻影在我身边无声无息地迭现，许许多多的影子以疯狂的速度出现——我不敢看，只凭揣测——它们努力附着在我身上，旋即消失，仿佛因为与我不相配而破灭了。我必须抓住其中的一个，不是随便哪一个，而是我唯一习惯了的那一个。迄今为止，我用它的手吃饭，用它的腿走路，用它的嘴微笑。但这个影子和其他的影子混在一起，时而消失，时而重现，不停地作弄我。而我呢，我一直存在于某个地方，但我无法作出必要的努力找回我自己。我回想起比格最近发生的一件件事，但这毫无用处，经历这些事的是另一个人，今晚以前一直取代我的人。为了不变成疯子，我必须找到她，经历这些事的那个人，我的姐妹，我必须缠绕在她身上。一连串冰冷、陌生的画面倏忽而过，比格变了形，我再也认不出，也记不起来了。这天晚上，我形影相吊，忆起其他的事。然而，这些堆积在黑暗中的回忆一个劲儿地往我的记忆里爬，竭力引我注意，并

225

出来透口气。在我之前的回忆，在我的回忆之前的回忆。

我明白，我无意间在镜中瞥见自己纯属偶然。我没有去迎接我所熟悉的自己的形象。我记不得我的脸长得什么样。在镜中我头一次看见它。同时我知道了自己活着。

我已活了二十五年。我曾经是个小姑娘，后来长大了，长到现在这样高，今后再也不会长个儿。我原本可能以成千上万种死法中的一种死去，可我成功地走过了二十五个年头，如今依然活着，还没有死。我在呼吸。从鼻孔里呼出的气息真实、微湿、温热。我终于活下来，虽非出自本意。我的生命执拗地朝前走，此刻似乎停了下来。我听见自己的心跳声，感觉两个手心是我的：属于我，属于此刻正在承受我的发现的那个我。就在这一刻，我随着成千上万的事物朝下滚：男人、女人、牲畜、小麦、岁月……
我的生活像一只果子，我漫不经心地咬了几口，但没有品尝味道，也没有注意自己在吃。活到这个年纪，长成这个模样，不是我的责任。这个模样得到认可，它就是我的模样。我欣然接受，也别无选择。我就是这个女孩，一经确定永不改变。二十五年前我开始做这个女孩，如今我的两只胳膊甚至抱不住自己的身躯。我身材高大，无法用双臂合围。我将永远不知道我有怎样的嘴巴，怎样的笑声。可我倒真想亲吻我这个人，爱这个人。
我和别的女人一样。我知道我是个相貌平平的女人。我的年龄不大不小，可以说还很年轻。我的过去，只有别人可以告诉我它是否有趣，我本人是不清楚的。它由我无法相信真正经历过的一个个日子和事情组成。这是我的过去，这是我的历史。因为是我的，所以我才兴味索然。我觉得，到了明天，我才真正开始拥有我的过去。时间从明晚起才有意义。眼下我拥有的，更多的是其他人的过去，比方蒂耶纳或尼古拉的过去。因为没有人事先告诉我会活下来。如果我知道有一天我会有一段历史，我会做出选择，活得更加细心，使这段历史美好而真实，让自己喜欢。现在为时已晚。这段历史已经开始了，它随心所欲地不知要把我引向何方，我与此毫不相干。我拼命想推开它，但它紧追不放，一切都已定位，一切都化为记忆，再也没有创造的可能。

我可以与现在的我千差万别，同时也能集这些千差万别于一身。然而，我只是此刻正在照镜子的那个女人。我也许还有三十来年好活，三十个十月，三十个八月，直至生命结束。我永远落进了这段历史的陷阱，这张脸、这个身体、这颗脑袋的陷阱。

我来这儿已有三天，什么事都没有发生。我无事可干。蒂耶纳在远方。现在，我约略体会到爱意味着什么，痛苦和关心别人的事又意味着什么。这很不慎重。不过以前我不知道。现在我明白了，更慎重的是袖手旁观，让别人去应付。

这里很安静。在比格，我多年不得安宁，总得想着如何精打细算，如何防备冰雹，还要考虑尼古拉的前程。仿佛他不是因为我才死的，像他想的那样。我什么也不做，不跟任何人讲话。奇怪的是我不觉得无聊。我不想感到无聊。无聊离我很远，很模糊。我知道它会来的。但在此之前，必须给它挖个安身的洞。

海边有些我叫不出名字的鸟，飞得很高，有时降落到岩石上。它们的羽毛如盐一样白，休息的时候肚皮贴在浪尖上。人们永远都不能靠近它们。它们是海鸟。它们的叫声哀怨，滑润。夜不能寐时，我好像听见它们在叫，可我听到的是风声。风从外海刮来，被坚实的陆地一劈为二。风声和鸟鸣对聆听黑夜的耳朵是一样的。人们不禁会想到那些鸟，想到海浪拍打的岩洞里那些羽毛如雪的雏鸟。

睡不着觉的夜里，我想起尼古拉死了，永远长眠于齐耶斯的小公墓里。而我，我躺在这张床上，依然活着，不知活到何时。这些念头反复出现，所以很容易走神。人们以为还在想着某件事，其实已另有所思，但仿佛仍在想那件事。每回都是如此。我开始想的是尼古拉，最终想的却是栖息在风吹浪打的岩洞里的那些鸟。

有时我思念蒂耶纳。每当海滩上那些半裸的男人经过我面前时，我便想起蒂耶纳的身体。那一刻，我感到自己是个女人。我作为一个女人活着，不是随便什么，仅仅是个女人。我不敢肯定以前不曾希望以其他物种的身份活着。有一天像克莱芒的狗一样在山上奔跑。有一天像院子里的木兰一样伸展枝杈。以前我不承认，我觉得不可能变成一条母狗或者一棵树。如今我要说这显然是可能的。

我是多么虚伪啊！人们根本看不见我两腿之间的那个深洞。发现它的那个人会以为是他把它压在身下打开的。这个洞既阴险，又天真。它一直等待来者，它不过是另一件事的结果。而这个洞的洞底同时也是庇护所，抗拒上天的唯一的庇护所，世界的最后一堵墙。我无能为力。与它相比我微不足道。但它就在我体内，缠住我不放，从我脸上就能看出它的存在。

我很容易忘记它，但对蒂耶纳的思念一直与它相连。蒂耶纳是我爱的男人，也许是今生我唯一可以献上这清凉之井的男人。世上当然有我永远不会认识的其他男人，但只有想起蒂耶纳，我才发现它属于我，它可以属于我，属于蒂耶纳。认识它之前，我隐约感到它在我身体的深处，像个空的东西，或者说被无知填满的东西，从中传出空洞的、不呼唤任何人的呐喊。随后，有一股我遏制不住的力量在那儿生长壮大，渴求一个身体的念头不顾我的反对，在我心里生了根，总是同一个念头，渴望蒂耶纳身体的念头。

世上当然有其他的男人。他们存在着，面带微笑。我认为他们不会寻找我，也不指望他们发现我，满怀信任地趴在我身上，然后羞愧地爬起来，就像那些被风刮到沙滩上重新立起来的鸟。

我是只属于一个男人的女人。蒂耶纳是不可替代的，因为其他所有的男人，哪怕人数众多，也安慰不了失去蒂耶纳的我，只会促使我益发迫切地追求他。

我爱蒂耶纳。这不再是一件仍然可以发生的事。它已经发生，完成了。我恋爱了。我爱蒂耶纳。我清楚地感到，即便不在身边，我也只要他，不要别人。时至今日我以为心中最珍爱的东西已经逝去，但对蒂耶纳的欲望始终存在。某种比我更聪明的智慧被拦阻在我的两胯之间，它比我更清楚我要什么。

太阳很快结束了它的行程。海水依然清一色的绿，地平线清晰可见。然而不能被这景象所迷惑。北风刮了起来，海面匆匆升高。

从记事起，我一直在爸爸和妈妈身边辛苦地劳作。真该什么都不干。我大概总是睡得很沉，即便风雨交加的夜里，企盼着次日艳阳高照。真该倾听风声，与它一起度过绵绵长夜。二十五年来，我一直理智，听话，保持贞洁之身。真该接受带着执着的微笑前来的男人们，或仅仅接受他们健美臂膀的拥抱。而其他人，我的父母，真不该爱他们，只等着他们的吩咐，看着他们的喜与悲。因为他们只期望外面的世界带来某些变化，他们随便因为什么就抛弃了我，因为死亡、疯狂、旅行。

当然，眼下我可能处于同样的境地。年华老去，今后同样会老。但它曾经灿烂夺目，我却熟视无睹。我是个吝惜身体、吝惜生命的姑娘。如今年华老去。人一旦失去记忆的功能，就会彻底走出某一段生活。大概这就叫做告别童年。

童年，我在尼古拉身上见识了它。我的童年是他替我度过的。我比他大五岁，小的时候，见他比我更小、更弱、对游戏更当真，我总是惊叹不已。有一天，我发现他玩得太累，在田埂上睡着了。我守着他直到日落，以防蜜蜂、毒蛇和黄昏凉气的侵袭。他独自躺在里索勒大河谷上方的那块田里睡觉。那年他六岁。他的头陷在草丛里，最近的草茎在他均匀的呼吸下微微弯下了腰。我把他抱回了家。

我很少管他。大多数时间他一个人在田野里疯跑。他邋里邋遢，总是衣冠不整。我喜欢看见他蓦然被遗弃在童年的深处。

如今他死了。他躺在铁道上，贴着铁轨。被爱火烧得滚烫的头颅靠着清凉的铁轨，那不是对我的爱。他望着火车头逼近，看见它时，他或许忘记是为寻死才卧轨的。我呢，这个时候，我正和蒂耶纳同床共眠，赤裸的身体紧贴着他。知道尼古拉是否与我活得同样长久，这对我已经无所谓了。

他就这样轻率悲惨地死去了，完全出乎我的意料。他的死已成过去。这是与我的最大区别。我失去了某种厚度，失去了曾像衣服一样裹住我的偶然。我一丝不挂。

夕阳西下。几分钟内，落日的余晖把海面照得一片橘黄，在这层光的硬皮下，海水显得前所未有的绿和冷。太阳下了山，大海无处不在。

我望了望扔在房间床上的连衣裙。它在乳房处隆起，两只袖子被胳膊撑圆，肘部尖，袖窿张开。我从未注意到我磨损衣物。衣裳让我穿旧了。连衣裙在臀部、腰部磨得发亮，腋下被汗水浸得褪了色。我想走开，让这条裙子代替我。抽身而去，消失得无影无踪。

（她脸上发烫，她将头埋在枕头里，她想立刻死去。）

头几天晚上我惶恐不安。我不知手往何处放，躲不开镜中自己的脸，甩不掉一路跟随的身体。我认不清什么属于我，因此不停地想尼古拉，好记起自己究竟是谁，把在房中荡来荡去的一块块的我拼装起来。

海滩上，独自一人晒太阳时，情形完全不同。连指尖上都感到心脏的跳动，感到封闭在两肋间的这颗心被注满又被排空。我认不出伸在沙上的赤裸的腿，但我认得那颗跳动的心。

下午两点钟。从日出到日落，难以想象天空要经历多么悠长和缓慢的变化。我在这儿要待一整天。跟昨天一样。不对……

不能说我厌倦了蒂耶纳。我只是不想他，不愿见到他。然而，此刻一阵清凉的微风拂过海滩，带来了大海腥涩的味道。我认出了这种味道，它来自别处。这是失去，失去了蒂耶纳的味道；他睡觉，做梦，对我毫不在意。海天交接处吹来的风，来自蒂耶纳的胸膛，这风好像沾上了他的鲜血，刮得更猛烈。我认出这狂野的声音，盐和钢的味道，战争的气息。

蒂耶纳在睡觉。我倾听他的呼吸声，想着旅行的事。蒂耶纳做过的旅行，我没有做过的旅行，不管有没有蒂耶纳陪伴我永远不会做的旅行。浓雾隐没了出海的船只，打湿了蒂耶纳的鼻息。蒂耶纳离开了我，做着离开我的梦。他是一个躺在女人身边熟睡的男人，可以说是个下不了决心离开她的牺牲品。我可怜他，但仍然俯下身去闻他的头发，我闻到一股枯草味，整张床都是这种气味。现在的气味。它向我证明蒂耶纳的确在这儿，尽管蜷缩在记忆深处，但毕竟还在这儿。我可以抚摸他的身体。我想用双手轻轻抱住他光着的脖颈。我只要喊一声，他便会醒来，睁开双眼。他嘴巴半张，嘴角上刻着的两道皱纹比他的嗓音更使我真切地感到他的存在。什么都不必做，什么都不必说，然而我心中回荡着怜悯的喊叫声和胜利的欢呼声。

有时，下午快过去一半的时候起了风。海面上白浪翻滚，太阳偶尔把脸遮住。所有的影子一下子全消失了。一切变得惨白，好像受到了惊吓。

我在阳光下待了两小时，一动不动，什么也不干，只凝望着亘古不变的大海。我的大脑一片空白，不知道在自己的思绪中更喜欢哪一个并且留住它。涌入我脑海的思绪全在同一个层面上漂浮，时隐时现，好似遇难船只的残骸。它们失去了人们习以为常的外观和含义，同时以既荒诞又难忘的方式保留着自己的形态。
　　对我个人的思绪同样冰冷和遥远。它在我身体以外的某个地方，正如阳光下的任何一个事物，平静而麻木。我是一个模子，里面倒入了某个不属于我的故事。我承载着它，认真而漠然，好像扛的是别人的东西。然而我清楚可能会有一件完全属于我的事情，我将把它全部承担起来。到那时，我将为我的失败、我的渺小，甚至为这一时刻辩护。在此之前，如何努力都是白费。

那天，有只小货箱被海水冲上了沙滩。靠了几颗钉子，它还没有散架。有些钉子已经生锈变形，快要脱落。一块木板上，可以猜出"橙"和"加利福尼亚"几个字。货箱一定被一艘货船的船员打开，倒空了里面的橙子，把它扔进了大海。货箱腾空了原来装载的东西，然而它继续存在，比任何时候都无用，比任何时候都是一只装橙子的水果箱。退潮的海水又把它卷走。它在浪尖上活蹦乱跳，兴奋无比地远去了。它的四块木板间装载着一段真实的故事，留下了故事的一个真实的痕迹，冲着苍天呐喊。

我望着那只鸟，那同一只鸟，它白色的身影在空中划过，留下一个个柔和的圆弧。一朵云从海上飘过，投下一片转瞬即逝的阴影。我的手指上戴着一枚祖母留下的玉戒指。她曾在婆罗洲生活，去世二十五年来也许只被人想起过三次，此刻是第三次。

为什么是蒂耶纳？为什么是他，而不是成千上万的其他男人？眼下我宁可去爱任何一个喜欢蒂耶纳时未受我青睐的男人。我可以不用去碰蒂耶纳，不用等待他，寻思他此时是否思念着你。我晒着太阳，这样想。

没有任何东西拖你的后腿，也没有任何东西推你朝前走，哪怕一小步。甚至没有思念尼古拉时不再感到寒气穿肠而过的遗憾。

每次想到尼古拉的死，我总会记起他的那双眼睛。眼睛不大，在阳光下呈紫色；随着光线的强弱，浮游其间的金色微粒或隐或现。中央的黑色瞳仁有如一座永远黑黢黢的岩洞的洞口。四周一圈刷子似的睫毛严严实实地挡住了灰尘和过强的光线。尼古拉用这双眼睛看，夜晚合上眼睡觉。次日清晨再睁开，用上一整天。眼睛上总蒙着一层薄薄的水气，眨起眼来那样自然，尼古拉根本想不到还能觉出眼皮的眨动。站在平台上，尼古拉用这双眼睛可以俯瞰整个里索勒河谷，同时仰望河谷上方的天空。同样，他也看见了露丝的眼睛和那张凑近他的大嘴。直到生命的最后一刻，尼古拉的眼睛还在看世界。最后进入黑暗岩洞的是两条闪闪发亮的铁轨。

现在，这双眼睛和整个遗体，和双脚、头发一起葬在那具棺木里。尼古拉杀死了眼睛。由于这双眼睛，尼古拉曾经生活充实，满怀喜悦和爱情。它们比尼古拉更强大。也许他本不该有一双像他那样的眼睛，他这个杀死眼睛的人。

已然逝去和将要来临的，都湮没于海中。此刻大海在起舞，超越一切往事，一切未来。有些早晨，我漫步海边，觉得我也边走边跳。那是一些阳光和煦、沙子潮湿、泡沫带鱼腥味的日子。

阳光下。我双手抱腿，轻轻抚摸。凉腿碰到温热的掌心，十分舒适。从腋下升起一股新鲜腐殖土的气味，那是我的体味。皮肤下，我的肉体在工作，始终那样贪婪地吞噬着一个接一个的日子。发生在我身上的事全被它吞没，说实话事情并不多，但那是我的亲身经历，比方我出生以来见到的所有，所有的景象。我的眼睛通过脖子与我的躯体相连，这毫无办法，我的眼睛代替不了比方尼古拉的眼睛。只有这个躯体可以接纳我的存在，并向我证明我的存在不过刚刚开始。它工作，工作，为尼古拉的死哭泣，试图在蒂耶纳的身下死去。它老了。这倒令我高兴。没有遗忘。它没有被人遗忘。我想想都感到自豪，最终对老老实实地承受共同命运的它产生了敬意。我拥有的这二十五岁的躯体是美丽的。这双脚长满老茧，走过长路。正是在这肉体的小田地里，发生了一切，并将发生一切。有一天，我的死神将下嘴咬这血肉之躯，紧紧咬住，直至一起化为一组石像。

眼下，我的死神是一头蛰伏在我体内、与我关系融洽的小动物。它不露面。我想起它时，才感到它蜷缩于腹部深处。待它露面，我一定认得出来。四月的头一个热天。蒂耶纳第一次吻你的那一天。还有其他吻你的日子。我事事都早知道。死神将有幼猫一样的冰冷的鼻子，灼人的鼻息。我们终将四目相对。

死亡的过程可能比较快，但人总该来得及找回自己。

属于我的死亡，是我倾泻全部所思所想直至渣滓的一个洞，不应该堵住这个洞。在出口，狂风大作，把你整个卷走。只要你心甘情愿随风而去，舍得抛掉任何琐碎，那么很快将在远处现身，漫不经心，脱胎换骨，得到了拯救。于是人们望着说："那边有人游泳，远处有个望海的姑娘，更远处有座灯塔。"

但此刻我应该动动腿，或仅仅动根手指。（应该死的是那个姑娘。）

从前，在我熟悉的一个偏僻地点生活着一户人家。他们住在刚够住的一栋大房子里。他们贫穷，终年劳碌。他们穷得整年无法分开，不得不同桌吃饭。有的辛苦忙碌，有的游手好闲。老人们讲话前不加思考，年轻人又懒得开口。临了，他们终于相信他们相互憎恨。

夏季，这些人走出住所的围墙，各自踏上六月的路。他们回家很晚，疲惫不堪，因此几乎碰不到面。他们沉沉睡去，偶尔做个梦。

冬季，透过玻璃窗可以看到他们（可事实上从来没人来看他们），围坐在同一个壁炉边发呆。他们总在同样的日子到同一块地里干活。冬去春来，年复一年，他们的生活没有改变，似乎永远也不会改变。然而，这栋房子里的人耐心地做着梦。他们梦想找到永远分开的办法。他们相互的爱和憎没有他们想象的那样深。他们被迫在一起，是因为贫穷，因为婚姻，因为没有任何确切的分开的理由。他们是愿意分开的，但随着时光的流逝，他们找到种种借口打消了这个念头。当人们听凭期望无限膨胀时，它永远找不到存在的理由。

我完全靠他们这种期望的支撑才活了下来，最终是我试图用指甲戳破这只装着梦的羊皮袋。

我等着以后将发生的事，等着这一刻的到来：这些梦从黑夜中浮现，这些人争着抢着亲吻他们当中的最勇敢者。但他们的梦曾把他们带入年深日久的阴影，以至在光明中他们依然步履蹒跚。一天早晨，太阳升了起来，照到的却是他们的尸体，没有什么可看的了。房子关上了大门。人们再也见不到他们围炉而坐时投向同一堆火的目光。就这样。

只有我仍然活着，为了知道以后的事。

知与不知有何区别呢？面对我眼前一浪高过一浪、光度越来越强的虚空，这个知能帮助我理清遇到的纷扰吗？

浪花朵朵，同时开遍海面，我似乎听见千米深处叶茎生长的声音。大洋把元气吐在这些四溅的泡沫中。我在大地炎热泥泞的怀抱里逗留，然后它将我喷了出来。于是我来到这儿，浮出了水面。海面辽阔，整个大洋可以来到阳光下蒸发，每滴水可以化作空气的形态，慢慢挥发。我的形态正望着它们。我是花。我的躯体在白昼的威力下分崩离析，手指从掌心断裂，双腿与肚子分开，脑袋齐发根崩掉。我感到诞生、终于生下来的疲惫和骄傲。我出生前，没有任何东西代替我。现在，我代替了虚无。这是一种艰难的接替，我大概因此有了不该来到人世的感慨。如今我明白了，我很愿意来到世上。我偷了我的一席之地，但我很高兴。就这样。我来了。我伸着懒腰。天气晴朗。我是阳光下的一块面团。

一天晚上，我待在海边，想让它的泡沫触到我。我躺了下来，离它几步之遥。它没有立即涌来。正是落潮时分。起初，它没有留意躺在海滩上的人。接着，我见它天真地露出惊讶之色，甚至使劲闻了闻我。最后，它冰凉的手指伸进了我的头发。

我走进大海，一直走到浪涛汹涌的地方。必须穿过这道弧形的墙，它好似光滑的下巴，如同张开大口捕虫时可以看见的口腔的上壁。海浪差不多有一人那么高。但这个高度是没法测定的；必须与无头无手的海浪搏斗。否则它会抓住你的脚，拖你到三十公里外的海底，把你翻过身来吞掉。穿越海浪时，你突然感到赤裸裸的惧怕，进入了惧怕的世界。浪尖抽打着你，两眼成了两个滚烫的洞。手和脚溶化于水中抬不起来，和水捆绑在一起，绳子打了结；它们完了，但还想重新成为无辜的手和脚（你曾靠它们迈步、逃跑、扒窃，它们叫道：我什么都没做，我什么都没做……）。天色漆黑，微光中只看得见平静。我头一次直面大海，一个眼神便明白它的心思。它立即就想要你，因为欲望而咆哮不止。它是你的死神，你的老奶妈。自你出生后一直跟着你，留意你的一举一动，偷偷地睡在你的身旁，现如今厚颜无耻、大声吼叫着出现在你面前的，难道就是它？

必须往前游，用尽最后一丝力气，气都喘不过来时剩下的力气；用思想的力量。

风浪过后是平静，大海似乎还不知道浪已停歇。仰面朝天，我又呼吸到空气，感受到它的重量。我是靠肺部呼吸的温顺的动物，不望天空一眼，目光却从一个地平线滑向另一个地平线。三十米的水把你和一切分开：昨天、明天、别人和一会儿将在房间里见到的自己。我只是靠肺部呼吸的活着的动物。渐渐地，这个有思想的人被海水打湿，被黑暗浸透，越来越湿、越来越平静、跳动得越来越欢的黑暗。我成了海水。

但很快，思想蓦然而至。它回来了，吓得喘不过气，拼命撞头，变得如此巨大（大得可以盛下大海）；忽然间它担心待在一个死的脑袋里。于是我动动又变得友好的手和脚,聪明地随着海水游动,直到被冲上海滩。

回到了旅馆,我透过窗户注视它,大海,注视它,死亡。死亡这时被关在笼子里。我冲它微笑。我曾经是个小女孩。就在刚才,我长大了。

我在 T 市已待了九天,蒂耶纳给我的钱还没用完。我和每天一样平躺在海滩上,心里想着我还有时间。我看见那个黑头发、给我递烟的男人从远处走来,他走近了。我同意他"陪陪"我。我要他坐在我身边,他立即照办。我也坐了下来。他三十来岁,气色不佳。脖子上有城里人衣服领子留下的印子,手很瘦,烈日下眯起了双眼。我讨这男人喜欢。我仔细打量他,他被我看得有些不自在。他递给我一支烟,我对他说我不吸烟。他大概记起我曾讨他喜欢,此刻却有些怀疑了。他不知接下来对我说什么好,掉过头去望海,说十月初有这种好天气真是难得。接着他问我在 T 市是否还要待很久。说实话,我自己也不知道。"九月底,这儿就结束了。"他并不因为这个念头而伤感,继续凝视大海,心里一定思索着除此之外还能跟我说点什么。他说的"结束"是什么意思?他对我说到了十月底,甚至更早些,天冷得无法下海游泳,游客们走了,火车班次越来越少,旅馆纷纷关门。雨水很多。再过半个月,至多三周,这儿只剩下雾蒙蒙的大海、空旷的海滩,还有风。他好像在这里度过了许许多多的夏天,带着知根知底的神情望着太阳、游泳的人、绿色的海。"到明年之前都如此,假期过得很快。"明年夏天的优点,是今夏和以前任何一个夏天所不具备的。他双手交叉搁在膝盖上,心不在焉地互相扭着玩。干裂的嘴唇给脸上留下一道哀伤的痕迹。

我要他讲讲结束有哪些征兆。他是内行，是否已经在海面和空中看到了夏季将尽的迹象。

"除了早晚凉快些，我们几乎忘记八月份已经过去了。"他补充说：这并不意味着天气会一直这样好；一定会突然变天的。

他一直漫不经心地望着大海；我倒想正面直视他，看看他是否在撒谎。

"我在复活节时度假一周，所以每年只有二十一天假。我觉得九月份过这段假期不大合适，但之前家里有事，抽不出身，不过人少些也不错。旅馆的服务更周到，从某种意义上说，你休息得更好。"

接着他怯生生地瞧了我一眼，人一下子好像变小了。他说他"也"喜爱孤独，世上的人很坏，那么自私。在旅馆里他深有体会。他们想方设法留住九月的最后几个客人，可是在八月呢！我是八月来的吗？不是？那个时候老板娘才不把顾客放在心上呢！端上来的菜是凉的，服务很差劲。总之，从某种意义上说，他不后悔这么晚来这儿。（又瞥了我一眼。）

我心里盼着他走开，但同时又不停地向他提问题，听他讲话。

我问他，既然对这家旅馆不满意，为什么还来呢？他说："没办法，我习惯了，再说别的地方也一样，那就算了。"他的眼睛睁得更圆了。我想他的眼睛对他可真有用。有了这双眼睛，他晚上不会跌跤，把腿，把他宝贵的腿摔断，可以用他喜欢的特别方式切牛排，还能……还能……我心里想，这座城市和所有城市的男人，都长着一双类似的眼睛，好在城里通行。如果我有把小刀，有足够的勇气和力气，我真想把他的眼球剜出来，看他在海滩上跌跌撞撞，要他永远记得此时此刻我们头顶上的天空，湛蓝，湛蓝，湛蓝。远远地，几朵云彩徐徐飘过。

他究竟是怎么想的？我想知道他的看法，夏季很快就要结束了吗？他望望海，望望天际，熟悉情况的他微微耸了耸肩膀，说道："如果你愿意相信我，当然我说的不一定对，但我想这种好天气不会马上结束。"

我不再听，脸上露出由衷的微笑。我高兴得坐不住，躺了下来。我刚刚目睹了在风的击钹声中葬礼狂欢的一幕：一秒钟内，房屋门窗紧闭，水手失踪，空无一人的列车摇摇晃晃地驶过。我呢，我是外人，风扬起鞭子把我赶走，我……

幻象消失，晦暗的海水依旧在跳舞，宛如一位四肢丰满的贞女。

那男人似乎因为我的这些问题受到了鼓励，完全想起来我现在讨他喜欢。他在一家糖果批发店工作。他点上烟，开始讲述他的生活。他受过很多的苦。他负责和零售商签订单，但他和令人生畏的销售经理斗了很多年，才得到这个要职。

我发现夜晚将至。我表示歉意，请他走开。他想知道第二天能否再见到我。我坦白地说明天我想一个人待着。"我这些话惹你心烦了，对不起，我说着说着就停不住了。"他站了起来。我避而不答。"我知道我让你厌烦，可是跟一个理解你的人聊天真好。"我每晚都来这儿？他将来这儿游泳。我提醒他这一带水域很危险。他口出狂言："那就更该来了，我不怕，我将来这儿游泳。再见，小姐。"

他敞着上衣，吹着口哨走了。但他感觉到我正望着他，所以迈步很不自然，有几次险些绊倒。

接下来的日子，他常从我面前经过，而我假装睡觉。他没有停下来，也没敢下海游泳。

我们跟在热罗姆后面。尼古拉汗流浃背，挂满汗珠的脸上两眼放着光。时间还很早。夏日的黎明像一头阴沉的猛兽，趴在里索勒河谷边。热罗姆花了很长时间爬坡，我们抵达高地时，太阳已经升起。我仍然闻到尼古拉的汗味，它与沉睡中森林的气味混杂在一起。我仍想亲吻他那张冒着热气的嘴巴，这张嘴懵懵懂懂，讲不清楚刚才发生了什么事。尼古拉啊，尼古拉。现在，他俩一起躺在齐耶斯的小公墓里，好像两个受罚的孩子。而我却置身事外。在八月份，比格的死气沉沉比其他时节更显著，更令我们无法忍受，因此总有爆发的一天。在比格，除了诺埃尔眼见着一天天长大，其他人只能等着变老，披上沉默这张越来越厚的皮。他们之所以能够做到，是因为每个人都期待着与其他人分开，各走各的路。春去秋来，他们等啊等，然后怎样呢？我发觉，虽然不知道等什么，但我和他们等待的是同样的东西。尼古拉就不同了。每当我的目光掠过他时，他的梦想便占满我的身心。我受不了尼古拉迷茫的紫色目光的注视，最终想找点事做，挑动他与热罗姆作对。没有人可以比我做得更好，因为每个人只有自己的那些希望两人作对的理由，但又守口如瓶，不愿与任何人分享。我必须插手。因为热罗姆哪怕做得再过分，尼古拉也不会感到气愤。他讨厌又有一个憎恨热罗姆的理由，因为它只涉及热罗姆的一个方面。我不得不插手了。我提醒自己，忍受和仇恨到了一定程度，就可能因为受到的伤害而自以为有权杀人。我对自己说，无论怎样惩罚热罗姆都不可能令我们满意。那就不该装模作样，自欺欺人。我为了尼古拉才怨恨热罗姆，但毕竟不借助外力他是死不了的，我清楚只有靠这个办法我们才可以摆脱他。眼瞧着他死，或有死的危险，让他心有余悸。蒂耶纳跟我谈这件事时我大概撒了谎，也可能到现在我才发觉当时我心里是有数的。

热罗姆一死，尼古拉就去找露丝。这在意料之中。

放克莱芒丝走，就是让尼古拉得到露丝。我为此高兴。这只是开始。以后呢，等尼古拉厌倦了她，我会让他离开比格。但最终我无意间做到的，仅仅是放飞了一只鸟。他是一只真正的鸟，因为我，他将永远是只鸟。

这说不上幸与不幸，不过是出了件事。尼古拉死了。热罗姆下葬当天，死亡跟露丝一起回了家。从那天晚上起，尼古拉不再属于我们，不再属于露丝和我。我已想不出话来劝他活下去，我已无力阻止他死。从那一刻起，我不再关心尼古拉。

烦恼渐渐淡了，心情趋于平静，没有一丝阴影。

尼古拉应该是为爱而死的。他真正的勇气不在于杀了热罗姆，而在于爱。我知道这是对的，正确的。像一件合身的衣裳，像按时来临的晨与暮。

于是我望着爬行的小螃蟹取乐，它们在沙子里蜷成一团，活像一粒粒石子。我内心平静，看着它们孩子似的玩耍，有时也感到几分快乐。

可是我真有把握吗？

我决定告发他们的那个夜晚，我记得很清楚。我没睡觉，等着蒂耶纳。我侧耳倾听。我觉得，正是隔壁房间传来的窃窃私语声，妨碍我听见蒂耶纳踩着楼梯发出的嘎吱嘎吱的声音。我等着等着，不禁怒火中烧。我恨自己夜夜等他，白白耗掉我的全部心思和时间。我认为我正在经历一生中最可耻的时刻，但又无力自拔。

夜色淡了，园子尽头，天空露出鱼肚白。树木开始轻轻晃动硕大的蓝色枝叶。微风轻抚，掠过围墙，如同一头正在觅食、嗅来嗅去的动物。天破晓了。

我倚窗而立，发觉又等了蒂耶纳整整一夜。在隔壁，他们早已入睡。有一刻我不知该怎么办：在窗棂上把头撞破，让我那些可耻的念头随着鲜血流出，或者对那么多的傻念头，那么多认真的傻念头付之一笑。可是，这个想法刚一萌生，我就不想笑或为此绝望了。我原谅了自己的一切。毫无来由的，我渐渐进入了狂喜的境地。太阳升了起来。我记得很清楚，长长的一道道雪白的光倏忽间穿过园中的晨雾。几乎与此同时，鸡窝里的公鸡喔喔地叫起来，从齐耶斯的公路上传来辘辘的车轮声。我转过身去，发现房间里的一切恢复了原来的形状和颜色，我的床没有弄乱，我身上的红底灰花布裙，是蒂耶纳喜欢的那一条。黑夜完全结束了。我心里想早餐前要去散散步。我很幸福。

我不再怨恨任何人，包括蒂耶纳。我隐约看见蒂耶纳的脸，他仍睡在楼上，神情难以捉摸，双唇紧闭，沉浸在梦乡中。蒂耶纳是个冷漠、无拘无束、正经、没有欲望的男人，我喜欢他这样。

他还不知道，只有我一个人知道，就是总有一天我会和他在一起，即便他离开比格也无碍。他什么都不知道。他很快就会下楼的。我不会叫他讨厌，他会喜欢我，甚至爱上我。不过，有某种东西阻止他向自己承认他应该下楼到我的房间来。它蒙住他的眼睛，使他看不出我讨他喜欢。正是这个东西使比格农庄的人都无法实现自己的心愿。它让我们委靡怠惰，不做任何摆脱这种状态的尝试，仿佛那比做最厚颜无耻的事还难。就在这个清晨，我终于下决心要改变现状，我看清楚了这个东西，具体而赤裸裸的，我把它攥在了手里。

比格最终将打开大门。不久我们就会听到尼古拉在前厅的笑声。壁炉将烧得暖烘烘的。不久，在这个冬天。

随后春天来临。其他的季节接踵而至，骄阳似火的季节，鲜花盛开的季节。啊！蒂耶纳也即将下楼到我的房间来，悄悄的，为了给我一个惊喜。他会用他有力的双手搂住我的腰；笑容终将在他的脸上绽放，把它的光芒撒向我的眼和唇。

但其实我对一切都毫无把握。

时间在流逝。我决定了，明天就跟尼古拉说。事情总要挑明的。

可是，我记得，一想到尼古拉也许第二天就会找热罗姆算账，我心里一阵悲哀。

我这样做出于什么理由并不重要，甚至不关蒂耶纳的事。我以为找到了除掉热罗姆的办法，我感到遗憾，如果不愿意撒谎，不想做俗人或呆子，找到和选择悬而未决问题的解决办法竟然如此简单。

这种可耻的随和在生活中几乎随处可见。清晨来临前，我已经为它感到沮丧。

我喜欢晚上到水急浪高的地点游泳，对较量的胜负，我至少是有把握的。夜里，我睡得很安稳，与表现机灵和勇敢的身体讲和了。

经历了多少个日子，多少个朝朝暮暮，才等到了这个下午。我无事可干，身边别无他物，只有始终一模一样的大海。我每天都以为这是我最孤独的一天，可是我错了，我一天比一天孤独。每个早晨我都对自己说，在这块领地上我不可能再往前走一步，到了晚上，我却发觉我又走过了一片孤独的处女地。我不考虑任何重要的事，只想着在比格思考的事。然而，即便这些回忆也变成虚幻的东西，只有头脑空空如也时才想起它们。

我因蒂耶纳不在而感到惆怅，我渴望看到父母的微笑，或者好好听一遍热罗姆经常讲而我始终没有听过的那个故事。可渐渐的，我不再需要他们，连再见到他们的念头都令我害怕。比方想到蒂耶纳又活生生地出现在我面前，我就脸色煞白。我希望永远不再和他们打交道，他们只属于回忆。一想到又要见到活生生的他们，我觉得浑身发懒。为了避免见到房客，我故意很晚才回旅馆。海滩上，有房客从我身边经过时，我希望他们认不出我来，也不打招呼表明他们认得我。听到他们的声音是一种痛苦。

我希望隐没得越来越深，躲藏起来，暗中突然发现自己的存在，在越来越深沉的寂静中独自面对自己。他们令人难以忍受。他们让我回想起我也笑过，说过，那样从容，喧哗，沾沾自喜。

但一切都很好。经过那个流血的夜晚，每当舞会结束，曙光初现，天快亮的时候，我便开始思考。我必须跳舞，为了以后不再跳舞，为了跳舞成为最不可能的事。只有在震耳欲聋的铜管乐和炫目的灯光之后，头脑才愿意回到早晨清风拂面的寂静中。每一场舞会后，我都决心永远不再跳舞。

经历过孤独的日子，我终于喜欢上自己的无知，与它相处感到惬意，如同它是一炉旺火。这时就该听任火焰缓缓燃烧，不说一句话表示自己对无论何事的看法。必须在无知中自我更新。

我望着大海。眼前只有这片海。在凝视中我耗损了生命，磨灭了全部的记忆。不知哪一种无知的臆想将把你卷走。我肯定自己会因此而发疯。但我一直有完好的四肢，始终怯生生的这两条胳膊，这两条腿。然而，由于只望着大海，它用聋哑人的语言，越来越清晰地邀请你做件具有决定性意义的事，也许是像扔件脏衣服一样，要你抛开所有的廉耻，所有的尊严。必须敢于直面自己，仅为自己起舞，让灵魂脱离肉体翩翩起舞，在我面前跳舞，欢庆我对自己的绝对无知的胜利，我对一切的无知的胜利。

喜也好，忧也好，全凭我高兴。白天我好好休息。晚上在房间里，有时我任凭思绪翻涌。总是同样的思绪。我听之任之。窗户朝向大海。几乎看不见天空。眼前黑乎乎的。

我数着在比格那幢房子的左半边楼还要生活多少个年头：十年，二十年，四十年。这段日子不会留下任何印记，我的生活中不会发生任何事。我也不再渴望发生什么。在比格坚固的围墙中，我将望着大地时而白雪皑皑，时而果实累累，时而一片泥泞，时而飘舞着白色的婚纱，流淌着牛奶，灾祸连绵，泪水不止。

我的思绪。我越把它们甩开，它们越聒噪着回来，像长舌妇似的。它们一会儿全来了，一个都不少。我熟悉它们。这些龌龊的念头，少一个我都会难受。

总有一天，我将不再爱蒂耶纳。仔细想想，现在难道我还爱着他？总有一天，我将把他从记忆中抹去，嘴边不再挂着他的名字。总有一天，我将死去。

我想起齐耶斯舞会上那个请我跳舞的年轻人，那时我十七岁。他专心致志，极天真地想把舞跳好。整整一晚上，我感到他上气不接下气的僵硬的身体紧紧贴着我。自从我长成一个可以跳舞的女孩以来，他是第一个关注我的年轻人。我把他忘了。

有一天，尼古拉死了。有一天，我在九月的一个清晨醒来，尼古拉却被埋葬了，整个被埋葬在一个完全封闭的坑里。

有一天：我知道这一刻是难以忘怀的，但有一天我会把它忘掉。我知道我会忘了它。

必须睡好觉。这儿的牛奶咖啡很不错。当客人们走下楼的时候，咖啡已在等着他们。不像在比格，我得为大家煮咖啡。早上一走出旅馆，海风便会吹打你的脸，那样凛冽，又那样柔和。

我不得不逼迫蒂耶纳注意我，强行打开他房间的门。如果我不这么做，他永远不会来找我。我不得不借尼古拉的手杀死热罗姆，为了引起蒂耶纳的好奇心。赤裸裸地傍着他躺在里索勒河岸上，强迫他看见我。人家对任何一个女孩子说的话，他从来不对我说，不说他觉得我长得美。我问过妈妈，她说我不丑，说我五官端正，头发浓密，像她妹妹年轻时那样漂亮，讨人喜欢。但她也不说我长得美。所有的女孩都有权听到的这句赞语——因为至少从某个角度来看她们都长得美——我却从来没有听到过。

我有时也照照镜子，发现自己和众人的看法不一样。夜里，只要从别的房间里不传来任何声响，提醒我世人的冷漠，我会觉得自己是美丽的，面对匀称的身材感到激动。这个身体是真实的，它真的存在。我是一个真正的女人，可以成为一个男人的妻子。我可以怀孕，生孩子，因为我的体内有个地方是专门为此准备的。我强壮，高大，身子重。在我身下，床被压得深陷下去，和在露丝、蒂耶纳、尼古拉身下一样。我周身散发出热量，和我头发的气味混杂在一起。我迷恋着我赤裸的肌肤，它凉爽，摸着舒服，时刻准备迎接阳光雨露的滋润。我喜欢自己，我奇怪不像讨自己喜欢那样讨别人喜欢。看来我拥有的是别样的优美，难以看清，不易觉察。因为人们习惯的是另一种优美，它立即展现出来，一有机会便靠声音、手势和微笑表露无遗。我的美从未用来取悦于人，但它存在着，我是不可能搞错的。当我注视我丰满高耸的乳房，我知道我是不会错的。它们在衣衫的遮蔽下继续等待，等着孩子嗷嗷待哺的嘴，等着人们追随的目光。它们指望着我。可我呢，我好像不会加以利用。

不管怎样，还有蒂耶纳。但我同样不会搞错，错的是蒂耶纳。他爱上的不是我，而是我为了讨他欢心装出来的那个女孩。

今天早晨，我收到蒂耶纳的一封信。

"我尽了全力。雇一个好佃户真不容易，但最终我还是找到了一户老实人家：父亲、母亲和三个娃娃。他们下星期到。说定了你住右半边楼，他们住左边的一楼和底层。你从树林和披屋间的空地那侧进出。

"至于你父母，我想他们可以继续住在原来的房间，还可以使用饭厅。

"你父亲又开始出去走走了，但每次只去发现尼古拉尸体的河谷那边。你母亲依然卧床不起。两人在一起躺着的时候，显然几乎是快乐的。他们和从前一样闲聊在 R 市的生活。将他们分开可不行，但也许应该让他们远离比格，或者送他们去佩里格的疗养院。令人担心的是你父亲恢复得太快，撇下你母亲一个人。他们有时谈起你，可是自从尼古拉死后，现在没有任何人真正让他们在乎了。

"克莱芒以为你不会回来了。我让他放心，并且劝他留了下来。克莱芒丝呢，一周前她带着诺埃尔去佩里格住了。你想要回诺埃尔恐怕很难，除非她缺钱，否则她不会放弃这孩子。

"你想回来的时候就回来吧。佃户的安置由我来管。已经是九月底了，雨水很多。这儿真美。雨说停就停，太阳一出来，灌木丛的清香一直飘到这儿。你知道，现在是下午四点钟，我趴在平台的护栏上给你写信。树叶变得稀疏了，可以看见里索勒河更长的河道，我原来不知道它要拐那么多弯才抵达齐耶斯。河水暴涨，闪闪发光，几乎漫过田边地头。今早的这场雨后，太阳黄得像只熟透了的水果，空气中有股孩子头发的气味。沐浴在阳光下，呼吸着潮湿的空气，感觉很畅快。天边蓝得刺眼，你们将迎来一个寒冬。

"晚上我弹钢琴。不一会儿，我就知道你的父母站在我身后了。你母亲也愿意起来了。两位老人坐在沙发上，面带微笑。偶尔你母亲跟我讲话，告诉我她喜欢听什么曲子。"

蒂耶纳：阳光灿烂的天空下，你被梦沉沉压住。一个渴望，唯一的、永远不变的渴望。我仍然希望一切重新开始，在身后留下一条堪称楷模的轨迹，快些，快些做，在衰老来临之前，在我失去这个渴望之前。但同时，我清楚我已经不再有这个渴望，也许我从来不曾有过这个渴望。这很可怕。不可能做到的事，不能做尚情有可原，不想做就安慰不了自己了。我对不可能早已厌倦，我骗不了自己。

蒂耶纳。我渴望睡在他身边，紧挨着他，只看得见他的头发和淡紫色的眼睑。把我全部的怒气，堆积在我们两个交缠的身体之间，扭动的身体将把我们包围在一片寂静之中。但蒂耶纳在远方。于是，在此刻，我想蜷起身子，闭上眼睛，像小狗一样可怜地死去。

也许必须逼蒂耶纳娶我，今年冬天不放他走，把他变成一个走运和背时的人，让他在所有的婚姻中选择我们的婚姻，在所有的王国中选择注定要失去的王国，那个叫做"幸福"的王国。

窗户关上了。我上了楼，早早上床睡觉，但我毫无睡意。

十天来，除了跟香烟先生交谈过一次，我没和任何人讲过话。夜晚特别安静。房间四周，到处是风声、浪涛声、走廊里的脚步声，还有楼下的狗叫声。房间里一片沉寂，我的心在其中跳动。我还有一颗永远跳动的心。大白天，在海边，又是一种感觉。我在大海的手里，呼吸着它觉得快乐。在感觉不到的秩序中，我是这感觉得到的小小的无序，确认大海存在的一件东西。于是我贪婪地倾听心脏跳动的声音。它可能不……它徒然地跳动，抑或为了一个今天不存在的理由。它徒然地跳动。因为每个今天都是无谓的、独一无二的一天。我给自己放了假，等待毫无用处。我为快乐而存在，我要及时行乐。两条腿待不住了，想动一动，欢快地跳起来。

窗户关上后，房间的四堵墙从四面围住我，活像四个问题，总是那几个问题：尼古拉死了，蒂耶纳将离去，父母老了，那么我呢，我呢？

我想到了自己。自然，我感到震惊。仿佛三天前……每次都一样，我辛辛苦苦构筑我的孤独，人们从未见过的最大、最壮观的孤独之宫。它既令我害怕，又令我惊叹。

百叶窗嘎吱嘎吱地响，狗在叫，因为有人逗它玩。人们嘻嘻哈哈地笑着。我心里想，我没有被邀请一起笑。我这样想，尽管通常我是轻易不笑的。我想起曾经活着的死者。不过，如果尼古拉还活着，如果他此刻走进房间，我会很不自在。但我满心希望他回来，因为我知道这是不可能的。

开始生活或死去，抑或嫁给蒂耶纳，都为时过晚。我不仅老了，我生不如死。太晚了。因为现在我知道这是真的，我确实存在，死其实并不比死不掉可怕。爱蒂耶纳是勉强摆脱至少是常见的不幸的开始。我错过了最惨烈的失败，最辉煌的成功。

厌倦还在。只有厌倦不时会袭来。我每次都以为厌倦到了头，可是这不对，厌倦的尽头总是另一个厌倦的源头。人可以靠厌倦活着。有时我在拂晓时醒来，发现黑夜在来临的白昼过强的白光前束手无策，落荒而逃。一股潮湿的凉风，纯净得几乎令人窒息，它从海上扩散开来，抢在啁啾的鸟鸣前闯进了房间。这时，我无话可说。这时，我发现了新的厌倦，它来自比头一天更远的地方，用一天时间挖出的洞。

我将把自己关在我的孤独之宫，有厌倦与我作伴。在窗玻璃后面，我的生命将一点一滴地逝去，我将久久地保存它。我说：明天，因为总是在明天我才会进入孤独帮会，才会有合乎时宜的表情和举止。眼下，我只幻想这一天的到来，带着女孩子的天真烂漫。

每天我都可能死去，但我总也不死。每天我都以为比头天更清楚怎么才能死。我忘了头天我也是这样想的。我总也不死。

然而，现在我知道了一段段时光是如何预告、走近、到来，一度把我们卷入漩涡的。然后，一旦为了另一段时光的到来而遭到放弃时，它们又是如何灰飞烟灭的。风筑的大教堂，八月份的这座纪念堂，我原以为一生都来不及绕着它走一圈，如今只剩下我脑海里记忆的碎石堆中的一粒小卵石。风筑的大教堂。

我的整个容颜遭到无谓的摧残，逝去时光的摧残。二十五年来，时光像水磨一样把我抽干。我二十五岁了。时光不会倒流。然而我想重新体验初次骑着玛在晨光中散步的感觉，不是别的，仅仅是最初的那几次；重新体验蒂耶纳第一次占有我的感觉，在那朝八月而开的房间里，在尼古拉生命终结前的最后几个小时里。不，我躲不开自己。有时我与自己相遇，再无惊奇可言。尽管我冷漠或粗野地将她推开，她依然回来，益发地忠心耿耿。

我发现我没有任何死去的原因，也许正因为如此，我的生活是一片沼泽，无论我怎样挣扎，也只能发出厌倦的汩汩声。即便我夸大了失去尼古拉的痛苦，我也清楚蒂耶纳已经取代了他。我总有办法取代一切，总能及时摆脱困境。然而我知道等待我的是什么，我不是故意为之。

我的死亡的白色灯塔，我认出了你，你曾经是希望。你的光芒抚慰我的心灵，清醒我的头脑。你是我的童年。我当年就明白你想说什么，但我从未在你的光焰中燃烧，因为我错过了冲进光焰的所有机会。我把我弟弟，他生命的火炬给了你，而他，你把他完全烧尽。我呢，我在厌倦的沼泽里始终安然无恙。除了你照亮的路，过去没有，如今也没有其他的路。

有时，我似乎想听到蒂耶纳已死的消息。我想象着一天早晨，有人把他放在了比格的大门口。他将和尼古拉一样在夜间死去，双颊冻得发红，头发在风中摆动。或许，我起初以为他还活着，不过是在露天睡着了，因为已经到了春天。我走过去，和头天一样微笑着，笑他在露天过夜的念头。我再走近些，见他嘴唇发紫，从眼睑中透出空洞的目光。我拿起他的手，它毫无反应，只求清静。

这时，我失去了思考的能力。我听见我将发出的呐喊。我将很年轻，活着是为了以我全部的力量来滋养这声呐喊。我将是呐喊。我二十五年的生命将化作尘埃，连同世界、善良与无耻，还有任何定义。啊！我终于能在一声呐喊中死去了。没有思想，没有智慧，我将仅仅是这声欢呼，能在呐喊中死去的欢呼。

远处，黑色的未来将闪闪发光。蒂耶纳的死将是永恒的，他的死在世界的废墟上盛开不败的鲜花。

海滩上，那人常常在我面前走来走去。他依然穿着那件过于宽大的礼服，没有扎领带。他的领口很脏，头发好久没有理过。他面部表情执拗，厚厚的嘴唇紧紧抿着，脸色黑黑的，胡子常常刮得不干净。

刚才他快步经过我的面前，斜眼瞟了瞟我。

他走了过去，躲到了稍远处的一块岩石后面。我耐心地等他从藏身处出来。过了一会儿，他穿着黑色泳裤出来了。他肤色太白，身上汗毛很重。显然他为此感到羞愧，尽管海滩上只有我，离他也相当远。他必须穿过他与大海之间的这段距离。他对我说过他会的。他飞快地跑起来，独自一人在空旷的沙滩上跑。阳光下光滑的沙滩上只投下他又长又细的影子。他一小段路、一小段路地跑，然后笨拙地在沙上走，头也不回，两眼盯着大海的方向。就这样他终于到了海边，藏身于海。

我简直不敢相信这样一个男人可以带着他那沉重和不光彩的身体游泳。但他轻松地跃入海中，游了一条曲线后来到我的面前。他瞟了我一眼，笑了。两次手臂划水的间隙，他笑着，脸露了出来，躺在水面上，笑逐颜开。他灵活的身躯里不再有羞耻，嘴巴张开了。他为自己的泳技感到骄傲，离海滩游出了很远。我思忖他为何望着我笑，他似乎在自嘲，或许因为他游得太高兴。

海浪汹涌，不久我就看不见那个男人，他的黑头顶和他的双脚了。当他勇敢地游向深海时，我的目光还追随了他一小会儿，接着就什么也看不见了。

天气相当暖和，可以安静地待在阳光下。我斜躺着，面对大海，用胳膊支着头。当我再也见不到那个男人时，我把头放了下来，这样可以更好地注视大海。它显得更绿了。我不知怎么办，把耳朵贴在沙子上倾听，我什么也听不到，仿佛一头撞在了密闭的寂静上。耳朵贴着地面，应该听得见牲畜嚼食和根茎爆裂的声音。贴在沙子上，什么也听不见。

海浪滚滚，总是有规律地来到我的眼前。海浪永远不停地涌来。我眼前只有海浪。不久它成了我的呼吸，我血脉的搏动。它流入我的胸膛，退出时留下我中空的、发出瓮声的身躯，如同一个多岸石的小海湾。左边的小灯塔熄灭了，我看不见它，也看不见岩石和房舍了。我没有了父母，没有了归宿，再也没有任何期待。我头一次不再想念尼古拉。我感觉很好。

海滩上空无一人。除了我，谁都没有看见那男人溺水身亡。

海面上光线十分柔和。海涨潮了。阳光减了热力。夜晚将至如同一件大事，我等着它的到来。它即将来临，皓月繁星将在海面上方一动不动地驰骋，伴它而行。

天色暗了下来，我仿佛又记起身边那个男人黑脸上一丝微笑的痕迹。我想象着他缓缓沉入海底，身躯笔直，四肢伸展，如海藻般仪态万方。几分钟内，他从极度的匆忙转为极度的缓慢。

眼前黑茫茫一片。海水如墨，夜凉似水。

我回到了旅馆。

热罗姆真的死了，但尼古拉也死了。克莱芒丝离开了家，诺埃尔被遗弃。父母几乎神经错乱，完了。

本来可能会发生更多的事，比方我死了或失去了蒂耶纳（这是一码事）。当然他们可以说这是我的错。但这又从何说起？在所有这些事情中，我看不出自己扮演了什么角色。我不可能有一丝愧疚，也说不清哪些发生的事是我希望或不希望的，期待或不期待的。

尼古拉躺在铁轨上，人们不敢把他抬回我们家。九月的晨曦中，我与蒂耶纳奔下山。这支离破碎的尸体曾经是我的弟弟尼古拉。我从来没有想过他会这样死去。怎么想得到呢？围着尼古拉的尸体几个小时嚎叫奔跑的难道是我吗？他即将死去这件事，我真的忘得一干二净了吗？

直到眼下这一刻我才能不带笑容审视自己。昨天，我还是最天真的，今天也一样，不同的是，我以为自己少了些天真。我舍此取彼。冬天有夏天的天真；夏天有冬天的天真。

　　两天后我将离开这儿。我起得很晚。我一直走到了灯塔那边海堤的尽头。海浪汹涌澎湃。阳光和煦。我不觉得冷。虽然不累，但我不想再走路，靠着沙丘在干干的沙子上躺了下来，一动不动。为身体和脑袋找到一个恰当的姿势是不容易的。念头来了，对尼古拉和蒂耶纳的思念，像个醉鬼似的，把你碾在身下。
　　我知道如何躲开。我望着自己的膝盖和鼓起衣衫的乳房，立即我的思想向内弯曲，乖乖地回到我自身。我想着自己。我的膝盖，真实的膝盖，我的乳房，真实的乳房。这个发现很重要。
　　所以我来到这儿，不知疲倦地凝视自身。在万千个生命中，是我在母亲的体内孕育，占据了另一个生命本可以占据的位置。我是这万千个生命中的一个，又把这万千个生命集于一身。既然可以想象她们当中的每一个，就可以想象这每一个正是我。替代是难以限定的，我知道我不可替代。因为我想象那些本可以替代我的生命时，总从自己出发。这就是最精确、最令人放心的我的定义。我甚至感到不可能这样想：另一个女人此刻躺在海边我的位置上，而这是一回事。
　　我看见了一海里外的小灯塔……夜晚，它照亮海面。我仿佛早已认识灯塔管理人，他的妻子，他们的孩子。丈夫在塔顶的电话监听台旁。妻子编结一只长袜。孩子睡了。我本来可以是他们中的一员。我真的喜欢他们的生活，就像喜欢旅馆女服务员的生活，齐耶斯的疯女人朵拉的生活，齐耶斯那名鞋匠的生活，他终年在他的铺子里埋头做鞋，让人们穿着在里索勒平原行走。
　　显然，来到 T 市后，我一直盼望着发生一件事。当我明白不该有任何期待时，大概心里才会平静。尽管每天我在这儿做同样的事（日复一日，我从海边回到旅馆，又从我的房间回到海边），可我时而莫名其妙的快乐，时而从清晨起就无缘无故地陷入无尽的忧伤。这时我不得不倾听我的欲望的吼叫。

我希望心里的夏季和身外的夏季一样完美，让我忘记终年终日的等待。可是心灵没有夏季。我望着夏季走过，自己却留在了冬季。必须走出这个焦躁难耐的季节，在欲望的阳光下老去。因为等待无济于事。既然等待总是大大超出希望。做一个心不在焉、快乐、温顺、美丽的女人。讨蒂耶纳的欢心，像另一个女人，永远像另一个女人，既然我谁也不是。

但愿我能敞开胸怀，让苦涩的海水和海风把我洗涤干净。

可是我的肌肤像个密封的袋子，我的头颅坚硬，里面的脑浆和鲜血满得快要爆裂。

第二天清晨，一名渔夫发现了他的衣裳，送到了警察局。人们立即查出此人的住处，因为所有旅馆的客人名单都在警察局备案。旅馆老板娘一大早就被来人叫醒了。

我下了楼，客人们都在谈这件事。天下着雨，大家无其他事可干。他们对这个人一无所知，但人人都有许多话可说。他是半个月前到的，第二次下榻这家旅馆。女佣们记得很清楚。她们说他是个可爱的男人，总很高兴，很安静。我可不记得他是个可爱的男人，他表情生硬，很少讲话，在他的同伴们中间，他常常是最沉默不语的。单单这一点，在店主看来确实是可爱的。

去年他来这儿住了二十一天。女佣们数着日子：这一次是十五天，十五天还不到，因为他是夜里死的。昨晚，谁也没有发觉他彻夜未归，这是非常奇怪的。清早，人家把这位客人的衣裳交给老板娘时，她多么的震惊！其他的客人全簇拥在她身边。在这儿淹死的人不少。她讲述了所有溺水者的故事，从最早的到去年的，详细介绍了他们的生平和出事经过。有的尸体找到了，有的一直未找到；有些是一个人来的，有老有少，年轻人尤其死得可惜。客人们也说起在法国各海滨浴场都有人丧命。就这样，在半个钟头里，大家列举了二十来起溺水事件。然后，话题枯竭，人们开始望着窗外的坏天气。

我足足等了二十分钟，女佣才端来了我的早餐。我仍坐在那个角落的同一个位置上。海在退潮，海面灰蒙蒙的。薄雾中，一艘小船驶过，然后消失了。

尽管下着雨，我仍想早早去海滩。半个月来，我唯一做的事就是去海滩，回旅馆，再去海滩。

有几位客人在我身边坐下。他们老在这儿见到我，跟我有些熟了。每天早上他们询问我的健康情况。我告诉他们我很好。但第二天他们还是问。见我孤身一人，他们也许以为我是来养病的，或是为了忘却某个不幸。

他们中的一个言辞审慎地对我提起那位溺水者，声音柔和，略带伤感。这人很年轻，穿件红衬衣，彬彬有礼。"你知道吗？他问我你在哪儿游泳。我见你和平常一样，往左到灯塔那边去了，我告诉了他。我不认识他，他好像很腼腆，你也不说什么……我瞧见他去那边了，他大概没有找到你……"

和这年轻人在一起的是位金发少妇，她点点头，好像在说："对，对，是这样，生活就是如此，很愚蠢，正像这位年轻人对你说的那样……"

一边的桌子上，胡乱堆着那位溺水者的衣服，灰底黑条纹的衣服，衬里被雨水和污泥弄得很脏；软软沓沓的形状让人想起那个男人最后的动作。口袋里的东西全掏了出来，皮夹和证件被水浸涨变厚，墨水也洇了开来。此人名叫亨利·卡罗，糖果厂的推销员，跟他说的一样；他结过两次婚，有两个孩子，雅妮娜和阿贝尔。这些证件散发出偶然的气味，有股扔在阴沟里的湿纸味，它们也有偶然的外观。每个人都目瞪口呆地望着证件，因为这太简单了。这些人不希望事情如此简单，显而易见的简单。他们围着死者的遗物，热情高涨，竭力想从这死亡中嗅出令人恐怖又令人心安的气息。

旅馆老板娘小心翼翼地把信件和照片装进一个崭新的信封，像一位富于经验的内行。桌子上只剩下被雨水浸涨了的身份证。从昨天开始下的这场淡而无味的细雨，打湿了石板地面。这些人望着雨丝，思想迟钝，身子发懒。

"你瞧，你一定没有看见他……"那年轻人又说了一遍。

我说不，我看见他。大家全围了过来，因为我是这世上最后见到他的人。

"你看见他游泳了吗？"我说看见了，但没想太多，他是在我面前下海的。

这时人们都在打量我。我的长袖连衣裙脏了，头发乱蓬蓬的，一双手粗糙难看。我知道他们在端详我。这些细节大概很能说明问题。我周围有十来张好奇得纹丝不动的脸。我发现人们在等着我讲下去，我想他们不大明白我：如果我什么都没说，大概是在等待时机，现在我讲了，是要让他们大吃一惊，他们就是这么想的。我真不该开口，我找不出话来说，觉得脸在发烧。我继续沉默，他们的脸上越来越明显地流露出同样的表情，让他们显得十分相像。

我真不该开口。

"你没看见他沉下去吗？"老板娘说，"你没明白？……"

大海就在那儿，窗玻璃的后面。我恨不得投身于大海之中。如果我想离开，这些人一定会拦住我。

我说我不知道，事实上我并没有看见那人下沉；有一刻我的确看不见他了，但谁能料得到呢？难道仅仅因为看不见一个人了，就知道他淹死了吗？说不定他朝别的方向游了，或者他游得太远，所以看不到他了。我没有格外留意他，就是这样，我没有一直盯着他，所以没有注意到他消失的那一刻。

"但为什么不喊人呢？为什么？"我说这没用，因为等我发觉的时候，已经看不见他了。这没用，除了我，海滩上一个人都没有，而我不大会游泳。

"为什么你什么都不说，什么都不做，也不呼救？"我重复了同样的话：这毫无用处，我最后见到这人的时候，他正在安静地游泳，如果我叫人去找他，反倒会打搅了他。他显然是个游泳好手，他想在我面前表现一下（那个年轻人是这么说的），我派人去救他反而会惹恼他的。说不定他因为得不到我青睐而陷入绝望，不再好好游泳，以更可怕的方式沉入海中。我明白这些理由也许都站不住脚，但我仍然一再说喊人没用，海滩上没有人，一个都没有，而我又不大会游泳。

这些人不满意我的解释，好像我什么都没说，必须一再重复同样的话。他们继续盘问我，却不听我说，我感到任何回答都无法令他们满意。

我不再回答。这些人，我不认识他们。可是我脸红红的，仿佛被他们吓住了。我强作镇定，努力驱走脸上的血色和耻辱。我走了出去。

我最后一次沿着海岸散步。目力所及，灯塔那边的海滩上没有一个人。纷纷细雨，四处飞溅，使嘴唇龟裂、视线模糊。风卷雨丝，一束束抛到我的脸上，让我无法迈步，无法呼吸。这不适合我们，这相互勾结的风和雨，这放浪形骸的大海。风来势凶猛，四处乱窜，我无法站在风廊里随着风一起走，甚至无法呼吸。鼻子下突然没了空气，这比愤怒更糟糕。它们在过节，而你没有得到邀请。

　　我躲到一块缩进的岩石里，坐了下来。我突然来到远处一个别的地方，感觉好了些。我摸摸冰冷的双颊。风夹着雨扫过岩石，但没有淋着我。摸着面颊的手有股寒气，我认不出这双手了。我想我很伤心，我哭了。我恨不得永远不离开这个地点，一辈子都不离开。我哭是因为我必须离开。

　　我应该会出件事。我盼着某天早上发生一件事，把我从可笑的等待中彻底解脱出来；自 T 市开始，等待便是我的生活。但来到此地已半个月，什么事都没有发生。

　　刚才，老板娘对我说，在"昨天的事故"后，她不能留我了。

第三部

晚九点，齐耶斯火车站，没有通知蒂耶纳。天上下着雨，夜色漆黑。回比格的路上（我计算着）：十七加十五，尼古拉死了三十二天了，我出发去 T 市也过了十五天。我被赶出旅馆倒正当其时。从昨天开始，海上阴雨绵绵，这儿也下起了毛毛雨，风住了，细雨悄无声息，淅淅沥沥下个不停。十月正揉着冬季的面团，要揉整整一个月。厚厚的云层缓缓飘散，露出一弯新月。为了那个溺水者，T 市容不下我。每天都有数十人溺水，他却偏偏让我碰上了。这已是陈年往事，尽管发生在昨天。旅馆老板娘一脸的鄙夷。恪尽职守的神情。我害怕了。怕人家的猜测，怕我说多了，让他们发现我是谁，怕他们打听到我是谁，并说出去。我想到了那些可怜的杀人犯，他们对自己了解太深，所以对自己深恶痛绝。老板娘胸脯丰满，戴的乳罩太紧，让她喘不过气来。乳房高耸，如两弯隆起的新月。她的脖子涨红了，眼神躲躲闪闪："出了这样的事，我不能留你了。"因为我没有呼救：在某些情况下，哪怕没有用也应该呼救。在一两秒钟内，我确实有过呼救的念头，但周围那样宁静。阳光下，我的体内，我的头脑里，没有任何东西想动。不像此刻，行走令我思考，我想脊背上发凉是因为我在发烧。热罗姆发烧的时候，他要我去请公证人。有一天我也会这么做。那人淹死了，被我看见，我目睹了一个人淹死的过程。周围一片宁静，他下了海，用双臂、双腿划水，尽管我告诉过他这很危险。他渐渐下沉，但离得那么远，一个小小的身影，映入我的眼角，大太阳依然照亮这一

261

角，其余一切都在阴影中闪烁。"你装作没有看见他，其实看见了，海水紧压他的胸膛，令他窒息，也许他那时正望着你。"唔！这过程那么短，只有三分钟。我看见了他，然后再也看不见了。"他淹死了，就是这样。"我没有对旅馆的客人们撒谎。就是这样，再没有什么可补充。迎风破浪游泳时结束生命比躺在床上老死要强。我知道他一定是这样想的："死亡来得太快了。我承认我必须死。但请再给我几分钟，让我从容地死去。"他被一个声音包围，从四面八方传来的声音，他沉入水中，耳朵里灌进了水，风，海水，声音，荒诞的混乱，混乱复混乱。"给我一分钟，让我的胸膛浮出水面。然后，我愿意去死，然后，是的，但之前，长长地、无休止地吸一口蓝色的空气。让我吸足了气后再死。然后，然后，是的，但之前，我恳求人们，恳求上天。开开恩吧！就一口空气，我有权，有权再吸一次！"我承认，这一切就发生在离我不远的一个地方。天气晴好，不像现在，雨下个不停。如果坏天气从九月开始，它就会持续很久。没有月亮，至少人们猜它躲到了云层后面，它也感到窒息。但在雨幕另一侧，高空中一片静谧。飞机可以穿行其间，用这种方式躲雨。这是热罗姆告诉我的。我回想起热罗姆。他起了床，伸伸懒腰，到院子里做体操。在比格的早晨。冬季。天气晴朗。刚喝完一杯咖啡，走到寒冷的屋外，胃里觉得很暖和。"那些坐办公室的人整日抄抄写写，他们可不知道有这样的日子。"热罗姆说。为防衰老，他坚持锻炼，后来还是被一拳打死了。锻炼后，他不去干活，而是回房取暖。于是，我知道了世上有撒谎的人，他们到屋外露个面，尽说些漂亮话，称赞天气好，然后把自己关在屋里取暖。热罗姆撒谎，永远在撒谎。我总在白日将尽时看见他。于是我想起日头西斜，夜晚将和昨日一样到来。我记起一切。我避免经过院子，绕着披屋走，想方设法躲开他和看见他一样令我疲惫不堪。尼古拉呢，看到他感觉就完全不同了。他的头发，眼睛，牙齿，在晨光中熠熠生辉。他走近我，面带微笑，说他要去山下耕地："你冷吗，弗朗苏？"在他身边，玛拖着犁。见到他，见到这张我永远无法完全认清的面孔，我快乐得无以复加。我们从来不曾一起交谈过。我们始终在等待两人互诉衷肠的那一刻。现在我可以对他说了，但他死了，就算可以对他说也没有用了。以前，我一直不敢。尼古拉身材挺拔，他在风中挺起光滑的胸膛。他只在晚上思念露丝，心情抑郁。他是我弟弟。我从来只有一个弟弟。如今他死了，安息了。冬天大地是温暖的，尼古拉应该不觉得冷。他应该还有牙齿，眼睛却瞎了。想到此，想到他眼睛瞎了，那双神秘的、湿润的、睫毛长长的紫色眼睛，曾经明亮的、完美的眼睛。想到此，啊！我的腹部深处狠狠地挨了一击，没有尼古拉，我一分钟也活不下去了。这种情况很少见，我从来未曾有过跟刚才完全一样的想法。这甚至是一种耻辱。可我不觉得耻辱。发生的事，回想一件或另一件事，一切都很好。不应该怕自己的思想，什么都不该怕。既然他，尼古拉死了，我可以安心了。再也不必害怕或羞耻。现在，他暖暖和和地躺在温暖的土地里。是热罗姆说土地是温暖的，他知道很多事。总而言之，他教给了我许多知识。我们本来可以换一种方式对待他，听他讲话。我们从来不听他说些什么，应该听的。现在我觉得他讲的话是对的，每个人都会这么讲。他要的是被人倾听。可大家都瞧他不起。他在餐桌上讲话时，每个人都假装吃得津津有味，哪怕桌上只有谁也不爱吃的白菜。他故意沉默许久才开口，希望他的声音会出其不意地吸引我们听他讲。他竭力把事情讲得有趣，惊人，喜欢采用提问的方式："尼古拉，你知道打仗时我怎样赢得第一个军衔的吗？"他希望讨我们喜欢，只讨我们喜欢。其他人他不感兴趣。仇恨就是这样，他的话我们一个字都听不进去，不想听，也记不住。现在我很反感没有更多地听他讲。热罗姆在餐桌上吃饭时，我们尤其恨他。因为他不干活，却津津有味地吃着我们给他的食物。我们想他是个无耻的小偷，而且还沾沾自喜。我相信他自己并不知道，他是小偷，却浑然不觉。如果他还活着，我会对他说几句客气话。我会向尼古拉解释。我本来应该告诉他，世上没有持久的仇恨。我们应该听所有人讲话，包括撒谎的人。现在，他不再多嘴了，永远也不会多嘴了。我们至少应该听他讲一次。可是没有，一次都没有。我猜克莱芒丝听他讲过，这太好了，想想我就高兴。还要走三公里。路很长。现在是十月。去年十月的一个晚上，我们待在院子里，母亲说："天越来越短了，也冷起来了。"尼古拉提议回屋生火，冬天的第一炉火。热罗姆也在，克莱芒丝十月里第一次在房间的角落里哄诺埃尔睡觉。将有明年的十月，后年的十月，许许多多的十月。还得走这三公里。如果我遇见齐耶斯的医生，会跟他打招呼，他会停下来让我搭车，因为有发动机，一坐进车就会觉得很暖和。我愿意久久待在车上，希望他开慢些，慢慢走完这三公里。这样，脊背上的寒意就会退去。说不定我会大病一场，卧床两个月，虚弱无力。蒂耶纳会来照顾我。到那时，我将住进朝向园子的房间，让人在壁炉里生上火，我将穿上最漂亮的睡衣。那位大夫。不知道他对我们有何看法，还有周围农庄的人。尼古拉和热罗姆死了，克莱芒丝和诺埃尔走了，父母疯了。他们都知道，尽管没有来过比格。纸是包不住火的。他们不知道的，是我对他们毫不在乎。我只想安安静静地待在一个暖和的地方，再也不动。比方坐在书房的壁炉前，或者睡在我的床上，赤身裸体地挨着蒂耶纳，一动不动。但明天我将不再感到疲倦，我会忘记，得管管佃户了。想到比格农庄里来了新人，一切又要重新开始……我烦得很。我不得不指挥他们，我从来不会指挥人。这大概比自己干活还累。明天，后天，重新开始干活，周而复始。这世上有富人，也有穷人。我将永远是穷人。我生来是干活的命，体格壮，身体好。此刻正需要这样的人：提着箱子冒雨赶路，头发垂在脸上，穿一双磨坏了的旧皮鞋，心里感到厌烦。但在雨中，厌烦里也有自在。清晨五点，冒着严寒在烟草地里干活，手指冻得通红，格格作响。其实，我并不讨厌重新开始，我不累。恰恰相反。里索勒河在山下流过，好似冒着白色泡沫的小太阳即将升起。其实也有好日子。快，快点出芽，四月份就可以割烟叶了。不，不，以后不会有好日子了，我不明白为什么。我希望脊背不再冷得打颤。我又开始注意背上甩不掉的寒意。当我重新思考某件事时，我意识到我又在想背上的寒意。如果在遮雨的峭壁上找到个洞，我就钻进去；前面不远，不到拐弯的地方有个洞。但如果我停下来，会全身冰凉。最好还是走回比格。我已经感觉不到自己在走，就像最终感觉不到呼吸一样。身上这样冷，倒不如赶回比格。今后，我在任何地方都不会觉得舒适，身体永远垮了，再也干不动农活。在这一刻，我相信再也不会有美好的日子。这不符合事实，但当时我仿佛不知道这不对。明天我将忘记。忘记一切，这既遗憾，又好极了。准确地说，是不幸中之万幸。别人怎样想就不清楚了。不知为什么，不幸中之万幸是我最后的念头。它随风而去，如同死去的鸟儿的最后一根羽毛。现在，什么都不必想了。我头脑清醒，一下子空了，脑子里好像有雨水在流。就让风把这最后一个念头吹落到路上，明天早晨被某个人轻轻一脚踩碎。我的头脑只给我的脚步声留下了位置。我听得很清楚，在我头脑巨大无边的地道里，从四面八方传来的，从一座农庄和此地传来的脚步声，我的脚步声。它是我的，我听得很清楚。我会细心聆听，我会想着它，以便早些回到家。噗，噗，噗……两步两步的，或三步三步的，或四步四步的。不知哪只脚先迈步。我想到左就是左脚，想到右就是右脚。必须知道婴儿时我学走路先迈的是哪只脚，不知道就只好弄虚作假。一只脚站定，另一只迈出一步，站定的那只脚也迈出一步，如此就可以走路了。腿是固执的，这很好，手臂也一样。我的手臂有力气，有时我也耕地。可惜有了佃户，我不能想做什么就做什么了。蒂耶纳努力安排好一切，其实他和他的佃户败坏了我的生活，我再也没有机会去耕地，或跟着克莱芒去砍树了。不过这只是一些想法，做还是可以做的，只需知道如何着手。手提箱很沉，把我的左臂抻得隐隐作痛。这都怪在比格定居的父母。我和尼古拉，为了买一盒咖啡或一斤盐，来来回回在这条路上浪费生命。我们每周去一趟市场，其实要买的东西并不多。现在，热罗姆和尼古拉葬在了公墓，得去给他们上坟。一下子死了两个人，这毕竟太多，也十分罕见。我不常去上坟，路太远，我永远鼓不起勇气。我还要照顾父母，想方设法让他们活得长一些。妈妈毕竟做不了别的，只能让我拥吻了。对爸爸而言，这不公平。我想留住他，宠他，晚上听他念《半只耳朵男人》的故事，像我以前得猩红热时那样。谁都不知道爸爸有多么好。在父母去世前，我希望能给他们一点快乐，给他们煮香浓的咖啡，烘美味的薄饼。等有了钱，我将给他们买辆汽车，终日载着他们兜风，他们好奇地注视外面的世界，就不会再为尼古拉伤心了。蒂耶纳为他们演奏音乐，但仅仅在晚上，整个白天，他们躺在床上等待夜晚降临。此刻，蒂耶纳大概在弹钢琴，我不愿意想他。再过几个小时，他将躺在我的床上，清新而光滑。再过一会儿，但比格那么遥远，我永远也到不了。活着是我的痛苦，却是蒂耶纳的幸福。他想方设法过舒适的生活。带着他书里的和头脑里的那些念头，他竭力找到幸福的理由。他考虑周全，甚至做好了只能活短短一年的最坏打算。他知道他年轻，但也知道他老了。他知道他是蒂耶纳，但也与其他的生命相像。他知道他会死，他用有力的臂膀深情地拥抱死亡。啊！我可以在他的有如夏日之井的臂弯里睡觉，死而无憾。我躺在柔软的青苔里，在他双臂围成的窝里，聆听云彩飘过。他试着去相信所有的神明，但没有成功。那时他很忧伤（这大概是必然的，但我不能肯定，我只知道有的人不能没有信仰，蒂耶

266

纳便是这类人）。后来他决定不信仰任何神，于是他变得快乐了。恰恰在他快乐的时候，人们才明白他曾忧伤过，为神明烦恼过。因为不是谁想天真就可以天真，谁想笑严肃或不严肃的事就可以笑的。他睡着的时候，我知道。他的眼睑是紫色的，他的嘴角上扬；那一刻，他在回忆，回忆他曾经的失败，已经败退的童年。他模样英俊，也十分善良，非常聪明，你跟他比犹如沧海一粟。无论从哪个方面看，他都是我见过的所有人中的佼佼者。他像鱼儿一样从你手指间滑过。像鱼儿一样。他总想动身去旅行。如果他告诉我要去哪儿，我一定会大失所望。让他去吧，走吧。我呢，去哪儿旅行，读什么书，我从来委决不下。要我孤身一人游览美景，那就太可惜了。我的鞋湿了，脚又热又胀；脚底起了泡，但我感觉不到，明天泡破了才会觉得疼。我有一双粗壮的手，长在胳膊的顶端。我身子笨重。我所有的想法都停下，跺脚，混杂在一起，互不驱赶。混乱。也有秩序。念头一个个轮流而来，比方我决定永远留在比格，紧接着我又想走遍世上的每个角落。但懒惰占了上风，我对自己说这没必要，其他人比我更有理由离开。转瞬间，我知道这不对，没有人比我更应该离开。我希望一劳永逸地做出决定。我想选择憎恶自己，并能够微笑。我想选择爱自己，并能够微笑。她是存在的，那个我爱的，讨我喜欢的女孩。我对她怀着对所有人，对任何人的那份温情。我想把她置于我的头脑的保护下。找到她，驯服她，把她送给蒂耶纳。给他生几个漂亮孩子，用乳汁哺育他们。她将沐浴在春光中。啊！我希望她笑，在春光中开怀大笑。必须用我那讨人嫌的头脑监视她，老而邪恶的头脑，它老了，老了。我喜欢的女孩开始反抗。她一直像未经人事的少女般羞涩。或许我永远不能把她带进春光中。永远不能。那么，我将让她暖暖和和地躺在安静的死者身旁。如果我边上有人，我将把一切叙述给他听。看看是否有其他人，有其他许多人和我一样，还是只有我一个人这样想。蒂耶纳，就让他走吧。我将不再为此难过。没有任何事情还会令我难过，蒂耶纳一走，我就可以安下心来，不再琢磨他走还是不走。书房里很暖和。我真希望已经回到了比格，立即，立即开始生活。一辈子坐在壁炉前。我将留在那儿，永远不会忘记这个夜晚。不过有时我会乐意死，仿佛我发现自己依然年轻。到处都有死人躺在清凉或温暖的公墓里。有一天我也会躺在墓地，带着我的分向一边的头路和左手的伤疤。这伤疤是我用接骨木给尼古拉做哨子时留下的。那是很久以前的事了。它却一直留着。它将留在我死去的手上，从此藏起来，谁也不知道。我想停止思考。这条路很长。为什么回比格呢？我既想永远离开，又希望在那儿终老。忘记厨房里那些摆放整齐的铜质平底锅，忘记每周六下午要把它们擦得锃亮。因为我不想再有任何依然令我开心的事。我愿意做最孤独的人。我是最受遗弃、思维最迟钝的人。我的思绪紊乱，但我能将就。我习惯了。我每次都认出这些念头，认出每张小小的耗子脸。再也不会有新的念头了。我将拥有平静的生活。我把自己的头脑审察了一遍，这是最迟钝的头脑。谁也不知道。我是最值得同情的人，跟大家一样最值得同情。但我不在乎最值得还是最不值得同情。我将拥有平静的生活，一定会有的。我喜欢雨，只需扬起脸、张开嘴迎接它。我喜欢人们死去，喜欢脊背上打冷战。也喜欢脚上的水泡，还有我全部的故事。我将拥有平静的生活。啊！齐耶斯的公墓到了。小尼古拉和老热罗姆长眠于此。我对尼古拉爱得不够，从来都不够。我本该更好地看护他，照顾他。他离开尘世已有一个世纪。我真想亲吻他那空洞的眼眶，嗅嗅那双死去的眼睛，直至认出弟弟的气味。这将令我舒服，给我温暖，还我青春。可惜公墓一过，尼古拉在我脑海中的形象变得越来越小，而前面的路还很长。毕竟他的眼神是温暖的。风很冷，没有了弟弟，我又成了风中的一片落叶，一片枯黄的落叶。我又想起尼古拉。有时我想大声赌咒，但这毫无用处，我仍然一而再，再而三地想起尼古拉。他死了，已死了三十二天，如今他不必再去死，周围一片寂静。他再也不会经历死亡，他的死是既成事实。而我呢，我在走，在他死后得过且过，尽管不情愿，但别无他法。因为我不想死。三十二天过去了，他再也看不见橙黄色的秋天，细雨绵绵、满地泥泞的秋天。我呢，我在走，不知为了什么，不知别人还想从我这儿得到什么，明天还要我做什么。只要人还活着，一切就没有完全结束。明天，不管我愿不愿意，我将有自己的位置。不知道日复一日地我将被带向何处。我也许可以在雨中停下脚步，拒绝往前走，但这无济于事。总有一个位置，一块空地是留给我的。如果尼古拉想到这一点，就不会因为露丝而痛苦，就不会自杀了。他是个小傻瓜。但我依然渴望拥吻他，把他紧紧地搂在怀里。我老了。从我再也不能拥吻他的那一刻起，我就未老先衰了。从在 T 市逗留的那段日子起，我敢肯定。那一幕幕悲剧，还有那个溺死的人。我背负了太多的悲剧，它们四处发生。我对此负有责任，至少别人可以这样想，我呢，我知道我不在乎。面对厌倦，我们无能为力。我厌倦了，但有一天我将不再感到厌倦。这一天很快会到来。我会发现根本没有必要厌倦。我将拥有平静的生活。

我觉得和往常一样，在齐耶斯购完物后回家。只不过这一次我将重见蒂耶纳，还会认识新来的佃户。尽管我的手提箱不重，可是我累了，快到比格时也饿了。然而，哪怕路再长，我也能继续走下去，走整整一夜。我做得到，只要我总感觉饿，感觉热，总听见我的湿鞋软沓沓地走在路上嘎吱嘎吱的响。

　　过了十字路口，快到路中央时，我听见了钢琴声。是的，在这个时辰，蒂耶纳正在书房弹琴。书房里一定暖意融融，灯火通明。
　　我仿佛已经看到了蒂耶纳的后背、颈项和我进屋时他转向我的侧影。他会站起来，但不上前迎我。他的手将离开琴键，垂在一动不动的身体两侧。也许他改了主意。谁知道呢？说不定他决定留下不走了。带着同样令人不解的固执。谁说得清楚？
　　我在斜坡上坐了下来。琴声随风传来，落在我的肩头。
　　我的衣裳潮湿闷热，我觉得很舒服。
　　雨已经小了。在近处，它发出嗞嗞的响声；远远的，它有如人群重重的原地踏步。
　　现在我到家了。我讨厌马上到家。
　　我清楚，我躲不开蒂耶纳。我是他要的女人，最可怕、最好的女人。如果他愿意，我会打扮得漂漂亮亮。我将精心梳妆，穿上红底灰花的连衣裙。我很愿意。礼拜天，我们将给尼古拉上坟。是的，尼古拉……那又怎么样呢？我们的小男孩将住在尼古拉的房间。不过先要把它粉刷一遍。这将由蒂耶纳决定。我呢，我很愿意。

路上出现了一个人。我认了出来，是克莱芒提着灯笼朝这边走来。

他停下脚步，在我身边坐下："小姐回来了？"我问他近来发生了什么事。他说蒂耶纳先生正在为维雷纳特先生和夫人以及巴拉格小姐弹琴，跟每天晚上一样。她是什么时候又来这儿的？有十天了。"她来取跟尼古拉相好时留下的东西，从这以后每天晚上都来。"

事情一发生，克莱芒就知道：冬季、雨水、霜冻、孩子、死亡。他对人对事没有任何偏好，避免发表自己的意见。人家说他老，说他蠢，他既不行善，也不作恶。他在山丘高处目睹一切。某天他脱下冬天的皮袄，某天又穿上身。我一直琢磨他放羊的那几个月都在想些什么。我相信他没有意识到正在经历男人的一生。太阳升起，他的思想醒了过来，黑夜降临，他的思想沉沉睡去。它跟随着他的羊群，攀附在他挤奶的双手上，监视着他的炉火。

我们久久不说话。我的确找不出话对克莱芒讲。后来我问新来的佃户怎么样。据蒂耶纳说，他们正是我们需要的人。没发生什么事，羊羔卖掉了，羊毛也卖了，羊群没有染病，不久就该关进羊圈过冬了。尼古拉死后，父母亲一直神志不清吗？克莱芒没有察觉到。疯狂和理智是一样的，理智和疯狂没有差别。只要以不带理性的眼光去窥伺疯狂，疯狂就容易解释，得到理解。不，他什么也没有察觉。那天早上，他遇见了爸爸，觉得他和平日一样。在哪儿遇见的？跟他讲了什么？哦，在铁道的斜坡上，靠近里索勒河，天很早的时候。他俩聊了一会儿。维雷纳特先生说，十月里难得有这样好的天气，很适宜观看日出。克莱芒不记得听见他讲了什么不理智的话。至于维雷纳特夫人，在比格的院子里再也看不见她的身影。

克莱芒没有向维雷纳特先生打听她的情况，因为他明白，尼古拉死后，她一定很痛苦。（说到这儿，他住了口。他知道，正如分娩时的阵痛，失去孩子的痛苦会过去，但时候还不到。）

走过院子的时候，他透过窗户瞥见她躺在床上。她朝他招了招手。

我仿佛见到了妈妈。她正在遨游，在痛苦的海洋上遨游。她还停不下来，但她亲切地向别人招手，表示她没有忘记他们。只是她离得那样远，他们走过院子时，可能以为她没有发觉。大家不去打扰她，她心怀感激，对他们充满友情。她不在院子里忙碌，肯定为此感到歉疚，但她没有办法，她需要思索：尼古拉不再回来，她多么渴望抚摸他的头发。

克莱芒不再说话。借着灯笼的微光，我看见他夏日穿的外衣上覆盖了一层羽毛似的细雨。他低垂着眼睛，整张脸被帽檐的阴影遮住，看不清他的五官，他变得不像自己了。只有几道闪现的皱纹，给人衰老中止又永无止境的感觉。他不会有更多的皱纹，他的话也绝不会更多。坐在我身边的克莱芒，像时间一样无声无息。

我说我要跟他去他的窝棚，在那儿过夜。

我们登上了齐耶斯山。他把他的草褥子让给了我，升了炉火，我们一起吃了点面包和乳酪。有一刻，我们听见露丝·巴拉格骑马跑过的声音。我走到门口，比格农庄朝院子的窗户还亮着。

次日和接下去的两天，我留在了克莱芒家里。我有些不舒服，回齐耶斯的路上着了凉。

克莱芒给我生火，准备吃的，然后去放羊。他每晚都去比格，很晚才回来。我不问他那里的情况，他也闭口不提。

我丝毫不想走出我的藏身地，不清楚为了什么。我发着烧，几乎整天都在昏睡。睁开眼睛的时候，我发现自己身上裹着克莱芒的褐色毛毯。屋门开着，烟雨迷蒙的天空下，里索勒河谷阴沉灰暗。雨时下时停，间隔时间不一，天空与河谷间，弥漫着发亮的雾气。随着一天时间的流逝，一炉旺火渐渐失去了热力。清晨火苗红红的，到了晚上，在白色灰烬下它成了粉红色。窝棚只有一扇窗，朝向森林。四壁空空，仅挂着一杆枪。羊奶凝固后发出的酸味，与堆在壁炉两侧湿柴火渗出的潮气混杂在一起。阵雨过后，雨水的气味飘了进来，舔着窝棚的墙面，在奶味和柴火味中呈现出虹彩。这第三种气味是我的孤独的气味。我不假思索便认出了它。我在孤独深处嗅出了开放而零落、如今已被尘封的往事最久远的气息。四周静悄悄的，只听得见炉火在噼啪作响。我两眼盯着里索勒河，然后闭上了。

克莱芒进了窝棚。他活像秋天来临前的一棵树。他生了火，拿起一支烟斗，在我对面的草褥上坐一会儿。然后他又离开，不对我讲一句话，甚至不看我一眼。尽管他知道我躺在那儿，这张床上。

每到掌灯时分，我便听见露丝·巴拉格的牝马的蹄声。它缓缓上坡，山坡的确陡峭难行。我看见了她，身子裹在一件带风帽的大斗篷里，越来越美，来找蒂耶纳。冒着风雨，不顾廉耻。她真该感到羞耻。千山万水也阻挡不了她。哪怕牝马累死，哪怕她日渐衰老，仅仅为了蒂耶纳而衰老，除了我，什么都拦不住她。在节奏匀称的马蹄声中，我又沉沉睡去。

我全神贯注于感觉自己的疲劳。起初感到一阵燥热，接着浑身出汗，身体降了温，凉爽得关节都变得强硬了。热度是和缓的，正像这个季节时下时停的细雨。冬天即将开始。

我睡了。不管以后发生什么事，都不会给我带来快乐或痛苦。我将悄悄溜过去。我选择了自己的位置，除了袖手旁观，什么也不做。

我一旦露面，露丝就会逃跑，蒂耶纳对我的归来也会产生误解。我永远无法忍受别人因为我而感到羞愧。向他们解释？不；向他们解释我引起他们羞愧，因而我比他们更羞愧？不。我很愿意露丝的牝马载着一位如此美丽的女孩朝前走。就让灯光亮起来，让蒂耶纳坐到钢琴前，片刻后爸爸和妈妈会来听音乐。

　　露丝。想到我回来，她该多么惊惶失措。她又来到比格，与尼古拉的父母一起坐在书房，她面对自己，也会突然感到难为情的。我很高兴露丝的欲望如此不可遏制，竟然战胜了她的勇气。她被卑怯的勇气和愧疚所抛弃，只剩下欲望这件武器。就让露丝带着它来比格吧。我很高兴有人对蒂耶纳怀有这样的欲望，高兴蒂耶纳是这种欲望的对象。这世上竟然存在忘却到极点的现象，我为此感到高兴。露丝又来了。

　　父母的谨言慎行可能是种罪过，我知道他们对露丝一直以礼相待。啊！我多么喜欢爸爸，他会为了怨恨露丝而怨恨自己，想到露丝有可能感觉到他的恨意，他还会痛苦不堪。因为尼古拉死后，既然他可以苟且偷生，就应该容忍露丝和她的所作所为。

　　晚十点左右，克莱芒又回来了。我们快活地一起吃饭，彼此不讲话。我们贪婪地吃着羊奶酪，喝着奶汤。晚餐后，星星的寒光射进了窝棚。我在克莱芒家里过得很舒服。

　　太阳重现的第一天，我该下山回比格了。天气放晴，人们都出来走走。我阻止发生的事将再也阻止不了，因为蒂耶纳不可能不知道我住在克莱芒家里。太阳升起时，蒂耶纳会上平台去，心情很愉快。那一刻，他首先会想到露丝或我，抑或今年冬天离开。他将不再改变主意。我从来没有妨碍或阻止他做他想做的事。他可以随心所欲。

三天三夜过去了。克莱芒没有提请大夫的事。他总是说要注意保暖和多睡觉。

夜里下了一场骤雨，第二天太阳终于出来了。克莱芒敞开了屋门和朝向树林的窗户。我觉得病好了，不该再留在这儿。我起了床。克莱芒把他的披风借给我，我下山朝比格走去。

道路泥泞，已经像冬天的路，铺满了枯黄的树叶。风以清晰的新角度从树林里吹过来。我真的完全康复了。

上坡时，我瞥见蒂耶纳在院子里，正和佃户们说话，好像在吩咐什么。他穿一套深色西装，显得比我离开时矮小了些。见到他，我记起往事。我们俩的确相爱。从这一刻起，我又开始想要蒂耶纳。在 T 市的半个月里，我没有这个念头，但此刻，我用目光追随着他，他的每一个动作，他那漫不经心的样子，令我回想起我熟悉的更加秘密的动作。

我问自己为什么他在指挥佃农。他们是他挑选和安顿下来的，这些事本该由我来做，因为我是比格唯一的女主人。可是跟蒂耶纳是说不清楚的。

我到家的时候，他正在客厅里。他想必看见我到了。他没有任何反应，抽着烟，手托着下巴，望着窗外。他稍稍掉过头来，我只看到他的侧脸。

"我知道你在克莱芒家里住了三夫。"他怎么知道的？齐耶斯的大夫过来给佃农的儿子看病，他看见我下了火车，穿过村子。他怎么知道我住在克莱芒家里？他猜的。因为不去这个老疯子家，我还能去哪儿？

我不由得想笑，又怕惹他生气。我对他说我要去吃午饭，准备一下。然后，如果他愿意，我们一起去看佃户。我从未见过蒂耶纳发火，孩子似的发火。我想象着他的怒火是如何爆发的，先慢慢地酝酿，然后迫不及待，一下子尽全力喷涌而出。大概这就是我想笑的原因。

我知道他会留下来。不情愿，想必不情愿，但还是会留下来。我没想留住他，却拥有了他。我有了蒂耶纳，最终留下的将是这个男人。

家里有许多事要做。我做好了午餐，然后去披屋了解干了哪些活儿。

临近中午，我去看了父母。他们还躺在床上。见到我的时候，他们微微一笑，说他们变懒了。妈妈说尼古拉和诺埃尔的离去让她十分伤心，她真希望看见他们回来。爸爸呢，他说明天他会重新干活，不能一直歇下去。

我在他们身边待了一会儿。爸爸好像在沉思。或许他在琢磨我从哪儿来。妈妈的目光从院子移到我身上，又从她的双手移向院子。她的目光不再躲闪，直直地盯着你，专注而迷茫。我不在的时候，他们一定没有受到很好的照顾。他们的睡衣脏得成了灰色，床单也一样。窗户开着，房间里还看得清楚。床上乱糟糟的，有他们粗大的手，露到肘部的胳膊，乱蓬蓬的头发，看不出形状的身躯。他们连父母亲的味道都失去了。他们再也得不到安慰，没有足够的肉体可以拥吻了。我无法再拥吻他们。

爸爸穿好了衣服。我们把妈妈搀到了门外，让她坐在安乐椅上晒太阳。我俯在她耳边说，我和蒂耶纳即将结婚，她很快就可以抱外孙了。她连连拍打着膝盖。"她要结婚了，路易；他们要结婚了！"爸爸显得很高兴。他们要我讲讲事情的经过。我告诉他们其实早已决定了，瞒着他们是想给他们一个惊喜。

下午快过去时，我才又见到蒂耶纳的面。在此之前，我一直坐在书房的壁炉前。傍晚时分,我扶妈妈回屋;她一定要在房子里走走,甚至到厨房煮了咖啡喝,一个多月来这还是头一次。她遇到了去取柴火的蒂耶纳,我听见妈妈问他什么时候举行婚礼。

蒂耶纳来到书房,问我对妈妈讲了什么,我向他重复了一遍。他微微侧过身去,炉火照亮了他。真的,七个月前,望着沉默寡言的蒂耶纳,我曾怀疑世上是否存在无声无息又难以接近的秩序。蒂耶纳说我面色苍白,人也瘦了。他还说:"我们快点结婚,因为冬天之前我必须走。"

蒂耶纳带我去左侧楼转了转。在大客厅的角落里,他搂住了我的腰,对我说:"你必须变得温柔和美丽。"我莞尔一笑,他也笑了。我们很清楚为什么笑。

我们听见露丝骑马上坡的声音,它和钟表一样准确。十点钟。来得正好。蒂耶纳要我等着他,他迎上前去,向露丝宣布我们结婚的消息。

他回来后,我要求结束参观。我累了。我想吃晚饭,然后我们一起到楼上我的房间去。我想跟他睡觉。他走过来,搂住我的头贴着他的脖子。他搂得非常紧,把我弄疼了。我什么都没问。他告诉我他碰都没碰过露丝·巴拉格,因为他要的是我。

天黑了,十月的夜晚,雷阵雨后一片清凉。

抵挡太平洋的堤坝

谭立德　译

给罗贝尔

第一部

他们仨都觉得买下这匹马可是个好主意。即便这笔钱大概只够支付约瑟夫的烟钱。首先，这是个主意，这证明他们还能够有些主意。其次，他们感觉不那么孤单了，通过这匹马，他们同外部世界联系起来了，他们仍然能够从这个世界汲取某种东西，即使这不是什么大不了的东西，即使这微不足道，他们仍旧有能力取得某种从未属于他们的东西，他们能够把它径直带往他们那一小片浸透盐分的平原，直到内心充满愁闷和辛酸的他们仨。这就是运输：甚至从不毛之地的沙漠，还是可以挖出点什么东西，然后运往生活在别处的人们，运往上流社会的人们那儿。

这持续了八天。这匹马太老了，作为一匹马，它比母亲老多了，简直是百岁老翁。它尽量一丝不苟地干着人们要求它干的活儿，但这活儿显然早已超出它的体力，后来，它死了。

他们为此而感到厌烦，在这一小片平原上，没有了马匹，他们就重新又回到孤独和永远的贫乏之中，对此，他们是如此厌烦，以至当天晚上就决定，第二天，他们三人都去朗镇，想去看看别人，得到些许安慰。

正是第二天在朗镇，他们将碰上改变他们一家生活的机遇。

因此，既然一个主意使人有所作为，那么，它总是一个好主意，即便一切都被搞得颠三倒四，譬如说，买一些濒临死亡的马。因此，这一类主意总是好主意，即便一切都惨重地失败了；因为，那样至少人们最终变得无法忍耐，如果一开始人们就认为那些主意是坏主意，那么，人们永远不会变成那样。

于是，那天傍晚，最后一次，约下午五点的时候，约瑟夫那马车刺耳的声音远远地从朗镇方向的道路上传来。

母亲点点头。

"还早，所以不会有很多人。"

不一会儿就听见鞭子抽打的劈啪声和约瑟夫的叫喊声，马车出现在道路上。约瑟夫在前面，后座上则坐着两个马来女人。那匹马走得非常慢，与其说它在走，倒不如说它在用蹄子刮擦路面。约瑟夫鞭打着它，不过，他本该鞭打路面，因为路面都不会比它更无知觉。约瑟夫在与吊脚楼并排的地方停下车。女人们下了车，继续朝康镇那儿步行而去。约瑟夫跳下车，用缰绳拉着马，离开大路，拐入通向吊脚楼的小路。母亲在阳台前的土台上等他。

"它根本不再挪步了。"

苏珊坐在吊脚楼下，背靠着一根木桩。她站起身来，走近土台，不过，并没有离开阴凉处。约瑟夫开始给马卸套。他很热，滴滴汗珠从他的盔形帽檐流到面颊上。他一卸完套就从马身旁闪开几步，开始认真地打量它。正是在上个星期，他才有这个搞运输业务来赚点钱的主意。他花了二百法郎购买了全套行头，马、车和鞍辔。但是这匹马比想象的要老得多。从第一天起，一卸完套，它就去站在吊脚楼对面的秧田坡面上，然后，耷拉着脑袋，好几个小时都呆在那儿。它时而乖乖地吃草，但也是一副心不在焉的样子，仿佛它实际上已经发过誓不再吃草，只不过偶尔忘记罢了。不知道除了衰老之外，它还可能有什么。前一天，约瑟夫给它拿来饭团和几块糖，设法给它开开胃口，但是，它嗅了嗅，便又转过身去，出神地凝视着长满青青禾苗的稻田。在它过去把木材从森林运往平原的生涯中，大概除了被开垦的荒地里枯黄的干草以外，没有吃过别的东西，以至于它对其他食物再也不感兴趣了。

约瑟夫朝它走去，抚摩着它的脖子。

"吃吧，"约瑟夫大声说，"吃吧。"

马依然不吃。约瑟夫早就开始说它可能得肺结核了。母亲则认为不是，跟自己一样，它活腻了，宁愿听凭自己死掉。然而，直到那一天之前，它不仅能够往返于邦代村和吊脚楼之间，而且，晚上，卸了套后，它就独自走向秧田，不管怎样，好歹它是独自走过去的。今天，可不，它就呆在那儿，在约瑟夫前面的土台上。它时不时轻轻地摇晃着身子。

"他妈的，"约瑟夫说，"它甚至不愿意上那儿去。"

母亲走了过来。她光着双脚，戴着一顶大草帽，草帽直扣到眉际。灰白的头发用内胎垫圈系住，编成细细的辫子，垂在背后晃荡。她身上那条按照本地样式裁剪的石榴红裙子，宽松、无袖，乳房处已磨损了，她双乳下垂，但仍然挺丰腴，在裙袍里无拘无束。

"我跟你说过别买这匹马。花二百法郎竟买了这么一匹半死不活的马和这么一辆不结实的车。"

"你要是再不闭嘴，我就一走了之。"

苏珊从吊脚楼下出来，走到马跟前。她也戴着一顶大草帽，几绺红褐色的头发从帽檐下露出来。跟约瑟夫和母亲一样，她也光着脚，身穿到膝盖下的黑裤和无袖的蓝上衣。

"你如果走的话，你就对喽。"苏珊说道。

"我可没问你的意见。"约瑟夫说道。

"可我，我得告诉你。"

母亲扑向女儿，想要搁她耳光。苏珊避开母亲，转过身躲进吊脚楼下的阴凉处。母亲开始长吁短叹。现在，这匹马似乎两条后腿都半瘫痪了。它根本不往前移。约瑟夫松开他本想用来牵马的笼头，从马屁股向前推。那匹马一点一点地往前挪，一直摇摇晃晃地挪到斜坡。一到那儿，它就停住，把鼻孔深埋入嫩绿的秧苗中。约瑟夫、母亲和苏珊朝它转过身，一动不动，满怀着希望。但是，不。它的鼻孔轻轻地拂过秧苗，一次，又一次，它稍稍抬起头，然后，弯下了长长的脖子，沉重的脑袋耷拉着，一动也不动，厚厚的嘴唇贴近苗尖。

约瑟夫颇为踌躇，原地转过身，点上烟，走回车旁。他把马具堆放在前座上，然后把车一直拉到吊脚楼下。

通常，他就把车停在楼梯旁，可是，那天晚上，他把车拉到深处，在那几根主桩之间。

随后，他好像在思考他还能做什么。他又一次转身看看那匹马，然后，朝库房走去。这时，他似乎发现他妹妹又回来靠着那根木桩坐了下来。

"你在那儿干什么？"

"天热。"苏珊说道。

"大家都热。"

他走进库房，拿出一袋电石，他把电石倒进一个白铁箱。然后，他把袋子放回库房里，回到箱子旁，开始用手把电石掰碎。他吸了一口气，说道：

"是那些母鹿在发臭，应该把它们扔掉，我真不明白，你怎么能呆在这里。"

"那可没你的电石臭。"

约瑟夫站起身，手提电石箱，又要朝库房走去。随即，他改变了主意，走回车旁，猛地踢了一脚车轮。然后，他步伐坚定地登上吊脚楼的楼梯。

母亲又开始锄草了。这是她第三次在土台周边的斜坡上种植红色美人蕉。干旱经常使得这些美人蕉枯死，然而，她锲而不舍。在她前面，下士浇灌了坡面后，正在中耕。他的耳朵越来越聋，母亲不得不越来越大声地吼叫，给他下各种指令。靠近大路的桥前，下士的妻子和女儿正在涝洼地里钓鱼，她们俩蹲在泥泞里钓鱼已经有整整一个小时。他们吃鱼已有三年之久，总是同样的鱼，就是她们每天傍晚在桥前同一片水洼里钓上来的鱼。

　　吊脚楼下比较安静些。约瑟夫让库房的门敞开着，一股带有母鹿味儿的新鲜空气飘过来。一共有四头鹿，其中一头公鹿。前两天，约瑟夫打了公鹿和一头母鹿，另外两头母鹿是在三天前打的，这两头母鹿不再流血了。其他的几头鹿，血从敞开的下颌处还在一滴一滴地往外流。约瑟夫常常去打猎，有时，两晚中就要去打一次猎。母亲斥责他，因为他浪费子弹去杀那些三天后就要扔到河里去的母鹿。但是，约瑟夫不甘心从森林归来时一无所获。于是，大家总是装做好像在吃鹿肉，老是把母鹿挂在吊脚楼下，等到鹿肉腐烂发臭，就扔到河里去。大家都讨厌吃鹿肉。最近一段时间，他们更乐意吃约瑟夫打来的黑肉涉禽，是在河口那儿，在海边沿着租借地的大片盐碱沼泽地里打来的。

　　苏珊等约瑟夫来找她一起去河里洗澡。她不愿意率先从吊脚楼下走出来。还是等他来为佳。她和约瑟夫在一起的时候，母亲就嚷嚷得少些。

　　约瑟夫下楼了。

　　"快来。我可不等了。"

　　苏珊跑上楼换游泳衣。她还没换好，瞧见她上楼的母亲就已经嚷嚷开了。母亲这么大声嚷嚷，倒不是为了让人更清楚地听见她希望别人明白的事情。她随意地对料想中的幕后人物叫喊，与眼下所发生的毫无关系。

　　苏珊从吊脚楼下来时，她发现对母亲的叫喊无动于衷的约瑟夫，又在关注那匹马。他竭尽全力按下马头，想让马鼻子埋进秧苗里。马听凭他摆布，但就是不碰秧苗。苏珊走近约瑟夫身旁。

"行啦，走吧。"

"我想，完了，"约瑟夫伤心地说，"它快死了。"

他挺不情愿地离开了那匹马，然后，他们一起朝木桥走去，到河流最深的地方。

孩子们一瞅见约瑟夫走向河边，便离开他们正在玩耍的大路，跟在他身后跳进水里。最先到达的那些孩子和他一样扎进水里，其他的就三五成群地滚入灰色的泡沫里。约瑟夫习惯于同孩子们一起玩耍。他让他们骑在自己的肩膀上，让他们翻筋斗，有时，让其中一个孩子抱住他的脖子，就这样带着喜出望外的孩子，顺着水流而下，一直游到桥那一端的村子附近。可是，今天，他不想玩儿。他在幽深狭窄的水区里游来游去，犹如鱼儿在鱼缸里一般。从河岸俯视着河水的马纹丝不动。阳光下，它站在布满石子的地面，一副闭目塞听的样子。

"我不知道它怎么了。"约瑟夫说，"但是，它快死了。这是肯定的。"

他重又钻入水中，后面跟着一群孩子。苏珊游泳没有约瑟夫游得好。她不时地离开水面，坐在河岸上，凝视着那条路，路的一侧通向朗镇，另一侧通向康镇，还有远得多的地方，通向城市，这座殖民地最大的城市，即首都，离这里有八百公里之遥。也许会有那么一天，一辆小汽车终于停在吊脚楼前。一个男人或一个女人从车上下来向约瑟夫或苏珊问路，或者要帮个什么忙。她并不很清楚人家可能向她打听什么情况，在这平原上，只有一条从朗镇途经康镇到城里的路。因此，不可能迷路。但我们无法预料一切，苏珊满怀着希望。某一天，也许一个男人停下来，为什么不呢？因为他可能发现她在桥边。他也许会喜欢上她，然后提议要把她带到城里去。但是，那条路上，除了客车，很少有汽车经过，白天最多不过两三辆。总是同样的那几辆狩猎者的车，他们要到离此地六十公里远的朗镇，几天以后，就看见他们的车往相反方向开过去。这些车全速行驶，不停地鸣响喇叭，以驱赶道路上的孩子。在瞧见这些车出现在一团尘土里很早之前，人们就听见森林里响起沉闷而强有力的喇叭声。约瑟夫也在等待一辆可能停靠在吊脚楼前的汽车。那辆车也许是由一位淡金黄色头发的女子驾驶，她抽着三五牌香烟，而且还涂脂抹粉的。她，她也许会请约瑟夫帮她修一下轮胎呢。

几乎每隔十分钟，母亲就在美人蕉丛中抬起脑袋，朝他们指手画脚，大声叫嚷。

只要他们俩在一起，母亲就不走近他们。她只是大声喊叫。自从堤坝坍塌以来，不论对什么事情，如果不开始大喊大叫，她就几乎什么话都说不出来。以前，她的孩子们并不担心她发怒恼火。但自从有了堤坝这回事，她就病了，甚至，据医生说，已有生命危险。她已经发作过三次，按医生的说法，这三次都很可能致命。可以让她嚷嚷一会儿，但不能太久。大动肝火就会引起她发作。

究其发病根源，医生追溯为堤坝的坍塌。他也许错了。那么多的怨愤只能是一年年、一天天，慢慢地积累起来。并非只有一个原因，而是有着成千上万的原因，其中包括堤坝的坍塌，人世间的不公，她的孩子在河里游泳的场面……

然而，母亲的早年丝毫没有预示她晚年必定遇到的厄运具有如此重要的影响，以至医生现在会谈到她将因此而死，将死于不幸。

母亲是农家女，她曾经是那么优秀的学生，故而，她的双亲由着她一直读到大学毕业。随后，她在法国北部一座村庄里当了两年小学教员。那是一八九九年。有几个星期天，她站在村政府门口张贴的殖民地宣传布告前遐想联翩。"加入殖民大军吧"，"年轻人，到殖民地去，财富正在等待你们"。宣传画里，在一棵果实累累的香蕉树的树荫下，一对身着白色服装的殖民者夫妇坐在摇椅里晃来晃去，而当地的居民则围着他们，一边微笑一边忙碌。她嫁给了一位小学教员，他同她一样，在这北方乡村里，觉得厌烦得要命；同她一样，成了皮埃尔·洛蒂的一些阴郁神秘作品的受害者。婚后不久，他们一起递交申请，要求成为殖民地的教员，于是，他们被任命前往当时人们称为法属印度支那的这块大殖民地。

苏珊和约瑟夫是在他们到达殖民地的头两年出生的。苏珊诞生后，母亲便放弃了国立教育职业。她只是个别授课，教教法语。她的丈夫被任命为当地一所学校的校长，她说，尽管要负担他们的孩子，他们还是生活得挺阔绰。毫无异议，那些年是她一生中最美好的岁月，是充满幸福的岁月。至少，她是这么说的。她回忆起那些年月，就好像在回忆一个遥远而理想的地方，在回忆一座岛屿。随着年华流逝，她越来越少谈起那段时日，但是，每当她谈起时，总是怀有同样的激情。于是，每一次，她都会为他们在那尽善尽美意境中发现新的完美，发现她丈夫身上新的优点，发现他们当时拥有的富裕生活的新的一面，这种富裕的生活几乎变成了一种奢侈的享受，对此，约瑟夫和苏珊可有点怀疑。

她丈夫去世时，苏珊和约瑟夫尚幼小年少。关于后来的时日，她从来不愿谈起。她说那时非常艰难，至今她还在寻思，自己究竟怎么能够摆脱困境的。她曾继续教了两年法语课。然后，由于入不敷出，除了授法语课，她还教钢琴。再往后，随着孩子们长大了，依然捉襟见肘，她就应聘去伊甸电影院当钢琴师。她在那儿干了十年。十年后，她积攒了足够的钱，便向殖民地地籍管理总局提出购买租借地的申请。

凭着她已寡居，以前曾归属教育部门，如今又要负担两个孩子，她享有购买租借地的优先权。然而，她还是不得不等了两年才买到。

迄今，她到平原已有六个年头，当时，她带着约瑟夫和苏珊，驾驶着这辆他们一直还在用的雪铁龙 B12 来到此地。

从第一年起，她就把租借地的一半种上庄稼。她指望这第一年的收成也许足以补偿建造吊脚楼花去的大部分费用。但是，七月潮汐袭击了平原，浸没了农作物。她以为自己只是遭遇了一次特大涨潮的不幸，于是，不管平原上那些企图说服她打消念头的人如何劝阻，第二年，母亲重新开始。海水又涨了。于是，她不得不承认这个现实：她的租借地是不能耕作的。这块地年年受海水侵袭。海水涨的高度确实每年都不一样，但总是涨到足以毁坏一切的高度，或是直接地，或是通过渗透。只有朝向道路的那五公顷地是个例外，她请人在这片土地中央，建了她的吊脚楼，就这样，她把十年的积蓄扔进了太平洋的海涛中。

不幸源自于她那难以置信的天真。在伊甸电影院的钢琴前度过的十年，她彻底地奉献，虽然只获取微薄的薪水，却在使她免遭命运和男人们的再度打击的同时，也避免了斗争和对不公正的众多体验。她从这十年的时间隧道出来，如同她进去时一样，纯洁、孤独，与邪恶势力毫无关联，对一直在她周围的殖民地官员的贪婪毫无所知。可耕作的租借地通常要以两倍的价格才能买到。其中一半的钱则偷偷进了地籍管理局那些负责给申请者分配土地的官员的口袋。这些官员真正掌握着整个租借地市场，他们变得越来越贪心。他们如此地贪得无厌，对任何特殊情况也绝不会有所收敛，以至无法满足他们强烈贪欲的母亲，即便她事先知道这样，即便她想避免别人给予一块无法耕作的租借地，也可能不得不放弃购买无论哪块租借地了。

母亲明白这一切的时候，为时已晚，她去找康镇的地籍管理局的职员，因为平原的地皮分配属于他们管辖。她还是天真地痛骂他们，并威胁说要告到上面去。他们对她说，他们与这一错误毫不相干。毫无疑问，他们的前任要对此负责，但从那以后，他就已返回本土了。然而，母亲坚持不懈，再次提出申诉，她是如此执著，使他们感到，要摆脱干系就必须威胁她。如果她继续这么下去，他们就要在预定期限之前收回她的租借地。这是他们掌握的让受害者闭嘴的最有效的论据。因为，他们必然宁愿有一块哪怕是虚有其表的租借地，好歹也强过一无所有。租借地向来是有条件地给予的。如果在给出的期限之后，整个租借地没有全部耕种的话，那么，地籍管理局可以收回这块地。平原上的任何一块租借地都不是最终给予的。正是这些无法耕作的租借地，使地籍管理局不费吹灰之力从其他真正的、可耕作的租借地获取可观的利益。地籍管理局的官员们有分配选择的权限，他们以最适合他们本身利益的方式，等待时机来分配手头大量无法耕作的土地，这些土地经常被分下去，然后同样经常地被收回来，可以说成了他们的调节基金。

在康镇平原的十五块租借地上，他们曾经安置、毁掉、驱赶、再安置、再毁掉、再驱赶可能有上百个家庭。留在平原的仅有的租借地经营者以贩卖鸦片或其他毒品为生，他们必须把自己一部分不正当的收入买通地籍管理员，那帮地籍管理员则称这种收入是"非法的"。

到达平原两年后，母亲正义的怒火并没有使她免除第一次地籍审查。这些完全是形式上的审查变成了一次对租借地经营者的走访，是对他们的提醒，提醒他们第一次租借期限已过。

"世界上任何人都不能在这块租借地上种出什么东西来……"经营者恳求道。

管理员便反驳说道："奇怪，我们的总督府竟会把不适合耕作的地分下去。"

母亲开始对这种贪污的内情看得更清楚，她就开发她那座吊脚楼的存在价值。吊脚楼尚未完工，但不容置疑地还是体现了某种价值利用的开始，这应该使她获得更长的期限。地籍管理员同意了。于是，她延长了一年的期限。那一年，是她到的第三年，她不认为重新做以往的那些事还有用处，因此，她任凭太平洋的海水自由泛滥。何况，她想要从头再来，也找不到资金了。为了建成她的吊脚楼，她已经两次向殖民地银行申请了贷款。然而，银行只是在征求了地籍管理局的意见之后才会有所举动。母亲之所以能够得到一些贷款，也只是以未完成的吊脚楼作为抵押，而且，正是为了建完吊脚楼，她才借钱。因为，这吊脚楼，是属于她的，完完全全为她所有，每天，她都高兴地看着它建造起来。随着她越来越贫困，在她眼里，吊脚楼反倒越来越有价值，越来越稳固牢靠。

第一次地籍审查之后，又有了第二次。就在堤坝被冲毁的那一年，在堤坝倒塌后的那个星期。约瑟夫已经长大到可以介入这件事的年龄。他对枪支使用非常熟悉。那天，他拿出枪，顶在地籍管理员的鼻子底下，于是，管理员不再坚持，转身返回他巡视用的小轿车里。此后，在这一方面，母亲相对安静些了。

吊脚楼使母亲得到了延长的期限，于是，她满怀勇气地把自己的新计划告知康镇的地籍管理员。新计划请求在与租借地毗邻的土地上贫困生活的农民们，同她一起构筑抵挡大海的堤坝。堤坝对大家都有利。这些堤坝将沿着太平洋海岸伸展，并且可以把河水提高到七月涨潮时的限度。管理员颇为惊奇，觉得这个计划有点乌托邦，脱离现实，但是，也并不反对。她总可以拟出计划，邮寄给他们。他们认为，原则上，平原的排水工程是政府计划中的项目，但据他们所知，并没有任何条例禁止租借地经营者在自己的租借地建筑堤坝。不过，还是要通知他们并取得地方地籍管理部门的同意。母亲度过几个不眠之夜，拟就她的计划后，便寄了出去，然后，等待批准。她等了很长时间，毫不气馁，因为，她早已习惯于这种等待。这些等待，唯有这些等待，是把她同世界强权——地籍管理局、银行——连接在一起的神秘纽带，而她连人带物全都归属于这世界强权。等了几个星期之后，她决定去康镇。地籍管理员们早已经收到她的计划书了。他们之所以不给她答复，是因为他们对租借地的排水显然不感兴趣。尽管如此，他们还是默许她筑堤坝。母亲对这样的结果感到自豪，高兴地走了。

必须要用红树原木来支撑堤坝。当然，母亲独自一人承担这笔费用。当时，她刚用尚未完工的吊脚楼作了抵押。她花掉全部抵押的钱买红树原木，而吊脚楼则永远也没有建完。

医生说得并不错。我们可以相信，正是从那时起，一切都真正开始了。堤坝由几百名因为一种突如其来的狂热希望而终于从上千年的麻木状态中苏醒的平原农民悉心构筑而成，然而，这些堤坝，在太平洋的海涛猛烈而根本性的冲击下，一夜之间竟然如纸牌搭的房子那样坍圮，面对这样的情景，的确，谁能不痛心呢？谁能不感到极大的悲哀和愤怒呢？谁会不去研究如此狂热的希望的起源，却想用这注定倒霉的一夜所发生的事件来解释这一切，即从平原上一成不变的穷困到母亲的疾病发作呢？谁还会坚持自然灾难这种肤浅而迷惑人的解释呢？

约瑟夫老是逼苏珊到水里去。他也许想要她熟练地游泳，可以和他一起到朗镇洗海水浴。但是，苏珊则瞻前顾后。有时，特别在雨季，森林一夜之间被淹没时，一只松鼠，或一只麝鼠，或一只小孔雀，已经溺死了，顺着水流而下，遇见这些东西使她感到恶心。

因为母亲一直在叽里咕噜地抱怨，约瑟夫决定离开这条河流。苏珊也放弃观察汽车，跟随着约瑟夫。

"他妈的，"约瑟夫说，"明天，咱们就去朗镇。"

他抬起头，朝着母亲那儿。

"来啦，"他喊道，"别这样大叫大嚷的。"

他不再去想那匹马了，因为，他现在要考虑到母亲。他赶紧走到母亲身旁。母亲满脸通红，眼泪汪汪，一如她得病以来的模样。

她不停地在哀叹。

"你最好吃你的药丸，"苏珊说，"别大叫大嚷的。"

"我对老天爷做了什么呀，"母亲尖叫道，"让我有这样的孽种。"

约瑟夫从母亲前面走过，上了吊脚楼，然后，拿着一杯水和药下来。跟往常一样，母亲开始拒绝服用。又跟往常一样，她最终还是服了药。每天晚上，游完泳，他们必须给她服药，让她安静下来。因为，实际上，她不能忍受的，就是眼看他们居然从他们在平原上过的这种生活中解脱出来，去消遣娱乐。"她脾气变得古怪了。"苏珊说道。约瑟夫无法提出相反的意见。

苏珊到浴室用滗出来盛在坛子里的水冲澡，然后，穿好衣服。约瑟夫，他不去冲澡，他就穿着泳裤，直到第二天早晨。苏珊从浴室出来的时候，阳台上，留声机已经响起来。约瑟夫躺在一把长椅子上，不再去想母亲，又想着他的马，他反感地盯住那匹马。

"真不走运。"约瑟夫说道。

"要是你把留声机卖了，你就可以再买一匹好马，一天跑三个来回，而不是一个。"

"要是我卖掉留声机，我就走了，而且飞快地走了。"

留声机在约瑟夫的生活中占有很大的位置。他有五张唱片，通常，每天晚上洗澡后，他都放上一遍。有时，他感到十分腻烦时，就把唱片不停地，翻来覆去地放，整整一夜，直到母亲屡次起床，前来威胁要把留声机扔到河里去为止。苏珊拿了把椅子，过来坐在哥哥的身旁。

"如果你卖掉留声机，去买一匹马，那么，半个月之后，你就可以再买一台新的留声机。"

"半个月不听留声机，我早就离开此地了。"

苏珊不再吱声。

母亲在餐室准备晚餐。她已经点上了乙炔灯。

在这个地方，天色的确很快就黑了。太阳一落山，农民们就点燃湿木柴，提防猛兽的侵袭，孩子们一边乱嚷嚷，一边回到各自家中。孩子们一到懂事的年龄，家长就告诉他们要留神沼泽地可怕的夜晚和猛兽。然而，老虎远不如孩子们饥饿，它们很少吃孩子。康镇沼泽平原的一侧被中国海——母亲则固执地称之为太平洋，在她眼里，"中国海"有点外省的意味，然而，因为她青春年少时，正是对太平洋满怀着梦想，而不是对任何一个徒劳地把事情复杂化的小海——环绕，平原东边则被长长的山脉围住，山脉顺着海岸绵延，从亚洲大陆地势高处，沿着一条曲线蜿蜒而下，直到暹罗湾，在那儿它被湮没了，然后又化成一大群显得越来越小的岛屿出现，但这些小岛都布满了郁郁葱葱的热带森林，事实上，这里的孩子并非丧身于老虎之口，他们死于饥饿，死于因饥饿带来的疾病、因饥饿引发的意外。这条道路穿过整个狭窄的平原。按道理，这条路本是为了把平原未来的财富运往朗镇，但是，平原是如此贫穷，除了没吃饱而老是张着粉红色小嘴的孩子们，它没有任何别的财富，因此，这条路只是供猎人所用，他们仅仅路过而已，供麇集在那儿贪玩而又饥肠辘辘的孩子们所用，饥饿并不阻止孩子们玩耍。

"我今天夜里就去。"约瑟夫突然宣布道。

母亲停下炉边干的活，过来站到他面前。

"你不能去，我跟你说，你不能去。"

"我要去，"约瑟夫说，"没什么可干的，我要去。"

当约瑟夫在阳台上待得太久时，面对着森林，他就无法抵制狩猎的欲望。

"带我去吧，"苏珊说，"约瑟夫，带我一起去吧。"

母亲叫唤起来。

"夜里打猎我是不带女人去的，而你，如果你再乱叫乱喊的，我立刻就去。"

他把自己关在房间里准备毛瑟枪和子弹。母亲一边叽里咕噜地抱怨，一边回到餐室继续准备晚餐。苏珊就待在阳台那儿。约瑟夫去狩猎的夜晚，他们俩都睡得很晚。母亲利用这个机会，按她自己说的那样，"记她的账"。不过，也不知是什么账。不管怎样，在这样的夜晚，她就不睡觉。她时不时离开她的账本，走到阳台上，聆听森林传来的声音，力图看到约瑟夫手中的灯的光轮。然后，她重新开始算账，就像约瑟夫说的，算"她那些糊涂账"。

"吃饭了。"母亲说道。

还是涉禽肉和米饭，下士的妻子端上来几条烤鱼。

"又是一个不眠之夜。"母亲说道。

在磷光似的微弱灯光下，她显得越发苍白。药丸开始发挥效用了。她打了个呵欠。

"妈妈，别担心，我会早回家的。"约瑟夫乖乖地说道。

"当我害怕发作的时候，我是在为你们担心。"

她站起身，从餐柜里取出一盒黄油和一罐炼乳，放在孩子们面前。苏珊往她的米饭里倒了一大杯炼乳。母亲把黄油涂在几片面包上，然后，把面包片浸在一碗清咖啡里。约瑟夫吃涉禽肉。那是一块上好的深色、带血的肉。

"这有一股鱼味儿，"约瑟夫说，"但挺有营养的。"

"正是这样，"母亲说，"约瑟夫，你得小心。"

在想让孩子们吃得多些的时候，她总是对他们很温和。

"别担心，我会小心的。"

"不是今天晚上去朗镇，"苏珊说道。

"咱们明天去，"约瑟夫说，"你在朗镇找不到合适的，他们都已经结婚了，只有阿哥斯迪。"

"我决不会把她嫁给阿哥斯迪，"母亲说，"即使他来恳求我也不行。"

"他什么都不会求你的。"苏珊说,"尽管如此,我在这儿是找不到的。"

"也许他不求更好,"母亲说,"我知道我在说什么,不过,他好歹可以追求。"

"他甚至根本没有想到她。"约瑟夫说,"这挺难的。有的人没有钱却嫁出去了,但她们必须长得很漂亮,不过,这是少有的。"

"不过,"苏珊说,"我说到朗镇去,可不仅仅是为了这个,邮轮到的那天,朗镇人来人往挺热闹,那儿有电,餐厅里有一台极好的唱机。"

"别再拿朗镇来烦我们了。"约瑟夫说道。

母亲把米饼放在他们面前,每隔三天,客车从康镇运来这些米饼。然后,她开始松开辫子。她的头发在她受过伤的手指间吱吱作响,就像一堆干草一样。她已经吃完饭,端详着她的孩子。在他们吃饭的时候,她就坐在他们对面,盯着他们的一举一动。她希望苏珊再长大些,约瑟夫也再长大些。她认为这还是可能的。然而,约瑟夫二十岁了,而且,个子长得比她高得多。

"吃点肉,"她对苏珊说,"这种炼乳,不会给你什么营养。"

"而且,会弄坏牙齿,"约瑟夫说,"我呀,这玩意儿把我里面的牙齿全都弄烂了。甚至还悄悄地继续在烂呢。"

"等有了钱,就给你装上牙。"母亲说,"苏珊,吃点肉。"

苏珊拿了一小块涉禽肉。这种肉让她恶心,她一小口一小口地吃。

约瑟夫吃完了饭,他已经在给他的猎灯充电。母亲继续编发辫,同时给约瑟夫热了一杯咖啡。猎灯一充好电,约瑟夫就把它拧亮,装在他戴的帽子上。之后,他便出去走到阳台上检查一下灯的能见度。这个晚上,他想必第一次忘记了他的马。但是,正是在这一瞬间，在乙炔灯光的照明中，他又瞥见了这匹马。

"他妈的，"约瑟夫叫喊起来，"这一次，它完了。"

母亲和苏珊跑到约瑟夫身旁。在灯光明亮的场域中，她们也瞧见了马。它终于直挺挺地躺下了。它的脑袋搁在坡上，鼻孔则埋在秧苗中，轻轻地触到灰色的水。

"真可怕。"母亲说道。

她把手放在额头上，显出痛苦的神情，她一动不动地待在约瑟夫身旁。

"你也许应该走近些看，"她终于说，"看看它是否真的死了。"

约瑟夫慢慢地下了楼，走向斜坡，猎灯灯光照射着前方，那盏猎灯一直在他前额处的帽檐上。他还没走到马跟前，苏珊就回到了吊脚楼里，重新坐在餐桌旁的位置上，想吃完那块涉禽肉。但是，她本来就小的胃口这时已经索然无存。她不想吃了，便回到客厅，坐在藤安乐椅上，背对着马。

"可怜的畜生，"母亲悲叹着说，"真想不到，就今天它还从邦代村那儿走回来呢。"

苏珊听见她在悲叹，但没有瞧见她。她大概在阳台上凝望着约瑟夫。上星期，吊脚楼后面那个农舍里有个孩子死了。母亲曾整夜守着孩子，当他清晨去世时，她也是这样悲叹。

"多不幸啊！"母亲喊道，"约瑟夫，怎么样啦？"

"它还有呼吸。"

母亲回到餐室。

"我们能做些什么呢？苏珊，去把车里那条旧的方格盖布拿来。"

苏珊走下楼，到吊脚楼下，避免朝马那儿看。她拿起 B12 后座上的盖布，又上了楼，把布递给母亲。母亲下楼到约瑟夫那儿，几分钟后，她和约瑟夫一起上楼。

"真可怕，"母亲说，"它盯着我们。"

"行啦，这匹马说得够了，"苏珊说，"明天，咱们去朗镇。"

"什么？"母亲说道。

"是约瑟夫说的。"苏珊答道。

约瑟夫穿上网球鞋。他神色恼怒地走了。母亲开始收拾餐桌，然后，埋头算她的账。用约瑟夫的话来说，算"她那些糊涂账"。

他们去朗镇时，母亲已重新编好辫子，穿上了鞋。但是，她依然穿着她那石榴红色的布连衣裙，再说，除了睡觉，她一向是穿着它的。当刚洗了裙子，她就躺下睡觉，等裙子晾干。苏珊也穿上了鞋，穿上她拥有的唯一的一双鞋，那是她们在城里大减价时买的一双黑缎舞鞋。不过，她借此机会换了服装，脱下那条马来式长裤，换上了连衣裙。约瑟夫则和往常一样。他往往甚至连鞋都不穿。然而，如果是暹罗湾邮轮到的那天，他就蹬上网球鞋，以便能和那些女客一起跳舞。

　　一到朗镇的餐厅，他们瞅见院子里停着一辆非常漂亮的黑色七座利穆新轿车。车里，一名穿着制服的司机在耐心等候。他们还没有见过这样的车。这不可能是猎人的车。猎人们没有利穆新车，而只有车篷可卸下或折叠的敞篷汽车。约瑟夫从 B12 跳下。他缓缓地走近那辆车，围着它绕了两圈。然后，他伫立在发动机前，在司机惊讶的目光下，久久地端量那辆车。"塔尔伯特牌或者是莱昂·博来牌，"约瑟夫说道。他无法确定是什么牌子，就同苏珊和母亲一起上餐厅的酒吧。

　　餐厅里有三名邮局职员，几名海军军官，正同一些女客坐在桌旁，从来不会错过一艘邮轮的小阿哥斯迪也在，最后，还有一个出乎意料的年轻人，独自坐在桌边，估计就是利穆新车的车主。

　　巴尔老爹站起身，慢慢地离开账台，朝母亲那儿走去。他当朗镇餐厅的老板已有二十年了。他从来就没有离开过餐厅。他老了，胖了。现在，是一个五十岁左右的男人，中过风，胖墩墩，仿佛被茴香酒浸透似的。几年前，巴尔老爹收养了平原的一个孩子，这孩子替他干餐厅里所有的活儿，而且，空闲时，在柜台后面替他打扇，巴尔老爹躲在那儿像入定一般坐着醒酒。有时，人们瞧见他，巴尔老爹，汗流浃背，一杯正喝着的茴香酒就在离他不远的地方。他只是在接待顾客的时候才挪步。别的事情，他就什么都不管了。他缓步朝顾客们走去，慢得像一头从水里出来的巨型海洋怪兽，他那令人难忘的大肚子，活像个硕大的苦艾酒桶，如此地妨碍他行走，他的脚几乎都不离地面。他不仅仅喝酒。他还从事走私酒的买卖，并因此而十分富有。有人从很远的地方，从北方的种植园来找他买酒。他没有孩子，没有家庭，然而，他视钱如命，从来不愿借钱给人，要不就以极高的利息借，以至平原上没有人会犯傻，或者说有窍门，接受这么高的利息。这正如他的意，他确信，在平原上，借出去的钱就如泼出去的水收不回来。不过，他是平原上唯一一个可以说是喜欢平原的白人。的确，他在这里找到了一种生存的手段，同时，也找到了生存理由：茴香酒。人们说他心眼好，因为他收养了一个孩子。虽然，这孩子为他打扇，但是，人们会想，孩子在他那里打扇毕竟要比在平原的大太阳底下放牛强。这一善举，以及给他带来的声誉，使他在走私买卖中感到心安理得。这大概对于殖民地总督府为他颁发荣誉勋章这件事也有很大影响，颁发勋章的理由是表彰他始终不渝地为了法兰西的威望，在朗镇这个"偏远岗位"，坚守了二十年。

"生意怎么样？"巴尔老爹握着母亲的手问道。

"还好，还好。"母亲没多说什么。

"您的顾客很大方吧，"约瑟夫说，"他妈的，那辆利穆新车……"

"那车是从北方来的做橡胶生意的那个家伙的，比这里的可有钱。"

"您可没什么好抱怨的，"母亲说，"每星期三艘邮轮，这多好。而且，还有茴香酒。"

"那可是有风险的，现在，邮轮每个星期都回来，有风险的，每个星期都乱得很。"

"把那个北方来的种植园主指给我看。"母亲说道。

"就在那个角落，靠近阿哥斯迪坐着的那个家伙。他从巴黎来。"

他们已经瞅见他在阿哥斯迪旁边。他一个人坐在桌旁。这是个年轻人，看来有二十五岁，身穿米灰色柞丝绸西服。他把一顶同样米灰色的毡帽放在桌子上。当他举杯喝一口茴香酒时，他们瞅见他手指上戴着一枚极美的钻戒，母亲默默地、瞠目结舌地凝视着钻戒。

"他妈的，多棒的车呀，"约瑟夫说，然后，他又补充说，"至于其他，活像个猴儿。"

那枚钻戒很大，柞丝绸西服剪裁得十分合身。约瑟夫可从来都没穿过柞丝绸衣服。他戴的软毡帽出自于某部影片：在登上四十马力的车，前往隆尚赛马场把自己的一半家产下赌注之前，这顶帽子被漫不经心地戴在头上，因为，主人公在为一个女人而忧伤。的确，他的脸长得并不英俊。肩窄臂短，他的身材中等偏下。一双小手保养得很好，有点瘦削，相当漂亮。而戴上了钻戒，使这双手具有一种华美的价值，但有点没落的意味。他孑然一人，是种植园主，青春年少。他注视着苏珊。母亲瞅见他盯着苏珊。母亲也瞅着女儿。电灯光下，苏珊脸上的雀斑不如大白天那么显眼。当然，这是个美丽的姑娘，她的眼睛闪闪发亮，眼神高傲，她很年轻，正当花样年华，而且，并不羞怯。

"你干吗把脸拉得老长？"母亲说，"你就不能显得可爱些吗？"

苏珊朝北方种植园主嫣然一笑。两张唱片放完了，是长长的狐步舞曲和探戈舞曲。第三张唱片播放的是狐步舞曲，这时，北方种植园主站起身来邀请苏珊。他站起来时，显然很不自在。当他朝苏珊那儿走去时，所有的人都定睛看着他的钻戒，巴尔老爹，阿哥斯迪，母亲，苏珊。旅客们并不看，他们早已见识过别的了，约瑟夫也不看，因为约瑟夫只看小轿车。但是，所有平原上的人都在看。应该说，这枚被那无知的主人遗忘在手指上的钻戒，其价值几乎相当于平原全部租借地价值的总和。

"夫人，可以吗？"北方种植园主在母亲面前弯腰问道。

母亲说，当然可以，请别客气，但脸却红了。舞池里，已经有一些军官同女客们在跳舞。小阿哥斯迪正同海关职员的妻子跳舞。

北方种植园主舞跳得不错。他舞步缓慢，带有某种拘谨，也许在着意这样向苏珊表现自己的分寸、阶层和敬意。

"可以把我介绍给令堂大人吗？"

"当然可以。"苏珊说道。

"您就住在这一带？"

"是的，我就住在这里。下面那辆车是您的吗？"

"您用若先生的名字来介绍我吧。"

"那车是哪儿产的？漂亮极了。"

"您这么喜欢小轿车吗？"若先生微笑着问道。

他说话的声音不像种植园主或猎人。这声音来自异国他乡，温柔而优雅。

"非常喜欢。"苏珊说，"这里没有这样的轿车，要么就是敞篷汽车。"

"像您这样美丽的姑娘在平原想必会感到厌烦……"若先生在

苏珊耳旁轻柔地说道。

两个月前，一天傍晚，小阿哥斯迪带她到餐厅外，当时唱机里正放着《拉莫娜》，然后，到了港口，他对她说，她是个美丽的姑娘，随后，他拥抱了她。另一次，一个月之后，一名邮轮上的军官向她建议，邀请她参观他的船，从参观一开始，他就把她带到头等舱的一间客房，对她说她是个美丽的姑娘，然后，拥抱了她。她只是让他们拥抱一下。眼下，是第三次，别人跟她说这样的话。

"那车是什么牌子？"苏珊问道。

"莫里斯·莱昂·博来。这是我最喜欢的牌子。如果您高兴的话，我们可以坐上它兜一圈。别忘记把我介绍给令堂。"

"多少马力？"

"我想是二十四马力。"若先生说道。

"一辆莫里斯·莱昂·博来得多少钱？"

"这是一种特别的型号，专门在巴黎订购的。这辆车花了我五万法郎。"

那辆 B12 值四千法郎，母亲用了四年的工夫付清车款。

"贵得离谱。"苏珊说道。

若先生越来越近地注视苏珊的秀发，时不时地低下眼帘，眼睛下方就是她的嘴唇。

"如果我们有这样一辆车，我们每天晚上都会来朗镇，这会改变我们的生活，来朗镇，或去其他任何地方。"

"财富并不能带来幸福，"若先生忧伤地说，"不像您以为的那样。"

母亲声称："只有财富才能带来幸福。只有对傻瓜，财富才不会创造幸福。"她又补充道："当然，富有的时候，应该尽量保持理智。"而约瑟夫比她更加不容置疑地断言，财富带来幸福，这不成问题。若先生的利穆新，这么一辆车就会给约瑟夫带来幸福。

"我不知道，"苏珊说，"我们，我觉得我们在想方设法，就为了这样能带来幸福。"

"您是如此年轻。"他低声说，"啊，您不会明白。"

"并不是因为我年轻。"苏珊说，"而是您太有钱了。"

若先生现在使劲地搂紧她。当狐步舞曲结束时，他感到很遗憾。

"我真希望继续跳下去……"

他随着苏珊一直走到他们桌旁。

"我向你介绍若先生。"苏珊对母亲说道。

母亲站起身向若先生问好，并对他微笑。然而，约瑟夫却既不起身也不微笑。

"就坐在我们桌吧。"母亲说，"和我们一起喝点什么。"

他坐在约瑟夫旁边。

"我请客。"他说道。他转身向巴尔老爹说：

"冰镇好的香槟酒。"他吩咐说，"从巴黎回来后，我还没有喝到上好的香槟酒呢。"

"每天晚上都有邮轮捎来，"巴尔老爹说，"您会赞不绝口的。"

若先生粲然而笑，他的牙齿很漂亮。约瑟夫注意到他那一口牙齿，对若先生的全身，约瑟夫只看见这些牙齿。他显得有点恼怒：他的牙齿已经全坏了，他无法修整它们。除了牙齿，他有那么多的事情要安排，以至他有时怀疑，这些事情是否有一天能完成。

"您从巴黎来？"母亲问道。

"我在这儿下船。我在朗镇待三天。我来监督橡胶浆的装运。"

母亲红着脸，笑眯眯的，怀着钦佩的心情聆听若先生说话。而若先生意识到这一点，他好像为此挺得意。大概很少有人这样惊喜地倾听他的话。他定睛细看母亲，而且还避免过于注意他颇感兴趣的苏珊。他还没有提防她的兄长，还没有。他只注意到苏珊的眼里只有这个哥哥，约瑟夫却只是要么盯住他的牙齿，要么神色沮丧而愤怒地盯住那条路。

"他的车，"苏珊说，"是一辆莫里斯·莱昂·博来。"

当着第三者的面，苏珊总是感到与约瑟夫非常亲近，尤其是当他像今晚这样明显地厌烦。约瑟夫如梦初醒。他声调不愉快地问道：

"像这样的车有多少马力？"

"二十四。"若先生漫不经心地说道。

"他妈的，二十四马力……毫无疑问，有四挡速度啦？"

"是的，四挡。"

"一瞬间就可以启动了，不是吗？"

"是的，只要愿意，但是，这会损坏变速器。"

"行驶稳定性好吗？"

"一小时八十公里是轻而易举的。不过，这一辆，我不喜欢，我有一辆老式双座敞篷汽车，我开到一百公里都毫无问题。"

"一百公里耗油量多少？"

"公路上十五升，城里是十八升。你们呢，你们开的是什么牌子的车？"

约瑟夫神色惊愕地瞅着苏珊，然后，他猛地笑了起来。

"这不值得一提……"

"是一辆雪铁龙。"母亲说，"一辆性能不错的老牌雪铁龙，对我们很有用。在这条道上，这辆车就足够了。"

"我看你并不经常开这辆车。"约瑟夫说道。

音乐又响了起来。若先生用他戴着钻戒的手指轻轻地敲桌子，在打拍子。他回答之后，紧接着便是约瑟夫长久而深的沉默。但是，若先生大概也不敢变换个话题。他在回答约瑟夫的问题时，就一直凝视着苏珊。他坦然自若地这么做。因为苏珊是如此关注约瑟夫的反应，她的眼睛只盯住他。

"那辆双座敞篷车呢？"约瑟夫问道。

"怎么啦？"

"双座敞篷车一百公里的耗油量多少？"

"多一些。"若先生说，"公路上是十八升。它有三十马力。"

"他妈的。"约瑟夫说道。

"雪铁龙车耗油少些，是吗？"

约瑟夫大笑起来。他喝完杯中的香槟酒，然后，又倒了一杯。约瑟夫好像突然决定要消遣一番。

"二十四升，"他说道。

"呵！"若先生惊呼一声。

"但是，这是可以解释的，"

"耗油很多呀。"

"本来是十二升，"约瑟夫说，"但是，这有原因……蒸发器已经不再是蒸发器，成了个漏勺了。"

约瑟夫的狂笑具有传染性。是一种让人透不过气来、还显得孩子气的笑，带有某种不可抗拒的兴奋。母亲变得满脸通红，想要忍住笑，但没能做到。

"如果仅此而已，"约瑟夫说，"倒也没什么。"

母亲放声大笑。

"的确，"她说，"如果只是蒸发器……"

苏珊也在大笑。她的笑声和约瑟夫的不同，她的笑声有点像吹哨，更加尖利。这一切在几秒钟内发生的。若先生显得张皇失措。他大概在寻思，他的好评是否没有受到一点损害，他如何来避免这一风险。

"还有散热器呢！"苏珊说道。

"创纪录的，"约瑟夫说，"您从来没见过这样的。"

"说有多少，约瑟夫，说呀……"

"在我稍加修理之前，每百公里竟耗油五十升。"

"啊！"母亲哈哈大笑，"这真是少有，每百公里五十升。"

"还有呢，"约瑟夫说，"如果只有这些，就是蒸发器和散热器……"

"的确，"母亲说，"如果仅此而已……也没什么。"

若先生想笑出声来。他稍微有点勉强。也许他们很快就忘记他了。他们好像有点不大正常。

"而我们的轮胎！"约瑟夫说，"我们的轮胎……它们……"

约瑟夫笑得那么厉害，以致他语不成句。那同样无法遏止而神秘的笑声，使得苏珊和母亲精神振奋。

"您猜猜看，我们把什么裹在轮胎里，"约瑟夫说，"您猜……"

"猜吧，"苏珊说，"您猜猜……"

"反正他别想猜得到。"约瑟夫说道。

巴尔老爹的养子按照若先生的要求，已经拿来了第二瓶香槟酒。阿哥斯迪听他们说话，大笑不已。军官们和女客们尽管什么都不明白，但也开始轻声地笑了起来。

"好好想想，"苏珊说，"猜吧。请注意，幸好，并不总是……"

"我可不知道，是摩托车的内胎吧。"若先生说，他好像发现怎样和着这个乐曲跳舞了。

"根本不是，您猜得可是风马牛不相及。"苏珊说道。

"是香蕉叶子，"约瑟夫说，"我们把香蕉叶塞进轮胎……"

若先生第一次痛快地笑了起来。但是不像他们那样带劲，这也许是个性问题。约瑟夫在敞开胸怀地笑，笑得他喘不过气来，他的笑，变得哑然无声，却把他置于发作的临界点。若先生不再想邀请苏珊跳舞。他耐心地等待着这一切过去。

"这真是异乎寻常，就像在巴黎人们说的那样，怪诞。"

他们并没有注意他的话。

"我们，我们旅行时……"约瑟夫说，"我们就把下士缚在挡泥板上，在他身旁放一个喷水壶……"

他说一个词就打个嗝。

"代替了车灯……他也就充当了车灯……下士就是我们的散热器，就是我们的车灯。"苏珊说道。

"啊！我喘不过气了……别说了……别说了……"母亲说道。

"还有车门，"约瑟夫说，"车门呢，是用铁丝固定住的……"

"我记不得了，"母亲说，"我甚至再也记不得我们的车门把手是怎么样的……"

"我们，"约瑟夫说，"不需要把手。我们跳进去，嗨！只要从有踏板的那边一跳就可以了。只要习惯了就行。"

"这个嘛，我们已经习惯了。"苏珊说道。

"别说了，"母亲说，"我马上就要犯病了。"

她满面通红。她年事已高，曾经历了那么多的不幸，而欢笑的机会却那么少，因而大笑果真控制住她的时候，就对她产生危险的刺激。她笑的气力仿佛不是出于她自己，令人不安，而且使人怀疑她笑的理由。

"我们，不需要车灯……"约瑟夫说，"一盏猎灯，也挺好了。"

若先生注视着他们，神情就像某个人在寻思这一切是否有朝一日会结束。不过，他依然不厌其烦地听着。

"能不期遇上像你们这样快活的人真令人高兴。"他说道。毫无疑问，他试图让他们离开那无尽无休的B12，走出这个迷宫。

"像我们这样快活的？……"母亲神情困窘地说道。

"他说什么，我们快活？……"苏珊重复道。

"啊！要是他知道，他妈的，要是他知道……"约瑟夫说道。

然而他，约瑟夫，显然，约瑟夫恨他。

"再说，"约瑟夫说，"如果只有油箱、车灯的问题……如果只有这些的话……"

母亲和苏珊紧张地瞅着他。约瑟夫又找到了什么来活跃气氛？她们还没有猜出来，但是，已经开始减弱的笑声重又使她们振奋起来。

"铁丝，"约瑟夫继续说，"香蕉叶，如果只有这些的话……"

"的确，如果只是这些的话……"苏珊神情疑惑地说道。

"如果只是汽车的问题……"约瑟夫说道。

"这没什么，"母亲说，"这根本没什么……"

急性子的约瑟夫笑在她们俩之前，他的笑感染了她们。

"不仅仅有汽车。我们还有堤坝……堤坝……"

母亲和苏珊极其满意地发出一阵尖利的笑声。阿哥斯迪也噗嗤笑出声来。而从账台那儿响起的低沉的咯咯声意味着巴尔老爹也参与进来了。

"啊！螃蟹……那些螃蟹……"母亲大声叫道。

"螃蟹可把我们的堤坝给吞了。"约瑟夫说道。

"甚至连螃蟹……"苏珊说，"也开始这么干。"

"真的……甚至连螃蟹，"母亲说，"它们也跟我们过不去……"

有些顾客已经重又开始跳舞了。阿哥斯迪还在捧腹大笑，因为他对他们家的事一清二楚，如同对自己的事情一样熟悉。这种事可能发生在他自己身上，也可能发生在平原上每个租借户的身上。母亲在平原上建起的堤坝既是一大不幸，同时又是一大笑话，这取决于在哪些日子谈论。这是巨大不幸中的一大笑话。这是可怕的，而且还是滑稽的。这就取决于你从哪个方面看：大海须臾间就把这些堤坝化为乌有，螃蟹把这些堤坝鼓捣成漏勺，从这方面看呢还是相反，从那些用六个月的工夫修筑起堤坝，却全然忘记大海和螃蟹必定造成危害的那些人方面看。令人吃惊的是，开始筑堤时，他们两百人竟然全都忘记了这一点。

母亲曾派下士去请的邻村的男人都来了。她把他们集中在吊脚楼附近，给他们解释她要他们做些什么。

"如果你们愿意，我们就可以赢得几百公顷的稻田，而且，这一切不用去求地籍管理局那帮狗崽子们帮忙。我们去修筑堤坝。有两种堤坝：一种是与大海平行的，还有另一种……"

农民们感到有些吃惊。首先，因为几千年来大海每每侵袭平原，他们对此早已习惯，以至他们也许从未想象到能够阻止大海这么做。其次，因为他们的贫困已经使他们无所作为，习惯于听天由命，这成为他们面对饿死的孩子或被盐碱灼毁的庄稼时，默默忍受的唯一办法。然而，他们连续三天都回到这里，而且人数越来越多。母亲向他们解释了自己如何考虑修建堤坝。按照她的看法，应该用红树树干给堤坝打木桩。她知道在哪儿可以弄到这种木材。在康镇附近有库存货，道路一旦竣工，这些木材就没有用了。承包人已经向她提议减价转让给她。此外，她独自一人来承担这笔费用。

一开始，有一百来人同意这么干。后来，当最初的一批人坐船从桥那儿出发到筑堤指定的场地时，其他的人也都成批成批地加入这一行列。一星期后，几乎所有的人都投入到堤坝的修筑中。一件无足轻重的事就足以使他们摆脱被动消极的状态。一位贫穷而年迈的妇人对他们说自己决定奋起斗争，这就使他们下决心斗争，仿佛有史以来他们就等着这一时刻。

然而，母亲并没有向任何技术人员请教修筑堤坝是否有效。她认为是有效的。她对此深信不疑。她一向如此行事，只认定明摆的事实，遵循她自己那与众不同的逻辑。而农民们对她言听计从，这就使她更加坚信自己确实找到了改变平原生活应该做的事。几百公顷的稻田不会再遭受海潮的祸害。所有的人都会富裕起来，或几乎富起来。孩子们不会死去。人们会有医生治疗。人们将修建一条长长的公路，这条路沿着堤坝伸展，并且把那些无主的土地连接起来。

圆木买好后，过了三个月，在这期间，必须等待海水完全退尽，地也要干燥得能够开始土方工程的施工。

正是在这等待期间，母亲实践着她一生的希望。每天夜晚，她都在草拟和修改农民们的条件，他们将要参加那即将可耕作的五百公顷土地的开垦事宜。但是，她心急如焚，她不能一边这样做计划，一边等待那个时刻的到来。她一把木材货款付清，立刻就用剩下的钱在河口处建了三间茅屋，称之为观察村。如此之多的农民对她的成功确信不疑，以至于她对此也没有丝毫疑虑。她一刻也没有怀疑，也许是因为她显得如此自信，他们才如此相信她。可是，她对他们如此言之凿凿，连地籍管理员也不由得会被说服。她的观察村一建成，母亲就在那儿安置了三户人家，给他们大米、小船和生活必需品，足以维持到被解救的土地获得收成为止。

修筑堤坝的最佳时刻到了。

男人们用大车把木材从道路旁运往海边，开始劳作。母亲同他们一道起早摸黑，早出晚归。这段时间，苏珊和约瑟夫捕猎很多。对他们来说，这也是一段充满希望的时日。他们对自己的母亲所从事的一切都深信不疑：一旦获得丰收，他们就可以进城做一次长途旅行，而且，三年内就可以永远地离开平原。

晚上，母亲有时请人分发奎宁和烟草给农民们，她借此机会，跟他们谈论他们生活中即将发生的变化。他们就同她一起嘲笑那些地籍管理员日后面对他们将获得的丰硕成果时的表情。她把自己的经历从头到尾、原原本本都讲给他们听，并详尽地告诉他们有关租借地市场组织的事。为了更好地保持住他们这股劲头，她还向他们解释，怎样通过康镇那些地籍管理员的丑恶行径，弄明白剥夺所有权法，为了种植中国胡椒树，许多人都吃过剥夺所有权法的苦头。她激情洋溢地说着，忍不住告诉他们她新近得知而如今完全清楚的康镇管理员那些贪污舞弊的花招。她终于摆脱了充塞着幻想和无知的过去，她就好像发现了一种新的语言，一种新的文化，她不能满足于说说而已。狗崽子，她说，那是一帮狗崽子。而堤坝，就是对他们的回报。农民们开心地笑了。

修筑堤坝期间，没有一个管理员来过。她有时曾对此感到有些意外。他们不可能不知道堤坝的重要性，不可能不为此而惊慌。然而，她自己却不敢给他们写信，生怕引起他们的注意，生怕这一尽管还是半官方性的自主行动被禁止继续进行下去。堤坝建成后，她才敢给他们写信。她告知他们，包括全部租借地在内的，一片庞大而成四边形的五百公顷土地即将被耕作。地籍管理局不作答复。

雨季到了。母亲在吊脚楼附近种了大量秧苗。修筑堤坝的男人们来把幼苗移植到四边被堤坝围住的那片大地里。

两个月过去了。母亲常常下去察看那呈现出一片嫩绿的禾苗。禾苗开始一直在不断见长，直到七月的大潮汛期。

然后，时值七月，海水如往常那样上涨，侵袭了平原。堤坝不够坚实。它已经被稻田的小螃蟹啃蚀坏了。一夜之间，堤坝就塌了。

母亲安置在观察村的住户带着食粮，乘上帆船，到另一边海岸。租借地毗邻村庄的农民们纷纷回到他们自己的村里。孩子们继续饥饿而死。但没有人抱怨母亲。

第二年，残存的那一小部分堤坝也坍塌了。

"我们堤坝的故事，滑稽得让人捧腹大笑。"约瑟夫说道。

于是，他在桌面上移动两个手指，模仿螃蟹行走的样子，模仿着螃蟹向堤坝走去的样子移向若先生。始终如一那么耐心的若先生对螃蟹的行走不感兴趣，他盯着苏珊看，而苏珊则昂着头，珠泪盈眶地大笑。

"你们真有意思，"若先生说，"你们真是不同凡响。"

他打着正在演奏的狐步舞曲的节拍，也许想鼓动苏珊去跳舞。

"我们堤坝的故事可是绝无仅有的。"约瑟夫说，"我们什么都想到了，就是没有想到这些螃蟹。"

"我们可阻断了它们的路。"苏珊说道。

"……但是，这对它们毫无影响，"约瑟夫又说，"它们伺机报复我们，蟹螯嘭嘭两下！堤坝就完蛋了。"

"泥土色的小螃蟹，"苏珊说，"简直就是为我们造的……"

"当时，也许，"母亲说，"应该用钢筋混凝土……可是，哪儿能搞到呢？"

约瑟夫打断她的话头。笑声停息了。

"应该告诉您，"苏珊说，"我们买的并不是土地……"

"那是水。"约瑟夫说道。

"是海水，是太平洋。"苏珊说道。

"是臭大粪。"约瑟夫说道。

"一个任何人都不会有的主意……"苏珊说道。

母亲收敛起笑容，蓦然间，神情又变得十分严肃。

"闭嘴，"她对苏珊说，"要不我扇你嘴巴。"

若先生闻言吓了一跳，不过，也就他一个人这样。

"臭大粪，绝对是，"约瑟夫说，"臭大粪或者水，随您怎么说。而我们不得不在那儿像傻瓜似的等待那该死的水退去。"

"有朝一日，肯定会成的。"苏珊说道。

"五百年后吧，"约瑟夫说，"反正，我们有时间……"

"如果真是臭大粪，"坐在酒吧深处的阿哥斯迪说，"也许倒好……"

"该死的稻谷，"约瑟夫说，一边又笑了起来，"或许比根本没有稻谷好……"

他点起一支烟。若先生从兜里掏出一盒三五牌香烟，请苏珊和母亲抽。母亲面无笑容，神情热切地聆听约瑟夫说的话。

"买这块地的时候，我们以为一年后就会成为百万富翁。"约瑟夫继续说，"我们建了吊脚楼，然后，等着秧苗长起来。"

"稻秧至少开始长了。"苏珊说道。

"然后，那该死的潮水涨了，"约瑟夫说，"于是，我们筑起堤坝……就是这样。我们就在那儿像傻瓜似的等着，甚至不知道在等什么……"

"我们就在家里等着，那座房子……"苏珊接着话头说道。

"那座房子甚至都还没有完工。"约瑟夫说道。

母亲试图说说自己的想法。

"别听他们的，那可是一座好房子，挺结实的。要是我把它卖掉的话，会卖个好价钱……三万法郎……"

"你这是痴心妄想，"约瑟夫说，"谁会买它？除非侥幸，除非碰巧遇上像我们这样疯疯癫癫的人。"

他骤然沉默不语。出现了一阵短暂的宁静。

"的确，我们大概是有点疯了……"苏珊梦幻似的说道。

约瑟夫温柔地对苏珊莞尔而笑。

"完全疯了……"他说道。

于是，谈话就这样自然而然地停止了。

苏珊的目光追随着跳舞的人群。约瑟夫站起身，去邀请海关职员的妻子跳舞。他曾同她睡过觉，为时好几个月，但是，现在，对她已经厌倦了。这是一个棕发、瘦削的女人。从那以后，她就跟阿哥斯迪睡觉。每换一张唱片，若先生都请苏珊跳舞。母亲独自一人坐在桌旁。她在打呵欠。

然后，邮轮的军官和女客示意要出发了。若先生又同苏珊跳了一曲。

　　"您不愿意试试我的车？我也许可以送您回家，然后回朗镇。这会让我感到很高兴的。"

　　他紧紧地搂着苏珊。这是个整洁、讲究的男人。如果说他相貌难看，可他的车却是出色的。

　　"也许约瑟夫可以开车？"

　　"这车很难开。"若先生犹豫地说道。

　　"约瑟夫能够开所有的车。"苏珊说道。

　　"如果您允许，那就下一次吧。"若先生温文尔雅地说道。

　　"我去问问母亲，"苏珊说，"约瑟夫也许先走，我们可以随后再走。"

　　"您……您想要您的母亲大人同我们一起走？"

　　苏珊挣脱了若先生的怀抱，定睛看着他。他很失望，这对他毫无好处。母亲孤零零地坐在桌旁，不停地在打呵欠。她神色显得很疲倦，因为她遭遇了很多的不幸，而且，她年事已高，不再习惯于大笑，这样的笑使她感到很累。

　　"我希望，"苏珊说，"我母亲能试试您的车。"

　　"我能再见到您吗？"

　　"您什么时候愿意见我都行。"苏珊说道。

　　"谢谢。"

　　他把苏珊搂得更紧了。

　　他的确是文质彬彬。苏珊怀着某种同情瞅着他。如果他经常到吊脚楼来，也许约瑟夫不能容忍他。

　　舞曲终了时，母亲站起身，准备离去。若先生提出送母亲和苏珊回家的建议，使得皆大欢喜。若先生向巴尔老爹付了钱，然后，他们一起都到了餐厅的院子里。当若先生的司机下车来打开车门时，约瑟夫猛地钻入莱昂·博来，使马达开始运转起来，试了五分钟车子的速率排挡。然后，他嘟嘟囔囔，骂骂咧咧地下车，根本不同若先生告别，他把猎灯固定在头上，用操纵手柄启动了B12，独自一人先走了。母亲和苏珊看着他远去，内心忐忑不安。而若先生似乎已经习惯于他的做派，并不感到惊奇。

母亲和苏珊坐上利穆新车的后座，若先生则坐在司机旁的座位上。他们很快就赶上了约瑟夫。苏珊心里并不愿意超过他，但是，她只字不跟若先生提起，因为，他一定不会明白的。在莱昂·博来车灯的强光下，他们仿佛在大白天似的把他看得清清楚楚。他放下剩余的挡风玻璃，让B12可能有的都毕露无遗。他好像比刚才走的时候情绪更糟，对超过他的那辆莱昂·博来看都不看一眼。

在到达吊脚楼之前一会儿，母亲睡着了。在整个路程中，她对汽车的行驶状况根本就无动于衷，她想必在考虑这意外的收获，在考虑若先生。但是，即便这个意外的收获也没有战胜她的疲倦，她睡着了。她在哪儿都会睡着，甚至在客车里，在毫无遮盖的B12里，那辆车既无挡风玻璃，又没有车顶篷。

一到吊脚楼前，若先生就重申他的请求。他是否可以再来看这些人？他曾同他们一起度过了如此有趣的夜晚。半睡半醒的母亲礼貌地告诉若先生，她家的大门对他是敞开的，他随时都可以再来。若先生走后不久，约瑟夫回来了。他把客厅的门砰的一声关上，一言不发。他把自己关在房间里，然后，就像每次他感到厌烦时那样，他把所有的猎枪都拆开，上油，一直鼓捣到深夜。

这就是他们遇见的人。

若先生是一名家赀巨万的投机商的独生子，这名投机商的发迹堪称殖民地发家致富的典范。最初，他在殖民地最大城市的边界进行地皮投机生意。城市的扩张是如此迅速，只花了五年，他就获取了足够的利润，用所获收益再进行投资。他不再进行新的地皮投机生意，而是在这些土地上建造房屋。他让人建起廉价租赁房屋，这些被称为"给本地人的单间"的房屋是殖民地最早的那一类房子。这些小单间毗连邻接，全部都是一面朝向同样毗连的小院子，另一面则朝向街道。这些房子造价不高，于是，适应了本地整个小商贩阶层的需求，很受欢迎。十年后，殖民地到处充斥着这类小单间。此外，经验证明，这些小单间非常适宜鼠疫和霍乱的孳生蔓延。但是，因为只有房主得知殖民地当局曾进行的研究的结果，这些房子的租户总是有加无已。

若先生的父亲后来又对北方的橡胶种植园主感兴趣。橡胶业突飞猛进，许多人转眼间就成了种植园主，但他们毫无技能和专业知识。他们的种植园陷入困境。若先生的父亲看中了这些种植园。他买了下来。因为这些种植园状况不佳，他只付了很少的钱。然后，他把买下的种植园管理起来，使之恢复元气。橡胶业赚钱很多，但是照他看却太少。过了一两年，他以高昂的价格把这些种植园卖给新来的人，他更喜欢在那些最缺乏经验的人中挑选买主。在大多数情况下，他可以在两年后再买回来。

若先生是这个机智、敏锐的男人的无能、呆笨的孩子，真可笑。他那偌大的家产只有一名继承人，而这继承人却没有丝毫的想象力。这是他一生的脆弱点，唯一的决定性的脆弱点：他没能在孩子身上押上宝。以为自己养了一头小鹰，桌子底下却给你钻出只金丝雀。那又怎么办？要抗争这不公正的命运该求助于什么呢？

他把儿子送到欧洲学习，然而，他却不是那块料。蠢材自有他的远见，他根本就不学习。当父亲得知这一情况，便把他叫回来，力图让他对自己的某些生意发生兴趣。若先生老老实实地想要弥补他父亲遭受的不公正。但是，时常发生这样的情况：有人就是生来一事无成，甚至连这几乎不是伪装的游手好闲也做不好。不过，他还是规规矩矩地尽力而为。因为，要说诚实，他的确是诚实，而且真心诚意。但问题并不在此。如果他不是受到错误的教育，也许他不会变得像他父亲甘愿相信的那样愚蠢。如果他没有父亲，没有这份沉甸甸的家产构成的障碍，而是无依无靠，孑然一身，他也许会成功地补救自己性格中的不足。然而，他的父亲从未想到过若先生可能就是某种不公正的受害者。他一向只看见落在他头上的，在儿子问题上的不公正。而这命运是固有的，无法挽回的，他只能为此而黯然神伤。他从来都没有发现他儿子遭受到的不公正的原因。不过，对于这样的不公正，他确实可以纠正。他也许只要剥夺若先生的继承权就可以了，而若先生便可摆脱继承遗产这一过于沉重的负担。但是，他没有考虑过。不过，他是聪明人。而聪明人有他自己的思维习惯，这就妨碍他看清自己的处境。

这就是某个晚上在朗镇偶然落到苏珊身边的钟情者。我们可以说，他也完全同样地落到了约瑟夫和母亲的身旁。

对他们每个人来说，与若先生相遇具有决定性的重要意义。每个人都以自己的方式把希望寄托在若先生身上。最初几天，他显然经常来造访吊脚楼，自从那时候起，母亲就让他明白，她期待着他的求婚。若先生并不拒绝母亲那急切的劝诱。他那些许诺使母亲放心不下，特别是，他送给苏珊各种礼物，借助于他想在他们眼里扮演的这一有利角色，力图利用这样的缓兵之计。

在他们相遇后的一个月，他送给苏珊的第一件非同小可的东西是一台留声机。表面看来，他就像递一支香烟那样轻易地送了留声机，但是，他并没有忘记从苏珊那儿获取某些优待。就在他确定苏珊永远不会只对他这个人感兴趣的时候，他就尽量利用他的财产以及财产带给他的种种便利机会，其中第一个便利机会，对他来说，显然就是用一台新留声机，把他们如牢笼般幽闭的世界打开一个发出响声、拯救式的突破口。那一天，若先生放弃了苏珊的爱情。除了他后来选择钻戒以外，这是他认识苏珊期间，在他苍白的脸上闪现的唯一一道清醒的灵光。

并不是苏珊说起留声机，她甚至连想都没有想过。而是他，若先生自己想到的。

当他同苏珊谈起留声机时，像平常一样只有他们俩待在吊脚楼里。每天，他们都单独会面三个小时，这段时间约瑟夫和母亲正在外面忙这忙那，一边等着坐莱昂·博来去朗镇。若先生睡完午觉以后来，他脱下帽子，没精打采地坐在一把椅子上，在这三个小时里，他等了又等，期待着苏珊做出任意一个给予希望的表示，哪怕是一个小小的鼓励，也会使他相信自己比前一天有进展。他们这样单独交谈令母亲欣喜若狂。他们的交谈持续时间越长，母亲抱的希望就越大。她之所以要求他们让吊脚楼的大门敞开着，是因为只给若先生留一个解决办法，如果他想同她女儿睡觉，那只有结婚，没有别的出路。她总是戴着她的草帽，显得怪里怪气，身后跟着拿锄头的下士，她在吊脚楼前的一排排香蕉树间走来走去，这些香蕉树沿着路旁栽种。她时不时神色满意地瞅瞅客厅的门，在这门后所进行的事情可比她在香蕉树旁佯装干的活儿更加有效。约瑟夫呢，只要若先生在那儿，他从不登上吊脚楼。自从他的马死了以后，他就没完没了地忙于摆弄那辆 B12。当那辆车没有任何毛病，不需要任何修理的时候，他就清洗它。他从不看那吊脚楼一眼。当他对 B12 腻烦的时候，他就到乡下去，他说，要另找一匹马。当他找不到另一匹马的时候，他就去朗镇，毫无理由，就是为了逃避吊脚楼。

　　因此，苏珊和若先生整个下午都单独相处，一直到去朗镇的那个钟点。苏珊恪守母亲的教诲，要使若先生对她怀有纯正的感情，可是又不太自信，就不时地向若先生提出一些关于他们婚礼的过于详细的细节问题。能问若先生的也就是这些了。而他什么也不问。他只是目光迷离地注视着苏珊，越是看她，眼神里就越多一些意味，就像平常，当激情使你感到透不过气来时那样。然而，由于老是被他这样盯视，苏珊有时因疲倦和厌烦而感到昏昏沉沉，但她惊醒时便发现若先生更加着迷地瞅着她。这真是永无了结之日。如果说在他们交往之初，苏珊对自己唤起了若先生身上的这些情感并无不快，那么，从那以后，唉，她对此已屡屡领教，深感烦扰。

　　然而，并不是苏珊说起留声机的。尽管这出乎意料，但就是他若先生提起的。那一天，他来时神色古怪，眼睛里闪现出少有的游移不定的亮光，这意味深长的目光能让人相信，破题儿第一遭，若先生也许头脑里有个点子。

"这唱机是个什么玩意儿？"他指着约瑟夫的旧留声机问道。

"您很清楚，"苏珊说，"这是一台留声机。是约瑟夫的。"

苏珊和约瑟夫对这台留声机了如指掌。那是在父亲去世前一年买的，母亲从来没有离开过它。在动身来到租借地之前，她卖掉了老唱片，让约瑟夫买来新唱片。这些新唱片，如今只剩了五张，约瑟夫小心翼翼地把这五张唱片放在自己的房间里。他独自一人享用这台留声机，除他之外，任何人都无权打开它，甚至不许碰他的唱片。不过，苏珊从来不会对约瑟夫做这样的事，但即便这样，约瑟夫还是信不过，每天晚上，听完后，他就把唱片拿到房间里放好。

"真奇怪，他居然那么喜欢这台留声机。"母亲说道。有时，她后悔把留声机带到租借地来，因为，音乐尤其会使约瑟夫产生抛弃一切的欲望。苏珊并不同意这一观点，她不认为这台留声机有害于约瑟夫。当他放完他所有的唱片时，他总是一成不变地声称："我寻思，我们在这穷乡僻壤干什么呀。"她完全同意约瑟夫的话，即使母亲高声喊叫。伴随着《拉莫娜》这首必听的乐曲，他们更加强烈地希望将要把他们带往远方的汽车会立即停下。约瑟夫这样说起留声机，"当你没有女人，没有电影，当你一无所有的时候，有一台留声机，就不会感到太无聊了。"母亲说他在撒谎。实际上，他跟朗镇所有到了能睡觉年龄的白种女人都睡过觉。跟那些从朗镇到康镇的平原上最漂亮的本地女人都睡过觉。时而，在干运输时，他就跟他的女客户在车里睡。"我不由自主，"约瑟夫为自己辩解，"我想我可以同世界上所有的女人睡。"但是，这些平原上的女人，尽管那么漂亮，还是不能使他割舍留声机。

"它已经旧了。"若先生说，"这是很老的式样。我对留声机很懂。在我家里有一台电唱机，是我从巴黎带来的。您也许不知道，我特别喜欢音乐。"

"我们也非常喜欢音乐。不过，有电的时候您的电唱机的确是好，可是，像我们这儿没有电，我可不在乎什么电唱机。"

"并不是只有用电的留声机，"若先生说，神态里满是言外之意，"也有别的不用电却很棒的留声机。"

他喜形于色。他已经送给苏珊一条连衣裙，一盒香粉，指甲油，口红，优质香皂和美容霜。不过，他常常是自然而然地把东西带来，并不事先告知。他来了，从口袋里掏出一个小包，递给苏珊，"猜猜看，我给您带什么来啦。"他开玩笑似的说。苏珊接过来，打开小包，"真是奇特的想法。"她说。通常就是这样。但是，这一天不一样。这一天有新动向。

新动向，的确是有新动向。他们谈完了各种留声机及其它们各自不同的优点后，若先生请求苏珊打开浴室的门，以便他看到她全裸的样子，他答应以送给她一台最新型号的"主人之声"，还有唱片，巴黎最新出品的唱片作为条件。果然，当苏珊像每天晚上去朗镇之前洗淋浴的时候，他小心地敲打浴室的门。

"开开门，"若先生轻声柔语地说，"我不会碰您的，我不会往前迈一步的，我只是看看您，开开门吧。"

苏珊纹丝不动，光线幽暗的浴室的门依然关着，在那门后，站着若先生。没有任何男人见过她真正意义上的裸体，除了约瑟夫，他有时在苏珊洗澡的时候，上楼来洗脚丫子。不过，这种情况时有发生，从他们很小时候起就这样，这不能算数。苏珊从头到脚打量着自己，久久地端详着若先生要求她让他看的身体。她感到意外，笑了起来，并不应答。

"只是看您一眼的时间，就一小会儿，"若先生叹息着说，"约瑟夫和您母亲在另一边呢。我求求您了。"

"我不愿意。"苏珊声音微弱地说道。

"为什么？小苏珊，为什么呢？我整天都待在您身边，我是那么地想看您。只要一秒钟。"

苏珊一动不动，一直在想弄明白该怎么办。她机械地吐出拒绝的字眼。不。起先，这个"不"，说得断然决然。但是，若先生一再恳求，这时，这个"不"渐渐地转向了，苏珊显得了无生气，缄默不语，任人摆布。他很想看她。这毕竟是一个男人的欲望。而她呢，她就在那儿，是值得被人看的，只要把门打开就可以。这世上还没有一个男人见过如此站在门后的少女。这生来不是被掩藏起来的，相反，是要被人看的，并且要在这世界取得成就，而这个人，这位若先生就属于这个世界。然而，正当她要去打开幽暗的浴室的门，让若先生的目光透入室内，让亮光最终照射在这谜一般的玉体上，这时，若先生说起了留声机。

"明天，您就会得到您的留声机了，"若先生说，"明天就有。一台棒极了的'主人之声'。我亲爱的小苏珊，把门打开一秒钟吧，您就得到留声机啦。"

就是这样，正当苏珊要去开门，向这世界展示一下自己那少女的胴体时，这个世界却侮辱了她。手正放在插销上，她停了下来。

"您是个下流坯，"她轻声地说，"约瑟夫说得对，一个下流坯。"

我要朝他脸上吐唾沫。她打开了门，唾沫则留在口中。不值得这样做。真是触霉头，这个若先生，是晦气，犹如那堤坝，那死去的马，这不是某个人，仅仅是晦气。

"得了，看吧，"她说，"我的裸体让您烦透了吧。"

约瑟夫常说："我的 B12 可把他烦透了。"每次，他经过莱昂·博来时，他就朝轮子踹几脚。若先生抓住门框凝视着她。他满脸通红，呼吸困难，仿佛刚刚挨了打，马上就要跌倒似的。苏珊又把门关上了。面对那紧闭的门，他在原地待了一会儿，默默无言，然后，苏珊听见他转身回到客厅。于是，在毫无必要地向若先生展示了自己的裸体后，苏珊如同她每次沐浴后那样，很快又穿好衣服。若先生的眼神怪怪的。

第二天，若先生郑重其事地给她带来了留声机，说道："我说到做到。"他认为一丝不苟是显示自己尊严的最可靠的方式之一。

苏珊瞧见他来了，更确切地说，瞧见夹在他腋下的一个大纸盒来了，她，她知道那就是留声机。眼看着自己挑动的事发生了，并引起了惊讶，她暗自窃喜，感到几乎是妙不可言，竟使她端坐在椅子上，一动也不动。因为，并非只有她瞧见了这大纸盒，母亲和约瑟夫也瞧见了。当这个大纸盒被若先生夹在腋下从小路上经过时，他们两眼紧盯着它，而且，它进门后，他们仍然盯着那扇门，仿佛指望那扇门会告知他们盒子里装的是什么东西。但是，苏珊知道他们俩谁都不会中断手边的活儿，来打听是什么东西，哪怕它大如一部汽车，尤其是约瑟夫。对若先生送的或带来的东西，或仅仅是拿来给人看看的东西，他们俩都不会表露出丝毫的好奇心，不，他们不会听任自己流露出好奇的。的确，直到目前为止，若先生给苏珊带来的礼物包装都相当小，放在他口袋里或拿在手中，可是，这一个，看它的尺寸大小，按理说约瑟夫应当想到，里面装的东西无疑比以前的具有更宽泛的特性。他们谁都记不起曾几何时见到这样大小的给他们的包裹，不管以何等方式来到吊脚楼。除了红树原木，少有的发自地籍管理局和银行的信件，小阿哥斯迪的来访，六年来，没有任何人，也没有任何新式的或簇新的物件来过这里。虽说这玩意儿是若先生带来的，但毕竟是来自比若先生更加遥远的某个城市，某家商店，毕竟是崭新的，只供他们受用的。然而，无论是约瑟夫还是母亲都不屑于为此而上楼。若先生以充满自信的声音向他们问好，居然不怕得日射病，光着脑袋在路上走，他这些颇不寻常的举止，也不足以让他们抛开惯常的矜持。

若先生气喘吁吁地走近苏珊。他把盒子放在客厅的桌子上，如释重负地舒了一口气。这玩意儿想必挺重。苏珊纹丝不动，端详着盒子，眼里只有它，却无法因为对那边正在凝眸而望的两人来说，这还是一个谜而感到心满意足。

"真沉，"若先生说，"这是留声机。我就是这样，我说到做到。我希望您慢慢会了解我。"为了确保他的胜利，并且，假定苏珊并不这么考虑，他又补充了后面那句话。

一边，桌子上有这台留声机。就在吊脚楼里。另一边，在敞开的门的门框外，是母亲和约瑟夫，如坐牢的囚徒一样渴望看一看。多亏了苏珊，留声机才会在那儿，在桌子上。她打开了浴室的门，让若先生那秽邪丑陋的眼光投到她身上，现在，留声机就摆在那儿，在桌上。而它，它完好无损，漂亮极了。她认为自己应该得到这台留声机。她理当把它送给约瑟夫。因为，像留声机这类东西理所当然应属于他。对她来说，只要用她独一无二的方法从若先生那儿弄来就行了。

若先生激动得哆哆嗦嗦，洋洋自得地朝留声机走去。苏珊猛地跳到他身旁，不让他靠近。若先生一下愣住了，放下双手，困惑不解地盯着她。

"应该等他们来。"苏珊说道。

留声机只有当着约瑟夫的面，才能走出未知状态而显露出来。但是，要向若先生讲清这一点，如同向他解释谁是约瑟夫一样不可能。

若先生重新坐下，绞尽脑汁地思索着。因苦思冥索，额头上都起了皱纹。他睁大双眼，连连咂嘴。

"我不走运。"他声称道。

若先生很快就垂头丧气了。

"我真是白费劲，"他又说，"什么东西都不能触动您，甚至连我无微不至的善意都不行。您所喜欢的，就是那类……"

啊！面对留声机，约瑟夫会有怎样的脸色！现在，他们再也不能迟迟不上楼。若先生来得比平时晚，是因为这台留声机，现在，他离去的时间快到了，他们不可能不知道的。至于若先生嘛，既然他已经给了留声机，他就不那么重要了。没有了他的汽车，他的薄绸衣，他的司机，他也许就变成一个空空荡荡、完全透明的玻璃橱窗。

"哪类人？"

"阿哥斯迪和……约瑟夫那类人。"若先生战战兢兢地说道。

苏珊非常爽朗地向若先生微笑，而若先生，这一回，有留声机撑腰，承受住这一微笑。

"是的，"他大胆地说，"我说得没错，约瑟夫那类人。"

"您就是给我十台留声机，必定也是这样的。"

若先生低下头，感到灰心丧气。

"我不走运，正是因为这台留声机，您就对我说这些恶毒的话。"

约瑟夫和母亲正在回来的路上。若先生因尊严受到伤害而保持沉默，他没有瞧见他们走过来。

"他们来了。"苏珊说道。

她站起身，走近若先生。

"别这样拉长着脸。"

稍加辞色，若先生就恢复了勇气。他站起身，把苏珊拉进怀里，使劲地搂住她。

"我发疯一样地爱上了您，"他悒悒不欢地表露说，"我真的不知道自己怎么了，我从来没有对任何人有过这样的感觉。"

"什么也别告诉他们。"苏珊说道。

她下意识地挣脱了若先生的拥抱，但是，一直在向约瑟夫微笑，向那不远的未来微笑。

"昨天晚上看见您全裸后，我一夜都没有合眼。"

"他们一会儿问起这是什么东西时，由我来告诉他们。"

"对您来说，我毫无价值，什么都不是，"若先生又一次泄气地说，"我一天比一天更强烈地感觉到这一点。"

约瑟夫和母亲拾级登上吊脚楼，约瑟夫走在前面，他们突然出现在客厅。他们满身尘土，大汗淋漓，双脚沾满干泥巴。

"您好，"母亲说，"您身体好吗？"

"夫人，您好，"若先生说，"谢谢。您呢？"

若先生站起身，向他内心讨厌的母亲表示敬意，若先生善于做这些举动，而且驾轻就熟。

"我们，必须得这样过下去，现在，我脑袋里在想种香蕉的事，这可以让我活得长些。"

若先生又一次朝约瑟夫那儿走了两步，但打了退堂鼓。约瑟夫从来不向若先生问好，坚持是没有用的。

他们不可能没有瞧见桌上的盒子。这是不可能的。然而，并没有蛛丝马迹显露出他们已经看见了它，除了他们好像在避而不看，并远远地绕过桌子，可以不用靠得太近，仿佛他们什么也没有看见。还有，除了母亲脸上浮现的某种微笑，别的什么也看不出。今晚，母亲没有大声叫喊，没有悲叹自己多么劳累，而是在愉快地忍受着身心的疲惫。

约瑟夫穿过餐室到浴室。母亲点燃了酒精灯，叫着下士的名字。她这么大声吼叫着呼唤他，尽管完全是徒劳无用，她也很清楚这一点，然而，她想必是在叫他的妻子，让她通知下士。下士的妻子从她待的地方，飞快地跑到她丈夫那儿，在他背上击一巴掌。这个时候，下士正蹲在土台上，享受母亲终于给他的片刻小憩，并认真地等待着汽车再次通过。他在自己所有的空闲时间里观看那条路，有时会看上一个小时，当他们去朗镇时，他就一直看到汽车以每小时六十公里的速度，悄然无声地从森林那头出现。

"他越来越聋了，"母亲说，"他变得越来越聋了。"

她去储藏室，然后又回到餐室，双眼始终低垂着。然而，这盒子是唯一比吊脚楼里其余东西更为显而易见的。

"我一直感到很吃惊，您雇了个聋子，"若先生说，语气如平常交谈那样，"平原上有很多仆人可雇。"

通常，当他们决定不去朗镇时，约瑟夫和母亲回家后几分钟，若先生也就走了。可是今晚，他背靠着客厅的门，站在那儿，显然，他在等待他那不寻常的时刻，揭晓留声机的时刻。

"的确，是大有人在。"母亲说，"不过，这个人，他曾经受了那么多的打击，所以，我看见他的双腿时，我就对自己说，在我的有生之年，我要承担起他……"

如果不快点告诉他们盒子里的内容，结局也许会很糟糕。约瑟夫由于好奇心的煎熬而烦躁不安，很可能朝藤条桌踢一脚，然后，开着B12，独自一人去朗镇。不过，对约瑟夫的放荡不羁已司空见惯的苏珊始终一言不发，坐在椅子上不动弹。下士上了楼，瞅见了盒子，久久地打量着它，然后把米饭放在桌子上，开始摆放餐具。下士放好餐具后，母亲定睛看着若先生，好像在思忖，这个时候，他在这儿干什么。去朗镇的时候早已过了，可他好像并没有觉察到似的。

"如果您愿意，可以留下来吃晚饭。"母亲对他说。她并不习惯同他这么客气。她的邀请无疑掩盖了要延续约瑟夫和苏珊的苦恼的意图。在她身上尚未完全泯灭年轻人般的活力，突然会流露出风趣、淘气的性情。

"谢谢您，"若先生说，"我真是求之不得。"

"没什么好吃的，"苏珊说，"我可先告诉您，总是这些蹩脚的肉。"

"您不了解我，"若先生这一回不无嘲弄地说，"我口味并不讲究。"

约瑟夫从浴室出来，瞅着若先生，仿佛在寻思这个钟点这个人在这儿干什么呢。然后，他瞧见桌上放了四个盘子，不得不如此，他坐下，决定不管怎样要饱餐一顿。下士又一次上楼，点亮了乙炔灯。于是，他们被沉沉夜色围绕着，连同这盒子一起关闭在吊脚楼里。

"他妈的，我饿了。"约瑟夫宣称说，"还是这蹩脚的肉？"

"请坐。"母亲对若先生说道。

约瑟夫早已独自一人就坐。如同每当约瑟夫在场时那样，若先生贪婪地抽着烟。他对约瑟夫有一种莫名其妙的恐惧。他出于本能坐在约瑟夫的对面。母亲给了他一块涉禽肉，大概为了哄哄约瑟夫，亲切地对他说：

"我在想，如果你不去杀那些鸟儿，我们能吃些什么。这有点鱼的味道，不过挺好吃，而且富有营养。"她又对着若先生加了一句。

"这也许是很有营养，"苏珊说，"但就是蹩脚货。"

孩子们用餐时，母亲总是又宽容，又有耐心。

"每天晚上都是老一套，他们从来都不满意。"

他们谈论着涉禽，就好像这些鸟儿与那盒子有着一种直到那时尚不为人所知的秘密关系，那盒子体积庞大，像一颗尚未爆炸的炮弹一样毫发无损，一直摆在藤条桌上。约瑟夫大口大口地吃得很快，比平时的吃相更粗鲁，实际上在强忍住心头的怒火。

"每天晚上都是老一套，"苏珊继续说，"因为，每天晚上都吃这些肉。从来就没有任何别的东西。"

正是母亲找到了脱身的办法。

她面带含有戏弄意味的可爱的微笑说道：

"的确，从各方面来看，平原上，很少有新鲜东西。"

苏珊莞尔而笑。约瑟夫还没有听明白个中意味。

"有时候却有。"苏珊说道。

若先生听懂了，心花怒放，开始大口大口地吃他盘中的涉禽肉，与他开始用餐时，品尝这道对他来说是新菜肴的非常巴黎式的吃法截然相反。

"这是一台留声机。"苏珊说道。

约瑟夫顿时停了下来。他的眼睛在半抬的眼皮下显现出来，闪闪发光。所有人，连同若先生都看着他。

"我们已经有了一台留声机。"约瑟夫说道。

"我想，"若先生说，"这一台，怎么说呢？更新式。"

苏珊离席而起，朝那盒子走去。她扯开胶带，打开纸盒。然后，她小心翼翼地拿起留声机，把它放在餐厅的桌子上。留声机是黑色的，花岗石纹的皮面，带有镀铬把手。约瑟夫已经停止用餐。他抽着烟，入迷地看着苏珊的举动。母亲有点失望。留声机，如同狩猎，是约瑟夫强加的不幸。苏珊掀开盖子，留声机内部显现出来：绿色呢绒的圆盘，令人目眩的镀铬金属臂。在盖子里面镶有一块小铜片，上面是一个猎狐梗坐在有它三倍大的小屋前。铜片下方写有：主人之声。约瑟夫抬起眼睛，装出一副行家的样子打量着小铜片，试着操作镀铬金属臂。然后，在目睹了留声机，又亲手触摸了它以后，他完全忘记了苏珊，忘记了若先生，忘记了这台留声机是若先生带来的，忘记了他们都正在这里领略他的幸福，也忘记了他曾约定自己决不对这台留声机表示出丝毫的惊奇。他就像梦游患者般把留声机重新装上，把唱针拧紧在镀铬臂上，打开留声机，又把它关上，再开开。苏珊走回纸盒那儿，拿出一包唱片，交给他。这些唱片全是英文的，除了一张名为《新加坡的一夜》。约瑟夫一张一张地看。

"这都是些蠢玩意儿。"他低声地说，"不过，没关系。"

"我选的都是巴黎新出的唱片。"若先生怯生生地说道，面对约瑟夫的发作，而别人又完全把他置之度外的境遇，他感到有些窘迫。不过，约瑟夫并没有坚持下去。他捧起留声机，把它放在客厅的桌子上，挨着它坐下。然后，他拿起一张唱片，放在铺着绿呢的唱盘上，把唱针放上唱片。在所有人都保持沉默之际，一个声音响了起来，起先，显得奇特、不得体，几乎是粗俗的。

　　新加坡的一夜，
　　爱情的
　　一夜。
　　棕榈树下的一夜，
　　夏天的
　　一夜。

然而，唱片放到最后时，僵局打破了。约瑟夫捧腹大笑。苏珊开怀大笑。连母亲都说："挺不错。"若先生极其想要看到自己再次受到重视。他从这头走到那头，力图使自己最终作为恩人被这个家庭接纳。但无济于事。对于他周围的人来说，留声机和它的赠与者之间没有什么关联。《新加坡的一夜》放完后，约瑟夫把其他的新唱片一张一张地放了一遍，无所偏爱，原因很简单，他不懂英语。再说，这天晚上，我们无法得知约瑟夫是受到了音乐的感动，或是仅仅对如何操作留声机，对它完美的机械运转感兴趣。

若先生终于走了。他一离开，母亲就问苏珊是否知道留声机的价格。苏珊根本忘记问若先生。母亲感到有些失望，下意识地要求约瑟夫别再捣鼓留声机。但是，这个晚上，这就如同要求他停止呼吸一样。母亲没太坚持，回到自己的房间，闭门不出。她刚离开，约瑟夫就说："放《拉莫娜》吧。"他去找出他的旧唱片，《拉莫娜》是其中最为珍贵的。

> 拉莫娜，我曾做了一个美梦。
> 拉莫娜，我们俩一起离去。
> 我们款步
> 而行，
> 远离一切嫉妒的目光
> 两位情侣
> 从未经历过如此温馨的夜晚……

无论约瑟夫还是苏珊，从来都不唱歌词。他们只哼曲子。对他们来说，这是他们听过的最美、最动人的歌曲。乐曲甘甜如蜜，柔柔地流动。若先生声称《拉莫娜》在巴黎已有多年没人唱了，然而，这对他们并不重要。每当约瑟夫放这张唱片，一切都变得更加明亮，更加真实；不喜欢这张唱片的母亲却显得更加衰老，而他们则听见自己的青春热血，犹如一头被监禁的鸟儿在拍打着太阳穴。有时，当母亲叫喊得不太厉害，他们可以从从容容地洗澡时，约瑟夫就用口哨吹这首曲子。苏珊想，也许日后他们离去时，他们用口哨吹的也会是这首曲子。这是歌颂未来的赞歌，是出发的赞歌，是对终止焦急等待的欢呼。他们期待的就是融会到这首产生于城市的诱惑的乐曲中去，这首曲子为这种诱惑而生成，在这些城市里被人咏唱，这些城市岌岌可危，瑰异神奇，充满爱情。这首乐曲使约瑟夫产生了对一个城里女人的渴望，这个女人与她几乎无法想象的平原上的女人有着天壤之别。在朗镇，巴尔老爹也有一张《拉莫娜》唱片，但没有约瑟夫的这张用得这么旧。有天晚上，就是在随着这首乐曲与苏珊跳了舞之后，阿哥斯迪突然把她拉出餐厅，把她带到港口那儿。他告诉苏珊，她已出落得美丽动人，并拥吻了她。"不知道为什么，我突然很想拥抱你。"他们一起回到吊脚楼。约瑟夫神情古怪地注视着苏珊，然后，忧伤而宽容地莞尔一笑。从那以后，小阿哥斯迪大概就忘记了这回事，而苏珊也很少再想起，但是，无论如何，这件事是与《拉莫娜》这首曲子紧密相连的。每次，约瑟夫放这张唱片时，对让·阿哥斯迪的亲吻的回忆仿佛就回荡在这首乐曲中。

唱片放完后，苏珊问道：

"你觉得这台留声机怎么样？"

"太棒了，而且，几乎不用配备什么。"

过了一会儿。

"你向他要的？"

"我什么也没有要。"

"他就把它给你了……就这样？"

苏珊几乎没有犹豫地回答道：

"他就这样给了。"

约瑟夫默默地笑了，宣称道：

"那是个笨蛋。不过，这留声机，真是妙不可言。"

就在若先生送给他们留声机之后不久，一天晚上，在朗镇，约瑟夫决定开始同他说话。

若先生借口要监督胡椒和橡胶浆的装载，决定延长在平原逗留的时间。他在朗镇的餐厅包了个房间，在康镇另外租了房间，时而睡在这里，时而睡在那里，可能是为了躲过他父亲的监视。有时，他去城里过一两天，但回来后，每天下午就去租借地转一圈。他原本满心期待着自己的财富会对苏珊产生影响，现在开始不抱希望了，也许这种失望反倒使他开始真诚地爱上了苏珊。母亲和约瑟夫的警觉无疑只会更加激化他认为即将成为伟大感情的东西。

最初，他造访的动机十分简单，就是带他们去朗镇跳跳舞，开开心。

"我带你们去呼吸新鲜空气。"他大大方方地宣布道。

"新鲜空气，那可不缺，"约瑟夫说，"就像水。"

但是，很快，每天下午结束便去朗镇走走的习惯对他们变得自然而然，而若先生倒忘记邀请他们了。不过，通常，是苏珊宣布去朗镇的时刻到了。约瑟夫尽管反感，但还是和他们一同前往。首先，因为坐莱昂·博来半个小时就到那儿，而坐 B12 则要一个小时，仅仅这一好处也许就能够使他下这个决心，其次，因为他并非不乐意去喝喝酒，即使有时候由若先生付钱晚餐。就是在那时候，约瑟夫发现有人会爱上酗酒。

然而，没有人不明白，若先生提议的这些外出活动，如同每次赠送礼物，只是为了回避别人对他寄予的期望。况且，这些外出很快就在充满厌倦和愤怒的气氛中结束，若先生的亲切和宽厚也无法缓和这种气氛。只有在他们喝足了酒，特别是约瑟夫，喝得不再注意若先生，甚至对他视而不见，这时，情况才变得可以忍受。因为他们三人都不习惯喝香槟酒，那当然很快就达到预期的效果。连一点也不爱喝酒的母亲也喝上了。她声称，她喝酒是"为了淹没自己的耻辱"。

"两杯香槟酒喝下去，我就忘记我为什么到朗镇来，我觉得是我蒙骗了他，而不是他骗了我。"

若先生喝得很少。他曾经喝得很多，他说，酒精对他几乎不再起作用。不过，除了他与苏珊面对面时还起作用，使他涌动着更加伤感的热诚。他一边跳舞一边如此忧郁地瞧着苏珊，因此，有时，当餐厅里没别的消遣时，约瑟夫就颇有兴趣地端量他。

"他在扮演鲁道夫·瓦伦蒂诺①呢。"他说，"但是，遗憾的是，他长了个牛犊般的笨蛋脑袋。"

这个说法让母亲挺高兴，她笑了起来。苏珊正在跳舞，猜测到他们为什么发笑，但若先生则不明白，或者不如说，他谨慎地不想寻找他们突然这么开心的原因。

"说得好，牛犊般的笨蛋。"母亲用推波助澜的语气重复说。

那样的夜晚，约瑟夫的比喻无疑显得低级趣味，可是，对母亲来说，这无关紧要。她，她觉得这些比喻都恰到好处。她感到厌烦极了，她洒脱地把酒杯举了起来。

"那么，我们等着……"她说道。

"当然咯。"约瑟夫哈哈大笑，表示赞同。

"他们在为我们的健康干杯。"苏珊在远处一边跳舞一边对若

---

① Rudolph Valentino(1895—1926)，意大利裔美国演员。

先生说道。

"我不大相信。"若先生回答说，"我们在那里时，他们从来都不这样……"

"那是因为腼腆。"苏珊微笑地说道。

"您的微笑令人痴迷……"若先生小声地说道。

"不过，"母亲又说，"我可从来没有喝过这么多的香槟酒。"

约瑟夫喜欢看见母亲这样的惬意状态，显得有点粗俗，而又令人满足，只有他能激发起母亲这样快活的情绪。有时，他感到太无聊了，就整个晚上拐弯抹角地开玩笑，甚至当着若先生的面。譬如，当若先生不跳舞的时候，一边盯着苏珊，一边低声地唱着他觉得恰到好处具有双关意义的歌曲："巴黎，我爱你，我爱你，我爱你……"约瑟夫就仿效他认为的牛犊声音重复地唱："我爱你，我爱你……"这一来使得大家哄堂大笑，而若先生也只得笑笑，但是，是多么无奈的笑。

然而，大部分时间，约瑟夫都在跳舞、喝酒，不大留意若先生。有时，他同阿哥斯迪闲聊，或者去港口观看邮轮装货，不然的话就去海滨洗澡。在这种情况下，他就告知苏珊和母亲，她们俩就跟着他，而她们身后，隔开一段距离，跟着若先生。当约瑟夫喝得有点过量的时候，他就声称要游到三公里远、离岸最近的岛屿那儿去。这个计划在他没喝酒时，他从来不提，可是，那些晚上，他认为自己有能力完成这个计划。实际上，在他还没有到达岛屿前，他很可能就垮了。于是，母亲开始大声喊叫。她吩咐若先生发动莱昂·博来。只有发动机的隆隆声能使约瑟夫忘记他的计划。若先生不会不觉得那个折磨他的人的计划蛮有意思的，显然，他勉强听从了母亲的话。

正是在朗镇的餐厅里如此度过的其中一个夜晚，约瑟夫对若先生谈到了苏珊，而且，仅此一次，向他表明了自己的观点。事后，他再也不跟若先生说话，除了很久以后，他对若先生表示出极大的蔑视。

苏珊像平常一样在同若先生跳舞。母亲神情忧郁地瞧着他们。有时，特别是当她酒还没有喝够的时候，香槟酒使她见了若先生更加伤心。虽然，那天晚上，餐厅里有不少人，尤其有些女性旅客，约瑟夫则没有跳舞。也许，每天晚上这样跳舞使他感到厌倦，或者，也许，他决定要同若先生谈话使他没了兴致。他瞧着若先生比平时更加无拘无束地同苏珊跳舞。

"这就是人们所称的一事无成的人。"约瑟夫突然开始说起话来。

母亲对此不能肯定。

"这说明不了什么。我也一样，我就是最一事无成的人。"

她变得更加忧郁了。

"证据就是，对我来说，唯一的解决办法是把我女儿嫁给这个没出息的家伙。"

"那不是一回事，"约瑟夫说，"你不走运。其实，你是对的，这说明不了什么。重要的是，他得做决定。我们等得腻烦了。"

"我已经等得太久了。"母亲抱怨说，"为了租借地，为了堤坝。仅仅为了那五公顷地的抵押，我就等了两年。"

约瑟夫看着母亲，仿佛获得灵感似的。

"我们只会这样，等着，但是，只要下决心不再愿意等待就行。我去跟他谈谈。"

若先生和苏珊跳完一曲回来。当他穿过舞池时，母亲说道：

"有时，我瞧着他，就好像在观看自己的一生，而且看来很不妙。"

若先生一落座，约瑟夫便开口讲话。

"我们厌烦了。"

若先生已经习惯了约瑟夫的措辞。

"对不起。"他说，"我马上再要一瓶香槟酒。"

"不是这个，"约瑟夫说，"我们是因为您而感到厌烦。"

若先生满脸通红。

"我们刚才谈到了您，"母亲说，"我们觉得很无聊。这事儿已经持续得太久了，我们很明白您到底要什么。您每天晚上把我们带到朗镇来，也是枉费工夫，这骗不了任何人。"

"我们也感到，一个多月以来，就这样老想着跟我妹妹睡觉是很危险的。我，我永远不会容忍这种事情发生。"

若先生低垂下眼睛。苏珊想他也许会站起身来，一走了之。但毫无疑问，他太缺乏想象力，根本想不到这么做。约瑟夫并没有喝得很多，他说话时内心交织着忧伤和厌恶，直到那时，他都强忍住这些情绪，因此，听见他终于表达出来，他们不能不感到如释重负。

"我不隐瞒，"若先生悄声地说，"我对您的妹妹怀着一种深深的感情。"

他每天都在向苏珊倾诉自己对她的感情。我呢，如果我嫁给他，对他将毫无感情。我，我不谈什么感情。她感到自己比任何时候都更加坚定地站在约瑟夫这一边。

"去跟别人说吧！我可不信。"母亲突然粗暴地说道，试图用约瑟夫那样的腔调说话。

"这有可能，"约瑟夫说，"但是，这说明不了什么。最重要的是您要娶她。"

他指指母亲。

"为了她。我呢，我相信，我越了解您，就越不满意。"

若先生稍微恢复了镇静。他固执地低垂着眼睛。大家都盯住这如同封闭住的脑袋，这个如同地籍管理局、银行、太平洋一样瞎眼的人，要对付他的百万家产，就像对付这些恶势力一样，他们一筹莫展。尽管若先生知之甚少，但他知道他不能娶苏珊。

"不可能，"若先生口气战战兢兢地说，"在十五天内决定娶某个人的。"

约瑟夫微微一笑。一般来说，的确是这样。

"在某些特殊情况下，"他说，"可以在十五天内做出决定。情况就是这样。"

若先生抬了一下眼睛。他不知所以然。约瑟夫也许应该作些说明，但这很困难，他做不到。

"假如我们是富人，"母亲说，"也许就不同了。有钱人家里，可以等上个两年。"

"如果您不明白就算了，"约瑟夫说，"要么就娶她，要么就完，没有别的选择。"

约瑟夫稍等片时，一板一眼慢慢地说道：

"并不是我们不让她和她想要的人睡觉，而是您，如果您要和她睡觉，您就必须娶她。这就是我们骂您是畜生的方式。"

若先生又一次抬起头。面对如此大胆的直率，他大为惊愕，以至都顾不得生气。再说，这种说法跟他关系不大。人们也许会寻思，约瑟夫是否不仅仅为了他一个人说这话，而是为了听见自己说出刚发现的事：最后说的有关那些若先生们的话。

"很久以来，我就想跟您说这些话了。"约瑟夫补充说道。

"你们真是硬心肠，"若先生说，"我本来并不认为第一天晚上……"

他在撒谎。大家想到这一点已经有一个星期了。

"我们并不强迫您娶她。"母亲用一种调解的语气说，"只是先告知您。"

若先生隐忍不言。若先生的单纯想必会触动许多人。

"而且，"约瑟夫突然笑嘻嘻地说，"即便我们接受了所有的东西、留声机、香槟酒，这对您也无济于事。"

母亲看了若先生一眼，目光里隐约含着恻隐之情。

"我们是非常不幸的人。"她以解释的口气说道。

若先生终于抬起眼睛，看着母亲，由于他那不公正的命运，他认为别人应该对他作出某种解释。

"我也一样，我从来就没有感到过幸福，"他说，"别人总是强迫我做那些我不愿意做的事情。半个月以来，我做了一些我喜欢做的事，而这会儿……"

约瑟夫再也不去留意他了。

"走之前，我想跟你跳一支舞。"约瑟夫对苏珊说道。

他请巴尔老爹放《拉莫娜》。他们俩翩跹起舞。约瑟夫根本不同苏珊提起与若先生的谈话。他同她说起了《拉莫娜》。

"如果我有一点钱的话，我就买一张新的《拉莫娜》。"

母亲坐在桌旁，瞧着他们跳舞。若先生坐在她对面，把玩着他的钻戒，一会儿摘下一会儿又戴上。

"他有时态度粗鲁，但这不是他的错，"母亲说，"他没有受过什么教育。"

"她不在乎我，"若先生低声地说，"她一声不响。"

"既然您那么富有……"母亲说道。

"这毫不相干，而且相反。"

也许，他并不像他看起来的那样傻。

"我必须防备。"他声明。

母亲望着他必须防备的人。他们正伴随着《拉莫娜》的乐曲在跳华尔兹。真是一双漂亮的儿女。总而言之，她毕竟还生养了漂亮的孩子。他们显得很幸福地在一起跳舞。她发现他们很相像。他们长着相同的肩膀，跟她的肩膀一样，一样的肤色，一样带点红棕色的头发，她的头发颜色也是那样，眼神里有着一样独特的傲劲。苏珊越来越像约瑟夫了。她认为比起约瑟夫自己更了解苏珊。

"她很年轻。"若先生口气沮丧地说道。

"不很年轻了。"母亲微笑地说，"我，我要是您，我就会娶她。"

舞跳完了。约瑟夫可不愿坐下。

"走吧。"他说道。

从那天起，他再也不跟若先生说话了。

他们之间的关系越来越冷淡。事实上，他们在他面前的言谈举止比以前更加随心所欲、肆无忌惮。

依然是在客厅，而且依然是在母亲的眼光注视下，若先生在教苏珊涂指甲油的技巧。苏珊坐在他的对面。她身着一条漂亮的蓝色丝绸连衣裙，这是留声机之后，若先生给她带来的许多东西中的一件。桌子上，放着三小瓶颜色各不相同的指甲油、一罐香脂和一小瓶香水。

"您给我修去指甲边皮时，把我弄痛了。"苏珊喃喃地抱怨。

若先生可并不那么急于弄完，想必是为了尽可能久地握住苏珊的手。他已经做了三次试验。

"这一种最适合您。"他终于说，很内行地观赏着自己的杰作。

苏珊抬起手，以便看得更清楚些。若先生选的指甲油是一种带点橙黄的红色，使她的皮肤更加显棕色。她对这个问题没有很明确的看法。她把另一只要涂指甲油的手递给若先生，若先生握住她的手，并亲吻手心。

"如果要去朗镇的话，"苏珊说，"就得赶紧，还有一只手要涂呢。"

从敞开的门看出去，他们瞧见约瑟夫在下士的帮助下，正试着把沿路的小木桥恢复平直。骄阳似火。约瑟夫时不时吐出几句显然是针对若先生的恶言恶语，但是，若先生大概已经习惯于这种待遇，好像骂的不是他。

"王八蛋，还有他那二十四马力的车，我简直讨厌透了。"

"的确，"苏珊说，"是您弄坏了桥，应该把您的车停在大道上。"

涂好了手指甲，若先生又给苏珊涂脚指甲。他快弄完了。苏珊把一只脚搁在桌上，让指甲油晾干，他则给另一只脚最后"补涂"指甲油。

"这样行了。"苏珊说，忘了无论若先生多么想要，也不可能给她涂上更多的指甲油。

若先生叹了口气，放下苏珊的脚，靠着椅背。他涂完了。他微微有些出汗。

"咱们不去朗镇，跳一会儿舞好吗？"若先生问，"用新的留声机放唱片来跳舞好吗？"

"约瑟夫不愿意别人碰它。"苏珊说，"而且，我都腻烦跳舞了。"

若先生又叹了口气，显出一副哀求的模样。

"如果说我想要把您紧紧地抱在怀里，这并不是我的错……"

苏珊满意地瞧着自己的脚和手。

"我，我可不想在什么人怀里。"

若先生垂下脑袋。

"您使我非常痛苦。"他语气消沉地说道。

"我去穿衣服准备到朗镇去。待在这里。如果她看不见您，她要骂的可是我。"

"别害怕。"若先生苦涩地微笑着说道。

苏珊走到阳台上叫唤。

"约瑟夫，咱们去朗镇。"

"如果我想去，我们才去，"母亲尖叫起来，"只有我想去，我们才去！"

苏珊回头转向若先生。

"她这么说说，其实，她求之不得。"

若先生对争论不感兴趣。他凝视着苏珊那双在丝绸裙下清晰地显露出来的玉腿。

"您穿着连衣裙还是像全裸着一样，"他说，"而我，我却绝对没有任何权利。"

他好像完全心灰意冷，点燃起一支烟。

"我再也不知道应该做些什么使您爱上我，"他继续说，"我想如果我们结婚的话，我会极其不幸的。"

苏珊没有去穿衣服，而是坐在他面前，怀着某种好奇盯住他看。但是，她几乎立刻就不注意他了，尽管一直在看着他，却视而不见，仿佛他是透明的，她必须通过这张脸，才能隐约看见金钱的令人眩晕的许诺。

"如果我们结婚的话，我也许会把您金屋藏娇。"若先生逆来顺受地表明道。

"如果我们结婚的话，我会有辆什么样的车？"

这也许是第三十次她提出这个问题了。不过，她对这类问题从来不感到厌倦。若先生装出一副毫不在乎的样子。

"我已经跟您说了，您想要的那种。"

"那么，约瑟夫呢？"

"我不知道我是否会给约瑟夫一辆车，"若先生急忙说，"这我可不能向您许诺。我已经跟您说过了。"

苏珊的眼光停止了在财富的那些奇妙地带探测，又回到这不让她陷入那些地带的障碍物来。她的微笑渐渐消退。她脸色剧变，以至若先生几乎马上就又说道：

"那取决于您，您知道，取决于您对我的态度。"

"您也许可以送给她一辆车，"苏珊甜甜地说服他，"这也一样。"

"我们从来没有讨论过送一辆车给您的母亲，"若先生神态失望地说，"我可不像您以为的那么富有。"

"对她也许就算了，但是，如果约瑟夫没有车，那么您可以留着您所有的车，包括给我的那辆，然后，去娶您想要的人。"

若先生抓住苏珊的手，想要制止她变得残酷无情。他面带哀求的表情，好像都快要哭了。

"您知道约瑟夫会有他的车的，您使我变得什么都肯干了。"

苏珊朝约瑟夫那儿转过身去，他已经修好了小木桥。现在，他正在用从路上拣的石头加固桥墩。他一直在咕咕哝哝发牢骚。

"下次要让他们自己修，这些混蛋，如果他们再这样，我们就往他们的蒸发器扔沙子，反正这里不缺沙子。"

一段时间以来，每当苏珊想到约瑟夫，就感到难受，毫无疑问，是因为他还没有任何人，而她，她毕竟有若先生。

"仅仅握住您的手，"若先生嗓音颤抖地说，"就对我产生奇妙极了的作用。"

她刚才让他握住她的手。有时，她让他握住她的手一会儿。譬如，在讨论如果他们结婚是否会送一辆车给约瑟夫这个问题的时候。

他凝视着苏珊，他闻着她散发的气息，他拥吻她，通常，这使他心情极其愉快。

"即使我不是约瑟夫的妹妹，我也会非常乐意送一辆车给他。"

"我亲爱的，我也很乐意，请相信这一点。"

"我想，如果送他一辆车，他会高兴得发疯。"苏珊说道。

"我的小苏珊，他会有车的，我的宝贝。"

苏珊嫣然而笑。夜里，在他出门打猎的时候，我会把车开到吊脚楼下，在方向盘上，我会挂上一张小纸牌，上面写着"给约瑟夫"。

若先生为了充分利用苏珊沉浸在美妙的想象中而心不在焉之

机，也许甚至会无意中答应送一辆车给下士。他已经摸到前臂，比手肘略高些的地方。苏珊猛地意识到了。

"我去穿衣服，"她说，同时缩回了手臂。

她站起身，走进浴室，关上门。过了一会儿，若先生来敲门。自从送了留声机之后，他开始养成了习惯，她也一样。每天晚上都是这样。

"开开门，苏珊，给我开开门。"

"我非常希望这个时候她上楼，这是我想要的……"

"一秒钟，就看您一眼的时间……"

"她或者约瑟夫。约瑟夫很强壮。他一脚就把人踢到河里去。"

若先生根本就不听。

"只是一小会儿，一秒钟。"

若先生并非不知道他所冒的风险。但是，他听着水滴落在苏珊身上的声音，对约瑟夫的恐惧心理都无法抵抗这声音。他用尽全身的力气靠在门上。

"真想象不到您一丝不挂，真想象不到您一丝不挂。"他嗓音喑哑，反复地说道。

"您可提起一件事。"苏珊说，"如果您处在我的位置，我不会想要看您的。"

想起若先生没有戴钻戒、帽子，没有利穆新车，然而穿着游泳衣在朗镇的海滩上闲逛的模样，苏珊就怒火中烧。

"您在朗镇为什么不洗澡？"

若先生稍微恢复了镇定，也没那么使劲地靠在门上了。

"我不能洗海水浴。"若先生尽可能威严地说道。

苏珊高兴地往自己身上擦肥皂。若先生给她买了薰衣草味香皂，从那以后，她每天要洗两三次澡，可以使自己总是香喷喷的。薰衣草的香味飘到若先生鼻中，让他了解到苏珊洗澡洗到哪一步，使他越发觉得苦恼。

"为什么不允许您洗海水浴？"

"因为我体质弱，海水浴使我感到疲倦。开开门，我的小苏珊……就一秒钟……"

"这不是真的，是因为您长得难看。"

苏珊猜测他正贴紧浴室的门，忍受着她说的一切，因为他肯定自己会获胜。

"一秒钟，仅仅一秒钟而已……"

苏珊想起约瑟夫在朗镇跟他说的话。"不是我不让她和她想要的人睡觉，而是如果您要和她睡觉，就必须娶她。这就是我们骂您是畜生的方式。"

"约瑟夫说得对……"

若先生用全身的力气推门。

"我才不管约瑟夫说什么呢。"

"这不是真的，您怕约瑟夫，甚至不是一般的害怕。"

他又一次闭上嘴，轻轻地离开了门。

"我想，"他悄悄地说，"我从来没有见过比您更恶毒的人了。"

苏珊停止了冲洗。母亲也曾说过这样的话。这是真的吗？她在镜子里打量着自己，寻找着，但并没有找到任何说明这一点的痕迹。约瑟夫，他说不，说她并不恶毒，只是冷漠、傲慢而已，他让母亲放心。但是，听见别人这么说，即使是听到若先生说这话，仍然使苏珊内心产生一种恐惧。每当若先生这么说的时候，她就给他打开门。所以，他就越来越频繁地说这句话。

"去看看他们是否一直在那头。"

她听见若先生迅速地走进客厅。他傲然地站在门口，并点燃了一支烟。他竭力要使自己平静下来，但是，他的手颤抖不已。约瑟夫和下士还没有加固完桥墩。他们看来还不想马上回来。母亲也和他们在一起，她好像正在全神贯注地看着他们，和每次她看约瑟夫干活时的神情一样。若先生回到浴室门外。

"他们一直在那头呢，苏珊，快点。"

苏珊把门微微开了一点。若先生朝她冲上一步。苏珊蓦地用力关上门。若先生便待在门外。

"现在，去客厅。"苏珊说。

她开始穿上衣服。她动作迅速，根本不瞧自己一眼。昨天晚上，若先生曾对她说，如果她同意和他一起到城里旅行，他就会送给她一枚钻戒。苏珊问他钻石的价格，他没有明确说明，但他告诉她肯定值这座吊脚楼。她没有对约瑟夫提起这件事。若先生告诉她钻戒已经在他家里，就等着她做出决定后给她。苏珊穿上了连衣裙。现在，她给若先生打开浴室的门已不再够了。那对留声机来说是足够了，但是，对钻戒却不够。钻戒价值相当于十台，二十台留声机。在城里待三天，我不碰您，我们去看电影。关于这个打算，他只跟苏珊说起过一次，就在前一天晚上，他们在朗镇跳舞的时候，他悄声说的。一枚值·座吊脚楼的钻戒。

苏珊打开了门，走到阳台上，就着亮光化妆。然后，她去客厅又见到了若先生。这一天里，唯有这一瞬间，苏珊隐隐约约地考虑他是否还值得少许同情呢。浴室那一幕发生后，他似乎被打垮了，以他的软弱，忍受了如此的重负，经受了如此剧烈的欲海情波，他完全被压倒了。他已经承受了如此的考验，这倒使他有了一些人情味。但是，苏珊却找不到一个不欺骗他的方式，来告诉他这一点，尽管她努力寻找，总是徒劳。于是，她放弃了。而正是在那个时候，每天晚上去朗镇散步的事才决定下来。而且，这很快变得比其余所有的事情都重要。约瑟夫已经修完了木桥，但是母亲一直在跟他不知唠叨什么。

"您很美。"若先生说，但没有抬头。

已经听见在河里戏耍的孩子们的叫喊声。母亲并不想去朗镇。她老了。她变得疯疯癫癫，惹人讨厌。有一些男人到朗镇来，有狩猎者，种植园主，但她可能对此做什么呢？总有一天，苏珊会离开平原，母亲也一样。她打量着若先生。也许还是跟这个人走，因为她那么穷，而平原离那些男人待的城市是那么遥远。

"您美丽而又性感。"若先生说道。

苏珊对若先生微笑。

"我现在只有十七岁，我将变得更美。"

若先生抬起头。

"我如果把您从这里带走，您会离开我的，我肯定。"

母亲和约瑟夫登上楼梯。他们觉得太热了。约瑟夫用手帕擦额头上的汗。母亲则摘去了草帽，太阳穴上有一道红印。

"你在这儿，"约瑟夫对苏珊说，"你不会化妆，简直像个妓女。"

"她就像她是的模样。"母亲说，"有什么必要跟她说这些话？"

她倒在椅子上，这时，感到厌倦的约瑟夫则回到自己的房间里。

"去朗镇吗？"苏珊问道。

"你们俩都干了些什么？"母亲问若先生。

"夫人，我对令爱敬重有加……"

"万一我发现了什么，我可是要迫使您在一星期内娶她。"

若先生站起身，靠在门上。跟往常一样，母亲或约瑟夫在场时，他就不停地抽烟，从来也不坐下。

"我们什么也没做，"苏珊说，"我们甚至互相碰都没碰过，你别担心，我没那么傻，我清楚……"

"闭嘴。你什么也不明白。"

若先生走到阳台。苏珊再也不想他们是否去朗镇。和母亲一起，无法知道会怎么样。也不该指望约瑟夫，他对若先生极其反感，根本就不提朗镇，尽管他每天都想去那儿。母亲拉了一把椅子到身旁，把两条腿伸在上面。她的脚底板使人联想到下士的脚板，皮肤已变得坚硬，而且饱经土台上小碎石的磨损。她不时地大声叹息，揩自己额上的汗。她面色通红。

"给我拿点咖啡。"

苏珊站起身，去取餐柜上的一壶冷咖啡。她倒了一杯给母亲。母亲从苏珊手里拿过杯子，一边轻声地呻吟。

"我吃不消了，给我药丸。"

苏珊去找药丸，然后给了她。她默默地顺从着。最好就是这样，默默地服从，这样，母亲的怒火就自个儿熄灭了。若先生一直待在阳台上。约瑟夫在淋浴，浴室里传出瓶瓶罐罐的碰撞声。太阳快要下山。孩子们从河里出来，已经在向茅屋跑去。

"把我的眼镜给我。"

苏珊到房间里把眼镜拿来给她。她可能还要苏珊拿别的东西，她的账簿、她的包等等。必须服从她。感受孩子们的耐心是她的乐趣，也是她的幸福。她拿到眼镜便戴上了，开始偷偷地审视苏珊，非常仔细地端详她。苏珊面对门而坐，知道母亲在瞧着她。她也知道随之将发生什么，她竭力回避母亲的眼光。她不再去想朗镇了。

"你跟他谈了吗？"她终于问道。

"我一直在同他谈呢。我想是因为他的父亲，他才决定不了。"

"你必须最后再同他谈一次。如果这三天内决定不下来，我要同他谈，我给他一个星期做决定。"

"并不是他不愿意，而是他的父亲。他的父亲要他同富家女结婚。"

"他非常富有，尽可以追求阔小姐，而阔小姐有选择的权利，不会要他。应该设身处地为我们想，一位母亲需要把自己的女儿给

354

这样一个男人。”

"我会同他谈的，你别担心。"

母亲不再说话。她继续端详着苏珊。

"你跟他什么也没做，是真的吗？"

"什么也没有。首先，我根本不想。"

母亲叹了口气，然后，羞涩地低声问道：

"要是这事儿成了，你怎么办？"

苏珊转过身来，微笑着瞧她。但是，母亲没有一丝笑容，嘴角颤抖不已。也许，她又快要哭了。

"我会搞定的，"苏珊说，"你这么说，就像我可以应付……"

"如果你实在没有办法的话，我宁愿你待在这里。所有这一切都是我的错……"

"住嘴，"苏珊说，"别说傻话，这不是任何人的错。"

"真的，可真是这样的。"

"别说了，"苏珊恳求她，"别说了。咱们去朗镇吧。"

"好，走吧，只要你们那么高兴去，你们总是会得逞的。"

母亲改变了看法。她决定他们不应该再单独待在吊脚楼里，即使大门敞开也不行。想必她认为，这已不足以刺激若先生的急躁情绪。既然这个人老是在期待不知什么东西，她说，那么，她非常清楚，要促使他求婚，这样已经不够了。

于是，苏珊就在河边斜坡上木桥的阴影下见若先生。大家都在等他下决心。母亲已经同他谈过，并给他一星期时间考虑。若先生接受了这一期限。他向母亲承认他父亲对他有别的安排，虽然在这块殖民地，资产状况配得上他们家的年轻姑娘并不多，但还是有足够的人选，因此，他很难使他父亲让步。然而，他答应母亲，为了达到目的，他一定全力以赴。但是，就在他说要不遗余力地说服他父亲的那些日子里，他越来越多地对苏珊说起钻戒，只对她一个人说。仅这一枚戒指就值整个一幢吊脚楼。如果苏珊同意和他一起进城做一次为时三天的短期旅行，他就会把这钻戒给她。

苏珊在几周前曾在那儿观察猎人们汽车的地方接待他。

"我从来没有受到如此的待遇。"若先生说道。

苏珊莞尔一笑。她也更喜欢在那儿见若先生，她和母亲的意见一致。而且，现在，当若先生在桥下等她的时候，她可以安安静静地洗澡了。他因此成了一个几乎滑稽极了的可笑人物，而苏珊却更能容忍他。

"如果我把这情形告诉我的朋友们，他们不会相信的。"若先生接着说道。

下午的天气还是火辣辣地热，骄阳正当空高照。最年幼的孩子还在芒果树下午睡。年龄大些的孩子则在放牛，有的呆在牛背上，有的则同时在洼地里钓鱼。他们都在唱歌。他们稚嫩的嗓音，尖声尖气的，在宁静而火热的空气中回响。

母亲在修剪香蕉树。下士扶着树，然后，在母亲后面给香蕉树浇水。

"平原上的香蕉树已经太多了，"若先生嘲讽地说，"这里，人们把香蕉喂猪呢。"

"得由着她。"苏珊说道。

母亲假装相信，她那些受到特别照料的香蕉树会结出特别美的果实，她可以把它们卖掉。但主要是她喜欢种植，不管是什么植物，甚至是平原盛产的香蕉树。即便堤坝被冲毁，她也没有一天不种些东西，无论什么能生长的植物，无论能长出枝条或果实或叶子，或什么也不长，仅仅是在生长的植物。数月前，她种了一种植物。这种植物要花上一百年才能成材，用于制作高级木器。她在一个愁云惨雾的日子里栽种了它，那一天，她大概突然之间对未来完全绝望了，思绪茫然。她一把它种下就哭泣着凝视这植物，哀叹着自己人生在世不能在这片土地留下对别人更有用的痕迹，只有这么一棵自己也许甚至看不到初绽花朵的树。第二天，她到种下这棵乌木树的地方去看，但遍寻不见。约瑟夫已经把它拔掉，扔到河里去了。母亲大发雷霆。"这种要长一百年的玩意儿，"约瑟夫解释说，"老看着它，让我讨厌。"母亲妥协了，从此，她只好选择那些生长迅速的植物。"你有足够的理由抱怨，"约瑟夫曾对她说过，"无须寻找别的理由，你尽管种香蕉树吧。"这正是她已经做的，于是，她特别选择香蕉树来种。

当母亲对植物不感兴趣时，就关心起孩子们。

平原上有许多孩子。这简直是一种灾难。到处都有孩子，他们栖息在树上，栅栏上，水牛背上，梦想着，或蹲在河边钓鱼，或在泥泞中打滚，寻找稻田里的小蟹。在河里也能发现在涉水、玩耍或游泳的孩子。在驶向大海，驶向太平洋绿色岛屿的帆船船头也有着喜笑颜开、欢欣雀跃的孩子，他们待在大柳条筐里，只露出个脑袋，比世界上任何人都开心地笑着。往往在到达山坡上的村落前，甚至在瞧见村头的芒果树之前，人们先遇见那些森林村庄里的孩子，他们皮肤上涂满了红花油，防止蚊子的叮咬，身后跟着一群群野狗。因为，孩子们到哪里，总是把他们的伙伴带在身后，就是这些瘦骨嶙峋、满身疥疮的野狗，它们是偷家禽的老手，马来人用石头块赶跑它们，只有在大饥荒时期，马来人才食用这些狗，它们是那么瘦，那么难嚼动。唯有孩子们将就与它们为伴。而这些野狗如果不跟着孩子，想必也只有饿死，孩子们的粪便是它们的主要食物。

太阳一落山，孩子们就隐没在茅舍里，吃了米饭，就地睡在竹板条上。天一亮，他们重又蜂拥于平原各处，身后总是跟着野狗，这些野狗蜷缩在茅屋木基之间平原特有的又热又臭的泥泞中，整夜等候着孩子们。

这些孩子像雨，像果子，像洪水。他们如有规律的潮水般每年来临，或者也可以说如同收获或开花那样如期而至。平原上每个女人，只要她还比较年轻，能使她丈夫产生欲求，那么她每年都会有孩子。旱季时，稻田的活儿减少了，男人们就更想做爱，而女人们自然而然地在这个季节里忙着怀孕。随后的几个月里，女人们的肚子就渐渐大了。因此，除了已经生出的孩子以外，还有在女人们的肚子里的孩子。这一切都按照植物成长的节奏，有规律地持续着，每年，每个女人的肚子仿佛在悠长而深沉的呼吸中鼓起，怀上了孩子，然后，把他甩掉，缓口气再怀另一个孩子。

一直到将近一岁左右，孩子都是被放在一个缠在肚子和肩膀上的棉兜里，挂在他们母亲身上生活。直到十二岁，长到能给自己捉虱子，他们都是剃的光头，而且，差不多直到这个年纪，他们都是一丝不挂的。然后，他们系一块棉质的缠腰布。孩子一岁时，母亲就放他们远远的，把他们交给更大的孩子，只是在喂食时才把他们抱回来，口对口地喂他们自己预先嚼烂的米饭。当她们偶尔在一个白人面前这么做时，这个白人就会反感地把头扭过去。母亲们则对此付之一笑。在平原上，这种反感又能代表什么呢？许许多多年以前，人们就是这样喂养孩子的。这是为了尽量从死亡中拯救一部分孩子。因为，孩子如此大量地死去，以至平原的污泥中容纳了更多的死孩子，比那些有闲暇坐在牛背上唱歌的孩子多得多。孩子死得那么多，以至人们不再为他们哭泣，很久以来，人们已经不为他们举行葬礼了。仅仅是父亲劳作完毕回来，在茅屋前挖一个小穴，把死去的孩子放倒在里面。孩子们只是像山丘上的野芒果，像河口的小猴儿那样回归土地。他们主要是死于青芒果传染的霍乱，但是，平原上似乎没有人知道这一点。每年，芒果季节时，就看见孩子们攀上树枝，或待在树下，饥肠辘辘地等待着，于是，随后的日子里，孩子大批死亡。下一年，其他的孩子攀登上同样的芒果树，取代这些孩子，而他们也死了，因为，挨饿的孩子们面对青芒果永远是饥不择食的。另外有些孩子溺死在河里。还有些孩子死于日射病，或变成瞎子。有些孩子和野狗一样体内塞满虫子，给憋死了。

必须有孩子死去。平原太狭窄了，而海潮总是和母亲的希望相反，几个世纪内都不会退去。每年，潮水或远或近地上涨，不管怎样都要毁掉一部分收成，作恶过后就退却了。但是，不管潮水涨得远或近，孩子们，他们总是顽强地出生。必须死去一些孩子。因为，如果仅仅几年时间内，平原的孩子不再死亡的话，平原上充斥了如此之多的孩子，以至由于人们无法喂养他们，可能会把他们喂狗，或者，也许就把他们撂在森林边，可是，到那时，谁知道，也许连老虎最终都不再想吃他们了。因此，不管怎样，有孩子死去了，而总是有孩子在出生。但是，平原始终只提供它所能给予的稻米、鱼、芒果，以及森林，它还能提供玉米、野猪、胡椒。孩子们那粉红色的小嘴又总是因饥饿而张开着。

到平原居住的最初几年，母亲家里总是有一两个孩子。可是，如今她也感到有些厌倦。因为，她在孩子方面也不走运。她最后照管的一个孩子是一岁的小女孩，是她从一个路过的女人手中买来的。这个女人一只脚有病，花了一星期的时间从朗镇过来；一路上，她曾试图送掉孩子。在她停留的村庄里，有人告诉她："到邦代去吧，那儿有个白种女人很关心孩子。"女人终于成功地来到了租借地。她向母亲解释说，她要回到北方去，但她的孩子碍手碍脚的，她也许永远都不可能带着女孩一直走到那儿。一道可怕的伤口从她的脚后跟开始裂开，使她的脚疼痛难忍。她说，她是那么爱她的孩子，她踮着这只伤脚的脚尖，行走了三十五公里，把孩子带来给母亲。但是，她不愿再这样下去。她想要在客车车顶上找个位置，回到她在北方的家。她是从朗镇来的，她在那里干了一年搬运的活儿。母亲留这个女人住了几天，尽力治疗她的脚。整整三天，这个女人睡在吊脚楼背阴处的一张席子上，只是在吃饭的时候才起来，然后接着又睡，也不问一问她孩子的情况。后来，她向母亲告辞。母亲给了她一些钱，让她可以坐一段朝北开的客车。母亲本想把孩子还给她，但是这个女人还年轻漂亮，还要生活下去。她执拗地拒绝了。母亲留下了孩子。这是个看上去像三个月大的一岁小女孩。母亲很在行，她第一天就看出这女孩可能活不长。然而，不知道为什么母亲竟一时兴起为她做了个小摇篮，放在自己的卧室里，而且，还给她做了些衣服。

小女孩活了三个月。后来因为一天早上，母亲给她脱了衣服洗澡，发现她的双脚都肿胀了。那一天，母亲就没有给她洗澡，让她重新躺下睡觉，久久地抱着她，说道："完了，糟透了，明天就会肿到大腿，然后就是心脏。"母亲守护了她两天，加上她去世的前一夜。小女孩喘不过气来了，吐出虫子，母亲把虫子从她的嗓子里拉出来，缠绕在手指上。约瑟夫把小女孩埋在山间的林中空地里，连同她的小床。苏珊不忍看这女孩。这件事比那匹死去的马更糟糕，比一切都更糟糕，比堤坝、若先生、晦气，都更加糟糕。母亲尽管已经料到这一点，但还是哭了好多天，她赫然而怒，发誓再也不收养孩子了，"无论从近处还是远处来的"。

然后，如同其他事情一样，母亲故态复萌。不过，现在，她再也不收养孩子了。

"得由着她去做，"苏珊说，"没有人能阻止她做自己想做的事情。"

在这一段时间里，母亲非要他们待在外面。

"不，真的，我从来没有受到过这样的待遇。"若先生重复道。

他斜视了一眼母亲，眼神里充满仇恨。现在，因为她的缘故，他每天都要冒生命危险。在桥下并不总是有背阴处，他觉得自己面临着日射病的威胁。当他向母亲说起时，母亲就回答他说："对您来说，是又一个赶快娶她的理由。"

"眼下，"他说，"电影院里放的电影都挺好的。"

苏珊，光着脚，正在脚趾间摆弄着草梗玩儿。在她对面的斜坡上，有一头水牛正在慢条斯理地吃草，牛背上有一只乌鸫在高兴地啄它身上的虱子。这就是平原上有的全部电影镜头。这个，还有稻田，还有那在铁灰色的天空下，从朗镇延伸到康镇的如出一辙的稻田。

"她决不会愿意的。"苏珊说道。

若先生冷冷一笑。在若先生所处的社会阶层，认为女孩在婚前要洁身自好，保持处女之身。但是，他很清楚，在别处，在其他阶层，情况并非如此。其他那些阶层由于自身的环境，至少缺乏自然的禀赋。

"您有的难道不是青春，"他说，"她，她可是忘记了她自己曾经拥有的，这简直不可能。"

确实，她已经受够了这平原，这些老是在死去的孩子，这没完没了的炎日，这些永无尽头的海水。

"不是这个问题，她不愿意我跟您睡觉。"

若先生并不作答。苏珊等了一会儿：

"每天晚上都去看电影吗？"

"每天晚上。"若先生进一步肯定地说道。

他在身下铺了一张报纸，以免弄脏自己的衣服。他汗流浃背，不过，也许不是因为炎热，而是由于瞧见了苏珊的秀发下缓缓显露的颈项。他从来都没有碰过她。其他人正横眉怒目地监视着。

"每天晚上都去看电影吗？"

"每天晚上。"若先生重复说道。

对于苏珊和约瑟夫来说，每天晚上去看电影，是人间享有的幸福所可能有的一种形式，如同坐上小汽车那样，总而言之，一切能带走东西的，一切能把你们带走的，无论是带走灵魂，还是身体，无论是通过道路还是在比生活更加真实的银幕的梦幻中把你们带走的，所有能够给予人们飞快度过少年时期缓慢变革的希望的，那就是幸福。有两三次他们去城里，他们几乎整天都在看电影，而且，他们还非常精确地谈论他们看过的影片，仿佛是对他们共同经历的真实事情的回忆。

"看完电影以后呢？"

"咱们去跳舞，所有的人都会看着您。您将是所有女人中最美的。"

"那可不一定。然后呢？"

母亲决不会同意。即使母亲同意了，约瑟夫，他也决不会同意。

"然后，我们睡觉，"若先生说，"我不会碰您的。"

"这不是真的。"

她再也不相信这次旅行。此外，她认为已经摸透了若先生可能保留的所有意想不到的事情，而这对她已经变得无所谓了。几天来，她重新无意识地等待着猎人的汽车，同时又和若先生谈论着城市、电影和婚礼。

"我们什么时候结婚呢？"她依然机械地问，"您剩下的日子可不多了。"

"我一再告诉您，"若先生慢腾腾地说，"当您向我证明一次您的爱情的时候。如果您答应做这次旅行，一回来我就去向您母亲提出求婚。"

苏珊又笑了起来，并朝他转过身来。他低垂下眼睛。

"这不是真的。"她说道。

若先生满脸通红。

"现在不是说这件事情的时候，"他又说，"这无济于事。"

"您父亲会剥夺您的继承权，请别说反话。"

母亲已经把自己同若先生的谈话告诉了她。

"您父亲是个十足的笨蛋，就像约瑟夫说的那样，不过他说的可是您。"

若先生默不作答。他点燃一支烟，他好像在等待这事儿过去。苏珊打了个呵欠。是母亲要求她每天都向他提这个问题。她心急如焚。苏珊一旦完婚，若先生就会给她重新修筑堤坝的钱（她预计这堤坝比其他的要大两倍，并用水泥柱子加固），还有修缮完吊脚楼，换屋顶，另买一辆小车，以及让约瑟夫修整牙的钱。如今，她认为苏珊负有延迟了她种种计划的责任。这件婚事必须成功，母亲这么说。这甚至是他们走出平原的唯一机会。如果这件事不成功，那么，这就同堤坝一样，是又一次的失败。约瑟夫让母亲把话说完，然后下结论："这件事永远成不了，这对她更好。"苏珊知道这件婚事也许永远不会成功。她没有什么可对若先生讲了。他曾上百次地向她描述他的财富和那些一旦他们成婚她可能拥有的小轿车。现在说这些毫无用处。其他的事情也一样，如同这短期的旅行和钻戒一样，毫无用处。

蓦然间，苏珊感到更加厌烦了。她希望若先生走开，约瑟夫回来和她一起去河里游泳。自从若先生来了之后，她几乎见不到她的兄长，首先，因为他声称在若先生身边"无法呼吸"，其次，因为他了解母亲的计划，让他们俩单独在一起，让她和若先生每天尽可能长久地待在一起。苏珊只能在朗镇餐厅里见到约瑟夫，在那儿，有几次他请她跳舞，时而他们一起去海里游泳。但因为若先生不游泳，母亲认为让若先生孤零零地待着是不得体的。她生怕这样会使他心怀恶意。而实际上，当他们在朗镇游泳时，若先生就用杀手般的眼光瞅着约瑟夫。不过，约瑟夫只要一拳就会把若先生击得粉碎。这是一目了然的，因此，看见他们俩在一起时，若先生本人应该放心：对约瑟夫来说，他太虚弱，分量太轻了，他完全可以笃笃定定地恨约瑟夫。

"我把这些带来了。"若先生沉着地说道。

苏珊惊跳起来。

"什么？钻戒吗？"

"钻戒。您可以挑选，您总是能够挑选的，谁料得到呢？"

她瞧着他，神色颇显怀疑。但是，他已经从口袋里拿出一个薄棉纸糊的小盒，他慢慢地把盒子打开。三张薄纸掉在地上。三枚戒指摊开摆放在他的手心里。苏珊向来只在别人的手指上看见过钻戒，而且，所有那些她看见戴钻戒的人，除了若先生，她都没有接近过。戒指就在那里，和没有装饰的指环一起，在若先生伸出的手中。

"这是我母亲的，"若先生满怀感情地说，"她曾狂热地喜爱这些戒指。"

随它来自哪里呢。她的手指上可是没有戒指。她靠近若先生的手，拿起一枚钻石最大的戒指，举起来，神色严肃地、久久地打量着。她放下手，把戒指展示在眼前，然后，把它套在自己的无名指上。她的眼睛始终不离钻石。她向若先生嫣然而笑。在她儿时，她父亲还活着的时候，她曾经有过两枚小孩戴的戒指，一枚上面镶嵌着一粒小小的蓝宝石，另一枚则镶着一颗天然珍珠。后来，这两枚戒指都被母亲卖掉了。

"这个值多少钱？"

若先生微微一笑，仿佛早就料到似的。

"我不知道，大概值两万法郎。"

苏珊本能地看了看若先生戴的那枚镌有姓氏的戒指。那枚戒指的钻石比这一枚要大三倍。不过，还是思潮澎湃……这是一件实实在在的东西，钻石；它的重要性既不在它夺目的光彩，也不在它的美，而是在它的价值，在它对于苏珊来说直到现在也无法想象的用以交换的种种可能性。这是一件物品，一个过去和未来之间的中介物。这是一把开启未来、永久封闭过去的钥匙。通过钻石纯净如水的光泽，未来确实正在展开，辉煌灿烂。进入这未来，有点眼花缭乱，头晕目眩。母亲大概欠了银行一万五千法郎。在购买租借地之前，她教课，每小时十五法郎，十年内，她每天晚上在伊甸影院工作，为了一晚上可以挣四十法郎。十年后，她就用这每天四十法郎节省下来的钱，得以购买租借地。苏珊清楚所有这些数字：欠银行的债，汽油的价格，堤坝每平方米的价格，教一堂钢琴课的所得，一双鞋的价钱。直到那时，苏珊不了解的是钻石的价格。在拿给她看钻石之前，若先生曾告诉她，仅这枚戒指就值整个一幢吊脚楼。然而，这个比喻却不像此刻她把小小的戒指套上手指时那样令人百感丛生。她把所有自己熟知的价格都想到了，把它们同钻戒相比，突然，她感到灰心丧气。她仰坐在斜坡上，对刚刚获悉的情况佯装不知。若先生困惑不解。但想必他已经开始对此习惯了，因为他什么也没有对苏珊说。

"您最喜欢的是这枚吗？"过了一会儿，他轻声地问道。

"我不知道，我想要最贵的。"苏珊说道。

"您只想着钱。"若先生说道。

他一边说，一边有点厚颜无耻地笑了。

"这是最贵的。"苏珊认真地重复说道。

若先生感到恼火。

"如果您爱我……"

"即便我爱您也是这样。这是不可能的，万一您把钻戒给了我，我们也会把它卖了。"

远处，约瑟夫正来到大路上。他决定再买一匹马，一个星期以来，他从一个村跑到另一个村。一瞥见他，苏珊就站起身。她发出了愉快、尖锐的笑声。她一边叫唤一边朝约瑟夫走去。

"约瑟夫，来看呀！"

约瑟夫从容不迫地迎着她走来。他身穿一件土黄色卡其布衬衫，一条同样颜色的短裤。他帽子搁在脑后。跟往常一样，他光着脚。自从认识若先生以来，苏珊发觉约瑟夫比以前越发英俊了。约瑟夫走近身边时，苏珊伸出了手，在她的手指上，约瑟夫瞅见了钻戒。他没有丝毫惊奇之色。也许是太小了，一枚钻戒。一辆汽车肯定会打动他，而一枚钻戒却不能给他以深刻的印象。约瑟夫对于钻石之类的东西一窍不通。苏珊觉得很遗憾。他也该学会这些。

约瑟夫心不在焉地看了看戒指，就同她谈起了自己的马。

"没办法买到一匹价钱低于五百法郎的马。这不是适合马的地方，甚至对马都不合适，它们都死了。"

苏珊，站在他身旁，向他伸出手让他看。

"你看！"

约瑟夫又看了看。

"这是枚戒指。"他说道。

"一枚钻戒，"苏珊说，"值两万法郎呢。"

约瑟夫又再看了看。

"两万法郎？他妈的！"约瑟夫说道。

他开始露出微笑。然后，他思索了一下。然后，突然打定主意克服内心的厌恶，他向正待在桥下离他们五十米远的若先生那儿走去。苏珊紧随他身后。约瑟夫走到离若先生很近的地方，在他身旁坐下，然后，凝视着他。

"您为什么给她这玩意儿？"片刻后，约瑟夫问道。

若先生面色发白，瞧着自己的脚。苏珊在一旁插话。

"他没有给我。"苏珊一边说，一边也瞅着若先生。

约瑟夫闻言如堕烟海。

"他借给我的，就是这样，让我试戴的。"

约瑟夫做了个鬼脸，表示不满，朝河里吐了口唾沫。然后他又盯着若先生，若先生已经开始在抽烟，约瑟夫狠狠地瞅着他，又朝河里吐唾沫。这样持续着。约瑟夫在考虑，在用朝河里吐唾沫的动作来强调他的意见。

"如果不是要送给她的，"他终于说，"那就没有必要这样。"

"不用急。"若先生说道，语调平直而苍白。

"得还给他。"约瑟夫对苏珊说。

然后，他重又转向若先生说道：

"您带这玩意儿给她，只是为了给她看看的吗？"

若先生竭力想说些什么，但是，他大概不知如何回答。约瑟夫面对着他，仿佛在克制自己做某件事。他说话的声音生硬、快速，但丝毫也不刺耳。若先生的脸色越来越苍白了。苏珊一下跳了起来，面对若先生，也开始定睛注视他。如果她不立刻告诉约瑟夫若先生是个什么样的人，那么，她再也无法说了。况且，这件事已经做了一半。若先生也许再也不会从这一回合中重新振作起来。再说，她受够了，有朝一日，这一切都应该结束。

"如果我跟他走，他就把戒指给我。"

若先生做了个手势，仿佛要打断苏珊说话。他的脸变得更加苍白了。

"去哪儿？"约瑟夫问道。

"去城里。"

"永远？"

"八天。"

若先生把手乱挥，表示否认。他简直快要晕过去了。

"苏珊讲得不清楚……"他用恳求的语气说道。

约瑟夫不再听他说。他转身朝河那儿走去。看他的态度，苏珊就明白，事情已成定局，她再也不会跟若先生走了，无论结婚与否。

"要是你不马上把戒指还给他，我就把它扔到河里去了。"约瑟夫镇定地说道。

苏珊把戒指从手指上褪下，在约瑟夫背后把戒指递给若先生。不管怎样，还是不能让约瑟夫把戒指夺走，扔到河里去。在这一点上，苏珊觉得自己成了若先生的同谋：必须拯救钻戒。若先生拿过戒指，放入口袋。约瑟夫转过身来，看见了他。约瑟夫站起身，朝吊脚楼走去。

"现在可完了。"片刻后，若先生说道。

"这是预料中的，"苏珊说，"再说，总是这样的。"

"何必告诉他呢？"

"迟早有一天，我会告诉他的。我不能不跟他说说钻戒。"

片刻间，他们无言以对。前一天晚上，他们曾在朗镇待得很晚，苏珊发觉自己感到很困倦。

若先生似乎垮了，十分消沉。他的车停在路的另一边，在桥的那一头。那的确是一辆棒极了的利穆新。它即将回到北方，它就是从那儿来的，若先生将同它一起离开。也许他还没有弄懂。

"我想没有必要再回来了。"苏珊说道。

"真是可怕。"若先生断言说，"何必要告诉他呢？"

"我从来没有见过钻石，我无法克制自己，不应该给我看，您无法理解。"

"真可怕。"若先生重复说道。

野鸭和饥饿的乌鸦正在空中展翅。间或有一只野鸭飞落下来，在浑浊的河面上舞蹈。这一切就是我成年累月还要看到的世界的全部。

"有朝一日，我一定会找到一位路过的猎人，"苏珊说，"或者是在这附近的种植园主，或者来朗镇安家的职业狩猎者，也许阿哥斯迪，要是他下决心的话。"

"我不能，这是不可能的。"若先生唉声叹气地说道。

他好像在同一个无法忍受的形象拼搏。他又是顿足又是跺脚的。

"我不能，我不能。"他反复地说道。

如果他滚蛋，我就会和约瑟夫一起去游泳了。

"苏珊！"若先生叫喊道，声音大得仿佛苏珊已经走远了。

他站起身来，好像松了口气，显得兴高采烈，颇具睿智似的。

他找到办法了。

"我还是把戒指送给您!"他大声叫喊说,"去告诉约瑟夫吧。"

苏珊也站起身。他拿出戒指递给苏珊。苏珊又看着戒指。钻戒属于她了。她拿着戒指并没有往手指上套,而是攥在手心里,没有同若先生道别,飞快跑向吊脚楼。

苏珊跑到了吊脚楼里。约瑟夫不在那儿。然而,她瞧见母亲正站在炉子前准备晚餐。她舞动了一下手中的钻戒。

"瞧,一枚戒指。值两万法郎呢。他送给我了。"

母亲在稍远处看了看。她缄默不语。

若先生在桥下等苏珊返回,但是,苏珊没有回来,他就走了。

一小时以后,在他们入座就餐之前一会儿,母亲和蔼地要苏珊把戒指给她,让她好好看看。这时,约瑟夫就坐在客厅里,能听见她向苏珊提出的要求。

"把它给我。"她亲切地说,"我刚才几乎看不见。"

苏珊把戒指递过来。她接过戒指,放在手心里,久久地打量着。然后,她不作任何解释,走到自己的房间去,关上房门。当她走出餐室,突然装出一副愤怒的样子时,看她那种特别容易识别的表情,约瑟夫和苏珊就明白了: 她是去把钻戒藏起来。她把所有的东西都藏起来,奎宁、罐头食品、烟草,所有能卖掉的或能买到的东西。她把戒指藏起来是出于一种迷信的恐惧,因为怕看见这枚戒指从苏珊过于年轻的手中滑脱。现在,那戒指想必在两条隔墙板条之间,或者是在米袋里,或者是在她的床垫里,或者就是用细绳拴住,挂在她脖子上,隐藏在连衣裙里。

直到晚餐时,大家都不再提起这个话题。苏珊和约瑟夫开始坐下吃饭。但是,她,不吃。她坐在远离桌子靠墙的一张椅子上。

“吃吧。”约瑟夫说道。

“让我安静。”她的声音显得很冷淡。

她不吃，连一片面包也不吃，甚至也没要平时总要的咖啡。约瑟夫眼神不安地观察她。而她却不，她什么也不看，她神情怨毒，定睛注视着天花板，却又视而不见。在他们吃饭的时候，她这样远远地坐着，靠着墙，不管什么原因，不管是什么，约瑟夫都无法忍受。

“你干吗拉长着脸？”约瑟夫问道。

母亲变得满脸通红，大声叫喊道：

“这家伙真让我讨厌，让我恶心，他再也见不到他的戒指了。”

“不是跟你说这个，”约瑟夫说，“我要你吃饭。”

她跺脚顿足，依然在大声叫喊着：

“再说，这算是什么事？处在我们的位置，人人都会把戒指留着的。”

然后，她又不吱声了。过了片刻。约瑟夫又开始说道：

“该喝你的咖啡了，至少喝点咖啡吧。”

“我不喝咖啡了，因为，我老了，我累了，我腻味了，我腻味我有这样的孩子……”

她欲言又止。然后，她又涨红了脸，双眼渐渐被泪水模糊了。

“像我有这么一个烂货女儿……”

然后，她又开始她的那些新的陈词滥调。

“没有比首饰更令人厌恶的了。这毫无用处。而那些戴首饰的人并不需要，比谁都不需要。”

母亲重又沉默了，沉默了良久，如果不是因为她整个身子如此僵直，别人也许会以为她已经安静下来。约瑟夫不再坚持要她吃点东西。这是母亲平生第一次手头握有价值两万法郎的东西。“把它给我。”她和蔼可亲地说了。苏珊就给了她。她久久地注视着戒指，而且变得如醉如痴。两万法郎，两倍于吊脚楼的抵押。约瑟夫在母亲注视戒指时已经扭过头去。母亲默默无言地把钻戒藏在自己的房间里。的确难以进餐。

"这么个低能儿，送给她戒指，这简直是一种羞辱，一种耻辱。再有他来到此地以后所使的那些卑鄙手段。"

无论苏珊或约瑟夫都既不敢看母亲，也不敢搭腔。她因为拿了戒指而感到心里难受，因为她拿了戒指，而且，留下了它。因为，她已经不可能把它归还原主，这是肯定的。她像个白痴一样不断地重复说着同样的事，双眼紧盯着天花板，满脸羞愤。无法看着她那样难过的样子。苏珊把戒指给她看时究竟做了些什么？见到戒指，在她身上究竟唤醒了什么样的青春，什么样的被压抑的往昔的热情，什么样的意想不到的贪欲的再现呢？她已经决定要把戒指留下。

当苏珊离开餐桌时，这就爆发了。母亲终于站起身。她扑向苏珊，以全身的力气用拳头打苏珊。以她权力的力量，以她同样强烈的疑惑的力量。她一边打，一边说起了堤坝、银行、她的疾病、房顶、钢琴课、地籍管理局、她的衰老、她的疲惫和她的死亡。约瑟夫没有表示反对，随她去打苏珊。

这情况持续了两个小时。她站起来，扑向苏珊，然后倒在椅子上，累得发呆，平静下来。然后又站起身，再次扑向苏珊。

"告诉我怎么回事，我就放过你。"

"我没有跟他睡觉，他就是这样把戒指给我了，我连问都没问过他，他给我看，然后，就这么给了我，毫无理由。"

她还是打苏珊，如同在一种必然性的力量推动下，迫不得已这么做的。苏珊跌倒在她脚下，半裸着身子，衣裙被撕破了，泣不成声。当她试图站起身时，母亲用脚把她踢倒在地，大声喊道：

"嗨，他妈的，告诉我，我就放过你。"

看来，她无法忍受的是看到苏珊重新站起来。只要苏珊做个什么动作，她就打。于是，苏珊把脑袋埋在两臂间，只是耐心地保护着自己。她因此而忘记了这股力量来自于她母亲，她就像忍受风浪的力量一般在忍受着，这是一股非人的力量。正是在母亲重新跌坐在椅子上时，她那由于用力而变得痴呆的脸，使苏珊又害怕起来。

"告诉我。"她反复说道，有几次声音几乎显得十分平静。

苏珊不再回答。母亲厌烦了，忘记了。时而，她还打呵欠，突然，她闭上眼睛，脑袋垂下来。但是，只要苏珊稍有动弹，或者仅仅因为她自己的脑袋垂下而醒来，睁开了眼睛，这时，她瞧见了脚下的苏珊，便站起身来再打。约瑟夫在翻阅《好莱坞电影》，是六年前的书了，这是他们家唯一的一本书，他却是百看不厌。母亲在打苏珊的时候，他就停止翻阅手中的画册。突然，他蓦地说道：

"他妈的。你很清楚，她并没有跟他睡觉，我不明白你为什么非要这样。"

"要是我想杀了她呢？如果我高兴杀了她呢？"

约瑟夫一直待在那儿，因为他不愿意让苏珊单独和处于这样状态的母亲在一起，这一点是肯定的。也许，他没有完全放下心来。他喊过以后，母亲还在打，但是没那么用力了，而且每一次持续的时间也不那么长了。于是，约瑟夫每一次都重新开始叱责道：

"况且，即便她跟他睡了，你不是绝对不在乎吗？"

是的，她还在打，但是没有那么自信了。她已经有两年没有打约瑟夫了。从前，她也经常打他，直到有一天，约瑟夫拽住她的手臂，几乎使她不能动弹。起先，她大为惊愕，后来她终于同约瑟夫一起捧腹大笑，看到他变得如此强壮，内心深处很高兴。从那以后，她不再打他，无疑不是因为她怕约瑟夫，而是因为约瑟夫告诉她自己也许无法再忍受下去。约瑟夫认为该打孩子，尤其是女孩，但不能过分，而且仅仅是作为最后的手段。但是，自从堤坝坍塌后，自从不再打约瑟夫以后，母亲比以前更经常地打苏珊了。"当她没有人可痛揍时，"约瑟夫说，"她就毫不在乎地揍苏珊。"

只要母亲还没有就寝，约瑟夫就会待在那儿，这是肯定的。苏珊可以放心。

"而且，即使她为了戒指已经跟他睡了，"他说，"又怎样，你真是多事！"

感到非常的满足和平静。母亲枉费心机。现在，戒指在那儿，就在家里。有两万法郎在家里。这才是重要的。她大概已经知道怎么花这笔钱了。今晚不可能问她，但是，从明天起，大概就可以直言不讳了。把戒指归还原主已经是不可能的了。通常，苏珊很难忍受母亲这样殴打她，而今晚，她觉得这样更好，要比母亲拿了戒指，却如同往常那样，平静地坐下吃饭的情况更好。

"一枚戒指，说到底是个什么东西呢？某些情况下，是有权留下一枚戒指的。"

"那怎么啦！"约瑟夫说道。

谁能有相反的意见呢？也许他们可以去买一辆新车，重新开始一部分堤坝的工程。也许从这枚戒指开始，他们会变得富有，这种富有同若先生的富有可能毫不相干。她白吼叫了。

这个晚上是个颇不寻常的晚上。他们已经从若先生那儿获取了戒指，现在，它就在这里，就在家里某个地方，在这世界上，已经不再有任何力量能把它从这里拿走。这个晚上尽管姗姗来迟，但毕竟成了，它来了。自从这几年种种计划连连受挫以来，这并不算太早。他们的第一次成功。这并不是运气，而是成功。因为自从他们等待多年以来，仅仅等待而已，他们获得了这枚戒指。这是漫长的，但是成了，它就在他们身旁；就在世界的这一头。他们拥有它。为了能够就近看看它，仅仅为了在桥的阴影下，仍然能就近看看它，那个人就放手舍弃了它。但是，这份经受住一切打击的胜

375

利，却无法同任何人分享，甚至同约瑟夫也不能。

"一枚戒指，这没什么。在我这种情况下拒绝接受它也许会大错特错。"

谁可能有相反的意见呢？在这世界上，谁可能会有相反的意见呢？送给你戒指却不接受，这简直不可思议。有相当多的宝石白白地躺在漂亮的首饰盒里，然而别人却那么需要它们。他们手中握有的这颗宝石开始了它的旅程，从此获得了解放，结出硕果。自从某个黑人那血迹斑斑的双手从加丹加①那可怕的布满石子的河床中把它采掘出来，这颗宝石第一次终于得到解脱，从它的看守贪婪而残忍的双手中冲了出来。

母亲停止了殴打。她显得漫不经心，完全沉浸在她自己的思绪中，她大概在考虑将如何处置。

"也许，我们可以换一辆车。"苏珊轻轻地说道。

约瑟夫放下手中的《好莱坞电影》，把它搁在桌上。他也在思考。但是，母亲看了一眼女儿，又开始叫骂起来。

"我们不换车，我们要还银行的钱，还信贷银行的钱，也许换个房顶。我想要什么就做什么。"

这事并没有像预料的那样结束。还必须等待。

"我们要还信贷银行的钱，"苏珊说，"而且，我们要再做个房顶。"

为什么见到苏珊微笑，母亲就又开始要打她呢？母亲站起身，扑向她，把她推倒在地。

"我吃不消了，我该上床了……"

苏珊抬起头瞅着她。

"我跟他睡了，"她说，"他把戒指送给了我。"

---

① Katanga，刚果民主共和国（旧称扎伊尔）南部省份，矿产资源丰富。

母亲倒在椅子上。"她要把我杀了，"苏珊想，"即使约瑟夫也无法阻拦她。"但是，母亲定睛注视着苏珊，举起双臂，似乎准备跳起来，然后，她却又放下手臂，平静地说道：

"这不是真的。你撒谎。"

约瑟夫站起身，走近母亲。

"如果你再碰她，"他轻轻地说，"只要再碰一下，我就和她一起离开去朗镇。你是个老疯婆子。现在，我对此完全确信。"

母亲瞅着约瑟夫。也许，如果约瑟夫笑了的话，她也会跟他一起笑。但是，约瑟夫没有笑。于是，她神情呆滞地坐在椅子上，那张脸因悲痛而变得认不出来了。苏珊直挺挺地躺在约瑟夫的椅子旁，泣不成声。为什么母亲又犯了呢？也许她疯了。生活是可怕的，而母亲和生活一样可怕。约瑟夫重又坐下，现在，他注视的是她，苏珊。生活中唯一的温情是他，约瑟夫。苏珊发现了这如此克制、隐藏在如此的严峻之下的温情的同时，也发现了要迫使这温情的表露已经需要的一切冲击和耐心，以及可能还需要的一切冲击和耐心。于是，她又潸然泪下。

母亲很快就熟睡了。突然，她的脑袋摇晃起来，嘴巴半张着，完全进入了乳白色的梦乡，她轻盈地在纯洁无邪的状态中漂浮着。再也不能恨她了。她曾经过度地热爱着生活，正是她那持续不懈、无可救药的希望使她变成了对希望本身完全绝望的人。这个希望已经使她精疲力竭，摧毁了她，使她陷入赤贫的境地，以致这使她得以在此休息的睡眠，甚至死亡，似乎都无法再超越它。

苏珊一直爬到约瑟夫的房间门口，等着看他会干些什么。

约瑟夫长久地凝视着母亲，她已进入梦乡，双手紧握着椅子扶手，眉头紧皱。然后，他站起身，朝她走去。

"去睡吧，到床上去你会好些。"

母亲惊醒了，在房间里四处寻找。

"她在哪儿？"

"去睡吧……她没有跟他睡觉。"

他亲吻了一下母亲的额头。苏珊只有在母亲发作后处于昏迷，而约瑟夫以为她快要死去的时候，才见过约瑟夫亲吻母亲。

"唉！"母亲一边哭一边叹息，"唉！我当然知道的。"

"不要再为戒指担心了，咱们把它卖掉。"

她把头埋在双手里，哭着说道：

"唉！我是个老疯婆子啊……"

约瑟夫扶起母亲，并把她领到卧室去。然后，苏珊就什么也看不见了。她去坐在约瑟夫的床上。约瑟夫大概在帮母亲就寝。时过片刻，约瑟夫回到餐室，拿起一盏灯来到妹妹这儿。他把灯放在地板上，然后，坐在床脚处的一口米袋上。

"她已经睡了。"他说，"你也去睡吧。"

苏珊更愿意等等。她很少到约瑟夫的房间。这是吊脚楼里家具最少的一间房。除了约瑟夫的床以外，就没有任何家具了。但是，在隔墙板上挂满了枪支和他自己鞣制的兽皮，这些兽皮在慢慢地腐烂，散发出一股令人作呕的气味。其实，在河那一边，母亲用隔板隔开阳台，辟出了一间储藏室。六年来，她往里面堆放了罐头、炼乳、酒、奎宁、烟草，她把钥匙带在身上，日夜不离，用一条细绳系着，挂在脖子上。也许，戒指在一罐炼乳的掩蔽下已经在那儿了。

苏珊不再哭泣。她在想约瑟夫。约瑟夫坐在一口米袋上，在那些他比一切更为珍惜的东西中间：他的枪支和兽皮。约瑟夫是个猎手，而不是任何别的什么。他的拼写错误比苏珊的还要多。母亲总是说，他生来就不是学习的，他只有机械、汽车、狩猎方面的才能。可能她说得对。但是，也许，母亲这么说只是为自己没有促使他继续学习辩护。自从他们来到平原之后，约瑟夫就是打猎。十四岁时，他就已经开始夜里去狩猎，他给自己建了几处潜伏小屋，不带逐猎者，独自一人，光着脚，背着母亲出发了。这世上，他没有比在河口处等待黑虎更喜欢做的事了。他可以独自一人，无论天气如何，几天几夜，俯伏在淤泥中等候着黑虎。有一次，他等了三天两夜，然后，带着一头两岁的黑豹回来了。他把黑豹放在小船的船头，所有的农民都聚集在陡峭的河岸看着他回来。

每当约瑟夫像今晚这样费劲地、不快地思索时，苏珊就情不自禁地觉得他相貌堂堂，强烈地爱他。

"去吧，"约瑟夫重复说，"别担心……"

他神色疲倦，他让她去睡觉后，显然立刻就忘记了她的存在。

"你腻烦了？"苏珊问道。

约瑟夫抬起头，发现苏珊正坐在他的床边，身上的裙子已经被撕破。

"没什么。她把你打痛了？"

"不是这个……"

"你呢，你也腻烦了？"

"我不知道。"

"你腻烦什么呢？"

"一切，"苏珊说，"跟你一样。我不知道。"

"他妈的，"约瑟夫说，"也应该想想她，她老了，我们没有意识到，她比我们更觉得腻烦。而且对她来说，完了……"

"什么完了？"

"嬉戏，打趣。她从来没有痛快地玩过，她再也不会开玩笑了，她太老了，她再也没有时间了……得了，去睡觉吧。我也要睡了。"

苏珊站起身。然而在她走出去的时候，约瑟夫问她道：

"你跟他睡了还是没有跟他睡？"

"没有，我没有跟他睡觉。"

"我相信你。这并不是因为睡觉，而是不该跟他睡，这是个坏蛋。你明天必须告诉他再也别来了。"

"再也别来？"

"再也别来。"

"然后呢？"

"我不知道，"约瑟夫说，"以后再说。"

第二天，若先生如同往常一样又来了。苏珊在桥头等他。

母亲一听见莱昂·博来的喇叭声，便停下手中香蕉种植的活儿，看着那条路。她还抱有希望，希望一切都能好好解决。约瑟夫在桥的另一边，在洼地边上洗车，他站起身，把背转向大路，盯着母亲，制止她离开原地，走到若先生那儿去。

苏珊，光着脚，身穿一条旧的蓝色棉布连衣裙，是母亲以前的一条裙子改的。她已经把若先生送她的裙子藏了起来，几乎只有手上和脚上的红指甲还留有他们相遇的痕迹。

是在中午吃饭时，约瑟夫宣布了他的决定，要同若先生做个了断，不让他再来看苏珊。

"他没有必要再来，"约瑟夫说，"最终，苏珊应该明确告诉他。"

这很难办。母亲一睡醒，就为种种计划激动不已。她认为，是她决定进城把戒指卖掉。这一点，约瑟夫乐意地接受了。一早，约瑟夫并没有说起同若先生决裂的事，而母亲起床后，又单独问苏珊戒指的价格。两万法郎，苏珊回答了她。接着，她终于问苏珊是否觉得若先生有许多其他的戒指也可以随便支配。苏珊向她讲述了若先生曾让她在三枚戒指里选择的事，虽然另两枚没有这枚贵重，但三枚同样漂亮。不过他没有说可以给她另外两枚。他一直说的是一枚。

"有这三枚戒指，我们就有救了，如果你跟他解释清楚，他会明白，而我们也就有救了。"

"他才不在乎我们是否有救。"

母亲无法相信这一点。

"如果你用数字去跟他好好解释，他不可能不明白的。对他来说，这是什么？他反正不能把三枚戒指同时戴在手上，而我们呢，我们就会有救了。"

苏珊告知约瑟夫这个情况，但约瑟夫坚持与若先生绝交的决定。午餐时，他宣布了这一决定。

"一刀两断？"母亲问，"你管什么闲事？"

约瑟夫沉着地说道：

"一刀两断。如果不是她去告诉他，那就是我去告诉他。"

母亲面红耳赤，她离开了餐桌。她用目光询问苏珊。也许，她想苏珊可以告诉她某些东西。但是，苏珊则垂着双眼，低头吃饭。于是，她猜测他们俩达成了默契，感到灰心丧气。母亲站在他们俩中间，一下子崩溃了，她大声叫喊起来，但没有平时那样激烈，而是带有腼腆的样子。

"那又怎么样？我们会变成什么样呢？"

"得看看，"约瑟夫轻声地说，"猎人们来的时候，他们并没有老婆。高原上有的是猎人，北方也一样。得多看看，也许可以去那儿。不管怎样，同若先生是完蛋了。"

母亲表示异议。尽管从约瑟夫的语气听来，显然，反对是没用的。

"猎人们都快饿死了，跟他，我也许更放心些。"

约瑟夫面对着她，态度一直很温和。他站起身，走近她。苏珊眼睛低垂着，不敢看他们。

"听着，你从来没有好好看过那个家伙吗？我的妹妹决不跟他睡觉。即便她一无所有，我也不愿意她是跟他睡觉。"

母亲又坐了下来。她想耍点花招。

"我，我不认为她应该立刻同他断绝关系。也许应该再等等。你怎么想，苏珊？"

约瑟夫神色变得强硬起来，但是，始终不提戒指的事。

"马上就断。别问她想什么，她从来没有跟任何人睡觉，她不可能知道这是怎么回事。"

"她应该说说自己的想法。"

"我更愿意跟一个猎人。"苏珊说道。

"总是你们这些可怜的猎人。我们就永远摆脱不了这些。"

谁也不回答。然后，大家再也不提了。

若先生在通常来的时间从桥那儿过来，坐在他那辆漂亮的利穆新车后座。夜里下了雨，车身溅满了泥浆。但是，若先生每天风雨无阻都要走五十公里来看苏珊。他一瞧见苏珊，就让车停在桥边。苏珊一直走到车门旁，若先生立即下车，身穿他那件柞丝绸西服。约瑟夫可从来没有过柞丝绸西服。若先生的所有西服都是柞丝绸料子。当这些衣服稍有些变旧，若先生就送给他的司机。他说柞丝绸比棉布凉爽，而且，他不能忍受任何别的面料的衣服，因为他的皮肤很娇气。的确，在他们和若先生之间有很大差别。

"您在等我？"若先生说，"您真好……"

苏珊站在他身旁。他握住苏珊的手并拥抱了她。他还没有看见一动不动也在等着的母亲和约瑟夫。往常，他们一瞧见若先生来，就更加起劲地干活，免得回答他的问候。苏珊把自己的手抽回，仍然站在那儿。

"我是来告诉您，别再来看我了。"

若先生神色大变。他微微抬起他的毡帽，然后，又戴上，神情迷惘地盯着苏珊。

"您说什么？"

他说话的声音突然间变弱了。他一下子坐在斜坡上，没有像平时那样，从口袋里拿出报纸铺在地上，竟然不怕弄脏自己的衣服。苏珊一直站在他身旁，等他领悟过来。母亲和约瑟夫也在远处等待着。若先生终于发现他们了。母亲大概还在指望一切会好转，若先生在这样的威胁下，还会再来，不过，他的口袋里会装满钻石，使事情变得好些。约瑟夫，因为考虑到母亲，希望若先生能很快地明白过来。

"别再来了，"苏珊说，"绝对别再来了。"

他似乎没有听明白。他开始出汗了，继续不停地把他的毡帽一会儿脱一会儿戴，仿佛从此以后，除了这个，他不会做其他的动作了。他的目光从苏珊到母亲，从母亲到约瑟夫，从苏珊到约瑟夫，不停地挪动。种种设想使他茫然失措，他竭力要弄明白。在他送给他们钻戒的第二天，他们却向他宣告，他再也不能来了。于是，他继续脱帽戴帽，很显然，只有在弄明白以后，他才会停止这个动作。

"谁决定这件事的？"他声音坚强地问道。

"是她。"苏珊说道。

"您母亲？"若先生问道，突然表示出怀疑。

"是她。约瑟夫也同意的。"

若先生换了一种眼光朝母亲看了一眼。母亲一直在用表示友爱的眼神望着他。不可能是她。

"究竟发生了什么？"

要是他滚蛋了，我就会去找约瑟夫。今天，若先生和他的车一样，而他的车也和他一样，半斤八两。昨天，这辆车还不是这么无足轻重，既然他们并不是那么不可能得以拥有它。然而，今天，它与苏珊则相距遥远。没有一根线，哪怕一根细细的线，再把她同这辆车连接在一起。这辆车也因此变得碍事而丑陋。

"他们不喜欢您。而且也是因为戒指。"

若先生脱掉他的毡帽。他思索片刻。

"既然我就这样把戒指给了您，什么也不为……"

"这很难解释。"

若先生找不到答案，又把毡帽戴上。他弄不懂。看上去，他还没有决定走，他在等待别人给以解释。他有时间。然而她，没有：眼见他们的谈话在延长，母亲的希望必然会渐渐增强。

"这太可怕了，"若先生说，"这不公平。"

他看上去非常痛苦。但是，他的痛苦和他的车一样，比往常更加碍事，更加丑陋，而且没有任何一根线，哪怕一根细细的线，能够把您和她连接起来。

"您该走了。"苏珊说道。

突然，他变得有点玩世不恭了，开始强笑起来。

"那戒指呢？"

苏珊也笑了起来。要是他敢要回戒指，那可有点滑稽了。若先生头脑简单，天真无知。虽然他很富有，但跟他们相比，他只是个小蠢蛋。他以为他们可能把这枚戒指还给他。苏珊坦诚而自然地笑了。

"在我这儿，现在是我的了。"苏珊说道。

"那么，说说看，"若先生说，玩世不恭里增加了些许狡黠，"说说看你们打算怎么处置这戒指呢？"

苏珊依然在笑。若先生的百万家财丝毫不改他生就的天真无知。因为，这枚戒指，现在属于他们了，要再拿回来就如同他们已经吃了、消化了一样困难，就像这戒指已经同他们的血肉之躯融为一体，难以再拿回来了。

"明天，我们要进城把它卖了。"

若先生连声说"瞧，瞧，瞧"，仿佛一切都弄清楚了，也许是一种含意深刻的冷笑，谁知道？然后，他又补充道：

"要是我要拿回来呢？"

"您不能。现在，您该走了。"

他笑不出来。他久久地打量着苏珊，脸涨得通红。他什么也不明白。他脱下毡帽，声音都变了，伤心地说道：

"您不爱我。您要的就是戒指。"

"我并不是专门想要戒指，我从来都没有想过，是您说起戒指的。我想要的可比这多得多。但是，现在，我们有了，与其说还给您，我认为，我也许更愿意把它扔到河里。"

他无法下决心一走了之。他还在考虑，考虑的时间那么久，以至苏珊提醒他说道：

"您该走了。"

"你们太缺德了。"若先生用认真坚定的语气说道。

"我们就是这样。您该走了。"

他艰难地站了起来。他把手放在车把手上，等待片刻，然后威胁着声称：

"这事不能就这样结束，明天，我也进城。"

"没有必要，这不管用。"

他终于登上车，对他的司机说了点什么。司机开始在原地把车掉了头。道路狭窄，车子掉头很难，费时间。通常，借助通往吊脚楼的那条小道，车子很快便能转向。今天，车子理所当然避开了那条小道。约瑟夫仍然在水塘旁留神观察着事态进展。母亲始终一动不动，愁眉苦脸，痛苦地眼望着若先生无法挽回地离去。在若先生的车子还没有完全掉头的时候，母亲便急忙回到吊脚楼。苏珊朝着约瑟夫那儿走去。汽车与她交错而过之际，透过玻璃窗，苏珊霎时间瞥见若先生正向她投来哀求的眼光。苏珊朝偏斜的方向穿过稻田行走，以便更快走到约瑟夫的身旁。

约瑟夫已经洗好车。现在正在给一只轮胎打气。

"成了。"苏珊说道。

"不是太早……"

约瑟夫在修理的轮胎上有三处窟窿。内胎还是好好的，于是，约瑟夫把旧轮胎的碎片放在内胎和外胎之间，以加固轮胎。他把轮胎打足了气，使那些碎片不会滑脱掉。苏珊坐在水塘旁，看着他给轮胎打气。

"你还要很久吗？"苏珊问道。

"半个小时。干吗？"

"没什么。"

天气很热。苏珊不再关注约瑟夫干的活儿。她原地转过身，撩起裙子，把双腿浸入水塘。接着她用手往腿上洒水，直到大腿。感觉舒服极了。突然之间，她觉得自己已经等了一个月之久，能够这样无所顾忌地撩起裙子，把双腿浸在水塘里。她的举动使整个水面泛起涟漪，惊跑了鱼群。她有点想到吊脚楼里去取钓鱼线，但是，没有约瑟夫做伴，她不敢回那儿。约瑟夫修完了第一个轮胎，就又埋头修理已经开裂的备用轮胎。他从轮胎里拉出内胎。当约瑟夫专心于 B12 的时候，别人都无法帮上忙。他不时地咒骂几句。

"蹩脚货，该死的蹩脚车！"

水塘里，勾勒出在灰白色天空中显现的波动起伏的山峦。夜里还会下雨。海那边，正生成大团大团的紫云。一夜狂风暴雨后，明天会凉爽些。只要路上轮胎爆裂不太多，他们也许会在晚间迟些时候到达城里。第二天上午，他们就把戒指卖掉。这也许是他们要做的第一件事情。城里，满大街都是男人。"这个漂亮姑娘哪儿来的？她从南方来的，谁也不认识她。"母亲白费口舌。城里肯定有一个男人适合她，苏珊。也许是名猎手，也许是位种植园主，但肯定有一个适合她。

约瑟夫重新安好了轮胎。

"咱们上山去吗？去逮几个小子鸡好在路上吃。"

苏珊站起身，冲着约瑟夫笑。

"去吧，约瑟夫，马上就去。"

"我把车放在吊脚楼下，然后就走。"

约瑟夫也很久没有进城了，他觉得很高兴。

约瑟夫把车停放在吊脚楼下，但并不上楼。若先生走后，想必时间还太早。通常，约瑟夫不带枪是从来不去森林的。

他们穿过把吊脚楼与道路及山峦隔开的那片平原。地面开始呈斜坡状缓缓上升，稻田消失了，已被一种又高又硬的被称为"老虎草"的留茬地所代替。晚上，野兽通过这片留茬地下山。必须步行一刻钟才能到达森林。

"他跟你说什么了？"约瑟夫问道。

"他告诉我，他也要到城里去。"

约瑟夫笑了起来。他好像很高兴。

路变得越来越窄，地面的斜坡越发陡峭，一片有羊和猪在吃食的林中空地表示快进入森林了。他们穿过了一座只有几间茅屋的贫困不堪的村落。然后，沿着那条清晰分明的开垦地界线，开始进入森林。平原的居民从未越过这条界线开垦荒地。这是无济于事的。因为适合作为胡椒种植园的地层都在山区的高处，而他们并不那么需要草地，来放牧他们所拥有的那几只山羊。

"戒指呢？"约瑟夫问道。

苏珊犹豫俄顷。

"他什么也没跟我说。"

他们一走进森林，路就成了一条只有一人宽的蹊径，如同一条隧道，枝叶浓密、绿荫如盖的森林就在它上面围拢。

"这是个笨蛋，"约瑟夫说，"他并不坏，但真是个傻瓜。"

藤本植物和兰科植物长势吓人，以一种超自然的力量，可怕地蔓延开来，紧紧地围住整个森林，形成一个如海底深渊一样不可侵犯、令人窒息的密集体。几百米长的藤本植物盘绕在树身，在树冠上，兰科植物鲜花怒放，可以想象成为大大的兰花"池"，向着蓝天，喷放出绚丽的花朵，有时，人们只能看见这个花池的边缘。森林就躺卧在部分兰花池的下面，这花池充盈着雨水，在里面可以找到那些与平原的洼地里一样的鱼儿。

"他跟我说我们很缺德。"苏珊说道。

约瑟夫又一次笑了起来。

"哦，我们确实是这样的。"

整个森林都传出蚊子嗡嗡叫的巨大声响，混杂着鸟儿不停吱吱喳喳的尖叫声。约瑟夫走在前面，苏珊在后面两步远处跟着。当走到平原和伐木者村落之间的半路上，约瑟夫放慢了脚步。几个月前，就在这个地方，他曾打死了一头雄豹。这是一片小小的林中空地，野兽们把它们的猎物丢在这里，任其在大太阳下发出臭味。成群成群的苍蝇在空地的黄草上盘旋飞舞，空地四周堆积着散发臭味的干枯羽毛。

"也许，我应该亲自向他解释，"约瑟夫说道。"他大概对此毫无所知。"

"解释什么？"

"为什么我们不愿意你跟他睡觉。像他那样腰缠万贯的人是很难明白的。"

过了穿过林中空地的河流以后，他们先闻到芒果树的树脂味，听到了孩子们的叫喊声。在这片山区不再有阳光了。人世间的芳香已经从土壤里，从所有的花朵中，从一切物种中，从伤人的老虎及其因阳光照射肉体已然成熟的无辜猎物身上，散发出来；这一切在混沌之初的未开化状态中浑然一体。

人家给了他们几个芒果。他们帮孩子们逮小鸡，女人们在宰杀小鸡时，约瑟夫问男人们时下打猎收获可好。大家都很高兴他们来访。男人们对约瑟夫很熟悉，因为他们常同他一起狩猎。他们向兄妹俩打听母亲的情况。正是这个村落的男人给他们弄到建吊脚楼的木料。他们都是伐木工人。他们逃离了平原，来到这部分尚未被白人登记在册的森林定居，就是为了不用交税，也可以免去被剥夺所有权的危险。

孩子们陪苏珊和约瑟夫一直到河边。孩子们一丝不挂，从头到脚都抹了红花油，他们身上的颜色像青芒果，而且像青芒果那样光滑。快到河边时，约瑟夫拍打双手让孩子们快跑，他们是如此野性，随即发出让人想起稻田里某种鸟儿的刺耳的尖叫声，作鸟兽散。在这些疟疾横行的村庄里，孩子死得那么多，所以母亲已经有两年不愿再到这里来。而那些孩子如果没有帮助，就没有力气穿过这片把他们与道路隔开的两公里长的森林，他们常常还没有体验到在道路上玩耍的欢乐就夭折了。

母亲坐在餐室里，还没有点灯。黑暗中，她倚在炉子旁，炉子上正炖着一锅涉禽肉。她大概已经看见他们上山去，而且注意到约瑟夫没有带枪。也许她等他们回来已经有一个小时了。她之所以不点灯，肯定是为了要瞧见他们从远处归来，而自己不会因灯光感到尴尬。但是，当苏珊和约瑟夫进门时，她却不理睬他们。

"我们去逮小鸡准备路上吃。"约瑟夫说道。

母亲没有应答。约瑟夫点亮灯，取了小鸡交给下士，让他找人煮熟。他一边重又上楼，一边用口哨吹着《拉莫娜》。苏珊也用口哨吹起了《拉莫娜》这首曲子。母亲因灯光晃眼，眯缝起眼睛，她向孩子们微笑着。约瑟夫也朝她微微而笑。显然，母亲一点儿也不生气了，她只是感到伤心，因为她藏起来的钻戒是她这一辈子唯一的一枚，而且，其来路已断了。

"我们去逮小鸡好在路上吃。"约瑟夫重复说道。

"你看我们去哪儿了？在河后面的那个村子，"苏珊说，"林中空地后第二个村子。"

"我已经好久没进那个村子了，"母亲说，"但我知道那儿。"

"他们问起了你的情况呢。"约瑟夫说道。

"你们没有带枪，"母亲继续说，"这样可不谨慎……"

"因为想快点到那儿。"约瑟夫说道。

约瑟夫走到客厅，开始给若先生送的留声机上发条。苏珊紧随在后。母亲站起身，往桌上放了两个盘子。她动作迟缓，仿佛在黑暗中漫长的等待已经使她关节僵硬，直至灵魂都麻木了。母亲熄灭了炉火，在盘子之间放了一碗清咖啡。苏珊和约瑟夫内心充满希望地瞧着母亲的一举一动，就像他们曾经这样看着那匹老马一样。别人也许会以为她在微笑，但更确切地说，是厌倦使她脸部轮廓变得柔和了，是倦怠和厌世心理。

"来吃吧，饭好了。"

她把炖涉禽肉放在桌上，然后，笨重地坐在那碗咖啡前。接着，她久久地、无声地打着呵欠，每晚这个时候，她都这样。约瑟夫先吃起涉禽肉来，接着，苏珊也吃了。母亲开始解开了发辫，接着又为就寝重新编上。她好像并不饿。今晚，一切都如此安静，甚至能听到已变形的隔墙板壁发出的暗哑的破裂声。房子是坚固的，也不能这么说，它站得住，但是因为母亲过于急切修建这房子，木料还是湿的就用上了。不少墙板已经开裂，板与板之间已经脱开，现在，从床上就能瞧着天亮，夜里，当猎人们从朗镇回来，他们的车灯灯光便扫射着室内墙壁。但是，只有母亲在抱怨这一不便。苏珊和约瑟夫则宁愿这样。海那一边的天空电光闪闪。快要下雨了。约瑟夫狼吞虎咽地大吃。

"顶呱呱。真好吃。"

"味道很好，"苏珊说，"好极了。"

母亲微笑着。当他们吃得津津有味时，她总是感到很高兴。

"我在里面放了一点白葡萄酒，所以会这么香。"

母亲在等他们从山里归来时做的炖肉。她一定是到储藏室开了一瓶白葡萄酒，认真地倒入炖肉里。当她对待苏珊太严厉的时候，或当她觉得有点太腻味了，或者是感到有点太忧郁的时候，她就会用炼乳做一份木薯粉羹，或者香蕉煎饼，或者就是炖一锅涉禽肉。她总是把这些乐趣留给自己那些不愉快的日子。

"如果你们喜欢，我以后再做。"

他们每个人又都吃了些涉禽肉。这时，母亲完全放松了。

"你跟他说了些什么？"

约瑟夫没有发脾气。

"我向他解释了。"苏珊说道，并没有抬起眼睛。

"他什么也没说吗？"

"他明白了。"

母亲考虑了一下。

"那戒指呢？"

"他说是他送的。对于他来说，一枚戒指，这不算什么。"

母亲又等少顷。

"约瑟夫，你看怎么样？"

约瑟夫稍作犹豫，然后用坚定、意想不到的声音表明：

"她能够拥有她想要的。以前，我还不相信，但现在，我对此可以肯定。你不用再为她担心了。"

苏珊惊讶地端详着约瑟夫。别人向来都无法知道他决定了什么。也许他这么说不仅仅是为了让母亲放心。

"你在说什么呀?"苏珊问道。

约瑟夫并没有抬起眼睛看他妹妹。他并不是在对她讲话。

"她心里有数。她要什么样的人,什么时候要,她心里有数。"

母亲怀着几乎是痛苦的紧张凝视着约瑟夫,继而,她突然开始笑了。

"你说的也许是真的。"

苏珊不吃了,靠着椅背,她也打量着她的兄长。

"得看看她怎样得到呢。"母亲说道。

"只要她愿意就行了。"约瑟夫说道。

苏珊站起身,笑着说:

"也别为约瑟夫担心,你别总是这样担心。"

瞬息之间,母亲又变得面容严肃,陷入沉思之中。

"的确,我一直在担心……"

但很快,她又有点发作似的狂热起来。

"并不是只要富人,"她叫喊起来,"幸亏是这样。不该任凭先来的富人摆布。"

"他妈的。"约瑟夫说,"不是只有富人,还有别的人,有我们,我们也是富有的……"

母亲显得很迷惑。

"我们富有?是富人?"

约瑟夫一拳击在桌子上。

"如果我们愿意,我们就是富人,"约瑟夫肯定地说,"如果我们想像别人一样富有,他妈的,只要愿意,就能成为富人。"

他们都笑了起来。约瑟夫奋力用拳头敲击桌子。母亲随他这么做。

约瑟夫就是电影。

"这也许是真的。"母亲说，"如果我们真想要富，我们会变成富人。"

"他妈的，"约瑟夫说，"当然啰，别的那些人，我们会把他们辗死在路上，到处都将看到有人把他们辗死。"

有时，约瑟夫处于这种古怪的状况。当这种状况发生时，的确，虽然很少见，但也许比电影更带劲。

"啊，就是这样，"母亲说，"我们把他们辗死，我们会把我们想的告诉他们，然后我们辗死他们……"

"以后，我们不屑于辗死他们。"苏珊说，"我们给他们看我们拥有的一切，但是，我们，我们不给他们。"

第二部

这是一座拥有十万居民的大城市，城市在一条宽阔而秀美的河流两边伸展。

　　如同所有的殖民地城市，这座城市里也有两个城市：白种人城市和非白种人城市。在白种人城市里，也还有一些差异。上城区的近郊，密集成群的别墅和住宅栉比鳞次，是城里最宽舒、最通风的地方，但是不脱某种世俗味。市中心是城市各地大多数人聚集的地方，每年，越来越高的高楼大厦拔地而起。总督府和官方机构并不设在那里，但却是深层权力机构，这片圣地的教士、金融家们的麇集地。

　　在那些年代，世界上所有殖民地城市的白人区一直都是一尘不染，无可挑剔。不仅仅只是城市。白人们也非常干净。他们一到，就学会了天天洗澡，就像生养小孩那样郑重。他们学会了穿上殖民地制服，白色西服，白色，这是一种习以为常却又纯洁干净的颜色。从此，开始起步了。距离相应拉大了，最初就存在的差异与日俱增，在他们和其他人之间，白的，更白，其他人用天降的雨水和江河里的泥水刷洗自己。实际上，白色是极其容易脏的。

　　因此，白人们洗完澡，散发出清新的气味，在他们别墅的阴凉处午休，就像一个个长着又轻又薄的毛皮的野兽，他们很快就发现自己比任何时候都白。

　　只有已经发迹的白人居住在上城区。为了表明白人的步履有着超乎常人的尺度，上城区的街道和人行道十分宽阔。有一片没有派上用场的可供娱乐的空地，提供给权贵们休闲时漫步。道路上滑行着他们车篷上胶、车身悬挂式的车辆，几乎没有声响，令人惊异。

所有的马路都铺上了沥青，十分宽阔，两边是栽有珍稀树木的人行道，人行道被草坪和花坛一分为二，沿着人行道停泊着一长列亮闪闪的敞篷式出租车。这些绿荫如盖、鲜花盛开的街道每天浇几次水，保养得如同大动物园里的小径一样完好，那些稀有的白种人在那儿照管着他们自己的事。上城区的中心是他们真正的圣地。只有在这城区中心，在罗望子树的树荫下，摆放着宽展开阔的咖啡馆露天座。到了晚上，白人们就在那儿相聚。只有咖啡馆的侍者仍然是本地人，但是，他们装扮成白人，身穿无尾常礼服，就像在他们近旁被栽在花盆里的棕榈树。直到深夜，在盆栽的棕榈树和身穿无尾常礼服的侍者后面，还能看见那些白人坐在藤椅上，口中吮吸着茴香酒、威士忌苏打或者马泰尔·佩里埃酒，他们和周围其他部分协调一致，形成了地道的殖民地的心脏地带。

汽车、玻璃橱窗以及洒了水的碎石路面的光泽，西服耀眼的白色，花坛的沁人心脾，这一切把上城区造就成一个富有魔力的香艳场所，在一片纯粹的恬静中，白种人可以摆出展现他们固有的个性的场面。这条街上的商店，有时装店、化妆品店、美国香烟店，都不卖任何实用的东西。金钱也一样，在这里大概也毫无用处。白人们的财富不应该使他们感到不安。这里一切都是高贵的。

这是个伟大的时代。成千上万的本地劳工为十万公顷红土地上的橡胶树割胶，他们耗尽心力给这十万公顷土地上的树木打开口，血流如注；在被几百名暴富的白人种植园主占有之前，这十万公顷土地凑巧称为红土地。乳汁般的橡浆在流淌，血也在流淌。然而，只有橡浆是宝贵的，把它点点滴滴地收集起来，可以赚钱。血则白白地流了。人们还不愿想象，总有一天，会有大批人马前来讨这笔血债。

有轨电车的线路审慎地避开了上城区。再说，在这个城区，有轨电车也没什么用处，这里每个人都坐小轿车。只有下城区的本地人和白人盗贼才乘有轨电车。实际上，甚至是这些有轨电车路线严格地划分出上城区这片乐园的界限。这些路线从卫生角度出发，沿着一条向心线绕过这片乐园，每一站距离中心地至少两公里。

　　这些挤得水泄不通的有轨电车，满是尘土，在令人眩晕的烈日下不死不活、慢慢悠悠地行进着，铁轨处发出哐当哐当如雷鸣般的响声，正是基于这些，人们可以设想另一个城市，非白种人的城市。这些在处于温带的国家里使用的有轨电车，在宗主国已经废弃不用，经浮皮潦草地修理之后，由宗主国拿到殖民地再度使用。清晨，开车的本地人得意地穿戴好他的司机制服，到了十点钟，就把制服从身上脱下，放在身旁，他总是汗如雨下，裸露着上身开车，每到一站都要喝上一大碗绿茶。上班的最初几天，为了通风凉爽，他泰然自若、蛮有把握地打碎了驾驶室的所有玻璃窗。于是，乘客们也同样应该打碎车厢里的玻璃窗，以便能活着从中出来。采取了这些措施后，有轨电车便开始运行了。电车数量甚多，但总是挤得满满的，这就是殖民地区急剧发展的最明显的标志。本地人地带的发展和它日益拉开的距离，说明了这种制度所取得的惊人的成功。因此，没有一个正宗的白人会冒险坐在这些有轨电车里，要是被人发现，他可能就丢了面子，丢了他移殖民的面子。

　　正是在上城区和本地人居住的市郊之间那个地带，那些没有发财的白种人，那些不称职的殖民者被打发到这里。这里，街道上没有树木。草坪也看不见。白种人的商店则被本地人栖身的小单间取代，若先生的父亲发明了小单间的神怪样式。这里的街道每星期只洒一次水。街上挤满了嬉闹玩耍、叽叽喳喳的孩子和流动商贩，那些流动商贩在火辣辣的尘土中声嘶力竭地叫卖。

　　母亲、苏珊和约瑟夫下榻的中心旅店就在这一地区，在一幢半圆形楼房的二层；这幢楼房一边朝向河流，一边朝着有轨电车的环城线，一层开着各种混合口味的定价饭馆、鸦片烟馆和中国杂货铺。

这家旅店有一些常客：几个商务代表，两个由商务代表包养的妓女，一个女裁缝，还有许多海关和邮局的下级职员。路过的顾客是那些即将回国的下级职员，狩猎者，种植园主，还有，每班邮轮上的海军军官，尤其各国前来的妓女，她们在旅馆接受或长或短的培训，然后，或进入上城区的妓院，或到充斥于港口的那些妓院里去。随着规律的潮汐期到来，太平洋航线上的所有船只都拥向这港口。

一位老移殖民，六十五岁的马尔特太太经营着中心旅店，她原先从港口的妓院来到这里。她有一个女儿，名叫嘉尔曼，她从来都搞不清是和谁生了这个女儿。因为不愿意给女儿安排同自己一样的命运，她用自己二十年卖笑生涯俭省下来的足够的钱，到殖民地旅馆业公司购买了股份，获得了这家旅店的经营权。

嘉尔曼现年三十五岁。除了那些老主顾直呼她小名外，大家都称她嘉尔曼小姐。这是一位诚实善良的姑娘，她十分敬重自己的母亲，如今，她卸下母亲身背的重负，完全由她一人来管理中心旅店那些复杂微妙的事务。嘉尔曼身材高大，衣着考究，小小的蓝眼睛，清纯明朗。如果不是因为不凑巧生就一个非常凸起的下巴，她也不至于为自己的相貌感到难受，不过幸好有一口又大又好的牙齿多少有些弥补，这口牙齿是如此显眼，以至使她看上去要不停地炫示这口牙，使她的嘴巴显得贪吃、能吃而又可爱。但是，使嘉尔曼之所以成为嘉尔曼，使她这个人本身成为无法取代的，使她的经营魅力成为无法取代的，是她的双腿。嘉尔曼的确有两条无与伦比的美腿。如果她拥有所希望的，像双腿那样美丽的容貌，那么人们很久以前就能看到这样一个赏心悦目的景象，看见她被上城区的某个银行行长或某个富有的北方种植园主包养，披金挂银，特别是为此引得议论纷纷而令闻广誉，她也许会长袖善舞，处之泰然。然而，不，嘉尔曼只有她的美腿，她多半能稳当地把这家旅店经营好，直到生命的尽头。

白天，嘉尔曼绝大部分时间就是在旅店那条长长的走廊里来回走动，走廊的一头通向餐厅，另一头通向开放式露台，走廊的两边则排列着一间间客房。这条走廊犹如一条光秃秃、长长的管道，只有两头亮着灯，自然而然注定该由嘉尔曼两条裸露的腿行走，她的双腿整天在把优美的曲线清晰地显现在这条走廊上。于是，中心旅店的顾客，没有一位会对这双美腿毫无所知，即便他竭尽全力不想知道也不行，于是，有一些顾客就总是对这双扰乱心志的美腿魂牵梦萦。考虑到要对自己身上其他部分的抵偿，尽管她身上其他部分丝毫不能改变她鲜明的性格特征，嘉尔曼总穿着如此短的裙子，连整个膝盖都能看到。她的膝盖无懈可击，光洁滑润，像连接杆那样浑圆、灵活、精巧。人们仅仅为了这双腿就可能向嘉尔曼求爱，只是为了这双腿的美，为了它们伸缩、舒展、弯曲、摆姿态以及摆动的机灵方式。而且人们就是这么做的。正因为这双腿和她使用的那种具有说服力的方式，嘉尔曼有足够的情人，根本不屑于去上城区寻找情夫。她的殷勤体贴与她对自己拥有如此一双美腿的满意颇有关联，但是她的亲切是如此诚心诚意，始终不渝，以至她的情人后来都成了她忠实的顾客，有时，他们在太平洋浪游两年之后，总是又回到中心旅店来。旅店生意兴隆。嘉尔曼自有她并不苦涩的人生哲学，她轻易地安于命运的安排，如果可以这么说的话，但她顽强地禁止自己陷入任何可能败坏情绪的恋情。这是个十足的娼妓，生来就习惯于她那些伴侣来来去去，习惯于赚钱的艰苦，生来就养成了疯狂般的独立习惯。而这一切并不妨碍她有自己的选择和爱好，有她的友情，也许还有她的爱情，不过，她是优雅地接受其爱情的偶然性。

嘉尔曼对母亲很友好，也很尊重。每当母亲来小住，她总是留给她一间靠河那边的安静的客房，而且让母亲付的房费同靠电车道的房间一样。有一次，那是两年前的事了，在一阵高贵的，也许并非完全非理性的感情冲动下，嘉尔曼使约瑟夫失去了童贞。从那时起，每当约瑟夫路过此地短住，她就一连几夜同他共度良宵。在这种情况下，她很体贴而又巧妙地不收他房费，她就这样以她从约瑟夫那儿获取的愉悦来掩盖她的慷慨和宽厚。

这一回，嘉尔曼自然而然受母亲重托，帮她卖掉若先生送的钻戒。母亲到达的当天晚上就找到嘉尔曼，问她是否能把钻戒卖给中心旅店的某位主顾。见母亲手中竟然有一枚如此贵重的戒指，嘉尔曼感到非常吃惊。

"这是某个若先生送给苏珊的。"母亲自豪地说，"他想娶苏珊，但是苏珊不愿意，因为约瑟夫不喜欢这个人。"

嘉尔曼立刻明白他们此番进城的动机，只是要卖掉钻戒。她完全理解母亲这一举措的重要性，她一定助一臂之力。在她看来，中心旅店的顾客总的说来都不像要购买如此贵重的戒指的，她对母亲这么说，尽管如此，她还会试试给他们看看。翌日，她就向其中几位顾客谈起此事。此外，她在旅店办公室显眼的地方，她桌子的上方挂了这样一块牌子："精美钻戒待售，机会难得，有意者请与旅店办公室接洽。"

然而，几天过去了，旅店里没有任何人过问。嘉尔曼说她早料想到会这样，但牌子仍然可以挂着，那些中途停泊船只上的海军军官们有可能来挥霍一通。但是，她劝母亲试着自己去把戒指卖给首饰商或钻石商，白天母亲自己负责寻找买主，晚上再把戒指交给她，以免失去在旅店里卖掉的机会。

然而，三天以后，这整套策略毫无结果。

戒指始终包裹在若先生用的薄棉纸里，母亲把它放进自己的手提包里，开始在城里四处奔走，要按照若先生所说的价格两万法郎卖掉它。然而，她向第一位钻石商拿出这枚钻戒时，这钻石商只出价一万法郎。他告知母亲钻石有很严重的毛病，一块"蛤蟆斑"①，这就大大降低了钻戒的价值。母亲首先就不相信钻石商谈到的所谓瑕疵。她开价两万法郎。然而，她见了第二位钻石商，他也说钻石有瑕疵，这时，母亲开始怀疑了。她从未听说过钻石，甚至最纯净的钻石都可能会有一些散失的"蛤蟆斑"，理由很充分，因为她从未拥有过钻石，无论有无瑕疵。但是，第四位钻石商也跟她谈起瑕疵问题后，她不得不开始发现在这形容钻石毛病的如此富于暗示意味的名称与若先生本人的人格之间有一种隐隐约约的联系。三天奔走以后，母亲开始对这一联系以一种的确比较模糊的方式表达出来。

"我不奇怪。"母亲说，"早应该料到的。"

很快，这种联系在母亲的头脑里变得根深蒂固，当她一提起若先生，就会张冠李戴，把他和他的钻戒混同一起，用同一个称呼。

"我初次在朗镇餐厅见到这癞蛤蟆，从第一天起，我也许就不应该信任他。"

这枚闪现出虚假光辉的钻戒，正是这个男人的钻戒，他的百万家产可能给人以假象，人们可能以为他的千百万家产会毫不犹豫地奉献出来。母亲对他的厌恶如此强烈，就好像若先生的钱财是偷盗来的。

"癞蛤蟆对癞蛤蟆，"她说，"他们俩半斤八两。"显然，由于同样的憎恶，她把他们混同起来了。

然而，她始终要价两万法郎，而且"一个子儿也不能少"。她处于亢奋状态。她总是那么情绪激昂，一种奇特的激烈情绪，与她遭受的失败次数成正比。别人给钻戒的价越少，她就越是咬住这两万法郎的价不放。整整五天，她奔走于钻石商铺。她先去白人开的商店。她神色从容，若无其事地走进店堂，说她有一件家传的首饰，如今对自己毫无用处，想要把它卖掉。店主要看看，于是她就拿出戒指，人家就拿起放大镜，仔细察看钻石，然后，人家发现了那块蛤蟆斑。有人出价八千法郎，有人出价一万一千法郎，继而，有人出价六千法郎，等等。她把钻戒放回手提包，急匆匆地走出商店，通常，她把苏珊大骂一顿，苏珊和约瑟夫正坐在 B12 里等着她。在若先生曾给她挑的三枚钻戒中，当然，苏珊恰巧挑了一枚最"次的"。

但是，母亲总是顽强不屈，无论好坏，她都要两万法郎。

走遍了所有的白人开的钻石商店和首饰店，她开始找其他那些不是白种人开的店，黄种人、黑人开的商店。这些首饰店出价从不超过八千法郎。由于这些商店比白人开的店更多，因而母亲要花更多的时间一家家跑。但是，如果说她的失望如同她的愤怒和憎恶一样有加无已，那么这一切丝毫没有降低她的要求。她无论如何都要两万法郎。

一旦跑遍了城里所有白种人或非白种人开的钻石商店，母亲暗自思量，也许她的这些手法并不巧妙。于是，有一天晚上，她对苏

---

① 此处原文为 crapaud，有"癞蛤蟆"、"外形丑陋的男人"、"瑕疵"等意思。与下文中的癞蛤蟆为同一词，故译为"蛤蟆斑"。

404

珊说，摆脱这一困境的唯一办法就是重新找回若先生。她只跟苏珊说这个计划；她认为约瑟夫尽管挺聪明，但也有犯傻的时候，而且，他不可能理解这一切，不应该什么都告诉他。必须机灵些，再去见见若先生，但不能让他怀疑苏珊特意寻找他，要同他重叙旧谊。慢慢来，别着急。把这关系重新建立起来，让他判断失误，甚至诱发他某种酬报苏珊的欲望。重要的就是这个，就是使他神魂颠倒，使他丧失理智，直至他绝望地重新考虑送给苏珊另外两枚戒指，即便只是一枚也好。

　　苏珊答应母亲，万一见到若先生，她一定与他和好如初，但是，她拒绝特地去寻找他。母亲便自己承担起这份苦差事。可是，怎样在城里再找到若先生呢？他没有给他们地址，原因就不必说了。于是，母亲在她遗漏的各家钻石商店奔波的同时，开始寻找若先生。她在电影院出口处等候他，在咖啡馆的露天座，大小街道，豪华商店，旅馆，四处搜寻，如同一名热恋的少女充满活力和激情。

起先，在母亲那些无休无止的在各家钻石商店的奔波中，苏珊和约瑟夫一直陪伴在侧。然而，他们的热情抵御不住有关蛤蟆斑的故事。两天过后，约瑟夫认为这些奔走全然无用，断然决定独自一人走了，当然，开着那辆B12。母亲只得同意。根据经验，母亲知道，约瑟夫因为没有充分利用在城里小住的机会，日后可能会后悔不迭，比起她孑然一人步行或乘坐有轨电车，前去面对钻石商恶魔般的眼光，比起这时油然而生的苦涩，那种悔恨也许会更强烈。何况，后来，当她决定重新寻找若先生时，她把约瑟夫的背叛转化为出乎意料的好事。只是在她自己放弃寻找若先生时，约瑟夫不在身旁这一事实让她完全感到绝望了，她睡了一整天，就像那次堤坝坍塌后，她也是这样呼呼大睡。

　　前几天，约瑟夫每天晚上还回到嘉尔曼那儿，每天早上，母亲还能瞧见他，尽管时间很短。但是，很快，约瑟夫根本就不回来了，这成了他们在城里这些日子最重要的事情。他连同B12一起踪影全无。此前，约瑟夫顺利地把几张新近刚鞣过的皮子卖给旅店里几位路过的顾客，他就是带着这笔钱消失了。嘉尔曼成功对母亲隐瞒了这件事，起码在母亲忙于跑钻石商店，后来又忙于寻找若先生时，瞒住了她；当时，母亲每天上午没有瞧见约瑟夫，倒也并不感到担心，她只是相信苏珊或嘉尔曼所说的话，她们说，每天下午母亲出门时她们都见到约瑟夫的。

　　有一天，苏珊认为，每次从首饰店出来自己就被斥骂一顿实在是不必要，从此，苏珊自然而然地成为嘉尔曼关怀的对象。嘉尔曼肯定约瑟夫不会那么快回来后，就满腔热情地关爱起苏珊来，为了让苏珊摆脱母亲那令人绝望的狂热，她甚至让苏珊睡在自己的卧室里，仿佛这一家的每个人确实都唤起了她同样的献身精神。就这样，在发现了约瑟夫以后，嘉尔曼发现了苏珊，而在这段日子里，尤其是对苏珊，就像她说的那样，她要好好"点拨"一下。

　　她向苏珊描述了自己的命运，她认为自己一生不幸，并力图用辛酸苦涩的词语来使苏珊信服。她说，她很清楚母亲一个心眼儿要把苏珊尽快地嫁出去，是为了自己独自一人，可以无所牵挂地死去。但这不是个解决办法。当一个人像苏珊这样还处在懵懂无知的年龄段的时候，这不是个好办法。嘉尔曼说："都这个样儿，女孩儿开始都是傻里傻气的。"假如苏珊嫁给一个又愚蠢又有钱的男人，这个男人会给她所有物质条件，这些条件能使苏珊摆脱掉他，那么，这才可能是一个解决的办法。约瑟夫曾经同嘉尔曼谈起过若先生，她因为苏珊与若先生的事情进展不顺而感到有些遗憾，因为他似乎是这一类的理想人选。"三个月后，你就会背叛他，然后，事情就可能这么发展下去……"但是，若先生，或确切地说，若先生的父亲不会任人摆布的。嘉尔曼向苏珊解释，即便在这里，在城里要找到一个丈夫，特别是要找到理想的丈夫，像若先生那样类型的丈夫是困难的。不管怎样，十七岁根本谈不上什么爱情婚姻。出于爱情而与偏远角落的海关职员成婚，那么他会让你三年内生三个小孩儿……不，迄今为止，苏珊对母亲已经表现得太温顺了。

　　最重要的事情是：首先，必须摆脱母亲，她不可能理解，生活中，人们可以用别的武器来获得自由和尊严，与她所认为的好的办法不一样。嘉尔曼非常了解母亲的情况，堤坝的故事，租借地的故事等等。母亲使嘉尔曼想到一种具有毁灭性的魔鬼。她毁掉了平原上成百上千的农民的安静。她甚至想要战胜太平洋。约瑟夫和苏珊必须留神她。她已经承受了那么多的不幸，使她变成了一个拥有巨大诱惑力的魔鬼，她的儿女为了安慰她，很可能永远也不离开她，顺从于她的意志，任凭自己被她吞噬。

作为女儿，没有第二种方式来学会如何摆脱母亲。

虽然苏珊听到别人这么说母亲感到有些尴尬，但这到底是真的。尤其是堤坝事件以后，母亲变得不可理喻。至于其他的，苏珊当然不需要什么角落里的海关职员，也不需要若先生。好，嘉尔曼言简意赅。

嘉尔曼给苏珊梳理好头发，打扮了一番，给了她一些钱。她建议苏珊去城里散散步，不过，还是嘱咐她不要让偶然碰到的什么人随意摆布。苏珊收下了嘉尔曼的衣裙和钱。

苏珊第一次到上城区散步是有点听从了嘉尔曼的建议。

她没有料想到自己生活中至关紧要的一天竟是她十七岁这年，第一次独自在一座殖民地大城市里漫步的这一天。她不知道这个城市秩序严酷，居民等级分明，如果人们达不到其中某个等级，就会不知所措。

苏珊努力迈着轻松自然的步履。时值下午五点。天气还很热，但下午那种懒洋洋的迷糊状态已经过去。大街上渐渐挤满了那些睡了午觉而精神焕发，傍晚冲了澡而感到清凉的白种人。人们瞧着苏珊。他们回过头来，微笑着。像她这样年龄的白人少女，没有一个在上城区的街道上独自步行。人们在街上遇到的白人姑娘都身穿运动服，成群结队而过。有的把网球拍夹在腋下。她们也回过头来。大家都回过头来看。大家一边回头看，一边在微笑。"在我们的人行道上迷路的可怜姑娘是从哪儿来的？"这里，甚至连成年妇女也很少单独行动。她们都是三五成群的。苏珊与她们交错而过。这一群群女子都被美国烟的芳香、金钱的幽香所环绕。苏珊发现这些女人一个个都风姿娟好，她们夏季装束的优雅对于所有不属于她们的人都是一种藐视。特别是，她们行走时步履如王后般高贵，她们的谈吐、笑容、举手投足，与全身动作完全和谐融洽，这是一种安逸生活养成的潇洒。自从苏珊踏上从电车道至上城区中心这条大街时，这种感觉就难以察觉地产生了，然后，变得更加明显了，当她到达上城区中心时，这种感觉越来越强烈，甚至变成了一个不可饶恕的事实，那就是，她非常可笑，而且一目了然。嘉尔曼错了。不是所有的人都可以走在这些街道上，走在这些人行道上，走在这帮贵族富豪和王子王孙中间的。大家并不拥有同样的生活才能。他们似乎在熟悉的环境中，在他们的同伴中间，迈向确切的目标。而她，苏珊，则没有任何目标，没有任何同伴，从来没有在这个舞台上存在过。

苏珊竭力想些别的事情，但枉费心机。

大家一直在注意着她。

别人越是注意她，她就越是相信自己在丢丑，简直是十足的笨蛋和丑八怪。只需一个人开始注意她，马上就像闪电般迅速地蔓延开来。眼下，所有与她交错而过的人似乎都注意到了，全城的人都注意到了，而苏珊对此毫无办法，唯有继续向前走，继续被四处射来的眼光包围，不得不迎着这些投在她身上的目光，这些目光时刻被新的目光替代，不得不迎着越来越响的笑声向前走，这些笑声从身旁飘过，又从她身后如脏水般泼过来。苏珊并没有因此而当即倒毙，但是，她就在人行道的边上行走，她也许巴不得当场倒地而死，顺着排水沟滑下去。苏珊越来越感到羞愧，自惭形秽。她恨自己，恨一切，她在逃跑，她想要逃避一切，摆脱一切。要摆脱掉嘉尔曼借给她的这条上面全是蓝色大花的裙子，这条中心旅店式的裙子太短，太紧。要摆脱掉这顶草帽，这里没有人戴这样的帽子。要摆脱掉这些头发，这里没有人梳成这样。但是，这都没什么。是她，是从头到脚都让人蔑视的她。是因为她的眼睛，那么把眼睛扔到哪里去？是因为她笨重的双臂，就像是垃圾；是因为这颗心，就像一头无耻的畜生；是因为那无能的双腿。她竟然还带着这样一个手提包，是母亲的旧手提包，啊，我的母亲，这个坏女人！让她去死吧！苏珊因为手提包里的东西直想把它扔到排水沟里去……可是，不能把手提包扔进排水沟。不然，所有的人都会跑过来，把她团团围住。也好。那么，她也许可以躺在排水沟里，手提包放在身旁，慢慢地死去，那么，他们也许就不得不停止耻笑。

约瑟夫。那时候，他仍然每天晚上都回旅店。上城区并不大。如果不是在上城区，那么约瑟夫会在哪儿呢？苏珊开始在人群中寻找约瑟夫。她汗流满面。她摘掉帽子，和手提包一起拿在手中。她没有找到约瑟夫，但是，突然见到有一个电影院的入口处，一家可以躲藏起来的电影院。还没有开始放映影片。约瑟夫不在电影院里。没有人在那儿，连若先生也没在那儿。

钢琴声开始响了起来。灯灭了。苏珊感到，从此不会被人看见，自己是无懈可击的了，她开始幸福地哭了。下午黑暗的电影厅好比沙漠中的一片绿洲，是孤独的人的黑夜，是人为的、民主的黑夜，电影院里一视同仁的黑夜要比真正的黑夜更加真实，比所有真正的黑夜更加令人高兴，让人感到宽慰，这一被选择的黑夜，向所有的人敞开，奉献给所有的人，比所有的慈善团体和所有的教堂都更加宽厚仁慈，更加乐善不倦，这黑夜让人不再为所蒙受的耻辱而痛苦，所有的绝望都荡然无存，整个青春时代的丑陋的污垢都被涤荡一空。

银幕上是个美丽的年轻女子。她身着宫廷服装。人们不可能把她想象成另外一个人，人们不可能把她想象成与她已经有的和别人所瞧见的不同的另一种模样。男人们为她失魂落魄，纷纷拜倒在她脚下，她在那些牺牲品中间行进，影片的近景是那些拜倒在她石榴裙下的牺牲品，而她则已经远去，自由自在，如同一艘远驶的航船，她的表情越来越冷漠，她绝美的容貌总是在被毫无瑕疵的摄影机抓拍住。就这样，痛苦的那一天来临了，她不再爱任何人。当然，她有许多钱。她四处遨游。正是在威尼斯的狂欢节上，爱情在等待她。那个人很英俊。他有着忧郁的眼神，黑黑的头发，戴着金色假发，气质十分高贵。在他们之间什么都还没有发生时，观众就知道事情成了，就是他。正是这个太妙了，观众比她先知道这一点，真想告诉她。这时，风狂雨骤，雷电交加，天空阴沉沉的。经过种种曲折和拖延，通过必要的手段，在微弱的路灯灯光下，他们俩的身影映现在两根大理石柱子之间，这灯光显然是说明这一切的习惯手法，他们紧紧拥抱在一起。他说，我爱您。她回答，我也爱您。因等待而阴沉下来的天空豁然清亮。这亲吻如雷鸣电闪。影院和银幕完全浑然一体。观众都恨不得身入其境。啊！人人都想要亲历其境。他们的身体缠绕在一起。他们的嘴唇渐渐靠近，缓慢得就像一场梦魇。当他们的嘴唇即将相触时，他们却身首分离。于是，在他们被砍下的脑袋上，人们看见了不可能看到的情景，他们的嘴唇相对，微微张开，还在一点点张开，这时，脑袋不可避免地突然松弛，他们的颌骨犹如垂危之人那样松开了，他们的嘴唇像章鱼一样，缠绵在一起，难解难分，相互挤压，在如饥似渴的狂热中，试图使自己消融掉，直至同对方完全融为一体。这是荒谬的、不合情理的理想，人体器官的形态显然不适合这一理想。然而，观众们也许只看到为此所做的尝试，其失败他们并不知晓。因为银幕这时被照亮了，变成如裹尸布那般的白布一块。

　　天色还早。苏珊一走出电影院，便上了上城区的主干道。在影片放映时，暮色已渐渐降临，这就仿佛是影院里的黑暗在继续，影片中那爱情之夜在继续。苏珊感到平静而安心。她重新开始寻找约瑟夫，不过是为了与刚才不同的理由，因为她不能下决心回去。而且，也因为她还从未如此渴望见到约瑟夫。

　　在她走出电影院半小时后，她遇见了约瑟夫。她发现那辆B12正在自己走的大道上驶来，向码头方向去。车开得很慢。苏珊站在人行道上，等着车驶近身旁时再叫唤约瑟夫。

　　约瑟夫身旁挤坐着两名女子。紧挨他的那名女子搂抱着他。约瑟夫的神情怪怪的。他好像醉意浓浓，美滋滋的。

就在 B12 即将与她交错而过时，苏珊猛然冲向人行道边缘，高声喊道："约瑟夫！"约瑟夫没有听见。他正在同搂住他的那个女人说话。

　　不过，此时街道堵塞，约瑟夫的车开得非常慢。

　　"约瑟夫！"苏珊又喊了一声。好几个行人停住了脚步。苏珊沿着人行道奔跑，想要跟上约瑟夫的车。但是，约瑟夫没有听见她的喊声，也没有看见她。于是，接连喊了两次以后，苏珊开始不停地高声叫喊："约瑟夫！约瑟夫！"

　　"要是他下一次还是听不见我的叫声，我就扑到车下，非要他停下车不可。"

　　约瑟夫停下车。苏珊也停住脚步，向他莞尔而笑。苏珊仿佛与他阔别已久不期而遇那样，感到惊讶而高兴，仿佛某种从童年起就有的东西又回来了。约瑟夫把车停靠在人行道旁。B12 没有变，还是老样子。仍旧是那一样的用铁丝拴住的车门，还是那车顶篷的无遮盖的生锈框架，车顶篷是在某天被狂怒中的约瑟夫扯掉了。

　　"你在这儿干什么？"约瑟夫问道。

　　"我在散步。"

　　"妈的，你穿得真滑稽。"

　　"是嘉尔曼借给我这条裙子。"

　　"你在这儿干什么？"约瑟夫又问道。

　　其中一名女子问了约瑟夫什么，约瑟夫说道：

　　"这是我妹妹。"

　　第二名女子问这第一名女子道：

　　"这是谁呀？"

　　"是他妹妹。"第一名女子说道。

　　她们俩都带着有点腼腆的得意神情向苏珊微笑。她们俩都浓妆艳抹，身穿紧身连衣裙，一个穿绿色，另一个蓝色。那个搂住约瑟夫的女子是其中最年轻的。她微笑时，能瞧见她一边缺了一颗牙齿。她们俩想必都是来自港口的妓院，约瑟夫大概不知道是在哪儿捡来的，也许是在某个电影院前面。

约瑟夫待在车里，显得烦恼不安。苏珊正等着他提议让自己上车。但是，约瑟夫显然并不打算这么做。

"妈妈呢？"约瑟夫还在没话找话问，"你怎么一个人呢？"

"我不知道。"苏珊说道。

"那个钻呢？"约瑟夫又问道，他立刻就用上了他的新词汇。

"没卖掉。"苏珊随即答道。

苏珊倚着车，站在约瑟夫的身旁。她不敢登上车。约瑟夫对此心里明白，他显得越来越心烦意乱。那两个女人看来没有觉察到正在发生的事。

"那么，再见。"约瑟夫终于说了出来。

苏珊猛然从车门那儿缩回胳膊。

"再见。"

约瑟夫尴尬地瞧着苏珊。他迟疑不决。

"你这样去哪儿呢？……"

"我才不在乎去哪儿，"苏珊说，"我去我想去的地方。"

约瑟夫又犹豫了。苏珊已经走远。

"苏珊！"约瑟夫无力地叫喊道。

苏珊没有回答。约瑟夫慢慢地发动了车，没有再叫唤她。

苏珊走上大道，一直走到教堂广场。她恨约瑟夫。现在，她再也不在意一路上投来的所有目光，也许由于天色已黑，别人也不那么注意她了。要是母亲能路过这里就好了。但是，这是毫无指望的事。母亲从来都不路过此地，因为这是个散步的地方；她正带着她那"癞蛤蟆"，那枚钻戒，在城里四处奔波。然后，她寻找若先生，她要把若先生找出来。这类似一个没有自知之明、滥献殷勤的老女人，已经迷失在城里。从前，她在银行间奔走，现在是在钻石商店奔波。它们会把她吃掉的。很久以来，见到她精疲力竭回到家后，大多数时间就是什么也不吃，哭泣着躺倒在床上，大家都以为她这条命一定会送在银行里或者钻石商店里。然而，她还是从中解脱，而且，总是故态复萌，再次放任自已于这种恶习，如她所说的，去乞求不可能的事，乞求她的"权利"。

苏珊坐在广场中心小花园的长椅上，这小花园靠近教堂。苏珊不想马上回去。母亲也许又会大骂，要么骂约瑟夫，要么骂她。很快，约瑟夫的事就要结束了，他就要走了。这有点像是约瑟夫的垂危挣扎，他很快就会迷失在平庸之中，迷失在可怕而粗俗的情欲之中。不再有约瑟夫了。他空谈妄论，他再也不会长久地负责照料母亲，他已经准备好谋杀了。这是个惯于撒谎的人。世上有许多骗子。其中，嘉尔曼尤其是个骗子。

当初，约瑟夫是在电影院里与她萍水相逢的。她正一支接一支地抽烟，因为，她没有火，约瑟夫就给了她火。于是，她每次都给约瑟夫一支烟。他也一样，不停地抽烟。这可是些很好很贵的烟，是最贵的烟，大概是著名的三五牌。他们一起走出电影院，从那时起，他们就亲密无间了。至少，这是嘉尔曼说的有关约瑟夫的故事的简要。

"他那时竟落到那个地步，几支烟就足够了。"她补充道。

她声称在上城区与约瑟夫邂逅相遇后，约瑟夫就把自己的一切都告诉了她。不过，跟嘉尔曼这种人说话，怎么知道她说的是否是真话呢？她有她的情报来源，她的网络。甚至，她大概知道约瑟夫现在在哪儿，但是她非常注意保密。已经有八天八夜了，约瑟夫一直没有在中心旅店露面。

母亲几乎不再跑钻石商店和首饰店。她现在只指望旅店的顾客，指望嘉尔曼。时而，她蓦然跳起来，还去某家她曾经漏掉的钻石商店，不过，她不再整天在全城奔波了。她甚至也不再寻找若先生。她已经费尽心机四处找他，她为此感到厌倦，就像厌倦了一个情人一样。她说一旦约瑟夫回来，她就回到她曾见过的第一家钻石商那儿，那位钻石商曾出价一万一千法郎买这枚带"蛤蟆斑"的钻戒，然后，她就动身返回平原。现在，她的极大部分时间用来等待约瑟夫回来。她已经支付了房租和伙食费，付到约瑟夫走掉的那一天为止。之后，她决定不再付钱。她对嘉尔曼说自己已囊空如洗。

她怀疑嘉尔曼肯定知道约瑟夫的去向，只不过她秘而不宣，因此心照不宣地同意母亲在约瑟夫声色犬马、逍遥快乐期间，不用支付食宿费用，是她让约瑟夫外出去随心所欲地寻欢作乐。然而，母亲一天只吃一顿，不知道是因为放心不下，还是天真地试图通过这样的要挟来打动嘉尔曼。苏珊，她则和嘉尔曼同桌用餐，在嘉尔曼的卧室里睡觉。她只是在晚餐时才见到母亲。整个白天，母亲都在睡觉。她吃了药，然后就倒头大睡。在她一生中艰难时期，她总是像这样大睡。两年前，当堤坝崩塌时，她连续睡了四十八个小时。她的儿女已经习惯于她的行为方式，对此并不过分担忧。

自从第一次在上城区散步以后，苏珊也不再对嘉尔曼唯命是听。她之所以每天下午仍然去上城区，是为了直接到电影院去。通常，她上午待在旅店的办公室里，有时，她替代嘉尔曼。中心旅店有六间称作"已预订"的房间，需要挺大的工作量。大部分时间里，这些房间是按小时出租给海军军官和新到的妓女。嘉尔曼已经得到为此而设的适用的许可证。这是她经营的最大盈利。但是，她声称，她不是为了赚钱才申请这许可证，而是出于某种真正的爱好。她自称，在一个名声很好的旅店里，她会感到无聊的。

有时，那些妓女会待上一个月，等待命运有所变化。她们在旅店受到无懈可击的待遇。有时，其中某些妓女，一般是最年轻的，跟她们邂逅相遇的狩猎者或种植园主走了，但是，她们中很少人能习惯高原或偏僻荒凉地区的生活，于是，几个月后，她们又返回来，又回到妓院。除了直接从首都来的新入行的烟花女以外，还有其他从上海、新加坡、马尼拉、香港来的妓女。这些都是闯荡江湖、四处漂泊的卖笑女子。她们有规律地到太平洋各港口做生意，在每个港口停留时间不会超过半年。这些女子是世上烟瘾最大的鸦片烟鬼，是太平洋上所有船员的性启蒙者。

"她们都是些流浪者，"嘉尔曼说，"不过，我更喜欢这些人。"

她不多作解释。她说她喜欢妓女，她自己就是妓女的女儿，但并不仅仅因为这个原因，而是因为在殖民地这个大妓院里，这还是更善良、更正当的东西，而更少些卑鄙和下流。

显然，嘉尔曼对来的每一个妓女推销这枚钻戒。在每一个预订的房间里，她都放了悬挂在办公室的那块牌子的复制品。她甚至还给她们解释母亲的情况。

"怎么！人家可不是把钻戒送给她的。"嘉尔曼苦涩地说道。

母亲正感受着这种苦涩。然而，旅店成了唯一一个有可能把钻戒按照母亲开的价格卖掉的地方。嘉尔曼说，旅店里没有放大镜，别人不会识破钻石上的那块"蛤蟆斑"。在她心中，卖掉钻戒成了一件时刻关注的大事，只不过没有像母亲那样魂牵梦萦。再说，嘉尔曼不会让自己被任何事情烦扰的。唯一真正困扰她的，是需要新的男人，这就使她经常放下一切出门揽客。通常在有船舶到来的时候，就把她忙坏了。晚饭后，她穿上盛装，涂脂抹粉，沿着河边匆匆向港口走去。有一天晚上，她回来时，在一阵柔情蜜意的冲动中，竟然对苏珊说道：

"你想想看，在外面，他们很棒的。不应该把男人关在家里。在街上，他们表现最好。"

"怎么，在街上？"苏珊感到困惑不解。

嘉尔曼笑了起来。

苏珊不在嘉尔曼的办公室的时候，就在上城区的电影院里。早餐后，她离开旅店，直奔第一家电影院，然后第二家电影院。城里共有五家电影院，上映的影片常常变换。嘉尔曼知道苏珊爱看电影，因此就给她钱，让她去电影院看得高兴。嘉尔曼微笑着说，自己出门沿河揽客和苏珊出门看电影，两者之间没有太大的区别。她说，在真正做爱之前，人们先从电影学着做。电影的最大功绩就是使少女少男产生爱的欲望，使他们急切地逃离家庭的束缚。首先应该摆脱家庭，如果这确实是一个家的话。显然，苏珊并不十分明白嘉尔曼的教诲，不过，见她如此关心自己倒也颇感自豪。

每天晚上一回来，苏珊就向嘉尔曼探问约瑟夫的消息和钻戒的情况。约瑟夫没有回来。钻戒没有卖掉。若先生再也没有出现。但主要是约瑟夫没有回来。随着时日一天天地过去，苏珊明白，她在约瑟夫的生活里变得越来越不重要了，也许在某些时刻，不比她根本不存在更重要。他也许永远不会回来了，这也不是不可能。母亲的命运并不构成真正的问题，就像嘉尔曼说的。如果约瑟夫回来，母亲会继续活下去，如果他一去不归，母亲就会命赴阴曹。这比起约瑟夫身上发生的事，比起嘉尔曼身上很久以来的遭遇，也许不是那么重要，可是，这似乎已经给苏珊留下了永久的伤痕，这一切在某一天也许会降临在她身上。现在，这已经在威胁着她。从每一个街角，从每一个拐角，从每一个小时，从每一部影片里的每一个画面，从每一个看见的男人的面孔，她已经可以说，它们都在把她拉向嘉尔曼和约瑟夫。

母亲从不问她如何安排时间。只有嘉尔曼关心她。嘉尔曼没什么事情忙的时候，常常要苏珊给她讲述看过的电影，然后又给她第二天要花的钱。嘉尔曼为苏珊感到担忧，约瑟夫失踪的时间越长，她就越是不安。有时，她甚至感到内心纷扰。苏珊会变得怎么样呢？她反复地说，苏珊必须明白，应该离开母亲，尤其是在约瑟夫不回来的情况下，更应如此。

"她的不幸，最终，就像咒文一样，"嘉尔曼一再说，"必须忘记这些不幸，就像忘记一段咒文一样。我看只有她的死或者一个男人才可能使你忘掉她。"

苏珊发现嘉尔曼的固执有点简单。她向嘉尔曼隐瞒了自己不再去上城区散步的事。她没有给嘉尔曼讲述第一次散步的情况，并不是她早已决定对此保持沉默，而是因为她没想到要说。事实上，那次散步并没有发生任何事给她留下深刻的印象，苏珊还想象不到除了把具体事件当作私房话，还能讲些别的什么。其余的事都是不光彩的，或者是太珍贵，不管怎样，都是不能说出来的。她任凭一无所知的嘉尔曼唠叨，嘉尔曼根本还不知道她唯一敢面对的人是银幕上那些令人惊叹、令人放心的人。

当苏珊一回来，嘉尔曼就把她拽进自己的房间细细盘问。嘉尔曼的房间是她生存中的弱点。她曾经抵御了生活中大小许许多多事情，但是，对于铺着手工绘制坐垫的摇摇晃晃的沙发的魅力，对于挂在墙上绘有古代舞会上的哑剧丑角和意大利喜剧的小丑的挂毯，对于那些假花，她却抵抗不了它们的诱惑。苏珊在这个房间里觉得有点憋气。然而，还是宁可睡在这里也不愿睡在母亲的房间里。苏珊知道，就是在这个房间里，约瑟夫与嘉尔曼同床共枕。每次，嘉尔曼在她面前更衣时，她就会想到这一点。而且，每次都会有差别，倒不是嘉尔曼，而是约瑟夫。嘉尔曼是个细高挑儿，腹部扁平，小小的乳房有点下垂，然而，她的双腿则美得令人惊叹。每天晚上，苏珊都仔细打量她，而每天晚上，她同约瑟夫的区别就越发突出。苏珊只有一次在嘉尔曼面前脱过衣服。嘉尔曼把她抱住说："你就像一颗杏仁。"然后，她默默地抹去一滴眼泪。就在这一天的晚上，她请求苏珊把遇到的第一个男人带回来给她。苏珊一口应承。但是，后来她再也不在嘉尔曼面前更衣了。

晚餐时间到了，苏珊去母亲房间叫她。总是老样子。母亲躺在床上等候着约瑟夫。她总是呆在黑暗中，因为她甚至连点灯的愿望都没有。在她身边的床头柜上，一只倒扣的玻璃杯罩住那枚钻戒。母亲醒来时，总是憎恶地瞅着戒指。她说，这"癞蛤蟆"让她直想死。她又补充说，真是倒霉，简直是无法想象。有时，当她吃了太多的那些镇静药，就会尿床。于是，苏珊走到窗户前，免得看见这种情景。

"怎么样？"母亲问道。

"我没有看见他。"苏珊说道。

母亲开始哭泣。她又要吃药丸。苏珊把药给了她，又走回窗户那儿。然后，把嘉尔曼说的话反复地跟母亲说。

"这是早晚要发生的事。"

母亲说她明白这一点，但是，如此突然地失去约瑟夫还是很可怕的。她以同样的语气谈起了约瑟夫，谈起了钻戒，当她还在寻找若先生的时候，也是用这种语气谈起他。有时候，当她说"要是他又回来就好了"，别人不知道她指的是约瑟夫还是若先生。

由于药丸的作用，母亲摇摇晃晃地站了起来。必须等她穿好衣服去用晚餐。等的时间很长。苏珊靠窗而坐。有轨电车那低沉的声音一直传入房中。但是，苏珊从这里看到的城市，是一条被从太平洋铺天盖地驶来的帆船和港口的拖轮遮盖了一半的大河。嘉尔曼为苏珊担心是不必要的。苏珊已经看了那么多的电影，那么多相爱的人儿，那么多的离去，那么多的搂抱，那么多最后的拥吻，那么多的答案，那么多那么多的事，那么多命中注定的事情，那么多残酷的，当然也是不可避免的、致命的抛弃，苏珊可能已经做出了决定，就是要离开母亲。

苏珊唯一的一次与男人结交，应该是在中心旅店，那个人是加尔各答某家棉纱厂的推销员。

他是路过殖民地的，八天后将乘船去印度。他每回出门巡游都要两年之久，而且，每回只经过这个殖民地一次。每次路过，他都想要物色个法国女人做妻子，他要一个很年轻的，如果可能的话，要是个处女，但是，他从来都没有遂愿。

"有个家伙也许能行。"嘉尔曼对苏珊说，"如果约瑟夫再也不回来的话，你至少可以有个出路。"

巴尔奈是个四十来岁的男子，个子高高的，花白头发，身着粗花呢西服，说话时沉着冷静，很少面露微笑，在生活中，他确实是仪表堂堂，一表人才。十五年来，他逍遥自在地参观了全世界所有的大织造厂，在各处吹嘘他的棉纱有着上好的质量。再说，他多次游历世界，对世界有着自己独特的看法，那就是，这个世界吸收加尔各答 G.M.B.工厂的棉纱的容量以公里计。

嘉尔曼同他谈起了苏珊，当天，他就想结识苏珊。他心情急切。那天，等母亲上了床后，很晚了，在嘉尔曼的房间里，他们互相做了介绍。跟往常所做的一样，苏珊顺从了嘉尔曼的愿望。介绍后，巴尔奈就谈起了他的本行，谈起全世界的棉纱交易，谈起棉纱消费的好势头。这些是那天晚上的全部内容。翌日，他通过嘉尔曼邀请苏珊同他一起出去，他说，是为了彼此有更加全面的了解。苏珊晚餐后前去与他碰头。

他们坐上巴尔奈的车，一起去看电影。那是一辆奇特的车，而巴尔奈为之十分自豪。他们一到电影院前，巴尔奈就站在苏珊面前，详详细细地向她论证自己对汽车做的奇妙的改进。这是一辆双座轿车，漆成了红色，后座已经被改装成一种容纳多个抽屉的大箱子，巴尔奈把他的棉纱样品放在这些抽屉里。抽屉有黄色的、蓝色的、绿色的等等，与里面放的棉纱的颜色一致。有三十来个抽屉都朝箱子的尾部开启，只要从里面用钥匙转一圈，抽屉便可自动开关。巴尔奈解释说，这辆车是世上绝无仅有的，是他，只是他一人想到把车改装成这样。他又说，这还没有达到他想要的完美的程度：有时，顾客仔细看过棉纱样品后弄错抽屉，没有放进相符颜色的抽屉里。这就是一个严重的弊病，但他会设法补救。他已经知道该怎么做：用一根扁平的绳子把线轴固定在抽屉底，只有他一人知道如何取下。他说，他一直在努力完善他的这些抽屉，这一切都不是一蹴而就的。任何事都不是信手拈来的，他神态狡诈地这么归纳。有二十来人聚集在小轿车周围，而巴尔奈则在高谈阔论，让大家享用他的说明。

看着这辆车，听着他夸夸其谈，没有什么可以怀疑的了。还是倒霉。剩下来要做的事情就是把那"癞蛤蟆"塞给他。苏珊非常想念约瑟夫。

看完电影，他们去城外的一家泳池舞厅跳舞。巴尔奈毫不犹豫地去往那里，显然，他每到殖民地逗留期间都是这样打发时光，而且，每次都带一名中心旅店新来的女职员。

那家舞厅是一座坐落在树林中，被漆成绿色的吊脚楼。树木高处，威尼斯灯笼[1]在摇曳，把那儿照耀得如同白昼。沿着吊脚楼是那著名的游泳池，就是靠了它，才造就了舞厅的名气。那是岩石堆

---

[1] 节日期间用的半透明的彩色纸灯笼。

积而成的大水池，水由一条小溪补给，人们在堵住大水池开口的同时，把小溪截流引入。因此，常流常新的池水在池底潺潺而流，澄澈见底。三盏探照灯垂直地照亮了游泳池，游泳池的池底和池壁都还保持着天然本真的状态，上面长满了长长的海草，透过海草，显现出一个橙色和紫色卵石铺就的池底，与盛开的海底花卉交相辉映，鲜艳夺目。池水如此清澈，如此平静，使池底一览无遗，所有精确的细部，最轻微的不同之处全都清清楚楚，犹如被凝固在水晶里。除了探照灯，还有威尼斯灯笼照耀着游泳池，这些灯笼色彩缤纷，摇曳生姿，在这树林泛绿的天空中晃动。宽阔的浅草坪环绕着游泳池，在草坪中央，有一排同样是绿色的更衣室。有时，其中一间更衣室的门打开了，出现一个女子或一个男子的身体，浑身赤条条的，白得惊人，皮肤光润，使树林发亮的影子为之黯然失色。赤裸的身子奔跑着穿过草坪，跳入水池，在周围溅起一束闪耀的水花。然后，水花落下，那身子显现在水里，略带蓝色，如凝脂般滑溜。当那身子在游泳时，舞厅的音乐声骤然而止，灯光也熄灭了。有时，最为大胆的一些人跳入水中，在池底长长的海草间穿行，扰乱了那肃穆的宁静，然后，以一个缓慢、扭动的潜泳动作消失在水中。接着，在一阵颇为壮观的闪亮水泡的旋涡中，那身子又浮现在水面上。

男男女女凭倚在阳台，默默地看着。虽然这样裸泳是允许的，但是，还是很少有人敢这样惹人注目。游泳的人一旦离去，灯光便亮了起来，乐队重新奏起乐曲。

"这是百万富翁的娱乐。"让·巴尔奈说道。

苏珊坐在他对面。他们周围是殖民地所有的大吸血鬼、大米巨头、橡胶巨头、银行巨头、高利贷巨头，他们正坐在那儿，或正在跳舞。

"我不喝酒，"巴尔奈说，"但是，您也许来一杯？"

"我要一杯白兰地。"苏珊说道。

苏珊想惹他讨厌，但她还是朝他微笑。她大概希望同另外一个人在一起，她也许就不必这样强颜欢笑。如今，约瑟夫走了，母亲又那么想死，真的，每一天，越来越感受到这种需要。

"令堂大人身体不舒服吗？"巴尔奈没话找话地问道。

"她在等我哥哥，"苏珊说，"这让她病倒了。"

苏珊相信巴尔奈已经听嘉尔曼说起过。

"我们不知道他在哪儿，想必他遇见了个女人。"

"噢，"巴尔奈愤慨地说，"这不是理由。我永远不会丢下我的母亲不管。我的母亲真是位圣女。"

他母亲的圣洁让人不寒而栗。

"我的母亲并不是。"苏珊说，"如果我处在我哥哥的位置，我也会这样做。"

苏珊让自己镇定下来：是时候了。

"如果您认为您的母亲是位圣女，也许应该向她表明您的这份感情。"

"向她表明？"巴尔奈感到吃惊。"我已经向她表示了。我觉得自己可以说从来没有对她有不敬之处。"

"也许应该最后送她一件漂亮的礼物，以后，您就会心安理得了。"

"我不明白。"巴尔奈说，他始终感到惊讶，"我因为什么而感到更加心安理得呢？"

"如果您送她一枚漂亮的戒指，以后，您就不必再送她什么了。"

"戒指？为什么是一枚戒指呢？"

"我只是举个例子而已。"

"我母亲，"巴尔奈说，"不喜欢首饰。她非常朴实。每年，我在英国南部给她买一小块地，这是最让她高兴的事了。"

"我，我更喜欢钻。"苏珊说，"土地，这常常一钱不值。"

"哦！"巴尔奈说，"哦！这是什么话？"

"这是法国话。"苏珊说，"我想要跳舞。"

巴尔奈邀请苏珊跳舞。他的舞步中规中矩。苏珊的个子比他小许多，跳舞时，眼睛只到他嘴巴高。

"法国女人是最好的也是最坏的。"他一边跳舞一边开始议论。

但是，尽管他的嘴巴与法国女人的眼睛和头发一样高度，他没有一次轻轻触及这些头发。

"如果在她们年轻时娶她们，就可以把她们培养成最忠诚的伴侣，最可靠的合作者。"他继续说道。

他八天后就要走了，这次一去为两年，因此，他心情很急切。他想要的恰恰是一位芳龄十八的年轻姑娘，还没有任何男人碰过，并不是因为他对男人碰过的女子有什么偏见（他说，需要这样的女人），而是因为经验告诉他，纯洁无瑕的少女可以训练得最好、最快。

"我一生都在寻找这十八妙龄的法国少女，这理想的人儿。十八岁是绝妙的年龄。人们可以雕琢她们，把她们造就成可爱的小玩意儿。"

约瑟夫会说："像这样的小玩意儿，我特看不起。年轻姑娘，她们全都让我烦透了。"

"我呢，"苏珊说，"我不如说是属于嘉尔曼那一类的人。"

"哦！"巴尔奈说道。

他大概曾试图跟嘉尔曼睡觉，但是，嘉尔曼对这个猎物并不想要。苏珊还是要设法把钻戒塞给他。

"嘉尔曼一类的，但是在好的一面。"

"您不明白，"巴尔奈说，"我不可能娶一个像嘉尔曼那样的女人。"

　　面对如此的天真，巴尔奈怜悯地笑了。

　　"那要看谁。"苏珊说，"不是所有的人都可能做到。"

　　他们坐车回到旅店门前，巴尔奈就像经常对同类的样品已经说过的那样说道：

　　"您愿意成为我很久以来寻找的那位年轻姑娘吗？"

　　"应该跟我母亲去说，"苏珊说，"而我，我可告诉您，我更确切地说是属于嘉尔曼那类人。"

　　虽然如此，他们还是说定第二天晚饭后，巴尔奈去见母亲。

"我是这家工厂最重要、声誉最好的推销员之一。"

母亲兴趣不大地望着他。

"您走运，成功了。"她说，"并不是所有的人都可以这么说。那么说，您卖棉纱？"

"这看起来很简单，"巴尔奈说，"但是，这是一个至关紧要的行业。世界上消费的棉纱的长度是难以想象的。销售棉纱所得的款项也是难以想象的。"

母亲还是抱着怀疑的态度。显然，她从未想到过人可以靠这样的行业阔绰地生活。巴尔奈同她谈起了自己的财产，他声称自己的财产已然不少。每年，他在英国南部买一块地，他打算退休后在那儿养老。母亲心不在焉地听他说。并不是她不相信巴尔奈的话，而是她看不出在英国南部投资有什么意义。那儿太远了。然而，听到"投资"这个词时，巴尔奈的眼睛里闪过一丝钻石般的亮光，但是转瞬即逝，因此母亲并没有注意到。她神色疲倦，神不守舍。然而，这件事至关重要。这终究是第一次有人向苏珊求婚。很明显，她竭力认真聆听巴尔奈说的话，但实际上，她的思绪业已远去，飘向约瑟夫那儿。

"您很久以来就这么寻找了吗？"她问道。

"已经有几年了。"巴尔奈说，"我想嘉尔曼已经跟您谈起过我。就像法语谚语所说的那样，耐心等，一切成。"

"您法语说得很好。"母亲说道。

苏珊在一旁暗想，就这样，无独有偶。一对蠢货。运气总是不好，和其他事情一样。

"那大概很耗费精力。"母亲说，她沉浸在遐想中，"我已经等待了许多年，但是，我一无所获。然后，我还等，这永远没有个完。"

"我不喜欢这样，"苏珊说，"我不喜欢等。耐心，就像约瑟夫说的，那玩意儿真让我讨厌。"

巴尔奈略为有点受惊。而母亲只注意到约瑟夫这个名字。

"也许他已经死了，"她低声地说，"其实，为什么他不死呢……"

"像这样等待，"苏珊说，"您大概越来越不苛求了吧。"

"相反，越来越挑剔了。"巴尔奈讨好地说道。

"在有轨电车的轮子下。"母亲悄声地说，"我感到他可能已丧身轮下。"

"没这回事，"苏珊说，"我能告诉你的就是他没有死在车轮下。"

巴尔奈停了一会儿，不谈论自己。他并没有因为她们对自己缺乏兴趣而生气。他猜想这与约瑟夫及其出走有关，他面露微笑，表示自己对这类风流韵事颇有些经验。

"要知道，他不仅没有被轧死在车轮下，"苏珊说，"而且，他现在比你快活，你别担心，他比你快活一千倍呢。"

母亲定睛注视着有轨电车的向心线轨道和西大街，犹如她常常从她房间窗户往外望，看约瑟夫的 B12 是否来了。

"这就是人们所说的年轻人离家出走。"巴尔奈终于一字一顿地说，接着，他又带着莫测高深的微笑补充说道，"这样做是有必要的，但是，最好还是摆脱出来。"

巴尔奈手中摆弄着酒杯。他那双纤细、保养得很好的手让人想起若先生的那双手。巴尔奈也戴着一枚戒指，但是没有钻石。只有他姓和名的首字母作为装饰：字母 J 充满柔情地与字母 B 交织在一起。

"约瑟夫决不会这样的。"苏珊断言道。

"关于这一点，"母亲说，"我认为她说得对。"

"生活会使他变得聪明起来。"巴尔奈不无自豪地说道，仿佛他知道生活给予像约瑟夫那样的人什么样的安排。

苏珊想起了若先生那双想触摸她乳房的手。巴尔奈的双手放在我乳房上也将是一样的。是一种类型的手。

"生活什么都不会管。"苏珊说，"约瑟夫也不是个无关紧要的人。"

巴尔奈并没有显得难堪。他按照自己的思路说下去。

"他不是那类会使女人幸福的男人，相信我。"

母亲想起了什么。

"那么，"母亲说，"您想要娶我的女儿？"

母亲朝苏珊转过身去，向她微笑，显得漫不经心而又和蔼可亲。巴尔奈微微有点脸红。

"千真万确。为此，我会感到非常幸运。"

约瑟夫，约瑟夫。如果他在这儿，他就会说她不能跟他睡觉，别嫁给他。嘉尔曼告诉我，为了把我带走，巴尔奈愿出三万法郎，比钻戒还多一万。约瑟夫会说那不是理由。

"您是卖棉纱的？"母亲问道。

巴尔奈感到很吃惊。这已经是第三次说了。

"也就是说，"巴尔奈耐心地解释，"我代表加尔各答一家纱厂。我在世界各地为这家工厂接大量订货单。"

母亲陷入沉思，眼睛不离有轨电车的那条向心线轨道。

"我不知道我是否能把女儿交给您。很奇怪，我居然没有看法。"

"古怪的职业。"苏珊轻声地说。

"大部分时间，"巴尔奈听见了苏珊的话，他对苏珊的"淘气"真的非常在乎，于是接着说，"我是很自由的。我总是同领导层的人打交道。你们知道，到了那个阶段，一切都是在纸上解决的。所以，我有很多属于自己的时间。"

像这样，苏珊思量，我甚至连跟另一个人溜出去的机会也会没有的。像嘉尔曼说的脱身之计，不可能有的。

"您法语说得很好。"母亲又一次语气古怪地说道。

巴尔奈莞尔而笑，感到很高兴。

"她要随着您到处奔波？"母亲接着又问道。

"G.M.B.承担它的代理人和他们的妻子……以及他们子女的旅费。"巴尔奈添油加醋地说道，这是他身上一直存在的年轻人特有的胆大妄为。

人们的确不明白巴尔奈的公司究竟是什么玩意儿。沉默有顷后，母亲突然说话了，这也许是她的想法。

"其实，我既不赞成也不反对。这真是奇怪。"

"常常是这样的，不想的时候，事情就来了。"巴尔奈说道，他轻易就能鼓励别人。

"这不是她想要说的。"苏珊说道。

母亲长长地打了个呵欠，丝毫没有感到不好意思。她要集中那总是在游移的注意力，已经受够了。

"最好我今天夜里好好想想这件事。"她说道。

当只有她们母女俩的时候。

"你认为他怎么样？"母亲问道。

"我宁愿要一个猎人。"苏珊说道。

母亲没有回应。

"我会永远离去。"苏珊说道。

母亲没有留意到问题的这一面。

"永远?"

"三年不回来。"

母亲又沉思起来。

"如果约瑟夫不回来,这也许还更好呢。这真是古怪的职业,但要是约瑟夫不回来呢?"

母亲眼睛盯着敞开的窗户凸现出的那四方形的黑沉沉的天空,但她视而不见。苏珊知道,总是同样的事情。"它还要纠缠着我,"母亲想,"这将永无尽头。"她想的不是那三万法郎,而是她的死。

"约瑟夫会回来的,"苏珊叫喊着说,"他迟早会回来的。"

"那可不一定。"母亲说道。

"可是……我还是宁愿要一个猎人。"

母亲微笑着,突然放松了。她抚摸着女儿的秀发。

"你为什么总是想要一个猎人?"

"我不知道。"

"总之,别担心,一个猎人,你会有的。明天我跟他说。我跟他说你不愿意离开我。"

蓦然间,母亲用一种刚想起被她忘记的主要事情的口吻说道:"那钻戒呢?"

"我试了,"苏珊说,"但跟他坚持下去也毫无用处。"

"都是一个样。"母亲总结性地说道。

自从约瑟夫出走后,母亲第一回早起身。她到巴尔奈的房间去。苏珊永远都不明白她究竟对巴尔奈说了些什么。当天下午,苏珊在办公室又瞧见了巴尔奈,当时她正在替嘉尔曼守柜台。他好像有点恼火，对苏珊说，她母亲已经跟他谈过了。

"我承认我有点沮丧。我寻找了十年。您似乎……"

"什么也不该遗憾。"苏珊说道。

她微微笑着。而他，没有笑。

"关于身为处女这件事，早就结束了。"

"哦！"巴尔奈说，"为什么瞒着？"

"没有人会把这种事情大肆宣扬。"

"这真可怕！"巴尔奈叫了起来。

"就是这么回事。"

绝望中，巴尔奈抬眼望着天空，这时，他眼睛落在嘉尔曼写的牌子上："精美钻戒待售……"

"这……这钻戒是您的？"他声音虚弱地问道。

"当然。"苏珊说道。

"哦！"巴尔奈又叫了起来，他所有的办法都被这伤风败俗的举动断送了。

"您哪，您就好好卖棉纱吧。"苏珊说道。

然而，苏珊还是又一次遇见了若先生。一天下午，当苏珊走出中心旅店时，看见他那辆利穆新车正停在旅店门前。若先生一瞅见苏珊，立刻朝她走来，迈着表面看来挺稳健的步子。

"您好，"他以得意的口气说，"我可把您找到了。"

他也许比平时穿戴得更好，但总是那样丑陋。

"我们来卖您送的戒指，"苏珊说，"它毫无用处。"

"我才不在乎，"若先生强颜欢笑，大大方方地说，"我还是又把您找到了。"

他大概找苏珊找了很久。找了有三天，也许更长时间。这里，在城里，远离约瑟大和母亲的监视，他看上去没有在吊脚楼时那样腼腆。

"您这样是去哪儿啊？"

"我去看电影。我每天都去。"

若先生瞅着她，满腹疑虑。

"就这样，一个人？"他说，"像您这么漂亮的姑娘，就这样，独自一人去电影院？"他以那种习惯性的敏锐又说道。

"漂亮不漂亮，不管怎样，就是这样。"

若先生低垂下眼睛，沉默俄顷，这一次，谨小慎微地开口说道：

"您今天不去好吗？为什么老去看电影呢？这有害无益，而且会使您对生活产生一些不正确的看法。"

苏珊瞧着被擦得锃亮的利穆新车。优秀的司机，身穿白色制服，活像他所驾驶的那辆车的一个零部件。他显得无动于衷，他只注意尽可能表现出毫不在意的样子。但是，他还是可能知道在苏珊和若先生之间曾发生的事情。苏珊试图向他微笑，而他则依然无动于衷，就好像她是朝那辆车在微笑一样。

"至于不正确的看法，就像约瑟夫说的那样，您以后再说吧。至于电影嘛，我可不想按您说的那样不去看。"

他手指上始终戴着那枚大钻戒。这枚钻戒可比另一枚至少大三倍，毫无疑问，是没有蛤蟆斑的。有人可能想这枚钻戒在这儿、戴在这手指上干什么，人们可能思量它的主人本身在这座城市里、在生活中是干什么的。

"我们可以去散散步，"他红着脸说，"我宁愿同您聊聊我们最后一次的见面……您知道吗，我痛苦极了。"

"也许吧，"苏珊说，"但我还是想去电影院。"

若先生从头到脚打量着苏珊。自从他认识苏珊以来，他第一次和她这样相处，除了司机以外，没有旁人在场，他的目光有点像苏珊在浴室里向他袒露身体时那样。苏珊穿过上城区去电影院时已经被男人用这种目光打量过。有一两次，当她回中心旅店时，有几名殖民地士兵前来搭讪。但这想必都是由嘉尔曼的裙子引起的，因为，殖民地士兵只跟妓女搭讪。她因此而考虑也许会同意跟他们走，不过，他们不再同她搭话了。特别是有一次，在电影院里，曾经有一个人，她几乎同意跟他走了。在影片放映时，他们常常默默相视，他们的胳膊肘在椅子扶手上紧紧相靠。他和另一个男人在一起，电影散场出门后，他们俩都消失在人群中了。她又是孑然一人。从这个陌生人的胳膊向她传递过来一种热情，引起她一种莫名的伤感，让她想起了让·阿哥斯迪的亲吻。从那以后，她更加深信只有在电影院里，在电影院那浓重的黑暗中，才能遇见男人们。约瑟夫就是在电影院里遇见了她。也是在电影院里，三年前，在嘉尔曼之后，约瑟夫找到了他的第一个女人，他跟她睡了觉。只有在那儿，在银幕前，这才变得简单。面对同样的画面，与一个陌生人在一起，会使你产生对这个陌生人的欲念。不可能的变成了唾手可得的东西，一切障碍都自行排除，变成虚构的事物。在那儿，人们至少与城市是相等的，然而，在大街上，城市躲避你，人们也躲避城市。

"如果您要去，"若先生说，"我陪您一起去。"

他们坐上莱昂·博来去电影院。司机在门口等候他们。整个影片放映期间，若先生都在注视着苏珊，而苏珊则盯住影片。不过，这并没有比在平原时更令人窘迫。在某种意义上说，比起再一次独自一人，与若先生和他的利穆新车一起，甚至更好。若先生时不时拉苏珊的手，紧紧地握住，俯身亲吻。而这在电影院的黑暗中是可以接受的。

看完电影，若先生请她去上城区一家咖啡馆喝开胃酒。他总是显得很幸福，深思熟虑。他说这说那，无疑把他想要说的事情放到更晚些时候再说。是苏珊对他说起了那枚戒指。

"我们把它卖得很贵，"苏珊说，"比您认为的要贵得多。"

若先生并不在意她说的话。他内心所有与戒指有关的温情已不复存在。

"约瑟夫呢？"他问道。

约瑟夫已经消失十天了。

"他很好。他大概在看电影。走之前，我们要好好享用城市。我们从来没有过这么多钱。母亲还了她一部分债务，她为此很高兴。"

若先生想要知道的则是母亲和约瑟夫是否会重新考虑有关他的决定。

"即使她想再见您，"苏珊说，"您也别同意。她会把您抢劫一空的。咳，她需要的是每天一枚戒指，不能少。现在，她已经对此产生了浓厚的兴趣……"

"我知道，"若先生满脸通红地说，"但是，为了能见到您，我有什么会做不到……"

"每天一枚戒指，不管怎样，您不可能……"

若先生避而不谈这个问题。

"您将变成什么样呢？"若先生问，语气中充满深切的怜悯，"您在平原过的生活真艰难。"

"您不必担心，这长不了。"苏珊说道，一边盯着若先生，而若先生脸又通红起来。

"你们有……你们有安排了？"他深感痛苦地问道。

"也许，"苏珊笑着回答，"我就住在嘉尔曼那里。但是要付给我很高的价钱。总是因为约瑟夫。"

"如果您愿意的话，我再用车陪您回去。"若先生说道，他要结束这样的谈话，他不知道究竟怎么看待这次谈话。

苏珊欣然同意。她登上若先生的车。坐在车里真舒服。若先生向苏珊提议在城里兜一圈。车子在闪闪发亮的城里滑行，满街都是与它相仿的车子。夜幕降临时，小轿车依然在城里行驶，突然，全城都被照亮了，变成一个表面明暗相间的混沌世界，人们轻而易举地进入这个世界，每次，这一片混沌就在小轿车的周围散开，然后，在车子的身后再合拢……这辆轿车自我解析，所有事物随着它前行而确定方向，这也是一部电影。尤其是因为司机毫无目的、没完没了地开着车，因为，在日常生活中，人们通常是不这样做的……

夜色已浓，若先生挨近苏珊，搂抱住她。小轿车一直在城市的明暗相间的混沌中行驶，若先生的手在颤抖。苏珊看不见他的脸。

若先生已经不易觉察地贴在她身上，苏珊随他这样。她已经为这城市的夜色而陶醉。汽车在行驶，这唯一的实实在在的东西，在趾高气扬地行驶着，在它一路的痕迹里，整座城市在无尽无休地衰落、坍塌，尽管城市闪闪发光，杂乱庞杂。有时，若先生的双手碰到苏珊的胸脯。有一次，他说道：

"你的乳房很美。"

话是低声说出来的。但毕竟是说了出来。这是第一次。而且手是直接放在赤裸的乳房上。在这令人恐怖的城市之上，苏珊看到了自己的乳房，她看见自己挺立的乳房比所有竖立在这座城市的东西都高，是它们将制服这城市。她莞尔而笑。然后，她仿佛必须立刻知道似的，狂热地拿起若先生的双手，把它们放在自己的腰上。

"那这个呢？"

"什么？"若先生惊愕地问道。

"我的身材怎么样？"

"很美。"

他非常认真地就近看着苏珊。而她，一边瞧着城市，一边只看着自己。孤单单地注视着她的王国，她的乳房、她的腰肢、她的双腿统治着这王国。

"我爱你。"若先生悄声说道。

在苏珊曾经读过的唯一一本书里，在她后来曾看过的电影里，"我爱你"这几个字只在一对情侣交谈过程中说过，而且只说过一次，这种交谈几乎仅持续几分钟，却了结了几个月的等待，可怕的分离和无穷尽的痛苦。苏珊只在电影里听到人说这句话。很久以来，她都认为说这句话比说完之后委身于人要严重得多，她认为，这句话一生只能说一次，以后就再也不能说了，否则，你就名誉扫地，丢人现眼。但是，现在，她知道自己错了。人们可能在情海欲火中，出于本能说出这句话，甚至会对妓女说。这是男人们有时想说这句话的需要，仅仅是为了立刻感受这句话那消耗体力的力量。然而，为了同样的理由，有时也需要听听这句话。

"我爱你。"若先生重复说道。

他又更加挨近苏珊的脸，猛然间，仿佛挨了一记耳光似的，苏珊感到他的嘴唇凑上自己的嘴唇。苏珊连忙挣脱，叫了起来。若先生想把她抱在怀里。苏珊冲向车门，把门打开。于是，若先生离开了她，对司机说开回旅馆。一路上，他们不再说一个字。当他们到达旅馆时，苏珊下了车，看都不看一眼若先生。

一下车，苏珊只对他说道：

"我不能。不必了，跟您在一起，我永远也不能。"

他默不作答。

就这样，他从苏珊的生活中消失了。但是，没有人知道这些，甚至连嘉尔曼也不知道。除了母亲，不过那也是在很久以后了。

一天下午，嘉尔曼匆匆忙忙走进母亲的房间，向她要钻戒。

　　"是约瑟夫，"嘉尔曼嚷嚷说，"是约瑟夫找到买主了！"

　　母亲像弹簧似的站起身，叫喊说要见约瑟夫。嘉尔曼告诉她约瑟夫并没有到旅店来，但是，他打电话让嘉尔曼立刻到上城区一家咖啡馆会面。最好母亲别陪她去。约瑟夫可能会以为她去催他把她们带回平原。然而，据嘉尔曼所知，显然，约瑟夫还没有决定是否回去。

　　母亲只得作罢，把钻戒交给嘉尔曼；嘉尔曼便赶到一个陌生的约会地方，同约瑟夫会面。

　　当天晚上，苏珊从电影院回来时，发现母亲穿戴齐整，在她房间前的走廊上踱来踱去。她手里拿着一沓一千法郎面值的钞票。

　　"是约瑟夫。"她非常得意地说道。

　　接着，她又低声地补充说道：

　　"两万法郎。正是我要的价。"

　　然后，她立刻又变了语气，怨天尤人起来。她说她在床上呆腻了，她要立刻去银行付她债务的利息，但是，她的钱来得太晚了，现在，银行已经关门，这又是像经常遇到的那样倒霉。嘉尔曼一听见母亲同苏珊说话，就连忙从自己房间里出来。她显得很高兴，拥抱了苏珊。但是没有办法让母亲冷静下来。嘉尔曼建议她快点吃晚饭，晚饭后出去走走。母亲几乎没有吃什么。她不停地说话，或议论约瑟夫的才能，或谈谈自己的计划。晚饭后她跟苏珊和嘉尔曼到上城区的一家咖啡馆，但她不同意去电影院，借口她第二天一早必须去等银行开门。

当她们俩单独相处时，嘉尔曼告诉苏珊，约瑟夫就是把钻戒卖给了他遇见的那个女人。嘉尔曼与他见面的时间很短。他既没有问起母亲也没有问起她，苏珊。他看上去是那么幸福，以至她都没有向他提起母亲的焦躁情绪。她确信不管是谁都会这样做的。任何人都无法打扰约瑟夫激动人心的幸福。他们分手时，约瑟夫告诉她自己很快就会回旅馆，带她们母女俩回平原。但他不知道确切在哪一天。嘉尔曼劝告苏珊不要把这些情况告诉母亲。她说约瑟夫自己都没有把握是否回来。

就这样，母亲至少几个小时内手中握有两万法郎这笔钱。

第二天，母亲跑到银行付了一部分欠债。嘉尔曼曾经劝阻她，但是，她置若罔闻。她说，这是为了再次获得信任，以便今后能再去借贷必要的款项来修筑新的堤坝。这件事一解决，她就依次进行两个步骤的活动。首先是要约银行老板见面，请他给予新的贷款，那些下级职员愿意收下她坚持归还的钱，但是不接受率先表示同意她重新贷款的要求。第二步就是把她在第一个步骤中取得的约会提前，毫无疑问，付清利息以后，旷日持久的等待足以耗费掉卖戒指所得的那微薄的余款。

第二个步骤则最为漫长，而且毫无用处。当母亲明白了这一点时，她就去另一家银行，重新开始她那两个步骤。由于殖民地银行之间坚固的一致利害，这些步骤又一次显得毫无用处。

利息比母亲估计的要高得多。而为实现这些步骤需要奔走的时间也长得多。

几天后，母亲手头只剩很少的钱。于是，她又躺下，服用药丸，整天昏睡。她说，等着约瑟夫。约瑟夫，她所有不幸的起因。

约瑟夫回来了。一天早晨，将近六点钟，他敲响嘉尔曼的门，并立即闯了进去。

"咱们走吧，"他对苏珊说，"快起床。"

苏珊和嘉尔曼跳下床。苏珊穿好衣服跟着约瑟夫。他门也不敲就进了母亲的房间，然后在床前站定。

"如果您想走的话，就马上走。"他说道。

母亲神情迷惘地从床上坐起来。然后，她一言不发地开始低声啜泣。约瑟夫看都不看她一眼。他走到窗前，打开窗户，双臂交叉，双肘支在窗台上，等待着。因为过了几分钟，母亲一动不动，他回过头来说道：

"要么立刻走，要么什么也别想，您该赶紧决定。"

母亲始终不回答，费力地从床上起来。她穿着一件不太干净的旧衬衣，几乎半裸着身子。她穿上连衣裙，梳起发辫，一直在哭泣，然后从床下拖出两只旅行箱。

约瑟夫始终待在窗前，不停地吸着美国烟。他瘦了。苏珊坐在房间中央的一把椅子上，只盯住约瑟夫。约瑟夫一定有好几夜没有睡觉了，他的脸色有点像破晓时分打猎归来那样。他心生愠怒，但不得不振作起精神。肯定不是他独自决定来找她们的。大概有人跟他说了什么，跟他说："还是把她们带走吧，"或者，"还是应该带她们走，我明白这很难，但是，你不能就这样不管她们。"

"苏珊，帮我个忙。"母亲请求道。

"如果我乐意，我会走的。"苏珊说，"我挺喜欢这里，我从来没有在什么地方这么开心过。要是我高兴，我就留在这里。"

　　约瑟夫没有回头。母亲站起身，笨拙地想要给苏珊一个耳光。苏珊并不躲避，她抓住母亲的手，使她根本动弹不得。母亲瞧着苏珊，几乎并不感到惊讶，然后，她甩脱开手，一声不吭，重新开始把那些乱糟糟的衣物放进箱子里。约瑟夫什么也不看，他既不看任何东西，也不看任何人。他继续一支接一支地抽着美国烟。于是，母亲一边收拾行李，一边开始叙述加尔各答那个推销员的故事，他曾经想花三万法郎娶苏珊。

　　"你想想，"她说，"就在三天前，有人向她求婚呢。"

　　约瑟夫听而不闻。

　　"如果我愿意，我就留下。嘉尔曼会收留我的。"苏珊说，"我不需要别人带我走。那种自以为必不可少的人，我才不放在眼里呢，就像他们说的那样。"

　　母亲闻言毫无反应。

　　"一个卖棉纱的商人。"她继续说，"从加尔各答来的。有一个好职位。"

　　"我也一样，可以用不着任何人。"苏珊说道。

　　"我不喜欢这种职业。"母亲说，"像是不受约束，但实际上并非如此。而且，老是卖棉纱想必人会变傻的。"

　　"他根本不在乎你讲的故事。"苏珊说，"你最好还是赶紧吧。"

　　约瑟夫始终不回头。母亲又一次转向苏珊，然后，改变了主意，回到箱子旁。

　　"三万法郎。"她语气不变地继续说，"他要给我三万法郎。三万法郎又算什么？光是那个戒指就值两万法郎。这怎么能比呢。好像人家就是干这个的。"

　　有人敲门。是嘉尔曼。她手托盘子，托盘上有三杯咖啡，一些涂有黄油和果酱的面包片，还有一个用细绳捆扎的小包。

"动身之前，得喝点咖啡。"嘉尔曼说，"我给你们准备了一些三明治。"

嘉尔曼头发蓬乱，身穿睡袍，面含微笑。母亲从手提箱前站起来，也冲着她微笑，双眸还饱含眼泪。嘉尔曼俯下身，拥抱了她，然后，一言不发，踮起脚，悄悄退了出去。

约瑟夫依然不闻不问，好像什么也没有瞧见。苏珊拿起一杯咖啡，开始慢慢地吃嘉尔曼送来的面包片。母亲一口气喝掉自己那杯咖啡，但不吃面包片。喝完咖啡，母亲拿起第三杯咖啡递给约瑟夫。

"给，"她温和地说，"你的咖啡。"

约瑟夫接过咖啡，没有一声道谢，他喝咖啡时，脸上做出一副厌恶相，仿佛咖啡已经变了味。然后，他把空杯子放在椅子上，说道：

"手里没钱就不该在城里卖弄。试都不该试，没钱什么都不行。有人免不了要承担繁重的义务，总是同样的负担。如果不承担起来就寸步难移……"

苏珊简直听不出这是约瑟夫说的话。以前，他说话没有这样的深度，也极少对普遍规律发表见解。他肯定是在鹦鹉学舌，在重复那些曾听别人说过，而且留下深刻印象的话。所以，他回来，是因为他卖掉皮子的钱已挥霍一空，是因为他囊空如洗。并不是有人给他出主意。因此，这与苏珊所想的完全不同。

整个路途中，约瑟夫不言不语。母亲则相反，絮絮叨叨说个没完，大讲特讲她的计划。她说自己从银行取得了可以再次贷款的认真的保证，而且，利息比原来的低。

"我做了一笔好买卖。"她说，"本来要付百分之五的利息，我只要付百分之二。拖欠的利息，我都结清了。这样，我胸怀坦荡。"

约瑟夫把 B12 可能耗费的一切又设法全都还给它。他就像一个犯下了罪孽要逃离城市的杀人犯一样。他不时地停下车，提着水桶到水田汲水，把水倒在水箱里，撒尿，不知因为什么而反感地吐唾沫，想必是因为她们俩都在那儿，然后，又一次上车，对她们视而不见。

"我一向喜欢光明磊落。我总是这样摆脱困境。

"回家真好。现在该做的就是我要取得一次成功的抵押。当然不是以稻田作抵押，而是以高处五公顷土地作抵押。至于房子，咳！早已作抵押了。"

她是说给约瑟夫听的。然而，她平生第一次没有责备约瑟夫。她一次都没有影射她曾在旅馆等了他八天。按她的说法，她的事情进行得十分顺利。

"一下子还清拖欠两年的利息，这就会留下最佳印象。这以后，我也许应该有一次成功的抵押来摆脱麻烦。他们可能会给我那五公顷土地最终特许权，我对此有权，因为这些土地每年都有人耕种。不能用不属于你的土地来要求抵押，这很正常。"

她说话语气轻松，甚至显得愉快。听她说来，像是刚刚做了一笔最成功的交易。

"地籍管理部门那些人很快就会知道，我所有的利息都已付清。我很清楚，要把房子和高处土地的所有权给我，把租借地一分为二，这使他们为难，但是，管他们为难不为难，这是我的权利。你觉得呢，约瑟夫？"

"别打扰他了，"苏珊说，"三百公里之外，也许是你的权利，但是，你决不会有这个权利，同往常一样，你以为你对任何东西都有权利，而实际上，你对什么都没有权利。"

母亲朝她做了个手势，但随即想起来了。往后，这已经毫无用处。她恢复了自制。

"你最好闭嘴，"她说，"你甚至都不知道自己在胡说些什么。如果这是一种权利，那么，我就会有这个权利。有一些因为抵押而倒霉的，那是因为那些人滥用抵押。平原的一半多土地都被抵押了。那些人太不认真：他们先是抵押给银行，然后又抵押给个人。于是，银行就把那些卖了。就像阿哥斯迪家的结果那样……"

整个大白天，母亲都独自一人在唠唠叨叨地说，苏珊和约瑟夫根本就不理会她。只是在他们到了进入专行道的前一站，约瑟夫才开口说话。他下车，检查一下发动机，走到村子里的井边，汲取五桶水备用。然后，他测了燃料，往油箱里添加了一些，测了用油，也添加了一些油。这是必要的，因为在到达平原前，他们不再经过一个村庄，而且要在茂密的森林里行驶两百公里。接着，因为没有什么别的活儿要干了，约瑟夫便坐在踏板上，双手缓缓地、用力地插进头发里，就像人们刚睡醒那样。转瞬间，他的焦虑荡然无存，他好像不再急于动身。苏珊和母亲瞧着他，而他却不看她们。她们猜测他沉浸在新的孤独中，而她们根本不能使他从中解脱。或者，不如说，这甚至不再是孤独。另一个人无须在场，她们就感觉到他是和她在一起。苏珊和母亲只能充当他们怡然自得的见证人，是无能而又有点不知趣的见证人，她们起不到别的作用。约瑟夫的思绪是如此缥缈遥远，同时又是如此具体、确切，因此，尽管他坐在B12的踏板上，但是对她们来说，他就像在睡梦中一般魂不守舍。"只有我死了，他才会看我。"他一早就开始驾驶。现在已经傍晚六点钟。他的眼睛周围抹了一大圈白灰眼眶，使他在她们眼里变得很陌生。他好像已经累得精疲力竭，但是，显得平静、自信、踌躇满志。这一次，他把手久久地捋过头发，揉了揉眼睛，一边伸懒腰，一边打呵欠，总像酣睡初醒一样。

“我饿了。”他说道。

母亲连忙打开嘉尔曼给的那个小包，从里面拿出三份三明治。她递给约瑟夫两份，给苏珊一份。约瑟夫吃了一份，又登上 B12，然后，一边开车，一边狼吞虎咽地几口把另一份吃了。在孩子们吃东西的时候，母亲突然疲惫不堪，昏昏欲睡。直到那时，也许母亲都在怀疑自己竟还有东西喂养他。一个小时以后，当她醒来时，天色已黑。她的思维又回到正常的老路上去。

“也许，”她说，“我不应该那样，把那些拖欠款付清。”

然后，她低声地自言自语道：

“他们把我的一切都拿走了，一切。”

嘉尔曼曾经提醒过她，但是并没有引起她的重视。

“嘉尔曼说得对，我把诚实摆错了地方。对他们来说，我付还给他们的钱是沧海一粟，甚至比这还要微不足道，然而，对于我来说，对于我……我以为付清了欠款以后，他们会借贷给我至少五万法郎。”

见没人理会，她蓦地痛哭流涕。

“我尽其所有全都付了。你们是对的，我是个傻瓜，是个老疯婆子。”

“现在说这些毫无用处，”苏珊说，“你应该在做之前好好想想。”

“当时，我没有把握呀，”母亲哀叹说，“但是，现在，我肯定是这么回事，我只是个老疯婆子。当我一想起约瑟夫那一口坏牙……”

约瑟夫第二次开口，说道：

“你不用为我的牙齿担心。睡吧。”

母亲便又打起瞌睡了。

母亲醒来时，大概已经是凌晨两点。她把身下的一条被子，拉到座位上，然后盖在自己身上。她感到冷。他们正在森林里。B12正常行驶，加速器被踩到底。他们想必已经离康镇不太远了。母亲重又开始唉声叹气地说了起来。

"其实，如果你们那么坚持，我们可以把一切都变卖掉，离开这里。"

"卖什么？"约瑟夫说，"睡吧，这没什么用。"

约瑟夫开始一只手继续握着方向盘开车，另一只手在所有的口袋里翻寻，找到了他要找的东西，掏了出来伸手递给母亲。在车灯的反光下，起先，这东西显得模糊不清，小小的，闪闪发光，然后，突然间，不容置疑、实实在在的。就是那枚钻戒。

"拿着，"约瑟夫说，"拿回去吧。"

母亲发出了惊恐的叫声。

"就是那枚！有'蛤蟆斑'的那枚！"

身心疲惫不堪的母亲瞅着钻戒，并不伸手去拿。

"你也许可以解释一下。"苏珊用不冷不热的语气说道。

约瑟夫拿着钻戒的手一直伸在那头腾空举着，等待母亲拿去。他并不着急。这确实是原来的那枚钻戒，只是没有原先那层薄棉纸包裹。

"有人买了它还给我，"他终于说，声音显得很疲惫，"别追究了。"

母亲伸手，拿了钻戒，放回包里。然后，她又开始悄悄地哭了起来。

"你为什么要哭呢？"苏珊问道。

"又要从头开始，一切都必须从头开始。"

"你不应该抱怨。"苏珊说道。

"我不抱怨，但是，我再也没有精力再一次从头开始。"

母亲一到平原就雇用了下士。至今他已为母亲工作了六年。谁都不知道这个老马来人的年龄，连他自己也搞不清。他认为自己大概有四五十岁，但他不知道确切的数字，因为他一生都在寻找工作，这件事始终纠缠于他，使他忘记计算度过的年头。他所知道的，就是十五年前，他来到平原修路，从此就没有再离开过。

　　这是个高个子男人，瘦瘦的双腿长在一双像球拍似的硕大的脚丫上，这双脚由于一直待在稻田的污泥里，变得扁平，而且脚趾这样劈开，别人也许会希望双脚有一天会把他托在水面上，哎呀！对于下士来说，问题不在于这里。有一天上午，他来到母亲面前，恳求母亲施舍他一碗饭，作为交换，他提议帮母亲运一天树干，把树干从森林运到吊脚楼，当时，他一贫如洗，一筹莫展。从修完路到那天早上，下士在他的妻子和继女的陪同下，就在平原四处搜索，翻寻茅屋底部，村庄周围的垃圾，试图找到一些食物充饥。多年来，他们都睡在邦代村的茅屋下，母亲的租借地属于这个小村庄。下士的妻子年轻时，在平原四处卖淫，为了挣点钱或些许鱼干，对此，下士从来不认为有什么不妥。十五年来，他在平原到处闲荡，再说，他只注意到很少的东西，看不到有什么不妥。除了那长久而强烈的饥饿。

　　他一生的大事就是公路。他是为修筑这条公路而来。别人对他说："你是聋子，你也许应该去修朗镇的公路。"工程一开始，他就参加了。工作包括开垦荒地，填平路面，用碎石铺路，用夯把路基上的土夯实。如果这些活儿不是百分之八十由苦役犯来干，而且在当地辅助警察的监视下，那么，这和别的活儿是一样的；这些辅助警察平时看管殖民地的苦役犯监狱。这些苦役犯，这些罪孽深重的犯人，如同蘑菇一般被白人"发现"，被判为终身监禁。所以，要他们一天工作十六个小时，一个个被链子拴住，四人一行，紧紧挨着。每一行都有一名辅助警察看管，警察们身穿白人发的制服，就是所谓"本地警察治本地人"。与苦役犯一起的有像下士那样招募来的民工。如果说，最初人们还能将苦役犯和民工区分开来，最终，这种区别渐渐地减弱了，区别只是在于苦役犯不能辞退，而民工则可以。苦役犯包吃包住，民工则不是。最后，苦役犯好在没有老婆，而民工却有一大家子要养活，老婆孩子跟着他们住在工地后面的临时帐篷里，女人们总是在生育，总是在挨饿。警察们坚持要民工，是为了可以玩女人，即便在离最前面那些村子好几公里远的森林工作几个月，他们也有女人。此外，女人和男人、孩子一样，也相当快地因患疟疾而死去，这样就使得警察们可以经常地换女人（他们有权分发奎宁，无疑是为了保护他们一天天稳固、一天天富有创造性的权力）。因为，一个民工老婆死了，那么丈夫就立即被辞退。

因此，下士尽管聋得很，却由于他的老婆而没有被解雇，一直在干。而且，也因为，他刚被雇用时，因某种无可指责的狡猾所驱使，他明白为了自己的利益，必须尽可能地与苦役犯融为一体，不知不觉中使那些辅助警察忘记他不确定的民工身份。几个月以后，警察们竟习惯视他为苦役犯，心不在焉地把他和其他的苦役犯拴在一起，就像揍苦役犯一样揍他，他们再也想不起来辞退他，把他当作一个真正的罪大恶极的犯人。在此期间，下士的妻子如同其他民工的妻子一样，不停地生孩子，始终仅仅是警察们的杰作，十六小时在棍棒和烈日下打夯，使苦役犯和民工所有的创造力，甚至最自然的能力都丧失殆尽。她的孩子们中，有一个在饥饿和疟疾中幸存下来，一个女孩，下士照料着这女孩。六年中，下士的妻子在森林里，在雷鸣般的打夯声和斧头声中，在那些警察吼叫声和他们抽打鞭子的劈啪声中，究竟分娩了多少回？连她自己都不大清楚。她知道的就是，她始终不停地怀上警察的孩子，是下士在夜里起床去给死去的婴儿挖小小的坟墓。

下士说，他经受了一个人在不死的情况下所能挨的毒打，但是，不管挨不挨打，筑路期间，他每天都有得吃。公路竣工后，那就是另一回事了。他曾经做过，或者说尝试做过各种活计：捡胡椒，在朗镇港口卸货，伐木，为旅馆揽客等等。他找到的唯一持续时间稍微长点的活儿，那就是通常让孩子们干的活，由于他耳聋，就给他干了。他当过牛倌，尤其是，每年收获季节，他就扮成吓唬乌鸦的稻草人，站在稻田里。他双脚泡在水里，上身光着，饿着肚皮，头顶炎日，多年来，他出神地看着自己可怜的身影倒映在稻秧间，在稻田混浊的水里，而他则在反刍自己长期忍受的饥饿。经历了那么多那么多的苦难，下士过去的心愿只有一个始终还残存，那是他最大的心愿，即成为朗镇和康镇之间客车上的售票员。但是，尽管他无数次试图说服司机，由于耳聋，不能适应这样的工作，他从未被雇用过。不仅没有被雇用过，连试用都没有过，而且他从来也没有登上这些汽车，然而，这些车却是亏了他，才能在公路上行驶。他所知道的，就是这些车在走动，他瞅着它们过往，在一片寂静中，摇摇晃晃，鸣响着喇叭，震耳欲聋地驶过。自从他受雇于母亲后，当约瑟夫要到稍远处购物时，就带上他，开着 B12 去，以便他看管有漏洞的散热器水箱。约瑟夫把他绑在一块挡泥板上，要他拿着水壶，下士就此成了平原上最幸福的人，比他想象的人世间可能有的更加幸福。他从来无法预料这样的兜风，这取决于约瑟夫的诚意，可是，他很快就自己挑起这样的兜风。每当约瑟夫从吊脚楼下把车子开出来，他就去找水壶，登上前面挡泥板，待在缺了车灯的地方，用一根他固定在引擎盖上的绳子把自己绑住。当汽车行驶时，他不停地眨眼，总是这样惊叹不已地望着这条他曾花了六年时间来修筑的公路，这条路正以每小时六十公里的速度展现在眼前。

平时，下士的妻子和女儿春米，做饭，捕鱼，饲养家禽。下士则要帮助母亲发起了的所有创举。他不仅要保证高地那五公顷地的插秧和收割，他还要顺从母亲所有的怪念头，铺路，栽植，移植，修剪，拔除，再栽种她想要的一切植物。夜里，当母亲给地籍管理部门或银行写信，或者她记账的时候，她要求下士待在那儿，坐在她对面，就在餐室的桌子旁，以他一贯的默许支持她。好几次，母亲因为他的耳聋而非常恼火，她曾想解雇他，但却从来没有这么做。母亲说那是因为他的双腿，她不能看着他的双腿，同时解雇他。的确，下士遭受过如此狠毒的殴打，他双腿的皮肤变成了青紫色，而且薄如轻纱。由于他的双腿，不管他做了什么，尽管他每年越来越聋，母亲却一直留着他。

下士是唯一长期留下属于母亲的仆人。他们从城里回来后，母亲告诉他，往后不能再付工资给他，但可以提供饮食。下士决定留下来，而且热情并不因此减退。他明白母亲的苦难，但是，在他自己的苦难和母亲的苦难之间，他无法找到共有的衡量标准。母亲家里毕竟每天有得吃，而且是睡在房子里。他清楚地知道母亲的麻烦事和租借地的故事。当他给香蕉树锄草、松土时，母亲常常一边大声吼叫着，一边向他讲述这些事情。可是，尽管母亲竭力让他明了他本身，这个可怜的下士的命运和朗镇地籍管理部门对平原的操纵之间的关系，但她从来无法治愈他那缺乏理解力的不治之症。他说，他是个不幸的人，因为他是个聋子，是聋子的后代，他不抱怨任何人，除了康镇那些管理员，因为他们伤害了母亲。

他们回来以后，下士几乎再也没什么要做的了。母亲把香蕉树抛在脑后，什么也不再种了。白天大部分时间她都在睡觉。他们仨都变得懒洋洋，有时，他们一直睡到中午。下士耐心地等他们起床，给他们端去米饭和鱼。约瑟夫几乎也不再打猎。不过，有时，他从阳台那儿朝一头迷路而来到森林边的涉禽射击。于是，下士又满怀着希望，跑去为他寻找那头猎物。可是，夜里，约瑟夫不再去打猎了，下士并不知道等待女人能阻止你去狩猎，便暗自寻思，约瑟夫大概得了什么病。然而，因为母亲用剩余的钱给他新买了一匹马，有时，约瑟夫下午重新又跑运输。他干运输是为了能给自己买最贵的美国烟，三五牌香烟。剩下的时间里，约瑟夫就捣鼓若先生的那台留声机。对于英文唱片，他已经改变了看法，除了《拉莫娜》外，他只喜欢这些英文唱片。他睡得很多，或者就躺在床上，一支接着一支地抽烟。他在等那个女人。

　　夜晚，下士又充满了希望。因为，每天夜晚，按照长久以来养成的习惯，母亲都要记账，做各种规划。甚至在申请获得永久租借地之前，她就想要知道，把高地的土地再次抵押出去是否能有足够的贷款来修筑新的堤坝，这一次是"小"堤坝，她也许独自一人来干。下士同她一起熬夜。也就是说，母亲大声地计算着，而下士则总是表示赞同。"尽管他在听我说话，"母亲说，"我依然更加肯定他什么也听不见，但是，现在我就是这样，我有他在身边，就感到高兴。"就在那些夜晚，母亲给地籍管理局写了她最后一封信。她说，这根本无济于事，但是她坚持要最后再写一次。"骂他们一顿，才能使我平静些。"她第一次信守诺言：这是最后一封致康镇地籍管理员的信。新鲜的是，在把信寄出后，她决定播种育苗，只是为了日后给那高地的五公顷地插秧。直到那时，虽然每年都失败，但母亲总是在离海最远的一部分租借地里撒种，她说是为了做试验。甚至两年来，自从堤坝被冲毁后，她一直继续这么做。这几乎完全是徒劳无用的，但她坚持不懈。这一年，她放弃了。她确定这根本无补于事。再说，她再也没钱了。

因此，自从他们在城里小住后，他们打定主意要行事适度，要有理性，他们好像决心要体悟自己完全真实的境遇，不再花功夫老是抱着愚蠢的希望。母亲的希望，她唯一还存有的对租借地的希望，也变得微不足道，而且，近期便见分晓。那就是会接到地籍局管理员的随便什么答复，要是没有，就到康镇，最后一次狠狠地痛骂他们一顿。

"如果我去那儿的话，"母亲说，"我会对他们——细说，我确信能说服他们，至少可以抵押那五公顷土地。"

尽管她最后一封信寄出后，不再给他们写信了，然而，她每天晚上却无休止地记下论据和理由；如果有朝一日得以到康镇去，这些论据和理由想必能说明她申请的原因。有一阵子，母亲隐约希望约瑟夫能把运输活儿所得收入交给自己。她问了他。然而，约瑟夫拒绝了，借口说要是没有钱买三五牌香烟，他会比自己设想的时间更早离开此地。母亲只得作罢。于是，她渐渐开始瞄上若先生的留声机。

"为什么要两台留声机呢？在我们这样的境况，要两台留声机干吗？"

但是，苏珊和约瑟夫都没有提出自己去卖掉留声机。再说，苏珊做不成这样的事情。只有约瑟夫能做。很难弄清楚，母亲说要卖掉留声机是否为了最后一次试试表现自己对约瑟夫的权力，能成功地激怒他，或者，她是否真的有意用卖掉留声机的钱去康镇一个星期，去跟地籍管理员泡一个星期的蘑菇。她渐渐开始谈论这件事，仿佛大家都已经同意出售它，唯一还不确定的事情，就是一致同意把留声机脱手的期限。

"从来都没有想到过，"母亲说，"但是，我们有两台留声机，而约瑟夫甚至连一双合适的拖鞋也没有。"

三天内，母亲开始习惯于指望卖掉留声机来规划未来，就像她曾指望五公顷土地的抵押，指望若先生的钻戒，以及更经常、更持久地指望堤坝那样。

　　"在我们这样的处境，一台留声机都已经是多的了，何况两台，对于这，任何人都不会相信……最要紧的是，我们竟根本没有想到……"

　　不过，母亲很快就不再确切说明她想要用卖留声机的钱做什么。最初，她说是要到康镇去，"给他们点颜色"。但很快，这就过去了。她说留声机很漂亮，同 B12 一样，单留声机就至少值吊脚楼屋顶的一半，或者能在中心旅店住半个月。小住一阵，她可不那么说，这也许会使她再一次卖掉若先生的钻戒。

　　约瑟夫，他对卖掉留声机并没有什么想法，对世上这一方面的无论什么他都是这样。他对卖留声机一事既不赞成也不反对。然而，有一天，也许因为听够了母亲的唠叨，或者不如说，因为他感到百无聊赖，他决定去朗镇卖留声机。午饭时，快吃完的时候，他声称：

　　"我去把留声机卖掉。"

　　母亲没有回答他，但是，她惊恐的目光看着他。他之所以同意卖掉留声机，是因为他可能用不着它了，是因为他的离去已最终临近了。是因为他已经知道动身离开的日子，自他从中心旅店回来以后，他就已经了如指掌。

　　约瑟夫拿起留声机，把它装进袋子，然后把袋子放到小推车上，就朝朗镇方向去了，对于他如何设法卖掉留声机只字不作解释。只有惊愕万状的下士瞧着这稀奇古怪的器具被弄走了，他从未听见过它发出的一丁点儿声响。

　　留声机就这样离开了吊脚楼，并没有引起他们任何一个人表示惋惜的话。约瑟夫晚上带着空袋子回来了，坐下吃饭时，他把一张钞票递给母亲。

"拿着，"约瑟夫说，"我把留声机卖给了巴尔老头那混蛋，它至少值两倍的价钱，但我没别的办法。"

母亲拿了钞票，便走去放在自己的卧室里，然后又回到餐室。接着，她摆上晚餐，一切都如同平时那样，只是母亲什么也不吃。晚餐用毕，母亲宣称道：

"我不去康镇见地籍局那帮狗东西，因为这会跟银行一样，我把钱留着吧。"

"这才再好不过。"约瑟夫非常温和地说。

母亲尽力平心静气地说。她的前额已满是汗珠。

"到康镇去是毫无用处的，"她又说，"我还是把钱留着吧。"

突然，她哭了起来。

"为我自己一个人留着，就这一次，留给我自个儿。"

约瑟夫站起身，立在她面前。

"他妈的，你又要开始了。"他的声音柔和而低沉，好像是在自言自语。仿佛他不可避免的离去的确实性，他的幸福都有 ·种她们不得而知的痛苦且隐秘的一面。也许，他也值得怜悯。母亲对约瑟夫如此温柔的语气显得很吃惊。她望着他，约瑟夫正站在她面前，凝视着她，母亲顿时镇静下来。

"约瑟夫，你为什么要去卖掉那台留声机？"母亲问道。

"因为再没有什么可卖的。要确定再没有任何东西可卖了。要是我可以烧掉吊脚楼就好了，他妈的，我怎么来烧掉它！"

"还有 B12 呢。"苏珊说道。

"可是谁来开呢？"母亲问道。

然而，约瑟夫并不答话。

"总还有那'蛤蟆斑'钻戒可卖。"苏珊突兀地说，"并不是因为我们没有说起它，没什么事要做，总还有这玩意儿可卖。"

从城里回来后，这是他们第一次触及钻戒的话题。母亲停止了哭泣，从上衣里拉出钻戒。自从她回来以后，她就把钻戒穿在细绳上，同储藏室的钥匙一起挂在脖子上。

　　"我都不知道为什么留着它，"她假惺惺地说，"因为它的价值！"

　　"有人会问你为什么把一枚戒指挂在脖子上吧？"约瑟夫问，"你就不能像所有的人那样，戴在手指上，是吗？"

　　"如果那样，我会时时刻刻看见它，"母亲说，"它太让我感到恶心。"

　　"这不是真的。"苏珊说道。

　　蹲在餐室角落里的下士是第一回看见这枚钻戒。显然，他对此根本不知就里，长长地打着呵欠。没有料到，从此，这枚钻戒成了他们唯一的财产。

"当时，我去了电影院，"约瑟夫对苏珊说，"我心想，我去电影院找个女人。我对嘉尔曼腻烦了，跟她睡觉，就有点好像跟一个姐妹睡觉似的，尤其是这一次。有一阵，我已经不大喜欢电影了。我们到城里不久，我就意识到这一点。当我坐在电影院里，我感觉很舒服，但是，要我决定去那儿，我不再像从前那样痛快。好像我总有更好的事情要做。好像我在那儿浪费了我的时间，而我不应该再浪费时间了。但是，因为我不清楚这究竟是件什么事情我应该去做而不是去看电影，所以最终，我总是去电影院。这个，你以后也得告诉她，我并不那么喜欢看电影。也许，最后，连她，我也不那么喜欢了。当我坐在电影厅里，直到最后一分钟，我一直在希望我会找到我应该做的事情，而不是待在那里，希望在影片开映前就会找到。但是并没有找到。灯光熄灭，银幕被照亮了，所有的人都已噤声不语，那时，我就像以前那样，我什么也不再盼望，我感觉良好。我跟你说这一切，是为了在我走之后，你依然记得我，记得我说的话。即使她死了，我也非这么做不可。

　　"我错了。正是在电影院里，我遇见了她。她迟到了，当时灯光已经熄灭了。我希望什么也没有忘记，而且，原原本本全都告诉你，一切，但我不知道我是否能做到。我没有立刻看清她的样子。'瞧，一个女人，坐在我旁边。'像平常一样，这就是我当时心里所想的。她并不是独自一人。有一个男人和她在一起。她在那男人的右边，我则在他的左边。我的左边没有人，我坐在这一排座位最靠边的位置。现在，我已经不大记得清了，在放映新闻片和影片开头的时候，大约有半个小时的时间，我好像根本忘记了她。我忘记在我身边有个女人。我对影片的开头记得很清楚，但后半部分几乎忘得干干净净。我说我当时已经忘记她在身边，也不完全属实。在电影院里，我一向不会忘记坐在我身旁的女人。我也许应该说她并不妨碍我看电影。影片开始放映后多久呢？我跟你说，也许是半个小时。因为我不知道等待着我的是什么，所以，我并没有注意这些细节，而且，我为此感到遗憾，因为自从我们又回到了这鬼地方后，我一直在力图回忆这些细节。但是，无济于事，我无法想起来。

"就这样，这事情开始了。突然，我听见近旁传来一阵又响又均匀的呼吸声。我欠了欠身子，朝我这排那声音传来的地方转过去。是那个和她一起来的男人。他睡着了，脑袋往后靠在椅子上，嘴巴半张着。他睡得就像个困顿不堪的人。她瞧见我在张望，便朝我转过头，莞尔一笑。借助银幕的光线，我看见了她的微笑。'他总是这样。'她几乎挺大声地跟我这么说，声音大到可以把这家伙吵醒。但是，这家伙根本没醒。我问道：'总是这样吗？'她回答道：'总是这样。'她微笑时，我发觉她长得很俏丽，不过她的声音尤其美。当我听见她说'总是这样'时，我立刻就想同她上床。她说这句话，仿佛我就从来没有听见过似的，仿佛在听她说出这句话之前，我从来都不明白它的含义。确切地说，就好像与她对我说'很久以来，我一直在等您'这句话没有什么区别。她和我，我们继续看电影。是我又开始问她：'为什么？''哦，想必是因为他不感兴趣。'我再也不知道跟她说什么了。有一阵，我在搜索枯肠找话说，根本不再看电影了。最终，我厌烦这么绞尽脑汁，于是，我就问我感兴趣的问题：'这家伙是谁呀？'那时，她笑得更加率性，她完全朝我转过身来，我看见了她的嘴，她的牙齿，我心想，等她和那个家伙一起离开电影院时，我就跟着他们。她稍作沉思。也许，她没有把握是否应该回答我，最后，她还是说道：'是我的丈夫。'我说道：'见鬼，这是您的丈夫？'我觉得挺讨厌，她的丈夫，居然在电影院里就这么睡在她身旁。即便她老了，又经历了那么多的不幸，她也绝不会在电影院里睡觉。她并不回答我，她从包里拿出一盒香烟。那是三五牌烟。她递给我一支，然后，问我要火。我立刻可以肯定，她之所以问我要火是为了借火柴的微光看我看得更清楚些。她也一样，她立刻就有同我上床的想法。我不用看她，她一问我要火，我就猜到她比我年纪大得多，是一个不会为自己想同某个家伙睡觉而感到羞耻的女人。蓦然间，她生怕吵醒那个家伙而悄声对我说道：'您也许有火吧？'可在影片开始放映时，她并不介意可能会把他吵醒。我点了一根火柴，向她那儿伸过去。于是，我瞧见了她的手，她的纤细、发亮的手指，涂得红红的指甲。我也瞧见了她的眼睛，她的眼睛并不看自己抽的烟，却盯着我看。她的嘴唇也是涂得红红的，同她的指甲一样的红色。看到她的嘴唇和指甲挨得这么近，使我很震惊。仿佛她的手指和嘴唇都受伤了，我看见的是她的血，有点像是她身体的内部。于是，我非常渴望同她上床，我自忖，散场后，我要驾着 B12 跟着他们，以便得知他们的住处，如果有必要的话，我会守候着她，我会用我在城里逗留期间余下的所有时间来等待她。在火柴的微光下，她的眼睛熠熠生辉，火柴燃烧时，这双眸子一直肆无忌惮地盯着我。'您很年轻。'我说了我的年龄，二十岁。我们开始悄声交谈。她问我干什么谋生。我向她解释我们住在朗镇，因为别人硬塞给我们的一块租借地而处于无法摆脱的困境之中。她丈夫曾去朗镇那儿打过猎，而她却从没去过。她刚来殖民地不久，才两年。我把手放在她的手上，她的手正平放在椅子扶手上。她随我这么做。她丈夫在殖民地住的时间更长，而她只是两年前才来此地同丈夫重聚。起先，我就是把手放在她的手上。来此地之前，她曾在一个英属殖民地待了两年，我记不得是哪个殖民地了。然后，我开始抚摸她那掌心热乎而手背凉凉的手。她在那个殖民地感到非常厌倦，简直厌倦透了。她为什么会厌倦呢？是因为那儿的人品行太坏。我想起了康镇地籍部门的那些管理员，于是，我跟她说所有的殖民者都是垃圾。她微笑着表示赞成我的意见。我再也不看电影了，一心只想着我正握住她的手，她的手在我的手里渐渐变得滚烫。然而，我却记得银幕上一个男人被另一个人打在心口，跌倒在地，而那个打他的男人从影片一开始就在等待这一时刻。我觉得好像认出了这些人，不过，仿佛我早就认识他们似的。我从未有过握住这样一只手的感觉。这只手手指纤细，我用两根手指就可以绕它一周，它柔如无骨，柔软得像鱼鳍。银幕上，一名女子正在痛苦，因为那个男人死了。她俯伏在男人身上唏嘘不已。彼此再也不能交谈。再也没有这个能力。我缓缓地把她的手完全握在我的手里。这只手是那么柔嫩，保养得那么好，使人产生一种毁坏它的欲望。我大概弄痛它了。当我用力太猛地紧握这只手时，她稍作了一下挣扎。她身旁的那个家伙一直在睡。正当影片中那名女子伏在死去的男人身上哭泣时，她非常小声地对我说道：'电影快结束了。'——'怎么啦？'——'您今晚有空吗？'当然，你知道我是否有空。她告诉我只要由她来安排，我只要跟着他们就是。我不知道为什么当时我却一下子泄了气。我害怕即将亮起的灯光，害怕在像我刚才所做的那样在黑暗中抚摸了她的手之后再见她。我寻思着：'我快溜走吧。'你根本无法想象我当时多么害怕。就是这样，害怕灯光，仿佛灯光将使我们离开人世，或者使一切都成为不可能。我甚至以为我已经松开了她的手，我甚至确信这一点，因为她又抓住了我的手。我把我的手放在椅子扶手上，而她的手则放在我的手上面。她抓住了我的手，她试图把它整个儿覆盖住，当然，她没能握住。然而，她的手就好比是把老虎钳，我无法溜走。我心想，她大概习惯于像这样在电影院里找男人，只能任由她摆布。灯光亮了起来。她的手抽了回去，我不敢立即抬眼看她。但是，她却敢，她就这么做了，而我，低垂着双眼，我任她摆布。那个家伙突然睡醒了，那时，我们俩已经站起身来。他比她稍为年长些，衣着考究，身材高大，壮健结实。我发现他长得相貌堂堂。他的态度显得很超脱，而且精神饱满，丝毫没有因为在电影院里睡觉而感到尴尬。你知道，这就是我们瞧见的经过公路的那一类男人，他们坐着极其漂亮的汽车，飞快地驶来，他们预订一座瞭望哨所，在那儿过一夜，正好杀死一只老虎的时间。他们有三十来名跟班似的人在身边，这些跟班都是从城里某家大旅馆打电话到巴尔老爹那儿为他们预先雇好的。我心想，这就是那类男人。'皮埃尔，'那女人说，'这年轻人是朗镇的猎人。你知道朗镇吗？'他思索片刻，'我大概两年前去过。'我如释重负。'皮埃尔，今天晚上，我们可以跟他一起吗？''当然可以。'他们想必还在商量别的事情，但是，因为背对着我在说话，我没能听见。况且，我无意去听他们说话。我们随着人群缓慢地走出电影院。我走在她身后。她的腰板笔挺，也很结实，身材苗条。她的秀发剪得短短的，款式怪怪的，颜色很平常。

"我们在一辆美轮美奂的轿车旁停下，这是一辆德拉奇牌的八汽缸敞篷汽车。那家伙转身向我问道：'您上车吗？'我说我自己有车，我可以跟着他们。他还算客气。他好像觉得我在场是件很自然的事情。而她，当时她不再注意我，仿佛我们向来就认识似的。她对我说：'您的车呢？也许您可以把车留在这里，都上我们的车。'我表示同意。我说我去把车停泊在剧院广场，因为电影散场后，电影院前是禁止泊车的。B12就在离他们的德拉奇几米远的地方。当他看见我朝B12走去，他跟着过来，说道：'见鬼，就这辆车？'他接着又说，到电影院时，他就注意到这辆车了，他从来没有见过这样蹩脚的车。她步履从容地走到我们跟前。'她见过这样的车。'这家伙说道。他们俩都盯着这辆车，他很认真，她则若有所思。他们本可以拿这辆车开开玩笑，的确，他们本可以这样做，因为应该看到它在他们的德拉奇旁边就像个怪物，就像一个破罐头似的。但是，没有，他们没有取笑。我觉得，这家伙在看见这辆车后，甚至变得更加和蔼可亲了。我把车停在剧院广场，回到他们那儿，然后就一起坐上德拉奇走了。

"这时，开始了我这一生中最奇妙的一夜。

"我坐在前排座位，她也要来坐在这儿，坐在我们俩之间。我不知道开往哪儿，也不知道，既然他在一旁，我跟她之间会怎样结束。然而，我就坐在她的身旁，汽车在行驶，这家伙驾车技术特棒。我想只好听之任了。我身着短裤、短袖衬衫，脚蹬一双网球鞋。而他们，他们则穿着整齐、讲究，然而他们好像没有注意到这些，所以我并不感到局促不安。他们瞧见了 B12，这足以使他们明白其他的事，譬如我没有穿西服。这是一些大概能理解这类事情的人。

"就是在一出城那会儿，我开始渴望得到她。那家伙仿佛急于到达那个我始终不知道的地方。他开得更快了。他根本不注意我们。我感觉到她绷紧的身体紧挨着我。她双臂交叉在胸前，一只手臂环抱自己的肩头，另一只手臂则搂住我的肩。劲风吹得裙子紧贴她的身体，我大概能辨别出她乳房的形状，几乎和她裸露时一样清楚。她的确显得很结实。她拥有美丽的乳房，硕大、挺拔。离开城市绚烂的灯光后不久，她就用手按住我的肩头，按得紧紧的。我当时认为自己会这么做，马上就会一下子扑到她身上。车在疾驶，风声大作，一切都似乎易如反掌，有点像在电影里一样。她竭尽全力用手抓住我的胳膊，当她确定我不会这么做的时候，她便把手缩了回去。整个晚上，她都这样做。

"我们在第一家夜总会前停下车。'咱们去喝一杯威士忌。'那家伙说道。我们走进花园尽头的一间小酒吧。已是座无虚席。我以为会在那儿用晚餐。已经十点钟了。'三杯威士忌。'那家伙吩咐道。从他一开始饮酒,随着他渐渐酗饮起来,他越来越不在意我们了。看到他痛饮威士忌,我开始明白了。我们还在喝杯中的酒时,他又为自个儿要了两杯。他一杯接一杯地喝了下去。而我们,连第一杯都还没有喝完呢。他口干舌燥,是三天三夜没有喝水的焦渴的家伙。她见我对此十分惊诧,便对我莞尔一笑。然后,她低声说道:'不要理会他,这是他的乐趣。'那家伙倒是挺可爱的,他甚至都懒得说话,他对一切都毫不在乎,对她,对我,对一切都不在乎,他兴致勃勃地喝着酒。所有的人都在瞅着他怎么喝酒,都情不自禁地看着他。她也一样,大家也在看她。她容貌俏丽,一头秀发被风吹得蓬乱。她的眼睛清朗晶亮,也许是灰色或者是蓝色的,我不知道。她简直像是个盲人,或者不如说,像她这样一双眼睛看不到别人所见的一切,而仅仅只看到一部分。当她眼睛里看的不是我的时候,她就好像什么也没看见。当她看的是我,她的脸顿时容光焕发,然后,几乎立刻就稍微低垂下眼帘,仿佛这令她目眩似的。在离开酒吧,她凝视着我时,我就明白了,今天夜里我一定会同她睡觉,不管发生什么事,不管她跟那家伙一样多么想喝酒。

　　"我们又上路了。我们默然相对,除了她偶尔对他说:'小心这个十字路口',或者,他独自咕哝,发牢骚,因为车辆太多。我们重新穿过城区的一部分,他大发牢骚,就好像他不得不这么做。但我后来才明白个中原因,他完全能够避免这么做。我们到了港口那边的另一家酒吧。他又要了两杯威士忌,而我们,这一次,只要了一杯。但是,这实际上是我喝的第三杯了,我开始有点醉了。她也一样,她大概也有点醉了。她喝得挺高兴。我寻思,她大概每天晚上都这么随他出入所有的酒吧,有时,就跟某个她找到的家伙一起喝酒。走出酒吧的时候，她悄声对我说道：'我们可不能再喝了。只管让他喝去吧。'想必她越来越渴望同我睡觉。当那家伙费劲地登上汽车时，她利用这个时机，俯身向我，亲了我的嘴。于是，我想我会把那家伙扔出去，驾车和她一起远走高飞。我急切地盼着我们能立刻睡在一起。她大概又一次猜到我的想法，她搡了我一下，把我推到车门旁。

"我们又上路了。那家伙开始醉醺醺的，他想必也明白这一点。他开车速度已经不那么快了，不再背靠在车座上，而是身子挺直坐在方向盘前，以便看得更加清楚。我们又一次再穿过城区。我真想问问他，为什么要这样不断地穿过城区，可是，我想他自己也不明白。也许是为了延长路程。也许他不认识别的路，也许他对殖民地只认得市中心及其周围的酒吧。慢慢地，这使我感到不快，尤其是现在，他的确把车开得非常慢。然后，他就这样，问也不问我们是否乐意，随意支配我们，他给我们要了威士忌苏打，仅仅是因为他喜欢喝。我们在第三家酒吧停了下来。这一次，他要了三杯马泰尔酒，又一次不问我们是否想喝。我说：'我可够了，您自己快喝您的马泰尔吧。'我突然产生一个念头，想扑上去揍他一顿。我们离开伊甸影院已经有一个小时了，而我真的看不出这事情将怎么结束。'对不起，'那家伙说，'我也许应该问问您想要喝什么。'他拿过我那杯马泰尔，一饮而尽。我又说道：'可是，我在想，您为什么不在一家酒吧里喝呢？'他说道：'您还是个孩子，您对此一窍不通。'这是他所说的最后一句合乎情理的话。把我那杯喝完以后，他又喝了两杯马泰尔。接着，他的背弯了下来，渐渐倒下。他坐在高脚圆凳上等着。他显得非常称心如意。我请求那女人跟我一起走，别去管他。她说她不能这么做，因为她同这家酒吧的老板不太熟，她不能确定人家第二天早上是否会把他送回家。我一再坚持。她拒不应允。然而，她越来越渴望同我睡觉。现在，这一点如同写在她脸上一样显而易见。她走到他身旁，亲切地摇晃他，提醒他已经快十一点钟了，而我们还没有吃晚饭呢。他从口袋里取出一张钞票，放在柜台上，不等人找零钱便站起身，我们走出了酒吧。

"那时，他开始把车开得很慢很慢。她给他指路，哪儿该拐弯，该走哪条路。我们就像在糖浆里行驶。我，当她给他指路时，我把她的裙子撩起来，开始慢慢地抚摸她全身。她则听之任之。那家伙什么也没瞧见。他正在开车。这太棒了，我就这样抚摸着她，就在他鼻子底下，而他却什么也没有瞧见。即使他瞧见了，我想我会继续抚摸她，因为，要是他说三道四，我就会借此把他扔出车外。我们到了一家夜总会，是一种高高的吊脚楼式的房子，里面可以跳舞、用餐。舞池在一边。另一边有一些隔开的小间，供人用晚餐。他把德拉奇停在吊脚楼下，然后，我们便上楼。她搀扶着他，帮助他拾级而上。他已酩酊大醉。灯光下，她显得形容憔悴、疲惫不堪。而我知道个中缘由，那是因为她很想同我睡觉，是因为我在车上对她所做的举动。我一看到别人用一种古怪的神态瞅着我们，好像在嘲笑他，我便不再想抛开他了。我因为他而对所有的人都不满，除了她。同时，我也腻烦极了，你无法知道我是多么腻烦。她对他那么温柔，而他却慢条斯理、慢慢悠悠，我们离开第三家酒吧已经三刻钟了。整个这段时间里，我都在抚摸她。没完没了。她挑选了一个朝向舞池、正对入口处的小间。他跌坐在圆凳上，因为不用开车，不需要再做什么，甚至不用再走路，而感到如释重负。片刻间，我曾自问，我在这儿，跟这些人在一起干什么，但是我可能已无法离开她。然而，她使我感到恼怒，因为她对他那么温柔，那么有耐心，而他却是那么迟钝，那么慢腾腾的。人们彼此在靠近，仿佛沉浸在这糖浆中，不能自拔。从伊甸影院出来后的两个小时里，我就一直在一条隧道里寻找她，她站在隧道的尽头，用她的双眸、她的乳房、她的嘴巴呼唤我，而我则无法触及到她。奏起了

《拉莫娜》。于是，突然，我想动动，想跳舞。我相信，如果舞池里空寂无人，我也许会随着《拉莫娜》的乐曲独自起舞。直到那时，我以为我根本不会跳舞，突然一下子，我成了一名舞者。也许，我会成功地在钢丝绳上跳舞。我必须跳舞，或者把那家伙甩掉。你知道，在某些情况下，《拉莫娜》要比人们想象的更加优美。我站起身。我邀请最先在那儿见到的女子跳舞。一名娇小漂亮的女子。跳舞时，我是那么渴望着另一个女人，根本感觉不到拥在怀里的小个子女人。我怀抱着这轻如羽毛的女子在独舞。当我回到小间时，我意识到自己已经醉得很厉害。她眼睛睁得大大的，目光炯炯地盯着我。后来，她告诉我：'我瞧见你同另外一个女人在跳舞，我就喊了起来，可是你没有听见。'我明白她很不舒服，也许很不幸，但是，我不知道什么原因。我想是因为他的缘故，我想，也许在我跳舞的时候，他对她说了些什么，责备了她。桌上有三份蛋黄酱煮蛋。那家伙用他的餐叉拿起整整一个，把整个蛋放进嘴里，咀嚼起来。蛋汁从他嘴角流出来，形成一条细流，一直流到他下巴上，然而他并没有觉察。我拿我的那一份，也像他一样，用餐叉叉进整个鸡蛋，也像他一样，我把整个鸡蛋塞进嘴里。她见状笑了起来。那家伙也开怀大笑，看模样就好像我们仨一向都认识似的。那家伙满口含着鸡蛋，慢慢地说道：'我喜欢这家伙。'然后，他要了香槟。从我同那个小个子女人跳舞以后，她好像下决心要做某件事情。香槟端上来时，从她给他倒酒的方式，我便懂得了是什么事。她为他倒了满满一杯酒，手里拿着酒瓶，等他把酒喝掉。他贪婪地喝酒。于是，她给自己倒了一杯，给我也倒了一杯，并给他斟满第二杯。接着，她又一次等着，酒瓶拿在手里，等他干掉第二杯酒。然后，她又给他斟酒，但这一次，只给他一个人了。接连喝了四杯酒。我瞅着她，动弹不得。我明白我们融为一体的时刻即将到来。

"侍者端上来三份炸鳗鱼，上面放有几片柠檬。想必这和蛋黄酱煮蛋一起就是我们的全部晚餐了。时值午夜。大厅里座无虚席，挤满了人，因此只供应饮料。那家伙吃了一半鳗鱼就睡着了。我喝了杯中的酒，再要了她的酒。我把我的那份鱼全吃了，又把她给我的那份也吃了。有生以来，我从来没有如此饥饿，如此干渴，如此渴望一个女人。

"猛然间，她的眼睛睁得大大的，她的双手开始轻微地颤抖。她站起身，在桌子上方探过头来，那家伙的脑袋就搁在桌子上，我们互相拥吻。当她挺直身体时，她的嘴唇发白，而我则觉得在我嘴里有她口红的杏仁香味。她一直在颤抖。而那家伙却一直酣睡不醒。

"我们向对方俯过身，我吻住她的嘴。'别人在看我们呢，'她说道。我可不在乎。

"那家伙醒了。我们可以预料到他什么时候快醒过来。快醒时，他 嘟嘟囔囔，整个身子摇摇晃晃，在他抬起头之前，我们完全有时间分开。'我们在这儿干吗？'她非常轻柔地回答他：'别担心，皮埃尔，你总是操心。'他便又喝酒，然后又睡着了。我们又俯身，在桌子上方，在那闭着眼睛的大脑袋的上方，我们彼此亲吻。也就是说，只要他在睡觉，我们就嘴对嘴地互相亲吻，无法分离。只有我们的嘴碰触在一起，没有任何别的。而她一直在颤抖。甚至含在我嘴里的她的嘴也在发抖。他又醒了：'总而言之，只要有喝的就好。'他说话的声音缓慢，迟滞。她给他倒了香槟。他的确已经烂醉如泥，他睡着时，就好像解除了某种巨大的痛苦而感到宽慰，这种痛苦和他一起沉睡，随着他睁开眼睛而苏醒。我暗想他是否觉察到我们的所作所为。但是，我不大相信，我想他无法承受的就是睡醒过来，让他心里感到难受的就是见到灯光，听见乐队的奏乐声，看见人们在舞池翩翩起舞。时而，他抬起身子，睁开眼睛，仅仅十秒钟，他就轻轻地不知道在骂什么人，然后，又把脑袋搁在桌子上。'皮埃尔，你这样挺好。你还要什么呢？睡吧，别担心。'那时，他也许就微微一笑，说道：'丽娜，你说得对，你真好。'她名叫丽娜，是他告诉我的。她跟他说话时特别温存。现在我了解她，我相信这不仅仅是为了使我们能够放心地拥抱亲吻，也是因为她对他怀有深情厚谊，甚至还有爱。每次当他试图清醒过来时，她就给他的酒杯里斟满香槟。他一饮而尽。香槟酒如同渗入沙子一般进入他的体内。他不是在喝，他是把香槟酒倒进自己身体里。他又睡倒了。她探过身来，我们又拥吻在一起。她不再颤抖。她的头发完全被弄乱了，嘴唇苍白。她的美只对我一个人而言，我吃了她嘴唇上的口红，我弄乱了她的秀发。她心花怒放，欣喜若狂，她手足无措，显得肆无忌惮。那家伙在喃喃抱怨。我们便分开了。那家伙抬起头说道：'我想要的是威士忌。'她回答他的话，我还记得很清楚：'皮埃尔，你总是要求办不到的事。我不知道侍者在哪儿。我得去找找。'那家伙回答道：'丽娜，别麻烦了，我真是个混蛋。'其他人都在看我们。我不觉得有人在笑话我们。和我跳过舞的那个小个子女人坐在我们的邻桌，与她同座的那些人已经停止交谈，只是看着我们。

"那家伙想小便。他费劲地站起身。她挽着他的胳膊，扶着他穿过整个大厅。穿过大厅时，他大声地叫骂：'真是乌七八糟！'声音大得透过乐队奏的音乐都能听到。她俯在他耳旁窃窃私语。无疑是要他安静下来。他们俩不在时，我喝了好几杯香槟，也许是四杯，我记不清了。我如此深深地吻她，我感到非常渴。我那么想要她，想得浑身火烧火燎的。

"正当我独自一人待在那里时，我寻思，我正在永远地变了。我瞧着我的手，我简直认不出来：我长出了和我原有的不同的另外的手，另外的胳膊。真的，我再也认不出自己了。我觉得自己一夜之间变得聪明起来了，我终于懂得了到那时为止我曾注意到却没有真正明白的所有重要的事情。当然，我以前从来没有结识过像他们那样的人，从来都不认识像她或他那样的人。但是，并不完全是因为他们。我知道他们之所以如此自由自在，如此潇洒自如，主要是因为他们有很多钱。不，我的变化并不是因为他们。我想，首先，是因为我还从来没有像这样想要一个女人，其次，因为我喝得不少，我醉了。所有这些我感受到的聪明才智，大概很久以来就已潜伏在我身上。是情欲和酒精把它们诱发出来。是欲望使我对感情满不在乎，甚至把对母亲的感情也不放在眼里，欲望使我懂得再也不必为此而害怕，因为，直到那时，我其实一直以为自己深深地陷于情感的罗网中，并为此感到害怕。是酒精向我阐明这样一个事实：我是一个残酷无情的人。一直以来，我就准备着做一个残酷无情的人，一个有朝一日会离开母亲的人，一个会远离母亲，到某个城市学习生活的人。此前，我为这种念头感到羞愧，然而如今，我明白，这个残酷的人是对的。我记得，我曾想到过，离开母亲，我就是把她丢给康镇的地籍管理员们任意摆布。我想到了康镇的那些地籍员。我心想，总有一天，我必须就近了解他们。有一天，我应该不再会满足于像在平原那样只是了解他们的卑劣行为，而应该深入了解他们的手腕，熟悉这种卑劣手段而不受其害，要心狠手辣以更彻底地灭掉他们。必须返回平原的念头重又出现在脑海里……我记得，为了确定站在这里的就是我，我曾高声立誓，我心想，一切都结束了。我曾想到了你，想到了她，我想，一切都结束了。你也好，她也好，都结束了。我永远也不再可能变成为孩子，即便她死去，我想，即便她死去，我也要走的。

"他们俩回来了。她挽着他的胳膊，而他，因为费力地来回穿过大厅，已是精疲力竭，步履蹒跚。如果真有人嘲笑他或者不管说他什么坏话，那么我就会痛打他一顿。我感觉自己跟他更加亲近了，他酩酊大醉，却依然无拘无束，比起所有在那儿的人，那些没有喝醉的人，我觉得跟他更亲近。所有的人都显得很幸福，除了他。而她，她把他灌醉了，以便我们可以毫无顾忌地拥吻，她如此温情脉脉、如此体贴入微地扶着他，仿佛他是其他人的受害者，是那些没有喝醉酒的人的受害者。当她回到座位时，立刻瞧见酒瓶已经空了，她站起身，去告诉舞厅另一头的侍者再拿瓶酒来。侍者却迟迟未来。她又开始抖动不已。她生怕他酒醒过来。我去找侍者。我仿佛踩在棉花上似的，双腿发软。我拿来了一瓶酩悦牌香槟。现在，我觉得这一时刻快到了。她又给他斟了三杯香槟，他又睡着了，她叫醒他，让他喝酒。这越来越接近了。他喝完酒，就倒在桌子上。我说：'咱们走吧。''如果他过了十分钟还不醒的话，我们就走。'她回答道。于是，我又说：'要是他醒了的话，我就把他扔出去。'不过，他不可能还能醒过来。我想，如果他醒过来的话，我也许会朝他扑过去，这是真的，因为，我们已经为他，为这个妨碍我们的人竭尽所能。当她确定他不会再醒过来时，她便抱住他的肩膀，把他放倒在长凳上，让他伸着身子躺好。然后，她解开他的上衣，拿出他的钱包。接着，她起身喊侍者。侍者不过来。我必须再一次走过去找他。'让他睡吧，'她对侍者说，'等他醒了，您给他叫辆出租车。这是地址，您交给司机。'她把钱和一张名片递给他。侍者拒不收钱，他说必须问过领班，他不知道这位客人是否可以待在这里，睡在长凳上过夜，还有那么多的顾客正在等空桌子。我们根本无法反驳侍者的话，我们不能强迫他答应。必须等他去把领班找来。'已经客满了，'领班来后说，'不能为他一个人留这张桌子。'我想她快要哭了。而我，我觉得领班已经被我拽在手里，他的脖子，我觉得他的脖子已经被掐在我的手指间。她从钱包里抽出不少钱，说道：'我付钱，把这张桌子包一整夜。'她又往领班手里塞了好几张钞票。他收下了。她最后朝那家伙看了一眼，我们就下楼了。一进停在吊脚楼下的汽车，我就把她推倒在后座上，亲吻她。在我们的头上，乐队仍旧在演奏，听得见跳舞的人的舞步声。后来，我握住德拉奇的方向盘，我们到了她指明的一家旅馆。我们在那儿待了八天。

"一天晚上，她要我告诉她我的身世，我们为什么离开平原。我同她谈到了钻戒这件事。她便叫我立刻去拿钻戒，她要买我的钻戒。等我回到中心旅店来找你们的时候，我发现钻戒却在我的口袋里。"

约瑟夫即将动身。有时，母亲深夜来找苏珊，同她谈这件事。最后，思索再三，她寻思这是否还不失为一个解决办法。

"我不知道该怎样阻止他走，"母亲说，"我想我没有这个权利，因为，我看不出，除此以外，他怎样摆脱这一切。"

她只在夜里触及这个问题，而且只同苏珊谈。与下士一起算了几个小时的账之后，她觉得自己有勇气谈谈约瑟夫。白天，她也许还抱有幻想，然而夜阑时分，则不，她变得头脑清晰，能够平静地谈谈这件事情。

"如果说，他怨恨我，"她说，"想必有他的理由。现在，你们可能遇到的唯一一件好事，就是我死。地籍部门也许会可怜你们。他们会把那五公顷的永久性租借地给你们。你们可以把它卖掉，然后远离此地。"

"去哪儿？"苏珊问道。

"到城里去。约瑟夫会找到工作。你呢，你去嘉尔曼那里，等着找到合适的人结婚。"

苏珊没有回答。母亲留下这么几句话，几乎立刻就走开了。显然，她所说的对苏珊并不重要。苏珊觉得她从来没有如此衰老，如此疯癫。约瑟夫行期的临近，使她心烦意乱、忐忑不安地跌入到索然寡味的往日。只有约瑟夫才是重要的。约瑟夫所遇到的事情才是重要的。自从他们回到平原以后，苏珊与他形影不离。当他坐上两轮车到朗镇去时，大部分时间都带上苏珊。然而，自从他跟她讲了自己所经历的事情后，也就是说，从城里回来的最初几天以后，他就很少跟苏珊说话了。但是，尽管他跟苏珊说话很少，还是比跟母亲说的话多些，显然，他没有勇气跟母亲说话了。他所说的不要求任何回应。他只是在说话，因为他无法抗拒要谈论那个女人的欲望。几乎总是围绕着她。他从来都不会相信和一个女人在一起能够这么幸福。他说，在她之前自己所结识的女人都微不足道。他确信自己可以和这个女人一起待在床上好多好多天。他们曾经整整三天，几乎不吃不喝，就是做爱，把其他所有的事情都置于脑后。除了他，母亲。正是因为这个，才使他回到中心旅店，而并非因为缺钱化。

一次去朗镇时，约瑟夫趁机向苏珊承认，那个女人就要来找他了。是他请求她等半个月再来。他无法确切地说明原因。"也许我想最后一次再看看这个破地方，可以有把握些。"现在，她马上就要来了。他曾经想过，一旦他离开了平原，她们会变成怎样，对此，他考虑了很久。对于母亲，除了租借地，他看不出有什么可能的未来，这是一种不可救药的怪癖。"我确信，每天夜里，她都在重新开始琢磨她那抵挡太平洋的堤坝。唯一的区别就是，这个堤坝是一百米高，还是二百米高，这取决于她身体的好坏。但是，无论规模大小，每天夜里，她都在重新琢磨修筑堤坝。这是一种过于美好的想法。"他断言，他永远都不可能忘记这些堤坝。他永远不会忘记她，或者确切地说，不会忘记她曾忍受的一切。

"这就好比忘记我是谁，这不可能。"

他不再认为母亲还能活很久，但与过去不同，他认为这已经无关紧要。当一个人如此渴望死，别人就不应该阻止。只要他知道母亲健在，那么他就无法在生活中有作为，他就一事无成。每次他同那个女人做爱，他就想起母亲，他记得，她在父亲谢世后，就从来没有做爱，因为，她就像个傻瓜似的认为，为了他们，她的孩子们有一天能够男欢女爱，她自己没有权利做爱了。他告诉苏珊，母亲曾经同伊甸影院的一名职员深深相爱了两年，是她把这件事告诉约瑟夫的，而且，始终是因为孩子们，她从来没有跟他睡过一次。他跟她谈论过伊甸影院。母亲在伊甸影院弹奏钢琴度过的十年是多么可怕。对此，他比苏珊记得更清楚，因为他年龄大些。而且她自己有时也跟他谈起这些事。

得到伊甸影院钢琴师的位置后，母亲不得不突然间重新弹奏钢琴。从高师毕业后，她有十年没弹钢琴了。她曾对约瑟夫说："有时候，看到自己的手在乐谱前变得那么笨拙，我就哭了，有时候，我甚至想叫喊，真想合上钢琴盖，一走了之。"但是，渐渐地，她的手在琴键上自如起来。因为总是弹奏一样的乐谱，而且伊甸影院的经理又允许她每天早上来练琴。她始终生活在被辞退的紫念里。她之所以习惯于把孩子们带在身边，并不完全是因为她不敢让孩子们独自留在家里，而更是想让经理同情她不幸的命运。她在影片放映前先到场，在钢琴两侧的两把靠背椅上分别铺好毯子，让孩子睡在上面。约瑟夫对此犹在心目。这件事很快就人尽皆知。当电影厅里来的人越来越多，渐渐客满时，有一些观众走到乐池前，看钢琴师那两个正在熟睡的孩子。这很快就形成一种吸引力，影院经理并不因此而生气。母亲告诉约瑟夫说："因为你们是那么漂亮，所以人家都来看你们。有时，在你们身边，我看到有玩具，有糖果。"她至今还相信这一点。她相信是因为他们长得漂亮，所以别人给他们玩具。他从来都没有敢向母亲道出真相。他们在灯光熄灭，新闻片开始放映时便进入了梦乡。母亲要弹奏两个小时的钢琴。她不可能看银幕上的影片，因为钢琴不仅同银幕处于同一水平面，而且远远低于电影厅的层面。

在这十年里，母亲没有看过一部影片。不过，末了，她的双手在琴键上变得如此灵巧，她不再需要盯着琴键了。但是，她始终对头顶上放映的影片一点儿也看不见。"有时，我觉得自己一边弹一边睡着了。我试图看银幕时，那简直可怕极了，头晕眼花。在我脑袋上仿佛一锅黑白色的粥在沸腾，好像在晕船。"有一次，仅仅这一次，她想看电影的愿望是那么强烈，她装做生病，然后偷偷去看了场电影。可是，在影院出口处，一名职员认出了她，后来她再也不敢这么做了。十年间，唯一的一次她敢这么做。十年里，她一直想去看电影，而只有一次，她偷偷地去了。十年里，这个欲望在她心头始终那么新鲜，然而，她，她已渐渐衰老。过了十年，已为时太晚，她动身到了平原。

回忆这些有关母亲的事情是如此令人难以忍受，对于约瑟夫和苏珊来说，母亲不如死去的好。"你不得不回忆这些事情，回忆伊甸影院，不得不总是做与母亲所做的相反的事情。"然而，约瑟夫爱母亲。他甚至相信，他说，他永远不会像爱她那样去爱任何一个女人。没有一个女人会使他忘记母亲。"但是，和她一起生活，不，那是不可能的。"

他遗憾的是，他不能在走之前杀死康镇的那些地籍管理员。他曾经读过母亲写给他们的信，当时，母亲叫他把信交给客车司机带去，在交信之前，他读了信，于是决定不交出去，留下了那封信。他决定永远保留这封信。当他读这封信时，他就感到自己变成了自己所希望的那样，如果遇见那些地籍员，就有能力把他们一一杀死。这就是他所希望的，一辈子都是这样，无论发生什么，即便他成了富翁也是这样。这封信对约瑟夫要比在康镇地籍员手中有用得多。

因此，即便约瑟夫的计划一定会使母亲痛苦万分，鉴于母亲所经受的一切，这些计划依然在策划中。如果说他对母亲变得十分严厉的话，他说，这与对康镇地籍员的冷酷是一样必要的。

苏珊并不理解约瑟夫所说的那些话的全部含义，但是，她非常认真地聆听着，仿佛是在聆听一首充满阳刚之气和真理的歌曲。重新思考这些话，苏珊激动地发现，她觉得自己能够安排好生活，就像约瑟夫说的应该做的事情。她看到她所欣赏的约瑟夫身上的东西，自己也同样拥有。

从他们回来以后的一星期里，约瑟夫神色困顿，愁眉不展。他只是在吃饭时才起床。他很少梳洗。可是，接着，却迥若两人，重又开始从阳台那儿射击涉禽，每天细心地洗澡。他的衬衫总是非常干净，而且每天早上，他都刮胡子。因此，母亲知道他的行期已经临近。再说，不管谁瞧见他都会猜到这一点，而且，无论谁，无论什么事情，都不可能再阻止他远离。他时时刻刻整装待发。

等了整整一个月。母亲既没有收到地籍部门的回信，也没有银行的回应，原因毋庸重述。不过，她对此已经无所谓了。末了，她也不再叫醒苏珊，跟她谈约瑟夫的事情。既然约瑟夫要走，也许，她甚至巴不得看到他尽快走呢。她大概还隐约想到，只要约瑟夫在，她就无法向巴尔老爹出示那枚钻戒。因为自从巴尔老爹买了那台留声机后，她就常想到他。她常谈起这件事，说真的，她只谈论他，谈论他的资产，他拥有的财力，并且说如果她处在他的位置会去进行投资，而不会贩卖酒，等等。这是不是又一次为自己安排未来的方式？她自己大概都不清楚。约瑟夫一旦走了，万一她成功地把有瑕疵的钻戒卖给了巴尔老爹，她也不知道拿这笔钱派什么用场。

母亲时时在意的计划之一就是有朝一日能把吊脚楼的茅草屋顶换成瓦片屋顶。她不仅从未能如愿以偿，而且，六年来，她甚至从未能请人把破旧的茅草屋顶翻新。于是，她常常提心吊胆的就是，在还没有足够的钱翻新屋顶前，茅草里就开始长虫子。然而，就在约瑟夫动身前几天，她担忧的事情发生了，在腐烂的茅草里出现一大堆蠕虫。慢慢地，它们开始有规律地从屋顶往下掉。赤脚踩上它们会发出嘎吱声，它们掉落在坛坛罐罐里，家具上，盘子里，头发上。

然而，约瑟夫、苏珊，甚至连母亲都根本不提这事。只有下士为此惊恐不安。他反正闲得难受，不等母亲吩咐，便开始整天清扫吊脚楼的地板。

临走前几天，约瑟夫把母亲写给康镇地籍管理员的最后一封信交给苏珊。他坚持要苏珊在他走之前读这封信。一天晚上，苏珊背着母亲读了这封信。这封信只是证实了约瑟夫的话。这就是母亲写的信的内容。

　　"地籍员先生：

　　"请原谅，我再次给您写信。我知道我的信件使您深感厌烦。我怎么可能不知道呢？几个月以来，我没有收到您的回信。另外，请注意，一个多月以来，我没有再给您写信。然而，您可能并没有注意到这一点。有时，我寻思您甚至并没有读我那些信件，拆也不拆便把它们扔进废纸篓里。这个想法一直萦绕于我脑海，要知道，我只剩下唯一一个希望，就是您看一次信，哪怕只有一次，您能读一读我的一封信，只要一次。但愿这唯一的一次，其中一封信引起了您的注意，因为，那一天，可能您正好没有紧急事务要办。随后，我觉得您会看其他的信，就是在那封信以后寄给您的那些信件。因为，我还觉得，我的处境，如果您对此了解的话，不会完全无动于衷。即使从事多年您那可怕的职业后，内心的善意所余无几，然而，无论那善意多么微乎其微，您也会考虑到我的处境。

　　"您知道，我向您要求的，是件微不足道的小事。就是请您同意把我的吊脚楼周围那五公顷土地，永久性地租让于我。那五公顷地就在我的租借地之外，您知道，我那块租借地是根本不能利用、完全无法耕种的。请给予我这小小的优惠吧。现在我向您所请求的一切，就是让这五公顷的地属于我所有。然后，我可以把这块地作抵押，最后一次再试试修筑一部分堤坝。我下面将向您陈述理由，为什么我想要尝试重新修筑堤坝，这些事情并不简单。虽然您很不愿意承认您的反对意见，而且从您的利益考虑，同样不能表明您的意见，可是我对您所有的异议完全明了：高处的五公顷土地与低处的一百公顷土地只是形成一个'整体'，确切地说就是用来让人对这一百公顷土地产生错觉，用于使人相信，租借地的其余部分同这五公顷的地一样。的确，到了旱季，当海潮完全退却时，谁能相信不是这样呢？多亏了这五公顷地，您才能先后四次把租借地分给不同的承租人，给那些没有钱收买您的不幸的穷人。这是我在每封信里，经常提醒您的事情，但是，除了不知疲倦地反复诉说这些不幸，您要我怎么办呢。对此，我永远都不适应，决不会对您的无耻行为习焉不察，只要我还活着，直到我生命的最后一息，我必定会时刻说这件事，我将时刻向您仔细认真地叙述您对我干过的事情，您每天正在对其他人干的事情，而您这么干却问心无愧，堂而皇之。我深知，如果把这五公顷土地和其他的一百公顷地截开，那么就根本谈不上什么租借地。甚至不再有滋生逆境，请人建造吊脚楼所需的地方，而且，甚至不再有生产足够维持一年生活所需水稻的地方。因为，再说一遍，剩下的租借地是不该有所指望的。七月大潮来时，太平洋的浪潮触及到偏远村子的茅屋，租借地从那儿开始，当潮水退去，留下了干巴巴的泥土，必须让雨水冲洗一年，才能洗掉这干泥土里的盐分，这盐碱土竟有十厘米厚，有成熟期稻谷的根那样的长度。那么，您告诉我，您那些受害者在哪里安顿下来呢？这一切，我都一清二楚，我也知道您有可能不再会有受害者了。但是，尽管您把这五公顷土地永久性地分配于我给您造成不便，然而，请您务必同意。您知道我为什么要这片地。我辛勤劳动

480

十五年，在这十五年里，我牺牲了直至最微小的欢乐，为了向政府买下这块租借地。然而，以我十五年的生命，十五年的青春，每天节省下的积蓄，您给了我什么？一片饱含盐和水的不毛之地。您让我把钱交给您。这笔钱，在七年前的一天早晨，我带给您，我把钱放在一个信封里，恭恭敬敬地带给您。这是我所拥有的一切。那天早晨，我把自己拥有的一切都交给了您，我倾其所有，就好像我把自己的肉身作为祭品带来给您，就好像从我那祭献的肉身上即将为我的孩子们盛开幸福未来的花朵。这笔钱，您拿走了。您拿走了装着我所有的积蓄，所有的希望，我的生存理由，我十五年的忍耐，我所有的青春岁月的那个信封，您泰然自若地拿走了信封，而我则兴高采烈地回了家。您看，那时是我全部生涯中最荣耀的时刻。但是，您给了我什么来换取我这十五年的生命呢？什么也没有，只有风，只有水。您偷了我的所有。如果我得以把这些事情告知殖民地总督府，如果我有办法让总督府了解这些事，那也于事无补。那些享有特权的承租人将对我群起而攻之，而我则立刻会被剥夺所有权。我的诉状很可能还没有送达总督府，就被您的上级截住了，他们比您更有特权，因为他们的位置使他们获取的贿赂更高。

"不，在这方面，我没有办法触及到您，我对此一目了然。

"我曾多少次请求您不要再对我干这种无耻行为？我曾多少次请求您别再来视察我这儿，因为，这毫无用处，因为，世上没有任何人能够使大海，使盐碱地长出什么东西来？因为，您不仅仅（我也许可以不厌其烦地把这些事情重复一千遍）给了我一个毫无价值的东西，而且，你还定期前来视察这块没有任何价值的不毛之地。您说道：'今年，您又什么也没干？您知道规定吗？'等等。然后，您就算办完了事，扬长而去。为此，您每月领一份薪金。当我尝试着想修筑堤坝时，您害怕了，您怕我能在这片荒漠里种出些东西。也许你没有平时那么自负。说到这里，您是否还记得当我的儿子朝天射了一发大粒霰弹，您是怎么落荒而逃的吗？正如人们所说，吓得屁滚尿流。我们大家都记得这件事，把它当作一个美好的回忆，因为瞧见像您这样的人吓得屁滚尿流，是一件我们特别喜欢看见的事。但是，您对此尽管放心，立起一道抵挡太平洋的堤坝还是要比揭露您的无耻行为容易。要我在我那块租借地里种出不管什么东西来，就等于要我上天摘月，您对此心中有数，因此，您的视察也就仅仅十分钟的来访，期间，您甚至都不停止您汽车的发动机。啊，您那么急急忙忙。因为租借地的数量有限，其他人像我曾经等待过的那样正等着。而您，您生怕失去从您播下的不幸的种子里所获取的利益，您害怕，如果我不快点离去，或者我不快点死去，那么您就不得不把可耕种的租借地给予那些没有能力贿赂您的穷人。

"然而，我请您对此忍让些。在我之后，没有人会来这里。您最好马上给我向您要求的东西。因为，万一您把我赶走了，您来把这块租借地，也就是说，把高处的那块装门面的五公顷土地指给新来的承租人看，那时，成百名农民就会来围住您，他们会对新承租人说：'叫地籍管理员带您去租借地的其余部分。一到那里，您把手指伸进稻田的泥土里，尝一尝。您认为水稻能在盐地里生长吗？您是第五位承租人了。之前别的人不是死了就是破产了。'而您，您对这些农民毫无办法，因为，如果您想要试着让他们闭嘴，那么您必须请武装民兵来护送您。在这种情况下，还能让人踏看土地吗？不能。因此，从我提醒您这一点之后，请立刻同意给我高处的五公顷土地。我熟知您的势力，按照殖民地总督府本身授予您的权力，我知道您掌管着整个平原。我也知道，对您的丑行，对您所有的同事、您的前任和后任的丑行，对殖民地政府本身的丑行的了解，如果只是我一个人对此了如指掌（仅仅这种了解就可能置我于死地，只要忍受它的压力就会置一个人于死地），对我也毫无用

482

处。因为，单单一个人对上百人的错误的了解对他是毫无用处的。这是我用了很久时间才弄明白的一件事情，但是现在我对此会铭记一生。那么，平原上已经有几百人了解您的所作所为，也许有两百人像我一样了解您，了解详情细节和方式方法，了解您的做法。是我长久而耐心地给他们解释您究竟是何等样人，是我让他们明白要炽烈地憎恨您这类人。因此，当我遇见他们其中一个人时，我并不是向他问好，表示敬意，表达我对他怀有的友情，而是说：'怎么，这星期没有瞧见康镇那帮狗东西来过这里？'我认识他们中一些人，一想到也许可以在某个视察日杀死您，杀死其他几个，就是你们康镇三名地籍员，就不由得先高兴得搓手。不过，请放心，我又让他们平静下来，我告诉他们：'这没有太大的作用。如果三只老鼠后面跟着一大群老鼠，那么杀死这三只老鼠又有什么用？不应该这么开始行动……'我向他们解释您同新承租人来的时候，怎么怎么，等等。

"我发现我的信写得太长了，可是，我有整夜的时间来写。自从发生堤坝崩塌这一不幸之后，我就不再入眠。在给您书写这最后一封信之前，在把所有这些思考告诉您之前，我犹豫良久，但是，现在，我觉得我没有早些这么做是错了，仅这些想法就可能使您关注我的情况。换句话说，为了使您注意到我，我必须同您谈谈您。也许谈谈您的卑鄙龌龊，反正就是谈谈您。如果您读了这封信，那么，我确信，您会读读其他的信，以便明白我如何逐渐加深认识您那狗彘不如的行为。

"如果某个视察日杀死您，对他们来说还是无济于事的话，那么对我来说，也许有一天会有用。当我孑然一人，当我的儿子远走高飞，当我的女儿也远离而去，我独自一人，万念俱灰，对我来说，任何事物都无关紧要了，也许，在我死之前，我会想要看见你们三具死尸被平原的流浪狗吞噬。它们终于能享受一顿美味佳肴，它们会有一场盛筵。那么，是的，在我逝去之前，我可以对农民说："如果你们中间有人愿意为我做最后一件好事，那么在我死之前，去把康镇的三名地籍员杀死。'但是，时机未到时，我不会对他们说这些话。目前，如果他们问我，譬如："这些中国种植园主把森林边缘我们最好的土地用来种胡椒，他们是从哪里来的？'我给他们解释说，是您利用他们没有财产证书这一理由，把地卖给了这些中国种植园主。他们问我道："财产证书是什么东西？'我向他们解释道："你们不可能知道这玩意儿。这是一份证明你们财产的文件。但是你们拥有它和河口的鸟儿或猴子拥有它是一样的。谁会给你们这些证件呢？是康镇地籍部门那些狗东西发明了这玩意儿，以便能够掌握你们的土地并出卖它们。'

"对于这块毫无用处的租借地，这是我仅仅能做的事。我同下士说了。我同别人说了。我同所有来修筑堤坝的人都说了，我坚持不懈地向他们解释您究竟是什么样的人。当一个孩子死去时，我就告诉他们："这就是让康镇那帮狗东西开心的事。'他们问道："为什么这会使他们开心？'于是，我就把真相告诉他们，平原上的孩子死得越多，人口就越少，而你们对平原的控制权就越强。正如您所看到的，我只是把真相告诉他们，面对死去的小孩，我不得不说出真相。'为什么他们不把奎宁送来？为什么没有一个医生？没有一个卫生所？旱季里为什么不用明矾来澄清水质？为什么连一次牛痘也没有种？'我告诉他们个中原因，即使这一真相超出了您的智力，超出了您个人对平原的意图，我对他们道出的真相并不因此而有失真实，而您所有的处心积虑都在酝酿这些真实情况。

"您也许并不知道，但是，这里死去了那么多的小孩，人们直接就把他们埋在稻田的污泥里，茅屋下，总是当父亲的用双脚踩平埋葬自己孩子的那个地方。这就使得这里没有任何东西表明有死孩子的迹象，这片您垂涎三尺，从他们手中夺走的土地，平原上这片最松软的土地，挤满了孩子们的尸体。于是，我，为了让这些死者最终对某些事情有用，谁能料得定呢，也许很久以后，作为葬礼，或者，您爱这么说也可以，作为悼词，我要说出这些对我而言是非常神圣的话：'这就是让康镇那帮狗东西开心的事。'至少让他们知道这一切。

"现在我真的一贫如洗，处境非常艰难——可是，您又怎么会知道这一点呢？——我的儿子，对如此无穷尽的贫困已厌烦透顶，多半就要永远地离我而去，我感到自己再也没有勇气也没有权利留住他。我忧心如焚，伤心得难以入眠。我度过了一个个不眠之夜，反复思索这些事情，这种状况已经开始很久了。自从我反复思量这些事情，而且毫无用处以来，我不知不觉地开始希望这些事情有所帮助的时刻即将来临。那么，我的儿子，像他那样年轻力壮，而且对您的丑行又一清二楚，就要永远地离去了，这也许就已经是一个开端。这是我自我安慰的话。

"您看，您必须把吊脚楼周围高处的五公顷地给我。要是哪一次您愿意回我信的话，您也许会跟我说：'这有什么用？这五公顷地对您是不够的，如果您把它们作抵押，来修筑新堤坝，这些堤坝还是和先前的情况一样糟。'啊！你们这类人根本就不懂得什么是希望，此外，你们只会制造希望，你们只有勃勃野心，而且从来都不失算。有关堤坝之事，我来回答您吧。'如果我连对自己的堤坝今年能够牢固地挺住都不抱希望的话，那么，我最好立刻把我的女儿送到妓院里去，最好催促我的儿子快快离去，最好让人把康镇的三名地籍员杀死。'请设身处地为我想想：如果我在即将来临的这一年里，连这个希望都没有，甚至连遭受新的失败的展望都没有，那么，除了叫人杀死你们，我还有什么更好的事情可做呢？

"咳，我以前挣下的钱，为了买这块租借地，我一个子儿一个子儿节省下来的钱都到哪里去了？这笔钱现在在哪里呢？它就在你们已经装满金子而变得沉甸甸的口袋里。你们是窃贼。如同那些死去的孩子不可能死而复生那样，我的钱，我的青春，我永远不会失而复得。必须给我这五公顷地，要不然，有一天，有人会在沿着公路的沟渠里发现你们的尸体，在这些沟渠里，曾活埋了修筑这条公路的苦役犯。因为，我最后再对您重复一遍，人必须靠某种东西而活，如果这不是对新堤坝的希望，哪怕这希望十分渺茫，那么，这就是尸体，即使是康镇三名地籍员那可鄙的尸体。当人们没什么东西可吃的时候，就不会挑三拣四了。

"期盼收到您的回复之时，地籍员先生，敬请接受……"

一声长长的汽车喇叭声在桥那头的公路那边响起。那是一声长长的电动喇叭声。时值晚上八点。没有人听见她的到来，连约瑟夫也没听见。她大概停在桥的另一头，否则这就不大可能，因为，当一辆车经过桥的时候，总能听见因为高温而钉子脱落的桥板发出的爆裂声。因为没有人听见她到来的声响，可以假设她在桥前面已经待好长时间了。也许，她不能立刻确定这就是它，就是约瑟夫曾跟她谈起的那座吊脚楼。她想必已久久地凝视着这座呈现在夜色中的吊脚楼，它建成了一半，还没有栏杆，她大概已在室内点燃的乙炔灯旁寻找着约瑟夫的身影。的确就是这里，在他的身影旁还有另外两个人，其中有一位老妇人。她大概在按响汽车喇叭之前又等候了一阵。又等了一会儿，然后，突然按响汽车喇叭，发出了他们之间约定的暗号。这并不是一声畏缩的呼唤，不，这是谨慎而命令式的叫唤。一个月以来，从八百公里开外，她就在等待这一声喇叭声响。一旦面对这吊脚楼，她则不慌不忙，在按电钮前，先要确定是否应该按下去。

　　当喇叭声响起时，他们正在吃饭。约瑟夫猛地跳了起来，好像身上挨了枪子儿似的。他离开饭桌，推开了椅子，穿过餐室，跑步下了吊脚楼。母亲缓缓地从桌旁站起身，仿佛从此以后，她必须极其谨慎地面对自己，她躺靠在客厅的长椅子上，面对大门。苏珊跟在她身后，坐在她身边的一把椅子上。这有点像马死的那个晚上又开始了。

"好了。"母亲小声说道。

她半闭着眼睛，注视着传来喇叭声响的方向。只是她脸色显得十分苍白，要不别人可能会以为她在打瞌睡。她一言不发，纹丝不动。公路那儿漆黑一团。他们俩大概正在黑夜中紧紧地搂抱着。约瑟夫已经去了很长时间。但是，汽车并没有启动。苏珊确信约瑟夫会再上楼来，哪怕只有几分钟，会来同母亲说几句话，也许不会同自己说什么，但肯定会同母亲说的。

约瑟夫的确又上楼来了。他站在母亲身前，凝视着她。一个月来，他没有主动同母亲说过一句话，也许对她视而不见。他温和地轻声对母亲说道：

"我要离开几天，我不能不走。"

母亲抬起眼睛，看着儿子，就这一次，没有抱怨，没有哭泣，她说道：

"走吧，约瑟夫。"

她的声音清晰，却又嘶哑，仿佛突然开始说话走了调。她说完话后，苏珊抬起眼睛望着约瑟夫。她几乎认不出他了。他目不转睛地盯住母亲，同时又在笑，显然，尽管他也许并不想笑，但他无法忍住。他从沉沉黑夜中走来，却可能是从一片火海里出来：他的双眼炯炯发光，满脸汗珠流淌，发出的笑声就仿佛在燃烧着他。

"天啊！我会回来的，我发誓。"

他一动不动，等待母亲有所表示，而随便什么手势，母亲都无法做。公路上出现了一道巨大的光束，望不到头。车灯把公路一分为二，好像公路就是从车灯那儿伸出，另一边，一无所有，只有浓重黑夜里扑面而来的令人窒息的热气。光束渐渐地、断断续续地斜射着，扫过了吊脚楼、河流、沉睡的村子，以及远远的太平洋，直到与这条公路相反方向的另一条公路。没有听见汽车拐弯的声音。这想必是一辆上好的八汽缸德拉奇车。只消几个小时，他们就可以到城里。约瑟夫会像个疯子那样开车，遇到第一家旅馆，他们就会停下车去做爱。现在，车灯的光束正指向城里的方向。约瑟夫正是要从那儿动身。约瑟夫转过身去，光束在他面前扫过，他把身子挺得直直的，耀眼的灯光使他眼花缭乱。三年来，他一直等待一位默默下定决心的女子来把他从母亲身边夺走。她就在这儿。她们感到从今以后与他隔离开来，如同他已经精神错乱，或者，即使不是疯了，至少也是丧失了一般的理智。真的，很难正视这个与她们不再有什么关联的约瑟夫，这个对她们而言形同行尸走肉的约瑟夫。

约瑟夫又朝母亲转过身来，他还是站在母亲面前，一直在等待母亲那无法做的祝福平安的手势。他一直在笑。他的脸呈现出那么幸福的神情，以至别人再也认不出他了。以前，任何人，甚至苏珊，都不可能相信这张如此令人捉摸不透、绝不开朗的脸庞能这样轻率而不加掩饰地袒露自己。

“他妈的，”约瑟夫重复说，“我向你发誓，我一定会回来的，我什么都留下，连我的猎枪都不带走。”

“你不再需要你的猎枪了。走吧，约瑟夫。”

母亲又闭上了眼睛。约瑟夫抓住她的肩膀，摇晃她。

“既然我向你发了誓，即使我想丢下你不管，我也不可能那么做。”

她们确信约瑟夫永远地走了。只有他自己对此还不肯定。

“拥抱我吧，”母亲说，“走吧。”

母亲任凭约瑟夫摇晃她，然而，约瑟夫开始叫喊起来。

“一星期以后！等我不再厌烦你们了，我就会回来的！好像你们不认识我似的！”

他转身向苏珊说道：

“告诉她，他妈的，告诉她！”

“别担心，”苏珊说，“一星期以后，他就回来了。”

"走吧，约瑟夫。"母亲说道。

约瑟夫下决心到他的房间去取衣物。那辆汽车一直等着，现在车灯已经熄灭。她没有第二次按响喇叭。她给约瑟夫留有时间，留了足够的时间。她知道走出这一步很难。有一点是肯定的，她也许会等一整夜，而并不再次鸣响喇叭。

约瑟夫穿着网球鞋又走了回来。他提着一包大概事先已准备好的衣着用品。他急匆匆地走向母亲，一把把她抱在怀里，用尽力气拥抱她，亲吻她的头发。他并没有朝苏珊走去，但强迫自己看着她，在他的眼睛里流露出恐惧，也许还有羞愧。随后，猛然间，他从她们中间穿过去，奔跑着拾级下楼。过了一会儿，车灯重又亮起在公路上，朝着城里的方向。然后，汽车轻轻地发动起来，人们听不见它开动的声音，车灯在移动，远离而去，渐渐地更远了，在它身后留下一道总是越来越宽阔的夜幕。然后，再也看不见什么了。

母亲紧闭双眼，始终保持着同样的姿势。吊脚楼里鸦雀无声，以至苏珊能听见母亲那嘶哑而又不规则的呼吸声。

下士由妻子陪着登上楼。他们已目睹一切。他们拿来了热气腾腾的米饭和炸鱼。如同往常一样，是下士先开口说话。他说桌子上的鱼和米饭已经凉了，他端来了另外的鱼和米饭。他的妻子平时从来不待在吊脚楼里的，现在则待在客厅一个角落里，蹲在下士身旁。他们终于明白，自从他们从城里回来后，究竟在策划什么事情，他们的眼睛业已流露出饥饿的迟钝。他们在等待母亲给予他们任何一丝希望，一丝还有得吃的希望。约瑟夫走后一个小时，大概正是为了他们，母亲才开口说话。她瞅着下士夫妇，然后对苏珊说道：

"去把饭吃完吧。"

母亲满脸通红，眼光呆滞无神。苏珊给她拿来一杯咖啡和一粒药丸。下士和妻子端详着她，就像一个月前母亲看着那匹垂死的马

490

一样。母亲喝了咖啡，服下药丸。

"你无法懂得这意味着什么。"母亲说道。

"这不比他死去更可怕。"

"我并不抱怨。这里已经不再有什么要做的了，我白白地找事做，再也没什么了。"

"他有时还会回来的。"

"可怕的是……"

她的嘴扭动起来，仿佛要呕吐似的。

"可怕的是，"她重复说，"他没有接受过任何教育，我看不出他能做什么，一点儿也看不出。"

"她会帮他的忙。"

"他会离开这女人的，他在哪儿都总是要走的，就像他以前在我送他去的任何学校都待不长那样……只有跟我在一起，他待得最久。"

苏珊帮她脱了衣服，向下士和他妻子示意，他们也该下楼了。只是在躺下的时候，母亲才开始放声痛哭，仿佛她从来都没有哭过，仿佛她终于真正地发现什么是痛苦。

"你会看到，"她叫喊着，"你会看到，这还没够呢。他走之前，应该给我个枪子儿，既然他很知道这么做……"

夜里，母亲的病发作了，她差点丧命。但是，这事情也一样还没个完呢。

苏珊在想约瑟夫。并不是因为那个女人，也不是因为他的出走，使他变成了另外一个人。苏珊想起了两年前发生的事。正是在堤坝崩毁后的一个星期。

　　那一天，一辆锃亮簇新的小轿车停在吊脚楼前。约瑟夫从客厅走出来，身后跟着苏珊，他从阳台那里望着那辆车。一个中等身材、棕色头发的男人下了车，在软木太阳帽遮掩下的面庞看上去狭窄而又普通。他把公文包夹在腋下。他迈着坚定的步伐朝吊脚楼走来。当时正是七月大潮汛期，是　年中这种人露面的时期。他们开着车前来视察平原上的租借地。因为这份差事，他们领取丰厚的薪金，而且还提供给他们一辆车，便于工作。他们从来都不坐客车。

　　"您好，"那男人说，"您母亲在吗？我要跟她说话。"

　　"您是地籍管理员吗？"约瑟夫问道。

　　那个男人站在阳台下，他有点惊讶地一会儿瞧瞧苏珊，一会儿瞧瞧约瑟夫。看苏珊，因为他第一次看见苏珊，猜想她也许是个不可忽视的人。看约瑟夫，则是因为他明显的粗鲁无礼，这种无礼的态度时时处处都令人狼狈不堪、心生惧意、局促不安。苏珊从未遇见过像约瑟夫这样不礼貌的人。要是不认识他，别人从来都不知道该用什么语气同他说话，采取什么办法对待他，怎样来消除这种粗鲁，面对这样的粗鲁，最有把握的人也会心慌意乱。约瑟夫靠在栏杆上，手托着下巴，瞅着地籍管理员，那地籍员大概从来没有被人如此从容而粗暴地盯视过。

"您为什么要见我的母亲？"约瑟夫问道。

地籍员力图近乎亲切地向约瑟夫微笑。苏珊认出了这种笑容。她早已在面对约瑟夫的那些人的脸上见过这样的笑容。以后，经常在若先生的脸上见到。这是恐惧的笑。

"现在是视察期。"地籍员客气地说道。

约瑟夫好像被别人挠了痒痒似的突然笑了起来。

"视察？您来视察？"约瑟夫问，"如果您是来视察的，就不必不好意思。啊，他妈的，您可以视察所有您想要看的。"

地籍员仿佛挨了一记闷棍猛地低下头。

"干吧，"约瑟夫说，"还等什么呢？您不需要我的母亲来干您的活儿吧？"

约瑟夫说的一番话苏珊觉得妙极了。她已经听人说起过很多关于这帮地籍员的事，说起过他们的巨额财产，他们随心所欲、几乎神化的权势。这个地籍员，正站在约瑟夫的脚下，令人发笑。必须克制住不去叫母亲，她好看着他，笑话他。她想介入其中，像约瑟夫那样讲话。

"干吧，"苏珊说，"既然他都跟您说了。"

"如果您想要个小船，我们甚至可以借给您。"约瑟夫说道。

地籍员抬起头，不过还是不敢面对约瑟夫的目光。接着，他竭力又正言厉色地说话。

"我提醒您注意，我是来这里办公事的。给您母亲耕种的三分之一租借地，今年到期了。"

这时，母亲出现了，无疑是被谈话声惊动了。

"什么事？"

但是，她一瞧见这个小个子男人，就认出了他。这个人曾经让她在康镇办公室的候见室里等了数十次，而她则给他寄去过也许有五十来封信。

约瑟夫朝母亲转过身，做了个手势，好像要打断她的话，他换了一下口气，对母亲说道：

"别管。"

这是他第一次参与有关租借地的事情。而且，他跟母亲说这话的口气很默契，好像他们俩，她和他，早就一起做出了决定，他本人也要参与这件事。母亲则没有意识到这就是约瑟夫进入青年时代的最早迹象，表明他具有新的影响和重要性。

地籍管理员在母亲面前并没有摘下帽子，只是向她点头示意，嘴里嘟囔了几句客气话。母亲神情疲惫。她身穿一件难以描述的、不成样子的连衣裙，她那时开始穿的那些连衣裙类似肥大的罩衫，她的身子在里面犹如劫后的残骸在漂浮。自从堤坝坍塌后，母亲第一次梳头，她那条灰色的发辫梳得紧紧的，辫梢用一个内胎垫圈系住，垂在背后，天真而又滑稽。

"啊！"母亲说，"我在等您呢，您不会姗姗来迟的。"

约瑟夫又一次做手势让母亲住嘴。她这样费神地回答是毫无用处的。

"我们的堤坝挺结实，挺住了。"约瑟夫说，"我们的收成好极了，您这辈子没见过这么好的。"

母亲瞅着儿子，张开了嘴，好像要说些什么，不过还是没有吐出一个字。然后，突然，她的脸部表情变了，完全变了样，瞬息间，变得喜气洋洋，只有欢乐，满脸倦容一扫而光。

地籍员狼狈不堪地瞧着母亲。他大概等着母亲帮他解围，指望母亲不会坐视不管。

"我不明白……有人告诉我说你们运气不佳……"

"就是这样，"约瑟夫说，"您瞧，有的人比您走运。您嘛，我们看得很清楚，您不走运。"

"是呀，这个，是明摆着的。"苏珊说道。

地籍员满面通红，他把手放在面颊上，好像要抹掉这一羞辱。

"我没有太多要抱怨的。"地籍员说道。

"可我们哪！……"约瑟夫说道。

他坦然大笑。苏珊清晰地记得那一时刻，当时，她已深知，她也许永远都不会遇到一个能像约瑟夫这样让她喜欢的男人。其他人也许以为他有点疯疯癫癫。譬如说，他毫无道理地非要把 B12 的零件拆掉，的确，别人也许可以这么认为。母亲有时也怀疑这一点。但是，她，苏珊，历来知道，他一点儿也不疯。面对地籍员，啊！多么肯定他不是疯疯癫癫的！他表现得多么恰如其分！他上身裸露，因自己的独特想法而欣喜不已，怀着某种几乎卑劣的乐趣，从栏杆高处，辱骂另一个衣冠楚楚、满面通红的人，他把这个人如此有把握，而直到那时为止，对所有的人来说，如此可怕的权力，砸得粉碎。

"我想我们严肃地谈一谈，"地籍员说，"为了你们自己的利益……"

"为了我们的利益？你们听见了吗？他说到我们的利益！"母亲转身朝他们说道，就好像演戏时，提醒别人接台词。

母亲也笑了起来。约瑟夫把她像小鸟一样紧紧拽住。再说，正是从母亲那儿他继承了像这样大笑的天赋，这样能够突然间想出理由而大笑的天赋，而前一天，这些理由还使她痛哭流涕。

"他妈的，"约瑟夫说，"我们说的都是严肃的事。是您不严肃。如果您干您的活儿，那么您就会去看看我们的堤坝。我来吩咐下士备船。应该不用六个小时就可以什么都看到了，您全都能看到。"

地籍员略微抬起太阳帽，揩额上的汗。他站在土台上，头顶烈日，没有人邀请他上楼。他一直都知道，甚至在堤坝开始修筑前，他就知道堤坝会挺不住的，而且，的确也没有挺住。但他担忧的并不是这一点，而只是要制止他们的笑声，无论如何要制止他全部的权威在他们的笑声中意外地垮掉。他们还不至于强迫他下到堤坝那儿去。他徒劳无益地力求逃避这件事，他环顾四周，寻找一个脱身办法。他像只落入圈套的老鼠。显然，他不习惯眼瞧着自己的权力经受考验。他一无所获。

"下士！"苏珊叫喊起来，"备船，快给地籍员备船！"

地籍员抬起头，朝苏珊虚伪地微笑，竭力想表现得宽厚，几乎是对他们关心备至。

"不必了，"他说，"我知道你们不走运。这件事整个地区全都知道了。"他转身朝母亲，用温和的责备语气补充说，"对此，我早就告诉过你们。"

"我的堤坝好极了，"母亲说，"如果说真有一个好心的上帝，那么，就是他使得堤坝巍然挺立，仅仅就是为了给我们这个机会看看你们，你们这帮地籍局的人是怎样拉长了脸……而您，您来了，您来就是给我们看这嘴脸的。"

苏珊和约瑟夫纵声大笑。听见母亲这么说他们感到说不出的开心。地籍员面无笑容。

"你们知道，你们的命运可是攥在我的手里。"他说道。

这一次，他试用威胁了。约瑟夫停止大笑，从吊脚楼上走下几步台阶。

"那么，您的命运，您以为您的命运不在我们的手里？如果您不立刻去堤坝，那么我就硬把您扔到小船上去，您还没到那儿，就会被晒死。现在，如果您愿意，可以滚开，不过，赶快滚。"

地籍员小心翼翼地朝路的方向走了几步。当他确定约瑟夫并没有跟着他时，便转过身来，声音嘶哑地说道：

"这一切都将写进报告里，务必确信这一点。"

"到这儿来说，来呀，"约瑟夫跺着脚大声叫喊，好像他马上就要跑下楼去，地籍员飞快地走了四五步，后来才明白，约瑟夫根本原地未动。

"下流坯！"母亲叫喊道，"狗东西！贼！"

母亲因气愤而精神焕发，毫无拘束，充满活力，她朝约瑟夫转过身来。

"这真让人痛快。"她说，"他们连狗都不如。"

然后，她又回头朝向地籍员，她控制不住自己了。

"小偷！杀人犯！"

地籍员头也不回。他绷紧着身子，步履缓慢地走向他的汽车。

"这已经四次了。"母亲说，"我们是这块租借地第四个承租人。以前的都破产了或者死了。而他们，他们则养肥了自己。"

"第四个，"约瑟夫愣住了，"他妈的，第四个了，我不知道啊，你没有告诉我。"

"我也是不久前才知道的，"母亲说，"我忘记告诉你了。"

约瑟夫在找寻他能干的事。他找到了。

"等一会儿。"他说道。

他跑到自己的房间里，拿着他的毛瑟枪又出来了。他又笑了起来。母亲和苏珊愣愣地瞧着他，只字也不敢对他说。他要去把地籍员杀死。一切都将改变。一切都将就此结束，片刻间就完结。一切都将重新开始。约瑟夫把他的毛瑟枪抵在肩上准备射击，瞄准了地籍员，准确地瞄准他，最后一秒钟，他冲天抬起枪管，朝空中射击。令人沉闷的肃静。地籍员竭尽全力拼命向汽车跑去。约瑟夫放声大笑。然后，母亲和苏珊也大笑起来。地籍员想必听见了笑声，但是，他并不因此放慢速度，继续飞快地跑。一到汽车旁，立刻冲进车里，看都不看吊脚楼一眼，发动车子，全速朝朗镇方向驶去。

从此，地籍员只是邮寄书面"警告"。他再也不来视察了。她们本来以为地籍员会在约瑟夫走后马上就来的。但是，大概他还不知道约瑟夫的离去。

于是，任何人，甚至连地籍员都没有在吊脚楼前滞留过。霰弹还留在约瑟夫的子弹盒里，毫无用处。他那无辜的毛瑟枪，也没有了主人，傻呵呵地挂在他房间的墙上。还有那辆 B12——"B12 就是我，"约瑟夫以前常这么说——慢慢地布满灰尘，渐渐地生锈，永远地被放在吊脚楼下的主桩之间。

由于受到嫩绿的秧苗的吸引，众多猎物纷纷来到平原。因此，每年这个时期，有不少狩猎者的汽车途经此地。四年来，经过的汽车一年年增多，因为朗镇以它的猎区而变得越来越出名。开始先听见远处传来的他们汽车的发动机在公路上发热的声响，然后，这声响渐渐变大，一直到汽车来到吊脚楼前，这声音就更加大了，好像充满了整个平原。那些汽车过去了，一会儿，就只传来汽车穿过朗镇森林的长长的喇叭声的回声。有时，好几个小时，汽车久等不来，那时，苏珊就躺在桥下的阴凉处。

母亲发病后的几天，医生又来诊视她。医生看起来并没有什么不安。他嘱咐母亲加倍剂量服用药丸，叮嘱她要安静休养，不过也开始可以起床，每天做些活动。医生告诉苏珊，母亲应该做的也许是少想约瑟夫，少焦虑，她应该"恢复一些对生活的爱好"。母亲同意按时服用药丸，因为这药丸有助于她入睡，但仅此而已。她断然拒绝起床。最初几天，苏珊曾坚持要她起床，然而，无济于事，母亲固执己见。

"如果我起床，我就越发要等他。我再也不愿意等他了。"

她开始几乎整天都在睡觉。

"二十年了，"她说，"我一直期待能这样睡觉。"

她的确是因为想睡觉而睡觉，以她还从来未曾有过的快乐和执著而睡。不过醒来后，她终于表现出对某些事情的兴趣。但是，最经常的则是有关钻戒。

"我真应该有一天起床去把它处理掉。"

她端详着戒指，也许不像以前那么厌恶它，钻戒一直就和储藏室的钥匙一起挂在她的脖子上。

苏珊很快就让母亲随心所欲，让她做自己想做的事情，除了每隔三小时拿来母亲同意服用的药丸。自从约瑟夫走了以后，母亲第一次最终对租借地完完全全地不感兴趣。她无所期待，既不指望地籍部门，也不指望银行。这一回，是下士主动培育秧苗，这些秧苗应该确保高处那五公顷土地的耕种。母亲随他去做。而且，也多亏了下士，一日三餐，餐桌上总是有热米饭和炸鱼。苏珊把米饭和鱼端来给母亲，常常就坐在床上母亲身旁吃饭。

除了吃饭和晚间，母亲不仅整天都不同苏珊说话，而且，当苏珊进她房间时，常常看都不看她一眼。一般来说，她只在晚上就寝时才同苏珊说话。几乎一成不变地对苏珊说，她哪天应该起床去见巴尔老爹。

"一万法郎，这一次，我只要一万法郎就成交。"

苏珊通常就回答道：

"这就不错。这样一共有三万法郎了。"

于是，母亲便羞怯而勉强地微微一笑。

"你瞧，我能应付的。"

"不过，也许还用不着卖掉它？没有任何急用。"有时，苏珊这么说。

在这一点上，母亲显得很迷茫。她不知道拿这笔钱可以干什么。她知道的就是她再也不想尝试新的堤坝了。也许，可以用来离开此地。或者，也许她要这笔钱什么也不为，就是为了身上揣着一万法郎。

每隔三小时，苏珊上楼把药丸拿给母亲，然后就又走到桥边坐下。但是，没有一辆汽车停在吊脚楼前。苏珊便惋惜地怀念起若先生的车，怀念起它每天停在吊脚楼前的时光。至少有一辆车停在那里。哪怕是一辆空车，也好过根本没有车。如今，就好像吊脚楼已经看不见了，就好像桥边的她也已经是看不见的，似乎没有人注意到那儿有一座吊脚楼，而且，更近处，有一位少女正在翘首以待。

于是，有一天，在母亲酣睡时，苏珊走进她房间，从衣柜里拿出以前若先生送给她的一包东西。她从中抽出她最漂亮的连衣裙，就是他们去朗镇餐厅用餐时她穿的那条裙子，有时她去城里也穿这条裙子，约瑟夫曾经说这是妓女穿的。这是一条鲜亮的蓝色连衣裙，老远就能看见。苏珊早就不再穿这条裙子，免得约瑟夫骂她。但是，今天，约瑟夫已经走了，没有什么好怕的了。就在约瑟夫选择离开此地，扔下她不管的时候，苏珊就可以这么做了。苏珊穿上这条裙子，就明白她正在实施一个非同小可的举动，也许是迄今为止她所做的最重要的一个举动。她的双手不禁颤抖起来。

但是，和此前一样，没有汽车停在这位身穿蓝裙子，身穿妓女穿的裙子的少女面前。苏珊试了三天，然后，在第三天的晚上，她把裙子扔到河里去了。

就这样度过了三个星期，在这段时间里，什么都没有收到，既没有约瑟夫的信，连银行的信也没有，甚至连地籍部门的警告也没有来。在这段时间里，没有任何人在此停留。这以后，一天早晨，苏珊看见小阿哥斯迪走来。他孑然一人，也没有开着车来。

他并没有立刻朝吊脚楼走去，而是到桥边找到了苏珊。

"你母亲让下士带话给我，她要我帮个忙。"

"她有点不舒服，"苏珊说，"约瑟夫走了以后，她就不适应。"

阿哥斯迪有个妹妹两年前跟朗镇港口的一名海关职员跑了。但是她，她常捎音信回来的。

"所有的人都要走的，"阿哥斯迪说，"不是这个问题。糟糕的是约瑟夫不写信回来，这对他来说一点儿不费事。我妹妹走了以后，我母亲也险些丧命，后来，她来信了，就好多了。现在，好了，她已经习惯了。"

有一次，在朗镇餐厅里，在播放《拉莫娜》时，他们曾拥抱过。他把苏珊拉到外面，亲吻了她。苏珊好奇地打量着他。简直可以说他与约瑟夫很相像。

"你整天呆在桥边干什么呀？"

"我在等汽车。"

"真愚蠢。"阿哥斯迪不以为然地说道。

"没别的事情可干。"苏珊说道。

阿哥斯迪略作思索，表示同意。

"的确，这也许倒是真的。那么，如果有人提议要带你走呢？"

"我会跟他走的，甚至，即使她正在生病，我也会立刻就走。"

"可笑极了。"阿哥斯迪说道，语气不十分肯定。

也许他也想起了自己曾亲吻过苏珊，便也怀着好奇心端详着她。

"我妹妹也这样等待过。"

"只要心想，"苏珊说，"最后，就能事成。"

"你想要什么呢？"阿哥斯迪问道。

"我要离开此地。"

"不管跟谁吗？"

"是的，不管跟谁。以后，我再看怎么办。"

他好像在思考什么事情，但没有说。他朝吊脚楼走去。他比约瑟夫长两岁，他到处跑，平原上所有的人都知道他在从事鸦片和酒的走私。他个子小小的，但极其强壮。他长了一口很密的大牙，牙齿被尼古丁熏得蜡黄，笑的时候，一口大牙毕露无遗，显出可怕的样子。苏珊躺在桥下，等他回来。她热切地想着他，他的到来使她摒弃了其他的念头，占据了她的全部心思。只要心想就可以了。这是平原这儿唯一的男人。而他，他也要走的。也许，他忘记他们在《拉莫娜》乐曲中互相拥吻已经有一年了，忘记她比那个晚上又长了一岁。应该提醒他这一点。听说他和平原上所有最漂亮的本地女人都有染，甚至其他的，不那么漂亮的也有过。还有朗镇所有足够年轻来干这事的白种女人。除了她。只要愿意，再加上勇气。

"她把这个交给我，让我设法卖给巴尔老爹。"阿哥斯迪返回时说。

他漫不经心地拿着钻戒，灵巧地在手心里掂掂戒指，就好像在玩弄一颗小小的子弹。

"你尽量设法把它卖掉，这会让她好受些。"

阿哥斯迪沉思着。

"你们从哪儿弄来的？"

苏珊又站起身，微笑着盯住阿哥斯迪。

"是一个家伙给我的。"

阿哥斯迪也微笑起来。

"是那个开莱昂·博来牌车的家伙？"

"当然，别人有谁会给我钻戒？"

阿哥斯迪开始非常专注地瞅着苏珊。

"我从来都不相信。"过了一会儿，他说，"唉，你真是个十足的婊子。"

"我可没有跟他睡觉。"苏珊说道。她一直笑容可掬。

"我可不信。"他瞧着钻戒，没有一丝笑容，又说，"卖掉它让我倒胃口，即使是卖给巴尔老爹。"

"他以为我会跟他睡觉，"苏珊说，"这可不一样。"

"你什么也没跟他干？"

苏珊笑得更欢了，仿佛在嘲笑。

"有时，当我沈澡时，就给他看看我的身子。脱得精光。仅此而已。"

约瑟夫说的话恍惚间如醉酒一般令人愉悦地出现在她脑海里，恍惚间又如醉酒一般全然逸出。

"他妈的，"阿哥斯迪说，"真厉害。"

可是，他的确非常注意地凝视她。

"只是看看你……"

"我长得好呀。"苏珊说道。

"你就跟你自己说这个吧。"

“这是证据。”苏珊指着钻戒说道。

他第二次经过此地。这一次，苏珊明白是为了她而来。他甚至都没有上吊脚楼。

“我想巴尔老爹那儿很顺利，”他语气怪怪地说，“要是他不接受，要么我让他卖不成茴香酒，要么我就去告发他。”

紧接着他又对苏珊声称道：

“过几天，我来找你，你应该去看看我的菠萝园。”

他向苏珊微笑，开始用口哨吹起了《拉莫娜》乐曲。然后，他没有向她道别，吹着口哨离去。

小阿哥斯迪来访后的两天，母亲收到约瑟夫的一封信，一封很短的信，信里说他很好，他已经找到了一份有意思的工作。他陪那些美国富翁去高原打猎，挣了不少钱。他还说大约一个月后会回来看她们，并取走他的猎枪。他住在中心旅店，至少，这是他要求她们寄信去的地址。苏珊大声地念了信，可是，母亲把信要过去，自己又念一遍。她发现约瑟夫犯了很多拼写错误。对此，她怨言连连，仿佛他这么做只是为了使她更加难受。

　　"我没想到他犯这么多错，他应该在寄给我之前请人先读一遍。"

　　但是，约瑟夫的第一封信还是使母亲平静下来。她抓住拼写错误的问题不放，但过了几个小时，她好像从中恢复了元气。她开始要小阿哥斯迪来，缠着苏珊，想知道他是否又来过。她每天两次要找阿哥斯迪。苏珊便向她重复阿哥斯迪告诉她的那些话，说他希望巴尔老爹会买下那枚戒指，为了说服巴尔老爹，他甚至威胁不再售给他茴香酒。苏珊补充说，阿哥斯迪已经告诉她过几天会再来的，而且，那时，他肯定已把戒指卖掉。如果他不来的话，母亲说，就得去找他，因为她需要钱。要去同约瑟夫见面。他犯了太多的拼写错误，他，身为小学教员的儿子。她应该马上到城里去，至少要教会他基本的语法规则。否则，他最终将为此而羞愧不已。在城里可不像在平原。只有她能够教约瑟夫语法规则。她发现了钱的用途。她急得火烧火燎的，苏珊终于只得告诉母亲：阿哥斯迪要来找自己，然后去看菠萝园，到时，肯定会把卖戒指的钱带来。母亲瞬即不再想到戒指。她沉默了几分钟，她的急躁情绪也好像突然间消失了。然后，她对苏珊说最好去看看他们家的菠萝园，那是一片很美的菠萝园。

"你不用告诉他你已经跟我说过这些。"她又补充道。

现在，秧苗业已长高，鲜绿诱人，随时可挖起秧苗移植。每相隔很长一段距离，已经有人拔起秧苗，扎成一捆捆，以备半个月后插秧之用。下士问苏珊他们家是否也应该开始工作，他们的秧苗大致上都可以移植了。苏珊对母亲说了这事，母亲起先告诉她，如果下士认为行，他可以去做，她没有什么意见，她根本不在乎。但是，第二天，经重新考虑，她说最好还是拔秧，让那些秧苗烂在那儿很可惜。

"我们走以后，他总还可以把没有收割的庄稼卖掉。"

于是，下士便开始和他妻子一起拔秧。有一次，母亲起床，站在阳台高处看他们干活。秧苗一旦拔起，他们等再下过几天雨，便开始把秧苗移植到高处的五公顷土地。他们热情高涨地干，就像有的人无所事事反倒难以忍受一样。既然母亲起床来看他们干活，哪怕只有一次，他们相信母亲的情况不会比他们原先以为的差。

每隔一定时间，苏珊就登上吊脚楼，把药丸拿给母亲，然后又走出去，到桥边坐下。只有在这儿，在她身旁这座桥这儿，她才可能忍受。汽车依然在桥前经过，孩子们依然继续在桥边玩耍。他们在河里洗澡、捕鱼，或者坐在桥的栏杆上，摇晃着腿，他们也在等待猎人们的汽车经过。那时，他们就朝公路上的车子跑去。这个季节里气候极其炎热，下雨时，孩子们就更多了。他们来自四面八方，聚集在桥的四周，在雨中狂热地一边吼叫，一边玩耍。一道道由污垢和头虱混合而成的长长的灰色泥浆，被雨水裹挟着，从他们的头顶流下，顺着他们细细的小脖子流淌。对他们来说，这是一场及时雨。他们张开嘴，昂起脑袋，贪婪地喝着雨水。母亲们把还不会走路的婴孩抱出来，然后把他们赤裸裸地放在茅舍的屋檐下。孩子们玩雨水，以及其他的东西，阳光、青芒果和野狗。苏珊不再像约瑟夫在的时候那样捉弄他们。现在，她看着他们玩耍、生活，但却是带着厌倦的心情在看。他们在玩耍。他们不停地玩耍，只是为了就这样死去。贫困而死。每一处、每一时都在发生。在他们的母亲为了暖和他们裸露的四肢而生起来的火的微光下，他们的眼睛渐渐变得呆滞无神，他们的双手变得青紫。毫无疑问，到处都有孩子在死去。在世界各地，同样如此。在密西西比河。在亚马逊河。在满洲里地区的那些毫无生气的村落里。在苏丹。在康镇的平原也一样。到处都和此地一样，孩子们因贫困而死。因贫困中果腹的芒果。因贫困中吞食的稻米。因贫困中啜饮的奶，因他们的母亲太稀薄的乳汁。他们死了，头发里满是头虱，他们一咽气，当父亲的就说，众所周知，虱子不待在死孩子身上，必须马上把孩子埋了，要不然，很快就会蔓延开来，而当母亲的则说，等我再看看他，父亲便又说，如果虱子到茅屋里来，我们怎么办呢？于是，他抱起死孩子，把身子还温热的孩子埋在茅屋下的污泥里。尽管有成千上万的孩子死去，然而朗镇的公路上还是有那么多的孩子。孩子太多了，母亲无法好好照管孩子。孩子没有母亲照料，自己学会了走路、游泳、捉虱子、偷窃、捕鱼，他们死的时候母亲也不在身旁。他们一到了会走路的年龄，便立刻走上公路，走上路桥，与聚集着平原孩子的大队人马汇合。孩子们从平原上的角角落落，从每一个村子，登上公路。如果他们不是在芒果树上采摘那永远不会成熟的芒果，那么可以在公路上见到他们。在整个殖民地，哪里有公路车道，孩子和野狗便被视为道路交通的灾难。然而，对于这个灾难，任何强制命令，任何警察，任何惩罚，从来都无能为力。公路一直是属于孩子们的。当某个汽车司机轧死了一个孩子，有时，他会停下车，

508

付给孩子的父母一些钱作为赔偿，然后又走了。而最经常的则是父母在远处，他什么也不给就走了。但是，如果轧死的是一只狗或一只家禽，或甚至是一头猪，汽车司机根本就停都不停，径直开走。因为轧死了孩子，他们才在时刻表上损失了一点时间。司机一走掉，其他的孩子便又蜂拥云集。因为，孩子们的上帝就是朗镇的客车，转动的机械，猎人们的电喇叭，运转的铁家伙，然后，还有翻腾的河水，致命的芒果。没有任何别的上帝主宰平原上孩子的命运。没有任何其他的。那些说相反意见的人是在撒谎。白人们对这种状况很不满意。孩子们阻碍了他们汽车的行驶，损坏了桥梁，弄掉了铺路的碎石，甚至造成一些道德良心问题。白人们说，是的，孩子死得太多了。但是，他们将总是这么死去。孩子太多了。因饥饿而张开的嘴太多了，它们在叫喊，在要求，在贪婪地渴望一切。正是这样才使得他们死去。这片土地上有太多的阳光。田野上有太多的花朵，还有什么呢？什么东西不是太多呢？

　　猎人们、凶手们的喇叭声很远就能听见。喇叭声越来越逼近，也越来越清晰。终于，他们的汽车在一团团尘土中，在木桥发出的难听的劈啪声中，从吊脚楼前驶过。苏珊再也不像过去那样望着他们。这条路完全不再是她过去所看的那条路，在这条路上，本来应该有一个男人停下来把她带走。自从她等待这个男人来到这里时起，这就不再可能完全是同样的路了。倒不如说这条路是约瑟夫在几年焦虑的等待之后，最终踏上而离去的路，是出现了若先生那辆令母亲眼花缭乱的莱昂·博来的路，是让·阿哥斯迪走来告诉她过几天会来找她的路。几乎只有对下士来说，这条路永远是一成不变的，永远是抽象的、耀眼的、完整无损的。

　　下雨时，苏珊就回家，坐在阳台下，始终面对着公路，她等着雨停。如果等得太久，她就拿起旧的《好莱坞电影》，寻找拉克尔·梅尔的照片，这是约瑟夫最喜爱的艺术家。以前，这张脸给她许多安慰，因为，她觉得它具有一种令人惊奇的、神秘莫测的、亲如手足般的美。但是，现在，当她想起把约瑟夫带走的那个女人，她脑海里就浮现出拉克尔·梅尔的面庞。毫无疑问，因为这是人们所能见到的最美的面庞，约瑟夫曾这么说过，这张脸完美无缺，是永久性的，完全不受任何东西毁损。但是现在，它再也不能安慰苏珊了。在拉克尔放大的照片旁，有一张题名为《〈紫衣女人〉卓越的扮演者在巴塞罗那街头漫步》的照片。在拥挤的人行道上，拉克尔正大步行走。她迈着欢快的大步，穿越人生，克服种种障碍，可以说以一种令人困惑的灵巧轻易地把它们消化掉了。但是，她总是令人想到约瑟夫的那个女人。苏珊合上书。她有自己的烦恼，而拉克尔·梅尔想必也有她的烦恼，至少，苏珊开始对此产生怀疑了。但愿她也如此轻易地消解这些烦恼，但愿她自己也能迈着在巴塞罗那的那样的步子，丝毫不用提前离开平原的时间。

让·阿哥斯迪开着车来找苏珊。他开的是雷诺牌车，比 B12 新得多，速度也快得多。约瑟夫早就对他这辆车深为叹羡。通常，当阿哥斯迪来看他们的时候，开一辆小破车，或步行而来，沿路打猎，他怕如果开雷诺车来，约瑟夫会向他借用，开车兜一圈。自从他曾把车借给约瑟夫用的那一天起，他就害怕了，那一天，他大概等了三小时，约瑟夫才回来。约瑟夫把他忘了，开着车去了朗镇。现在，阿哥斯迪说起来就捧腹大笑。

"只有对女人，他还有点规矩。他大概对你那个家伙极其厌恶，所以才忍得住不向他借用莱昂·博来。"

他们缓缓地开着车驶向菠萝园附近。然后，他把雷诺停在路上，就在阿哥斯迪家的吊脚楼前，在一片树丛的后面，这样，阿哥斯迪大妈就看不见这辆车，自从女儿走后，当阿哥斯迪不在家时，她极大部分时间就是等他，或者留神观察大路。然后，他们在一条沿着山丘伸展的小道上走了相当久的时间，在山丘高处，略为缩进的地方就是他们家的吊脚楼。在这山坡上则是菠萝园。有不少排菠萝已经死了，不过，在其他排里的，花儿正在怒放。

"这是磷肥的作用，"阿哥斯迪说，"应该现代化，这是我做的一个试验。这样下去再做三年，我就可以带着钱远走高飞了。"

菠萝园铺展于热带森林边缘，没有一棵树，酷热难当。阿哥斯迪家所有的稻田也被七月潮汐淹没，但是，他们因为在这山坡上种植了玉米、胡椒、菠萝，从而摆脱了困境。此外，让·阿哥斯迪同巴尔老爹一起走私贩酒。阿哥斯迪老爹是名退役军士，作为老军人，由于没能力贿赂地籍局，只得到了一块无法耕种的租借地。他们五年前来平原安家。阿哥斯迪老爹开始抽上鸦片后，便对租借地完全漠不关心。他时不时地销声匿迹两三天，通常在朗镇的烟馆里可见到他的踪影。于是，让·阿哥斯迪通知客车司机，其中一人便把老爹弄上车，强行把他带回吊脚楼。他总是故态复萌。每隔两三个月，他就把家里所有的钱搜罗一空，扬言所谓要回欧洲去，然而，他总是在朗镇那所烟馆里驻足不前，完全忘记自己的计划了。父亲和儿子经常打架，而且总是在同一个地方，在菠萝园下。阿哥斯迪大妈一路跟着他们，跑下山坡，试图把父子俩分开。她两条大辫子拍打着背部，她一边跑，一边喊圣母马利亚来救命，一边跳过一垄垄菠萝。她向老爹身上扑去，压倒他。这样的场面时有发生，因此，阿哥斯迪大妈总是保持着像蜘蛛那样的敏捷和瘦削。

阿哥斯迪全家几乎都是文盲。每次，他们要写信给地籍局或银行，就来看母亲，请她帮他们写。因此，苏珊对他们的事情如同对白家的事一样明了。她知道，他们之所以经受得住，完全是因为让·阿哥斯迪通过巴尔老爹干的茴香酒和鸦片的走私买卖。走私不仅使他有钱给他母亲，而且，还能在朗镇餐厅那儿拥有一间按月租的房间。通常，他带那些女人到那个房间去睡觉。而苏珊，他更愿意带她到菠萝园，苏珊不知道是什么道理，但他想必有他的理由。

这正是午休的时候，大路的这一边，森林旁，阒无一人。只是在稻田那边，放牛娃在唱歌。

"你在桥边等的是我。"阿哥斯迪说，"幸好我过来了。我知道约瑟夫走了，我寻思你能做些什么呢。即使你母亲不带话来，我也会来的。"

"自从约瑟夫走了以后，我从来没有想到过你。"

他像约瑟夫有时那样声音低沉地笑了起来。

"不管你想还是不想，你等的是我。我在这地方可是绝无仅有的了。"

苏珊向他莞尔一笑。他似乎胸有成竹，知道把她带到哪里去，应该怎么安排她。他显得如此自信，苏珊因此而感到很放心，有一天，他曾经要苏珊跟他走，而苏珊也决定跟他走，如今，苏珊更加确信自己跟他走是对的。他说的话丝毫不假：这个男人，一想到平原随便哪个地方有个女孩在独自等候猎人的车，他就会情不自禁。即使母亲不请他来，有朝一日，他也会开着雷诺车来的。

"到森林里去。"阿哥斯迪说道。

阿哥斯迪大妈大概睡了，不然，她早就叫唤起来了。而阿哥斯迪老爹想必在吊脚楼阴凉处抽大烟。他们离开了菠萝园，走进森林。相比之下，森林里空气凉爽极了，让人以为浸润在凉水中。让·阿哥斯迪停住脚步的那片林中空地，十分狭小，宛如被繁密而高大的树群包围着的幽绿的深渊。苏珊靠着一棵树坐下，摘下帽子。当然，在那儿，她感觉比在其他任何空旷的室内更加安全，不过，如果说是为了这个把她带到此地，已没什么必要了。约瑟夫已经走了，而母亲是同意的。母亲答应苏珊去阿哥斯迪那儿，甚至比以前同意约瑟夫去朗镇找女人还要容易。也许，苏珊更喜欢让·阿哥斯迪在朗镇餐厅的那个房间。他们会关上百叶窗，除了从窗户接缝处射进来的光线，有点像电影院里沉沉的黑暗。

阿哥斯迪躺倒在苏珊身旁。他抚摸着苏珊的脚。她的双脚赤裸着，白白的，全是尘土，和他的脚一样。

"你为什么总是光着脚？我可是让你走了不少路。"

她有点勉强地微微一笑。

"没什么关系。是我自己愿意的。"

"这的确是你愿意的。无论是谁，你都会跟他走吗？"

"我想，是的，无论是谁。"

他不再笑了，说道：

"他可能会囊空如洗了。"

他曾占有过所有的女人，除了她。这是一种使他成为幸运面孔的荣耀。他开始慢慢地，一个纽扣一个纽扣地解开苏珊的上衣。

"我可没有钻戒给你。"他非常温柔地微笑着说道。

"其实，正是因为钻戒我才来的。"

"我把戒指卖给巴尔。一万一千法郎，比她要的价钱多一千法郎，行吗？"

"行。"

"我带着钱，在我口袋里。"

开始看见她的乳房，于是，他掀开她的上衣，一对乳房赫然在目。

"你的确长得很美。"

然后，他又悄声而恶毒地补充道：

"你确实值一枚钻戒，甚至更多些。不要拘束。"

当他脱光了她的衣服后，便把她的衣服铺在她身下，让她轻轻地朝天躺下。然后，在触摸她之前，他稍稍地抬起身看她。她闭上了眼睛。她忘记了若先生曾用留声机和钻戒来换取这样看她的权利，她确信这是第一次别人这么看她。在触摸她之前，他问她道：

"你们现在有了钱准备做什么呢？"

"我不知道。也许远走高飞。"

当他拥吻她的时候，在餐厅柱子暗处巴尔老爹的电唱机放出的《拉莫娜》乐曲又在她耳边回响起来，还有一旁盖住了乐声的海浪声，这乐声使她得以永存。从那时候起，她在他的怀抱里，随着世界一起漂浮，任凭他随心所欲，想要怎么样就怎么样，该怎么样就怎么样。

天色已晚。母亲房里的灯亮着。阿哥斯迪把车向后转，然后停在桥边道路地势高的地方。但是，苏珊在他身旁纹丝不动，好像并不急于下车。

"这对你大概很难吧。"阿哥斯迪说道。

他说话的声音也令人想起了约瑟夫，音调变化十分生硬，并不讲究效果如何。他们躺在林中空地的一棵树下，做了两次爱。第一次是他们刚到那里时，第二次则是在要离去时。正是在他们要离开时，突然间，阿哥斯迪又把苏珊衣服脱掉，抱住她，他们又开始做爱。在两次做爱之间，阿哥斯迪同苏珊说着话，他告诉她自己也要离开平原，但不是像约瑟夫那样，不是靠某个女人的帮助，而是靠自己挣的钱离此地。约瑟夫的事早就是意料之中，对此不必感到惊奇。他们曾经在巴尔老爹那里见过面，约瑟夫离开前的最后一个月曾在那里待过，约瑟夫跟他说，大概会有个女人来找他。他并不了解约瑟夫，就像他们许多人那样都不了解约瑟夫，但是，他谈起约瑟夫，并没有什么嫉妒，而是带有一种不加虚饰的赞赏。听他这么说来，别人会猜测约瑟夫对他来说一直是个难题，而且有关约瑟夫的一些问题，他也无法解答。于是，和许多人一样，他认为约瑟夫有点疯疯癫癫，可能做些无法解释的事情。他们曾一起打猎，他从未见过什么人打猎像约瑟夫那样无畏、勇敢。有一天，他说，他曾经有点嫉妒约瑟夫。那是两年前的一次夜间狩猎。他非常害怕，然而，约瑟夫则不，约瑟夫甚至都没有注意到他的恐惧情绪。"从那一天起，我永远都不可能完全成为他的朋友。"他们被一头年轻的母豹紧紧追逐，因为他们杀了雄豹。母豹追了整整一个小时。约瑟夫一边逃，一边对着母豹射击。他躲了起来，并从隐藏处向外射击。他的枪声每一次都等于把他们的藏身之处告诉母豹，这头畜牲变得越来越怒不可遏。一个小时之后，约瑟夫终于成功地击中了母豹。他的子弹夹里只剩下两颗子弹了。他们跑得那么远，已经离公路有两公里之遥。从那天起，阿哥斯迪只是很难得才跟他一起打猎。

他告诉苏珊，有一个时期，几个月的时间，约瑟夫总是有不管怎样也要了结这一切的想法。他说他再也不能忍受在平原的生活，再也不能忍受康镇那帮地籍员的卑劣行为。一天晚上，他们在朗镇喝了点酒回来，约瑟夫向阿哥斯迪坦承，每当他打猎归来，或从城里回来，或同某个女人做了爱回来，他对这些事情、对自己是那样的厌恶，自己居然会一时间甚至忘掉康镇那些地籍员的卑鄙行径，以致他都想死掉。正是堤坝坍塌的那一年。他想要杀死康镇地籍员的欲望是如此强烈，他之所以那么厌倦生活，是因为他认为自己因怯懦而没有那么做。

苏珊没有同让·阿哥斯迪谈论约瑟夫。她无法同任何人谈约瑟夫，也许除了同母亲谈。但是，母亲已经丧失谈论无论什么话题的兴趣，除了她儿子犯的拼写错误和钻戒。

不，重要的是他对她做的动作，他的身躯向她靠近的方式，以及他们第一次做爱后他对她产生的又一次欲求。他从口袋里拿出手帕，擦干净顺着她大腿流淌的鲜血。然后，临走前，他把这块血迹斑斑的手帕的一角放进嘴里，丝毫没有反感，而是用自己的唾沫再一次揩干净业已干了的血迹。在爱情中，种种差异竟能够这样一笔勾销，苏珊永远也不会忘记这一点。是阿哥斯迪重新给她穿上衣服，因为他看出苏珊显然不想穿好衣服，不想起身离去。他们走的时候，阿哥斯迪砍下一个菠萝要带给母亲。他以温柔而致命的手法，把菠萝果实与根部分离开来。这个动作使苏珊想起他对她使用的动作。相比之下，他说的有关约瑟夫的那些话就无足轻重了。

苏珊待在雷诺车里不动弹。他们已经到了十分钟。然而，阿哥斯迪见她不太想下车也并不感到奇怪。

他把她抱在怀里。

"你愿意回家还是不愿意？"

"我愿意。"

"我跟你一起上楼看你母亲。"

苏珊表示同意。他把车拐到小路上，在吊脚楼前停下车。天色几乎漆黑。母亲已经躺下，但是还没有入睡。房间的一个角落里，下士蹲在那里，跟往常一样，在等一个示意动作，总是同样的示意动作，表示她还活着，他还会有吃的。自从苏珊白天去桥边度日，而他已插完秧苗以来，下士就越来越经常地蹲在那里。吊脚楼里冷清得可怕。

母亲转身向阿哥斯迪，朝他微微一笑。她看上去很激动，她的脸因微笑而皱紧了。她瞧见苏珊手中捧着一个菠萝。

"太客气了，谢谢。"她很快地说道。

阿哥斯迪也许有点尴尬。房间里没有椅子。他坐在床脚处。约瑟夫走后，母亲的确瘦多了。这天晚上，她显得非常衰老、疲惫。

"您太为约瑟夫担心了。"阿哥斯迪说道。

苏珊把菠萝放在床上，母亲无意识地抚摸着菠萝。

"我并不担心。是别的事情。"她费力地又说，"谢谢你好心来找她。"

"约瑟夫总会有办法应付的。他极其聪明。"

"见到你很高兴。"母亲说，"我们简直不像是邻居。苏珊去给你倒碗咖啡来吧。"

苏珊来到餐室，让门敞开着，以便在里边能看得清楚。自约瑟夫出走以后，家里就只点一盏灯。多亏了下士悉心照料，餐柜里总有咖啡。苏珊把咖啡倒进两只碗里，然后又拿了药丸。

"我们还是在朗镇见过面。"阿哥斯迪说，"您那时一直同那个开莱昂·博来的家伙在一起。"

母亲朝苏珊转过身，对她温柔地微笑。

"好几次我都在寻思他可能变成什么样了。"

"有一次，我在城里见到过他。"苏珊说道。

母亲不加注意。这如同她的青春一样遥远。

"他有一辆棒极了的车，"阿哥斯迪说，"不过，对这个家伙来说……"

他谨慎地开起了玩笑，大概想起了苏珊告诉他的那些只有他一个人知道的事情。

"你说话就像约瑟夫。"母亲说，"这可怜的人儿长得是不英俊……但是，这不是什么充分的理由……"

"约瑟夫并不只是因为这个而怨恨他，"阿哥斯迪说，"而是因为他什么都不懂。"

"人懂自己能懂的事，"母亲说，"也不能因为这一点而跟某个人过不去。这个家伙不坏，不是坏人。"

"有时候，会情不自禁地恨什么人。约瑟夫就是这样，这种情绪太强烈，他难以控制。"

母亲默不作答。她久久地打量着小阿哥斯迪。

"我在巴尔老爹那儿见过约瑟夫，"他继续说，"当时，他去卖掉那个家伙送给你们的留声机。他说他很高兴看到这台留声机从这里弄走。"

"这不仅仅因为留声机是那家伙送的，"母亲说，"如果他能卖掉吊脚楼……你知道他是怎么样的人。"

有一阵，他们已经无话可说。母亲始终越来越注意地瞧着小阿哥斯迪，而且这种关注的神情越来越明显。可以肯定，她刚在他身上发现了某种新的兴趣。只有苏珊注意到这一点，而阿哥斯迪则还没有注意到。

"你经常在巴尔老爹那儿。"母亲终于说，"你一直在走私茴香酒吗？"

"必须这么做。我父亲又把胡椒收成的一半钱花光了。再说，我也并非不乐意干这个。"

母亲喝了咖啡，吞下苏珊给她拿来的药。

"要是你被抓住呢？"母亲问道。

"我们可以买通他们，那些海关职员，就像买通地籍部门的职员一样。不过，不该想这些，不然就完了。"

"最好别这么想。你说得对。"

她避免同苏珊说话。阿哥斯迪总是感到局促不安，如同第一次见母亲那样。也许是因为看到吊脚楼这样子深为震惊。因为他自己的母亲费尽心思整理布置他们的吊脚楼。他们有朗镇电网供应的电，有屋顶，甚至还有天花板。他们家的吊脚楼造得比较好，隔墙板壁也没有散开。阿哥斯迪大妈想，要把男人留住，首先就应该给他们精心布置一个雅致的家。为了让儿子尽可能长时间地待在家里，她在板壁上挂满了名画的复制品，在桌上铺了色彩鲜艳的桌布，座椅上放着绣有人物的靠垫。让·阿哥斯迪是第一次在晚上来看望她们。最近的一次来访是某个早晨很早的时候，来问约瑟夫打猎归来时，是否瞧见他那又一次失踪的父亲。

"苏珊告诉我您有约瑟夫的消息了。所以我跟您说不用担心，还是说得对的。"

"你说得没错。但是，他犯了那么多的拼写错误，让我很难过。"

"我的拼写错误比他的还要多，"阿哥斯迪大笑着说，"我想，归根到底，这并不很重要。"

母亲竭力露出微笑。

"而我，我认为这很重要。我总是在寻思，他为什么会写那么多的错字。苏珊就比他错得少。"

"如果需要，他会学的，您总是操心。我打算学拼写，必须得学。"

几个月来，苏珊第一次注意地看母亲。她好像终于甘心所有的失败，但是还没有完全能够控制原有的刚烈。不过，和小阿哥斯迪一起，她尽力表现得和蔼可亲、性情随和。

"有时，"母亲说，"我想即便约瑟夫想学，学起来也会很费劲。他生来就不是干这些事的，这些事让他感到烦闷极了，他永远也学不会的。"

"你总在为什么事情担心，"苏珊说，"现在是因为约瑟夫犯拼写错误，你总是要想出些事情。"

母亲点头表示赞同。甚至连她自己也没有什么要学的。她在思索再说些什么，突然，她对他们是否在场竟置若罔闻。

"如果有人告诉我，"她终于说，"当他们年幼时，如果有人跟我说，他们到了二十岁还会犯拼写错误，那么，我宁愿他们死掉。我年轻时就是这样，我那时很极端。"

她不再瞧他们俩。

"但是后来，当然，我变了。然而，现在，老脾气又来了，就像我年轻时那样，有时，我觉得，我宁愿看着约瑟夫死去，也不愿看见他犯那么多的拼写错误。"

"他挺聪明的，"苏珊说，"他想学的时候，就能学会拼写。只要他愿意。"

母亲做了个否认的手势。

"不，现在，他不会再学了。现在，没有人来负责教他，我必须去他那儿。只有我能做这件事。你说他聪明，而我，我说我不知道他是否聪明。现在，他走了，我重新考虑这些事情，我感到他也许并不聪明。"

她的话里流露出愤怒，她总是无法控制这股怒火。她好像已精疲力竭，说话时，汗流浃背。她大概在以她全部的愤懑来对抗麻木和迟钝。自从她加倍剂量服用药丸以后，这是她唯一一次与人持续地交谈。

"并不是只有拼写，"阿哥斯迪说道，他也许觉得自己成了母亲的靶子，也许力图让母亲平静下来。

"有什么呢？没有什么更重要的了，如果你不会写信，那么你就一无所能，这就好比你缺了，我也不清楚，好比缺了条胳膊。"

"你写了那么多的信给地籍管理局，又有什么用？"苏珊问，"这对你毫无用处。当约瑟夫朝天开了一枪，那比你所有的信对那些家伙更起作用。"

她并不信服。关于拼写的交谈越是继续下去，她就越是因为无法找到说服他们的论据而感到气馁。

"你们不可能理解。所有的人都会朝天开枪，但是，要对付这些坏蛋，需要别的东西。等到你们明白过来，就太晚了。约瑟夫会被所有这些坏蛋欺骗的，我一想到这一点，这真是比他死去更糟糕。"

"要对抗他们还需要什么呢？"让·阿哥斯迪说，"对付康镇的地籍管理员该怎么办呢？"

母亲从被子里伸出手来拍打着床板。

"我不知道，但是，肯定有些事情要做的，迟早会的。在这里的那帮家伙，咱们无论如何都可以把他们干掉。只有这样才会让我好受。没有任何别的，也许，连约瑟夫也不行。为了能看见这个场面，我也许就可以起床了。"

她稍等片刻，然后，在床上坐了起来，双眼睁大，炯炯发亮。

"你知道，你知道这个，我为了买下这块租借地，整整辛劳工作了十五年。在这十五年间，我脑子里只想着这个。我本可以再婚，但是，我没有，就是为了不分心，全神贯注于这块我以后留给他们的租借地。然而，你看，我落到个什么地步？我希望你看清楚这一点，永远也别忘记。"

她闭上双眼，疲惫不堪地倒在枕头上。她穿着一件她丈夫的旧衬衣。脖子上再也没有钻戒，只有系在一条细绳上的储藏室钥匙。钥匙也已经毫无意义，因为现在，她已无所谓被人偷盗。

"我想约瑟夫是对的，我对此越来越确信。我之所以老待在床上，并不是因为约瑟夫或因为我病了，是另一回事。"

"因为什么？"苏珊问，"因为什么？应该说出来。"

母亲的脸涌起皱纹。也许，她快要当着阿哥斯迪的面哭出来。

"我不知道，"她说话的声音像孩子似的，"我觉得待在床上很好。"

显然，她在阿哥斯迪面前竭力忍住眼泪。

"我看不出来，如果我起床的话还能做些什么。我，我对任何人都不再有什么用了。"

她一边说，一边举起双手，然后，又无能为力、悲愤难抑地任双手垂落在床上。

"在高处，"过了一会儿，苏珊轻声说，"他们种了菠萝。卖得很好。也许应该去看看。"

母亲把头朝后仰，泪水情不自禁地潸然而下。小阿哥斯迪向她移动了一下，好像防止她摔下来。

"他们家那儿是干地，"她一边哭一边说，"这里，我们没法种菠萝。"

现在，不管从哪个方面来同她谈，总是会触及到敏感的痛处。不管什么事情，再也不可能同她谈论。她所有的失败连成一张错综复杂的网，种种失败彼此紧紧相连，以至不可能触动其中任何一个而不牵动所有其他的，不让她感到绝望。

"再说，我干吗去种菠萝？为谁而种？"

小阿哥斯迪站起身，走近她，在她床头站了很久。她默默不语。

"我该走了。"他说，"这是卖掉钻戒的钱。"

母亲一下子坐了起来，满脸涨得通红。让·阿哥斯迪从口袋里拿出一沓一千法郎的钞票，递给母亲。她机械地接过钞票，拿在张开的手里，并不看手中的钱，也不道谢一声。

"应该谅解我，"她慢慢地说，"不过，你们对我说的一切，我都知道。我曾想过种菠萝，我知道康镇的工厂以高价收购来制果汁。你们所能告诉我的一切，我都清楚。"

"我该走了。"阿哥斯迪重复说道。

"再见。"母亲说，"也许你还会来吧？"

他做了个鬼脸。他大概突然发现她们也许要他做的，她们想要他说出来的，是那份保证，即使是她们期待的非常含糊的保证。

"我不知道，是的，也许吧。"

母亲向他伸出手，没有答话，没有向他道谢。阿哥斯迪和苏珊一起走出房间。他们走下吊脚楼的楼梯。他看起来局促不安。

"别介意她说的话，"苏珊对他说，"她可是烦透了。"

"陪我一起走到小路尽头吧。"

阿哥斯迪仍然显得很不自在。他心不在焉地在苏珊身旁走着。下午时，他和现在迥然不同，那时，他非常关注地盯着她看，说道："我喜欢你这样子。"苏珊半路上停住了脚步。

"我不想走到尽头，我要回家了。"

他吃惊地停了下来。接着，他微笑起来，搂住她。苏珊任他摆布，无动于衷。她必须告诉他的那件事很难用确切的字眼来表述。她还从未做过这方面的努力，她为此而调动全身的力量，使自己无法感受到他正在拥抱她。

"你不需要害怕。"她终于说道。

"你在说什么呀？"他放开她，伸直手臂抓住她，与她面对面。

"我永远也不会嫁给像你这样的人，我向你发誓，以后我们永远别提这个，而且，再也别介意她对你说的话。因为，我向你发誓，我永远不会嫁给你的。"

他非常好奇地瞅着她。然后，他轻松地笑了。

"我想你也跟约瑟夫一样有点疯了。为什么你不会嫁给我？"

"因为，我是要走的。"

他又变得严肃起来。也许，他甚至有点窘迫。

"我曾打算娶你的。"

"我知道。"苏珊说道。

"也许，我哪天还会来的。"让·阿哥斯迪说道。

"再见。"

他走了，随即，又回过头来，赶上她。

"甚至今天下午在森林里，你也从未想到可能和我一起生活？"

"即使在森林里也没有。"

"一分钟也没想过吗？"

"和你一起生活？从来没想过，和若先生在一起也没想过，和你在一起就更没想过了。"

"你为什么不跟他睡觉？"

"你没有看清楚吗？"

他笑了，而她也开始泰然自若地笑了。

"你倒说得好！在朗镇，瞧见他和你一块儿来的时候，所有的人都捧腹大笑。你甚至都没有拥抱过他吗？"

"一次也没有，就连约瑟夫都不相信。"

"这一手还是挺厉害的。"

这是一种宁静的胜利，没有一丝涟漪扰乱他。让·阿哥斯迪亲切地抓住她的手臂。

"这使我很高兴，你是同我睡觉。但是，我想你也跟约瑟夫一样疯了，所以，我还是不再来的好。"

苏珊走了，这一次，阿哥斯迪不来追她了。

苏珊轻声走进母亲的房间。母亲没有入睡。她进去时，母亲静静地瞅着她，双眼闪闪发亮。她放在胸口的手里，一直握住那一沓阿哥斯迪交给她的一千法郎的票子。她大概连数都没有数过。她或许在寻思现在用这笔钱来干什么。

"还好吗？"苏珊说道。

"还行，"母亲有气无力地说，"其实，这个小阿哥斯迪还不坏。"

"睡吧，他和所有的人一个样儿。"

"总归，你太苛求了，这并不是因为约瑟夫……"

"你就别担心了。"苏珊说道。

苏珊拿着乙炔灯走了。

"你去哪儿？"母亲问道。

苏珊走近母亲，手里提着灯。

"我宁愿在约瑟夫的房间里睡觉，没什么理由让房间空着。"

母亲低垂下眼睛，又一次脸涨得通红。

"的确，"她悄声地说，"既然他走了，没有理由空着。"

苏珊走进约瑟夫的房间，把母亲单独留在黑暗中，母亲还醒着，手里握着那一沓一千法郎一张的钞票。

所有这些她已经无所用处的钱被握在她那虚弱无力的手里。

约瑟夫的房间一如他走时留下的样子。他的床旁边的桌子上，有一些他捡回来的空弹壳，临走前，他没有时间重新装弹药。还有一包抽了一半的香烟，因仓促动身而落在那里。床也没有铺好，被单还留有约瑟夫身体的痕迹。猎枪一支不缺地都挂在各个钉子上。苏珊抓起被单，抖落掉从屋顶掉下来的虫子，然后，细心地铺好被单，脱了衣服躺下。如果约瑟夫在这儿，她就会告诉他自己和小阿哥斯迪睡了觉。但是，约瑟夫不在，她没有人可以倾诉。苏珊连着好几次在回想让·阿哥斯迪的动作，仔仔细细地想着每一个动作，每一次，这些动作都使她滋生同样的一种心安理得的慌乱。由于一种新的领悟，她感到泰然自若。

一天下午，苏珊不在家时，母亲最后一次发作而病危。

与他曾做的决定相反，阿哥斯迪在他们散步后的第二天又来了。"我情不自禁地要来。"从此，他每天开着他的雷诺牌汽车，在午休时间来。他再也不去看母亲。他一到，他们俩便一起去朗镇，他们到那餐厅他租用的房间里。母亲知道这件事。她大概认为这样有益于苏珊。她想得没错。从他们在菠萝园的散步到母亲病亡之间的八天里，苏珊终于忘掉那些空幻的梦想，不再愚蠢地等待猎人们的车。

母亲告诉苏珊不用待在她身边，她可以自己服药，只要把药放在床边的一把椅子上就行了。也许，母亲没有按时吃药。也许苏珊的疏忽导致母亲的去世比应该发生的时间早了些。这是可能的。但是，她的去世已经酝酿了那么多年，她自己经常这么说，所以提早那么几天也无关紧要。

傍晚，他们从朗镇回来时，瞥见下士呆立在路上，向他们挥手示意赶紧回来。

剧烈的痉挛性发作已经过去，母亲只是断断续续地在抽动。她的脸部和手臂布满紫斑，她呼吸困难，透不过气来，从她的喉咙里发出一阵阵暗哑的叫声，是某种对世上万物和自己表达愤怒和仇恨的吼声。

一看见母亲这样的状况，让·阿哥斯迪立刻开了雷诺去朗镇，给住在中心旅店的约瑟夫打电话。苏珊独自一人和下士待在母亲身

527

边，这一次，下士显得没有任何希望了。

不久，母亲就根本不动弹了，她毫无生气，已失去了意识。她还在呼吸，但随着她昏迷时间的延长，她的脸变得越来越古怪，这张脸如被分割似的，介于非人性的极其厌倦的表情和同样非人性的极其快乐的表情之间。然而，在她咽气之前那一瞬间，快乐和厌倦的表情则荡然无存，她的脸不再反映出她自身的孤独，好像在向整个世界询问。她的脸显现出一种费解的嘲讽。我逮住他们了。所有的人。从康镇的地籍管理员直到这正在瞅着我的人，我的女儿。也许就是这样。也许还是对她以往所相信的一切的嘲讽，是对她曾严肃地着手做的那些蠢事的嘲讽。

阿哥斯迪回来后不久，母亲死了。苏珊蜷缩在母亲身旁，有几个小时之久，她也想死。她那么热切地想死，无论阿哥斯迪，还是想起新近同他一起时所获得的愉悦，都不能阻止她最后一次回到童年那无节制的痛苦的放纵中去。黎明时分，阿哥斯迪才强行把苏珊从母亲的床边拉开，把她抱到约瑟夫的床上。他躺在苏珊身旁，一直把她抱在怀里，直到她入睡。在她睡着时，他对她说，也许，他不会让她跟约瑟夫一起走，因为，他觉得自己已经开始爱上她了。

是那辆八汽缸的德拉奇轿车的喇叭声惊醒了苏珊。她跑到阳台上，瞧见约瑟夫下车。他不是单身一人。那女人跟随在他身后。约瑟夫向苏珊示意，苏珊向他跑去。他一旦比较清楚地看见苏珊，就明白母亲已经去世，他来得太晚了。他推开苏珊，向吊脚楼跑去。

苏珊跟着他走进房间。他倒在床上，扑在母亲身上。从他年幼时，苏珊就从来没有见过他哭泣。他不时地抬起头来，以一种可怕的温情注视着母亲。他呼唤着她。他拥抱她。但是，母亲紧闭的双眼覆盖着一层紫色的阴影，如水一般深邃，紧闭的嘴保持着令人晕眩的沉默。她那交叠摆放的双手已经变成毫无用处的东西，更甚于她的面庞，这双手在为她曾经倾注于生活的热情化为泡影而呼号。

苏珊走出房间时，发现让·阿哥斯迪和那女人在客厅等候。女人已经哭过，她的眼睛红红的。当她瞧见苏珊出来，倒退了一下，随即又平静下来。她大概很怕再见到约瑟夫，怕他会指摘她。

阿哥斯迪显得果敢、耐心，好像也在等待他的某些事情。也许，他在等约瑟夫，等着同约瑟夫谈谈苏珊。这是可能的。但是，这已经与她毫不相干了。即使他同约瑟夫谈些什么，也不会再谈她了，关于她，他只能是判断失误。然而，这八天来，直到昨天为止，他们每天下午都在一起做爱。而母亲是知道的，她听任他们去做，她把他给苏珊，让她同他做爱。但是，现在，苏珊不再在这个产生爱的世界这一边。当然，一切还会重现。但是，现在，她正在另一边，在母亲那一边，那里好像不再有即时的未来，让·阿哥斯迪在那里失去了他全部意义。

她坐在客厅里，就在他的身旁。对她来说，他完全变得和那女人一样陌生。

阿哥斯迪站起身，走到餐柜前，给她冲了一碗炼乳。

"你得吃点东西。"他说道。

她喝了奶，觉得奶味苦涩。从前一天起，她就粒米未进，但是，她肚子里像填满了难以消化的、如铅一般沉重的食物一样，大概足够维持许多天。

下午两点钟。吊脚楼的周围有许多农民，他们是来为母亲守灵的。苏珊想起来了，那个夜里，让·阿哥斯迪把她抱到约瑟夫的床上时，她从客厅敞开的门外看见过这些农民。那女人看着这些农民，感到大惑不解，不清楚他们在干什么。她的眼里一直流露出同样的惊恐。

"下士走了。"阿哥斯迪说，"我把他们送上朗镇的客车，给了他们一些钱。他说他一天也不能耽误，要赶紧找工作。"

孩子们被聚集的农民所吸引，光着身子在土台的尘土中戏耍。

农民们并不理睬这些孩子，如同他们根本不理睬在他们周围飞舞的苍蝇一样。他们也在等待约瑟夫。

那女人忍不住了，说道：

"是因为他，"她悄声说，"她才死的。"

"并不是因为什么人。"阿哥斯迪说，"不应该说是因为约瑟夫。"

"约瑟夫会认为是因为他，"那女人又说，"那可是太可怕了。"

"他不会那么想的，"苏珊说，"不需要担心这一点。"

那女人的神态非常温顺而谦逊。她的确很美，很优雅。她那不施粉黛的脸庞，因舟车劳顿和忐忑不安而显得憔悴，但依然非常美。她的双眼正如约瑟夫曾说过的那样，那么明亮，简直可以说因耀眼的光线而目眩。她不停地抽烟，紧盯住房门。从她的目光，从她整个人，都显露出对约瑟夫怀有的某种绝望的爱情，看得出来，她再也无法摆脱这份爱情。

约瑟夫终于从房里出来了。他看着他们三人，并不特别留心其中的哪一个，但是，眼神则显出同样可怕的无奈和虚弱。他一言不发地坐在苏珊身旁。那女人从她的烟盒里抽出一支烟，点燃烟，递给他。约瑟夫贪婪地吸着烟。回到客厅后不久，他看见吊脚楼周围的农民。他站起身，走到阳台上。苏珊、让·阿哥斯迪和那女人尾随着他。

"如果你们想要看看她，"约瑟夫说，"是可以的。所有的人都可以，连小孩也可以。"

"你们要走吗？"一个男人问道。

"永远离开这里。"

那女人不懂本地土话。她一会儿瞧着约瑟夫，一会儿看看农民们，不知所措，好像是从另一个世界来的。

"他们就要收回租借地了。"其中一个男人说,"您也许该留下一把枪。"

"我把所有的东西都留下来,"约瑟夫说,"尤其是枪。如果我必须留在此地,我会同你们一起干。但是,所有能离开此地的人都应该走。我,我能走,所以,我要走了。只是,如果你们干的话,就得干好。你们应该把他们的尸体抬到森林里去,在最远那座村子的北面那片森林,你们知道,就是第二块林中空地,两天后,那些尸体将荡然无存。晚上用湿木柴生火,烧掉他们的衣服,但是,要注意鞋子、纽扣,然后把灰埋掉。把他们的汽车沉到远处的河里。你们用牛把车拖到河岸,把大石头放在车座上,你们把车扔到当时你们要筑堤坝而挖过的地方,扔到河里去,两个小时后,汽车便完全陷进去,无影无踪。特别当心别给抓住。你们当中任何人都决不要去认罪。不然,就全都去认罪。如果你们一千人一起干这件事,他们拿你们毫无办法的。"

约瑟夫打开母亲房间那扇朝着大路的门,也打开了朝向院子的门。农民们都走了进来。孩子们高高兴兴地玩追人游戏,穿过吊脚楼的各个房间。约瑟夫回到客厅,待在苏珊和那女人的身旁。阿哥斯迪对约瑟夫说道:

"该想想其他的事情了。"

约瑟夫把手插进头发里。的确,应该考虑了。

"我今天夜里就把她运到康镇,"他说,"在那儿,我会请人安葬她。明天就下葬。"

阿哥斯迪说最好今晚就把母亲安葬在这里。那女人也这么认为。

他们俩坐上那女人的车,开往朗镇。约瑟夫已经猜测到阿哥斯迪在场的含义。一旦他单独同苏珊在一起,便对她说他又要动身回城里,如果她愿意的话,她可以来。他要求她只要最后一分钟告诉他，就在他离开此地的时候告诉他。然后，他回自己的房间拿子弹盒，从墙上取下猎枪，把所有这些东西乱七八糟地堆放在客厅的桌子上。当农民们在讨论如何把这些东西藏起来的时候，约瑟夫去坐在母亲的床上，在他剩有的还可以看着母亲的所有时间里，一直凝视着母亲的遗容。

当阿哥斯迪和那女人从朗镇回来的时候，天色已经不早了。他们把一口当地人制造的浅色木棺放在车顶上拉了回来。德拉奇轿车驶进小路，来到吊脚楼前的土台上。

阿哥斯迪把苏珊带到桥边。在约瑟夫和农民们安葬母亲的时候，他不愿意苏珊依然待在吊脚楼里。当他单独同苏珊在一起时，他对她说道：

"我并不想要阻止你离开，但是，如果你愿意留下来和我一起待一段时间，随后再去找他们的话……"

阵阵沉闷而均匀的敲击声从吊脚楼那儿传来。苏珊要阿哥斯迪别做声。她又一次像昨天夜里那样痛哭流涕。

她回到吊脚楼。那女人坐在客厅里，默默地哭泣。苏珊走进母亲的房间。棺木停在四把椅子上。约瑟夫躺在床上，就在母亲以前躺的位置。他已经不再哭泣，但是，又一次流露出那种无奈而虚弱的可怕表情。他好像没有瞧见苏珊进来。

阿哥斯迪准备了咖啡，倒了四杯。然后，他招呼约瑟夫和苏珊。也正是他想到最后一次点燃那盏乙炔灯。他给每个人端来咖啡。别人觉得他急于要看到约瑟夫走。

"天已晚了。"女人轻声地悠悠说道。

约瑟夫站起身。他身穿一条长裤，脚蹬一双漂亮的红棕色皮鞋，头发剪得更短。他非常注意仪表，穿着讲究。他再也不对那女人看上一眼，然而，那女人则相反，她的眼睛一秒钟都不离开他。

"我们就要走了。"约瑟夫说道。

"她跟我或者跟别人在一起都无关紧要了。"阿哥斯迪生硬地说道。

"我认为不那么重要，"约瑟夫说，"她只管做决定就是。"

阿哥斯迪开始抽烟，脸色有点苍白。

"我走，"苏珊对他说，"我不能不这么做。"

"我无法阻止你，"阿哥斯迪终于说，"换了我，我也会像你这样做。"

约瑟夫站起身来，其他人也都站了起来。那女人把汽车发动起来，在原地打了个转。阿哥斯迪和约瑟夫把棺木装上车。

天色完全黑了。农民们一直在那儿，等着他们上路后再走。但是，孩子们已经同太阳一起离去。人们听见他们叽叽喳喳的声音轻轻地从茅屋传来。

图书在版编目(CIP)数据

堤坝／(法)玛格丽特·杜拉斯(Marguerite Duras)著；
桂裕芳，王文融，谭立德译.
—上海：上海译文出版社，2018.12 (2022.8重印)
(杜拉斯全集；1)
ISBN 978-7-5327-7921-5

Ⅰ. ①堤… Ⅱ. ①玛… ②桂… ③王… ④谭… Ⅲ.
①长篇小说—小说集-法国-现代 Ⅳ.①I565.45

中国版本图书馆 CIP 数据核字（2018）第 159357 号

MARGUERITE DURAS

Les impudents
© Éditions Gallimard, 1992
Ce livre a été publié pour la première fois aux Éditions Plon en 1943.

La vie tranquille
© Éditions Gallimard, 1944, renouvelé en 1972

Un barrage contre le Pacifique
© Éditions Gallimard, 1950

图字：09-2005-148 号　　09-2006-161 号　　09-2006-162 号

堤坝：杜拉斯全集 1　　　　　　　Marguerite Duras　　出版统筹　赵武平
Les impudents. La vie tranquille. Un barrage　玛格丽特·杜拉斯　著　责任编辑　周 冉
contre le Pacifique　　　　　　　桂裕芳 王文融 谭立德 译　装帧设计　UN_LOOK LAB

上海译文出版社有限公司出版、发行
网址：www.yiwen.com.cn
201101　上海市闵行区号景路159弄B座
山东临沂新华印刷物流集团有限责任公司印刷

开本 890×1240　1/32　印张 17　插页 6　字数 304,000
2018 年 12 月第 1 版　2022 年 8 月第 3 次印刷

ISBN 978-7-5327-7921-5/I · 4879
定价：78.00 元